國家社科基金重大項目《荊楚全書》編纂成果

荆楚文庫

程鉅夫集（上）

〔元〕程鉅夫 著

王齊洲 温慶新 點校

荆楚文庫編纂出版委員會
湖北人民出版社

荆楚文庫

程鉅夫集

CHENG JU FU JI

圖書在版編目（CIP）數據

程鉅夫集 /〔元〕程鉅夫著；王齊洲、温慶新點校．
武漢 ：湖北人民出版社，2018.7
ISBN 978-7-216-09507-5
Ⅰ．程…
Ⅱ．①程… ②王… ③温…
Ⅲ．程鉅夫（1249-1318）—文集
Ⅳ．I214.72
中國版本圖書館CIP數據核字（2018）第169738號

責任編輯：楊　猛　　朱小丹
整體設計：范漢成　　曾顯惠　　思　蒙
美術編輯：董　昀
責任校對：范承勇
責任印製：王鐵兵
出版發行：湖北人民出版社（中國・武漢）
地址：武漢市雄楚大道268號
電話：(027)87679656　郵政編碼：430070
録排：武漢偉創偉業廣告有限公司
印刷：湖北新華印務有限公司
開本：720mm×1000mm　　1/16
印張：41.5　　插頁：4
字數：573千字
版次：2018年7月第1版　2018年7月第1次印刷
定價：190.00元（上、下）

ISBN 978-7-216-09507-5
9 787216 095075 >

出版説明

湖北乃九省通衢，北學南學交會融通之地，文明昌盛，歷代文獻豐厚。守望傳統，編纂荆楚文獻，湖北淵源有自。清同治年間設立官書局，以整理鄉邦文獻爲旨趣。光緒年間張之洞督鄂後，以崇文書局推進典籍集成，湖北鄉賢身體力行之，編纂《湖北文徵》，集元明清三代湖北先哲遺作，收兩千七百餘作者文八千餘篇，洋洋六百萬言。盧氏兄弟輯録湖北先賢之作而成《湖北先正遺書》。至當代，武漢多所大學、圖書館在鄉邦典籍整理方面亦多所用力。爲傳承和弘揚優秀傳統文化，湖北省委、省政府决定編纂大型歷史文獻叢書《荆楚文庫》。

《荆楚文庫》以“搶救、保護、整理、出版”湖北文獻爲宗旨，分三編集藏。

甲、文獻編。收録歷代鄂籍人士著述，長期寓居湖北人士著述，省外人士探究湖北著述。包括傳世文獻、出土文獻和民間文獻。

乙、方志編。收録歷代省志、府縣志等。

丙、研究編。收録今人研究評述荆楚人物、史地、風物的學術著作和工具書及圖册。

文獻編、方志編録籍以1949年爲下限。

研究編簡體横排，文獻編繁體横排，方志編影印或點校出版。

《荆楚文庫》編纂出版委員會

2015年11月

校點説明

程鉅夫（一二四九——一三一八），初名槱之，字周翰，更名文海，字鉅夫，後避元武宗名諱，以字行。其先世居歙縣（今屬安徽）之黄墩，復遷於休寧縣（今屬安徽）之閔川口。高祖宥興嘗遊漢上，樂其土風，卜築郢州京山縣（今屬湖北荊門市）之西高渠上，居以終老，卒葬其地。曾祖子明因兵亂避地於鄂，經理流寓者，使各得其所，深孚民望，卒葬壽昌（今湖北鄂城）之槲林村。祖德秀復東入彭蠡，寓隆興府（今江西南昌市）新建縣之吴城山，結寨自保，從之者數百家，外兵莫犯，民咸德之，卒葬吴城之吴林。德秀有三子：長子翔卿；次子岩卿，宋末進士，入元官終同知荊湖北道宣慰使司事；季子飛卿，官至翰林侍讀學士、兼國子祭酒。

鉅夫為其祖德秀同母弟宋德萃之子，生於新建縣吴城山，繈褓來後大宗，翔卿以為嗣。幼有異質，恢廓不群，承學父師，人服其敏。景定三年（一二六二），叔父岩卿登進士第，省試三場文，鉅夫一覽成誦，聞者驚異。咸淳三年（一二六七），遊江西臨川，就讀臨汝書院，受學於族祖徽庵先生若庸，與後來成為著名理學家之吴澄同門。德祐元年（一二七五），叔父岩卿通判建昌（今江西南城），攝守事，鉅夫奉太夫人就養。未幾，元兵南下，叔父以建昌歸附。次年，他更名文海，字鉅夫，從叔父入覲元世祖於上京。鉅夫被授宣武將軍、銀牌、管軍千户，實是被作為人質留在京師。兩年後入備宿衛，獲世祖召見，敷奏稱旨，特命改直翰林，授應奉翰林文字、朝列大夫。升中順大夫、秘書少監。遷集賢直學士、中議大夫、兼秘書少監。有旨賜地十畝於安貞門灞河之西樂道里，俾築居室。鉅夫於是築室以居，並作遠齋於室南，人因稱其為遠齋先生。加翰林集賢直學士、同領會同館事。進階少中大夫，拜嘉議大夫、侍御史，行御史台事。奉詔江南求賢，為朝廷推薦趙孟頫、張伯淳等二十餘人。拜集賢學士。因首相桑哥專權，鉅夫上章彈劾，桑哥怒，六奏請處死，上不允。未幾，桑哥伏誅，人服其勇。拜正議大夫、福建閩海道肅政廉訪使，再拜江南湖北道肅政廉訪使，有善政。召拜翰林學士、知制誥、同修國史，出為山南江北道肅政廉訪使。武宗即位，留為翰林學士、知制誥、同修國史、商議中書省事，特加正奉大夫。命奉使湖廣行省銓廣海吏選。復拜山南江北道肅政廉訪使。仁宗即位，以召見老臣赴闕，賜對便殿。授浙東海右肅政廉訪使，拜翰林學士承旨、資善大夫、知制誥、兼修國史，進榮禄大夫。偕平章、參政議行貢舉法，議定，上命草詔行之。得末疾，乞致仕，上不許。得請南還，特加光禄大夫。降制追榮三代，贈官賜謚：曾祖子明贈集賢侍讀學士、中奉大夫、護軍，追封楚郡公；祖德秀贈資政大夫、中書左丞、上護軍，追封楚郡公；父翔卿贈光禄大夫、大司徒、柱國，追封楚國孝肅公。贈上尊、儷錦，命廷臣祖餞。諭行省有司問安否，勿令致仕。兩年後，卒於家，葬江西南城縣可封鄉繞堆大盤山。丞相傳旨中書，命撰神道碑文，敕行省守臣樹碑墓道。泰定二年（一三二五）贈大司徒、柱國，追封楚國公，謚文憲。鉅夫由南宋入元，歷經世祖、成宗、武宗、仁宗四朝，所謂“際遇隆渥，逮事四朝四十餘年，雖出入顯要，而居侍從之列者有半，仕履之久，一人而已”（李好文《序》），被公認為當時名臣。鉅夫自祖母舅家幼年過繼給程家為後，對祖上世代所居之京山頗有感情，引以爲故鄉，在文中常稱：“予，郢人也。”“郢，余父母之邦也。先世墳廬疆畎相望，閭里雞犬相聞。今僑居數千里外，松楸之思、霜露之感，每當時序，未嘗不西傃而薰心也。”（《送高伯椿大年尹京山序》）曾取郢之白雪樓以名其寓所。後學因稱其為雪樓先生，名其集為《雪樓集》。

鉅夫因受元世祖寵遇，入直翰林，歷四朝顯要，故其文章多記載當時朝野重大事件，《行狀》謂其“所為文章雄渾典雅，混一以來，文歸於厚者，實自公發之。累朝實錄、詔制、典册，紀之金石、垂之竹帛者，多公所定撰。至於名山勝地、遐荒遠裔，穹碑巨筆，亦必屬之公焉”，並非誇飾。如《平雲南碑》《拂林忠憲王神道碑》《濟南公世績碑》等，便為治元史者經常引用。《四庫全書總目》之《雪樓集提要》稱：“鉅夫宏才博學，被遇四朝，忠亮鯁直，為時名臣。文章亦舂容大雅，有北宋館閣餘風。其《順宗謚册》諸篇，宋濂等採入《元史》。蘇天爵撰《文類》，亦錄其文十餘篇，大抵皆詔誥、碑版、紀功、銘德之作，而不及其詩。然其詩亦磊落俊偉，具有氣格。近體稍膚廓，當由不耐研思之故。古詩落落自將，七言尤多遒警。當其合作，不減元祐諸人，非竟不工韻語者。天爵偶爾見遺，非定論也。”所論頗為中肯。

鉅夫逝世後，其子大本編輯其文集，未成而卒；孫世京克成父業，總為四十五卷，名《雪樓集》，由門人揭傒斯校正，請人繕寫收藏。元惠宗至正四年（一三四四），世京携之入都，請歐陽玄、李好文等作序。至正十八年（一三五八），又將書稿帶至福建，與揭傒斯子揭汯重定為三十卷。五年後刊刻於福建建陽，但僅刻成前十卷，元朝滅亡，書鋪焚毀。世京再次將書稿帶回家鄉。洪武二十四年（一三九一），鉅夫重孫程湑遵從其兄程淳的囑託，赴江西南豐縣學請彭從吉為《雪樓集》作序，後組織校刻於朱氏之肆。洪武二十八年（一三九五）春梓成，先印送官，後續行四方。通行《四庫全書》本即據此本寫定，有些地方擅自做了修改。清宣統二年（一九一〇）陽湖陶湘募人影寫洪武本，取文津閣本校勘印行，是為陶氏涉園刊本。民國年間沔陽盧氏編輯《湖北先正遺書》，乃據《四庫全書》文津閣本影刊。本書以陶氏涉園刊本為底本，用文津閣本比勘，先由揚州大學文學院講師温慶新博士點校，最後由我審查定稿，收入《荆楚文庫》，由湖北人民出版社出版。整理工作的不妥之處，敬請讀者批評。

王齊洲甲午歲杪識於武昌紫菘・楓林上城

目　　録

熊釗序①

文章之盛與世運相關。立德、立言之士，秉心中正，涵融乎混元之氣，出逢其時，吐詞發義，非有蹈襲，自然成一代之言矣。有元楚國程文憲公，當至元之間，特起東南，作爲文章，脱略宋季靡陋之弊，振起乎作者之風。其始也，大廷召見，答問稱旨，即解武職，轉任館閣。一時被遇之隆，蓋異數也。公之文，雄渾雅則，叙事詳密，鋪張正大，議論恢弘。昭晰如青天白日，雍容如和風慶雲。故其揄揚至治，黼黻皇猷，天下之士翕然歸之，思有以企及於其後焉。制詔見代言之懿，國史備述作之工。公卿大夫碑版題品，得一言者如獲拱璧，然求其敷布運用，一皆發乎積中之藴，有仁義道德以爲之本故也。在朝幾四十年，入居翰林、集賢，商議中書，出司風紀，因侍從以獻替。議立胄監條約，定設科舉程制，陳利病，論權奸。行部四方，則肅厲方岳，薦拔遺逸，灼灼乎忠誠之心。文章、政事相爲表裏，又可見矣。公之早歲受學於族祖徽庵先生，與吴文正公爲同業。徽庵得石洞之傳，以上探考亭、濂洛之緒。公之學有淵源，德廣氣充，宜其一出而與興運相符也。嗟夫！公一言而當世信重之，必也流傳於後世矣。今其全集行於世者，揭文安公之所校正。起制誥，止樂府，凡三十卷。公之曾孫溍重刻，梓成，清朝適徵其集，欲備乙覽，亦既送官矣。溍復屬釗序之。斯文也，不待傳而無不傳之於永久。因其文而知其學，襲其德美論其世，其豈小補也乎！公之行事載諸信史，備於碑贊，世稱雪樓先生云。洪武二十有九年龍集丙子春三月甲子，前貢士後學江陵熊釗謹序。

---

① 原文无題，據序末署名添加。後之"歐陽玄序""彭從吉序"，題署亦點校者所加。

歐陽玄序

自古帝王之興必有弘毅任重之士應時而出，以綱維正論，扶植善類爲己事。由是人才以多，國是以定，而治具張矣。我世祖皇帝混一天下，於時大司徒程文憲公初至京師，以重臣薦，召見便殿。敷對稱旨，上給筆札，使之條陳。公一揮數千言，言皆切當。上大悦，即擢寘詞垣，尋俾以風紀之任。公感知遇，知無不言，排擊大奸，靡悼後患。立朝三十餘年，立胄監教條，徵南中遺逸，頒貢舉程式，凡國家斯文之事，悉自公倡議焉。非弘毅任重之士，豈能及於是哉！公之爲文以氣爲主，至於代播告之言，偉然國初氣象見於辭令之間，故讀公之文者可以知公之事業也。夫氣寓於無形，其有迹可見，政事、文章二者而已。其間涵蓄之深，培養之厚，以之爲政而剛明，以之爲文而渾灝，惟程公有焉。公之子著作郎大本編輯公文，將畢而卒。孫少府世京繼迺父之志，始克成之，屬予爲叙。余誦公之文，知公之行有過人而不可及者，誠非腐儒俗士之所能也。爲卷四十五，起制誥、詔諭、册文，終詩、樂府云。至正丙戌夏四月下澣日，翰林學士承旨、榮禄大夫、知制誥、兼修國史後學廬陵歐陽玄序。

彭從吉序

嗚呼！文章者，天下之公器也，非人力所得而私之。故其存於天地間，歷千萬世而不泯者，殆必有神物以呵護之而能然也。觀夫六籍之書嘗遭秦火，而藏於孔壁者傳以迄今，詎偶然乎？洪武辛未秋，盱江程溍致其仲兄淳之言來南豐邑庠，告從吉曰："先曾祖文憲公有文集四十五卷，實先大父秘書公之所編輯，而揭文安公之所校正者。先君子集賢公嘗請教授許先生叔巽繕寫以藏。至正甲申，持入燕京，承旨歐陽文公、平章諭德李公咸爲之序。戊戌冬，復囊以浮海至閩，暇日與文安公子僉憲公汯重定爲三十卷。癸卯歲刻於建陽市，僅成前十卷。值戊申革命，劉氏之肆，兵燹失焉。幸已印行。其後廿卷未刻。庚戌秋，先君子携以歸盱江，未暇再刻也。世運隆平，捐貲遣人詣書市，托朱自達氏刊爲全集，列肆以傳，冀其永久。惟是集也，非先君子往返南北，携以自隨，若止藏於家，壬辰變故靡常，湮淪久矣。玆以綉梓將完，願子叙其後。"嗟夫！道之低昂、文之顯晦，信有其時。若文憲公之德澤，宜其流於無窮。今其遺文屢厄而獲全，子孫終刻以傳世，則與孔壁藏書而卒暴白者豈相遠哉！所謂神物呵護之者，不其信歟？則夫文憲公垂名宇宙，歷千萬世而不泯者，又可徵矣。予以丁亥歲入燕，識集賢公於安貞賜第，繼交公長子源，聯領秋闈。流寓、薦書上春官俱不偶，浮沉南北，今四十餘年，復與溍會於南豐，獲覩文憲公之全集，何其幸耶！凡程氏之繼志述事，朱氏能成人之美，俱可書也，故不讓而記其實於卷末。至於文憲公之出處事業、功德文章，則有《元史》本傳及諸鉅公序述碑贊，不敢復贅。是歲日南至，前貢士宜陽彭從吉拜書。

雪樓程先生文集序

聲音與政通，文章與時高下。原其理則與氣合[1]，道與時合；要其歸則亦泯然而無間。三代而上，醇乎醇者也。漢猶近古，其文則雄偉渾厚，由其氣質未漓，故其發爲聲音者似之。魏晋以降，剥剖分裂，作者厖乎不醇，豈風氣乖而習弗善與？至唐，韓、柳氏出，起弊扶弱，剗垢易新，遂爲後世作者之宗匠。宋盛於前，而靡於後。金則無以議爲也。我國家以泰初混厖之氣，開闢宇宙。世祖皇帝合南北爲一家，於斯之時，人物之生辟猶春陽始達，生意奮發，甲者畢拆[2]，勾者畢出，挺英揚蕤，騈榮競秀，條達暢茂，滋息雨露而收其實者也。公生於宋淳祐己酉，當我憲宗嗣服前之二歲。至至元丙子，江南始平，遂以侍子入見。尋命入翰林，年方壯也。自始識學至於有立。其所以儲精畜思，藏器待時，鬱而未施者，固天所以遺聖明之世，膺作興之運，以恢宏大業，黼黻太平者也。公之文悉本於仁義，輔之以六經，陳之爲軌範，措之爲事業。滔滔汩汩，如有源之水流而不窮，曲折變化，合自然之度，愈出愈偉，誠可謂一代之作者矣。初，世皇之在潜邸也，已喜儒士，凡天下之鴻才碩德，靡不延訪，招致左右。爰暨即位，乃考文章，明制度，興禮制樂，爲天下法。一時名士彙徵并進，文采炳蔚，度越前代。如王文康公鶚、王文忠公磐、李文正公治、太常徐公世隆、内翰徒單公履之儔，多前合遺逸，皆爲我用。惟公南來，際遇隆渥，逮事四朝四十餘年。雖出入顯要，而居侍從之列者有半。仕履之久，一人而已。故其謨謀獻納，輸忠盡職，一寓之文。古所謂立德、立言而不朽者，公其有焉。今其存者，内外制詞及諸雜文若干篇，詩若干首，樂府若干首，總四十五卷，仲子大本之所録也。烏乎，盛哉！公諱文海，字鉅夫。後避武宗御名，以字行。雪樓，其號云。至正十有四年歲在甲午四月生明前一日，翰林學士、資善大夫、知制誥、同修國史、兼太子諭德、端本堂事後學李好文謹序。

至正癸卯中春，雪樓諸孫世京謹録刊行。①

【校勘記】

〔1〕原其理則與氣合，文淵閣本作“原其始則理與氣合”。

〔2〕“拆”，文淵閣本作“坼”。

① 以上序文係程世京求正諸氏而得，置於集前，故有此自注之言。

程鉅夫傳[1]

程鉅夫，名文海，避武宗廟諱，以字行。其先自徽州徙郢州京山，後家建昌。叔父飛卿，仕宋，通判建昌，世祖時以城降。鉅夫入爲質子，授宣武將軍、管軍千户。他日，召見，問賈似道何如人，鉅夫條對甚悉，帝説，給筆札書之。乃書廿餘幅以進[2]，帝大奇之，因問今居何官，以千户對。帝謂近臣曰："朕觀此人相貌，已應貴顯。及聽其言論，誠聰明有識人也。可置之翰林。"丞相大禮霍孫傳旨至翰林[3]，以其年少，奏爲應奉翰林文字。帝曰："自今國家政事得失，及朝臣邪正，宜皆爲朕言之。"鉅夫頓首謝曰："臣本疏遠之臣，蒙陛下知遇，敢不竭力以報[4]！"尋進翰林修撰，屢遷集賢直學士，兼秘書少監。至元十九年，奏陳五事：一曰取會江南仕籍，二曰通南北之選，三曰立考功曆，四曰置貪贓籍，五曰給江南官吏俸。朝廷多采行之。賜地京師安貞門，以築居室。二十年，加翰林集賢直學士，同領會同館事。廿三年，見帝，首陳興建國學，乞遣使江南，搜訪遺逸，御史臺、按察司并宜參用南北之人。帝嘉納之。廿四年，立尚書省，詔以爲參知政事，鉅夫固辭。又命爲御史中丞，臺臣言："鉅夫南人，且年少。"帝大怒曰："汝未用南人，何以知南人不可用？自今省部臺院，必參用南人。"遂以鉅夫仍爲集賢直學士，拜侍御史，行御史臺事。奉詔求賢於江南。初，詔令皆用蒙古字[5]，帝特命以漢字書之[6]。帝素聞趙孟藡、葉李名，鉅夫臨當行，帝密諭必致此二人。鉅夫又薦趙孟頫、余恁、萬一鶚、張伯淳、胡夢魁、曾晞顔、孔洙、曾冲子、凌時中、包鑄等廿餘人，帝皆擢置臺憲及文學之職。還朝，陳民間利病五事，拜集賢學士，仍還行臺。二十六年，時相桑哥專政，法令苛急，四方騷動。鉅夫入朝，上疏曰："臣聞天子之職莫大於擇相，宰相之職莫大於進賢。苟不以進賢爲急，而惟以殖貨爲心，非爲上爲德、爲下爲民之意也。昔漢文帝以决獄及錢穀問丞相周勃，勃不能對。陳平進曰：‘陛下問决獄，責廷尉；問錢穀，責治粟内史。宰相上理陰陽，下遂萬物之宜，外鎮撫四夷，内親附百姓。’觀其所言，可謂知宰相之職矣〔7〕。今權奸用事，立尚書省鈎考錢穀，以剥害生民爲務〔8〕，所委任者率皆貪饕徼利之人〔9〕。江南盜賊竊發，良有以也〔10〕。臣竊以爲宜清尚書之政，損行省之權，罷言利之官，行恤民之事，於國爲便。”桑哥大怒，羈留京師不遣，奏請殺之。凡六奏，帝皆不許。鉅夫既還行臺，廿九年〔11〕，又召鉅夫與胡祇遹、姚燧、王惲、雷膺、陳天祥、楊恭懿、高凝、陳儼、趙居信十人，赴闕賜對〔12〕。三十年，出爲福建閩海道肅政廉訪使〔13〕，興學明教，吏民甚畏愛之〔14〕。大德四年，遷江南湖北道肅政廉訪使。至官，首治行省平章家奴爲民害者，上下肅然。八年，召拜翰林學士，商議中書省事。十年，以亢旱、暴風、星變，鉅夫應詔陳弭災之策。其目有五：曰敬天，曰尊祖，曰清心，曰持體，曰更化。帝皆然之。雲南省臣言：“世祖親平雲南，民願刻石點蒼山，以紀功德。”詔鉅夫撰其文。十一年，拜山南江北道肅政廉訪使，復留爲翰林學士。至大元年，修《成宗實録》。二年，召至上都。三年，復拜山南江北道肅政廉訪使。四年，與李謙、尚文等十六人同赴闕，賜對便殿。拜浙東海右道肅政廉訪使，復留爲翰林學士承旨〔15〕。皇慶元年，修《武宗實録》。二年，旱，鉅夫應詔陳桑林六事，忤時宰意。明日，帝遣近臣賜上尊，勞之曰：“中書集議，惟卿言甚當。後臨事，其極言之。”於是，詔鉅夫偕平章政事李孟、參知政事許師敬議行貢舉法。鉅夫建言：“經學當祖程頤、朱熹傳注，文章宜革唐、宋宿弊。”命鉅夫草詔行之。三年，以病乞骸骨歸田里，不允，命尚醫給藥，官其子大本郊祀署令，以便侍養。時令近臣撫視，且勞之曰：“卿世祖舊臣，惟忠惟貞。其勉加餐粥，少留京師，以副朕心。”鉅夫請去益堅。特授光禄大夫，賜上尊，命廷臣以下飲餞於齊化門外，給驛南還。敕行省及有司常加存問。居三年而卒，年七十。泰定二年，贈大司徒、柱國，追封楚國公，謚文憲〔16〕。孫世京，由翰林應奉授福建儒學提舉。元名臣贊，木華黎以下二十二人，程鉅夫其一也。宋濂撰。

巍巍世祖，度越百王。義聲神威，撫壹土疆。公起從之，仗義激昂。咸韶皇度，衮冕憲章。乘傳來南，綉衣焜煌。玉扎牛溲，藥籠并藏。出而醫國，小大畢張。吐握見賢，如渴得漿。雖居鑾坡，不異廟堂。以順爲明，以柔居剛。式憲且文，於燁其光。

【校勘記】

〔1〕題原作“元史程鉅夫傳　列傳五十九　史一百七十二”，題下原署：“翰林學士、亞中大夫、知制誥、兼修國史臣宋濂，翰林待制、承直郎、同知制誥、兼國史院編修官臣王禕等奉敕修。”

〔2〕廿，《元史》作“二十”。下文“廿三年”“廿四年”“廿餘人”，《元史》俱作“二十”。

〔3〕大，《元史》作“火”。

〔4〕敢不竭力以報，《元史》作“敢不竭力以報陛下”。

〔5〕詔令皆用蒙古字，《元史》作“書詔令皆用蒙古字”。

〔6〕帝特命，《元史》作“及是，帝特命”。

〔7〕可謂知宰相之職矣，《元史》無“謂”字。

〔8〕剥害，《元史》作“剥割”。

〔9〕徼利，《元史》作“邀利”。

〔10〕良有以也，《元史》作“良以此也”。

〔11〕廿，《元史》作“二十”。

〔12〕趙居信十人，《元史》作“趙居信等十人”。

〔13〕出爲福建閩海道，《元史》作“出爲閩海道”。

〔14〕甚畏愛之，《元史》無“甚”字。

〔15〕復留爲，《元史》作“留爲”。

〔16〕“謚文憲”以下文字，《元史》無。

年　譜[1]

公諱文海，字鉅夫，避武宗皇帝御名，以字行。程氏之先自成周之世，伯符始國於程。至伯休父，佐宣王中興。忠誠君嬰，保晋趙文子。忠佑公元譚，西晋守廣平，移節新安。忠壯公靈銑，佐命於陳。代著忠績。世居歙縣之黄墩，復遷於休寧縣之閔川口。宋元豐中，有曰處士巽者，於公爲七世祖。巽生緒，緒生仁勝，皆以經學教授，潛德弗耀。高祖徵士諱宥興，性仁厚，有大略，樂善好施，嘗游漢上，樂其風土，卜築郢州京山縣之西高渠上，薦辟不起，卒葬其地。曾祖安僖公諱子明，沉静方嚴，寡言笑，重然諾。天兵被襄漢，避地於鄂。時沿邊流寓者凡數千人，悉爲經理之，使各得其所。卒葬壽昌之槲林村，皇贈集賢侍讀學士、中奉大夫、護軍，追封楚郡公。祖簡懿公諱德秀，魁岸有器幹，復東入彭蠡，寓隆興新建縣之吴城山，從之者數百家。沿江梱帥檄委糾合鄉井以自護，遂結豪傑，料丁壯利器，積糧、掘壕樹栅以爲固。外兵莫犯，民咸德之。初，以季子登朝恩封承務郎，復以功擢壽春府軍事判官，主管淮西安撫使司機宜文字，晚以宣義郎致仕。卒葬吴城之吴林，皇贈資善大夫、中書左丞、上護軍，追封楚郡公。三子：長，累贈光禄大夫、大司徒、柱國、楚國孝肅公，諱翔卿；次，同知荆湖北道宣慰使司事，岩卿；次，翰林侍讀學士、兼國子祭酒，飛卿。公，簡懿公母弟宋逸士德萃子也，繦褓來後大宗，孝肅公以爲嗣。孝肅公資性明敏，練達事情，持家御衆，斬斬有法，椿萱壽考，叔季宦成，孝友之著焉。公幼有異質，恢廓不群，承學父師。及長，卓有成立。德祐乙亥，季父侍讀公通判建昌，攝守事。公侍諸父，奉大母太夫人就養。未幾，天兵南下，建昌内附。侍讀公受命爲守，遂舉家居焉。公不能忘郢，故取郢之“白雪樓”以名所寓，而後學因稱“雪樓先生”。後賜地築室京師，又扁其齋曰“遠”，故又曰“遠齋先生”云。

宋淳祐九年己酉

夏四月十七日戊午午時，公生於吴城山。

寶祐元年癸丑

公五歲，入小學讀書，即通大義。父師初命名曰櫄之，後字周翰。

景定元年庚申是年元中統元年

公年十二歲。是年，天兵渡江。公侍大父母，避兵於海浦。兵退，歸吴城。從仲父宣慰公受業。對客賦詩作文，應聲而成，人服其敏。

三年壬戌

公年十四歲。是年，季父侍讀公登進士第。省試三場文，公一覽成誦，聞者驚異。

咸淳元年乙丑是年元至元二年

公年十七歲。初從學於龍淵胡自明先生。明年，往就學胡氏家塾。

三年丁卯

公年十九歲。游臨川，讀書臨汝書院，受學於族祖徽庵先生若庸，與翰林學士吴文正公澂爲同門。徽庵乃饒雙峰先生高第弟子，有《字義》行世。

六年庚午

公年二十二歲。赴湖北混試〔2〕，及歸，道經壽昌，過白狐嶺，謁獅泉李先生珏，見公所答策文，驚曰：“三篇皆欲爲國家措置大事，它日必非常人。”有司迄不敢取。

八年壬申

公年二十四歲。初贅於臨川嘉禄徐氏，廣胖居士霆發女也。

德祐元年乙亥

公年二十七歲。是年，侍讀公參制置司事於洪。公從之居，講學東湖之上。侍讀公尋拜郡建昌。公侍諸父，奉太夫人就養。冬十二月，天兵南下，建昌内附。

大元至元十三年丙子

公年二十八歲。始更名文海，字鉅夫。是年春，公從侍讀公入覲世祖皇帝於上京。授公宣武將軍、銀牌，管軍千户。

十四年丁丑

夏六月，子大年生。

十五年戊寅

公年三十歲。是年春，公挈家入備宿衛。冬十一月九日，上召見香殿，問："卿在江南，知賈似道爲何如人？"公條對似道始終所以忠邪狀。上大説，給紙扎，命悉書其詞。敷奏稱旨，特命改直翰林，俾從諸老游。

十六年己卯

夏六月，授應奉翰林文字、朝列大夫。

十七年庚辰

冬十一月，進翰林修撰。

十八年辛巳

公年三十三歲。春正月，升中順大夫、秘書少監。冬十二月，遷集賢直學士、中議大夫、兼秘書少監。

十九年壬午

夏六月，公建言吏治五事：一曰取會江南仕籍，二曰通南北之選，三曰置考功曆，四曰置貪贓籍，五曰給江南官吏俸禄。朝廷皆采行之。是年，有旨賜地十畝於安貞門灞河之西樂道里，俾築居室。公作遠齋於室南，有齋記詩文。

二十年癸未

公年三十五歲。春三月，加翰林集賢直學士，同領會同館事。

二十一年甲申

冬十一月四日，夫人徐氏卒，年三十七，後追封楚國夫人。

二十二年乙酉

是年，夫人俞氏來歸，宋昭孝太妃女弟也。

二十三年丙戌

公年三十八歲。春正月，改集賢直學士，進階少中大夫。三月，公入見，陳乞興建國學，遣使江南，搜訪遺逸。御史臺、按察司并宜參用南士。上即命建國子監，詔公仍本官，拜嘉議大夫、侍御史，行御史臺事。賫漢字詔書，乘馹求賢江南。夏四月，公至行臺視事，承詔，禮遣葉李、趙孟藡赴闕。公遂遍歷諸郡，廣求賢俊。

二十四年丁亥

春，公率所薦趙孟頫、張伯淳等二十餘人赴闕復命。上皆擢以文學、風憲清要之職。公復奏陳民間利病五事。夏四月，特拜集賢學士，仍還行臺。

二十五年戊子

夏四月，子大光生。

二十六年己丑

公年四十一歲。夏四月，子大本生。時首相桑哥專政，法令苛急，四方騷動。公乘傳入朝，奏疏劾之。桑哥怒，凡六奏，請害公。上皆不允，命臺臣館公俟命。

二十七年庚寅

春，有旨，還公行臺。未幾，大臣交劾桑哥，如公所言。明年，桑哥伏誅。

二十八年辛卯

夏五月，子大來生。

二十九年壬辰

夏五月，召公及姚燧、陳天祥等十老臣赴闕賜對，勞問甚悉。

三十年癸巳

公年四十五歲。秋七月，拜正議大夫、福建閩海道肅政廉訪使。冬十二月，至福州視事。興學明教，吏民甚畏愛之。

大德元年丁酉

公年四十九歲。春二月，子大觀生。冬，閩海代歸。

四年庚子

公年五十二歲。春二月，拜江南湖北道肅政廉訪使。秋閏八月，至武昌視事。首治行省平章家奴之爲民害者，上下肅然。冬，作歲寒亭於署後，有詩文題詠一卷。

五年辛丑

公重建南陽書院。幼嘗游習其處，有自作記文。

七年癸卯

公年五十五歲。湖北連年大侵，公以公田禄入悉賑貧病之不能存者，惠濟甚衆。是年冬，代歸。

八年甲辰

公年五十六歲。是年秋，公築室旴江城西麻源第三谷，建閣藏書數千卷，扁曰程氏山房。復作三賢祠於左，祠孝肅、宣慰、侍讀三公。其地即晉人所謂華子岡者。有自作藏室銘并陵陽牟巘記文、臨川鄭松圖誌。冬十一月，召拜翰林學士、知制誥、同修國史。

九年乙巳

夏六月，加商議中書省事，專使馹召赴闕。秋八月，公拜命，作晋錫堂於家。吴文正公記之。冬，至京師。

十年丙午

春，公奉旨撰《世祖平雲南碑》，文成，賜其省臣也速答兒刻石點蒼山。夏，亢旱，暴風，星變。公應詔集議致災、弭災，其目有五：曰敬天，曰尊祖，曰清心，曰持體，曰更化。

十一年丁未

公年五十九歲。冬十月，拜山南江北道肅政廉訪使。十一月，武宗即位，素熟公名，留爲翰林學士、知制誥、同修國史、商議中書省事，特加正奉大夫。公避御名，以字行。

至大元年戊申

公年六十歲。是年，公奉詔修《成宗實録》，撰《追尊順宗謚册》文成。秋，特制贈父翔卿正奉大夫、參知政事、郢國公，謚孝肅。母李氏郢國夫人。仍授長子大年承事郎、同知南豐州事。

二年己酉

夏五月，驛召公偕平章何瑋、左丞劉正等赴上京議令。尋命公奉使湖廣行省，銓廣海吏選。冬，竣事，移疾歸。

三年庚戌

秋九月，復拜山南江北道肅政廉訪使。

四年辛亥

公年六十二歲。春二月，仁宗即位，分遣詔使，召老臣尚文、蕭𣂏等十六人赴闕。公與焉。夏四月，賜對便殿。六月，授浙東海右肅政廉訪使。秋九月，拜翰林學士承旨、資善大夫、知制誥、兼修國史。

皇慶元年壬子

公年六十四歲。是年春，公奉詔修《武宗實録》成。詔升翰林院，位從一品。有謝表及《進三朝實録表》。冬十一月，進公榮禄大夫。

二年癸丑

春三月，上立中宫，命公撰玉册文成。夏六月，旱。廷臣集議，公獨舉成湯桑林六事自責爲可行。時宰不悦。上特遣近侍賜上尊勞公。秋，詔偕平章李孟、參政許師敬議行貢舉法。議定，上命公草詔行之。撰《國學先聖廟碑》文成。

延祐二年乙卯

公年六十七歲。春，奉詔撰《加上皇太后尊號册》文成。敕待詔畫公像，儒臣製贊以賜。是年，公得末疾，尋愈。

三年丙辰

公年六十八歲。春，疾復作。公上章，乞骸骨歸田里。上不許，命尚醫給藥，近臣勉留。特授中子大本承事郎、郊祀署令，俾侍公疾。夏，得請南還。特加光禄大夫。降制，追榮三代，贈官錫謚，賜上尊、儷錦，命廷臣祖餞。大本乘驛侍行。諭行省有司問安否，勿令致仕。秋九月，公過吴城山，告祠祖父母，修葺壠墓。長子大年任行省檢校官，謁告侍養。冬十月，公至盱江。

四年丁巳

初，上嘗敕平章、韓國公李孟賜程氏世德碑。文成，傳至盱江。至是，公力疾拜命，戒諸子宜盡忠孝，以成報國之志。仍令大本還京供職。

五年戊午

公年七十。春三月十五日丙子，楚國夫人俞氏卒，年五十八。秋七月十八日丙子亥時，公薨於正寢。

六年己未

春正月庚申，諸子奉二柩，安厝於南城縣可封鄉繞堆大磐山，治命也。秋，門人應奉翰林文字揭傒斯狀公行業，上於太史氏。

泰定元年甲子

集賢大學士王約言於朝，請加公封謚。事下太常定議。博士柳貫撰謚議，上聞。

二年乙丑

秋七月，制贈光禄大夫、大司徒、柱國，追封楚國公，謚文憲。

至正十八年戊戌

監察御史王彝等言，故贈大司徒程鉅夫累朝簡注，中外具瞻，爲時名臣，爲國元老，宜錫功臣之號，并賜神道之碑，以備褒崇，以彰激勸。

十九年己亥

夏四月甲子，丞相太平傳旨中書，命參議兼經筵官危素撰神道碑文，集賢待制趙雍書丹，同知太常禮儀院事周伯琦篆額。文成，以賜公孫翰林應奉世京，仍敕行省守臣樹碑墓道。

公生丁時艱，刻意勤學，以研精性理爲務，幾廿餘年。已而運遭革命，入事世皇，寵遇優渥，出入禁闥，獻替輸忠，一以撫安群黎爲第一義。建言興建國學，搜訪遺逸，臺、憲參用南北之人，科目取經明行修之士，敷陳利病，讜議時政，摧抑權奸，責弭災變。上皆嘉納之，故能出膺澄清之寄，入居謀謨之職，立經陳紀，爲時名臣，始終一節，表表愈偉。累朝眷遇，迥出等倫。混一以來，朔南之士，一人而已。其立身行己、經綸大節，太史氏既已書之。公所著《玉堂類稿》九卷、《奏議》一卷、詩文三十五卷，先正亦已序述詳備矣。不肖孫復摭取歲月大槩，次爲年譜，綴於文集之前，俾讀者開卷有所考觀。立言君子毋誚其僭踰可也。至正二十有七年丁未春二月望，諸孫世京百拜謹述。[3]

【校勘記】

〔1〕題前及後文各卷次前原署有“楚國文憲公雪樓程先生”。該題下原署“諸孫集賢修撰、奉議大夫世京編録”。

〔2〕“混試”，文淵閣本作“省試”。

〔3〕以上所列序文、《元史》本傳及程世京所編《年譜》等，爲《四庫全書》本所無。

卷　一[1]

玉堂類稿

制詔　諭　册文

命中書省從新整治制

朕自即位以來，累降詔旨，圖治惟勤，績效未著。蓋司民政者撫字乖方，居風憲者彈劾失當，不能副朕愛恤元元之意。今命右丞相答剌罕、左丞相阿忽台、中書省官從新整治。其布告天下，凡在官守，自今以始，洗心易慮，各盡乃職。貪污敗政者責罰黜降，廉勤公正、治有成效者特加陞擢。期於政化流行，黎民安業，共享和平之治。合行事理，條列於後。

命左右相詔至大元年七月

中書，政本也。軍國之務，大小由之。朕自即位以來，厲精求治，爰立輔相，以總中書，而期年於兹，大效未著，莫選用之不當歟[2]？何萬機之猶紊[3]，而群生之寡遂也？今特命左丞相塔思不花爲中書右丞相，太保乞台普濟爲中書左丞相，統百官，平庶政，便者舉行，弊者革去，一新綜理。諸内、外合行大小事務，并聽中書省區處聞奏，違越者論罪。於戲！設官分職，慎毋紊於條綱；持盈守成，務先安於黎庶。

皇慶改元詔至大四年九月

朕賴天地祖宗之靈，纂承聖緒。永惟治古之隆，群生咸遂，國以乂寧。朕夙興夜寐，不敢追遑。任賢使能，興滯補敝，庶其臻兹。斂時五福，用敷錫厥庶民，朕之志也。踰年改元，厥有彝典。其以至大五年爲皇慶元年。

詔諭安南〔4〕

惟我祖宗受天明命，撫有萬方。威德所加，柔遠能邇。乃者，先皇帝龍馭上賓，朕以王侯臣民不釋之故，於至大四年三月十八日即皇帝位。遵踰年改元之制，以至大五年爲皇慶元年。今遣太中大夫、禮部尚書乃馬歹，承直郎、兵部郎中杜予可賚詔往諭，仍頒皇慶元年曆日一本。卿其敬授人時，益修臣職，毋替爾祖、父事大之誠，以副朕不忘遠之意。

皇慶元年赦制

朕嗣服之始已嘗降詔，謂赦不可數，今幾二年矣。而諸王遠邇來朝，久不入覲者亦至。宗親輯睦，時雍可期。尚慮有司未喻朕意，或政刑失平，豈無冤濫？宜霈恩宥，以導至和。其自皇慶元年十月二十九日昧爽以前。〔5〕

詔諭安南

省表具悉。朕嗣大歷服，卿修藩臣之禮，遣使入貢，朕甚嘉焉。使回，特賜卿某物。至，可領也。其益堅事大之誠，朕亦不忘同仁之視。

科舉詔皇慶二年十一月甲辰

惟我祖宗以神武定天下，世祖皇帝設官分職，徵用儒雅，崇學校爲育才之地，議科舉爲取士之方，規模宏遠矣。朕以眇躬獲承丕祚，繼志述事，祖訓是式。若稽三代以來，取士各有科目。要其本末，舉人宜以德行爲首，試藝則以經術爲先，詞章次之。浮華過實，朕所不取。爰命中書參酌古今，定其條制。其以皇慶三年八月，郡縣興其賢者、能者，充貢有司。次年二月，會試京師。中選者，朕將親策焉。於戲！經明行修，庶得真儒之用。風移俗易，益臻至治之隆。

延祐改元詔正月丁未

惟天、惟祖宗眷佑有國。朕自即位，於今四年。比者，陰陽失和，星芒示儆，豈朕躬修德之未至歟？抑官吏之未選而政令之或乖歟？思以回天心，召和氣，側身修行，實切余衷。庸敕攸司，各共迺職，爰布惟新之令，誕敷濟衆之仁。可改皇慶三年爲延祐元年。於戲！以實應天，爰聿新於庶政；用孚有衆，同保合於大和[6]。

諭立魯齋書院

諭陝西行省、行臺大小諸衙門官吏人等：中書省奏："御史臺言：'故中書左丞許衡首明理學，尊爲儒師。世祖皇帝在潛邸，嘗以禮徵至六盤山，提舉陝右學校，文風大行。西臺侍御史趙世延請依他郡先賢過化之地，爲立書院，前怯憐口總管王某獻地宅以成之，延請前國子司業某同主領，教生徒。乞降旨撥田養士，將王某量加旌勸。’”准奏。可賜額曰“魯齋書院”。仰所在官司量撥係官田土入學，奉朔望、春秋之祀。修繕祠宇，廪餼師生，務在作養人材。講習道義，以備擢用。從本路正官主領敦勸，行省、行臺常加勉勵。其王某，令有司別加旌表。仍禁治過往使臣、官員人等毋得在内停止，褻瀆飲宴，聚理詞訟，造作工役。應贍學産業書院公事，毋得諸人侵擾。彼或恃此爲過作非，寧不知懼。

順宗皇帝上尊謚册文

臣聞顯親所以爲子，追遠所以厚民，矧必百世祀而位弗隆，爲天子父而養弗逮。流光積慶，爰集眇躬。亦既踐阼而纘先猷，是宜稱秩而躋廟祏。以循彝典，以達純誠。欽惟皇考皇帝，淵穆有容，神明莫測。文孫文子，鍾至愛於兩宫；宜君宜王，膺具瞻於四海。當璧之祥未卜，棄屣之跡已遥。興言欲報之恩[7]，昊天罔極；對越有成之命，夙夜惟寅。昭哉玄德之升，聖矣生知之異。衍莫衍於昌後嗣而有天下，孝莫孝於配前烈而茂本支。念兹繼體之初，實切終身之慕。謹遣攝太尉某奉册寶，上尊謚曰昭聖衍孝皇帝，廟號順宗。伏惟明明降監，序於祖宗。攸躋攸寧，永錫祚胤。謹言。

皇后玉册文皇慶二年二月

皇帝若曰：朕荷天地祖宗之佑、皇太后之訓，嗣大歷服，思底於治，必樹元配，表正六宫。咨爾嚢吉剌氏，是我家世戚，嫡嗣所自出，積德流慶，肆啓爾來嬪於朕，淑慎孝恭，令譽昭聞。承命慈闈，爰正爾位。今遣攝太尉、右丞相禿忽魯授爾玉册、玉寶，命爾爲皇后。惟天地定位，萬物以生；日月並照，萬國以明；君后合德，萬化以成。上以事上帝，承宗廟；下以親九族，正萬邦。爲朕内助，惟爾之賢，其永念厥德，履中體順。俾聖母暨予一人以寧，匪惟爾嘉，天亦永相。念爾共享我有國。欽哉！

皇太后加上尊號玉册文

維延祐二年歲次乙卯三月己酉朔越廿有二日庚午，皇帝臣御名謹稽首再拜言[8]：臣聞正始之道，王化之基，尚矣。況母儀天下，德厚功隆者哉！欽惟儀天興聖慈仁昭懿壽元皇太后陛下，開兩朝之帝業，紹祖宗之正傳。曠古所稀，於斯爲盛。以臣涼菲，鞠育教誨，底於有成；定神器而措諸安，遏亂略而反之正；不動聲色，天下歸仁，惟我聖母全德之致也。自登大位，八方謐清，華夏蠻貊，罔不率俾，亦惟我聖母泰寧之應也。日月星辰循其軌，天地祖考降之祜；九族既睦，品物咸亨；持盈守成，臣何力焉，亦惟我聖母福慶之積也。然而治效方隆，徽稱未備。宜益崇高之號，允合天人之心。是用參稽典禮，惓惓懇懇，謹奉玉册、玉寶，加上尊號曰儀天興聖慈仁昭懿壽元全德泰寧福慶皇太后。欽惟陛下，得一以寧，至静而方。慈儉爲寶，茀禄是康。永錫祚胤，俾熾俾昌。受兹顯號，萬壽無疆。臣御名誠懽誠抃[9]，稽首再拜。謹言。

祭文　齋意　青詞　祝文

皇太后遣使祭諸神文一十九首

后土平陽路

神靈承天[10]，子育萬有，丕基攸託，元造以成。念兹長樂之安居，寔自無疆之厚德。爰伸信指，少達純誠，以報以祈，永扶昌運。

東岳泰山泰安州

山岳之重，尊岱爲宗。配天芘民，國賴禔福。端居長樂，密藉洪休。禮具報祈，益昌祚胤。

南岳衡山潭州路

祝融紫盖，屏蔽天南。清淑之靈，無遠弗届。同上

西岳華山華州

太華峙秀，上司金天。靈貺所加，年豐物富。同上

北岳恒山保定路曲陽縣

奠兹朔野，仰止恒山。凛然風威，降佑作善。同上

中岳嵩山河南府路

嵩神峻極，天地之中。兆祉發祥，均於四表。同上

江瀆成都府

川瀆共尊，維江之永。滔滔南紀，澤及邇遐。長樂安居，寔本洪潤[11]。報祈兼舉，流祚無疆。

河瀆河中府

啓泒自天，界於中土。睠言福澤，端共靈長。同上

淮瀆唐州

桐柏之源，實參名瀆。格於幽顯，惟神是司。同上

濟瀆懷孟路

導沇發祥，源清行遠。利澤之性，潛顯無殊。同上

東海萊州

三神出没，百川朝宗。朝陽既升，景貺斯至。安居長樂，敢昧所原。因報有祈，求綿丕祚[12]。

南海廣州

扶胥黄木，厥有典文。匪今斯今，邦國徼福。同上

西海河瀆附祭

虞淵汎濫，水環神州。涵佑蓄祥，流光景命。同上

北海濟瀆附祭

玄冥之壑，鯤化之池。是爲靈淵，皇圖式固。同上

東鎮沂山登州

琅琊穹隆，作鎮東夏。蓄洩雲雨，集於休祥。長樂静深，敢忘鴻佑。報祈備舉，益鞏丕基。

南鎮會稽山紹興路

夏后登封，玉帛萬國。靈光永祚，今古攸同。同上

西鎮吴山隴州

汧岐之間，古稱吴岳。金方巨鎮，平秩西成。同上

北鎮醫巫閭山高州

奕奕龍山，有周已顯。仰高錫厚，永奠皇圖。同上

中鎮霍山霍州

陰陽之交，必有崇鎮。蟠深錫鉅，奠於土中。同上

黄兀察都建宫殿祭文四首

太　歲

伏以肇建皇居，載安黼座。仰歲君之鎮静，懼役事之震驚。穆卜剛辰，式陳明薦。伏願京邑翼翼，奠此八方四維；福禄穰穰，至於萬年億載。

后　土

伏以帝居肇造，黼扆載安。惟爾有神，實司后土。式伸昭告，以格洪休。伏願萬國來朝，共仰京都之壯麗；億年當寧，永憑神力之護持。

九　良

伏以皇居肇造，黼扆載安。惟爾九良之神，實司土木之柄。輒陳菲薦，用介繁禧。伏願極正京畿，來梯航於萬國；尊瞻帝座，保福禄於億年。

安吻告諸神

伏以宫殿肇新，始安螭吻。神祇擁護，用介鴻休。穆上剛辰[14]，式嚴祀事。伏願梯航萬國，仰京邑以來朝；福禄億年，保皇圖之永固。

天壽節萬壽延真宫建醮道場文二首

齋　意

伏以天申休命，丕承積慶之基；序屬孟秋，適届誕彌之旦。念生成之有造，薦蠲潔以達誠。靈宇載嚴，真游所集。爰肅陳於淨醮，祈上格於高穹。伏願諸福來崇，克彰於善應；萬靈增固，永保於無疆。

青　詞

伏以大道無言，密啓乾嘉之運；七月流火，載符夙震之辰。爰即琳宫，肅陳清醮。伏念丕圖全付，涼德奚堪。期迓續於天休，必祗承於帝命。蘋蘩蕴藻[15]，昭明德之惟馨；上下神祇，賴至誠之可動。尚惟純佑，俯賜鑒觀。伏願祉錫眇躬，保皇基之鞏固；福隆太母，介萬壽以怡愉。嘉與群生，同臻至治。

又行宫建醮事道場文二首

齋　意

伏以天啓皇圖，用申休命。時惟秋孟，適届誕彌。謹於十七日，命萬壽延真宫道士，一壇就幄殿之次，修建正一消災集慶清醮若干分位，肅延飈馭，敬演玄科。伏願上帝垂慈，衆真降監。聖躬康泰，享九州四海之隆平；太母怡愉，同億載萬年之長壽。

青　詞

伏以曰旦曰明，密運監觀之造；載震載夙，適逢生育之期。爰肅行宫，恪陳清醮。伏念皇圖至重，帝命惟新。顧夙夜之祗承，若淵冰而求濟。不言善應，雖黍稷之非馨；有感必通，幸蘋蘩之可薦。敬將誠意，仰達高穹。伏願申命用休，保列聖太平之業；介福於母，奉萬年長樂之觴。

上親祀太廟祝文

天鑒祖宗，畀兹大寶。盈成之會，嗣守爲難。益以美名，中心怵惕。潔齊薦見，祗奉明禋。啓佑無疆，式臻康乂。

長春宫建金籙醮道場文八首

齋　意

伏爲仰荷皇仁[16]，獲承大寶。夙夜祗懼，恐上拂於至和；天地監臨，矧升聞於涼德。乃自去秋而後，雨澤愆期；復於暮春以來，星芒示儆。爰感陰陽之沴，將爲民物之災。實深太后之驚疑，益重眇躬之寅畏。側身修省，虔意禱祈。謹命某宫某道士於四月初五日[17]，就長春宫啓建上清正一金籙清醮二千四百分位，修崇道場七晝夜之科蕆，教至某日滿散，蠲消既往之灾，迓續方來之慶。伏願兩儀協序，二氣致祥。列星循度以安行，諸福應誠而畢至。風調雨順，咸孚萬國之懽心；時和歲豐，永底慈闈之至養。

風伯祝文

爰自去秋，迄今春季。時雨不降，暴風頻興。雲垂旆而屢褰[18]，澤雖下而未霈。復覩乖曜，孛於西維。不勝恐懼之心，庸致禱禳之敬。式稽金籙，寅事琳宫。惟神稟命帝廷，實司風柄。願作清塵之瑞，大霽鳴條之威。相齋事以圓成，格天心之仁愛。祆災潛掃，膏澤下流。清清泠泠，俾四時之平秩；熙熙皞皞，遂萬物之生成。

雨師祝文

去秋以來，種不入土；維春之暮，星復示災。謹稽金籙之科儀，仰扣紫清而禳度。賴神祇之交助，庶肸蠁之潛通。惟是明神，實司雨澤。願齋壇之清淨，致上帝之監觀。咎證俱消，甘霖時若。曰暘而暘，曰雨而雨，實維豐年；爲君盡君，爲臣盡臣，式寬憂顧。

建壇青詞

天惟善應，顧感召之由人；道本無方，因祈禳而設教。念陰陽之久否，復星象之示愆。祇即殊廷，肅陳清醮。蕆事九朝之禮，積誠七日之間。建金籙之瑶壇，啓琅函之玉字。伏願齋忱上達，帝監俯臨。絶妖孽之萌芽，災星退舍；集福禧之潤澤，甘雨應期。下逮群生，悉資餘蔭。

九朝青詞

飈馭降臨，望清光而伊邇；淵衷修省，依道蔭以惟勤。九肅朝儀，載陳奏牘。伏念惟皇作極，理物代天。顧雨澤之失期，而星芒之示儆。愆由眇己，慮及群生。按金籙以修齋，仰玄穹而請命。冀闢蠲消之路，幸垂仁愛之心。伏願乾道清夷，泰階正直。庶徵各叙，三光全而寒暑平；六府孔修，五穀熟而人民育。永同壽母，祇紹慶圖。

三清青詞

道妙冲虚，無方而善應；天心仁愛，有感而必通。稽金籙以修齋，望紫清而徼福。伏念尊居人上，職代天工。自秋以來，閔甘霖之闕澤；迨春之暮，驚祆祲之耀芒。豈政令之失中，抑膏澤之不下？側身恐懼，稽首祈禳。伏願眷顧淵衷，祓除沴氣。五風十雨，臻禹疇肅聖之時；億載萬年，奉文母怡愉之樂。普資庶品，同享太平。

昊天青詞

眷命爲君，遇烖而懼。見道知象，有感則通。稽首蘂珠，薦誠蘋藻。伏念位託臣民之上，身膺曆數之歸。自顧菲涼，未堪艱大。不雨妨於東作，有星孛於西維。莫測其端，豈無所自？貢緑章而罪己，回蒼昊之好生。伏願下監齋忱，潛消沴氣。天其申命，方開熙洽之期；神之格思，益介簡穰之祉。

后土青詞

天高耳下〔19〕，本仁愛以爲心；地静德方，必順承之有道。仰觀譴告，俯切戰兢。力祈上下之平成，敬啓仙真而禳禬。伏念尊居五位，望繫群生。方兹傒雨澤之來蘇，俄復睹星文之謫見。深求其故，内省諸身。豈政令之失宜，致陰陽之爲咎？既騰章於蒼昊，庸申告於鴻厖。伏願六氣惟均，庶土交正。田耕井飲，野聞擊壤之謡；雨施雲行，時若配天之澤。

【校勘記】

〔1〕自卷一至卷三十，下皆原署有“奉直大夫、秘書監著作郎男大本輯録，翰林侍講學士、中奉大夫、知制誥、同修國史、同知經筵事門生揭傒斯校正。”

〔2〕莫，文淵閣本作“豈”。

〔3〕機，文淵閣本作“幾”。

〔4〕此文及下文《皇慶元年赦制》《詔諭安南》《科舉詔》共四篇，爲《四庫全書》文淵閣本所無，文津閣本則有此四篇。

〔5〕此處疑有缺文。

〔6〕大，文淵閣本作“太”。

〔7〕興，文淵閣本作“願”。

〔8〕御名，文淵閣本作“某”。

〔9〕臣御名誠懽誠抃：小字御名，文淵閣本作大字“鉅夫”。

〔10〕神，文淵閣本作“坤”。

〔11〕本，文淵閣本作“永”。

〔12〕求，文淵閣本作“永”。

〔13〕同上：底本原無，據文淵閣本補。

〔14〕上，文淵閣本作“卜”。

〔15〕藴，文淵閣本作“藴”。

〔16〕爲，文淵閣本作“以”。

〔17〕宫，文淵閣本作“官”。

〔18〕旆，底本誤作“族”，據文淵閣本改。

〔19〕耳，文淵閣本作“聽”。

卷　二

玉堂類稿

制　詞

平章不憐吉歹故曾祖父速不臺贈效忠宣力佐命功臣太尉開府儀同三司上柱國公封河南郡王謚忠定制

龍虎風雲，昔共基於鴻業；河山帶礪，今宜表於駿功。矧茲閥閱之崇，亶有淵源之自。具官某故曾祖父某，夙彰孝勇，妙藴機權。繇侍子而總戎旃，前無堅敵；部降人而專帥馭，出有勁兵。爲王前驅，靡國不到。汴水之恩波未竭，牛關之妙算若神。忠義傳家，勳勞奕世。生爲柱國，亦何愧於古人；墓表征西，更覺榮於異日。宜超爵列，并侈儀文。胙以名邦，錫之美謚。盖將爲萬世之勸，豈獨慰九京之思？於戲！披荆棘以立朝廷，既無忘於先烈；聽鼓鼙而思將帥，尤有望於後昆。尚爾明靈，服我休寵。可。

故曾祖母晃忽臺氏追封河南郡王夫人制

功成治定，念股肱肇造之勞；善積慶流，亦伉儷相資之德。爰從夫爵，用表世勳。具官某故曾祖母某氏，稟專靖之姿，作孝義之配。兵間積苦，回文無竇室之詩；膝下承顔，養志有姜妻之鯉。故能悉心事主，結髮從軍。教忠實佐於興邦，樹義允儀於中壼。宜疏湯沐，庶廣漏泉。象設六珈，廟食三室。噫！締構經營之匪易，家國何殊；哀榮終始之所加，閨房與及。眷惟淑識[1]，歆此寵光。可。

故祖父兀良哈臺贈推忠宣力定遠功臣太尉開府儀同三司上柱國追封河南郡王謚武毅制

孝子慈孫之志，身欲極於顯揚；出將入相之家，禮何嫌於隆盛。顧兹節槩，實貫幽明。具官某故祖父某，胄出名家，光分列宿。憲宗啓聖，勤如博陸於昭宣；世祖造邦，功過淮陰於齊趙。風披霆擊，地闢天開。方期文軌之同，大紀旂常之美[2]。何滕城遽啓，葛陣空存。率其伐功，幸哉遇西平之有子；嘉乃丕績，悵然思李牧之用兵。爰申異數之崇，仍舉易名之典。於戲！西南七擒七縱，山川尚識於旌旗；君臣一德一心，魂魄諒陪於弓劍。庶幾英爽，不昧寵光。可。

故祖母外剌真氏追封河南郡王夫人制

睠惟世臣，厥有令婦。能輔成其夫子，以勸相我國家。具官某故祖母某氏，名族姬姜，華姻秦晋。介胄生蟣蝨，殷雷之勸常聞；圖像上麒麟，雞鳴之戒有益。而又克生名嗣，式配前人。宜錫寵章，以昭善慶。爰正魚軒之秩，仍開翟茀之封。噫！邦君妻曰夫人，生雖弗及通侯。子爲丞相，遠益有光。可。

左丞相某加太尉餘如故制

朕丕承先烈，圖任世臣。矧居上相之崇，宜寄本兵之重。具官某，業傳忠孝，德備剛柔。弘濟多艱，勛遠侔於周魯；儀刑百辟，時可致於唐虞。乃睠師垣，尚勞邊境。稽我祖宗之已試，惟卿父子之克堪。庸加掌武之階，以佐修文之治。於戲！循名責實，朕方務於止戈；論道經邦，卿尚勤於補袞。可。

左丞相某加太尉餘如故制

惟軍國雖異容，而文武非二道。眷惟左輔，寔曰兼資。具官某，德器素閎，聲華甚懋；往丞執法，臺閣生風；晋侑秉鈞，官僚承式。材無施而不可，功有位而乃成。宜寓本兵，以隆政柄。於戲！佐萬機之任，深有賴於股肱；折千里之衝，諒不逾於尊俎。可。

故榮禄大夫江浙等處行中書省平章政事完者都特贈效忠宣力定遠功臣開府儀同三司太尉上柱國追封林國公謚武宣制

三千同心，祖宗所以致王業；四百並建，國家所以疇世勳。矧予政路之良，實爾義方之懿。宜伸異數，追獎純誠。故具官某，忠智而静深，雄毅而篤惠。風雲不爽，蚤參絳灌於顔行；露雨並流，迄繼甫申於藩翰。方迓旬宣之績，遽興殄瘁之嗟。庚桑之祝非虚，甘棠之詠益遠。是用加之顯號，謚以令名。爵超五等之崇，秩視三公之重。既端兵本，仍位國楨。匪惟漏澤於九京，抑以勸功於百執。噫！漢文之思李牧，恨不同時；周穆之命君牙，庶其率考。英魂如在，茂渥其承。可。

故妻某氏追封林國夫人制

祥開鵲印，已彰忠孝之全；詠著雞鳴，尤美貞賢之助。盍伸湯沐，追命烝嘗。故具官某故妻某氏，名閥姬姜，能臣伉儷。蚤播宜室家之譽，常懷閔君子之心。尚以瓊瑩，儼德容之有素；玼兮象揥，稱命服之甚華。猶需列爵之榮，乃正小君之位。兹伸恤典，俯慰永懷。噫！五鼎萬鍾，木欲静而風不止；三槐九棘，源之深者流必長。嗟爾淑靈，歆予懿澤。可。

參議中書省事賈鈞父中奉大夫江西等處行中書省參知政事居貞特贈推忠輔義功臣銀青榮禄大夫平章政事追封定國公謚文正制

同心同德，時允賴於經綸；懋賞懋官，禮必兼於崇報。粤我祖宗之謨烈，孰爲左右之忠良？睠念純誠，宜申異數[3]。具官賈某故父某官某，材足以開物成務，行足以範世格民。奮繇閥閲之英，出佐風雲之盛。嘉猷則告於内，自結主知；非道不陳於前，有裨聖學。仁言甚博[4]，介節彌堅。肆文武之兼資，當中外之重寄。籌帷幄則舉無遺策，維藩屏則隱若長城。民歌賈父之晚來，國美召公之日闢。方南行而膏陰雨，儵上騎而比列星。兹惟圖任之新，緬念老成之逝。是用疇庸錫號，節惠易名。啓山礪河帶之書，晋青綬銀章之秩。仍登宰路，下賁玄墟。庶幾少極於哀榮，於以具隆於幽顯。噫！畢公之亮，四世槪弗逮於仰成；申伯之揉，萬邦尚遹觀於濟美。顧惟英爽，不昧寵光。可。

故母李氏追封定國夫人制

慎終追遠，桮棬之澤猶存；崇德報功，湯沐之恩不廢。矧名臣之齊體，宜寵數之稱情。具官賈某故母李氏，琬琰内彰，笄筓素習。柔嘉維則，蚕媲美於姬姜；儆戒相成，寖陞華於將相。懿彼閫中之範，宛其林下之風。乃睠象賢，足占裕慶。兹用追榮石窌，申錫泉扃。慰報本之深思，勵教忠之大義。以光窀穸，以重烝嘗。噫！生也有涯，雖未竟六珈之飾；没而不朽，庶其安五鼎之歆。可。

特進平章政事教化特加開府儀同三司太子太保太尉平章軍國重事上柱國封魏國公制

元良毓德，羽翼之寄匪輕；丞弼均勞，股肱之義無間。肆予邇列，亶有世臣。宜兼命數之隆，式示眷懷之渥。具官某，忠勤而明濟，侃直而惠和。由閥閱之茂勳，爲邦家之偉器。薦更中外，練達古今。屬當代邸之迎，功參平勃；繼預漢廷之拜，位次蕭曹。方有賴於協恭，豈遽宜於勇退。兹用進登亞傅，光輔前星。兵民之要務是咨，祖禰之名封并紹。申階掌武，仍視秉鈞。蔚居柱石之間，雍容廊廟之上。於戲！入承儲極，保身體者望之深；出佽政機，關軍國者任之重。益充令譽，佇傒嘉猷。可。

特進平章教化故曾祖父答加沙特贈效忠翊運保德功臣開府儀同三司太傅上柱國追封魏國公謚康懿制

報功，王者之令典；顯親，人子之至情。矧世篤於忠貞，宜上尋其淵懿。爰加贈錫，以極褒崇。具官某故曾祖父某，涼土奇材，金方間氣。功名著代，未應謝艾之可專；器識絶倫，豈獨韋宗之所覩。睠惟良嗣，入作藎臣。迄流慶於孫曾，亶有光於家國。兹用指魏邦而啓宇，遵周法以易名。六字表功，三能開府。顧遺榮之甚腆，非盛德其孰堪。於戲！七世侍中，盍不墜日磾之訓；四朝元老，又安知長樂之誇。英爽故存，欽承毋怠。可。

故曾祖母梁氏追封魏國夫人制

齊夫人三初，未聞於王命；漢侍中七世，共美於家風。睠我臣工，揚其祖禰。伉儷之重，褒恤是宜。具官某故曾祖母梁氏，西方之美人，東漢之舊族。君子偕老，相大國而顯諸侯；天下復平，居北堂而稱命婦。賞既延於後嗣，位盍正於小君？蓋考德必論其世者，欲浚忠厚之源；列爵必從其夫者，以著貞順之效。兹爲懿澤，尚賁幽扃。可。

故祖父昔李特贈推忠佐命宣力功臣開府儀同三司太師上柱國追封魏國公謚貞獻制

雲臺煙閣，居多故國之臣；玉關金城[5]，代有良家之子。世雖殊而事不異，功若舊而報則新。具官某故祖父某，胄出相門，身逢聖運。竇融朝漢，義固取於尊王；由余入秦，功不逾於定霸。孰若攀龍而附鳳，訖觀歸馬而放牛。蔚爲將帥之良，兼寄兵民之重。光輔五朝之弓劍，弘開萬里之版圖。垂裕本支，流芳簡册。是用表勛作謚，建府經邦。仍申胙於大名，俾從歆於顯考。備於追飾，慰此遺忠。噫！始賞而復公侯，事信有超於往牒；受祉而施孫子，靈其不昧於寵章。可。

故祖母田氏追封魏國夫人制

因親以顯親，大父之功已報；無爵而從爵，小君之號宜加。典禮是常，哀榮斯至。具官某故祖母田氏，毓珍令邃，主饋高華。諒每戒於懷安，故首明於歸往。聿致登壇之拜，終膺胙土之恩。爲室家之道，其義豐；爲子孫之謀，其效遠。足光内則，盍列世封！噫！五桼詩存，無復平生之閔；六珈儀盛，猶當永世之傳。歆此明綸，安於顯祏。可。

故父資德大夫雲南等處行中書省右丞贈銀青榮禄大夫平章政事謚毅敏愛魯加贈秉忠執義威遠功臣開府儀同三司太師上柱國追封魏國公改謚忠節制

衽金革而不厭，勁氣猶生；聞鼓鼙而興思，遺忠可録。矧此岩廊之彦，乃其堂構之良。宜洊追崇，用垂廣勸。具官某故父某官贈某官某，堪輿偉器，閥閲名流。耿上谷之有弇，克當父任；李西平之得愬，足紹家門。七縱七擒，百戰百勝。威憺羌髳之外，境踰秦漢之先，籌略無遺，旬宣不廢。顧王旅甫臨於交趾，而將軍乃病於壺頭。遂致其身，式開厥後。兹用增封大國，進列上公。號以顯庸，謚以叶行。表邦家之八柱，視宰路之多儀。祖禰均恩，闔門與慶。匪獨榮其幽壤，抑以視於昕朝。噫！保乂王家，永念爲臣之不二；光昭令德，亦惟有子之能賢。寵秩有章，歆嘉無斁。可。

故母王氏追封魏國夫人制

積行累功，爰致上公之位；抗尊齊體，宜從大國之封。用衍殊榮，式綿遐慶。具官某故母王氏，清心玉暎，淑德蘭芳。彤史增華，内則素宜於家室；綏章延寵，中權獲展於邊陲。克相令終，俱膺燕譽。彝鼎之刊不泯，庭階之祚未央。衮綉有嚴，褘褕斯稱。以申夙夜儆戒之勸，以慰雨露悽愴之懷。噫！侯母通籍禁中，惜徒存於舊典。將軍題碑墓上，庶共享於榮名。可。

榮禄大夫遥授平章政事中政使翰林學士承旨兼修國史三寶奴特授金紫光禄大夫上柱國遥授中書左丞相封蒲國公餘如故制

篤近舉遠，蓋有國之弘規；崇德象賢，乃爲臣之盛美。雖已班於宰路，猶未究於寵章。洊錫殊榮，於昭異眷。具官某，名家令器，治世通材。知無不爲，將順之忠夙著；行思可樂，顯揚之孝彌彰。肆予臨御之初，與有翊扶之績。爰躋邇列，仍長禁林。念旦夕承辟之孔勤，信夙夜在公而無忝。克循先烈，亶謂世勞。用啓誓於山河，併申名於柱石。服兹新命，踐厥舊官。於戲！日磾之侍漢宫，遂流芳於七葉；伯冏之爲周正，因託譽於百篇。罔俾前修，獨專往牒。可。

張氏第二代嗣師封正一嗣師太清演教妙道真君制

蓋聞古先哲王，莫不以清静寧民爲本。公孫有大隗之訪，陶唐有赤水之往，所以博求至理，在宥天下也。朕甚慕之。張氏正一之教，其幾是乎？今有司以嗣師位號爲請。惟師嗣守道器，遺榮冲引，尚安所事名？然繼宗開緒、納俗安善之跡不可弗表也，宜有顯稱，以致遐仰。可。

張氏第三代系師封正一系師太清昭化廣德真君制

道之大原出於天，而成之在人。有漢天師之緒遠矣，微其子孫善世善承，不怠益大，孰濟登兹？是以代有異人，出裨治化。朕既加號於嗣師，而系師景行焯靈，昭於簡册。渺然自拔，功成不居。《經》不云乎："上德不德，是以有德。"可。

資德大夫中書左丞劉正故祖父聚贈資德大夫中書右丞追封清國公謚昭懿制

惟祖宗之於子孫，猶水木之有源本[6]。末之茂者本必大，流之深者源必長。睠予近弼之忠良，亶自前人之積累。具官劉某故祖父某，重珪疊組之名裔，三百餘年之故家。當世未夷，含章不耀。居家理而宗族稱其孝，與人善而鄉黨服其仁。積是慶餘，克昌厥後。迨其孫而始大，盡爲臣之匪躬。法度森嚴而臺閣風生，政事廉平而聲譽日著。朕博詢於輿論，俾佐秉於國成。嘉乃賢勞，推其所自。是用晋登宰路，陞錫崇階。開大國之新封，稽易名之舊典。以光幽壤，以示昕朝。於戲！忠孝以事其君，尚不負傳家之託；公侯必復其始，庶幾發潜德之光。顧爾英靈，服我休命。可。

故祖母何氏追封清國夫人制

夫有克家之婦，教子以施於孫；國推追遠之恩，尊祖以及其妣。眷予丞弼，錫以寵褒。具官劉某故祖母何氏，慈孝著於閨門，勤儉刑於宗族。卿慼於長，嗟家世之中微；徽後有蕃，幸公侯之始復。雪涕指墓碑而激厲，延師資經訓之菑畬。迨至成人，遂登膴仕。朕既獲忠良之用，兹不忘教養之功。惜哉賫志於重泉，於以追榮於愍册。啓封大國，正位小君。於戲！生也有涯，雖未究六珈之飾；没而不朽，庶幾安五鼎之歆。尚爾有靈，服我休命。可。

故父忠贈榮禄大夫大司徒追封清國公謚簡穆制

立身揚名以顯父母者，人子之大孝；昭天漏泉以爲恩澤者，國家之至仁。眷予丞弼之賢，亶有淵源之自。具官劉某故父某，躬服道義，譽聞家邦；不卑小官，嘗爲禄仕。厭廛市錐刀之汙下，效孟氏之三遷；念祖宗門户之高華，慕燕山之教子。維天福善，爲朕得人。凡中書政本之良，皆平日義方之懿。子欲養而親不逮，身雖没而名則彰。是用陞錫崇階，晋司邦教。啓大封而賜履，節壹惠以易名。庶極哀榮，具隆幽顯。於戲！家聲益大，始賞而復公侯；遺澤無窮，受祉以施孫子。顧惟英爽，不昧寵光。可。

故母孫氏追封清國夫人制

母貴以子，爵從其夫。録善追榮，已致上公之位；抗尊齊體，宜膺大國之封。用衍殊恩，以勸有位。具官劉某故母孫氏，毓芳名族，主饋高閎。賓祭恪恭，内則可儀於九族；閨門雍肅，家人知有於嚴君。勤儉以相其夫，詩禮以訓其子。使朕獲忠良之佐，而國資經濟之才。惜不逮禄養於庭闈，是用錫寵光於泉壤。爰正小君之號，以慰純孝之心。於戲！五鼎萬鍾，木欲静而風不止；三槐九棘，源之深者流必長。尚爾淑靈，歆予茂渥。可。

中奉大夫中書參知政事烏巴都剌故曾祖父木沙剌福丁贈昭文館大學士資德大夫追封吉國公謚忠懿制

士懷忠義，雖百世以如生；澤及子孫，乃積善之餘慶。睠予輔弼，亶有淵源。具官某故曾祖父某，以間世之才，得不傳之學。九州之外、五經之表，固自有人；三辰之運、六氣之行，如指諸掌。知白旄黄鉞之顯西土，率簞食壺漿以迎王師。舉父子以偕來，至孫曾而方大。是用崇階進秩，文館陞華。胙以名邦，錫之美謚。匪獨榮其幽壤，抑以示於昕朝。於戲！德闇而章，所以慰烝嘗之怵惕；世濟其美，庶幾增門户之光華。其服殊恩，以康乃後。可。

故曾祖母法都馬氏追封吉國夫人制

言不出閫，盖婦道止於幽閒；没而揚名，待子孫而後貴顯。睠良臣而論世，宜恤典之追榮。具官某故曾祖母某氏，範正閨闈，德宜家室。知儆戒相成之道，每懼懷安；當艱難共濟之時，首明歸往。慶延後嗣，職代天工。被之象服以是宜，豈曰禄養之不逮。於戲！德惟邁種，故取實於既熟之餘；福至如川，其養源於初發之後。服兹命數，佑爾雲來。可。

故祖父北京路木忽里兀察兒必札剌魯丁贈推誠宣力功臣光禄大夫平章政事追封吉國公謚明襄制〔7〕

天生賢佐，弼予一人；國有寵章，迨其三世。式彰孝治，載在賛書。具官某故祖父某官某，卓爾奇才，生於絶域。父子爲師友，在家盖有異聞；學術貫天人，中國若合一契。於草昧而知天命，奮節義以迎王師。仕歷累朝，慶延後嗣。是用疇庸錫號，節惠易名。封肇啓於名邦，秩仍崇於宰路。載隆典禮，備極哀榮。於戲！逝不可追者親，揚名以顯。德何以加於孝，事君則忠。迪爾後人，歆予成命。可。

故祖母忽八氏追封吉國夫人制

賢者有後，由子以施於孫，國之至仁，尊祖以及其妣。以隆輔弼，以勸臣工。具官某故祖母某氏，淑慎其儀，柔嘉維則。恭儉而中禮，富貴而不驕。儆戒相成，有以相其夫子；茀禄是荷，用垂裕於後昆。概逝者之如斯，嘉芳名之不朽。是用疏封大國，漏澤九原。豈特以慰其家，蓋將使顯於世。於戲！哀榮備矣，庶幾全追遠之恩；雲仍保之，則亦有無窮之聞。顧惟不昧，歆此寵章。可。

故父翰林學士承旨正奉大夫亦福的哈魯丁贈推誠守正功臣金紫光禄大夫大司徒柱國追封吉國公謚忠簡制

惟世祖皇建有極，而衆賢聚在本朝。左右輔弼，罔匪正人；先後奔走，亦多吉士。至於天人秘奧之絶學，皆其家世授受之真傳。及臨事而有爲，顧無施而不可。永懷舊德，默契予衷。具官某故父某官某，剛毅而惠和，廣博而精粹。在階庭爲良子弟，學術可以名家；在朝廷號賢公卿，中外稱其善政。晚以耆老，久侍禁林。嗟哲人之云萎，幸良嗣之克肖。是用易名旌善，錫號表勳。啓山礪河帶之書，晋紫綬金章之秩。仍掌邦教，以光玄墟。於戲！不朽者名，雖死之年猶生之日。欲報之德，移子之孝爲臣之忠。英靈如存，寵光不替。可。

母宰那不氏封吉國太夫人制

母以子而貴，臣以孝爲忠。然令名壽考，人不能兼；而禄養逮親，古所罕見。日侍慈顔之燕喜，予嘉政府之純臣。具官某母某氏，毓秀高華，持身法度。言動不踰於閫閾，賓祭必備於情文。勤儉以相其夫，故夙夜在公而忘其家事；詩禮以訓其子，故廉慎律己而保其令名。盡婦道而盡母儀，宜家人而宜後嗣。肆朕得忠良之助，其可忘教育之勤。是用正位小君，疏封大國。於以著克家之美，於以彰錫類之仁。於戲！象服六珈，儀可爲於内則；黄髪千歲，養永就於南陔。茂對寵光，以綏壽祉。可。

榮禄大夫遥授平章政事商議中書省事太子詹事衛率使何瑋故祖父淵贈推誠宣力功臣銀青榮禄大夫大司徒追封易國公謚武宣制

積功累行，以忠厚而起家；沿流溯源，施恩澤而追遠。疇若予采，詒厥孫謀。具官何某故祖父某，昔守鄉邦，宅心惠政。全民保境，載父老之口碑；立身揚名，見子孫於身後。慰其幽壤，我有寵章。於戲！取實於既熟之餘，德可忘於邁種；養源於方發之始，福之至也如川。迪爾後人，歆予休命。可。

故祖母鄧氏追封易國夫人制

惟天福善，積慶以興其家；有國報功，尊祖以及其妣。予嘉忠藎，厥有淵源。具官何某故祖母鄧氏，出自名門，嬪於右族。懿範隆於閨闈，義方篤於家庭。有子能賢，既没身於王事；及孫而大，克盡道於帝臣。式啓國封，俾從夫爵。於以光於幽壤，於以勸於明廷。於戲！在邦在家，聞達本無於二道；惟忠惟孝，死生俱享於令名。其服殊恩，以康乃後。可。

故父易州等處行軍千户兼軍民總管伯祥贈推忠保節功臣儀同三司太保上柱國追封易國公謚忠毅制

盡忠之士雖死如生，積善之家其後必大。眷此岩廊之彦，乃其堂構之良。爰溯慶源，肆頒綍册。具官何某故父某官某，雄毅而明敏，忠智而清深。粤從總角之年，早已脱穎而出。從其父而犯不可測之敵，忠所事而復不共戴之讎。衆推將帥之才，身際風雲之會。燕南垂，趙北際，固自有人；金先滅，宋後亡，俱嘗戮力。謀屈群策，勇冠三軍。攻城每拔擽以先登[8]，臨戰嘗裹創而出陣。方王旅欲吞於江漢，而將軍乃病於壺頭。莫贖其身，式開厥後。爰舉褒崇之典，仍兼命數之隆。節惠易名，建邦啓土。載加爵秩，備極哀榮。豈但以慰其家，盖將使顯於世。於戲！北風易水，嗟壯士之不還；黄河泰山，暨汝封而長在。英靈不泯，寵命其承。可。

故母楊氏追封易國夫人制

興家必有令婦，錫爵則從其夫。矧在位之忠良，實積慶之垂裕。寵疏湯沐，光賁泉扃。具官何某故母楊氏，名閥姬姜，能臣伉儷。清儉以立門户，勤勞以濟艱難。利家人夫婦之貞，内則素嚴於閨閫；閔君子車甲之盛，中權獲展於邊陲。其身嗟夢幻之幾何，遺澤幸階庭之益衍。是用肇封大國，正位小君。以慰霜露悽愴之懷，以申夙夜儆戒之勸。於戲！侯母通禁中之籍，舊典徒存；將軍題墓上之碑，榮名與享。服我休命，迪爾後人。可。

故母郭氏追封易國夫人制

功成治定，念股肱宣力之勞；善積慶流，亦伉儷得賢之助。爰從夫爵，用表世勳。具官何某故母郭氏，貞淑範於閨闈，慈孝聞於姻族。閔其夫子，永歌五絫之詩；教以義方，遠慕三遷之懿。眷惟良嗣，作我藎臣。端由内則之賢，盍正小君之位？以光窀穸，以重烝嘗。於戲！副笄六珈，嗟死生之契闊；雲仍百世，尚福澤之便蕃。顧爾淑靈，服我休命。可。

母葉氏封易國太夫人制

子之禄逮其親，揚名以顯；朕以孝治天下，錫類有恩。惟元臣之忠良，皆母氏之聖善。將以成其家慶，肆肇啓於國封。具官何某母葉氏，淑慎其儀，柔嘉維則。雖被服之盛，不與君子而偕老；而正位乎内，允協家人之利貞。維以永年，幸哉有子。直言正論，出而揚蹇蹇之風；愉色婉容，入則奉融融之樂。教忠有自，寵錫是宜。賁以象服翟車，榮其黄髮兒齒。於戲！南陔所以美孝子，乃風化之表儀；北堂稱曰太夫人，亦邦家之光耀。永綏壽祉，茂對休嘉。可。

榮禄大夫大司徒知太常禮儀院事田忠良故曾祖父嗣叔贈昭文館大學士中奉大夫追封趙國公謚忠毅制

求忠臣必於孝子，厥有本原；啓大國而爲諸侯，及於祖祢。斯惟懋賞，以待殊勛。具官田某故曾祖父某，泰而不驕，仁者有勇。事親以禮，心勦形瘵於湯藥之間。與物爲春，近悦遠來於干戈之際。允能安集，仍識依歸。矧死事之蹟未忘，而作善之祥有在。追加異數，庸答遺忠。於戲！炫服叢臺，初誓山河之礪帶。圖形烟閣，益綿家世之軒裳。遐想幽貞，尚知明命。可。

故曾祖母曹氏追封趙國夫人制

六世同居，義蓋由於中饋。一門俱顯，禮必及於從封。爰布明綸，俾躋列土。具官田某故曾祖母曹氏，心存孝敬，訓著柔嘉。人無間言，骨肉之情甚懿；事資内助，里閭之盛益深。卒爲開國之臣，是曰宜家之婦。冠於族黨，慶在子孫。用兹湯沐之頒，相彼烝嘗之祀。於戲！佩其象揥，雖已厚於平生；申以丹書，尚有光於永世。可。

故祖父子成贈資德大夫尚書左丞追封趙國公謚武康制

溯淵源而論德，相望百年；崇班爵以報功，是爲再世。以推念祖，以勵立身。具官田某故祖父某，蔚爲時英，凛有將略。此父此子，因心之孝則同；爲國爲民，仁言之利已溥。乃若出奇而清州里，决策以嚮朝廷。臨財能廉，敵愾甚勇。方迓鷹揚之用，聿興豹隱之思。遠邇相從，湛浮自得。蓋遺榮於晚節，以垂裕於後昆。兹用指趙分封，遵周作謚。官列群公之次，秩超九命之華。褒恤有加，情文斯稱。於戲！長弓大箭，莫圖汗馬之勞；赤舄衮衣，已極爲臣之貴。往歆茂典，益衍慶源。可。

故祖母陳氏追封趙國夫人制

恩紀旁流，婦人從夫之爵；榮名上及，臣子尊祖之情。宜畀絲綸，以光簾篋。具官田某故祖母陳氏，躬有淑德，嬪於義門。婉娩聽從之無違，儆戒相成之不怠。先人後己，爲矜式於中閨；睦族宜家，襲儀刑於前轍。卒啓孫枝之盛，盍齊公衮之尊？用舉彝章，俾酬永慕。於戲！龍旂承祀，想欣朱紫之森羅；翟茀以朝，猶有丹青之彷彿。可。

父潤授光禄大夫大司徒封趙國公制

有學名家，父以是傳之子；惟天福善，禄所以逮其親。自昔所難，於今爲盛。式隆孝治，載在贇書。具官田某父某，識洞貫於天人，譽蚤聞於朝野。結知世祖，言如響之應聲；辭爵天朝，身自量而甚準。謂有生之定數，盍取壽而舍名？維以永年，幸哉有子。肆朕龍飛之始，備殫翼戴之誠。信有心傳，灼知天命。是用仍封鄉國，晋陟地官。既以勵於教忠，亦以資於養志。於戲！馭臣之柄在爵禄，朕不敢私；老成於國爲蓍龜，爾尚無隱。益綏壽祉，祇服寵章。可。

故母吴氏追封趙國夫人制

母貴以子，爵從其夫。雖未嘗逮禄養於生前，豈不可追榮名於身後？具官田某故母吴氏，毓芳名閥，主饋高閎。宜室家而夫婦利貞，事舅姑而娌族稱孝。慶延後嗣，名列忠臣。屬當臨御之時，備著翊扶之績。父榮封國，慶壽袞之方開；母實抗尊，悵慈顔之已遠。爰正小君之號，以慰九原之思。於戲！其生也榮，其死也哀，允爲殊遇；事君以忠，事親以孝，是在後人。可。

【校勘記】

〔1〕識，文淵閣本作“質”。

〔2〕大紀旂常之美，旂，底本誤作“祈”，據文淵閣本改。

〔3〕睠念純誠，宜申異數：此八字文淵閣本缺。

〔4〕博，文淵閣本作“溥”。

〔5〕闢，文淵閣本作“闕”。

〔6〕水木，底本原作“木水”，今從文淵閣本。

〔7〕文淵閣本“丁”字後有“前”字。

〔8〕櫟，文淵閣本作“栅”。

卷　三

玉堂類稿

制　詞

故平章政事撒里贈推忠守正佐理功臣太傅開府儀同三司上柱國追封徐國公謚忠肅制

紹築水之封，盖仰思於基構；列雲臺之像，亦追念於股肱。惟兹世勞，在昔先正。有美忠嘉之克肖，眷言褒恤之是宜。故具官某，惇大而直方，剛毅而廉潔。以閥閲之冑而加之博學，以鼎俎之器而濟之純誠。獨發奸謀[1]，冀回淵聽。讜不辭於九死，刑迄正於四凶。文祖知其匪躬，具臣爲之愧色。乃若旬宣之績，暨夫綏定之勛。惠洽閭閻，恩加庠序。剸煩治劇而事皆可法，興利除害而知無不爲。兼衆循吏之所僅能，有古名將之所不逮。家無餘積，塗有公言。方觀長孺之在朝，人皆知憚；緬傒玄成之正己，天不憖遺。兹用胙以徐方，躋於周傅。表功錫號，節惠易名。視台宰之多儀，篚邦家之八柱。昭予令典[2]，慰爾遺忠。於戲！華屋山丘，深起思賢之詠；白雲弓劍，諒深扈聖之勤。尚敷遺於後人，益對揚於休命。可。

故妻晃吾納魯罕氏追封徐國夫人制

積行累功之盛，爰致公封；匹尊齊體之賢，宜從夫爵。匪獨光其家祭，抑以焕於國章。故具官某故妻某氏，毓自名家，嬪於貴族。雞鳴著詠，知婦德之無違；鵲峙在庭，昭母儀之有素。云何不淑，蚤爾長歸。追封湯沐之恩，俯慰栝棬之感。於戲！褘衣闕翟，空留服飾於丹青；石室金縢，尚繼勳名於帶礪。諒惟懿識，不昧欽承。可。

妻宗氏封徐國太夫人制

錫之山川，既追崇於大國；宜其家室，亦正位於小君。以勵忠臣，以彰孝治。故具官某妻宗氏，清心玉映，淑德蘭馨。相饋祀於高華，所期偕老；撫遺孤於艱棘，乃曰未亡。後嗣賴以有成，名閥因之不墜。盍佐北堂之養，俾從東土之封。於戲！膏沐誰容，寧慕六珈之盛飾；風猷未遠，庶幾二惠之能賢。其服殊恩，益修内訓。可。

丞相脱脱故曾祖父虎秃思追封某王制

家國同休，表生平之爲善；淵源遠被，宜奕世之流芳。粤若孫曾，爲吾丞弼。爰推恩於欲報，兼示眷於具瞻。具官某故曾祖父某，稟間氣於兩儀之間，稱奇材於六合之表。風流譽處，雖梗槩之無傳；閥閲聲名，尚光華而有耀。克昌厥後，以迄於今。用追禭於多儀，并申榮於三世。以昭令德，以迪遠猷。於戲！貴震一方，故國之風雲已矣；爵超五等，中天之雨露湛然。英爽未逾，欽承無怠。可。

故曾祖母某氏

積善降祥，於子孫而益著；報功崇德，雖伉儷而必偕。用稱情文，亦彰孝治。具官某故曾祖母某氏，相中閨於裔土，婦禮無違；啓後嗣於清時，家門未憖。譽齊三鳳，功協一夔。用沿開國之封，追畀從夫之爵。於戲！周禮下王后一等，當知在昔之匪輕；蕭氏有丞相八人，弥覺於今之爲盛。柔嘉如在，懿惠其承。可。

故祖父怯失里

加恩泉壤，有國所以勸功；尚論本原，後嗣於焉濟美。榮其大父，慰我元臣。具官某故祖父某，世載賢稱，親逢聖作。會孟津者八百，咸秉盛心；列要服於五千，悉歸至治。乃風猷之弗替，而聲教之所漸。代有其人，不忝厥祖。睠在廷之三俊，實承祀之諸孫。宜極追崇，用昭眷倚。於戲！王公皆爵，孰如君命之榮；伯仲能賢，佇見家聲之振。肆惟幽哲，歆此殊章。可。

故祖母某氏

翟茀以朝，莫起小君於窀穸；龍旂承祀，宜從大父於烝嘗。用勸造邦，亦嘉尊祖。具官某故祖母某氏，以名門之懿淑，爲令婦之表儀。慶集子孫，國賴棟梁之助；恩均昭穆，家傳帶礪之盟。再命所加，九京斯顯。於戲！坐間銀鹿，諒知終列於王官；肘後金章，惜不及觀於相印。永惟柔識，尚服明綸。可。

故父牙牙

同心同德，事不間於古今；懋賞懋官，誼無分於存歿。睠此贊襄之彦，資其揚顯之心。具官某故父某，惇厚有聞，忠貞弗懈。日磾歸漢，胄本出於王家；伯冏事周，職莫親於僕正。執干戈而衛社，負羈紲以從君。勳在五朝，勤非一日。用啓承家之慶，仍居佐命之功。冒九死而不可回，挺然臣節；佐萬機而能有守，簡在朕心。覩俊宅之盡忠，見義方之善教。爰推罔極，追錫有章。於戲！四世五公，掩前聞而獨盛；一門三戟，喜同氣之相輝。尚顧寵綏，益安顯祀。可。

母桓答氏封康國太夫人制

來章有慶，肇開西土之封；壽考維祺，方受北堂之養。從頒湯沐，俾侑旨甘。具官某母某氏，名世高門，宜家令配。蚤資内助，五朝之翼亮無違；晚卲母儀，三季之忠勤有自。光分鼎席，譽盖槐庭。肆予孝治之時，副爾顯親之志。於戲！通侯子爲丞相，昔列遷書；邦君妻曰夫人，今昌魯語。嘉承茂渥，益介耆頤[3]。可。

故榮禄大夫河南江北等處行中書省平章政事何瑋贈推忠佐理同德功臣太傅開府儀同三司上柱國追封梁國公謚文正制

允文允武，遽興殄瘁之嗟；懋賞懋官，庸舉報崇之典。故具官何某，家傳忠孝，德備柔剛。事軍旅而敦詩書，生閥閲而習政務。踐敭臺省，憚汲黯之在廷；勤勩蕃宣，式樊侯之維翰。教興庠序，惠洽閭閻。論事後成敗，國之蓍龜；以身佩安危，朝之柱石。朕方求助，天不憖遺。兹用胙以召棠，躋於周傅。表功錫號，節惠易名。視台宰之多儀，篚邦家之八柱。昭予異眷，慰爾遺忠。於戲！華屋山丘，采思賢於既往[4]；丹書帶礪，尚濟美於方來[5]。爾其顧歆，是爲不朽。可。

故妻張氏追封梁國夫人制

錫之山川，既追榮於先正；宜其家室，亦有位於小君。以彰國恩，以勵臣節。故具官何瑋故妻張氏，誕生名閥，來嬪高閎。淑慎其身，既百年之偕老；柔嘉維則，將永世以流芳。爰錫絲綸，從封湯沐。於戲！正位乎内，雖死之日，猶生之年；在後之人，行己也恭，事上也敬。尚惟不昧，服我異恩。可。

趙王主安故曾祖父孛要合贈宣忠協力翊衛果毅功臣太傅開府儀同三司上柱國駙馬都尉追封趙王謚武毅制

古今大義，莫重君君而臣臣；國家異恩，豈但親親而貴貴。睠予懿戚，代有偉人。自其祖之匪躬，至於今而五世。忠勤益著，典禮宜崇。某王某故曾祖父某，胄出名門，身逢聖運。年方齠齔，從太祖以西征；約結婚姻，尚帝姬而敦好。累建開疆之偉績，遂爲佐命之元勳。迄流慶於孫曾，亶有光於竹帛。兹用贈之周傅，王此趙邦。篚八柱以承天，列三能而開府。表功錫號，節惠易名。於戲！爵至於王，甚盛蔑以加矣；世濟其美，爾祖其與享之。毋忘寵章，是在後嗣。可。

故曾祖母齊國大長公主阿剌海别吉追封皇高祖姑趙國大長公主制

肇造興邦，賴臣子翼扶之力；相成有道，寔皇家肺腑之親。褒恤宜崇，哀榮斯至。某王某故曾祖母某，神明毓粹，智略超凡。決勝運籌，凛有丈夫之風烈；起家裕後，聿開戚畹之王封。爲室家之道其義豐，爲子孫之謀其效遠。追惟懿行，盍胙大邦；用衍絲綸，有光窀穸。於戲！丕謨丕烈，予亦念於前人；維孝維忠，爾尚佑於後嗣。諒存英爽，不昧欽承。可。

故祖父愛不花贈懷忠竭力效勇定遠功臣太師開府儀同三司上柱國駙馬都尉追封趙王謚武襄制

盡忠效節，閔予戚里之賢；沿流溯源，嘉乃世臣之後。誕揚恤典，載在贊書。某王某故祖父某，以太祖之外孫，尚世皇之季主。富貴固其素有，居上不驕；智勇可謂兼全，遇戰則克。是以生名家之子，迄能爲死節之臣。丕顯其先，式開厥後。是用遷封大國，峻秩上公；錫號表勳，易名叶行。旌邦家之一柱，視宰路之多儀。以發幽光，以隆孝祀。於戲！九京可作，賴有不朽者存；奕世其昌，保此無窮之聞。英魂如在，茂渥其承。可。

故祖母月列追封皇祖姑趙國大長公主制

於惟帝姬，下嬪世戚。雖生於宫掖，車服不繫其夫；而施於子孫，家國俱賴其助。肆敷慜册，式慰孝思。某王某故祖母某，穠矣棣華，粹然玉質。在室不煩於姆訓，爲婦克盡於壼儀。始自正家，咸詠肅雝之德；居然生子，聿爲節義之臣。是用追啓新封，進遷大國。於戲！若稽恤典，名位何以復加；垂裕後昆，富貴所以長守。尚惟不昧，歆此殊恩。可。

丞相鐵木迭兒故曾祖父唆海贈翊運宣力保大功臣太尉開府儀同三司上柱國追封歸德王謚武烈制

水注而爲江河，其發源也必遠。木大而爲梁棟，其植本也必深。積盛德於百年，嘉元臣之三世。惟有是似，曰篤不忘。具官某故曾祖父某，從太祖之肇基，爲元勳而佐命。金甲琱戈，而親行陣；篳路藍縷，以啓山林。如霆如雷，張六師之聲焰；於疆於理，開萬里之版圖。聞鼓鼙而興懷，幸孫曾之濟美。兹用分茅以胙，超爵而王。儀既視於秉鈞，階仍升於掌武。表功柱國，定謚易名。誕錫殊恩，遠彰前烈。於戲！有餘之慶，始賞而復公侯；不朽者存，受祉以施孫子。顧惟英爽，不昧欽承。可。

故曾祖母也速貴氏追封歸德王夫人制

録善追榮，既封王而裂土；抗尊齊體，宜錫爵以從夫。具官某故曾祖母某氏，先正令妻，元臣王母。宜家宜室，致門户之方興；如山如河，想德容之甚盛。丕昭壼範，庸拓沐封。於戲！顔如舜英，槪浮榮之易落；書藏金匱，尚令聞之無窮。惟爾淑靈，服兹休命。可。

故祖父不憐吉歹贈推誠保德定遠功臣太尉開府儀同三司上柱國追封歸德王謚忠武制

立身揚名，嘉元臣之盡孝；報本反始，原祖德之自來。乃備哀榮，肆頒命數。具官某故祖父某，生爲名將，蚤事太宗。效忠於憲皇授鉞之時，迄平欽察；宣力於定廟帥師之日，遄有中原。從世祖，當潛見之初；扈王旅，征西南之國。駐黠蒼，下大理，言聽計從；拔善闡，平雲南，師武臣力。旋有征南之役〔6〕，俾代親王而行。天不憖遺，衆所嗟惜。觀我家成大一統之業，皆累朝有不二心之臣。流慶本支，爲今柱石。是用表勳作謚，掌武視儀。聿作國楨，肇開王爵。備密章之異渥，慰泉壤之遺忠。於戲！一門萬石之家，盖益修於孝謹；四世五公之盛，尚永篤於忠貞。佑爾後人，欽予寵命。可。

故祖母也先氏追封歸德王夫人制

雲臺麟閣，越在昔之造邦；翟茀朱幩，盍從夫而有爵。載揚恤典，庸備追榮。具官某故祖母某氏，名閥姬姜，能臣伉儷。柔嘉維則，既正位於室家；儆戒相成，迄流芳於彝鼎。宜其象服，衍以脂田。於戲！五橥詩存，無復平生之閔；六珈儀盛，猶當永世之傳。歆此明綸，安於顯祏。可。

故父木兒火赤贈推忠佐理同德功臣太師開府儀同三司上柱國追封歸德王謚忠貞制

盡忠之士，雖死猶生；積善之家，其後必大。睠予良弼，慶自前人。具官某故父某，智勇而靖深，雄毅而明敏。左右世祖，平定雲南。旋扈聖於武昌，入與謀於家國。維時中統，討叛濟南。攻城每拔槊以先登，對壘嘗裹創而出陣。方王旅籍虎臣之力，而將軍遺馬革之屍。莫贖其身，式開厥後。兹用顯庸賜謚，超爵分封。躋三事以經邦，表一柱而開府。追榮身後，式慰孝思。於戲！龍虎風雲，秉國嘉象賢之嗣；山河帶礪，剖符峻異姓之王。益闡幽光，永垂來裔。可。

故母鎖台氏追封歸德王夫人制

忠於君，孝於親，既極報崇之典；正乎外，位乎内，宜旌伉儷之賢。是生偉人，爰立作相；盍疏湯沐，以重烝嘗。具官某故母某氏，琬琰自將，笄笄素謹。身閑内則，蚤積順於閨門；慶衍後人，寖陞華於宰輔。兹用從封茅土，光賁幽扃。慰報本之深思，勵教忠之大義。於戲！孰不美副珈之飾，生也有涯；庶幾安列鼎之歆，没而不朽。可。

故丞相忽魯不花贈翊運宣力功臣太師開府儀同三司上柱國追封歸德王謚忠獻制

皇皇帝業，念祖宗創始之難；翼翼世臣，備國家報功之典。故具官某，奮由閥閱，勇赴勳名。相我世皇，時維中統。省臺院寺，詳酌古以建官；文物典章，新造邦之立政。致規模之宏遠，備左右之勤勞。胡不百年，可爲一概。兹用王之大國，位以太師。既晋陟於階勳，復兼崇其謚號。以彰舊德，以勵群工。於戲！異姓封王，命數蔑以加矣；長富與貴，忠孝所以守之。尚迪後人，欽承休命。可。

故妻某氏追封歸德王夫人制

念舊追榮，朕所以王異姓；抗尊齊體，邦稱曰君夫人。爰均國恩，俾從夫爵。故具官某故妻某氏，必有令德，乃媲元臣。朝廷有儀，諒閨門之有度；仁義相接，亦夙夜之相成。何間幽明，益崇命數。於戲！夫夫婦婦，澤既被於重泉；君君臣臣，義當明於奕世。淑靈不昧，寵命其歆。可。

故知樞密院事朵兒朵合贈效誠正義安遠功臣某官追封某謚某制

洪惟皇祖，於鑠武功。厥有禦侮之臣，備著捍邊之績。用疏恤典，式表殊恩。故具官某，起自世家，奮爲名將。前無堅敵，既累奏於膚公；願爲忠臣，遂益堅於大節。究觀終始，盍備哀榮！賜謚表勳，增秩超爵。於戲！國家之恩侔天地，無間顯幽；君臣之義昭日星，惟殫忠孝。尚迪來裔，欽承寵嘉。可。

故妻某氏追封某夫人制

嘉我世臣，已備報崇之典；閔其君子，亦惟伉儷之賢。爵俾從夫，恩昭追遠。故具官某故妻某氏，篤生華閥，作媲高閎。宜於而家，豈但矜其車甲；勸之以義，諒不廢於君臣。迄致良人，終爲名將。載嘉懿範，爰畀愍章；誕啓新封，以光窀穸。於戲！萬鍾五鼎，惜無偕老之年；副笄六珈，祭以如生之禮。尚惟不昧，歆此來歆。可。

故中書右丞相答剌罕哈剌哈孫故曾祖父答剌罕啓昔禮贈推忠佐命宣力功臣太師開府儀同三司上柱國追封順德王謚忠武制

觀宰相繫年之表，近閔良臣；慕帝王有真而來，遠思乃祖。爰稽恤典，誕播明綸。故具官某故曾祖父某，卓識超群，沉幾先物。我太祖當在潛之際，怯烈氏有害正之謀。聞奸宄刻期而肆凶，乃晝夜間行而上變。我故有備，彼乃成擒。方涼土之未臣，帥師克夏；出金人之不意，反旆平燕。惟此有不二心之臣，是以成大一統之業。澤流孫子，世篤忠貞。嗟宰木之成陰，盍分茅而列壤。是用秩啓三公之貴，爵超五等之崇。節惠易名，表勛錫號。於呼[7]！風雲龍虎，尚想見於當時；帶礪山河，期有光於奕世。英靈如在，寵命其歆。可。

故曾祖母哈剌真氏追封順德王夫人制

勛莫大於造國，念昔先臣；爵所貴於從夫，昭兹懿範。爰申贈典，以慰朕心。故具官某故曾祖母某氏，生有淑姿，長諧嘉偶。室家閔君子，諒每戒於懷安；食漿迎王師，故首明於歸往。足光内則，盍列世封。於呼！通籍禁中，惜音容之已遠；題碑墓上，庶名譽之俱傳。歆此異恩，昌於後裔。可。

故祖父答剌罕博理察贈叶忠翊亮定遠功臣太師開府儀同三司上柱國追封順德王謚忠毅制

皇皇帝業，念開國之元勛；翼翼世臣，嘉象賢之有子。身亡而功固在，骨朽而名如新。爰著贊書，式隆恤典。故具官某故祖父某，惟昔厥考，乃心先朝。義固有於君臣，情實均於父子。策勛盟府，推第一之蕭何；爲將世家，亦無雙之李廣。延賞作千夫之長，平金收屢戰之功。迨及賢孫，蔚爲名相。瞻言先正，有概予衷。是用儀視公台，封開王爵。表崇勛而錫號，節二惠以易名。於呼！功加於時，澤乃垂於後嗣；世濟其美，名勿墜於前人。尚爾有知，服我休命。可。

故祖母完者歹氏追封順德王夫人制

考德必論其世者，欲浚忠厚之源；列爵必從其夫者，以著貞順之效。伉儷之重，褒恤是宜。故具官某故祖母某氏，静柔其德，淑慎爾儀。夫既象其父賢，汝亦稱其家婦。誕敷漏澤，光賁幽扃。於呼！異姓封王，盖以勛勞之舊；父業傳子，勉旃忠義之家。尚爾淑靈，歆予寵命。可。

故父答刺罕曩加台贈宣忠孝節保大功臣太傅開府儀同三司上柱國追封順德王謚忠愍制

事君致身，克紹前人之烈；生子似父，聿爲名相之家。萃忠孝於一門，歷祖孫而五世。載敭異渥，光賁重泉。故具官某故父某，沉深善謀，果毅冠世。蚤從憲廟，有事西川。轉戰無前，既累奏駿功之捷；忘身臨難，不幸遺馬革之屍。世憐死事之忠，天厚積善之慶。成季之勛未泯，紀於太常；西平之子復賢，光於奕世。是用爵躋極品，號表崇勛。既視秩於三公，復易名於二惠。以旌大節，以勵群工。嗚呼！既死無復生，惟榮名之不朽。盛德必有報，在爾後之能承。國有異恩，朕之篤意。可。

故母脱曾哈納氏追封順德王夫人制

光榮累世，睠我忠臣之門；赫奕殊恩，顯爾夫人之德。維兹之澤，實自其原。故具官某故母某氏，慈順可貞，静嘉有則。良人節義，必是妻能勸其夫；後嗣忠賢，非是母曷生是子？爵至王而極矣，國之禮亦宜之。於呼！如山如河，既追錫小君之號；宜家宜室，實有開奕世之祥。益衍慶源，永垂來裔。可。

御史中丞脱歡母完者氏封順德王太夫人制

車服之繫是夫者，妻之道；身名之顯其母者，子之賢。肇錫嘉名，有光世閥。具官某母某氏，篤生賢嗣，世我良臣。致忠孝之有傳，亦保懷之能教。是用因先王爵，稱太夫人。於呼！召虎旬宣，惟召公而是似；魯侯燕喜，壽魯母以攸宜。欽我寵章，受兹介福。可。

皇太后故曾祖父追封濟寧王謚忠武按赤那演加追封魯王仍謚忠武制

洪惟壽母，用弘濟於艱難；肆朕眇躬，獲丕承於上下。推毓慶兩朝之本，宜追崇四世之親。尊號皇太后故曾祖父追封某王某，天挺英豪，世積忠厚。服勤太祖，奄有庶邦；逮事世皇，遂爲懿戚。惟當今之聖善，皆先世之冲和；雖已啓於王封，猶未蔽於朕志。庸加異數，改錫大邦。仍忠武之嘉名，備哀榮之盛典。於呼！黄河如帶，泰山如礪，國其永存；新甫之柏，徂徠之松，廟斯孔碩。尚歆景命，允建外家。可。

故曾祖母某氏追封魯忠武王妃制

世爲后族，實顯有功；夫乃婦天，故從其爵。式衍東朝之慶，益疏戚里之封。尊號皇太后故曾祖母某氏，德爲母儀，言爲内則。風化素彰於閨壼，祚胤乃正於家邦。是生吾母之慈，大受天下之養。玆用賁其象服，胙以龜蒙。庸昭泉壤之榮，以副宫闈之望。於呼！賢如明德，惜馬氏之未王；福萃太任，底周南之美化。尚其幽懿，服我休嘉。可。

開府儀同三司知樞密院事也先帖木兒故曾祖父蘸木曷贈純誠保德翊戴功臣太尉開府儀同三司上柱國追封泰安王謚武毅制

維師若尚父，載嘉繼志述事之賢；修法有魯僖，爰舉崇德報功之典。誕敷愍澤，光賁幽扃。具官某故曾祖父某，慷慨激昂，果毅沈鷙。東征西伐，必斬將以搴旗；左翼右張，實亡身而許國。惟太祖之神聖，識名臣之子孫。用集殊勛，大開厥後。是用表東岱而賜履，超五等而追王。既錫嘉名，復頒涣號。於呼！故國非謂喬木，丕勞爾先；孝子必出忠臣，永垂後裔。英靈不昧，休命其承。可。

故曾祖母甕吉剌真氏追封泰安王夫人制

爲婦配名世之家，必有令德；封王受曾孫之慶，是豈常恩。爰泝淵源，式隆命數。具官某故曾祖母某氏，貞静著於閨梱，孝儉儀於族姻。夫子無回顧之憂，尊章有善事之譽。立功者成其業，爲國者忘其家。維爾之賢，克正乎内。是以弼亮至於四世，忠孝萃於一門。俾從列爵之封，庸表爲善之報。嗚呼！茫茫我土，亦曰安若泰山；蟄蟄爾孫，尚惟生此王國。眷焉幽懿，歆此明嘉。可。

故祖父唆魯火都贈推誠宣力佐運功臣太尉開府儀同三司上柱國追封泰安王謚忠定制

有大勛勞，必世享其禄位；追榮典册，宜先逮其祖宗。睠惟閥閲之家，可後寵章之恤。具官某故祖父某，謀而能斷，勇而不矜。專擢陷廓清之功而弗居，備險阻艱難之嘗而弗挫。述乃祖帷幄之寄，啓厥子柱石之隆。至於孫而益昌，皆其德之未艾。是用泰岳中土也，以爲爾邦；王章大名也，以爲爾爵。申以嘉號，備其異恩。嗚呼！概念先朝，可謂得人之盛；尚迪爾後，亦克惟朕之承。與國同休，其命弗僭。可。

故祖母唐兀真氏追封泰安王夫人制

婦之爵，從其夫，古今之達道；祖之榮，及其妣，國家之至恩。既積顯庸，宜臻異數。其官某故祖母某氏，謹身節用，媲德娠賢。家門增盛大之基，朝著獲忠良之佐[8]。上不墜於祖訓，下益衍於後人。所謂世臣，亦惟爾敬。是用分茅泰岳，襲爵真封。永以王夫人之稱，配食忠定君之廟。嗚乎！魚軒翟茀，何殊貴盛於當年；瑜珥瑶環，尚迪子孫於百世。幽靈不昧，休命其歆。可。

故父某官贈推忠宣力贊運功臣太傅開府儀同三司上柱國追封泰安郡王謚武穆博羅歡加贈推忠宣力贊運功臣太師開府儀同三司上柱國追封泰安王仍謚武穆制

開國承家，惟克篤於前烈；定功行賞，以啓佑於後人。爰備哀榮，庸嘉忠藎。具官某故父某官贈某官某，勇智似乎祖父，勳業冠乎朝廷。在世祖成宗之時，備出將入相之績。誓師南指，淮海來歸；轉饟西征，關隴晏卧。降王斫帥[9]，忽施勞伐善之言[10]；執法秉鈞，得憂國愛民之體。上既委以心腹，爾亦竭其股肱。蔚爲名臣，載在史氏。雖已加乎寵命，猶未愜於朕心。是用節惠表勛，錫爵啓土。追恩既往，垂勸方來。嗚呼！天有柱，地有維，不慭一老。河如帶，山如礪，其永世王。祢廟有光，朕命無斁。可。

故母追封泰安郡王夫人怯烈真氏加追封泰安王夫人制

夫得賢婦，子有賢母，惟家之隆；生違至養，死獲至恩，斯善之報。爰疏異渥，庸表幽扃。具官某故母追封某夫人某氏，柔順利貞，恭儉節用。以爾茂族，相我元臣。立非常之功，有無窮之聞。篤生令子，復列中朝。襲數世之勛勞，保一家之忠厚。是用錫河岳之履，爲湯沐之封。以示寵綏，式昭慜恤。嗚乎！木欲静而風不止，嘗聞孝子之悲；源之深者流必長，尚衍後人之慶。眷惟魂爽，服此休嘉。可。

母扎剌真氏封泰安王夫人制

報功者，君之仁；顯親者，子之志。用章孝治，誕布明綸。具官某母某氏，有林下風，蔚閨中秀。媲德元老，宜於而家；教子義方，利於吾國。兼爲婦爲母之懿，備從夫從子之榮。是用錫之山川，隆其命數；昭世閨範，稱君夫人。於戲！象服是宜，雖君子不能偕老；正位乎内，而家人見謂利貞〔11〕。益介壽祺，茂對休命。可。

【校勘記】

〔1〕奸，底本誤作“好”，據文淵閣本改。

〔2〕予，底本誤作“于”，據文淵閣本改。

〔3〕耆，文淵閣本作“期”。

〔4〕采，文淵閣本作“深”。

〔5〕尚，文淵閣本作“應”。

〔6〕征，底本誤作“立”，據文淵閣本改。

〔7〕呼，文淵閣本作“戲”。

〔8〕著，文淵閣本作“宁”。

〔9〕斫，文淵閣本作“斬”。

〔10〕忽，文淵閣本作“絶”。

〔11〕謂，文淵閣本作“爲”。

卷　四

玉堂類稿

制　詞

榮禄大夫平章政事同知徽政院事左都威衛使王桓故曾祖父永安州都監增贈榮禄大夫平章政事追封冀國公謚武康制

尊祖敬宗，思廣天下之孝；序功録德，遂及勳臣之先。以勵事君，以勸教子。具官王某故曾祖父某官某，齊家有法，裕後惟仁。基四世之忠良，備累朝之任使。出則爲良將帥，入而爲名公卿。具有顯庸，實由積德。是用表勛錫爵，節惠易名。誕布恩榮，式光泉壤。嗚呼！河山渺渺，載瞻大國於岐梁；子孫繩繩，永底厥后爲堯舜。尚迪爾後，式副朕心。可。

故曾祖母李氏追封冀國夫人制

爲國以禮，恩宜體於群臣；致位崇班，封乃及於三代。具官王某故曾祖母李氏，惟和惟一，有德有功。主饋共稱其賢，率下咸服其愛。遂鍾賢子，克收名世之勛；施及文孫[1]，屹作中朝之佐。是用尊以小君之號，從其列土之封。庶極哀榮，以示恩意。嗚呼！積善有餘慶，必基閨闥之間；爲國生良臣，允副笄珈之盛。幽靈不昧，明命其歆。可。

故祖父金吾衛上將軍知中山府事左副都元帥善贈銀青榮禄大夫大司徒追封冀國公謚武靖制

有功當封，雖遠必録；無德不報，既往可追。矧予宣力之臣，復有詒謀之美。宜隆命數，以備哀榮。具官王某故祖父某官某，以忠孝立身，以仁義發迹。用士致其死力，治民得其懽心。入真定之兵三百餘人，定中山以南四十二郡。不殺降以規賞，常捐己以活人。爲吏則稱其廉循，爲將則號爲智勇。宜子孫之盛大，皆德澤之深長。是用倣周法以易名，表冀方而啓宇。仍躋崇秩，庸示殊恩。嗚呼！仕至執金吾，緬想勳勞之舊；名在太史氏，榮書邦邑之新。英爽如存，休命勿替。可。

故祖母李氏追封冀國夫人制

我有世臣，其功可及於古。人稱賢婦，厥德猶誦於今。爰錫寵章，儷封大國。具官王某故祖母李氏，勤儉慈愛，柔嘉静恭。宗族視爲範儀，舅姑稱其孝謹。内勉君子，外濟時艱。發倉廩以賑歲飢，脱簪珥以紓民責。有脂澤以遺後，宜湯沐之從夫。嗚呼！詒厥孫謀，夙夜每勤於儆戒；烝畀祖妣，春秋永洽於禴祠。苗裔相承，昌熾未艾。可。

故父榮禄大夫平章政事僉書樞密院事兼徽政副使左都威衛使贈金紫光禄大夫大司徒上柱國追封冀國公謚忠穆慶端加贈推忠宣力功臣太傅開府儀同三司上柱國仍追封冀國公改謚忠武制

居朝廷之上，必有腹心之臣；在軍旅之中，則有爪牙之士。惟是二者，鮮能兼之。緬懷勛舊之賢，爰舉褒崇之典。具官王某故父某官贈某官某，番番良士，翼翼小心。世祖識其有爲，裕皇知其可任。出則扈從警蹕，入則守衛宮庭。營威武而儲峙富强，軍神鋒而訓習明練。平山東，鎮清口，遇賞則辭；鑲和林，剪乃顔，有功不伐。庶幾古之良將，信爲國之重臣。雖握樞衡，如在筦庫。宜後人之允蹈，致大賚而啓封。表四字以策勛，視三公而開府。載疇偉績，改錫嘉名。嗚呼！金城湯池，嗟不憖於一老；岐山壺口，今以作於爾邦。永襲休明，式昌嗣胤。可。

故母追封冀國夫人李氏仍冀國夫人制

爲臣居丞弼，以顯其親；推恩及祖宗，况在其母。用光泉壤，申衍腊田。具官王某故母追封某夫人李氏，育德高閎，來嬪茂族。夫能盡臣道，皆内助之得人；子復列台衡，亦義方之有訓。雖偕老之詩莫賦，而孝養之禮無從。是用因子致崇，從夫錫爵。嗚呼！父子亦既濟美，宜大其家；名器所以馭臣，匪私於汝。服予休渥，保爾利貞。可。

妻劉氏封冀國夫人制

國家凡賚於臣工，恩澤必加於伉儷。蓋内有主饋之寄，則外盡事君之忠。於以見夫婦之體齊，而君臣之義大。具官王桓妻劉氏，相其夫子，宜於室家。春秋克敬於烝嘗，夙夜諒多於儆戒。用能保其禄位，以不墜於箕裘。宜錫脂田，式昭婦道。欽予休命，對爾新封。可。

故金紫光禄大夫平章政事翰林學士承旨秘書監領崇福司事秦國公愛薛贈推誠協力贊治功臣太師開府儀同三司上柱國追封拂林王謚忠獻制

功大者位隆，勞多者賞厚。備國家之恤典，必勛舊之良臣。故具官某，有服大僚，克勤小物。既宣力於憲廟，復受知於世皇。使於四方，挺節窮荒之外；列於庶位，正色周行之間。早已歷於機衡，晚乃分於茅土。太息九原之不作，若爲千載之可傳。夫官莫隆於師，而爵莫貴於王。且號以表其勳，而謚以著其行。具此衆美，可謂特恩。豈惟旌爾之賢，所以爲後之勸。嗚呼！身没而名不朽，足慰平生；邦舊而命維新，益昌乃世。英靈有濯，寵渥其歆。可。

故妻撒剌氏追封拂林王夫人制

王封異姓，特隆念舊之恩；妻曰夫人，盍俾從夫之爵。故具官某故妻某氏，位正乎内，德協於中。其夫歷事於累朝，有子咸躋於膴仕。盛大固由於世德，訓戒亦本於閨門。肅啓拂林之邦，式慰焄蒿之感。嗚呼！死生契闊，百兩之御，百兩之將；終始哀榮，五鼎而養，五鼎而祭。歆予漏澤，佑爾後人。可。

榮禄大夫知樞密院事木忽剌封廣平王制

國非謂喬木，必有勛勞之世臣；爵莫貴封王，宜畀子孫之賢者。具官某，乃祖先父，累朝元功。逮予纂承之初，資爾翼助之力。左右厥辟，握掌武之樞機；夙夜在公，長周廬之禁衛。是用超之五等，胙以大邦。嗚呼！丕勞爾先，故有生而富貴；克篤前烈，尚永保於忠貞。明聽朕言，對揚休命。可。

太保曲出故祖父某追封祁連王制

昔在初載，粤有藎臣。濟朕於艱難，保朕於冲幼。必乃祖之攸訓，至厥孫而始彰。宜異其愍恤之恩，以稱其積累之善。具官某故祖父某，忠厚爲本，勤儉爲基。德可致富貴而弗居，謀可建功業而弗有。故其施於後也大，所以食其報也豐。是用疏西土而啓封，超五等而錫爵。皆推原其所自，庸垂勸於方來。嗚呼！思克舉之邅迴，以有今日；望祁連之峻極，庸建爾邦。魂兮如生，歆兹成命。可。

故祖母某氏追封祁連王夫人制

論忠臣之功，莫大於保其體。求孝子之志，莫先於顯其親。載疇爾庸，遂及祖妣。具官某故祖母某氏，静恭可則，勤儉有常。惟積善以深培本根，宜再傳而致位台衮。蔚爲元老，輔朕眇躬。既加異姓之王，宜命從夫之爵。有光門閥，式表國恩。嗚呼！魂魄故鄉，想天山之不改；烝嘗祢廟，諒翟茀之如存。不昧祗承，式昌嗣續。可。

故父某追封祁連王制

惟國家之大臣，應天地之昌運。雖鍾河岳之秀，實本祖父之賢。具官某故父某，簡質繼其前人，忠信篤於後嗣。乃左乃右，在朕有保翼之良；惟艱惟勤，於今爲柱石之重。欲報之德，每念其先。爰啓大邦，超上公而命爵；載疏美號，詔太常而易名。增閥閱之光華，慰焄蒿之悽愴。嗚呼！父爲師[2]，子爲保，既備哀榮；君以禮，臣以忠，尚全終始。英魂不爽，漏澤惟歆。可。

故母某氏追封祁連王夫人制

母之鞠育其子，正欲大其家聲；君之寵綏其臣，孰若尊其先世？爰疏異數，昭示至恩。具官某故母某氏，功見於宜家，德足以裕後。篤生良輔，以保朕躬。翼衛於幼冲之時，扈從於艱危之際。始終盡瘁，夙夜在公。遠追古之名臣，蔚爲今之元老。推其積善之自，錫以從夫之封。稱王夫人，建祁連國。嗚呼！非此母不生此子，果若人言；有其德必得其名，時乃天道。歆兹明命，慰爾幽靈。可。

開府儀同三司上柱國江浙等處行中書省左丞相別不花故曾祖父某官答思朵朵別贈服勤濟美功臣太保儀同三司追封居延王謚安敬制〔3〕

父傳之子，萃忠孝於一門；祖逮於孫，備哀榮於三世。具官某故曾祖父某官某，志在功烈，心無死生。力戰則聞鼓而不聞金，臨事則見義而不見利。威稜憺乎群國，武勇冠於三軍。方太祖之在潛，知曆數之有屬。故見危而授命，寧殺身以成仁。共憐李廣之數奇，尚想張巡之眥裂。是以王加異姓，國啓新封。錫號以贊其忠，易名以表其節。嗚呼！龍翔黑水，昌期曾感於風雲；蚓食黄泉，漏澤仍沾於雨露。精神不爽，休命惟歆。可。

曾祖母革思的斤迭林氏追封居延王夫人制

漏澤九泉，莫厚於國家之典；追榮三代，惟施於宰輔之臣。矧忠義之相傳，由閨門之有度。具官某故曾祖母某氏，儆戒成於夫子，教訓及於兒孫。國爾忘家，世載其美；追原懿德，盍啓新封。嗚呼！在昔艱虞，厚報豈圖於今日？致身富貴，長守是在於後人。苗裔相承，昌熾未艾。可。

故祖父答剌罕秃怯里贈推誠保德功臣太傅開府儀同三司上柱國追封居延王謚莊敏制

事君致身，人臣之大節；封王列土，國家之異恩。既忠於前，宜榮於後。具官某故祖父某，驅馳百戰，終始一心。雖身没而名存，况父忠而子孝。亦天啓於昌運，故世產其英賢。將軍豈惡於生，恐傷於義；壯士既得其死，甘喪其元。此汝所以存心，於理宜其有後。是用誕頒爵號，以答勛庸。昭乃辟之弗忘，俾爾孫之有勸。嗚呼！聞鼓鼙而思將帥，如見平生；指帶礪而誓河山，庶幾不朽。精神如在，恩渥其歆。可。

祖母也先那革思迭林氏追封居延王夫人制

君臣以義合，故有死事之臣；夫婦以德從，必獲稱家之婦。克兼是美，宜享其榮。具官某故祖母某氏，淑慎其儀，柔嘉維則。若夫若子，繼没於三軍；爲母爲妻，獨守於一節。是用乃孫之貴，載加大國之封。嗚呼！如山如河，緬想克宜於象服；於疆於理，尚惟永胙於脂田。昭爾幽靈，歆予休命。可。

故父贈揚武守正功臣太保儀同三司追封延國公謚忠節卜花术加贈揚武守正定遠功臣太師開府儀同三司上柱國追封居延王仍謚忠節制

朕思良將，爲有死之將軍；世選爾勞，惟象賢之濟美。録功惟重，頒爵故超。具官某故父贈某官某，業紹祖宗，才兼文武。杖節邊陲之外，甫脱命於纍囚；息肩卿監之中，復聞謀而上變。大建征西之府，以爲逐北之圖。彼乃懼而詐降，爾竟歸而遇害。惟天福善，生子世家。雖已錫之山川，宜益尊其名號。以勵後世，以慰當年。嗚呼！馬革裹屍，獨殺身而報國；虎頭食肉，終啓土以封王。爾魄如生，朕命維允。可。

故母阿台忽禿哈氏追封居延王夫人制

盡忠爲臣，既封王而列土；正家有婦，宜錫爵以從夫。具官某故母某氏，妻道可書，母儀可則。其夫死事，力求屍於莽中；負骨來歸，上祈哀於闕下。鞠躬盡瘁，守節持家。煢然母子之依，致此公台之貴。緬懷賢範，益厚徽章。嗚呼！副笄六珈，尚想宜家而宜室；萬鍾五鼎，庶幾事死如事生。佑爾後人，歆予寵命。可。

故母脱烈氏追封居延王夫人制

媲賢伉德，既克稱於名家；厚本浚源，乃篤生於良輔。概違至養，庸畀恤章。具官某故母某氏，幽閒之姿，貞順之行。内而正其閨閫，外則和於族姻。生備嘗於艱難，没宜躋於祭祀。是用改從王爵，封以居延。下齊夫子於玄臺，上配爾姑於祢廟。嗚呼！母之愛其子，咸願致於公台；朕以廣其恩，故特隆於命數。其歆景命，允迪後人。可。

妻卜顔察氏封延國夫人制

惟國家推恩，而命爵於夫婦，齊體而抗尊。彰厥有常，達於庶位。具官某妻某氏，生於盛大之族，嬪於忠孝之門。貞静純和，既克勤於中饋；儆戒畏慎，諒多贊於夫君。宜加湯沐之封，以爲伉儷之重。益勉婦道，用相爾家。可。

御史大夫伯都母某氏封泰安王太夫人制

官德懋者莫大於親榮，濟世美者實原於母訓。誕敷命數，光賁庭闈。具官某母某氏，蚤以名家，嬪於華胄。事尊嫜而盡禮，處娟族而可儀。夫克成其大勳，助由中饋；子能繼其先志，教有義方。宜疏泰岳之封，庸正小君之位。嗚呼！三牲五鼎，養喜逮於親年；副笄六珈，貴盍齊於王者。其承景命，永介壽祺。可。

銀青榮禄大夫安南國王遥授湖廣等處行中書省平章政事陳益稷加金紫光禄大夫餘如故制

委質歸朝，既去逆而效順；以爵馭貴，宜崇德而報功。誕播明綸，用孚衆聽。具官陳某，知畏天者事大，期保境以全民。慕帝王之有真，見幾而作；懼祖宗之不祀，自拔而來。以忠孝之誠，受知於世皇；蒙天地之恩，嗣封於故國。始者周王之赫怒，罰罪弔民；終焉舜帝之誕敷，班師振旅。彼迷不復，爾守弥堅。拯溺救焚，從王師凡一再舉；適館授粲，留湖右幾三十年。身歷事於四朝，志不踰於初節。肆朕踐阼，亟其來朝。是用增新秩以示恩，仍舊封而授職。嗚呼！内寧外撫，朕不忘銅柱之南；近悦遠來，爾益拱辰星之北。祗若休命，永肩一心。可。

仰山慧慈靈感昭應大通禪師加封慧慈靈感昭應大通正覺禪師制

佛法本空，實慈仁而利物；神道設教，大變化以無方。某山某禪師，自唐會昌以來，有小釋迦之號。因緣出現，知幾刼之修來；願力弘深，致二神之獻宅。大哉德施之普，巋然江水之西。爰即舊封，肆加美謚。嗚呼！求神通，索妙用，未嘗有爲；畏天命，閔人窮，是乃正覺。陰翊王度，永鎮名山。可。

仰山顯德仁聖忠佑靈濟王加封顯德仁聖忠佑靈濟廣慶王福德聖仁忠衛康濟王加封福德聖仁忠衛康濟順慶王制[4]

山川出雲爲雨者，是名曰神；功烈在民則祀之，乃古之制。有嘉靈跡，爰錫賁書。某山某王，能自得師，聿來胥宇。乘蜿蟺扶輿之氣，爲聰明正直之神。水旱疾疫之不常，遇裁輒禱；伯仲塤箎之相應，如響隨聲。兹既達於予聞，其並增於美號。嗚呼！爲民請命，故致力於山靈；明德惟馨，繼自今其世享。祭則如在，感而遂通。可。

太保曲出妻完者台氏封應國夫人制

朕聞家人正而天下定，鵲巢應而王道成。蓋國之本在家，而女正位乎内。有嘉賢淑，作儷元臣。具官某妻某氏，生后族之中，服女師之訓。配其爵位，宜而室家。是用貴因其夫，榮開大國。肆誕敷於明命，其祗服於訓詞。於戲！邦君之妻曰夫人，乃古人之制[5]。婦人以義勸君子，惟汝之賢。欽念寵嘉，益勤敬戒。可。

御史大夫伯都母王氏封泰安王太夫人制

國之名臣必有内助之美，家之孝子必有母訓之嚴。自昔予聞，於今乃見。具官某母王氏，貞静表於閨闈，慈儉儀於族姻。方良人任社稷之勞，必勸以義；及有子任耳目之寄，克教以忠。勛庸備載於鼎彝，命數猶稽於象服。爰錫從夫之爵，以慰愛親之心。於戲！被山帶河，雖君子之不待；前周後魯，於賢嗣以攸觀。永篤忠貞，以介眉壽。可。

通奉大夫侍御史趙世延故祖父蒙古漢軍征行大元帥按竺邇贈推忠勛庸功臣太保儀同三司上柱國追封秦國公謚武宣制

應天順人，惟祖宗之仁聖；建邦啓土，亦將帥之勤勞。睠此盈成，申之褒贈。具官趙某故祖父某官某，才兼文武，德備忠良。挺不世之姿，佐方興之運。率師滅夏，莫不望風而降；假道破金，咸謂自天而下。以帝王之兵，不殺爲本。故秦蜀之衆，長驅而平。遂收百戰之功，迥出諸將之右。慕興唐之英衛，老不辭難；方佐漢之良平，謀無遺策。九京不作，千載如生。是用進位台衡，表勛柱石。冠四字以錫號，節二惠而易名。榮開白社之封，載在丹書之府。嗚呼！望三千之組練，古名將何以加；渺百二之山河，爾嗣孫其是似。尚維英爽，歆此寵嘉。可。

故祖母白氏追封秦國夫人制

夫將帥之後有清白之名，必閨闥之間有勤儉之教。具官趙某故祖母白氏，出於令族，配我良臣。起從諸王，歷事五帝。南征北伐，當建業之難；内撫外攘，受總戎之寄。賞則均於士伍，功必讓於偏裨。惟爾謹身節用以正乎家，勞心焦思以淑於後。施於孫子，允稱執法之中；在我國家，宜贈從夫之爵。以正位號，以極哀榮。嗚呼！生將門，歸將門，獨秉詩書之訓；始婦道，終婦道，是膺象服之宜。魂而有知，歆予景命。可。

故太傅録軍國重事録太醫院事依前開府儀同三司宣徽院使領大司農司事鉄柯贈推誠佐理翊戴功臣太師開府儀同三司上柱國追封秦國公謚忠穆制

豐水有芑，儲材式遺於子孫；南山得賢，圖任正資於耆舊。遽亡一鑑，孰作九京。故具官某，喬木世臣，高山景行。推前人未究之志，廣太上好生之仁。全活知幾百人，出入餘五十載。貳公弘化，爲商鼎之鹽梅；事君致身，作周邦之屏榦[6]。弼亮四世，終始一心。生雖極於顯庸，没盍伸於恤典？是用胙之大國，躋以上公。錫號而表勛，易名而開府。於戲！載瞻西土，永懷德義之言；啓迪後人，益贊邦家之固。英魂不爽，寵命其承。可。

故妻畏兀兒都古魯氏追封秦國夫人制

慎終追遠，本蓋繫於家人；崇德報功，恩式隆於恤典。故具官某故妻某氏，毓芳名族，作儷元臣。約婚爰自於初年，歷夫艱阻；歸國竟尋於舊好，宜其室家。事姑備孝養之隆，教子熟義方之訓。緬懷賢範，加厚徽章。雖文駟雕軒，生未正小君之號；然鸞誥象服，没猶荒大國之封。尚克歆承，式昌嗣續。可。

故妻冉氏追封秦國夫人制

朕聞生榮死哀，禮無先於爵賞；男外女内，義莫重於人倫。所以録既没之勛庸，推而及平生之閨閫。故具官某故妻冉氏，慈孝而恭儉，貞静而淑和。作配世臣，號稱賢婦。胙既開於大國[7]，封可後於從夫。於戲！副笄六珈，豈異當年之榮耀；山河百二，尚貽後嗣之昌隆。咨爾幽靈，服我休命。可。

妻張氏封秦國夫人制

咨爾故具官某妻張氏，婦人從夫爵者也。爾夫以四朝元老爲我近臣，九京不可作矣。用開大國以封之，躋上公以贈之。惟爾盡婦道以正家，篤義方而教子。肆頒異數，以慰爾死生契闊之思。其益敬恭，永對光寵。可。

某官不憐吉歹封河南王制

撫帝業之艱難，爰思將帥；啓功臣之盟誓，宜及子孫。咨爾在廷，聽予作誥[8]。具官某，知明識遠，心廣體胖。勛名克篤於前人，藩翰久勤於外服。昔將平於内難；朕大投艱；方深計於中途，卿獨决進。志存弼亮，身佩安危。所謂社稷之臣，盍享尊榮之報。迺復煩於機務，非示寵於忠良。是用命汝襲諸侯王，以長守於富貴；歸丞相印，以自養於壽齡。既不遠於京師，可以時而朝覲。允資重望，坐鎮一方。於戲！表河之南，念爾乃祖乃父；爲國之屏，敬哉有土有民。永建厥家，毋棄朕命。可。

光禄大夫同知徽政院事趙國公常孛蘭奚故曾祖父資贈效順功臣太保金紫光禄大夫上柱國追封趙國公謚安穆制

朕惟德盛位隆，勞多賞厚。故爵有五等之制，恩有三世之推。豈朕所私，乃國之典。具官常某故曾祖父某，鍾河岳之氣，逢祖宗之時。助玉食之調娱[9]，佐瑶圖之開闢。出參輦轂，入侍禁闈。惟夙夜不懈於忠勤，致孫曾益躋於顯盛。是用詔太常而定謚，命中書以授官。以賁九原，以勸百辟。於戲！表恒山而賜履，惟爾之賢；建上公以錫名，亦榮之至。尚迪爾後，毋忝世臣。可。

故曾祖母侯氏追封趙國夫人制

掌先朝九重之養，厥有内臣；啓名家累世之昌，必資賢配。允爲餘慶，宜涣異恩。具官常某故曾祖母侯氏，惟儉惟勤，克淑克慎。至曾孫而建土，皆積善之降祥。是用正位小君，儷封全趙。於戲！魚軒翟茀，已無及於當年；礪山帶河，尚永存於奕葉。眷惟幽爽，不昧欽承。可。

故祖父兀邇篤贈推忠守義功臣太傅儀同三司上柱國追封趙國公謚恭敏制

一善必録，聖哲所以得人；五世其昌，忠良故宜有後。風雲不改，茅土方新。具官常某故祖父某，大節傳家，小心事主。負羈紲而從巡狩，知無不爲；和鼎鼐以輔經營，死而後已。迄啓孫曾之慶，聿開閥閲之華。載錫公封，俾從祢祀。於戲！洗而揚觶，豈無杜蕢之正言；書以汗青，不遇董狐之良史。朕方概想，爾尚顧歆。可。

故祖母孟氏追封趙國夫人制

洪惟我祖，建官必得其人；粵若汝家，得君最親於衆。何愛從夫之爵，以副尊祖之心。具官常某故祖母孟氏，德媲臣工，禮明閨闥。上致舅姑之養，下教子孫之忠。宜啓世封，式綿家慶。於戲！母儀婦道，早稱德耀之賢；象服脂田，永顧邯鄲之胙。服予休命，相爾後人。可。

故父資善大夫同知宣徽院事咬住贈推誠宣力保德功臣太師開府儀同三司上柱國追封信都王謚忠懿制

祖宗創業，時非一手足之爲；家國同休，古有萬子孫之祝。矧惟邇列，亶是世臣。爰推漏澤之恩，以慰在廷之彦。具官常某故父某官某，致身得地，稟性自天。方當就傅之年，已識事親之禮。近耿光於世祖，承明眷於裕皇。由鼎俎以造邦，小試阿衡之事業；指鹽梅而喻相，諒多啓沃之謀猷。迨予訪落之初，念爾老成之遠。克昌後嗣，益茂前聞。是用躋異姓之王封，視多儀於公府；表駿功而作號，錫美謚以易名。少極哀榮，用光幽顯。於戲！周家列爵五等[10]，顧兹命數之已超；金氏七葉侍中，尚衍聲名於不朽。肆惟英爽，不昧欽承。可。

母馬氏封信都王太夫人制

胙之民社，固追念於世勞。相其階庭，又丕昭於母訓。盍疏湯沐，以賁晨昏。具官常某母馬氏，有内則之修勤，得老氏之慈儉。周旋中禁，閨門儆戒以相成。燕坐北堂，簪笏怡愉而就養。由國命婦，陞王夫人。於戲！從夫爵而爵既崇，保家聲而聲益振。受兹祉福，宜爾子孫。可。

妻徐氏封趙國夫人制

小君之稱，所以正位乎内；從夫之爵，所以勸功於朝。宜畀恩言，俾榮志養。具官常某妻徐氏，居然令德，所謂家由婦興；嬪於世臣，豈特母以子貴。何愛魚軒之寵，以成翟茀之華。夫豈眷私，盖彰孝治。於戲！怡愉鶴髪，無以夫人而自安；敬戒雞鳴，庶幾君子之偕老。可。

加賜普庵禪師塔名制

朕聞佛氏以空寂爲宗，則凡學其道者寧欲建名號，殊稱謂，以示天下後世哉！而國家非此無以昭尊德樂道之意也。朕自即位以來，聞袁州大慈化寺普庵寂感妙濟真覺昭貺大德慧慶禪師印肅紹臨濟之緒，超華嚴之境，德映當代，澤被方來。其道甚尊顯，心切慕之。既累錫大謚，惟塔號未稱。可加賜定光之塔曰定光靈瑞之塔，主者施行。

表 牋 致語

天壽節中書省賀表大德丙午

誕開熙運，合九五以毓聖神[11]；丕衍鴻圖，撫億兆而膺壽富[12]。欣逢華旦，喜溢中秋。中賀。欽惟皇帝陛下，大德體元，玄功致泰。無爲而治，猶勤典禮之修。不令而行，益廣恩言之布。當千齡之慶會，得萬國之懽心。臣等幸列台衡，光依宸極。河清海晏，龍飛常御於中天；星拱雲從，虎拜敢先於率土。

翰林院陞從一品謝表

天開文運，治載睹於熙朝；地切禁林，恩比崇於極品。具僚胥慶，斯道增華。中謝。欽惟皇帝陛下德与日新，聖由天造[13]。遇儒臣而特異，相古所無；進院秩以示優，自今而始。親授銀章之重，益爲玉署之榮。臣等學愧前修，位隆往代。典謨訓誥，敢忘黼黻之勤；元首股肱，願效賡歌之盛。

進三朝實録表皇慶元年十月九日

一人御極，聿嚴金匱之藏；三后在天，實監玉堂之紀。粵若稽古，克底成書。中謝。欽惟皇帝陛下，孝友慈仁，温文睿哲。統之垂，業之刱，今昔繼承；功以著，德以彰，在兹纂録。首崇筆削之任，式宏龜鑑之圖。臣等職忝禁林，才非良史。繫年繫月，豈足盡於先朝？作典作謨，庶有徵於今日！

興聖宫元旦中書省賀表

正月始和，禮聿嚴於元會；聖人教愛，養莫大於尊親。宇宙維新，臣民均慶。中賀。欽惟皇太后陛下，身爲内則，德媲《周南》。興明聖於兩朝，皇圖益衍；昭慈仁於四海，帝治弥昌。是宜宫壼之基，可底邦家之盛〔14〕。臣等職慚百揆，忠守一心。地久天長，願怡愉之齊壽〔15〕；風和日麗，普覆載以常春。

中宫元旦中書省賀牋

三陽肇序，彰泰道之方亨；萬物皆春，表坤元之厚載。歡騰海宇，喜溢宫庭。中賀。敬惟皇后殿下，寬裕有容，柔嘉維則。功密孚於宗社，德允稱於褘褕。輔贊皇猷，廣二南之風教；昌延聖祚，茂百世之本支。聿增彤史之光，式衍椒房之慶。臣等幸逢盛旦，忝備台司。仰日月之儷明，誕昭内治；在璣衡而齊政，永紀長年。

文廟落成祝聖致語

伏以建國君民，學爲先務。歸美報上，頌必有祈。方追蹤三代之宏規，敢推本一人之大德。欽惟皇帝陛下承天御極，繼聖受圖。虞夏商周所弗臣，悉同文軌；風雨霜露無非教，咸被聲光。肇卜上庠，首營新廟。宫墻翼翼，聿來學禮之徒；俎豆振振，共藴祝堯之志。臣等夙叨化育，幸際平成。爰酌禮於古今，庸致嚴於朔望。思皇多士，於樂辟雍。作之君，作之師，首善繫四方之本；教以忠〔16〕，教以孝，感恩同萬歲之呼。

【校勘記】

〔1〕文，底本作“聞”，據文淵閣本改。

〔2〕父，底本誤作“夫”，據文淵閣本改。

〔3〕底本文題原缺“制”字，據文淵閣本補。

〔4〕底本文題内“加封”原作“用封”，據文淵閣本改。

〔5〕人，文淵閣本無此字。

〔6〕幹，文淵閣本作“翰”，較勝。

〔7〕胙，底本誤作“昨”，據文淵閣本改。

〔8〕予，底本誤作“于”，據文淵閣本改。

〔9〕娱，文淵閣本作“和”。

〔10〕列爵五等，文淵閣本作“五等列爵”。

〔11〕文淵閣本“毓”字後有“乎”字。

〔12〕文淵閣本“膺”字後有“乎”字。

〔13〕造，文淵閣本作“縱”。

〔14〕可，文淵閣本作“克”，較勝。

〔15〕怡愉，文淵閣本作“岡陵”。

〔16〕忠，底本作“臣”，據文淵閣本改。

卷　五

玉堂類稿

敕賜碑

平雲南碑

國家繼天立極，日月所照，罔有内外。雲南，秦漢郡縣也，負險弗庭。乃憲廟踐阼之二年，歲在壬子，我世祖聖德神功文武皇帝以介弟親王之重，授鉞專征。秋九月，出師。冬十二月，濟河。明年春，歷鹽夏。夏四月，出蕭關，駐六盤。八月，絶洮，踰吐蕃，分軍爲三道，禁殺、掠、焚廬舍。先遣使大理招之，道阻而還。十月，過大渡河。上率勁騎，由中道先進。十一月，渡瀘，所過望風欵附。再使招之，至其國遇害。十二月，傅其都城。城倚點蒼山、西洱河爲固。國王段興智及其柄臣高泰祥背城出戰，大敗。又使招之，三返，弗聽。下令攻之。東、西道兵亦至，乃登點蒼，臨視城中。城中宵潰，興智奔善闡。追及泰祥於姚州，俘，斬以徇。分兵略地，所向皆下，惟善闡未附。明年春，留大將兀良合解經略之，上振旅而還。未幾，拔善闡，得興智以獻，釋不殺。進軍，平烏蠻部落三十七。攻交趾，破其都。收特磨谿洞三十六。金齒、白衣、羅鬼、緬中諸蠻相繼納欵。雲南平，列爲郡縣，凡總府

三十七、散府八、州六十、縣五十、甸部寨六十一，見户百二十八萬七千七百五十三，分隸諸道，立行中書省於中慶以統之。大德八年，平章政事也速答兒建言，所領雲南地居徼外，歷世所不能臣。先皇帝天戈一麾，悉歸王化。今其民衣被皇明，同於方夏，幼長少老，怡怡熙熙，皆自忘其往陋，非神武不殺之恩不及此。惟點蒼之山嘗駐蹕焉，若紀聖功，刻石其上，使臣民永永瞻仰，於事爲宜。中書以聞，制曰："可。"以命詞臣。臣某再拜稽首而言曰：世祖皇帝之德大矣，譬如天地之無不持載，無不覆燾[1]，而生生之意恒寓於雪霜風雨、寒暑變化之中。物之蒙之者[2]，薰然而温，灑然而濯，翕然而同，靡然而順，有不自知其然而然者。故其功烈之崇、基業之廣，貫三靈而軼千古。夫以大理之昏迷[3]，旅拒虐我使人。若奮其武怒，俾無遺育可也，而招徠綏緝，終釋其主弗誅。嗚呼！微天地之德，孰能与於此乎！今陛下建中和之政，凡以繩祖武，厚民生，無所不用其極。中外欽承，無遠弗届。是以藩方大臣於錢穀甲兵之外，惓惓以光昭令德爲請，其知爲政之本也已。漢世宗從事西南夷，天下爲之騷動。蜀民咨怨，喻之諄諄。鑿池洫習，再駕而後取之。其視今也孰愈？穆王周行寓縣，必皆有車轍馬跡焉，初非疆理天下也，而世猶誦之至今。其視跋履山川，灑濯其民而納於禮義之域孰多？彼碧雞金馬与夫點蒼，皆其山之望者也。漢使祭之，唐季盟之，夫各有所畏焉耳。今也鐫未始磨之崖，紀無能名之績，桓桓煒煒，与世無極，豈惟足以震百蠻、榮千古，其餘光所被，山川鬼神与嘉賴之。嗚呼，盛矣哉！臣事先皇帝，早受眷知，今復待罪禁林，發揚蹈厲，職也不敢以荒落辭，謹再拜稽首，而系之詩。曰：

於皇維元，載地統天。大噫小嘘，曰寒以暄。粤西南陬，水駛山崤。風霆流形，氣交神州。跂息蠕蠕，勾萌鮮鮮。谷飲巢居，燕及跕鳶。繄誰之恩？聖祖神孫。武烈文謨，湔祓生存。既有典常，被之服章。我吏我民，我工我商。萬國一家，孰爲要荒。點蒼蒼蒼，禹跡堯墻。井鉞參旗，終夜有光。威不違顔，作善降祥。嗟爾耄倪，視此勿忘。

拂林忠獻王神道碑

皇慶元年春，天子若曰："我太祖皇帝肇受天命。太宗、憲宗惟艱惟勤。逮世祖奄有萬方，子孫承承，底於朕躬。元功大臣，宣力載勞。褒崇弗稱，朕甚憫焉。"於是，制贈故金紫光禄大夫、秦國公愛薩推誠協力贊治功臣、太師、開府儀同三司、上柱國，追封拂林王，謚忠獻。詔臣某撰文，刻碑墓道，顯休之。謹按：公，西域拂林人。祖不阿里。父不魯麻失。公剛明忠信，能自致身立節。於西域諸國語、星曆、醫藥無不研習。有列邊阿答者以本俗教法受知定宗，薦其賢。召侍左右，直言敢諫，爲世祖所器。中統壬戌春，詔都城二月八日大建佛事，臨通衢結五采流蘇，樓觀集教坊百伎，以法駕迎導。公進言曰："方今高麗新附，李璮復叛，淮海之壖刁斗達旦，天下疲弊，瘡痍未瘳。縻此無益之費，非所以爲社稷計也。"上嘉納之。是月望，上幸長春宫，欲因留宿。公趣入，諫曰："國家調度方急，兵困民罷。陛下能安此乎？"上方食，愕然，盡以賜公，拊其背曰："非卿，不聞斯言。"促駕還。自是，日見親近。公亦無所隱。至元戊辰春，大蒐於保定之新安，日且久。公於上前語供給之民，曰："得無妨爾耕乎？"上即日罷。從幸上都。新涼亭成，大宴諸王。百官競起行酒，公進曰："此可飲乎？"上悟，抱公膝上，啐其頂，左手挽公髯，飲以酒。顧謂皇太子曰："有臣如此，朕何憂焉？"癸未夏四月，擇可使西北諸王所者，以公嘗數使絶域，介丞相孛羅以行。還，遇亂，使介相失。公冒矢石，出死地，兩歲始達京師，以阿魯渾王所贈寶裝、束帶進見。令陳往復狀，上大悦，顧廷臣，嘆曰："孛羅生吾土，食吾禄，而安於彼；愛薩生於彼，家於彼，而忠於我，相去何遠耶！"拜平章政事，固辭。初，上登萬歲山，瞻望四郊惻然，纍纍欲遷之，及將盡徙南城居民實大都，皆弗果。賜宿衛士廬舍，禁殺胎夭，麋置西域星曆、醫藥之署，立廣惠司，給在京疲癃殘疾、窮而無告者，皆以公言罷行之。成宗即位，眷益隆，賜腰輿出入。大德癸卯，上弗豫，政出閫闥。秋八月，京師地震。中宫召，謂公曰：“卿知天象。此非下民所致然耶？”公對曰：“天地示警戒耳，民何与！願熟慮之。”曰：“卿早何不言？”公曰：“臣奏事，世祖及皇帝雖寢食，未嘗不召見。今曠月日，不得一入侍，言何由達？”數年之間，災異日起。公力陳弭變之道，辭多激切，弗納。丁未，上棄臣民。公時在秘府，有秘文，非御覽不啓。中使奉内旨迫取，公厲色拒之。今上皇帝奉皇太后至自懷州，悉誅奸黨，迎立武宗，以公爲忠，爵賞特異。方倚柄用，至大改元六月癸卯，薨於上都之私第，年八十二。三宫悼惜不已，贈賻有加。某年月日，葬某所。公起家，爲定宗近侍。中統間，掌西域星曆、醫藥二司事。至元戊辰，兼廣惠司。丁亥，拜秘書監。己丑，領崇福使。甲午，加翰林學士承旨、兼修國史。大德丁酉，遥授平章政事。丁未，封秦國公，積階至金紫光禄大夫。今而有是命，前後以功、以言被賞賚，及卒葬，賜贈黄金爲兩者四百有奇，白金七百有五十，楮幣十五萬，水晶、金玉器、珠衣帽、寶帶、錦衣、白馬不可勝計。六男、四壻、三孫，皆爲大官近侍。長男也里牙，光禄大夫、秦國公、崇福使、領司天臺事。次腆哈，翰林學士、承旨、資善大夫、兼修國史。次黑廝，光禄卿。次闊里吉思，太中大夫、同知泉府院事。次魯哈，昭信校尉、提舉廣惠司事。次咬難，宿衛興聖宫。長壻榮禄大夫、宣徽中政使納忽答兒。次中順大夫、同知崇福司事速剌哈。次資德大夫、章佩院使月忽難。次更直禁衛士黑黑。長孫寶哥，次宣哥，次安童，皆直禁衛。盛矣！竊謂古之有天下者，皆以得人爲基。我朝以神武仁恕定四海，群方萬國，忠良亮直、雄偉傑雋之士，莫不都俞廟堂之上，歷數世而彌光。若公者得輸肝瀝膽，致位丞弼，自公而王，載美太史，垂榮子孫，稱社稷之臣，豈偶然哉！銘曰：

於戲皇元，赫赫巍巍。聖祖神宗，超姚夷羲。東集扶木，西臻虞池。嚴嚴在廷，文凝武思。我有争臣，拂林之支。衣義飫仁，載公轢私。佐定翼憲，世皇是儀。靡言罔從，靡德弗施。我車爾辅，我舟爾維。惟公之來，廢寢忘飢。惟公之言，堇荼如飴[4]。杖節遐徼，信威四陲。朝霜茫茫，夕雪霏霏。既復而往，復往而歸。蒙强突勁，睨險如陕。彼留而安，寧歸而危。皇華以遣，出車勞之。大德之末，蕭墻禍基。牝雞晨雊，猩猩夜啼。圓儀示儆，方載陳規。弗悟弗悛，竊弄潛窺。在朝惟公，謇謇不移。我皇赫怒，草刈榛夷。大業載安，天平地熙。惟公始終，不詭不隨。漢軼武騫，唐擬徵珪。何以賚之？寶帶珠衣。何以貴之？大冕桓圭。膴膴拂林，爾封爾提。惟君之聖，惟賢之知。欽於世世，視此貞碑。

趙氏先廟碑

先王之制，諸侯廟五，大夫廟三。父爲士，子爲大夫；葬以士，祭以大夫，禮也。是以君子將營宫室，宗廟爲先，祭器爲次，居室爲後。而宗廟之器苟可銘著者，無不著焉，所以慶，所以勸也，忠孝之道備矣。今天子稽古右文，一本於禮，河洛之思，羹墻之見[5]，概然延念先正之臣，克左右，亂四方，其股肱心膂之績固以彰於彝常，焕乎其足徵矣。乃若國家所以報往而勸來者，猶以爲未底極也。爰命公卿舉先猷，展故實，而隧章之典行焉。於是，陕西行御史臺以雍古氏父子勳伐列上公車。有旨，集博士、禮官議。議既上，詔故征行大元帥按竺邇爲推忠佐運功臣、太保、儀同三司、上柱國，追封秦國公，謚武宣。配白氏，秦國夫人。故蒙古漢軍都元帥國寶爲推誠佐理功臣、光禄大夫、平章政事、柱國，追封梁國公，謚忠定。配雲氏，梁國夫人。明年，公孫世延入參大政，政以咸熙。天子嘉焉，又贈其曾祖故群牧使黫公彰義保節功臣、資德大夫、御史中丞、上護軍，追封雲中郡公，謚貞毅。配阿剌弘氏，雲中郡夫人。繇是，參政之先三世六人皆蒙加恩。又明年，參政拜中丞，自中丞遷右轄，分治雲南。天子顧中丞非君不可，復拜中丞。以乃祖、乃父勤勞皇家，宜最其平生[6]，著之閟祀，庶幾永啓厥後。爰詔臣某文其家廟麗牲之石。臣惟上之下下郅隆者，恩也；大復古始者，禮也，感激奉詔。謹按：雍古氏，雲中世族。武宣公幼孤，育於外氏，曰木要甲，因姓舅姓，轉而爲趙。武宣智略沈雄，弓馬絶世，未冠，材器已顯，攻城掠地，所向無前。扈太祖平河湟，從太宗下岐鳳，馘强俊，取平涼，慶原、邠、涇，如風隕籜。金源固守關河幾二十載，一旦武宣假道擣虚，如天墜而地湧，良、平之智不及施，賁、育之勇無所用，心潰膽裂，莫之能支。睿宗深所嘉賞，金源繇之遂墟。已而，奉律西征，隴右遄定。進兵蜀道，首奪階文。守漢陽，制三邊，納吐蕃，收後效。成都、夔門之戰，江油、張掖之師，皆其功之較然者。多謀尚義，厚下恤民，所至救殄戮，贖俘囚，輯降附，則所惠蓋廣矣。然則開國之功不後諸將，而略不滿假，退然若無，所謂勞謙君子者歟？忠定雖出將家，自幼學問雍容閑雅，言貌甚都，蓋武宣雖積苦兵間，而敬禮儒生，恒戒軍中無毁文籍，是宜有佳子弟之報。慷慨倜儻，能得人之懽心。勇於當敵，愛恤士卒，有古名將之風焉。重慶删舟之戰[7]，皆居軍鋒，或降或殲，無不如志。火都受首，策之弥精[8]。思立奇功以承先志，乃招屬户修廢州，虎視西南，别授元戎之寄。於是，徼外羌渠畏威欵塞，列於王會。初不自以爲功，降羌爵命反出其上，殷勤遜謝，益簡帝心。君子有終，世濟其美，古之名將有不能及者矣。竊嘗究觀成功之臣，弗居者百一，而矜以致敗者何多也？若武宣、忠定爲而弗有，有而弗恃，簪組蟬聯，式克至於今日，父子、祖孫並受顯服，胙之秦梁，躋之廟祏，將遂爲百世不遷之祖，非盛德孰濟登兹[9]！嘗聞雲中據西北河山之奥，原野高博，風氣凝厚，炳靈異而生其間者不出則已，出則必瑰偉絶世之材。若雍古氏之達已數世，而方來者弥昌，其不謂之間氣之鍾歟？且家奮於韜鈐，而中丞服膺詩書，動必以禮，高材姱節，負天下重望。尊天子之命，考先王之禮，於報本返始、教孝移忠之義，蓋惓惓也。《詩》不云乎："以似以續，續古之人。"斯可謂能似續者矣。揆厥淵委，宜有雄詞發揚蹈厲。老臣何能？然大君有命，謹摭其大者而系之銘。銘曰：

皇帝御寓，天盖地函，萬有咸罔。施仁錫類，幽遐闓通，恩明在上。矧兹世勞，崇功廣業，禮有攸當。惟雍古氏[10]，方叔召虎，父子相望。揚休纘慶，光於邦家，以將以相。桓圭玄衮，爾祖其從，同尊与享。馨香惟德，子孝臣忠，世世無曠。刻此貞石，以昭淵猷，以迪永養。

應昌路報恩寺碑

城應昌之四十有一年，上即皇帝位，制公主相哥剌吉封皇姊、大長公主。子阿禮嘉世立嗣，封魯王。命下之日，主謂王曰："應昌有土，肇自太祖皇帝，成於世祖、裕皇。而順宗皇帝，今儀天興聖慈仁昭懿壽元皇太后實己所自出。上篤親睦之誼，承成宗、武宗惇叙之志，以有今日。欲報之德，惟佛焉依。至大二年，嘗規建佛寺於宫之東，曰報恩。盍竭力成之？"既成，請文勒碑，昭示無極。上以命詞臣。臣某謹按：太祖初興，魯國忠武王按赤那演以佐命元勳有分地，約世婚，而昭睿順聖皇后歸於我世祖，太祖之孫薛赤干公主下嫁王子納陳。至元八年，始置應昌府，以封其子帖木兒，尚帝季女囊加真公主。未幾，陞府爲路。十四年，帖木兒北征，有大勳，賜號按答兒圖那演。元貞元年，封濟寧王。主爲皇姑、大長公主。子弴不剌尚相哥剌吉公主，乃今皇太后之中子也。大德十一年，武宗即位，封皇妹、大長公主弴不剌魯王。逮今嗣王，祖孫凡五世，國益大，爵益貴，恩數益異，爲之傅以輔之，爲之群有司以治之。於是，弘吉剌氏雖古塗山、有娀不足擬隆。寺之建，所以歸美報上，昭忠孝也。殿堂廡門、庖寮庫庾、庋經之室、棲碑之亭金碧焜華，棼橑宏密。繚以周垣，亘以修塗，一木一石必出乎己，一夫一役不煩乎民。簡僧之有行業者曰智以主之，日帥其徒誦演祝讚，梵唄洋溢。諸佛降監，祖考來格。帝室王家，福禄攸同。謂之報恩，不亦宜乎？洪惟聖祖神孫，覆斯天，載斯地，廣大慈仁，與佛一德。皇姊嗣王，克永孝思，克廣德心，以崇佛乘。宜聖上親親之道弥至，而臣子報稱之誠無斁。贊皇圖於億載，保王國以匹休。猗与盛哉！臣某謹拜手稽首，而獻頌曰：

在昔太祖，龍興朔方。惟弘吉剌，忠武洸洸。佐定中原，遂開大荒。約締世婚，申錫土疆。寔生昭睿，相我世皇。光天之下，德盛仁强。應昌既邦，魯國是王。貳館繼承，奕葉重芳。連城列邑，沃野相望。設官分職，乃紀乃綱。婉婉皇姊，愛積厥躬。帝弟帝兄，承於祖宗。洎我聖母，澤濬恩隆。何以報之？佛法是崇。乃集群材，乃徵六工。於城之中，於宫之東。爰作爰謀，爰蔽我衷。以奠覺皇，以展孝恭。飛殿峩峩，列屋周阿。丹題藻棁，電轉星羅。彤雲承霤，翠霧凝柯。天花夕雨，貝葉晨哦。慧日曬光，祥風扇和。寒松沃色，碧海澄波。永底佛慈，百禄是荷。磐石其宗，礪山帶河。聖母萬年，帝壽且多。佛法廣運，皇道無頗。

魏國趙氏先德之碑

夫立德制行，外有以孚於人，内有以孚於家，善亦審矣。若其晦顯，則係乎時焉，而非爲善者之所急也。金源氏之末，有趙令宰元城，吏民愛之。既没，相与封樹其墳，至今謂之縣冢。此可謂善孚於人者矣。令之冢婦曰袁，寇至，携二兒逃於鄰穴，不納，則棄己所生者於草，抱前室子以免。明日，寇退，草中兒亦無他。衆義而賢之。此可謂善孚於家者矣。其孫爲御史，使東南，還過潤。適秋濤大溢，冒田廬，毁城郭，失亡甚衆，存者無所得食。輒以便宜發官粟以賑，全活無算。其後，乘貳車，廉問浙部[11]，又值饑疫。躬歷民廬勸分，所活如上。然則好善，其家法耶？先是，朝廷興舉恤典以勸臣鄰，視厥子孫之秩，追命其先有差。乃延祐二年冬，御史臺言曰："侍御史趙簡自始通籍以迄於今，宣猷多矣。其家贈封之恩，敢請循令甲。"制曰："可。"贈大父琛，資善大夫、大司農卿、上護軍，追封魏郡公，謚安僖。父楫，榮禄大夫、大司徒、柱國，追封魏國公，謚敏惠。大母袁、母李，皆追封魏國夫人。明年春，再以表墓爲請。有旨，命臣某文之於碑。謹按：趙氏，魏人。曾大父藻，元城令。大父琛，潛德沈輝[12]，七十二乃終。娶於李，生汴而卒。再娶於袁，生楫，即草中棄者也。袁有志，撫勤以裕貧[13]，儉以養節，衣食必先汴而後楫。既長，則遣楫壻於李，而爲汴娶董氏焉。汴亦終不仕，以養。曰進，曰德，其子也，又皆賢。楫雖出居，然不忘其親，事之極孝，趨義尚交，俶儻自憙。中統初，宣撫張公某材而辟之。辭，不許。則願下就工官，以便定省，張公益賢之。後遷承事郎、織染司提舉，善於其職。嘗輸幣於宮府，獨以精良受美錦之賞。以老，上印綬去。陳書樂賓，不復与世事。張夢符書其堂曰“餘慶”，李受益爲之記，盧處道爲之銘，名士數十人皆歌詩以屬之。大德癸卯正月十三日，卒，得七十有四年。李慕用君姑之德，順而貞，睦而肅，以服飾易書教子，故皆有成。後夫四年卒，得七十有四年。子男四：曰簡，中大夫[14]、侍御史。曰亨，襄陽三司大使。曰潤，山東宣慰司照磨。曰循，雜造織染提舉。皆能官有譽。簡端深闓亮，服膺詩書。向自浙部入爲刑部侍郎，遷南臺，治書河東憲，拜治書侍御史，參議中書，河南參政，晋居臺端，建白宜開經筵，講聞治道[15]，及選耆儒訓迪宮邸。上嘉其忠，賜貂裘、犀帶。至是，又有今命。父子、祖孫逮於閨門，咸食善報，所謂降之百祥者歟？《書》云：“臯陶邁種德。”夫臯陶亦豈若農圃然，日夜眷眷，遲其所殖之孳茂且實，而享有其利哉？世或不察，而以種德自名，持陋而望奢，尅期延佇，小有不遂，則已固疑而怠。衆亦且笑而議之矣。夫以一婦人當危急存亡之時，身且不保，何暇他有所計？特其真誠恤孤，保抱鞠育，同於所生，及顛沛造次之頃，能不失其本心耳，又豈知今日之報乎？惟趙氏之善發於元城，濬於魏郡，而澄涵於敏惠。然非有爲而爲之，是故充於中而弗外見，必有後嗣若此，然後大禄。君子曰：“幸哉！不然，爲善者何恃？”臣既奉詔叙次，爲之三嘆，申以銘詩，曰：

太上貴德，芚芚其誠。道既隱只，有實有聲。抑又散譌，課功責贏。或觖以對，或惋而馮。是以在昔，戒毋近名。顯允茂宰，維魏之華。嗣有淑哲[16]，寔昌厥家。夫出婦居，衆奔以譁。曰寇至矣，績捐其麻。左抱右提，孌孌呱呱。蒼黄怔營，一母二嬰。誕棄其一，豈獨寡情？顧此失恃，我所素矜。棄彼在我，此棄孰生？天兩全之，載歸載寧。自兹繩繩，時乃天道。我初何心，人謂其報。司徒司農，崇封顯號。湯沐大名，配食祖考。懿被淑人，維神所勞。天道無親，恒与善人。天何言哉，委於大君。允爾趙氏，茀禄用新。言与其善，言昭其廛。咨爾雲來，爾朂爾遵。

匡氏褒德之碑

天子既興聖人之治，忠孝貞節之旌徧天下，而下邳匡氏尤以挺特聞。延祐二年九月三日，遂以集賢大學士臣顒請，賜匡氏褒德之碑。臣某奉詔，爲之文曰：匡氏，漢丞相衡之裔，世居滕。後有諱友者，与子珍耕於邳，皆甚賢。鄉人慕之，號其居曰“匡家穴”。珍娶劉氏，生一子，曰才，是爲元帥公。公雄勇多智，好讀孫、吴書。仕金，爲武略將軍、邳徐兵馬都巡使。歲壬辰，金亡。甲午，率所部歸國，屬大帥太赤麾下。令招收散亡，還守邳境。公言：“邳、徐逼宋北邊，而銅郡、孟山、宿遷、桃源、睢口皆要地。今不早乘勝攻取，則邳、徐不可守矣。”帥大然之，益兵，俾与裨將百家奴進擊。不旬月，五城皆破，獲馬都統、王都統以歸。板授沂、邳、東河監軍。丙申，邳人袁萬作亂，陰連宋將李都統，兵襲邳。公出戰，大敗之，獲袁萬。加沂、邳、東河監軍〔17〕，諸路兵馬使〔18〕。戊戌，徐守張彦叛，合宋將鮑太尉等來攻。復敗之，擒其將丘太尉等二十餘人。進沂、邳、東河元帥，兼建武軍節度副使。壬子，宋兵大入境，戰不利，死之，時年六十五。夫人高氏，儒家子，亦負奇操。歲庚子，公計事幙府，邳賊夏興乘虚襲破邳，執夫人以去。夫人大罵不屈，賊怒，拔刀斮面，僕地。賊以爲死，獲免。百家奴破賊，分其産以畀之，幙府因名其田曰夫人莊以旌之。公死時，夫人年始三十五，誓死不嫁。子國政，六歲而孤，所依唯母。一日，宋兵暴至，母子相失。母哭曰：“天乎！吾子死，匡氏絶矣！我生不如死。”乃冒鋒鏑，求於亂屍中，得之，卒幸全。中統三年，李璮叛，宋人伺間擊破邳，盡俘邳人，國政与母與焉，居之淮安。至元十三年，宋亡，國政率其衆三百餘户北歸，從淮東行樞密院别乞烈迷失朝於上都。賜宴便殿，錫以衣服、鞾帽，授承事郎、揚子縣丞，歷睢寧、汶上主簿。丁母艱，起，佐濮州，遷睢州判官、虞城縣尹，所至以廉惠稱，事母尤極孝。母年五十，疾甚，刲肝活之。復疾，復刲肝。後數載，又疾，又剔腦和藥以進，疾竟愈。母聰明康强，八十九而終。國政廬墓終喪。有麞時至廬所，若素豢者。郡邑聞而異之，曰："父死忠，母守貞，子盡孝，有一猶難，矧兼之耶！"上其事，表其里曰貞孝。女一，適毛閏。孫男二：曰傑，曰慶。女四：長適陶英，次適屯田提舉單禎，次適劉江，次適金師古。公之墓在里之先塋，夫人高氏祔。謹按：昭文館大學士、太醫院使完顏致所狀如右。臣某曰："匡元帥屢立顯功，殺身爲國。雖三遷官皆出幙府，時官制未行也。高夫人不辱其身。國政克致其孝。有司旌之，宜矣。而國政間關數千里，率衆來歸，僅得貳一遠縣，世祖之惜名爵可知已。國政陸沉州縣四十餘年，曾無幾微顧望心，不亦賢乎？匡氏一門大節焯焯如此，然非臣顥不能上達，非聖天子不能嘉憫而褒顯之。則是舉也，豈不君君臣臣哉！"銘曰：

匡氏維邈，有相於漢。徙滕蓄懿，耕邳遘亂。仡仡元戎，沉幾獨斷。爰歸有德，振我南翰。刈旗馘將，捐軀折叛。輸忠未究，居然永嘆。阽危反覆，全家就難。蹀血僵尸，南遷北竄。黠戎斫面，馴麞繞寷。婦貞子孝，赫焉炳煥。嗣子歸朝，素髮州縣。德隆報爽，玄造誰算？文臣爲言，睿渥湍渙。穹碑既揭，河昭宿爛。抒誠播辭，永激頑懦。

均州武當山萬壽宫碑

皇慶元年春三月，京師不雨。遍走群望[19]，不雨。詔武當山道士張守清，禱而雨。明年春，不雨，禱而雨。夏，又不雨，又禱，又雨。既霑既渥，乃大有秋。上寬憂顧，下蘇飢窮。道術以及物爲功，諒矣。初，均、房之間有山曰太和，又曰仙室，以玄武神居之，名武當。踞地八百里，峰七十有二，最高曰紫霄之峰。峰之最勝曰南岩，岩前有洞天二，曰大安皇涯之天，曰顯定極風之天。上出浮雲，下臨絶澗，猿啼鳥嘷，豺虎所家，人可投足者僅尋丈許。道家言龍漢之年，虛危之精降而爲人，修道此山。道成，乘龍天飛，是爲玄武之神。至唐貞觀，益顯，天下尊祀。宋理宗時，詔道士劉真人作宫此岩，不克。漢東異人魯大有隱居五龍觀，草居菲食四十餘年，救災捍患，預知人禍福，時人神之。天兵破襄漢[20]，去，渡河訪道清和真人，西絶汧隴，北踰陰山。至元十二年，歸，与道士汪真常等修復紫霄、五龍諸宫，獨結茅南岩。或請作室廬，曰："非爾所及也。其人將至矣。"二十一年秋九月，師自峽州來，年二十一，願爲弟子。大有欣然曰："吾遲子久矣。"即授道要。明年春正月，大有仙去，師躬執耕爨，墾山鑿穀，種粟麥爲食。繼帥其徒剪薈翳，驅鳥獸，通道，自山趾三十里至五龍觀，又七十五里至紫霄宫，又八十里至南岩。歲三月三日，相傳神始降之辰，士女會者數萬，金帛之施雲委川赴。乃搆虛夷峻，揵木穹谷，刊石窮厓，即岩爲宫。廣殿大庭、高堂飛閣、庖庫寮次，既嚴且潔，炫晃丹碧，轇轕雲漢。像設端偉，鐘鼓壯亮。引以石徑，蔭以松杉。積工累資巨萬計，歷二十餘載乃成。墾田數百頃，養衆萬指。至大三年，今上皇帝、儀天興聖慈仁昭懿壽元皇太后聞師道行，遣使建金籙醮。徵至闕，賜宫額曰天一真慶萬壽。置提點甲乙住持。制加神號玄天元聖仁威上帝；神父，啓元隆慶天君明真大帝；神母，慈寧玉德天后瓊真上仙。賜師號體玄妙應太和真人。延祐改元春二月，皇太后命師乘馹，奉香幣，還山致祭。冬十月，集賢大學士臣顥請加賜宫額曰大天一真慶萬壽宫。詔翰林學士承旨臣某撰碑文，集賢學士臣孟頫書丹，中書參知政事臣世延篆額。臣某竊惟聖天子原清静之本，躬垂拱之化，父天母地，懷柔百神，陶成萬類，子育兆姓，宵衣旰食，期底於治，可謂至德也矣。師以雲棲霞舉之侣，而能振道濯德，焦心苦志，奮樹堂壇，以承天休，亦可謂豪傑之士矣。師闓疏果毅，方嚴質茂，雖大祠祭，不待沐浴更衣，所感必應。雖身被顯寵，如始入山，其有道者耶？若神之德廣大混茫，變化無方，謂列宿所鍾，詎不信然！從師至京者，曰唐道玄云。臣某謹拜手稽首，而獻詩曰：

翼軫之墟均房間，白雲峩峩武當山。根盤千里阻且艱，七十二峰羅烟鬟。帝遣玄武驅神奸，被髮長劒衣黫黫。穹龜修蛇猛且閒，乘雲而來馭風還。跂予望之杳莫攀，真人學道鎸堅頑。飛上千仞誅榛菅，斡旋天樞啓天關。瓊樓珠宮翠回環，霞披霧暎黄金鐶。湛恩大號帝所頒，神來居之珮珊珊。寒松蕭颼水潺湲，飛香滿空馥黄蘭。願神永永哀民𪫎，汎掃穢濁無恫瘝。我皇萬歲御九寰，興聖怡愉長朱顔。

【校勘記】

〔1〕燾，文淵閣本作“幬”。

〔2〕文淵閣本“蒙”字後無“之”字。

〔3〕夫，底本誤作“天”，據文淵閣本改。

〔4〕荼，底本誤作“茶”，據文淵閣本改。

〔5〕羹，底本誤作“蕭”，據文淵閣本改。

〔6〕最，文淵閣本作“撮”。

〔7〕舟，文淵閣本作“丹”。

〔8〕彌，底本誤作“你”，據文淵閣本改。

〔9〕濟，文淵閣本作“克”。

〔10〕惟，文淵閣本無此字。

〔11〕問，文淵閣本作“訪”。

〔12〕沈，文淵閣本作“韜”。

〔13〕撫，文淵閣本作“操”，屬上句。

〔14〕中，底本作“□”，據文淵閣本改。

〔15〕講，底本誤作“搆”，據文淵閣本改。

〔16〕淑，文淵閣本作“明”。

〔17〕軍，底本誤作“戰”，據文淵閣本改。

〔18〕使，底本誤作“吏”，據文淵閣本改。

〔19〕遍，底本誤作“偏”，據文淵閣本改。

〔20〕破，底本誤作“被”，據文淵閣本改。

卷　六

玉堂類稿

敕賜碑

大元國學先聖廟碑

皇慶二年春，皇帝若曰："我元胤百聖之統，建萬民之極，誕受厥命，作之君師。世祖混一區宇，亟修文教，成宗建廟學，武宗追尊孔子，所以崇化育材也。朕纂丕圖，監前人成憲，期底於治，可樹碑於廟。詞臣文之。"臣某拜手稽首，奉詔言曰：臣聞邃古之初，惟民生厚，風氣漸靡。聖人憂之，越有庠序學校之制。天下之治，胥此焉出。中統二年，以儒臣許衡爲國子祭酒，選朝臣子弟充弟子員。至元四年，作都城，畫地宮城之東爲廟學基。二十四年，備置監學官。元貞元年，詔立先聖廟，久未集。大德三年春，丞相臣哈剌哈孫答剌罕大懼無以祇德意，乃身任之。飭五材，鳩衆工，責成工部郎中臣賈馴馴。心計指授，晨夕匪懈，工師用勸。十年秋，廟成，謀樹國子學。御史臺臣復以爲請，制可。至大元年冬，學成。廟度地頃之半。殿四阿崇尺六十有五，廣倍之，深視崇之尺加十焉。配享有位，從祀有列，重門修廊、齋廬庖庫，爲楹四百七十有八。學在廟西，地遜於廟者十之二。中國子監，東西六館，自堂徂門，環列鱗比，通教養之區，爲間百六十有七。制加孔子大成之號，祠以太牢，贊釋奠雅樂[1]。江南復户四十，肄之。春秋二祀，先期必命大臣攝事。皇帝御極，陞先儒周敦頤、程顥、程頤、司馬光、張載、邵雍、朱熹、張栻、吕祖謙、許衡從祀，廣弟子員爲三百。進庶民子弟之俊秀，相觀而善，業精行成者，歲舉從政。又詔天下，三歲一大比，興賢能於是。崇宇峻陛，陳器服冕，聖師巍然，如在其上。教有業，息有居，親師樂友，諸生各安其學。咸曰："大哉！天子之仁至哉！"相臣之賢，工曹之勤，其知政治之本源矣。臣竊謂：天地至神，非風雨霜露，罔成其功；斯道至大，非聖君賢相，罔致其化；人性至善，非詩書禮樂，罔就其器。列聖相承，謂天下可以武定，不可以武治。所以尊夫子，建辟雍，復科舉，誠欲人人被服儒行，爲天下國家用耳。然則黎民於變時雍，顧不在兹乎？於戲隆哉！臣某謹拜手稽首，而獻頌曰：

皇元受命，誕惟作京，以撫萬邦。既訖武功，載修文教，登其俊良。於穆宣聖，垂範罔極，首尊而彰。曰爾冑子，弗典於學，曷風四方？學以聚之，廩以餼之，日就月將。大德嗣服，乃建孔廟，乃經辟雍。考制程材，審時相宜，遹成厥功。辟雍洋洋，冕服皇皇，群士景從。聖道既明，渙號既加，我皇御天。執道之中，軌物牖民，翼翼乾乾。帝學益弘，庶政惟和，我化用宣。躋祀儒師，賓興群材，丕紹厥先。相古盛時，訏謨遠猷，罔不由賢。天錫皇祖，神聖文武，以有萬國。威何不加，令何不行，求何不獲。惟學是務，惟材是育，下民允迪。越厥左右，咸有一德，以匡乃辟。惟帝時憲，惟臣克念，濟濟茂碩。禮明樂備，永作神主，播頌無斁。

林國武宣公神道碑

世祖皇帝有天下，將帥用命，士卒效死，謀無遺策，戰無堅敵，以成混一之功，夐掩前古，而非偶然之故也。威足以服其强，武足以賈其勇，知足以竭其謀，仁足以結其心，功必賞，過必罰。六者皆任將帥之具，惟帝兼之。此其無敵於天下哉！逮夫聖子神孫繼志述事，懋延之恩交於忠良之裔，崇報之詔集於勳舊之門，所以勸賢勵能、報本反始之道，亦未有如今日者。若林國武宣公拔迹行陣，列功帝室，生都顯官，没胙大國，君臣之際胥盡矣。皇慶二年冬，天子復命臣某表其世系，詮其行事，揭諸墓道，以著功臣之思。於戲！何其盛耶！臣昔待罪行御史臺，識武宣於揚州，嚴威篤實，偉人也。臣今幸得執筆史官，奉明詔，雖甚朽鈍，不敢辭讓。謹按：公諱完者都拔都，欽察人。自丙辰歲，以材武從軍。己未，扈從攻武昌，先登。中統三年，從諸王合必赤征逆璮於濟南，再合戰，再破之。至元四年，略地荆南，至襄陽，与宋師遇，戰勝之。洎攻襄樊，水陸大戰凡四，連勝之，遂梯樊城，焚樓櫓，勇冠軍。幙府上功，授武略將軍、新軍千户。從丞相伯顔、丞相阿术破沙洋[2]、新城，繇沙武渡江，功多，賜金符。十二年春，与宋將孫虎臣戰丁家洲，敗之，改武義將軍。夏戰楊子橋，秋戰焦山，冬破常州。明年夏，攻泰州新城，功尤多。江南平，策勳，賜虎符，遷信武將軍、管軍總管、高郵軍達魯花赤。軍陞路，仍達魯花赤，進懷遠大將軍，加昭勇大將軍。十八年，閩賊陳弔眼亂，詔以鎮國上將軍、福建等處征蠻都元帥往討之。賊據三饒千壁嶺。明年，破其營，擒之至漳州，斬以徇。又明年，加管軍萬户，兼高郵路達魯花赤。又明年，改高郵萬户府達魯花赤。二十三年，入朝，進驃騎衛上將軍、江浙等處行中書省左丞、兼管本萬户軍。未幾，行省遷揚州，置宣慰司浙西，以中書左丞行浙西宣慰使。初，江淮行樞密阿荅海出征日本，難其代。有司以公奏，上深然之。未行，而院革。會福建置行省，復奏公爲左丞。上方倚公，以遠不許，遄有江浙之命。二十五年，遥授尚書左丞、兼管本萬户軍馬，宣慰如故。復行省於杭，立淮東宣慰司於揚州，行淮東宣慰使。二十七年，改資德大夫、江西等處行樞密副使、兼廣東宣慰使。元貞元年，入覲，拜榮禄大夫、江浙等處行中書省平章政事。大德元年閏十二月八日，以官薨，年五十九。明年二月二日，葬於高郵城西十五里茆塘之原。至大元年，制贈效忠宣力定遠功臣、開府儀同三司、太尉、上柱國，追封林國公，謚武宣。配某氏，追封林國夫人。撮公前後以功被賞者凡八[3]，白金以兩計者六百，成器者一，楮幣以緡計二千四百有九十，織金服一襲，馬一匹，鞍轡、弓矢各一副。公自荷戈戎行，摧堅挫鋭，小大十七戰，戰輒勝。及爲高郵，興學勸農，政平訟理，年穀豐熟，人無夭札，四方之民襁負而至郡。有虎，手格殺之，生致其二，人爲立生祠。浙盜猖蹶，煮海爲鹽，爲公私害。公下車收捕，籍爲軍，民以無事。烏乎！謚法：折衝禦侮曰武，宣力四方曰宣。易名武宣，不亦宜乎！此固天授聖主，然非世祖知人之明，當天下方興之運，雖有超世之姿、拔俗之材，孰能樹功立業若此哉？矧當軍旅用事，而治民獨惓惓焉如古循吏，抑又難矣。臣又聞，有同人郭萬户者，援公例，求虎符。上謂參知政事帖木兒曰："彼戰勝攻取若之乎？輸忠竭力若之乎？所至無不合朕心若之乎？所授無不如朕志若之乎？彼胡可比完者都拔都！樞密院量其功賞，可也。"方至元入見時，公感疾，敕太醫往視，尚方賜飲膳。又數數賜問疾，未間則憂，小差則喜。及其愈也，賜醫者楮幣萬緡。烏乎！待臣若此，而有不盡忠者乎？公誠千一之遇矣。曾大父某。大父某。父某。子男十四人：長帖木禿古思，襲高郵上萬户府達魯花赤，遷資德大夫，遥授右丞、淮東淮西道宣慰使、兼管本萬户軍馬；次别里怯都，繇江浙行省左丞爲資善大夫、燕南河北道肅政廉訪使；次插都，武德將軍、常州路無錫州達魯花赤；次不花；次别里怯，武略將軍、湖州路長興州達魯花赤；次徹里帖木兒，忠顯校尉、高郵打捕屯田提舉，曰達魯花赤；次伯不花；次幢合兒；次出不昆，爲浮屠氏；次八剌；次黑黑；次潮潮；次佛保；次和尚。女四人：長適昭勇大將軍、户部尚書乞失剌；次適司徒洪塔剌海；次適張脱因；次適揚州路泰興縣丞游德宣。孫男二十三人：長曰喜僧，襲明威將軍、鎮守揚州高郵上萬户府達魯花赤。女十三人。曾孫：男一人，女一人。銘曰：

桓桓武宣，奮自戎伍。精鋭霆行，猷謀神与。始從王師，江漢之滸。山東俶擾[4]，奪其旗鼓。我師載南，洸洸虎旅。方城失險，淮海遄徂[5]。城必先登，戰莫能禦。豈惟天命，亦以公武。何以報之，綰符疊組。蹈江躒閩，跨吴兼楚。以蕃以宣，爰遏爰撫。賊授其首，鹽無私煮。廛有歸氓[6]，野有遺黍。嚴嚴生祠，穹碑翊翊。惟公之疾，憂勞聖主。惟疾之愈，喜形當寧。惟帝之知，惟功之叙。云胡不憖，摧我梁柱。何以贈之，大爵廣土。我思世祖，光宅海宇。知人善任，相照肺腑。寒者煦之，清風其暑。夙興夜寐，如覲堯禹。我瞻武宣，高原膴膴。平生之言，永隔幽阻。天子聖仁，德媲皇祖。勒銘貞石，式憲千古。

武都智敏王述德之碑

有元延祐元年春閏月癸未晦，上御嘉禧殿，詔賜大司徒買奴父武都王述德之碑，命平章政事、翰林學士承旨、秦國公孟諭詞臣爲文。夫褒功崇德，無遠弗録，以勸百工，弼成孝治者，天子之事也。追求往牒，論撰世美，播之金石，勒示永久者，史臣之職也。臣幸得待罪太史，敢以穢陋辭。謹按：武都王諱孟速思，别失八里人，世出畏吾兒族。大父諱八里木。妣曰月的斡。父諱阿里息思，爲本部都統。妣曰别古忽都花。王幼負奇質，年十五，盡通本國書。太祖聞其名，徵至闕下，一見大悦，曰："此兒目中有火，他日可大用。"授之睿宗，俾視顯懿莊聖皇后邑入，會計愜當。復事世祖，日見親用。憲宗賓天，王首勸進曰："皇帝奄棄臣民，神器不可以久曠。太祖嫡孫，惟大王最長且賢，宜即皇帝位。"諸王塔察兒、也孫哥、合丹等咸韙其言，乞從所請。世祖踐阼，眷賚益隆。會立中書省，平章政事王文統奏以爲相，不拜。南征時，与近臣不只兒爲斷事官。及諸王阿里不哥叛，相距漠北，不只兒有貳心。王知之，奏徙中都，親監護以往。上以爲忠，數命收召豪俊，罔羅側陋。使車所至，凡所引薦皆極其選。詔与安童並拜爲丞相，又固辭。上語丞相安童、丞相伯顔、御史大夫月兒魯那延等曰："賢哉，孟速思！求之彼族，誠鮮矣夫。"王剛嚴閫敏，周慎端信。早居帷幄，謀謨密勿，世莫得聞。方倚之鈞陶天下，柱石廊廟，謂宜銘功象鼎，圖形麟閣，竟以至元四年四月六日薨，年六十二。三宫震悼，庶尹流涕，曰："奪我良臣。"昭睿順聖皇后出内帑，買地京城之西高良河之上，以禮葬焉，特謚敏惠公。武宗繼聖，追念先猷，制贈推忠同德佐理功臣、太師、開府儀同三司、上柱國，追封武都王，改謚智敏。配畏兀氏，曰八撒术甕吉剌氏，曰怯牒倫，並追封武都王夫人。八撒术生子四：脱因，榮禄大夫、宣政院使、太府卿；帖木兒不花，通奉大夫、翰林學士承旨；小雲者，朝列大夫、安西路同知總管府事；也迭列，平梁府達魯花赤。女二：長適平章政事廉某，次適畏兀兒氏。怯牒倫，順聖皇后諸妹也，生子五：買奴，今開府儀同三司、大司徒、章佩卿；阿失帖木兒，終翰林學士承旨、金紫光禄大夫、領太常禮儀院事，贈推誠保德濟美功臣、開府儀同三司、上柱國，追封武都王，謚忠簡；乞帶不花，早世；叔丹，懷遠大將軍、吉州路達魯花赤；月古不花，資善大夫、中書左丞。女二：長適畏兀兒氏，次適杭州總管劉紹慶。他姬子二：火你赤，雲南都元帥；唐兀帶，中奉大夫、四川等處宣慰司副都元帥。孫男二十四，女三。脱因子曰察牙孫，資德大夫、四川等處行中書省左丞；僧家奴，行大司農少卿；本牙失里，同知澧州路總管府事；五十，唐州達魯花赤；答納失里，宿衛士。買奴子曰阿兒灘，早世；朵兒只班，翰林侍讀學士。女：長適都水監卿帖木哥，次適翰林待制王合剌不花，次適大司徒阿僧哥。阿失帖木兒子曰别帖木兒，廬州路達魯花赤；忽秃，真州達魯花赤；寬者，太常少卿；火你，宿衛士。月魯不花子曰狗兒，檀州達魯花赤。長安帖木兒不花子曰黑哥、德福、脱烈不花、長壽。也迭列子曰阿思蘭，開成路達魯花赤。火你赤子曰善善不花。唐兀帶子曰朵兒只、教化、牙八古、長安伯顔察兒。曾孫男，鄰真八。女二[7]，皆大司徒孫也。竊惟太祖皇帝仁聖神武，聞一介童孺之賢，即萬里徵聘而不疑，卒能收功帝室，垂裕後昆，前古帝王所未嘗有。武都王生遺華要，没享榮名，慶流子孫，光輔累聖，聯輝竹帛，襲迹王侯，非天之所啓耶！銘曰：

殷湯聘莘，周文獵渭。賢知斯立，遐邈誰棄。於赫太祖，高視曠世。暨暨武都，拔自童稚。萬里就徵，罔敢或貳。聖子神孫，男女大器[8]。目光爛爛，出類拔萃。儲精槧牘，策足委積。謀猷帷帳，摧堅拉鋭。翼戴功成，再辭相位。聯姻戚畹，身忘其貴。海内延頸，思囿至治[9]。云胡不憖，埋忠九地。載鍾賢嗣，克述克繼。夙夜在公，鞠躬盡瘁。群公列卿，分符析瑞。中朝讓能，遐壤懷惠。河山啓土，如帶如礪。光融奕葉，期且千祀。豐碑有辭，天子錫類。

海雲簡和尚塔碑

達摩以禪宗倡南海上，六傳爲大鑒，又五傳爲臨濟，又十六傳而爲佛日圓明海雲大宗師。師歷事太祖、太宗、憲宗、世祖，爲天下禪門之首。没後五十八年，改元延祐。春三月丁未，集賢大學士臣顒、昭文館大學士臣明里董阿奉詔，加謚光天普照佛日圓明海雲祐聖國師，修其塔，命翰林學士承旨臣某爲文刻石。臣某謹按：師名印簡，宋姓，嵐谷寧遠人。七歲授《孝經》，開卷，問開者何宗，明者何義。父母奇之，俾從浮屠顔公祝髮。明年，師沼公，授經論，通講説。居嵐州廣惠寺，日乞食以養，餘即爲粥，以食餓者。金宣宗聞之，賜號通玄廣惠大師。天兵破嵐州，以師及沼公歸，賜號寂照英悟大師，稱之曰小長老。沼没，弟章公住燕之慶壽寺，有名，往依之。章昔夢師來，即請爲記室。又思沼没時，屬師有賀八十之語，心獨喜。年十九，住興州仁智寺。歷燕之慶壽、竹林，易之興國，興安之永慶，昌平之開元，真定之臨濟，雲中之龍宫、華嚴諸大刹，而主永慶者二，慶壽者三。放浪遼海上，手刺血和金泥，書大乘《三聚戒本》十有六部，布之天下，爲國祝釐焉。四方賂遺洎累朝賜予金帛、珍寶巨萬，惟以之建寺、齋僧、振貧乏而已。凡主大會七，度弟子千餘。名王才侯受戒律者百數，士民奔走依向者以千萬計。皇太后尤深敬禮，累号燕趙國大禪師、佑聖安國大禪師、光天鎮國大士。丁巳四月三日，趣晝天風海濤飛雲之狀於華嚴之西壁，詰朝而逝，年五十六。喪車行，諸王鉢納合等秉爐前導。火舉，有黄金梵相飛出，白鶴群舞於上。烟燼所洎，皆成舍利五色，或大如彈丸。還葬慶壽之西南隅。賜謚佛日圓明大宗師。諸大弟子分舍利，葬秦、趙間者，爲塔七。始，師由山西來燕，夜宿松鋪岩下，因擊火大悟。復參一公、玄公、章公諸碩師，道大顯白。与公卿大臣言，必語以輔國安民。時相夏里之徒方事嚴刻，師勸以平政息役，以弭灾蝗；體仁本恕，以正刑賞；選俊乂，罷游獵，以養國體；孔孟之道，萬世帝王法程，宜加表樹，以興學校。世祖在潛邸，數延問佛法之要，在家、出家異同。對曰："佛性被一切處，非染非静，非生非滅，何有同異？殿下親爲皇弟，重任藩寄，宜稽古，審得失，舉賢錯枉，以尊主庇民爲務。佛法之要，孰大於此？"會朝廷將試天下僧，丞相以問。師曰："山僧元不看經，一字不識。"固問，師曰："國家先務，節用愛民，鉏奸立善，以保天命。我輩烏足計哉？"上聞而嘉之。裕皇始生，師摩頂，訓之名。壬子夏，授以銀章，領天下宗教事。非所樂也，以其徒朗公輩攝之。是年，新大興之普濟禪寺，特更賜額海雲。至元四年，城京都，有司定基，正直師塔，命迂三十步許環之。唯師之道，高廣洞達，慈濟篤實，儒言而佛歸。其道易知，其化易行，所以致褒寵於列聖，揚休光於奕世，非偶然也。有語録曰《雜毒海》，行於世。銘曰：

粤若達摩，肇迹南海。廿有七傳，至師而大。惟師生知，默識頓悟。乘時鍾運，歸我聖祖。少跻講肆，長歷壇場。孔艱且勤，厥道用光。智而弗作，惠而弗有。彌虛而塞，弥静而久。雷行四朝，風動九壤。飛琛走貨，雲謝電往。濟濟王侯，總總學人。問法指心，求治以身。德教並流，内外總統。弗合弗離，弗滌弗壅。汝懸我解，汝溺我援。泮涣萬流，忽爲一源。惟師之道，倬爾有煒。寺標海雲，塔迂城阯〔10〕。惟明天子，是信是尊。涣號孔嘉，宜爾萬年。

靳同知墓碑

天子治隆海内，仁周天下，閔勞恤善，罔有内外。言朝以入，恩夕以出，榮生哀死，達於顯幽，聖人之德至矣哉！延祐二年春正月己巳，上御嘉禧殿。集賢大學士臣顥言：“在昔金季，平陽人靳和能識帝王之真，率衆三千，歸我太宗皇帝。太宗嘉之，錫以虎符，官以鎮南大元帥，俾擊葛伯、鰲背、彈平、青龍諸砦，拔之。壬辰秋，復從破河南，授絳州軍民長官，以死。其子用服勤州縣，出入臺憲，民懷其惠，吏畏其威者五十餘年。今天不慭遺，奄然死矣。父子忠藎，未及大用，臣實悲之。宰上之刻[11]，惟陛下幸焉。”於是，詔翰林學士承旨臣某撰文，臣賡篆額，集賢侍讀學士臣僩書丹。臣某謹按：府君諱用，字佑之，漢汾陽侯强之後，世爲平陽曲沃人。父和，勇而好義，以乙酉歸國，甲寅致仕。至元二年秋八月朔，年六十七，終。府君六歲[12]，學於張理之，日誦數百言。十六，見諸王拔都，命長平陽工人。遷曲沃、翼城令，有能聲。至元六年，改榮河尹，奉法循理，勸農興學，賦役平允，人用大和。十二年，移汲。汲當南北衝，民鮮事夥。會江南新破，饟給緐重，吏多引去。府君曰：“君命也，我不可以效之。”乃發倉廩以賑匱乏，開東道以便輸役，悉視民之利病而罷行之。歲中，墾田至七百餘頃。部使者王博文、郡太守董文用察舉廉能，尹襄陵。居數月，入爲右警巡副使，事至立斷，豪貴側目。二十二年，拜監察御史。二十四年，僉陝西漢中道提刑按察司事。二十八年，僉嶺北湖南道肅政廉訪司事，所向風動。而湖南地控嶺海、郴桂之間，部使罕至，吏暴民困，寇盜時作。府君入境，招徠逃散，震斥頑獷，民賴至今。大德改元，知解州。解人多藉煮鹽，怙威淩冒。發其奸狀，盡繩以法。使府卻立，莫敢抗。八年，擢岳州路治中。會建寺五臺山，詔選可任本寺規運所提點者，有司以君應詔。到官期月，廩庫充溢。乃上言乞骸骨歸里，以朝列大夫、同知晋寧路總管府事致仕。日与山僧野老彈琴詠詩，以樂餘齡。皇慶二年十有一月某日，乃始生之旦，家人以次上壽畢，坐而言曰：“吾壽命已終，永訣於此。”言訖而没，春秋七十有六。越五日，權厝宅之西園，送者數千人。烏乎！惟府君公忠廉愛，剛直謹簡，故能臨民以德，執法不阿，所至立祠，勒頌不忘厥懿。而敭歷五十餘年，十九在外，不獲密邇清光，大展厥猷，爲可憾爾。嘗聞府君爲御史時，御史大夫月魯那演引至上前，適有獻白海青者。上顧曰："卿爲御史，摧奸擊暴亦如此禽，乃不負耳。"府君拜曰："敢不欽承天子威命！"嗟夫！君臣之間一見之頃，遇物相戒如此，而有不治者乎？今上雖弗及親用其人，猶以臣顥一言追褒前美，不遺疏逖，群臣於此得無感於心乎？至矣哉！聖人之德也。府君娶賈氏，有子六人：德政，進義校尉、邳州判官；德仁，早世；德信，將仕郎、泗州等處打捕屯田提舉；德謙；德淵，禁直宿衛；德昌，好學，善屬文。將以某年某月某日，葬府君於某處。銘曰：

在帝太宗，握符御乾。天威所加，鳥駭獸遷。仡仡鎮南，其徒三千。歸於有仁，金虎是懸。功不待竟，去不待年。孰成其忠，大夫翩翩。煦之春陽，濯之秋鮮。野有禾稼，邑有誦弦。才長景促，南陌東阡。逖逖晋郊，洋洋平川。彼高者丘，懷哉此賢。鷙鳥之喻，其言如天。有詔勒辭，過者下焉。

雲國公楊氏世德碑

弘農楊氏自太尉震有功烈於漢，重休襲嘉，達於我朝，益烜其光。皇帝嗣位之二年夏六月，制開府儀同三司、壽國公燕京閭爲雲國公。明年，詔以馴象五曳豐碑，樹先塋，命詞臣撰文，大顯楊氏。烏乎！楊氏之先其盛德矣乎！其有忠孝之節、匡濟之志，而不克究施，乃大啓於今乎？將水不積不深，德不積不昌，衍大熾盛，固自有時乎？謹按：雲國公五世祖諱興隆，始居汴，事金章宗爲軍帥，年三十八而卒。生子諱永昌，值金亂，湛浮井邑，以壽終。有子諱福，一諱阿里，忼愾多大略。年十六，襲祖父官。國亡，率衆來歸。從憲宗攻潼川，將砲卒萬餘，戰釣魚山，死之。子諱德榮，年幼失怙，徙家大同。輕財好義，有鄉曲之譽，是爲雲國公之父。中統五年，外祖母魏國慶有夫人把氏薦其名[13]，裕宗召至京師，命給事順宗邸。至元二十二年某月某日，卒，葬京城北之狼冢。夫人蒲察氏、陳氏祔。是歲，雲國公夫人李氏入宫，爲今上乳母。大德十一年春三月，雲國公佐上平内難。武宗即位，立上爲皇太子，録阿保翼戴之勞，封壽國公，李氏爲壽國夫人。至大元年正月，授開府儀同三司。四年秋閏月，追贈曾祖父資德大夫、中書右丞、上護軍，謚安惠；祖父儀同三司、大司徒、柱國，謚武莊；父開府儀同三司、太傅、上柱國，謚康懿，並追封壽國公；曾祖妣蒲察氏，祖妣陳氏，妣陳氏、蒲察氏，並追封壽國夫人。李夫人以受封之秋卒，袝葬先塋。惟雲國公自世祖以來，歷事累朝，咸被顯寵，前後受賜金幣、奇服、重器不可勝計。皇帝御天下，皇太后受天下養，眷遇益隆，恩賞益厚，遂封兩國，贈先世，賜甲第。官其子安寧典寶大監。弟篤思繇中議大夫、太子右庶子起家，遍歷清要，九轉爲資善大夫、領北等處行中書省左丞。妻張氏封弘農郡夫人。蓋楊氏數世願忠而不假以命，願孝而不遂其志。積慶浚澤以底於今，一旦聯圭而朝，列鼎而祭，高爵厚禄，榮及祖孫，乃基於慶育之一言，而以李夫人興，豈非天之所命耶？昔漢東武侯母嘗養武帝，被恩穠渥，貴重一時，而其子孫奴從者弗率，幾危於讒，賴帝慈仁，獲守富貴。若楊氏父子兄弟事上克勤，遇下克恭，難不顧身，寵不忘危，其能保功名，垂竹帛，光祖宗，刻金石也，宜哉！抑其先固建之以德耶？李夫人乃不少延，悲夫！銘曰：

茫茫陝郊，迩矣弘農。太尉興漢，代侯世公。金流大梁，乃樹元戎。材与時違，齎志以終。受命天朝，魚山繼忠。太傅忠厚，起家大同。竞闢雲土，大開厥逢。婉婉淑媛，養帝九重。英英伯仲，執事東宫。出入艱勤，夷險匪躬。翼聖扶危，載纘武功。群蒙褰披，日升於中。列爵既疏，茅土是封。胡在先世，德盛而窮。胡在今日，位高而豐。匪善之埤，曷報之隆。惟帝之德，惟臣之恭。作此銘詩，式示顯融。

袁州大仰山重建太平興國禪寺碑

皇元有天下，佛法益尊大。天下名山思致崇極，以稱德意。皇慶元年，袁州大仰山重建太平興國禪寺成。有司圖上其事，詔加封開山祖師小釋迦曰慧慈靈感昭應大通正覺禪師。二神曰顯德仁聖忠佑靈濟廣慶王，曰福德聖仁忠衛康濟順慶王。命詞臣發揚烈休，勒垂堅珉。臣某謹按：唐宰相陸公希聲《塔銘》，師名慧寂，世韶州，族葉氏。文宗朝，從潙山大圓師，悟曹溪心地直指之奥，又從國師忠和尚，得玄機境智之妙。又按《宜春圖經》，會昌元年，師來自郴，遇二白衣神，指其地，居之。盖方是時，國正侮蔑佛法，學徒陵遲，幾不自立。而師應七葉之運，龍縱此山，歷歲數百，其道大暴於天下，斯亦奇矣。神，蕭姓，伯大分，次隆初。宅水上游，忽夜半風雨，遷廟於堵田。漢、晋以來，或淖高原爲田，或助官軍弭盜，禦灾捍患，神恠不可度已。迄今，水旱疾疫之禱輒響應，廟而祀者幾半天下。非聰明正直，能致然耶？神得師而化乃弘，師得神而道益彰，故合祠於師之室，封秩必俱。大德癸卯冬十有二月乙亥，寺灾。明年，長老希陵圖復厥宇，冰涉暑陟不懈，輸幣薦貨者川至。爲殿、閣各四，樓、亭各二，堂六，祠一，若方丈衆寮，若門廡軒庭，若庾庫庖湢，以區計廿有八，丹碧焕爕，制度宏密，廣員倍於舊而加美焉。攢峰突嶂，靈潭健瀑，風景不改於昔而增勝焉。十方來者莫不驚異讚嘆，惝怳四顧而忘歸。又建棲隱禪院於城南門，爲出入祝釐之所。噫！勤矣！陵，何氏，世以儒顯金華。去爲釋，嗣雪嵓欽師之學，爲臨濟十八葉孫。外弘而内峻，學禪而行律。故施諸其徒，則尊嚴整齊，而學成者衆。示諸行事，則感動聽信，而業樹者隆。凡三錫命，曰大圓佛鑑禪師。於戲！是道也，藏用於體則静無不爲，推體而用則動無不虚。慧慈以之承六祖，開名山；二神以之輔有道，惠四方；佛鑑以之廓教基，弘法緒。其致顯累朝，宣光聖代，北儕泰華，南友衡廬，巋乎大江之右，微而著，毁而完，豈徒然哉！繫之辭曰：

惟大仰山，周八百里，據楚之袁。昔有神人，伯仲赫靈，廟食其間。在唐武宗，粤小釋迦，至自郴山。歷澗絶谷，神獻異境，瓶鉢以安。躪危躒難，道喪不悖，既固既完。湜湜曹溪，益濾而疏，流爲大川。畎澮滄决，廣洽混冥，會於一源。道得其正，地得其勝，來學日繇。後五百年，室燬徒隳，適啓聖元。莫盛匪今，莫高匪禪，或鐫而刓。乾乾佛鑑，統壹儒釋，有光厥先。揚溈潡濟，惡衣糲食，以示學人。學人若林，直指其心，有覺有聞。表正失惑，遐邇丕變，順風駿奔。崇構拓阯，高朗博碩，如祇陁園。青山爲城，白雲爲屯，翼翼言言。由甲底壬，克潰厥成，孔勚且勤。職司上言，天子嘉之，景命攸敦。於赫慧慈，洎於大神，鼎峙齊尊。靈宫既抗，休號允鑠，尚迪恩綸。天經地寧〔14〕，保有無疆，壽我聖君。太史稽首，播頌萬億，永殿山門。

【校勘記】

〔1〕贊，底本誤作"輦"，據文淵閣本改。

〔2〕术，底本誤作"木"，據文淵閣本改。

〔3〕撮，文淵閣本作"最"。

〔4〕俶，底本誤作"淑"，據文淵閣本改。

〔5〕徂，文淵閣本作"沮"。

〔6〕岷，文淵閣本作"頑"。

〔7〕文淵閣本"二"字後多一"人"字。

〔8〕男，底本誤作"畀"，據文淵閣本改。

〔9〕囿，文淵閣本作"圖"。

〔10〕迁，文淵閣本作"遷"。

〔11〕宰，文淵閣本作"冢"。

〔12〕君，底本誤作"尹"，據文淵閣本改。

〔13〕有，文淵閣本作"育"。

〔14〕經，文淵閣本作"清"，較勝。

卷　七

玉堂類稿

敕賜碑

南陽書院碑

皇帝即位之四年冬十有二月，集賢大學士臣顥言："臣幸得待罪周行，在帝左右，位崇智下，無以仰答聖明。有能推尊聖人之道，表章大賢之業，作興民俗，敷弘治化者，此真臣人之職[1]，而上之所宜聞也。"臣謹按：南陽城西五里，有岡阜隆然隱起，曰卧龍岡；有井淵然渟深，曰諸葛井者，相傳漢相忠武侯故宅，民歲祠之。巫覡雜揉[2]，薦獻無節，黷禮慢賢，君子病之。至大初，故河南行省平章政事何瑋行農至郡，率官吏、老長伏謁祠下，顧瞻徘徊，愾然興懷，謂守臣史烜曰："孔明，三代而下，一人而已。武昌相去千有餘里，猶建廟學而尊祀之，況其所游處也哉？"出步祠東，得隙地焉，曰："是足以建廟學矣。"遂以諉烜。烜下邑主簿趙守訓董其役[3]。乃合僚吏禄入之羸以備傭，相山之有良木石隸官者以具材，審制度地与設官養士之宜，上於省以聞，報可。至大二年春，即工，大修侯祠而加廣焉。祠之東爲孔子廟，廟之後爲學。凡堂序門廡、庖湢庫庾、肄業之齋、庋書之閣、官守之舍咸備。屋以間計，祠十有二，廟學四十有六，皆端壯廣直，不務侈麗。皇慶元年秋，落成，割官之廢地四十頃，籍於學。置山長一人，掌其教。而訖功且再歲矣。廟學之顔，麗牲之碑，惟陛下幸焉。即日，下中書平章政事秦國公孟與翰林集議。臣孟等言："夫子廟宜因舊制，殿曰大成之殿，門曰大成之門，侯之祠宜曰武侯之祠。侯曰：'非澹泊無以明志。''非學無以廣材，非静無以成學。'學爲侯作也，宜以講堂爲静成之堂，東序爲明志之齋，西爲廣材之齋。閣所以崇群書也，宜曰崇文之閣。合而名之曰南陽書院。"制曰："可。"其命翰林學士承旨賡書之，翰林學士承旨某其爲碑文[4]，書篆，并以付賡。臣某竊謂：周道既衰，孔子作《春秋》而萬世君臣之法定。曹操篡竊，群雄並起而争之，《春秋》幾廢。昭烈揭大義，發大號，再造劉氏。侯首稱："漢賊不兩立，王業不偏安。"間關百折，期復漢祚。《春秋》之義煥然復明。至今三尺之童猶知賊曹而帝漢者，侯之功也。《傳》曰："有功於民，則祀之。"侯之功，萬世之功也，況又居其鄉哉？烏乎！我朝聖祖神孫，武定文承，薄海内外，罔不臣妾。諸學子以及有位之人，師聖人之道，仰大賢之業，夙興夜寐，可不思廟學之所以建，聖天子之所以命，豈徒誇前人，聳後觀哉？所以教天下知爲君臣之道也。烜，世有勳伐，今守饒州。守訓，供奉翰林云。詩曰：

惟皇上帝，降衷於民。惟皇作極，以君以臣。皇風既邈，王霸攸作。乃修《春秋》，褒善黜惡。漢有天下，擬迹舜禹。厥德既衰，冠履易處。不有昭烈，孰扶天綱。不有武侯，《春秋》以亡。河漢之間，南陽之郭。盤盤卧龍，惟侯之宅。山縈川絡，霧縞霞舒。尚想君王，顧彼草廬。惟侯之學，伯仲伊吕。惟侯之志，光我漢祖。躬耕之憂，廊廟是蹈。義信志詘，四海其悼。廟學之設，惟侯之思。天子之錫，惟侯之儀。高山景行，君子所履。詞臣作詩，永作臣軌。

武都忠簡王神道碑

太祖時，國字未立，凡詔誥典祀、軍國期會皆襲用畏兀書[5]。時武都智敏王居部中，年十五，盡通其學，冠諸部，名動京師。迺徵詣闕，召對稱旨，詔侍睿宗。世祖南征，以爲斷事官。及即位，有翼戴之勤，再命爲丞相，不拜。然内外尊禮，咸視丞相。凡与上謀議，未嘗出以語人；推轂天下賢俊，未嘗有德色。故位列卿佐，而名出宰相上。有子男十一人、孫男二十四人，皆爲顯官。女四人、孫女四人，皆嫁世族。群臣之盛，鮮与爲比。世其學者，惟忠簡王。王生有異質，强敏過人，爲裕宗宿衛起家。至元十五年，從征有功，授從仕郎、樞密院都事。徽仁裕聖皇后召入内廷，以字學訓成宗、晋王。十九年，進朝列大夫、樞密院斷事官。雪邊帥之誣，衆譽翕然。大德二年，遷翰林侍讀學士、太中大夫，復命輔迪武宗。今上九年，陞翰林學士、正議大夫。武宗即位，以師傅恩特拜榮禄大夫、大司徒、翰林學士承旨、知制誥、兼修國史。至大元年，加金紫光禄大夫、領太常禮儀院事，餘如故。明年九月十日，以疾薨於京師，年六十一。三宫弔賻。制贈推誠保德濟美功臣、太師、開府儀同三司、上柱國，追封武都王，謚忠簡。以某月某日，葬高良河之濱智敏王之兆。延祐二年某月，上思舊學之懿，欲永其行於石，而以文屬臣某。臣念嘗奉明詔，爲智敏王碑。以臣荒陋，方懼弗稱。今復以命臣，豈以臣与忠簡王嘗獲同僚，知王爲審耶？敢不欽承。謹按：王諱阿失帖木兒，畏兀人，世居别失八里，入國朝，乃徙燕[6]。曾大父諱八里术。大父諱阿的息思，世有名位。父諱孟速思，至元四年薨，特謚敏惠。公大德十一年贈推忠同德佐理功臣、太師、開府儀同三司、上柱國，追封武都王，改謚智敏。母曰怯牒倫甕吉剌氏，昭睿順聖皇后諸妹也，追封武都王夫人。生子五：長曰買奴，今爲開府儀同三司、大司徒、翰林學士承旨、領章佩監；次即忠簡王。至大中，權臣用事，公道壅底。上雖聰睿剛斷，樂聞直言，群臣恇怯畏忌，惟王知無不言，言無不聽。朝廷舉諸大典，多出王請。盖王好謀而善諫，上方眷倚，而天不憖遺，哀哉！王之配，曰脱脱尼氏，封武都王太夫人〔7〕，有子男二：寬者，同僉太常禮儀院事；火你，入宿衛。曰和里真氏，有子男二：别帖木，廬州路達魯花赤；忽秃，真州達魯花赤。女一，喜喜，適尚醖局都提點俺都剌。曰忽剌直氏，無子。惟智敏以長材宿學際明時，遭聖主，辭尊榮於再命，保貞固於初心，所以風當世，澤後人者深矣。而王師傅三朝，益侈先業，都清華之貴，襲異姓之封，昭旂常，播簡册，豈曰過哉？乃叙而銘之。其辭曰：

遐哉邈矣，概彼先覺。窮深滌遠，智敏之學。方其逢時，鳳觜麟角。日月耀彩，風雲附足。人具仰止，高揖恬漠。爰集忠簡，克承於家。夙夜通明，從容承華。既傳德義，復篤忠嘉。直如朱弦，藹若春葩。宛兮莫贖，萬古興嗟。惟王之世，功豐德隆。三秉鈞衡，七守疆封。兩典邦教，二領元戎。或掌詞垣，奉常大農。曾未百年，重卿累公。嗚呼王哉，曷起而從。武都逖逖，伊王之國。赤舄奕奕，伊王之服。峩峩穹碑，斯王之德。王雖不作，服美無斁。尚迪後人，輔我皇極。

陳氏先德之碑

天子既用潛邸舊臣陳顥爲集賢大學士，以制書就第，拜其父榮禄大夫、大司徒、上柱國，封趙國公。母李氏、楊氏，並趙國夫人。配完顔氏，封亦如之。又贈曾祖考昭文館大學士、中奉大夫、護軍，謚通憲。祖考資善大夫、大司農卿、上護軍，謚康靖，並追封趙郡公。曾祖妣劉氏、祖妣樊氏，並追封趙郡夫人。前妣王氏，追封趙國夫人。陳始居盧龍，遷霸之信安，復遷河間之清州。延祐元年夏五月，顥自霸啓曾祖，祖及伯、父三世之封，改葬清之司馬莊。明年春三月，天子復賜先德之碑，而命臣某撰其辭。謹按：顥五世祖諱山，以材勇仕金，累遷謀克監軍。大安初，守居庸關，聞太祖神武仁聖，必有天下，以兵内屬，爲平陽、太原等路軍民都元帥。後以年老，歸信安。金主南播，河北、山東群盜并起，有號兩淮張者據信安。元帥單騎入謁，説令北歸，弗聽。環信安百餘里皆水澤，有蒲藕魚鼈可賴以食。春秋積潦，車馬不得進；冬以水沃城，則凍不可登。張恃以爲固。數喻以禍福，終不聽。壬辰，將帥滅金，乃慷慨言曰："今天下已定，君保一孤城，欲何爲耶？生民何罪，城且屠矣。"張感動，從之。元帥娶褚氏、邢氏，生子課、德、松。課即通憲公，禮賢下士，繇千户、都統爲萬户。与金人戰，死。是生康靖公。德娶孫氏、常氏，無子。松娶趙氏，生廥、菑、畬。廥生昉。畬生暉、昕。康靖修潔自好，生國祥、國瑞、剛。國瑞是爲大司徒，樂善，喜賓客，今年八袠，猶聰明不衰。國祥嘗提領稻田事，實祔葬新塋。娶徐氏、殷氏，有子曰克温、克良、克恭、克遜、克立。剛善騎射，終同知固安州事。娶孟氏、吕氏、蕭氏，有子曰克信、克誠、克忠。惟顥寬敏信厚，强學好義。從翰林學士承旨安藏，事徽仁裕聖皇后。安藏深釋教，后乃命顥祝髮受戒。及從上覃懷，入侍春坊，益見親用。武宗命以資德大夫爲釋教都總統。上即位，遂易冠服，以榮禄大夫位集賢，恩寵甚渥。臣嘗觀前古士君子積德累行，不獲其報，必有賢子孫出遭聖明，大顯其道。若陳氏之先，知時審變，輸忠伏節，磊磊若此，而顥果能遇非常之主，朝夕左右，言聽計從，名在賢公卿之列，親老益壯，生享大國之封，豈不信哉！顥，王夫人出。夫人有賢德〔8〕，爲九族儀軌。配完顔氏，金翰林學士、銀青榮禄大夫貞簡公索德之曾孫、左諫議大夫素蘭之孫也。銘曰：

乾剛兮坤柔，陰陽兮曷留？何滄海兮不縮不盈，何草木兮一春一秋？豈積之有厚兮，其培之有弗固？惟先哲之孔明兮，克置予於度。嗟虞舜之大聖兮，氏兹陳於既衰。或受命而君兮，或良弼而碩師。歷周漢以底於今兮，猶昭晰而弗虧。孰夕風而朝露兮，孰冬盛而夏腓。伊盧龍之茂族兮，既益熾而彌章。俯黄流之奔猛兮，吾將泝夫崑岡。遭明哲而際運兮，是果誰之所造？匪夫傳之有則兮，而繼之有道。冠岌岌綬緌緌兮，曰載錫此趙土。既尊乃父兮，遂及厥祖。今視前而丕纘兮，後復祗承於厥今。何祚之有窮兮，何福之不任？世世監此貞石兮，乃爾祖之志、天子之心。

姚長者碑

皇帝在春宫時，嘗幸勝因寺，棟宇華潔，象設嚴穆，顧昭文館大學士、頭陀教宗師溥光而美之。溥光對曰："都民姚長者之力也。"因歷歷道長者平生，由是，長者名姓簡在帝心。長者卒之明年十有一月，集賢大學士陳顥言於上，願表其墓，以風厲天下之好善者。詔臣某爲之文。臣謹按：長者諱仲實，字仲華，河南人。和粹謹厚，好善不倦。父守信，仕金爲千夫長，没於王事。金亡，奉母趙，家於京師。至元十三年，爲京敖鹽局使。二十四年，遷真州三務使。居半歲，慨然曰："剥下以事上，非我志也。"棄官而還。以爲京師，天下之都會也，東至於海，西踰於崑崙，南極交廣，北抵窮髮，舟車所通，貨寶畢來，可廢居以爲富。行之十年，累貲巨萬，乃曰："積而不散，禍之招也。"於是，耳目之所及，力之所至，緩急患難，知無不爲。謂人莫悲於死無以葬，買雍莊地十餘頃，爲義塋以藏之；歲將冬，地且凍，預爲竁以備之。人莫病於男女失其時，貧不能婚嫁者，資以助之。人莫不幸於失身爲奴，贖而齊民者數十家。飢則爲食於路以餉餓者，寒則置席於獄以藉囚者。天子建辟雍，獻美木十章、米五十斛、織金帛二端、役夫羊裘九十襲。勝因之剙也，致幣五萬餘緡、《大藏經》一藏。若元正，若天壽節，若車駕行幸還，若國有大慶，必率諸耆耋，執贄入賀。元貞初，裕聖皇太后册寶禮成，詔賜綵繒百二十匹，復其庸調，又命爲京師諸耆耋長。念無以報上德，乃於萬安寺建水陸會，清本庵蕆黄籙醮，施《大藏經》三藏於元國慈濟興福寺，捐金永安寺、白雲觀而祝釐焉。至大庚戌春，句貧民責五萬餘緡，還其券。前後施予，不可勝計。至元初，於城東艾村得沃壤千五百餘畝，構堂樹亭，繚以榆柳，環以流泉，藥闌蔬畦，綺錯棋布[9]，嘉果珍木，區分井列，日引朋儕觴詠嘯歌其間。聘名師課子孫，泊然無所干於世，優游四十餘年。以至大四年正月十有七日，無疾而卒，年七十三。越五日，葬漆園之先塋。送者數千人，塗祭巷哭，哀聲徹天。皆曰："善人亡矣！"娶劉氏，亦好善。二子：積中，由御史臺譯史遷太史院；積善。四女。孫男曰永安。臣讀《太史公書》，劇孟、郭解輩事甚義，而不軌於道。白圭、猗頓術可富，而不聞其能散。孰若長者一介之士，名動萬乘，聲流四方，稱於後世，豈不以好義而軌於道，積而能散也與？烏乎賢哉！銘曰：

於嗟長者，生獨不群。視人如己，与古爲鄰。孰不爲富，暴刻是循。孰不閔窮，施者何人？於嗟長者，佩義服仁。德被死生，惠及疎親。相古之人，卓孔之倫。義豈不高，匪道之遵。吁嗟長者，生遇聖神。恩下九重，名垂萬春。藹藹天都，鬱鬱漆園。史臣勒石，過者書紳。

凉國敏慧公神道碑

昔者，聖人範金合土，飭化八材，以利天下後世者，夫豈一手一足之爲哉？必有感會契合之數焉。是故羲、軒不並興，倕、般不並世。我世祖聖德神功文武皇帝受天景命，以有九有之師思闡能仁，安集率土。乃中統元年，西召帝師八合思八，俾爲上士朔爾赤凹〔10〕，建黄金浮圖於吐蕃。以天竺泥波羅國良工之萃也，發詔徵之。國王奉詔蒐羅，得八十人，令自推一人爲行長，衆莫敢當。有少年獨出當之。問之年〔11〕，曰："十七矣。"主以其幼，對曰："身幼心不幼也。"遂使部衆以東。帝師見而異之，因使督役。明年，浮圖成，自請歸養。帝師奇其材，勉以入見天子，且爲祝髮，授以秘典。日誦數千百言，心印大明，慧解殊勝。因以薦聞，上趣令侍臣往召。既至，上目之久，乃問："汝來大邦，得無怖耶？"對曰："聖人子視萬方。子至父前，何怖之有？""汝來何爲？"對曰："臣世家西土，奉詔構塔於吐蕃者二載，見彼土兵難，願至尊安輯之。特爲蒼生來耳。""汝何所習？"對曰："臣以心爲師，粗知繪埭鑄鏤。"上大悦，命取古銅人示之，曰："此王檝奉使宋時所進，關鬲脈絡咸備，歲久缺壞，命匠繕葺，皆辭不能。汝能之乎？"輒諾，奉詔。至元二年乙丑，補銅人成。上閱之悉，大喜，呼辭不能者皆來，使之諦觀，曰："爾辭不能，此誰所補？"皆頓首謝曰："天巧[12]，非人所及也！"延祐三年春，以集賢大學士邦寧顯之言，有詔，樹碑於涼國敏慧公墓道，翰林學士承旨某爲之文。臣某謹奉詔。公諱阿尼哥，泥波羅國王之冑，即前少年補銅人者也。祖考密迪邇，贈中奉大夫、護軍、漢中郡公。考臘可納，贈資善大夫、上護軍、漢中郡公。祖妣昆嫡臘奇美氏、妣淑馬可答氏，皆贈漢中郡太夫人。公生三歲，父母携以禮佛。公仰視塔曰："此心木及相輪、寶瓶，誰所爲歟？"聞者驚異，知爲夙緣。髫齓，端嶷如成人，入學誦習梵書，未久已通。兼善其字，尊宿自以爲弗及。《尺寸經》者，藝書也，一聞讀之，即默識之。少長，每有所成，巧妙臻極。既補銅人，上深簡注，工事無不命之。若佑聖廟之肖貌如生，若護國仁王之莊嚴無上，若西園之玉塔陵空，皆公心匠之權輿。九年，忽病。中使宣問踵至，而病益甚。迺夢游鈞天帝所，下憩居庸之巔。四天女饋以食，食已，曰："公可歸矣。"既寤，沉痾頓失。詔給衛士十人，尚方日供珍饌，賜以飾金腰輿。十年，立諸色人匠總管，銀章、虎符，命公長之，統四品以下司局十有八。鑄黄金爲太子寶，安西、北安王印，金銀字海青圓牌，内廷大鵬金翅鵰尚醖巨甕。又創爲鑌鐵自運法輪，行幸，揭以前導。十一年，建乾元寺於上都，制与仁王寺等。上都國學始成，肖祀夫子、十哲，詔公爲之。賜宅京師咸宜里，金幣皆有差。十三年，建寺於涿州，如乾元制。初，公之夫人某氏猶留鄉國，順聖皇后嘗遣黄金賜之。族黨利賜金，輒匿之，而以夫人適他姓，弗從，則幽之。絶食者旬浹[13]，死拒得免。是年，特出中使，賚黄金五百兩，乘傳往召，即涼國太夫人也。十五年，詔公返初服，授光禄大夫、大司徒、兼領將作院，印、秩皆視丞相。賜冕服、玉帶、錦衣、金帶、燕衣二十四襲、貂裘帽、鞍轡、車馬，妻以宋景獻太子孫女郡主趙氏，凡景獻府庫田宅悉賜之。十六年，建聖壽萬安寺浮圖初成，有奇光燭天。上臨觀，大喜，賜京畿良田畝萬五千、耕夫指千、牛百、什器備。十七年，建城南寺。二十年，建興教寺。二十八年，創渾天儀及司天器物。世祖上賓，公於私第爲水陸大會四十九日以報，又追寫世祖、順聖二御容，織幀奉安於仁王萬安之别殿。元貞元年，建三皇廟於京師，又建萬聖祐國寺於五臺。裕聖臨幸，賞白金萬兩，妻以戚里女囊合真，資送中給。崇真萬壽宫成，詔公位置像設。大德五年，建浮圖於五臺。始構，有祥雲瑞光之異。又命織成裕宗、裕聖二御容，奉安於萬安寺之左殿。六年，國學文廟成，復命爲之肖位，遵先猷也。公奉詔感激，益盡心思焉。八年，建東花園寺，鑄丈六金身。九年，建聖壽萬寧寺，造千手眼菩薩，鑄五方如來。於是，公已老矣。最其平生所成，凡塔三、大寺九、祠祀二、道宫一。若内外朝之文物、禮殿之神位、官宇之儀器，組織鎔範，摶埴丹粉之緐縟者不與焉。嗚呼，勤哉！盖自列聖肇基，往往草創。至我世祖，始建都邑，統一函夏，中外乂寧，年穀屢熟，故得以日力之餘，展其工事。又得不世之巧智如凉公者奉而成之，可謂天地之盛時，今古之慶會也。公平居，恒誦生滅滅已寂滅爲樂。先於五臺北山構招提一區，四年而成，浩然有退休志。大德十年閏正月甲午，顧左右曰："我若瞑目，當帷堂設榻，使我安寢以逝。"翌日，沐浴而朝。朝退示疾，中使、御醫相屬。丁酉，竟薨於寢。上聞，震悼輟朝，詔近臣營護其家，賜銀鈔二萬五千兩，敕有司治葬事。是夕，星隕於廷。明日，木稼。越七日癸卯，從本國闍維之禮。夏五月癸酉，塔於宛平縣香山鄉岡子原。壽六十有二。夫人宰葉答臘奇美氏，贈凉國太夫人。次郡主趙氏[14]。繼夫人囊合真蒙古氏。次夫人中山湯氏、焦氏，天水趙氏，隴西辛氏，蒙古乜怯氏，清河張氏，太原閻氏。子男六人：曰阿僧哥，榮禄大夫、大司徒，凉國出也。曰阿朮臘，嘉議大夫、諸色人匠總管府達魯花赤，閻出也。曰阿出哥，焦出也。曰阿珀哥，張出也。曰阿凱牙，庶出也[15]。曰阿起臘，張出也。女八人：曰嫣丹納奇美，凉國出也，適臘亶那先。曰甲那實禮，郡主趙出也，爲比丘尼。曰葉仙的斤，湯出也，壻平章政事八扎。曰展嫡，張出也，適鄧州達魯花赤顆禄布化。曰卜顔的斤，湯出也，適中書舍人普花。曰忽都的斤，辛出也；曰完者倫，乜怯出也。俱在室。阿僧哥娶道安氏，武都王之孫，大司徒、翰林學士承旨買奴之女。孫男二：曰阿咱臘，曰永安；女一，曰丑童，俱幼。至大四年，加贈公開府儀同三司、太師、凉國公、上柱國，賜謚敏慧，至是，又蒙恩建碑焉。惟公生自金方，雖智由天性，然所知不出其本。及逢聖人之興，不間萬里，來歸於廷。觀慕感效，益開厥機，故隨命獻功，以成一代之偉觀。固曰時運，亦人事也。不然，豈能承休光，膺顯服，若是之烈哉？夫備物致用，立成器以爲天下利者，聖人也，而巧者述之。若公之巧，未知与古何先，然而名則過之矣，不亦盛乎！銘曰：

聖人既作，萬物斯覩。聞而知歸，如父如母。如輻之湊，如川之赴。展體秉心，各獲其素。允我世祖，天生聰明。靡有弗燭，靡爲弗成。翼翼凉公，維金天精。衣壞色衣，介焉東征。曠若發矇，雲披日杲。聿觀其辭，既諒既好。爾來伊何，西民無告。式廣德心，亦昭慈寶。於焉定契，君聖臣賢。仁言利溥，巧乃非先。萬國來瞻，事則宜然。有創有承，咸則千年。我觀於前，抑豈皆拙。力有未暇，或非所屑。惟此凉公，金紉玉切。土木生輝，噌吰巖嵲。孰云羈旅，命服在躬。遄返其初，對是顯庸。榮生哀死，慎始令終。有子世官，嘉聞曷窮。宛平之原，司徒之兆。松檟陰陰，岡縈水繞。積慶在兹，永世克肖。何以銘之[16]，史臣奉詔。

信都常忠懿王神道碑

夫春秋迭運，日月遁照，必時和而後物生。古今豪傑之士亦必有聖哲之主，而後能依乘風雲，聲流後世。盖運之所啓，氣之所會，固自有時也。初，太祖皇帝既定中原，選異人常公資入宿衛。八年。復選掌内宰，是生納綿，總管奴婢，贈太傅。兀邇篤，太傅，以父職事憲宗。二年夏，會諸侯王於驢駒河之上。命宿，張具，河忽大漲，列鼎横潰。太傅身救獲免，會無廢禮，上深嘉賞。然竟以此得疾。賜白金三百兩，爲湯藥費，傳歸療治，而以其奴來興代事，且出宫女妻之。明年，卒，實爲信都王之父。王諱歡住，世祖南征，還至順德，思太傅之勤，問：

"有子乎？"曰："有。"召見，復俾侍中。居四年，敕以來興還之。王固辭，曰："來興奉至尊久，豈宜復爲臣奴？臣死不敢。"上嘆賞良久，賜楮幣二千五百貫償之。因謂侍臣曰："韺住忠純出於天性，宜友賢成德。"遂命与董文忠出入宿衛。又問丞相鮮真、御史大夫孛羅曰："韺住室乎？"曰："未也。"賜白金二千五十兩，乘遽歸娶。自是，日益親幸。至元九年，裕宗在青宫，求可總宿衛者，上以王畀之。一日，復召入。近臣諫曰："畀之而復奪之，無乃不可乎？"上笑曰："朕特戲耳。"賜巾服、寶環、佩刀，還侍太子。徽仁裕聖皇后亦召王之夫人，加以本朝冠服，慰賚甚厚。頃之，賜金束帶及臧獲十人。扈從北征，恩渥弥至。昭睿順聖皇后聞王之賢，亦賜織金服、錦段及楮幣萬五千貫。三十一年，授奉訓大夫、典膳署令，改中順大夫、家令司丞。成宗即位，賜珠衣帽及楮幣三萬五千貫。元貞二年，轉嘉議大夫、吏部尚書、内宰司丞。大德二年，進資善大夫、同知宣徽院事。八年某月某日，以疾薨，年六十一，葬玉泉山之陽。王娶馬氏，生二子：長曰普蘭奚。至元十四年，生始八歲，裕皇養之宫中。年十七，太夫人疾篤，刲股和藥以進。疾愈，而終不言。裕皇以爲孝，選宫中良家子徐氏妻之。丁信都王憂，哀毁踰制。再三詔之起，乃起。賜玉帶。加資善大夫、同知宣徽院事。武宗踐阼，入侍興聖宫，賜以裕皇遺服一襲。進徽政使，固辭，乃以爲同知徽政事。皇慶元年，陞光禄大夫，封趙國公，仍賜尚服錦綺衣、黄金、寶幣、白鶻。延祐二年冬，加金紫光禄大夫、徽政使。次曰小和尚。大德九年，以奉訓大夫代其兄爲内宰司丞。尋遷少中大夫、領皇子碩德宿衛士。女一人，適正議大夫、吏部尚書紐鄰。孫男、女五人。趙國公之子曰雅普化。甫齔，成宗愛之，召居禁中，賜稱太子。及長，爲娶御史大夫孛羅之女爲夫人，内帑備奩具。親迎之日，貞慈静懿皇后幸其第，内族畢至。既而夫人早世，生四子，皆夭。孛羅復以季女繼之。自武宗至今上，繼統官，凡四遷，爲集賢學士、領典瑞卿。階四遷，爲資德大夫。三賜海青俊禽，他物以巨萬計。加榮禄大夫，守司徒，不拜。司丞之子買住、驴、老山、壽山。女一，在室。王之子若孫既益貴盛。延祐二年，特贈王推誠宣力保德功臣、太師、開府儀同三司、上柱國，追封信都王，謚忠懿。祖效順功臣、太保、金紫光禄大夫、上柱國，謚安穆。父推忠守義功臣、太傅、儀同三司、上柱國，謚恭敏。皆追封趙國公。祖妣侯氏、妣孟氏，皆追封趙國夫人。配馬氏，封信都王太夫人。明年春正月，集賢大學士、典瑞卿曹勛帥卿佐僚吏，即臣某家傳詔，爲王神道碑文。臣謹奉詔。按其家所述及考之國史，叙次如右。惟太保之純恪恭慎、太傅之憂國忘身、王之孝友忠敏，出參入陪，勤勞帝室，其所積盖已深且厚矣，宜乎貴列三能。王封異姓，子孫咸建大邦，上承殊眷，湛恩景命，被於五世。開國以來，群臣臻此亦鮮矣。夫天之所厚在德，聖人之所貴亦莫如德，天与聖人一也。世方區區覬海岳之報於涓埃之功，不亦遠乎？然王非運之所啓，氣之所會，際吾君之聖且明，亦不能底是也。嗚呼，時哉！銘曰：

粵若稽古，君臣所遭。伊負鼎俎，太公鼓刀。書載一德，家傳六韜。振古如斯，仰之弥高。繼軌並馳，世豈無之？皇皇我朝，迺有太師。太師訏訏，繩其祖武。位超列爵，國啓廣土。其嗣伊何，天子所倚。其孫伊何，帝視如子。惟此常氏，頻恩積賚。胡然而盛，胡然而大？世篤忠貞，帝心簡在。詞臣作銘，天子命之。子孝臣忠，永監於兹。

袁州普庵禪師塔銘

袁州大慈化寺普庵寂感妙濟真覺昭貺禪師加謚慧慶〔17〕。大德之四年冬十月乙酉，以光禄大夫、三藏普覺圓明廣照法師必剌牙室利言〔18〕，復加號其塔曰定光靈瑞之塔。集賢大學士顥，昭文館大學士、都功德使明里董阿傳詔中書，以刻辭屬臣某。惟禮樂刑政，聖人所以致天下之治也。此既不足，然後凡有血氣者，皆欲肆其趨利避害之心，而是非之理泯矣。當是時，有能以空言誇譬福禍，猶足以恐動脅誘，使趨於善。此慈氏之學，亘百世，曠四海，宗之而不能已也。况學其學而以濟衆利世爲功，不失其傳者乎？惟師之生當炎祚板蕩之際，象教陵遲之後，遂指心之夢於壽隆，雖父母莫能抑其勇；契歸一之妙於大潙，雖鬼神莫能窺其會。情忘體合，天動物与，而師之道成矣。楮衣糲食，藜杖芒屨，而民歸於儉；廣津梁，崇塔廟，禦灾捍患，而民懷於惠，而師之化溥矣。迨師之没，騰英厲響，赫赫隆隆，不加寸威，奔走千里；不賴尺壤，食指萬數。歷祀二百，六被大謚，再表靈塔，臨濟以來未之有也。欽惟皇上御曆紹統，憂勤黎元，以師澤民之久，褒而顯之，使民知爲善之利，是亦慈氏之仁也。淵乎旨哉！銘曰：

聖人制治，隨世而異。循源達本，用而不匱。方古之隆，不教而從。洎古之遠，教之或窮。玩常嗜詭，翳世之靡。合離反真，其道乃僞〔19〕。於皇我元，居樸之刓。毁劀折劂，我治用完。儀軒法昊，翼以慈寶。僞既靡遁，真亦克保。惟普庵師，没二百年。其道之昭，猶火之然。弗迫而卻，弗驅而前。仰沫承流，被乎大千。彼濟於深，此夷於巇。彼禳此祈，惟普庵是師。惟師之學，允罔或覺。惟聖天子，以優以渥。師謚孔嘉，師塔孔華。惟億萬年，贊我皇家。

【校勘記】

〔1〕臣人，文淵閣本作“人臣”，較勝。

〔2〕揉，底本誤作“揬”，據文淵閣本改。

〔3〕董，底本誤作“重”，據文淵閣本改。

〔4〕其，文淵閣本無此字。

〔5〕襲，文淵閣本無此字。

〔6〕文淵閣本“徙”字後有“於”字。

〔7〕太，底本作“大”，今從文淵閣本。

〔8〕德，底本誤作“者”，據文淵閣本改。

〔9〕綰，文淵閣本作“綺”。

〔10〕文淵閣本“俾”字後有“之”字。

〔11〕問，底本誤作“使”，據文淵閣本改。

〔12〕巧，文淵閣本作“功”。

〔13〕旬浹，文淵閣本作“浹旬”。

〔14〕主，底本誤作“公”，據文淵閣本改。

〔15〕庶，文淵閣本作“辛”。

〔16〕銘，底本誤作“詩”，據文淵閣本改。

〔17〕底本“慧慶”二字倒入下文“大德”後，據文淵閣本改。

〔18〕言，文淵閣本無此字。

〔19〕僞，文淵閣本作“信”。

卷　八

玉堂類稿

敕賜碑

梁國何文正公神道碑

延祐三年春三月丁卯，太保曲出、丞相叔固言：“故平章政事何瑋蒙恩追錫寵章，已極尊顯，而墓碑未建，惟陛下矜念之。敢昧死請。”詔曰：“可。”其命臣某文之。臣謹按：何氏世家易之淶水，至處士國清之後始大。處士之孫葬易縣之貯梁原，因徙家焉。處士娶湯氏，生淵，終易州太守。以孫貴，特贈推誠宣力功臣、銀青榮禄大夫、大司徒，追封易國公，謚武宣。娶鄧氏，追封易國夫人。生伯祥，爲易州等處行軍千户，兼軍民總管，從世祖渡江，死鄂州，贈推忠保節功臣、太保、儀同三司、上柱國，追封易國公，謚忠毅。三娶，曰楊氏、郭氏，並追封易國夫人；曰葉氏，封易國太夫人。楊夫人生子瑛，瑛子德陸，俱爲千户，死軍中。太夫人生公，諱瑋，字仲韞。年十六，從張蔡公柔見世祖。世祖感其父之没，授易州太守。兄、父、子繼死[1]，泣曰：“我先世功其隳乎？”乞解印綬從軍，遂改行軍千户，鎮亳。丞相伯顔南征，署帳前都鎮撫，遷管軍總管。江南平，轉太平路安撫司達魯花赤，進户部尚書、行兩淮都轉運使。阿合馬用事，謝病歸。阿合馬敗，召參議中書〔2〕，出爲江南浙西道提刑按察使、大名路總管、湖南道宣慰使。以參知政事召，不拜。除侍御史，又以母疾辭。改御史中丞，尋兼領侍儀司。大德十一年，命爲中書右丞，固辭。武宗即位，聞公名，遣使賜白金五十兩，曰："以識也。"拜太子副詹事，加遥授平章政事、議中書事，賜玉帶。衛率府立，拜太子詹事，兼率更。復爲中書左丞，進右丞，遄以子德嚴代爲衛率使。拜公河南江北等處行中書省平章政事，提調屯田事，賜錦衣貂裘。尚書省建，復以爲行尚書省平章政事，累官至榮禄大夫。惟公之用兵也，鎮亳時，國家悉賦事襄樊。宋將夏貴帥師，乘虛至城下。公先保城東北，扼其衝。貴縱兵燒北關，進趣東北。萬户脱温不花、統軍賈文備登城呼公引避。公怒，奮兵出戰，宋師大敗。南征，丞相伯顔令軍中敵我者屠之，多殺戮。公首諫丞相伐罪弔民，以不殺爲本。丞相善其言。涉溧，過郢，克黄家灣、沙洋、新城三障，命公入撫，則沙洋已屠矣。進攻楊羅堡，夏貴盛舟師，上下援江。丞相遣將，先武磯，以分其力，擣虛，渡江上流。明日，會楊羅。公將其軍爲先鋒，與平章阿朮泝四十里至青山磯，夜半接戰江中。黎明，亂流衝之，抵南岸，揚旗先登，大兵悉渡。貴敗走。丁家洲之戰，公首奪戰艦千餘，宋師數十萬皆北。公之爲政也易。民負先世錢者，悉焚其券。在太平，破貪將之謀，保三湖民不爲亂。爲參議，極言征交趾，括民田，選民間女子非計。不用，竟去。浙西捕賊，黄華俘良民三千餘。下車治俘者，還其民。又致豪民十虎罪，民大安。大名民祠神，儀衛弗度，坐法。公以愚無知釋之。湖南大豪朱總管奪民田，訟有司，久弗決。公至，立服。公曰："何不辨？"跽曰："公拔浙西寃民三千餘人，我死，不敢欺。"參政之召，以政府員冗，願汰自己始，不拜。爲中丞，剛直無顧護，陳十事以紓民力。制國用，備荒政，重吏禄，開賢路，爲急務，且曰："丞相安童甚賢，而相業前後異者，蓋初則有史丞相、廉平章、許左丞輩爲之佐；復相，則諸老去矣。"成宗深然之。地震，上疏咎在大臣。明日，政府洪創舒、木八剌沙、阿老瓦丁皆罷，逐臣賽典赤、八都馬辛等復召。連劾，不報，忿之。欲更廉訪司爲觀察司，公辨而止。監察御史郭章劾一郎中前在樞府受賕，既抵罪，忤權貴，奏捕治章。公入言，曰："陛下殺郭章，如祖宗法度何？"上意解。復陳十三事，首曰信賞罰，定律令，和大臣，杜僥倖。未幾，以議南郊不合去，趣還臺。太子德壽、成宗繼賓天。公言於御史大夫禿赤："公，社稷大臣。盍亟言定大計？"禿赤尋卒，中宫召議成宗祔廟事。公曰："國朝舊典，惟宗藩親王得与此，非臣敢知。"左丞相阿忽解變色，以則天爲言。公曰："彼有廬陵王，何可同也。"出以勸右丞相答剌罕及中丞答思不花急白今上及太后，早爲之所。既而群奸伏誅，武宗至自上都，問孰爲何中丞。及見，諭曰："聞卿忠藎，其竭力匡輔，無有所隱。"進十四策，以擇相爲先。諸王禿烈封越，欲自賦置吏；脱脱等議建尚書省，易幣法。皆奏格之。及來河南，尚書省竟立。河南無賴業掠賣良民，悉捕治之。行屯田，至揚州〔3〕，民負鎮南王府錢，舉家入傭，歲滿，没爲奴。白王釋之。王府又以民易田。不可奪之田，白王還之。妄人趙萬兒造妖言，覺，連黄、南陽、歸德、汝、汴數百家。驗問，皆農商，萬兒伏辜。增河南屯田米十七萬石，又經理荆湖屯田廢地，歲可出粟百餘萬。所至尤以興學薦賢、崇孝弟、長恩信、恤孤寡爲任。嘗奏請割田千九百畝入大名校官，出御史臺錢五十萬建國學；以地三千畝立書院於南陽，祠忠武侯；三千畝入揚州三皇廟；又請置洪澤、芍陂屯田萬户府儒學教授。自太平還，購書數萬卷，迎劉因先生爲師。參議中書，薦劉宣等十餘人。晚年，數以母疾謝事。天子感動，賜尚醖，歲給十日侍養。媚族不能自存者，養之；不能婚嫁、葬送、教育者，資之。正喪祭之禮，嚴内外之分，明本末之要，審經權之義，故入爲孝子，出爲忠臣。嗚呼，賢哉！以至大三年九月五日薨於官，年六十六。十月三日，葬貯梁原，以夫人張氏祔。夫人，參知政事榮實之女，貞静慈孝，儀於九族。有子三：德嚴，嘉議大夫、衛率使；德巽，早世；德温，武略將軍、副萬户。女一，適張彦敏，夫人之姪也。夫人趙氏，有子二：德讓、德謙。孫二：長曰杲，武略將軍、副萬户；次曰景，皇慶某年某月，贈推忠佐理同德功臣、太傅、開府儀同三司、上柱國，追封梁國公，謚曰文正。臣既奉詔撰次，因竊伏念聖君賢臣一時遇會者有之矣，至論其終始一致，或罕能之。若文正公，言議風旨益遠而在，益思而不可忘。没已久矣，而恩顧之勤不懃若此。烏乎！凡百君子，得無勗哉！謹爲之銘，曰：

叔虞啓韓，韓别爲何。司空相漢，寖遠而波。千幾百祼，乃振於淶。培深積隆，紹挺雄材。武宣起家，專城以居。忠毅奮忠，星隕江蒲。洸洸梁公，投筆從戎。我先孔勞，我功曷終！既存亳師，遂涉大江。於蕃於宣，樹弱蹶彊。風厲湘壖，雷輥吴陬。躍義踴仁，威信澤流。再入黄扉，一陟霜臺。襲和抑乖，揚嘉斥回。言雖寡由，舌不可移。卒開聖明，弼我丕基。雍容承華，心膂股肱。苗豈不治，群螟復興。乃殿雄邦，於浚之都。梁熙楚懷，我黍与与。其功孔多，其命則那。惟帝念功，可頌可歌。謚美封崇，易水淵淵。貯梁之原，永矢弗諼。

秦國昭宣公神道碑

翰林學士承旨塔海，既以忠勤左右天子爲賢公卿，延祐二年，詔特贈其曾大父撒海禿，資德大夫、中書右丞、上護軍，追封隴西郡公。妣某氏，追封隴西郡夫人。大父剌真，光禄大夫、中書平章政事、柱國，追封秦國公，謚安僖。妣几美木骨立氏，追封秦國夫人。父哈答孫，推忠效義佐理功臣、太傅、開府儀同三司、上柱國，追封秦國公，謚昭宣。母亦里哈迷氏，封秦國太夫人。次徹徹氏，追封秦國夫人。明年春，上復思太傅之勞，命詞臣某文之碑，以休顯之。謹按：太傅公，蒙古人，世居關中。憲宗時，安僖府君扈從至和林，家焉。公十五，宿衛世祖藩邸，號稱謹篤，眷遇有加。中統初，命掌玉食。至元二十年，以昭信校尉爲生料庫提點。後四年，乃顔叛。從征，有功，加武略將軍。又二年，從至杭海。元貞元年，遷明威將軍、宣德雲州銀場都提舉。大德改元，陞懷遠大將軍、淮東淮西屯田打捕總管。武宗即位，進鎮國上將軍、淮東淮西道宣慰使。至大四年，盜起四明，賜三珠虎符，拜資德大夫、中書右丞、浙東道宣慰使、都元帥，往捕之，驅以入海。因感瘴癘，以某月某日薨於位，年六十五。以某年月日還葬京城太師莊之先塋。有子五人：長即塔海，娶搭海的斤氏，蚤世，追封秦國夫人，有子曰脱脱木兒。繼永茶氏，封秦國夫人，有子曰搭海忽都，曰伯顔不花。女五人。朱苟，娶乃牙真氏，有子曰斗奴，曰八匝八尼。女一人。拜住，娶脱脱尼氏，有子曰六十二。女二人。閭閭，娶也速倫氏，有女一人。定住，娶脱來氏，有子曰道興。公之子皆賢，而塔海尤爲累朝所器重。方數歲，世祖一見，奇之，命肄業國子學。十六，繼父内職，從至杭海。及事成宗，爲樞密院斷事官。天德之末，輔立武宗，轉同僉樞密院事，陞副使。尋爲大司農，遷同知宣徽院事。今上在東宫，或建言立黑軍衛帥府，力諫止之。由是，寄以心膂，知無不爲。及上踐阼，歷集賢大學士、太醫宣徽院使，遂爲翰林學士承旨、知制誥、兼修國史，累階自太中大夫五遷爲榮禄大夫，益見親幸。推恩錫類，爰及其先焉。臣嘗謂國朝用人，頗類漢初。懷一藝，抱一能，莫不畢效其長，立功當世，故能成一統之業，開萬世之基。然功臣之後，其盛且大者又必由先世積累之厚所致，觀於秦公可見已。夫自安僖以世族起關陝，北事憲宗，固知所歸矣。一傳至太傅，遂握藩維之寄，分茅土之封，豈無故而然耶？杭海之役，值歲飢凶，人無生氣。公請於上，賑之，不足，又出私帑相之，全活不可勝計。四明之亂，一方騷然。公驅除安集，奮不顧身，民用相保，而病則危矣。簡在上心，終受顯服。蓋先既栽之，後益培之，宜再傳，以有今日。嗚呼！天道福善，其可誣哉！銘曰：

上古邈矣，爰徵有元。列聖垂裳，百辟聯軒。位事惟能，建官必賢。幽遐並興，矧此連根。懷哉安僖，鞭弭橐鞬[4]。策足関右[5]，晞光日邊。備艱載勞，乃啓昭宣。幼事世皇，屬於天官。夙夜在公，忠篤貞堅。執豆贊祭，如臨於淵。再從北征，厥功茂焉。井賦既成[6]，來旬來宣。成宗武宗，益著其勤。高牙大纛，東甌是藩。厥聞載馳，遣車已還。齒嗇於德，誰執誰專！惟子克承，有隕自天。奕奕衮裳，我實以桓。二華八川，國之以秦。何以報之？爾子爾孫。何以表之？隧石有文。

嵩山少林寺裕和尚碑

皇慶元年春，制贈少林開山住持光宗正法大禪師裕司空、開府儀同三司，追封晋國公。命詞臣文之碑。臣某奉職惟謹。佛法相傳有信具，至達摩，持以渡江。梁武帝問語，不契，去之魏，隱於嵩山少林寺，面壁九年，爲禪宗初祖。六傳而至惠能，曰大鑒師，爲曹溪祖。裕所居，達摩處也。其宗以湛然常寂爲真[7]，空洞不虚爲實，廣大不蕩爲際。其教人，亦惟曰性善。其論曰：推一而適萬，則事無非真；混萬而歸一，則真無非事。曰當仁，又曰能仁。陰有以格君心而贊皇猷[8]，未嘗以福田利益嘐嘐語人，而慈雲法雨，陰覆陽被。歷代帝王意欲清心静治，使萬姓蒙福，謂浮屠言可底行，奉之深至[9]。歲乙巳，時世祖居潛邸，命師以明年於少林大作資戒會。戊申，太宗詔住和林興國。辛亥，憲宗召至北庭行在所，居累月，其言上當帝心。洎世祖即阼，命總教門事，賜號光宗正法，俾建精舍於故里曰報恩，給田若物以飯衆。師去世若干年，今上皇帝寵以贈典，言行而道大也。皇帝若曰："洪惟世祖，神武不殺。本仁祖義，以一天下。朕欲昭我祖德，持盈守成，唯爾克紹。乃初祖永孚於仁，以弘濟我兆民。顧先哲其逝，朕弗克見，於兹邈焉。雖去來夢幻，無得而名，而封贈哀榮，豈不在我。其尊爾官，隆爾爵，以寄予思，以迪後人，以永譽於萬世。"師之住世也，三閲《藏經》而成誦，誘掖後學無倦色。通群書，善翰墨，吟詠提唱，普説幾十萬言，播在叢林，而師未始以爲能事。幼遭世變，煢然無依，道逢老比丘，勸以學佛，曰："能誦《法華經》足矣。"師曰："佛法止是乎？"比丘異之，与偕謁古佛於仙岩，曰："此龍象種，當爲大器。"即爲祝髮授具，與雙溪廣公同執事者七年。游方來燕，親炙報恩萬松師者又十年，道益隆，學者益廣。其住少林也，萬松、海雲二老實爲之主。屬少林煨燼之餘，塹憩縤氏之永慶。已而興僕起廢，訓徒説法，施者如丘山，來者如歸市。嵩陽諸刹金碧一新，洛陽白馬經筵不輟，皆師力也。而師瞑目燕坐，張寂而默，若無與焉。至元八年春，詔天下釋子大集於京師，師之學徒居三之一。烏乎盛哉！師剛果强毅，公勤廉明。平居，風神閒敞，襟度夷曠，復嵩山，如祖師再出世。倡道垂教於天壤間，如鼓雷霆而揭日月。所謂大善知識，標準斯世，存而不朽者与！字好問，人以雪庭稱之。太原文水張氏子，九齡入學，日了千言。鄉閭曰："聖小兒方娠，母有異夢。及生，家有吉徵。"其説法也，涸池出泉，古殿有光，諸瑞非一云者，其徒詳之矣，此載其大者。銘曰：

佛以仁傳，聖以仁治。其仁伊何？此心而已。混未嘗混，照徹大地。推未嘗推，淵澄止水。梁皇有爲，不諧其旨。誰直其原，曹溪東逝。逮我裕公，道還北矣。師少不凡，見稱州里。休林古佛，真源指示。至老游參，持戒律己。萬松海雲，合辭招致。參從渡河，幾三百指。緇俗趨之，營施山委。嵩陽諸刹，金碧翬跂。洛陽大講，經歲不弛。二百卌區，群廢盡起。僧無徭役，大衆歡喜。曰一佛出世，遇明天子。其人已滅，其道不死。不空不住，天地終始。前人之遺，後人之思。帝命曰咨，章服是宜。百世其承之，四方其則之。唯爾法是依，唯爾言是師。臣拜稽首，聖敬不違。播爲聲詩，永之兹碑。

太原宋氏先德之碑

皇慶二年夏，車駕幸上都，群臣扈從，獨昭文館大學士宋超弗克從。於是，儀天皇太后命倣古制，爲安車，驛赴行在所，且給裝錢甚厚。明年，改元爲延祐元年。二月二日，制詔中書，以超爲翰林侍讀學士、中奉大夫、知制誥、同修國史。秋八月，天子至自上都，駐蹕龍虎臺。公卿百官奉迎，上顧翰林群臣曰："宋超於朕，非他人比。朕深賴其力用，僚寀其善遇之。"群臣敬聽欽承。三年夏，又詔臣其大父禧嘉議大夫、户部尚書、上輕車都尉，追封冀寧郡侯，謚敬敏。父和集賢侍讀學士、中奉大夫、護軍，追封冀寧郡公，謚文康。大母李，母李、繼張，妻王，皆追封冀寧郡夫人。秋某月，又詔臣某文其先墓之碑。烏乎！上恩至矣。謹按：宋氏世家太原之樂平縣長壽里。高祖某，字德謙，宋宣和時進士。博學多能，名與趙國器埒，三晋以西皆宗之。貴富子孫欲昭其先者，必德謙文爲重。遠近學者輻湊，率皆有聞。故晋之言師道者，必首宋氏。娶王。有子曰洪，在金爲名進士。父子以家學相傳，自樹益茂。其子即敬敏公禧也。生文康公和，字君和。幼值亂離，轉徙雲朔，然猶耆書不肯舍。長通六經大指，慨然有及物心，遂刻意爲方，無所不習，又博聞深辨之，由是大通。求治者填門，均予善劑，無間於顯晦約豐[10]。至其窘憊不自勝者，既藥之，又從而負米分賑之，或親爲調餌乃去。活者滋無算，皆曰："非宋君和，吾何能生！"貧者感，富者謝，宋氏名實俱積矣。家破而完，完而益振，遂大。時兵荒循環，白骨弥望，公自代地歸，見而泫焉，曰："此皆鄰里鄉黨也。"傾貲收瘞之，又率邑中旅祭之。王生者，其師也。子父不相遇，乃構堂迎致，養其夫婦終身，爲之棺衾墳墓，又戒子孫四時附祭無廢。其篤行類此。以至元二十七年正月己未卒，年七十有八。娶李氏，以至元九年三月卒。繼張，以至元三十一年三月卒。惟文康承詩書之緒，不幸蚤阨，乃能奮而自立，蓄其盛心。然慮其不可必遂，則游藝以暢志。觀其處心積行，雖古之君子不過也。盖自德謙以來，既已三世爲儒，而力豐時嗇，至於文康，盖幾泯矣。而欻然以伸，内外兼飭，復開厥家，可謂英特之士者矣。而超，其季子也，幼已不群，經、方兼誦，而師不煩。文康嘗撫而語人曰："吾活人多矣。天其酬以是乎？"少長，即以尚友天下善士爲急。會料民爲兵，家與焉。憤發曰："世儒而今兵耶？不脱，非夫也！"乃辭親，徒步來京師。有忽吉甫者，中山名儒也，爲諸道醫學提舉，聚徒教授。因往，兼受二業，僦舍五里外，日啗虀粥，戴星往來。師嘉其勤苦，使分教數十人。乃立程度，課督整勵，衆皆有成。師喜而薦之，得太原醫學正。二十四年，轉將仕佐郎、大都醫學教授，距辭親時十載，既而名聞禁中。方用，丁文康憂，居喪一準於禮。有旨起直尚方，賜以居宅，俾視太師及公主疾，愈，賜衣鈔，扈蹕柳林。上顧林木不懌，隱几而卧，問侍臣以枯悴故，歷十餘人皆不愜。獨對曰："柳，水木也。往者，河經林間，土潤木榮。今河徙益遠，故耳。"上悦，矍然起坐，稱善者久之。二十九年，詔除其更繇。覃懷有御藥園，設官提舉，歲從中遣使采製，則中闤闠而立局，遠屏行人，聚民執役局中，爲公私大患。其年，使往，盡革其弊，民爲歌謡稱頌之。先是，州醫官與提舉官屬有隙，一日，誣以用御局藥鼎烹所盗狗者。有司置對方殷，使適至，察其跡可疑，試語有司，而兩造知不可隱，皆首實，遂止坐盗狗罪，不然，坐不敬者數十人。哈剌出拔都，上愛將也，有疾，上憂之。奉詔往視。既愈，上大悦，勞問從容。因乘間以儒而爲兵請。上即諭中書、樞密曰："哈剌出拔都，萬人敵也。宋超活之，與活萬人同。其削兵籍而隸醫。"二府奉詔施行，遂遂脱兵之志。魯國長公主及駙馬魯王皆得危疾，詔馳傳視之，至則遄愈。主、王皆感其更生，奏以爲應昌總管，賚以妻妾、奴婢、金寶、幣帛、車帳、駝馬、牛羊甚衆，悉謝不受。告歸，不許，爲留者二年。主以圉人竊賣駿馬，縛將殺之。時適在坐，爲陳貴人賤畜之義，力諫免之。比還，王之中外雖孩穉亦無一物故者。三十一年，詔視闊闊出太子疾，愈。上甚喜，賜之衣鈔。元貞元年，壽寧公主、亦里海牙公主、小太子相繼有疾。詔治皆愈。上喜，召至便殿，迎笑，賜坐慰勞，賜以玉食、時服。裕聖皇太后因俾兼直隆福宫。十一月，太后小不安，療即差，賞以衣鈔貂帽。不達室憐公主下嫁高麗王，俺木哥太子持節送之。詔使護行，貴賤萬人跋履，皆無恙。道經廣寧。廣寧民行賈高麗，以罪爲高麗流竄躭羅者十一人。躭羅，絶島也，非人所居。至是，其家邀訴。至則語王，追之，存者七人耳。爲之衣服飲食而歸之，且戒王毋得復然，又具白太子申禁。是後，高麗不敢流竄中州人。大德元年，俺木哥太子疾，視之，愈。二年，又視魯國長公主疾，又愈。皆有重賜。今上皇帝居潛，小不安。命往視，尋可。裕聖大喜，褒賞再四。今上設燕，命坐，手贈寶鈔、白金，且豫命宫人製金衣，即燕所出以衣之。今上視其宜稱，甚悦，寵豫優洽。四年，裕聖不安，茹藥，尋差。賜衣鈔，改承事郎，掌醫署丞。成宗皇帝疾，時得少愈，輒受賞。六年，陞承務郎。十一年，陞本署令，遷奉訓大夫。至大元年，進正議大夫，掌醫太監。皇太后有旨，蠲户役。二年，視碩得八剌太子疾，愈，賜衣、鈔。他如奉詔視療貴臣、帝師，愈而蒙賜者不列。今上居東宫，綜軍國事，有旨充昭文館大學士。皇太后録前功，加賜寶鈔甚厚。三年，遷中奉大夫，仍職昭文。自昭文拜今職。碑紀先世事而及此者，以著有是祖、父必有是子、孫也。今年六十矣，而恂恂謙勤，居閒危坐，讀書至昃不廢。自世祖時，入侍宫闈，出入四朝，或留中弥月。非獨以方進，蓋正言讜議，而將之以樸忠純誠，故聞者不厭而所益弘多。退無自矜之色，與人忱恂，表裏若一，故列聖眷之亦終始若一。中饋久虚，上以内人汪氏繼室，封冀寧郡夫人。前後所得賜予及樂平租入，常分遺二兄若姻友之賢者，家無留貲。技能雖高，未嘗自秘，以惠淑後進爲喜。嗚呼！制行立心若此，可謂克肖者矣。其躋榮介福，孰曰不宜？故因纂其前烈而牽連書之，抑以啓後之觀感而勸慕云爾。文康有三子：伯曰越，先卒。仲曰起，終汾州吏目。孫：頤，江淮鹽引局副使。豫，中官位下都總管府掾。泰，衛王府侍官，復掌醫少監，學行能世其家。恒，印鈔庫大使，有剸治材。伯、仲之子皆由季父以仕，又以恩復其家，孝敬振振，蔚爲太原名族。然則今之恩紀郅隆者，豈上之好賜，下之幸致哉？由其義故也。新塋在某所，文康而下四世皆葬焉，越與其配李氏祔。銘曰：

聖緬世殊，術闊效疏。蠖屈蠙伸，若有若亡。顯允德謙，握懷瑾瑜。不韞不沽，大畀其徒。維晋武國，我以詩書。惟守單平，我貴曰儒。我有子孫，我道不孤。卓彼文康，奇肱之車。乘風而徂，復還於初。此我堂構，此我菑畬。仁宅禮門，闢義爲塗。襲其家珍，與神聖俱。技藝以危[11]，我安我舒。彼枵且渴[12]，我餔我濡。彼以爲命，此以其劬。野有其簍，里有其居。諒曰古人，不遠是踰。子睿其德[13]，維川維澤。諸爲忠誠，於以醫國。簡在帝心，温恭朝夕。豈無他人，惟爾之特。式公式侯，帶裳幅舄。報厥攸生，烝嘗廟祏。噫嘻宋氏，其盛匪棘。樹之百年，於焉始穡。功無不酬，酬無不極。凡百周行，毋怠而力。世萬子孫，視此貞石。

秦國先墓碑

《書》曰："王人求多聞，時惟建事。"又曰："所寶惟賢，則邇人安。"臣竊獨究觀我世祖聖德神功文武皇帝之治天下，以道爲車，以德爲馭，揭日月而載雨露，括宇宙而弘紀綱，聖智亦云睿矣。然於一技一能，苟有以自見者，罔不舉而措之得用得行之地，而致其功。蓋兼愛一視，初無富貴貧賤之分也，故能大一統而垂萬年，丕顯丕承，式克至於今日。陛下法天憲祖，於多聞建事，寶賢安邇之大經，有加弥光。故凡左右景從，雍容廊廟者，皆當時弼成基命之後昆也。嗚呼！不其盛歟？至大三年，詔贈伯益赫中奉大夫[14]、護軍、漁陽郡侯。配烏穆黑氏，追封漁陽郡夫人。月朵識脱忽鄰資善大夫、上護軍、漁陽郡公。配月息乃氏，漁陽郡太夫人。大乘都自翰林學士、嘉議大夫，贈榮禄大夫、柱國、薊國公。配吉赤吉也的斤氏，追封薊國夫人。皇慶元年，加贈郡侯爲金紫光禄大夫、上柱國、大司徒、秦國公，謚康懿。加贈郡公爲懷忠保節功臣、太保、金紫光禄大夫、上柱國、秦國公，謚安惠。加贈薊公爲推誠宣義功臣、太傅、開府儀同三司、上柱國、秦國公，謚文敏。三夫人氏皆改封秦國夫人焉。是爲今翰林學士承旨、光禄大夫、崇福院使大慈都之曾祖、祖、父母也。延祐三年，詔樹碑於其先墓，命臣某爲之文。謹按：秦國康懿公，别石拔里人也。世令德，爲有國中貴臣。至文敏公，學業益懋。中統中，自其國來覲天光。世祖既知其家世甚盛，又知其學問有源，隨問隨對，上大器之，即命通籍禁門，恒侍左右，誦説經典。益久益親，賜侍宴衣冠貂裘帽，金帶銀器、白玉佛像、銀鈔等，前後相望，恩顧良勤。且謂皇孫阿難答曰："遺爾良師，爾願學否？"對曰："果有良師，乃所願也。"遂詔爲阿難答師。未幾，忙阿剌太子薨，皇孫嗣爲安西王，出鎮。順聖皇后爲之請於世祖，願載師自隨。上不允，曰：“大乘都，我所須也，餘人則可。”既而后又面請曰：“大乘都，學業甚精，聰明方正，俾往訓導數年。諸子有成，然後乃還，若何？”上不得已，許之。辭行，三宫皆贈良馬、金錢，詔其子大理都入侍。裕宗於東宫，以文學供奉。順聖又俾那懷駙馬、八撒大王從之學。上又詔其子大慈都入侍禁中，與脱因俱以文學備顧問。文敏既西行，抵開城，安灘、不華、阿都直三皇孫皆師之。久而王將遠征，曰：“八哈室老矣，其留平涼，少休矣。”八哈室者，漢云博士也。異時，文敏亦曰：“吾老矣，西來二紀矣。吾思見至尊也。”使請，王許之，遂自平涼歸京師。值世祖上賓，成宗即政。入見，上深嗟閔，曰：“先帝所篤敬忱愛者也，今老矣，其以三品禄之。”遂拜學士、嘉議之命，賜第於長安，賜寶鈔以養之。大德三年庚子，寢疾，薨於賜第，年七十有二。葬於某所。太保生二子：長即文敏公。次曰大悲都，終於宣政院提點所達魯花赤。文敏有六子：曰大理都，終中順大夫、樞密院參議。曰大慈都，自州守陞轉運副使，入爲詹事、集賢、平章軍國，凡十四遷，而陟一品。忠誠闓敏，以文學侍中，知無不言，多所獻替，中外以大用期之。曰別帖木，終中順大夫、陝西怯連都總管。曰本牙、失里，未仕[15]。他姬子二：曰僧奴，承務郎、烏程縣達魯花赤。提點有四子云云。孫若干人。惟我國家初基，其邃古結繩之治未改。及四方畢服，遠或數千萬里，則號令之明、期會之一，殆不得不驅策諸國字書[16]，以爲我用。若秦公父子，盖彼之授受有源，業精而學博者也。適當寤寐俊乂之朝，謳歌來歸，契合於一見之頃。文子文孫，爲賓爲師，出入中外者三十年，卒陪清閟。二子又克篤前人成烈，日近耿光，延寵歷朝，世濟其美。及考論其所自，文學之外，無他歧也[17]。然則守身之專、得君之盛，可謂絶無僅有者矣。猗歟休哉！臣既奉詔纂叙，申之以銘，銘曰：

於惟皇家，統天載地，肇修人紀。建國君民，教學爲先。無有遠邇，矧是本支？宜君宜王，舍學何以？可桀可摹，孰克堪兹？西方之美，廣厦細旃。啓心沃心，見晚興喟。詒謀輟愛，輔彼緑車。偕其行止，邁彼壠坻。亦再終星，爰閔而憩。言歸自鎬，乃際鼎成。嗚呼豐芑！後聖一揆。恩無不周，世濟有子。益顯於初，相命公珪。尊其簠簋，豐碑桓桓。發自德音，以慰以禮。非學何立？非孝何行？非忠何仕？老臣奉詔，詔爾雲仍，其思其企。

【校勘記】

〔1〕兄父子：文淵閣本作“父兄子”。

〔2〕議，文淵閣本作“謀”。

〔3〕揚，底本誤作“楊”，據文淵閣本改。

〔4〕韃，底本誤作“鞭”，據文淵閣本改。

〔5〕閔，文淵閣本作“門”。

〔6〕井，文淵閣本作“丱”。

〔7〕常，文淵閣本作“當”。

〔8〕陰有以格君心而贊皇猷：文淵閣本作“陰有以心而贊格君皇猷”。

〔9〕深，文淵閣本作“罙”。

〔10〕晦，底本誤作“賜”，據文淵閣本改。

〔11〕技藝，文淵閣本作“彼埶”。

〔12〕枵，文淵閣本作“饑”。

〔13〕睿，文淵閣本作“濬”。

〔14〕文淵閣本“詔”字後有“追”字。

〔15〕未，底本誤作“木”，據文淵閣本改。

〔16〕殆，文淵閣本作“始”。

〔17〕歧，底本誤作“技”，據文淵閣本改。

卷　九

玉堂類稿

敕賜碑　記

薛庸齋先生墓碑

聖天子思以二帝三王之道致太平，是故表章六經，尊寵儒生，所以風厲天下者，意甚深也。國初，河南薛玄微之制行立言穎然當世，搢紳尊之曰庸齋先生。先生之子友諒今直翰林，爲學士，天子知之。延祐三年夏四月，有詔爲先生樹碑，而俾臣某壽其事於石。臣與友諒同寅，習知先生名德，固願有述也，況又奉詔。謹按：薛氏自漢、晋爲汾陰大姓，有東、西、南三族之别。徙下邽者，西族胤也。先生家本下邽，世有顯者。大父珪，讀書力田，不躡世好。父沂，明《春秋》經傳。再与計偕，廷策輒見卻。歸而聚書窮理，不復出，衆仰其高。以友諒貴，贈中順大夫、禮部侍郎、上騎都尉、河南郡伯。配郭氏，追封河南郡君。先生生而不群，幼而有詩聲，冠而載書入少華，晝夜誦習，不以辟地廢。束枯葵，學書泉上，石爲之窪，其勤類是。又從明理學者游，遂一以聖賢爲宗。國初，游大同，過應州。高、韓二帥喜而薦之中令耶律公，得應州教授，俾子弟學焉。公與間語，輒擊節賞。會沙門萬松問先生以孔子之教何者爲要。答曰："君君、臣臣、父父、子子。"松默服。時進兵襄、鄧，中令薦聞，授檢察使，督衛輝河南餽。未幾，改軍儲轉運使，軍以無乏。明年，召還，賞白金百兩、貂裘一。楊奐，秦中名士也，廉訪河南，慕欲与游，辟居幕府。先生從之，始定居洛西。甫閲歲，謂寮寀曰："進不能行其道，徒羈塵網，無爲也。"即棄去，一時英俊，若中山楊果，縉雲李微，虞鄉麻革，雲中孟攀鱗，蒲城郭鎬、李廷，河中竇獻卿，洛陽宰沂，皆友也。王文統柄國，嘗羅致沂爲真定勸農使。不得已而受，陽爲不事事，至亡其告身及金符於酒家。文統知而迹得之，沂因自免歸。文統聚歷代奇謀詭計爲一書，先生見而責之曰："士君子如欲平治，自有聖賢格言。此何爲者？"遂絶，勿與通。中統初，召爲平陽、太原宣撫，不起。授提舉河南學校，亦不起。日與女几辛愿、柳城姚樞、稷山張德直、太原元好問、南陽吴傑、洛西劉繪、緇川李國維、濟南杜仁傑、解梁劉好謙講貫古學，且以淑人，伊洛之間復蔚然矣。洛西山川明麗，先生卜築其要會，重以花竹池臺之觀，良時，勝友觴詠游衍，浩如也。自中令公以下，咸謂洛西神仙。先生高明樂易，誘掖不倦，及門者後皆知名。官洛師者多名卿材大夫，昕夕造席請益，過者以獲識爲幸遇。異時，瞻遺貌，過故居，概然贊詠而不能忘。二子：友直，終於龍陽州判官。友諒，蚤以文學記室事安西王。王薨，官州縣三十年，勝殘伸枉，興利去害，皆有實狀。最其大，則武陵、涔陽活餓莩餘三十萬。晚構精舍於洛西，招徠教育，迓續先生之盛心，義方之明、堂構之美盖兩盡焉。先生臨終，不茹藥，具湯沐，授治命，爲書别親知，又題七言詩四句，投筆而没，時至元八年秋九月。冬十一月，葬北邙山之陽。今贈集賢直學士、亞中大夫、輕車都尉，追封河南郡侯，謚文靖。配徐氏，追封河南郡夫人，生友諒及王、郝、楊三婦。次王氏，生友直。次任氏。女八。婿曰太常博士王顒，曰陝西漢中提刑按察使郝繼祖，曰孟州知州劉適，曰永寧張經，洛陽焦厚、孫惟德、楊師孟，永寧張成。孫男九，曰濟，終山陽尉。曰貽孫，蚤世。曰恭。曰鼎安，蚤世。曰寛，國子生。曰裕。曰信。曰敏。曰惠。孫女十有四。

先生爲文辭，得於心，有《易解》《中庸注》《聖賢心學編》《皇極經世圖説》《道德經解》《陰符經論説》。有詩三百篇，曰《適意集》。嗚呼！若先生者，可謂生有以樂，死有以歸，俯仰天地，不愧不怍者矣。恩加烝嘗，延及睾宰[1]，不亦宜乎！碑宜有銘，銘曰：

大道之行，三代之英。元聖所志，有紀有經。未墜在人，或措或舉。顯允薛公，其適惟魯。吾師吾友，莫或稗之。匪以旦暮，與千古期。野有玄黄，吾有緗素。飲水曲肱，夢與天遇。維伊之左，維洛之西。昔程今薛，室豈遠而。湛露及泉，道隆時泰。夫豈公榮，百世永賴。邙山之陽，林深石蒼。嗚呼遠矣，其存者長。

秦國文靖公神道碑

孔、釋之道爲教雖異，而欲安上治民、崇善閑邪則同。後世之士各尊所學，更訾迭詬[2]，莫歸其極。自故翰林學士承旨、秦國文靖公始以佛法見知天子，至於忠言讜議，敷弘治化者孳孳焉，悃悃焉，悉本乎孔氏，孔、釋之道克協於一。夫天之生斯民也，豈無意哉！初，其父方燕坐，作觀音觀想，忽有抱一童子付之者，已而其母有娠。及産，紅光發屋，鄰曲爭以失火來救。生五歲，一日，卧三晝夜始寤。問其故，則曰："文殊方爲吾説法，不覺久留耳。"自是，日聞父兄講誦經論，即了大義。九歲，始從師力學，一目十行俱下，日記萬言。十三，能默誦《俱舍論》三十卷。十五，孔、釋之書皆貫穿矣。十九，被徵，召對稱旨，爲特賜坐。世祖即位，進《寶藏論玄演集》一十卷，嘉嘆不已。因勸上宜親經史，以知古今治亂之由；正心術，以示天下向背之道。遂譯《尚書·無逸篇》《貞觀政要》《申鑒》各一通以獻，上深納之。親王阿里不哥潛謀不軌，天子重以骨肉之情，命公往調護之，而反狀益聞。乃遣近侍孟速思帖木不花亟召以還，曰："毋害善人。"既至，慰勞久之。公因舉"任賢勿貳，去邪勿疑"，"与治同，道罔不興；与亂同，事罔不亡"，"有言逆於汝志，必求諸道；有言遜於汝志，必求諸非道"，敷繹詳暇以諫。上大悦，特授翰林學士、嘉議大夫、知制誥、同修國史，尋商議中書省事。奉詔譯《尚書》《資治通鑑》《難經》《本草》成，進承旨，加正奉大夫，領集賢院會同館道教事。公既以碩德重望爲上所信幸，每賜對，必以開言路、廣聖慮、慎刑節用爲言，未嘗不稱善。至元三十年五月二十有二日丁丑，忽端坐若禪定者，左右扶就寢。至夜，聞異香馥鬱，即視之，已薨矣。是夕，有大星隕於庭，圓相凝室不散，見白毫出西南去。天子聞之震悼，遣中使致祭，賻贈有加。五日辛巳，闍維於國西南門之外，得五色舍利不可勝計，塔葬其骨於宛平縣七園之原。詔收其家遺書，得歌詩、偈、贊、頌、雜文數十卷，命刻梓傳世[3]。延祐二年，贈推忠贊翊協德欽臣、太師、開府儀同三司，追封秦國公，謚文靖。明年，集賢大學士臣顥請刻石表墓，而以文命臣某。臣謹按：公諱安藏，字國寶，畏兀人，世家别石八里，自號龍宫老人。祖諱小乘都，贈銀青榮禄大夫、大司徒。父諱腆藏帖材護迪，贈太保、儀同三司，并追封秦國公。祖妣普顏嫡瑾、妣葉仙郡主，並追封秦國夫人。配張氏，封秦國夫人。子男二[4]：斡兒妥。迪欽，中憲大夫、同知徽州路總管府事。女一，適荊湖北道宣慰副使耶律希圖，中書左丞相鑄之子也。孫男二：闕間，朝列大夫、德安知府。九九。其門徒之賢者，則太師天藏沙津密護赤爲之首。臣嘗與公同僚，並受世祖之知。觀公爲學有根柢，制行有繩準，論事有本末。憂國如家，視物如已，忠信豈弟，有古君子之風。是以四海之内，黔黎之氓、緇素之流，希聲光而談道德者翹首跂踵，莫有間焉。其能生爲大臣，没享上公，宜矣。銘曰：

佛以教離，儒以習衰。哲人之憂，愚者之疑。於鑠秦公，孔釋兼融。振衣金維，與道俱東。展也生知，允矣上智。搜羅群經，攄發秘義。以儒輔世，以佛洗心。嘉言罔伏，如玉如金。出入承明，餘三十載。窈窕禁林，遺風猶在。音容雖邈，命數維新。茫茫秦郊，原隰如鱗。吁嗟秦公，百世之士。繼之承之，惟爾後嗣。

大護國仁王寺恒産之碑

皇元以仁得天下，其愛衛社稷，福綏生民之道甚備。惟佛法慈悲智慧，大無不包，細入無倫，參天地，贊化育，功博且遠，尊信尤異。若昔太祖龍興，列聖相承，世祖奄有四海，成宗垂拱而治，武宗立功邊陲，今上撥平内難，以正神器，皇太后慈明仁愛，受天下之養，雖天命所歸，人心所戴，萬有億載而陰相默佑之者，豈無所自耶！初，至元七年秋，昭睿順聖皇后於都城西高良河之濱，大建佛寺而祝釐焉，肇基發跡，天人之應，神物之感，雲臻霧集，昭爛赫奕，三年而成。時裕宗在東宫，襄善贊美，所以奉慈闈，尊梵王，弘法海之盛心，無所不用其極，以佛法不徒行，必依於人。人不可以無食，中宫乃斥粧奩，營産業以豐殖之，已而效地獻利者隨方而至。物衆事繁，建總管府統於内，置提舉司、提領所分治於外。歲滋月積，府之政日以懈，田失故額，租賦不登，寺之賴日以削。至大元年，皇太后翼扶明聖，慨然思述祖宗之德，念昭睿順聖經始之仁，罷總管府，建會福院，以平章政事、宣政院使安普忽馬兒不花爲會福院使，綜核名實。遣官分道，約部使者集郡縣吏，申畫疆場，樹識封畛，歷四載，始仍舊貫，視常歲之入相倍蓰焉。凡徑隸本院若大都等處者，得水地二萬八千六百六十三頃五十一畝有奇，陸地三萬四千四百一十四頃二十三畝有奇，山林、河泊、湖渡、陂塘、柴葦、魚竹等場二十九，玉石、銀鐵、銅鹽、硝鹻、白土、煤炭之地十有五，栗爲株萬九千六十一，酒館一。隸河間、襄陽、江淮等處提舉司、提領所者，得水地萬三千六百五十一頃，陸地二萬九千八百五頃六十八畝有奇。江淮，酒館百有四十，湖泊、津渡六十有一，税務、閘坝各一。内外人户總三萬七千五十九，實賦役者萬七千九百八十八，殿宇爲間百七十五，櫺星門十〔5〕，房舍爲間二千六十五，牛具六百二十八。江淮牛之隸官者百三十有三。經界既正，版籍既一，皇帝以爲能稱孝養意，進封安普秦國公。辭。上曰："爾逮事世皇，乃累朝舊臣。封以此，毋庸辭。"出制書，親授之。皇太后樂其有成功也，命詞臣載文勒石，以垂永久。臣奉命惟謹。竊謂祖宗受命爲天下主，所以尊崇佛法，休惠僧徒，惟恐不備焉者，豈有他哉？誠以其道足以安利國家，澤潤生民，期厎于至治也。欽惟聖上侍皇太后，繼志述業，篤恭於其上，而群臣披榛剔蠹，忠順於其下，故能若是。猗歟盛哉！居其居，習其書，衣其衣，食其食，盍亦修其道，安其教？願宗社之靈長，祝兩宫之萬壽，以報於上。嗚呼！一寺之政，必得其人乃舉，况天下之大，四海之衆乎？既刻其詳於碑之陰，謹拜手稽首而獻詩，曰：

巍巍世尊，靈妙昭融。振華金方，迪我皇風。皇矣聖神，聰明神武。圖基萬億，四三六五。爰稽象教，載跂遐躅。四海同源，萬里一轂。於穆昭睿，順坤承乾。高良之濱，神宫矗焉。丹明碧麗，重門夾阤。傑棟龍驤，飛甍霞肆。學人總總，以衣以食。原田每每，誰蹙誰闢？繼祖承宗，唯我聖君。爰啓爰謀，太母之仁。昔也莽只，今也禾黍。昔也蕩只，今也徵賦。既樹既碣，疆埸有截。我倉我庾，載盈載溢。惟得其養，其道乃明。惟得其人，其政乃行。嚴嚴廣刹，其音藹藹。西負太行[6]，東漸滄海。松敷梵唄，河衍法流。於千萬年，敬天之休。

貞文先生揭君之碑

延祐五年春二月癸巳朔越三日乙未，皇帝御嘉禧殿，集賢大學士臣顥、翰林學士承旨臣忽都魯都兒迷失言："集賢大學士臣約、臣貫等爲臣言：'故江西儒師揭來成，其道德之化、仁義之教被於人也深，人思之弗忘，而名號未有所加，封樹未有所表，無以勸來者。謚法，清白守節曰貞；道德博聞曰文。謚曰貞文先生，賜碑墓道。'臣等謹昧死以聞。"制曰："可。"其賜謚貞文先生。翰林學士承旨某其爲碑文，翰林學士承旨孟頫其書篆。三月戊寅，傳詔至盱。臣某方養痾田里，待盡朝夕，不圖聖恩猶慮及臣。臣雖委頓，敢不拜手稽首奉詔。臣謹按：揭受氏有三，以官，楚司揭氏之後；以邑，漢揭陽侯之後；以名，漢陽信侯之後，晉、魏、吴、楚之間皆有之。唐乾寧中，有僕射鎮爲袁州刺史，居盱水上者，爲盱江揭氏；居章水上者爲豫章揭氏，皆宦族。先生諱來成，字哲夫，世居豫章之豐城，今爲富州云。先生孝友篤誠，出於天性。家貧，從諸父三登學，手抄經史百家，讀之。年十七，爲人師。三十三，始爲進士。四十一而宋亡，築室簑荷山之陰筍坡之下，授徒自業。暇則率子弟灌蔬薙草，講誦畦間。暮則拾薪蘇以繼照。其配日夜蠶績，佐之以具。昏嫁喪祭，存老恤孤。嘗得遺金，直可二萬，求主名，還之。年餘七十，不肯乘車輿，意所往，即徒步百里。齒髮不少衰，端居竟日，不苟言笑，雖妻子未嘗見疾聲、厲色、惰容。雖武夫暴卒，卒然遇之，莫不斂容敬禮。其飭身修行，必踐其跡；安時順事，一會於理。卒之日，遠者悲傷痛悼，近者朝夕會哭，如親父兄。葬之日，送者咸慟哭盡哀，行道之人至不忍聞。君子曰，先生懷道秉德，博問苦學，不以貧賤易其樂，不以靡薄遷其慮，動静有恒，俯仰無愧，生而人敬之，死而人哀之，非古所謂特立獨行者歟？嗚呼，賢哉！臣竊惟處士有謚，其來遠矣。自世祖皇帝有天下四十餘載，以處士得謚及賜碑者，盖自先生始。非皇上聖學日熙，文德天覆，岩穴草萊之士雖有仁智，烏能被休光、承浚澤若此哉！以先生之行謚曰貞文，實應謚法，迺繫而銘之。曾大父諱克己，大父諱光朝，父諱惟明，世忠厚。父以先生後伯氏惟聰。娶雙井黄氏。生三男：梅，十歲能屬文，蚤世。傒斯，今應奉翰林文字、同知制誥、兼國史院編修官。若〔7〕，讀書，力養惟謹。一女，嫁陳用清。孫男二：汯、滈。女四：長適楊湘。次適陳閏。生以端平乙未六月九日，卒以至大己酉六月廿又二日〔8〕，葬以明年十月十又六日。墓在宅西南四里查山，三世祖諱文莊兆之右。文集廿卷〔9〕，藏於家。銘曰：

於惟貞文，茂懿深醇。莫知其源，孰知其津？無迎無將，囿物之常。無喪無得，命物之宅。渾兮淵淵，肅兮融融。以是而始，以是而終。九族漸仁，群士仰德。天子命之，百世之式。

昌平縣新治記

昌平在今爲赤縣，當行幸警蹕之道。皇慶二年冬十月己卯，詔徙治縣西南五里辛店，以便吏民之供頓。宰臣以前主簿程玉嘗有惠政於民，民信愛之，奏以爲尹，任其役。玉至官，与達魯花赤荅罕、主簿紐里帶高伯顔不花、尉塔不帶、典史陳榮等議割禄入，五月，以倡於是。前達魯花赤不别、尉朵羅歹等[10]，及縣之長老、他郡縣之吏皆捐金來助；又取物産雜植之隸官者售於民，而利其直，合得楮幣萬九千二百緡。以延祐元年秋七月十二日建功，以九月某日落成。凡長吏之治、胥史之署、賓燕之次、儲庋之藏、庖飪之舍靡不周備，而費一出於縣官。又夾道列植榆柳，北至關，南達於都門，綿亘九十餘里。他政一如主簿時，加勤恤焉。天子以爲能，三年夏四月，特賜衣一襲，進階承務郎。遣上都留守哈剌帖木兒、度支監卿馬札兒台傳詔翰林[11]，命臣某曰："女職太史氏，其爲文，著之碑。"臣謹按：昌平在漢西都，屬上谷；東都，屬廣陽。在晋，屬燕國。隋，屬涿。唐，屬幽州之范陽郡。其間，或爲郡，或爲縣，廢置無恒，而治亦屢遷。今舊治則後唐所置，名則石晋所復也。自古天下，不能常一。兹縣扼雄關之隘，據南北之限，故其民善守而尚勤。開國以來，連山失其阻，大河失其險，際天極地，莫不來臣。上享其平，下安其生，而兹縣爲赤縣，盖五十餘年矣。其徙也，非醜舊而圖新，所以利吾民；其著也，非侈今而誇後，所以勸其臣。世之君子仕於窮荒僻壤，猶曰："吾受天子之命來爲吏，不敢以欺其民。"况在輦轂之下乎？且孤城小邑之令猶不可以授非其人，况在畿甸之内乎？嗚呼！今之令於兹者善，已後之令於兹者，朝廷將何以得夫賢乎？賢者將何以副吾君乎？唐有大臣曰狄梁公，萬歲通天中，由魏州刺史都督幽州。昌平於幽州爲屬縣，縣人至今祠之。夫近於民者，宜莫如令。古之令於兹者多矣，不聞有所祀，而梁公居官非久，又非爲令，顧得民心如此，豈不以其大忠也耶？比有旨，復修梁公廟。然則天子所以風厲天下者深矣，豈唯昌平哉！延祐三年六月丁亥，奉勑謹記。

旃檀佛像記

蓋聞道非有像，作《易》者必擬諸形容；法本皆空，度世則暫資於色相。謂如指空爲鏡，不若以鏡而喻空；即樹占風，將使識風而忘樹。是以雙林付囑，舍利以凡聖而遍分；千輻經行，足跡亘古今而常在。非炫神通於幻境，實開方便於迷津，所謂由目以會心，即心而印佛者也。按《大藏功德經》：佛昇忉利天，度夏三月，爲母摩耶説法。爾時，優填王常懷渴仰而不得見，敕彼國内巧工造佛形像，禮拜供養。毗首羯磨天化爲匠者，即白王言："但我工巧，世中爲上。"王即選擇香木，肩自負荷持与。天匠操斧斵木，其聲上徹三十三天，至佛會所。以佛神力，聲所及處，衆生罪垢煩惱皆得消除。又《觀佛三昧經》：佛昇忉利天既久，優填王不勝慕戀，鑄金爲像。聞佛當下，以象載之，仰候世尊猶如生。佛乃遥見。佛足步虚空，蹈雙蓮花，放大光明。佛語像言："女於來世，大作佛事。我滅度後，我諸弟子付囑於女。"然則萬影沉江，如如不異；孤光透隙，一一皆圓。夫豈擇地而容，盖亦隨緣而應。望梅林而止渴，靡不同沾；汎竹葉以言歸，誰堪共載？唯我聖天子道躋往聖，慈等覺皇。祝長樂之春秋，恒依佛地；企如來之歲月，坐閱人天。爰命集賢大學士李衎與昭文館大學士、頭陀大宗師溥光，大海雲寺住持長老某，大慶壽寺住持長老智延，大原教寺住持講主某，大崇恩福元寺住持講主德謙，大聖壽萬安寺住持、都壇主德嚴，大普慶寺住持講主某，繙究毗尼經典，討論瑞像源流。乃有阿閣鵷鸞、法筵龍象五千四十八卷，歷劫藏心，十方三世。諸尊宿生摩頂[12]，莫不恪承淵旨，同述勝因，曰："釋迦如來，淨飯王之太子，生於甲寅四月八日，是爲成周昭王二十四年。既生七日，佛母摩耶夫人往生忉利。至昭王四十二年壬申，太子十九，棄位出家修道。至周穆王三年癸未，道成。八年辛卯，思報母恩，遂升忉利天，爲母説法。優填王欲見無從，乃刻旃檀爲像。目犍連慮有缺謬，躬攝三十二匠，升天審諦，三返乃得其真。既成，國王、臣民奉之猶佛。是年，佛自忉利復下人間。此像躬迎，低頭問訊。

佛爲摩頂授記：‘我滅度千年之後，女往震旦廣利人天。’由是，像居西土一千二百八十五年，龜兹六十八年，涼州一十四年，長安一十七年，江南一百七十三年，淮南三百六十七年，復至江南二十一年，汴京一百七十六年，北至燕京，居今聖安寺十二年，又北至上京大儲慶寺二十年，南還燕宫内殿，居五十四年。大元丁丑歲三月，燕宫火，尚書省石抹公迎還聖安。居五十九年，而當世祖皇帝至元十二年乙亥，遣大臣孛羅等備法仗、羽駕、音伎、四衆奉迎，居於萬壽山仁智殿。丁丑，建大聖壽萬安寺。二十六年己丑，自仁智奉迎，居於寺之後殿焉。元貞元年乙未，成宗皇帝親臨奉供，大作佛事。計自優填造像至今奉詔纂述之歲，是爲延祐三年丙辰，二千三百有七年。”噫！四大海中，頓覺業風之息；一彈指頃，不知賢刼之過。嘉与涵靈，從兹安隱。於是，集賢大學士陳顥以述上聞。有旨授臣某，俾爲之記。臣謹奉詔，言曰：粤自古初，聖人教民報本返始，而祭祀之禮居其一。廟則木爲之主，饗則孫爲之尸。及其後也，乃有像設焉，而不知其所從始。由斯觀之，其原於梵俗也与？夫佛爲世中尊，又何俟於贊。然欲知佛之爲佛，不當於其身，而況於其似。然苟不自其外而求之，又將無所措其力。是故佛雖多訓，然往往自即其身以言，盖因以卜人心進退之兆。若於其粗者猶惓惓不怠焉，則其進也，殆庶幾乎？此佛之意也。陛下考百王之度，酌群言之藴，上以惇孝，下以施仁，蕲於厚天下者，無所不用其極。至於軌人於善，足以輔吾政教之所不逮者，亦以天下之心爲心而從之，而非若彼内祠秘祝者之爲也。夫以金石之悍堅猶未能必其可久，今以一木之爲而綿歷獨若此，然則佛之自衛者固甚周，而人之尊奉也[13]，抑豈一手足之功哉！於以見人心之仁，推諸四海而準，而性善之説果不誣矣。嗟夫！遡沿二千年有奇，至於陛下，然後發德音，紀鴻烈。非緩也，熙明之治至是而始隆，雖典祀之外，猶必以斯文文之也。然則化之漸被者廣矣，不其盛与！記洛陽之伽藍，筆多慙於董史；頌西方之無量，心共祝於堯年。莫測真如，徒欣聖際。謹記。

應制詩　贊

題手卷六首

滕王閣

佩玉鳴鑾地，滕王説幾秋。人間空畫本，檻外只江流。共濟艱難業，旁招俊乂儔。太宗尤可念，千古有瀛洲。

龍　舟

錦帆畫舸，著聞在昔。樂若可極，得不償失。臣作畫師，磨鉛舐筆。願寫陶唐，土階三尺。

金碧山水春堂宴賓圖

青山偏宜春晝觀，日射樓閣飛雲烟。鷓鴣斑間鸚鵡緑，黄金楣映白玉闌。高堂四面山回抱，把酒看山終不到。嶄然屹立見全身，堂上何如山上好。衆人之樂爲主人，誰知主樂因嘉賓。野風瀶蕩天氣美〔14〕，一草一木皆精神。小李將軍誇好手，休道今人世無有。他年人展此圖看，小臣作詩同不朽。

蜻　蜓

蜻蜓飛欵欵，萑葦舞僛僛。欲泊未泊間，漂摇故多疑。甚欲呼與語，小立休嫌疑。枝葉元不動，風波有定時。

莎雞蜥蜴

羽短未堪振，莎雞抱禾穗。無旱不須雲，蜥蜴自游戲。萬國笙歌樂太平，昆蟲草木咸生遂。

鼯鼠食栗

兔首麋耳，飛翔以尾。有體則鼠，其名曰鼯。畫師何心，以筆獻箴。小物陰類，若人孔壬。在室竊嚼，在野攫拾。遇物輒敗，匪獨此栗。昏夜橫逸，白晝潛匿。戒之戒之，罔俾在側。

題何澄界畫三首

姑蘇臺

吴王大凱破越回，西施飛上層層臺。撞鍾樹羽臨四野，重江疊巘烟霞開。捐衰棄舊窮游逸，不信佳人解傾國。春風楊柳鬭腰支，秋水芙蓉比顔色。珠歌翠舞儼成行，鳳臛熊蹯安足嘗。願天回光繼白日，願地注海供玉觴。君王宴樂無終極，伍子昌言空切激。焦勞嘗膽卧薪人，辛苦安知在仇敵。山自青青水自流，君王日日臺上頭。麋鹿未游吴已沼，西施還上五湖舟。

阿房宫

智力有窮天不老，秦帝山河迹如掃。參差忽落畫圖間，白髮朝臣驚欲倒。咸陽初起阿房宫，六籍已焚兵已鎔。渭水函關萬年固，終南泰華五雲中。複閣重樓鬱相望，翠户金鋪九天上。上容萬人常有餘，下建大旗知幾丈。霞鶱霧翼天日迷，山童地赭民睽睽。窮奢極麗猶未愜，謂海可梁天可梯。蓬萊何處樓船遠，上蔡東門嘆黄犬。六國池臺春草長，千門歌舞斜陽轉。游觀未畢化埃塵，宫樹淒涼野鹿馴。至今世上丹青手，留與千年作爭臣。

昆明池

蒲萄蒟醬筇竹枝，萬里來自西南夷。瀾翻浪漭四十里，上林更鑿西滇池。牽牛左蹲右織女，朝暮日月相吞吐。魚龍萬變世莫聞，曼延百尋人豈覩。樓船笳鳴角觝張，千官劒佩鳴鏘鏘。身毒蕞爾猶阻絶，四表何以昭天光。君王好武古莫當，海寓如此仍開疆。金堤楊柳秋風起，落日輪臺遺恨長。憶昔世祖規南國，刳木爲舟神莫測。江漢功成指顧間，中天垂裳開八極。老臣撫卷重太息，可惜畫工描不得。

臣待罪秘書日，秘書監扎馬剌丁出示中統年間習水戰船樣，長尺有咫，竟平江南，一天下。世祖規模宏遠矣。因併記之。

右昭文館大學士、中奉大夫何澄年九十所進畫卷。澄之畫得自天性，世祖時已有名，被徵，待詔掖垣。至大初，興聖宫成，皇太后旨總繪事。遷太中大夫，秘書監致仕。今進此卷，上大異之，超賜官職，詔臣某爲之詩，將藏之秘閣，示天下後世，工緻妙巧，古人不得專美於前。臣竊謂自古以翰墨見知當世，不爲無人。澄獨以《姑蘇臺》《阿房宫》《昆明池》託物寓意，其庶幾執藝以諫者歟？臣既喜爲之詩，復識卷末，以附不朽云〔15〕。皇慶元年二月　日，具官臣某拜手稽首，謹跋。

李秋谷畫像贊

歷觀宰輔，久無儒者。潛龍羽翼，公乃大雅。帝曰舊學，汝遂相予。真儒之效，此其權輿。熙運方開，明良起喜。如龍而雲，如魚而水。任以天下，可謂大臣。勞謙得士，清静寧民。想其風采，金玉珪璧。賜之畫圖，式是百辟。豈惟丹青，盛德形容。尚友淩烟，黄閣清風。

孝經直解序奉教撰

孝者，百行之源，五常之本，自天子至於庶人，罔不由之以成德。述之有經，衍之有傳，釋而通之有義疏。至近代，司馬文正公洎晦庵朱先生，各明備其辭焉。聖天子以孝治天下，篤意是書，表章尊顯，圖鏤以行。自家而國，自國而天下，將使家曾、閔而人參、騫，德至盛也。太子淑性天與，懿學日新，問安視膳之暇，尤孳孳於此。迺一日傳教，示以《錢氏直解》，俾某爲之序，謂欲傳之板本，以廣斯文。某承命伏讀，義訓詳明，質而不野，坦然切近，易知易行，信可尚也。太子不徒歷之於目，抑必著之於心。不惟善於其身，又將推以教人。《詩》云："孝子不匱，永錫爾類。"太子可謂能錫類者矣。《記》曰："孝者，善繼人之志，善述人之事。"太子可謂善繼述者矣。某文墨雖荒，敢弗敬承而爲之序。抑言近而旨遠者，善言也。後之讀《直解》，毋以淺近而忽之。

【校勘記】

〔1〕睪宰，文淵閣本作"奕褋"。

〔2〕迭，底本誤作"送"，據文淵閣本改。

〔3〕世，文淵閣本作"出"。

〔4〕子，文淵閣本無此字。

〔5〕檽，底本誤作"靈"，據文淵閣本改。

〔6〕太，底本作"大"，今從文淵閣本。

〔7〕若，底本誤作"苦"，據文淵閣本改。

〔8〕廿又，文淵閣本作"二十"。

〔9〕廿，文淵閣本作"二十"。

〔10〕尉，文淵閣本作"必"。

〔11〕文淵閣本"台"後有"等"字。

〔12〕生，文淵閣本作"主"。

〔13〕尊奉，文淵閣本作“崇信”。又文淵閣本“信”字後有“之”字。

〔14〕風，文淵閣本作“花”。

〔15〕以附不朽云：文淵閣本無“附”字。

卷　十

奏議存稿

吏治五事

取會江南仕籍

昨者，欽奉聖旨，許令江南曾有官人賫告勑，赴省換授。此最良法。奸臣賣弄，遂至顛倒。求仕者憑外省之咨，而外省貪饕尤其可畏。有錢者無告勑，可以得咨。無錢者有告勑，卻不得咨。求仕之人有賣家喪業，而卒不沾一命者。亦有全無根脚，大錢計會，白身而一旦受宣命者。亦有外省等官將空頭咨示旋來内省，尋趂有錢人員書填姓名。亦有内省官吏通同作計，公行添插人員。又有一等潑皮歹人，置局京師，計會保官，誣寫根脚，保明而得官者。吏治之弊，至此已極。今省府欲行考究，似覺費力。今有捷法，可以永除病根。欲乞選清强通曉官員，無論南北，每省差兩員前去，同本道按察司取會江南州縣城郭、鄉村鄰甲，保明諳實元在亡宋有官人員姓名，一槩置籍，明書本人鄉貫、三代及入仕根脚，賫擎前來省部，以憑照勘。遇有求仕人員，一閲而知真僞，極爲便當。仍與申飭外省，遇有求仕者，合与行下本郡，令鄉都鄰甲保明本人是何出身，即量輕重咨來，不許邀阻。其有外省官吏遷調人，惟許令求仕人赴御史行臺及按察司論訴[1]，庶幾公私兩得便當。籍成之後，卻与商略白身人求仕格式，行下江南。

通南北之選

聖主混一車書，兼愛南北，故北南之人皆得入仕。惜乎北方之賢者間有視江南爲孤遠，而有不屑就之意。故仕於南者，除行省、宣慰、按察諸大衙門出自聖斷選擇，而使其餘郡縣官屬指缺願去者，半爲販繒屠狗之流、貪汙狼籍之輩。南方之賢者列姓名於新附，而冒不識體例之譏，故北方州縣並無南方人士。且南方歸附已七八年，是何體例難識如此？欲乞令省部刷具北、南府、州、司、縣官員脚色參對。今後北、南選房流轉定奪，若以南人爲未識體例，則乞於北方州郡，每處且与參用一二人，一任回日，卻与通行定奪。其北人注南缺而不赴者，重與罪過。庶幾吏稱民安，可以上副聖主兼愛南、北之意。

置考功曆

國朝建御史臺，雖有考課之目，而未得其要，莫可致詰。欲乞照前朝體例，應諸道、府、州、司、縣，下至曹掾等，各給出身印紙曆子一卷，書本人姓名、出身於其前，俾各處長吏聯銜結罪保明，書其歷任月日、在任功過於後。秩滿，有司詳視而差其殿最，則人之賢否一覽而知。考核得實，庶無僥倖。

置貪贓籍

國朝内有御史臺，外有行臺、按察司，其所以關防貪官汙吏者，可謂嚴矣。而貪汙狼籍者往往而是，何也？盖其弊在於以徵贓爲急務，於按劾則具文。故今日斥罷於東，明日擢用於西，隨仆隨起，此棄彼用，多方計置，反得美官，相師成風，愈無忌憚。欲乞省臺一體，應内外諸路官員有以貪贓罷者，置籍稽考，未許收用。其吏人犯贓者重置於法，永不叙用。内外一體照應，庶幾官吏知所警戒。

給江南官吏俸錢

仕者有禄，古今定法。無禄而欲責之以廉，難矣。江南州縣官吏自至元十七年以來并不曾支給俸錢，真是明白放令喫人肚皮，椎剥百姓。欲乞自今並与支給各官合得俸錢。其有貪贓者，重罪不恕，人自無詞[2]。

民間利病

江南買賣微細宜許用銅錢或多置零鈔

竊惟江南小民多，而用錢細。初歸附時，許用銅錢。當時每鈔一貫，準銅錢四貫。自銅錢不用，每鈔一貫，所直物件比歸附時不及十分之二。在前，上司指揮官收銅錢，有私藏者坐以重罪，其拘收到官者必多。或民間尚有窖藏，亦難盡知。計江南銅錢比故宋時雖或鎔廢，其到官者寧無十分之五？在民者寧無十分之一？若盡發在官之錢，使民間以鈔一貫就官買錢若干，添貼使用，其有民間窖藏未入官者，立限出首，納官免罪。如限外不首，私自發掘行用，許鄰右主首。諸色人捕告驗實，坐以元罪。有誣告者，亦反坐之。試行一二年，如公私果便，永遠行用；如其不便，然後再禁，公私亦無所損。如不復用銅錢，更宜增造小鈔。比來物貴，正緣小鈔稀少。謂如初時直三五分物，遂增爲一錢。一物長價，百物隨例。省府雖有小鈔發下，而州郡庫官不以便民爲心，往往憚小勞而不領取，提調官亦置不問。於是，小經紀者盡廢，民日困而鈔日虚。宜令增造小鈔數倍，常年分降江南州郡，特便細民博易，亦利民重鈔之一端也。

軍人作過甚者責其主將仍重各路達魯花赤之權

各路管民官與管軍官不相統一，軍卒肆凶，小民受害。管軍官不肯問，而管民官不敢問。又甚則如臨江之兵揮刃以擬總府，吉州之兵奮拳以歐府官。此風何可浸長！國家置達魯花赤，本令兼管軍民。江南諸路達魯花赤固多失職，亦緣地遠軍驕，故不能制。宜特降旨，今後諸處經過、屯戍軍兵敢於民間剽奪姦汙者，本路達魯花赤即將犯人準法處斷。如漏失本人姓名，具管軍官姓名呈省，自其牌子頭至百户，定罪有差。若十人以上同罪，罪其主將。事體重者，奏裁。似望每翼頭目各務鈐束其下，不致生事。軍民相安，遠方幸甚。

百姓藏軍器者死而刼盗止杖百單七故盗日滋宜與藏軍器同罪

盗之害民，刼盗爲甚。刼盗不已，群盗生焉。故自古立法，刼盗必死。江南比年殺人放火者，所在有之。被害之家纔行告發，巡尉吏卒名爲体覆，而被害之家及其鄰右先已騷然。及付有司，則主吏又教以轉攤平民，坐展歲月。幸而成罪，又不過杖一百七。而枝蔓逮捕，平人之死獄中者乃十四五。况刼盗幸免，必圖報復，而告發之家無遺種矣。被賊刼者誰敢告發？盗勢日張，其禍何可勝言！夫諸藏兵器者處死，况以兵器行刼，而罪乃止於杖，此何理也？故盗無所畏，黨日以多。今後，强盗持軍器刼人財物，贓證明白，只以藏軍器論罪。郡府以便宜從事，並免待報。庶使凶人警畏，平民安帖。其於治勢，實非小補。

江南和買物件及造作官船等事不問所出地面一切遍行合屬處處擾害合令揀出産地面行下

凡物各有所出、所聚，處非其處而謾求，如緣木求魚，鑿冰求火，無益國家，徒擾百姓。如紵絲、邵緈、木棉[3]、紅花、赤藤、桐油、鰾膠等物，非處處皆出，家家俱有者也。而行省每遇和買，不問出産在何地面，件件都是遍行合屬。其各道宣慰司承行省文字如此，亦遍行合屬總管府，總管府又遍行合屬司縣。遂使江南百姓因“遍行”二字處處受害。及申到和買諸物，又行移体覆。今日体覆，明日体覆，動輒半年一年。及上司放支價錢，官吏通同，不復給散於民，虚寫收管，粘入卷中，以備照刷，公私俱弊。欲令省家，先計必合和買物件，某物出於何處，聚於何處，采之公論，置簿籍記。如在江東，止行下江東；在兩浙，則止行下兩浙。量遠近，立限期。仍令本處宣慰司止行下所出、所聚去處，委廉幹正官一員，依時給價，於係官錢内即行放支，結保申呈。如後經手官吏作弊事發，欽依至元十九年聖旨條畫盗官財物罪犯追斷。又造船一事，其弊與前略同。自至元十八年至今，打造海船、粮船、哨船，行省文字并不問某處有板木，某處無板木；某處近河，採伐利便，又有船匠；某處在深山，採伐不便，又無船匠。但槩驗各道户計敷派船數，遍行合屬宣慰司。宣慰司仍前遍行合屬總管府。以江東一道言之，溧陽、廣德等路亦就建康打造，信州、鉛山等處亦就饒州打造。勾喚丁夫，遠者五六百里，近者三二百里，離家遠役，辛苦萬狀，凍死、病死不知其幾。又兼木植或在深山窮谷，去水甚遠，用人扛抬過三五十里山嶺，不能到河，官司又加箠楚。所以至元二十一年，寧國路旌德縣民余社等因而作閧，亦可鑒也。又所用木植、鐵炭、麻灰、桐油等物，官司只是樁配民户。民户窘急，直一錢物，一兩買納。處處一例，不問有無。其造成船隻，并係倉卒應辦，元不牢固，隨手破壞，或致誤事。宜令今後凡是海船，止於沿海州郡如建德、富陽等處打造。粮船、哨船，止於江西、湖南、湖北等處打造。仍乞照故宋時打造官船體例，差官領錢，與河海船匠議價打造。每人願造若干船隻，領若干錢，寫立文書，須管十分堅牢。如有違約，追罰價錢，依法治罪。所委官在彼，守待了畢，交領回還[4]。則民户無遠役之費，匠户無差役之苦，官吏無催督之勞。或有欺盗發覺，照依盗官財物例追斷，公私兩便，而所造船隻亦可爲長久之用。

江南諸色課程多虚額妄增宜與蠲減

江南茶、鹽、酒、醋等税近來節次增添，比初歸附時十倍以上[5]。今又逐季增添，正緣一等管課程官虚添課額，以諂上司。其實利則大槩入已，虚額則長掛欠籍。姑以酒課言之。自前日有司陡增酒課，每米一石收息鈔十兩，而江南糯米及所用麴蘖等工本通僅七兩。以七兩工本，而官先收十兩和息，寧有此理？所以，杭州、建康城裹酒價，不半月間，每瓶驟增起二伯文。其他可類推也。前來，欽奉聖旨，諸色課程從實恢辦。既許從實，豈可虚增？除節次累增課額實數及有續次虚增數目，特与查照，並行蠲減，從實恢辦，庶將來不致陷失歲課，亦不致重困民力。

建昌路分小於撫州而雜造段匹三倍撫州工役太不均宜只依撫州例諸處凡似此不均者比附施行

竊惟建昌雖名一路，而在宋時止稱爲軍，宋初本是撫州屬縣，兩處民户、物産大不相侔。况建昌四縣，近又割出管内南豐一縣以爲州，事力小弱甚矣。今江西卻令建昌路安機一百張，每年造生熟段匹二千二百五十段，而鄰近撫州路止安機二十五張。建昌何重，撫州何輕？撫、建甚近，土性一同。非建昌獨宜織造也，緣建昌曾有一路官，刻下民，媚上司，妄添數額，遂不可減。作俑有自，流毒無窮，本郡不堪其憂。臣昔家此，實所備知。如令比附撫州体例，特與末減，似望公私易爲趂辦，段匹又加精好，而本路之民少得一分之寛。然此特建昌一路与織造一事也，其他路分及工匠等事似此不均者，亦乞令各處有司比附上項事理施行，生民幸甚。

江南官吏家遠俸薄又不能皆有職田不能自贍故多貪殘宜於係官田地撥与職田

江南官吏多是北人，萬里携家，鈔虚俸薄，若不漁取，何以自贍？中前曾令依腹裹郡縣体例，各各給与職田，而行省行下，必令於荒閑田地内摽撥。夫江南州郡安得處處皆有荒閑田地？只爲此語糊塗浮汎，得職田者遂無幾人，轉見窘迫，恣意貪殘。今欲与一一添俸，則費鈔愈多，虚鈔愈甚，莫惟職田之爲便也。宜令行省遍下諸道、諸路、郡縣，凡各處係官田土，即撥与各官，充合得職田，比腹裏体例，毋令減少，使潔己守職者既免飢寒之憂，其病民蠹國者自甘懲汰之罰，如此，然後治平可冀也。

議安南

九月二十日，撒里蛮承旨、答失蛮官人及樞密院衆官等傳奉聖旨，令臣等議安南國事，欽奉如此。臣等議得，自古帝王招來海外諸蕃小國，率以恩信羈縻，使之稱臣奉幣而已，難於一一責備。安南臣屬日久，蕞爾小夷，安敢与我抗敵？但以大兵猝入其境，愚妄失措，遂至弄兵。以正理論之，宜加誅討。但彼生靈無辜，可爲哀閔。兼安南奉貢近三十年，一旦滅之，恐海外諸蕃不知底裏，聞之震駭，有虧聖朝來遠之意。况比年用兵占城，沿海州縣百姓勞動。今安南既自知罪，願增歲幣，聖度天寬，宜亦包容。但彼中未嘗遣使請命，遽以朝命許之，恐輕國体。宜令行省移文安南，開示聖上寬大之意，令彼遣使奉表謝罪，賫所增十分歲幣入貢。彼若不來，徒以虚辭疑貳我師，然後加兵，亦未爲晚。臣等愚見如此，伏取聖裁。

學　　校

臣聞國於天地，必需才以爲用，而人才之盛非自盛也，全在國家教育之勤；其衰也反是，參之歷代可考也。國家自中統建元以來，中外臣僚亦時聞表表偉傑者，皆自往時故老宿儒薰陶浸灌而然，歷時既久，以次淪謝。邇來晨星寥寥，無幾何矣。臣不知更十餘年後，人物當何如其瑣瑣也。而主國論者恬不知怪，視學校爲不急，謂《詩》《書》爲無用，不知人才盛衰張本於此。盖嘗有旨行貢舉，求好秀才。上意非不諄切，而妄人輒陰沮之，應故事而集議，凡幾作輟矣。然則無怪乎選任之非才，政治之不理也。今已至此，後當若何？臣愚，欲望陛下明詔有司重學校之事，慎師儒之選。京師首善之地，尤當興建國學，選一時名流爲國人矜式，優以餼廩，隆以禮貌，庶四方觀感有所興起。外而名都大邑，教官有缺，不但循常例，取庸人而已，必使廷臣推擇可以爲人表儀者，條具聞奏。令有禄可養而不匱，職比親民而加優，視教化之廢興爲考第之殿最。其諸生有經明行修者，特与蠲免賦役，依已降詔旨施行，似望國家教育有方，多士鼓舞不倦。他日，隨取隨足，無臨事乏材之嘆，天下幸甚。伏取聖裁。

好　人

臣謹奏：臣聞治天下者必盡天下之才，故曰立賢無方，曰旁招俊乂。若限以方，所徵以技藝，雖曰用人，猶無人也。國家既已混一江南，南北人才所宜參用，而環視中外，何寥寥也。豈以其踈遠而遂鄙之歟？此群臣之私意，非陛下至公之度也。臣何以知之？臣往在江南，屢聞明詔，一則曰求好秀才，二則曰求好秀才，而以好秀才致之陛下者幾何人？江南非無士也，亦非陛下不喜士也，是群臣負陛下也。且陛下遣使江南，丁寧之曰："求好人。"夫所謂好人者，大而可以用於時，細而可以驗於事，蓋無所不該矣。而凡出使者，皆昧陋愚淺，不達聖見之高明，止以卜相、符藥、工伎爲好人之尤，此何謂也？不惟不達聖見，且使遠方有識之士或以淺窺朝廷，臣竊恥之。臣之愚陋雖未足以爲好人，然世所謂好人者儻無則已，有則臣必識之。江南百餘州之廣袤[6]，數百餘年之涵養，豈無一二表表當世，不負陛下任使者？臣奉命而往，布宣德意，庶幾遇之。如得其人，以驗臣言，則望陛下先試以一職任事，使之自卑而高，自難而易。小有益則小進之，大有功則大用之。磨以歲月，自見能否。且陛下如用若人，則不但愚臣得舉所知而已，他時奉命出使者皆知陛下德意，將見異人輩出，不遠數千里，爲朝廷用。得人之盛，視古無愧，臣不勝大願。謹録奏聞，伏候聖旨。

公 選

臣某謹奏：臣於至元十五年十一月初九日欽奉聖旨“節該您省得的勾當説者，官人每好的歹的説者”。欽奉如此。臣竊惟國家自平江南以來，内而省部、密院等衙門，外而行省、行院、宣慰司、總管府州縣官，并皆參用南人，惟御史臺、行臺、按察司獨不用南人。臣不知其説也。夫南北人情、風俗、地里各各不同，若欲諳悉各處利害，須是參用各處人員。况江南自歸附以來已十餘年，而偏遠險惡去處，盗賊時時竊發。雖官吏貪殘所致，亦緣行臺、按察諸司耳目不及。每年察司官名曰巡按，其實何曾遍歷，止於安静地分迁延翱翔[7]，聞有小警，即行退避。至於偏遠險惡去處，曠數年不敢一到。其間，小民被官吏苛虐，無所告訴，激而爲盗，官吏反欲因此有所虜掠。每有一二人竊盗，便稱某郡某縣一同作歹。上司聞此，欣然出兵。子女玉帛，恣其所欲。真盗何嘗捕得，而無辜一切受禍。朝廷於江南設行臺、按察，正欲察訪利病。果得其人，何至如此？非惟官不得人，亦緣南北事體不同，所用皆北人，而無南人，故不能諳悉各處利害。如舟車之於水陸，不能易地以爲功也。臣愚，欲望聖慈特降睿旨，御史行臺自中丞以下，隨路按察司自察使以下，並合公選南方曉事耆舊及清望有風力人員，每路或一或二，不定員數，与北方官員同共講論區畫，庶幾諳悉江南事體，周知遠人情僞。内臺侍御史至監察御史等官，亦合參用一二南官，以備采訪。不勝生民之幸。謹録奏聞，如蒙采擇，乞送中書省，召耆老大臣集議施行。伏取聖裁。

論時相

臣聞天子之職莫大於擇相，宰相之職莫大於進賢。苟不知以進賢爲急，而惟以殖貨爲心，非爲上爲德、爲下爲民之意也。昔漢文帝以决獄錢穀問之，丞相周勃不能對。陳平對曰：“陛下問决獄，責廷尉；問錢穀，責治粟内史。宰相上佐天子理陰陽，下遂萬物之宜，外鎮撫四夷，内親附百姓。”觀其所言，可謂知宰相之職矣。今權姦用事，立尚書省，以鈎考錢穀、剥割生民爲務，所委任者率皆貪饕徼利之徒[8]。四方盗賊竊發，良以此也。臣竊以爲，清尚書之政，損行省之權，罷言利之官，行恤民之典，於國爲便。謹冒昧以聞，伏取聖旨。

論行省

竊謂省者，古來宫禁之别名，宰相常議事其中，故後來宰相治事之地謂之省。今天下踈遠去處亦列置行省，此何義也？當初只爲伯顔丞相等帶省中相銜出平江南，因借此名以鎮壓遠地，止是權宜之制。今江南平定已十五餘年，尚自因循不改，名稱太過，威權太重。凡去行省者皆以宰相自負，驕倨縱横，無敢誰何，所以容易生諸姦弊。錢粮羨溢，則百端欺隱，如同己物。盗賊生發，則各保界分，不相接應。甚而把握兵權，伸縮由己。然則有省何益？無省何損？又其地長短不均，江淮一省管兩淮、兩浙、江東，延袤萬里，都是繁劇要會去處，而他省有所不及其五分之一。如此偏枯，難爲永制。今欲正名分，省冗官，宜罷諸處行省，立宣撫司，一浙東西，二江東西，三淮東西，四福建，五廣東西，六湖南北。自江淮以南，止并爲六箇宣撫司。其爲宣撫使者，許帶舊日相銜。外如諸道宣慰司，今日止是過道衙門，有無不加損益，宜盡行革罷，歸其權於宣撫司。凡舊日行省、宣慰司職事，皆於宣撫司責辦。其江淮諸道軍馬，分立六箇元帥府，但是有宣撫司處便有一箇元帥府，管諸萬户以下軍官，專一討滅盗賊。如此，軍民之事有何乖誤，何必令外面權臣借大名分，竊大威權，以恣横於東南哉？元末各省專恣，不相救[9]，以底於亡。大明革省，立布政司，與公言合[10]。

議災異

中書省臣欽奉聖旨，以恒暘、暴風、星芒之變，同御史臺、集賢、翰林院會議者，竊惟事有本末，政有後先。今特摭其本与先者言之，其略有五：一曰敬天，二曰尊祖，三曰清心，四曰持體，五曰更化。具列於後。

一敬天

天育萬物，不能自理，乃立之君以主之。故君者，所以代天育物也。惟明君能知天監在上，赫赫甚邇，凡一語動、一政令，罔不兢兢業業，思合天則，期當天心。若論官，則曰"天命有德，五服五章"，不敢乘一時之喜怒而輕予奪之也；若論刑，則曰"天討有罪，五刑五用"，不敢因一時之喜怒而出入之也。凡事如此，謹守勿失。於是，陰陽和，風雨時，而萬物育，天相之也。乃若政令之或爽，天必出災異以儆之。而儆之者，所以仁愛人君，欲其久安長治，而萬物得其育也。故明君遇此，則必省躬以知懼，昭德而塞違。誠格政修，天意乃得。於是，災變弭而和氣復矣。故雖堯、湯之世不能無水旱，而卒以無害者，堯、湯用此道也。

一尊祖

自古帝王創建國家，無不自艱難而得之。而傳之子孫，猶菑畬者之望播穫，作室者之待堂構也。夫固不易哉！我太祖皇帝起自朔方，身歷百戰，收附諸國，惡衣菲食，櫛風沐雨，何如其辛勤也！世祖皇帝親歷行陣，心籌計畫，恭儉敬畏，以有天下，混一南北，何如其辛勤也！主上以仁明天縱之聖，紹膺景命，盖常以此存心，思祖宗開基建業之不易。而遇是儆也，固益兢兢業業。用一財，則必曰：此民力也，自祖宗艱難而得之也，豈可輕用？官一人，則必曰：此國柄也，自祖宗艱難而致之也，豈可輕與？動静整敕，每事如此，則百司自然供職[11]，庶政自然修舉。祖宗在天之靈必皆歡悦，而天佑響答，福禄日臻，邦基益固矣。

一清心

心者，一身之主，而萬事之本也。夫目之於視，耳之於聽，口之於言，手之於執，足之於履，皆惟心之所使。心得其正，則接物臨事之際，視、聽、言、動皆得其正，而無有繆誤乖戾之患。況四海之廣、萬幾之微皆仰治於一人，而一人之所仰者，非惟心乎？蓋水必止乃可以涵物像，鏡必明乃可以别妍醜，故帝王貴清心。清者，静一不遷之謂也。若聲色之娱、飲宴之樂，所不能無，尤當節適，使不至撓吾心之清。心清則四海之廣無不燭，萬幾之微無不察。光明洞徹，不言而信。讒諛不得施，邪僞不敢前。百官有司各安其職，無有撓格之患。則法制流行，紀綱振舉，災變息而天下治矣。《語》曰："本立而道生。"故帝王以清心爲本，實總攬權綱之要道也。

一持體

事莫不有体。体者，得其要之謂爾。人君任宰輔以馭百官，守法度以信萬民，斯其体也。若乃任一小官，罰一小過，有司之事耳；而人君親之，則有司懼矣。夫上下正，政令壹，賦歛以時，用度有節，賞罰必信。此天下之守也。而朝行夕改，守無所止，則臣下恐懼，皆思爲己，而怠其所職，殃害及民，怨讟不免，而或召災異。故爲君之道，在乎持大体，先有司，裁制予奪，必信必一，則雍熙之治可坐而致，何災異之有哉！

一更化

《傳》有之："琴瑟不調，甚者必解而更張之；爲政不行，甚者必變而更化之。"今有司所甚患者，曰財用不足，曰選法撓亂，曰官府不治，三者而已。改弦更張，此其時也。盍亦思其所由乎？財用不足，豈非所入者有限，所出者無窮与？選法撓亂，豈非賢不肖混淆，越格者多而非格者不少與？官府不治，豈非賞罰不明，而名節素不勵与？宜敕有司詳校一歲錢穀所入幾何，所出幾何。若所出皆爲當出，則財之不足將無法可理；若猶有不當出而可以已者，如不急之營繕、無名之賜予，據其名件，一皆止之，則財用必足矣。又詳校銓選，除合格外，越格与非格者幾何。任迴，量其根脚功過；定奪，仍原其所由跡轍。一禁絶之，則選法必行矣。官府之制，上下、内外相維相資，各有條理。果皆得人，何有不治？然人材不齊，善惡必有，故賞罰立焉。若善者當賞而不賞，惡者當罰而不罰，則善者變而爲惡，而惡者狃而益甚。又如犯至不叙大罪也，而或巧圖復用。老病謝事，常理也，或戀不忍去。至有貪欺害民，善於自蔽，不即敗露。上官不以審，風憲不以察，因習成風，不知有恥。治何由興？宜嚴敕省臺，公賞罰，勵名節，由京朝始，則官府自治矣。凡此三者，更化之大略也。三者果更，民力必紓，人材必多，祥瑞必集，國勢必隆。然非更之之難，行之之難也；非行之難，守之之難也。惟聖天子以敬天、尊祖、清心之德，守而行之，又何難哉！

銅　錢

鑄金爲幣，起於上古。至周太公，立九府圜法，於是有貨泉之名。泉即銅錢也，歷代相循，以爲國寶。雖形制增損互有差殊，然自周以來，上下二千年，有國家者未嘗一日廢棄。蓋金銀雖可貴，非民間皆有之物。惟銅錢不貴不賤，爲諸貨之母，可以流布通行。以此名之爲泉，言如泉流不竭也。多者藏蓄爲業，雖遭水火，亦無所傷。貧者手持一錢入市，亦可得一錢之物。所以上下同寶，古今通行。今國家雖以寶鈔爲幣，未嘗不以銅錢貫百爲數。然則鈔乃錢之子，錢乃鈔之母也。子母相權，乃可經久。實廢其母而虚用其子，所以鈔愈多而物愈貴也。民間爲見公家不用銅錢，所在凡有窖藏錢寶之家往往衷私立價販賣，與下海商船及爐冶之家銷鑄什器，遂使歷代寶貨翻爲民間所私。兼自古有國家者皆因仍歷代見有之錢行用，如五銖、半兩、開元通寶之類，乃漢唐以來舊錢。今縱以鑄錢事重費多，未議舉行，亦合收拾民間見有銅錢，量宜立價，官爲收買。見數与寶鈔相權並行，庶使利、權歸一，不啓僥倖之心，其於鈔法亦有補益。又兼即目行用庫皆以平準爲名，以官倒金銀与寶鈔相準立價故也。今既開禁，民間金銀價愈騰踴，若不收拾銅錢爲鈔之平準，誠恐將來日久弊深，猝難整治。愚見如此，取自集議，聞奏施行。

【校勘記】

〔1〕惟，文淵閣本作“難”。

〔2〕詞，文淵閣本作“辭”。

〔3〕棉，底本誤作“錦”，據文淵閣本改。

〔4〕還，底本誤作“遠”，據文淵閣本改。

〔5〕底本“比”字後原衍一“附”字，據文淵閣本删。

〔6〕文淵閣本“州”字後有“縣”字。

〔7〕翔，底本誤作“翱”，據文淵閣本改。

〔8〕徽，文淵閣本作“徵”。

〔9〕文淵閣本“救”字後有“援”字。

〔10〕文淵閣本“言”字後有“相”字，“合”字後有“云”字。此注爲程鉅夫請孫世京所加。

〔11〕供，底本原作“共”，今從文淵閣本。

卷十一

記

遠齋記

余來京師十年，始築室。室之東偏敞一齋爲游息之所，名曰遠。客疑焉。解之曰："余生長東南，望燕山在天上。四海一家，得以薄技，出入周衛。違親數千里，非遠乎？余之始至也，棲於南城之南，凡八遷而宅於兹。國中闤闠之地，余不得有，乃僻在城隅，距舊棲又一舍而羸，非遠乎？客何疑？"客曰："子之言則然。大鵬九萬里一息，二城相望咫尺〔1〕，日三數往復，腹猶果然。白雲舍雖數千里外，以志養志，如在膝下。子以爲遠，未之思也。"客去，遂記於齋壁。至元廿四年夏五甲寅〔2〕，廣平程某記。

諸公題詠附

集賢學士程公十年於朝，日近清光，而親舍乃數千里。今以行臺侍御史，得旨南還，庶幾便養。而回望闕廷，又二千里外。日以近者，人子之樂；日以遠者，人臣之憂。此遠齋所爲作也。夫忠臣孝子之眷眷於君親也，一以朝夕左右爲樂，然亦難乎兩全矣。子之愛親，不可解於心；臣之事君，無所逃於天地間，惟其所在而致其道，豈以遠近間哉？余既從公觀光於上國，又將從公而南。與公同其樂而不同其憂者，思有以紓公之憂焉，爲是言也。或曰："近多懼，遠多譽。人所樂而公憂之，何也？"之言也，讀《易》而未知《易》之所以《易》，何足以知公之心？吴澄書。

遠齋銘

閻復子静

吾友鉅夫，自洪之燕。有宅一區，有田一廛。舉頭見日，尺五去天。以遠名齋，義或不然。彼美鉅夫，學爲通儒。秉内相權，乘御史車。慶流千載，道濟八區。由是言之，不亦遠乎？

張仲默必葺軒記

汴張君仲默官淮南，扁所寓曰"必葺"，而謁記於余。余曰："子何葺之？皇皇哉，富人之居，崇閈屹墻，雄柱修梁。疏疏晝窻，沉沉夜堂。故不俟楝撓榱崩，藩拔級夷，始求匠氏之方。今子無屋屋於官，而歸厥直之當。游目環堵，塗塈眯眶。昂首上覆，茅茨壓吭。簷頽木蠹，土洳草荒。壁裂暑而漏日，瓦破寒而受霜。驟雨飛下，顛風走旁。偶客寄乎蘧廬，葺不葺其何傷？"仲默曰："不然。吾知葺吾居而已，而葺之爲官乎，爲私乎，吾暇計乎哉？今夫鳦之巢於誰氏之家也？春而來，秋而歸，未始有定之也。然有烏衣者頡頏于飛，言采其泥，言壘其棲，雌雄偶居，子孫焉以肥。何嘗曰：'此王謝堂也，烏用是修之治之哉！'古之人有世一葺者矣，'厥考作室，厥子肯堂'是也。有歲一葺者矣，'亟其乘屋，其始播百穀'是也。有時時焉葺之者矣，'一日必葺其墻屋'是也。彼皆有爲而葺也。若夫吾之葺也，何所爲？何所爲？椽桷之腐焉者，鮮之；磚甃之缺焉者，填之；垣翰之脆焉者，堅之；隙壤之莽焉者，軒之。吾知葺吾居而已，而葺之爲官乎，爲私乎，吾暇計乎哉？"余聞而賢之曰："噫！天下事，當葺者何限。有得其説而推之者，縣葺於而縣，郡葺於而郡，朝葺於而朝，欲無興滯補廢，得乎？"則又勉之曰：“人生天地間，百年一蘧廬耳。謂蘧廬而不修之治之，物欲之不除，氣質之不改，棄安宅於漂摇，委廣居於蕩析，則所以與天地相爲不朽者烏在？此獨非葺之大者耶？”仲默聞余言，躍然曰：“吾知葺吾外，公獨教我葺吾内。葺吾外，一日而必葺；葺吾内，終食造次，顛沛而必。葺外且不可不葺，而况内乎哉？”余嘉仲默之葺有大於墻屋者也，次第其説，以爲之記。

冲虚通妙先生王君祠堂記

至元壬辰春，將奉母喪歸爲於兆，薙草穿壙，畚土輂石。事嚴，積雨泥潦，大懼，弗克葬，徧走山川。家君曰：“此邦有王侍宸，人謂司陰晴，柄冰澗。鄧主簿寔嗣其法，有禱輒應。盍求諸？”二月甲子朔，往叩。蚤猶陰晦，雨垂垂欲下。已而雲破日漏，午大霽。自是，再旬不雨。至甲申，掩壙已，乃雨竟月。余嘆曰：“異哉！”一日，主簿君來，謂余曰：“侍宸道法，能呼吸爲風雨，在宋嘗被遇徽、高二朝，殁而邦人事之如生。歲己丑，旱，禱而雨。辛卯，旱，又禱而雨。祠在天慶觀廡下，卑褻弗稱。今即其昔所寓地於觀之左而改祠焉，所以報也。”徵余文爲記。余寓盱未二十年，客外之日十九，不能悉盱故實。獨識君久，知君爲侍從家賢子弟。又因君知侍宸爲此邦人所嚴事，且於余之有禱也，其應如響。是可記也。侍宸事迹具實録。主簿君名桂孫，字芳遠，自號冰澗道人。至元壬辰四月既望，程某記。

此君軒記

古之爵五等，而有土、有民者曰君。非有土、有民而蒙是號，必其德有可尚者也。人而能是，亦希矣。竹，物也，而何以得此稱於子猷哉？竹之德固可尚，心虚而神清，貫四時而不改也。晋人尚雅趣，頗以不事事爲清虚。吁！比德於竹者，如斯而已乎？吾至官，借宅於人，而植竹於西軒之外，復借子猷所以號竹者名吾軒？吁！吾軒借於人也，軒之名借於人也，皆非吾所自有也，獨所以如竹者非可借於人，而意子猷或未之知。然則子猷之君此君，亦借耳。借歟？非歟？是未可知也，吾將問之此君。至元三十一年五月五日記。

寧德縣重修學記

福州舊領縣十有二，二百年來，士學爲東南最。寧德較他縣若弗及。雖然，此以科舉之士言也，初無與乎人才之實。閩故家星錯棋置，爾來潛深伏隩，不見人而人不見者多矣。若余所及見寧德孫君駪者，又豈敢以科舉之士例視之哉？君少年游太學，方衆人汲汲進取之時，獨能師其同舍之先輩俞君晰[3]，從事於經學世務。及既成進士，官於浙，往來猶造其師之廬而考業焉。今老矣，務學如少年時。一日，詣余請曰："寧德自宋嘉祐始有學。近歲，邑再燬於寇火，將及孔廟輒息，異哉！若或相之者。宋末，割長溪之半，置福安縣。國朝遂升長溪爲福寧州，而以寧德隸焉。至元二十六年，州之守行縣，視廟學弗修，畀金，俾前邑令葺講堂，新四齋、兩廡。三十年冬，提學者命駪掌教事。學無廩，養士之粟歲貯於私家，非便。首營搆之，而縣大夫議大修完。乃捐俸以倡，諸生亦各出力以助。縣主簿董其役，鳩工度材，成先聖殿，眎昔加崇。朶室回廊，靡不更理，繚以宫墻二百八十堵有奇。從祀金鄉侯以下舊圖於殿壁，兖公、郕公、沂公配饗，西面坐，而三公之父立於後，於禮爲未協。迺遵彝式，分繪於左右廡。以今年五月告成。欽遇皇帝御極，播告於天下，上承祖訓，嘉惠學校，士類莫不聞風以興。然勉勵宣明，部使者之職也，盍與本原古者建學造士之意，以誨飭於邑之諸生乎？爲是，敢有請。"某竊惟朱子以道鳴於建。閩之士家藏其書，人誦其説，而能實傳其道者蓋鮮。前此猶曰有科舉之累也，而今無之。有能一日實用其力者乎？謂朱子之後不復有朱子，余不信也。寧德雖下邑，居若是其近，世若是其未遠，而孫君又嘗於科舉之外有所講聞矣，余何言哉！余何言哉！惟聖朝之敦儒崇化，州縣之爲政知本，與夫孫君之不失其所以教，是則可書已。邑尉高顯，主簿李榮，令寧柄。其長曰抄兒赤。前令方秀仁、守白璧也。孫駪云。至元甲午八月朔記。

漳州路重建學記

異時，東南之學行天下，漳爲文公過化之地，學官禮樂，他郡則之。按宋慶曆二年，始建學於州治之東南。政和間，移置治左。紹興九年，復慶曆舊基。中燬於兵。至元二十有八年，重建禮殿，孑然於草莽瓦礫中，卑庳苟且，過者不知其爲夫子之宫也。聖上龍飛，首詔各道肅政廉訪司勉勵學校，雷行風動，其曷敢不共僉事。趙君弘道分司南還，亟稱漳學興復一出郡博士郭廷煒之力。廷煒以二十九年夏五月寔來，時廟之東西各有隙地，有司據之以聽訟，以畜馬。廷煒喟然曰："此而不復，不可以爲學。"白於公，歸侵疆。乃鳩工度材，首崇殿宇，像四公十哲。明年，儀門成。又明年，學門洎東西廡成。又明年，講堂成，修高廣深，翼翼嚴嚴。廊塾垣墉，内外有截。几席炊爨，百須具備。郡人士又言屬縣廟學廢，未復。廷煒造漳浦，班荆以祭，觀者感泣。是營是度，捐俸爲倡，而漳浦廟學亦成，長泰、龍岩放焉。余聞而異之。既而，漳之士以圖及創修顛末，來求余記，於是弘道之言益信。惟學校廢壞，比比相望，前修彫謝，大雅寂寥。持牒來爲校官，匽薄歲月，忽不省存。郭君乃能不愧於其職，拮据捋荼，卒致完美，可謂難矣。方今遭逢聖明，敦儒崇化，無有遠邇。漳之士子藏修游息於斯，盍亦相與厲而行，精而業。爲詞章者毋拘拘於科舉，而用力乎詩書六藝之文；明理義者毋嘐嘐於訓詁，而篤志乎聖賢體用之學。孝弟忠信以養之，禮義廉耻以維之。求放心，黜陋見，而嚴恭祗畏以守之，以盡其材，成其德，不至於古人不已。是則朝家建學立師之意，亦文公所望於漳之父老之裔孫也。抑文公記漳學教授廳壁有云："教授之爲職，惟自任重而不苟者知之。夫人能以自任不苟之心爲心，則天地萬物孰非吾事，況一學乎？"

郭君蓋非苟然者，其自任之重，必能以是充之矣。郭君，莆人，紹興旌表孝子之孫。少擢進士第，文行皆可書。元貞元年四月朔記。

台州路學講堂記

夫子之道與天地並。繇周敬王庚申距今千七百七十四載，改物凡幾代，未曾不右斯文。我先皇帝混一函夏，詔天下郡國士習先聖之術者，並復其身，厲賢也。新天子嗣位訪落，重申前詔，以惠博士弟子員，繼志也。某際遇兩朝，廉問七閩，奉條獎勸，屬所選行義年尉薦，宣化也。凡職於敎者築室館士，儲書聚誨，思其居也。臨海教授新安許某不遠一力，以書來諗："台舊有學，學有明道堂，歲乙亥，燔於兵。朔月、月半，部使、府侯至，坐直舍如斗大，餘皆露立灌莽中。前乎此，師氏忨日愒歲[4]，忽不省存。某始至，即謀此邦耆宿，得錢氏屋五間，修高廣深。以儒人所助泉布，倍直庚之，移爲講堂，翼翼嚴嚴。右祠先賢，左庋器服。從祭象似，樽罍胡簋，應圖合禮。齋廡庖湢，昔蕪今治。几席炊爨，百須具備。經始於癸巳陽月，落成於甲午相月。又闢小學於門左，侗稚師必士民之選，章逢來者都授。已課試，署甲乙，猥曰：居官無官官之事，處事無事事之心，非教授職也。事若鮮淺，願賜一言，以紀顛末。"某竊謂官先事矣，士不先志，可與不也？吾儒何儒？斯文何文？文王而下，惟周公謚文憲，夫子謚文宣。周公之文，制作之文也。夫子之文，雖不得位，而制作豈止性天道云乎哉？"文不在兹"之嘆，豈止删《詩》定《書》，明《禮》正《樂》，修《春秋》云乎哉？如有用我，東周可西。時輅冕舞，規模四代。《泰伯》《堯曰》，歷叙唐、虞、夏、商、周聖學之傳、治道之盛，此則吾夫子之儒之文。宇宙宏闊，學問浩大。今儒無科舉之累，而或昧辭遜羞惡之端；間有志理義之實，而或欠經天緯地之略。平居講貫，無半知解；異時臨事，必錯路歧。故不患百年之無善治，决不可一日而無真儒。俗流變俱，溝瞀嚾嚾。解果其冠，屈奇其服，群稟孔氏之門，直視越下之株。若斯儒也，有之無益，無之無闕。人材，器也；教授，造就人材官也。儻以余言朝夕誨儒書者，庶幾台之人士一一成材，大器遠識，時乃之德；領聞高風，時乃之功。某年某月某日記。

建昌路重建太平橋記

盱居江閩間，南北往來必道竟上。郡東舊有橋，橫江之壘十有三，跨梁之楹七十有三，中爲亭，東、西爲門。至元丙子，燬焉。民病涉，構飛梁以濟[5]。壬辰六月，郡侯章公、總管趙公帥同僚洎郡寓公大家度材鳩工，癸巳十一月始事，越明年七月落成。柱石棟宇，高廣雄麗，視舊有加。惟盱爲江閩要處，而橋又爲盱要處，是不可不復。成之日，適際聖天子龍飛之始，河海晏清，霄垠軒廓，郡人名之曰太平，既請書於余，則又來告曰："是役也，君之父若叔與有力焉。敢以記請。"余不得辭。夫一物廢興，莫不有數。由丙子至甲午幾二十年，而橋始復。太平之世，民有餘力，一橋雖微，可以觀治矣。其自今始，舟車之輻湊、商賈之都會，千萬里重譯之遠，夷然而安，曠然而四達。凡自此塗出者，其可不知君上之所賜乎？既以諗盱之父老，於是乎書，且詩之曰：

維盱爲郡，江閩通衢。郭東有橋，又盱要樞。前此簷楹，星斗可斛。中厄於數，或艇或泭。而後來者，思濟輿徒。梯梁雖駕，風雨則虞。比來一載，木運石驅。鴈齒翬飛，鬼呵神扶。日東西行，萬武奔趍。邦人士語，疇昔所無。伊誰之功？公侯大夫。拜稽對揚，臣何力乎？明明天子，澤被我盱。涼颸暖曦，晴江漫湖。童謠老壤，載歌袴襦。祝橋壽者，其樂居居《國語》音魚。臣賦此詩，天保嵩呼。

道一堂記

余來閩之三載，實大德初元。雷雨作解，獄訟不留，文書頓省。自公退食，時與仙翁釋子談方外事。一日，高士劉采山介僧中順來。余識劉而未識順也，問奚自，則曰：“固儒也，願有謁焉。鄉邑懷安北五里曰桐谿，山水峻清。谿上之士曰樊世顯，師吕公居仁，友林公少頴，構堂，象孔、老、瞿曇氏而祝之[6]。子朱子書其顔曰道一，且爲之記。端平，燬於鄰。改作，西山真公復書之，復齋陳公續記之。至元，廢於兵。今樊氏子孫廓而大之，之書之記未有復者。敢請。”余笑曰：“是非可以言語盡也。虎谿三笑，今日之事非歟？畫史圖之，道一在是矣，奚而記？雖然，余，孔子徒也，知其一而非知其二也。二子盍各言而一，余將因而一而究吾子朱子所謂一者，可也。”曰：“太上寶者三，西方戒者三。”曰：“是其粗者耳。”又曰：“無爭三昧，則不爭善勝也；和光同塵，則不垢不淨也。”曰：“亦其粗者耳。”乃又曰：“進是，則道德同焉，心性同焉，生死異而所以出生入死，死而不亡者同焉。教亦多術矣，殊塗而同歸。”余又笑曰：“是於吾儒人生而静，積善積惡之義，《大學》正心誠意，《洪範》嚮用威用之旨似有合者。二氏之道有以異乎？無以異也。二氏之於儒者之道有以異乎？無以異也。子朱子之所謂一儻在是乎？嗟夫！一陰一陽之謂道，繼之者善也，成之者性也。孰無性也？‘民之秉彝，好是懿德’，孰非民也？故以迹論之，則一而三；以道觀之，則三而一。初非比而同之，而自有不能以不一者也。推是以往，雖萬者可一，而況於三乎？朱、真數君子復起，不易吾言矣。抑又有説焉。異而同，則三固不能以不一；同而異，則一亦不能以不三，故古今三者各自名家。先儒亦有以爲鼎立於天地間，而闕一不可者。”然則各有一一，試索言之。黄冠者曰：“吾抱一爲天下式也。”方袍者曰：“吾萬水而一月也。”余方瞢朒未皇，二子詰之不置，則應之曰：“弗貳以二，弗參以三。”因次第其語而遺之，俾記之堂上。夏五月記。

福寧州學記

予爲孫君駪記寧德縣學之三年，而又以記福寧州學爲請。按長溪，唐武德昉爲望縣，閩王氏析爲寧德，宋末又析爲福安。皇元一統，肇州，福、寧二邑隸焉。初惟夫子廟，在縣治之東，慶曆癸未，遷城東南陬，始有學。自元祐庚午更新，而堂宇備；自師公古、鄭公樵教授，而經術明；自鄉儒先游紫陽之門，而絃誦衣冠盛。歲久，屋且敝。至元丁亥，白侯璧改作，而颶風壞之。元貞乙未，樊侯忠又改作，而颶風又壞之。丙申，陳侯翼請於省臺，命同知州事孫璧董其事。協謀悉力，樹戟門，作禮殿，繢從祀，祠先賢。會講有堂，肄業有齋。畚土輦石，燥濕崇卑，翼翼嚴嚴。規宏而工密，可書已。然予前記學，其説殊未竟。校庠序，古矣，明倫之外，無他説也。詞章勝，德行微。先儒有憂之，歸而求之性命。大雅不作，假性命之説以媒利達，而世道與人心俱往矣。夫詞章、性命之學猶不能無弊，則夫管攝人心，扶植世道必有攸在。不然，群居終日，翕翕訿訿，相與商功利而較智術，弊又甚焉。聖朝一視遠邇，制度考文，嘉惠儒者。隸名者不役於有司，其以德行文學進者，胥此途出。新州者，新學之兆也；新學者，新士習之機也。士無科舉之累，盍亦思古人所謂明人倫者爲何事？修其孝弟忠信，於家爲孝子，於鄉爲善人，於國爲忠臣，斯無負於國家設學之意。若夫工詞章而不窮其理，談性命而不踐其實，其不爲功利智術之歸者無幾矣。吾爲此懼。

閩縣學記

閩爲縣，自隋始。縣有學，自宋慶曆始。學在九仙山之麓，粥民地爲之。廟成於熙寧方尹叔，宅修於崇寧莊尹誼。至元戊寅，燬焉。越五年，剏禮殿。又五年，剏西齋。苟完，不旋踵而敝。門逕欲蕪，士非無志，往往晝於力不足。元貞二年春，教諭韓君挺特寔來，以興復爲己任，謀於予。乃諭縣官，勸學子協力圖之。鳩工度材，修廢補闕，繚以重簷，護以闌楯。新像設，繪從祀，而廟始嚴。會講有堂，易桷與瓦。置二齋，設小學，而學始備。以至門垣階序、墁甃漆丹悉如式。於是故老來觀，讙謂前所無有。諸生詣予徵記。董子曰：“設庠序，以化於邑。”然則邑學，古庠序也，所以明人倫也。人而不倫，則物矣。科目興，月書季考，姑設利禄，毆靡使從〔7〕，豈道德果盡信哉？故明倫之説爲書生常談，其於化民成俗之意戾甚。閩爲福附庸，非深山窮谷比，士風之盛，五百年於此矣。科舉廢，後生無所事，聰明日以放恣。詩書而刀筆，衣冠而皁隸。小有材者溺愈深，居近利者壞愈速，不能不蹈先儒之憂。天朝嘉惠學校，隸名者復其身，德行文學必繇此選。是學校重矣，况邑於民尤近哉！今堂宇新，士習盍与之俱新？讀書窮理，必思聖人所謂教者何事。充而仁義禮知之性，盡而君臣、父子、兄弟、夫婦、朋友之職，求無愧於爲人。由一邑之善士，爲一國、天下之善士，庶幾庠序不徒設，道德可盡信，且以解先儒溺深壞速之憂。是惟明時崇儒重學之意，而亦司教化之責者所望於斯邑之士也。尚勉旃哉！韓君，故孝廉孔惠公之子，家學有淵源，故於斯文篤意如此。

同文堂記

若昔聖人之興，必有大制作，所以通神明之德，見天下之賾，同人心而出治道也。皇犧闡天苞，神禹著地符，一用此道。皇元混一區宇，日月所照，共惟帝臣，開闢以來所未有。制蒙古字，與正朔同被，曁位諸字右，其開闔布置，井井有截，與卦畫相表裏。變動周流，天造神化，備前古之闕遺，垂億載之矩矱，還淳反樸，約繁就簡，舉而措之天下之民，謂之事業，百姓日用而不知。烏乎，至矣！乃建翰林院，設學校。道有提舉，郡有博士，置弟子員。隸業者復之〔8〕，業成者官之。際天薄海，蹈詠鼓舞。初，福州路學客寄儒宫，校官漫不省。元貞乙未，江陰宋君友諒寔來，户外屨滿，請於公，得舊廨省西鞠場〔9〕。輦糞壤，易朽腐，不旬月，庭堂門廡、齋序庖湢悉完。諸生列几研，旦暮誦聲浪浪〔10〕。廉訪副使商公晦爲扁其門，曰蒙古字學。君名其堂曰同文，請予書，且願有述。夫書學尚矣。先儒論六書、七音之略，以音諧聲，以字母部諸字，雖重百譯，而文義如出一口。盖唇、舌、喉、齒、牙之相須，宫、商、角、徵、羽之相宣，輕重、高下、清濁之相錯，自然之同也。四方之音各殊，閩又甚。然而佔畢之士知類通達，若建瓴破竹，無留難者，同可知已。雖然，字，藝也；學，道也。精粗本末，初無二致。天理民彜，菽粟布帛，知其同而不知其所以同，可乎？予將以予所知者語子，字字從子，學字從子，事先生，則爲弟子必恭；事父母，則爲人子必孝；事君父，則爲臣子必忠。《傳》曰："車同軌，書同文，行同倫。"今天下車同矣，文同矣。學於斯者，其必相與薰淑，扶植倫紀，人人皆有士君子之行。是則同。周官六藝，書居其一。賢者、能者，胥此焉興。此聖朝教育之意也，諸君幸勉之哉。宋君精敏篤實，有志斯文，故樂爲之記，而又以予所知者告之。大德元年陽月朔日記。

金谿縣廳壁記

金谿直撫之東竟，宋淳化中，改鎮爲邑。至元丙戌，予自集賢奉詔出使，道之所經，目其溪山之勝。邑無大川，有山横亘數里，名爲幕山，治所所面也。官署敝陋，曰丙子燬於寇，草刱未暇完美。後十有二年，予歸自閩。明年十一月，僉事曾侯以書言曰："金溪，蕞爾邑。往年，公過之，官署之敝陋，既更修矣。盖自元貞二年，濟南吴君來貳令，與邑長協謀。次年正月經始，七月落成。富者助資而不爲費，貧者效力而不爲煩。治事之所壯麗顯敞，於舊有加焉。左典史舍右架閣、吏房、狴獄悉易而新，又遷舊廨於後爲公館。若宣聖之宫、社稷之壇、烈女之祠，亭以送往而迎來，關以衛内而閑外，廢者具舉。尉馬君實相其事，僚吏、士民咸樂其成，願紀諸石。以公之嘗至斯也，敢以爲請。"予謂朝廷爲民設官，邑於民爲最近，於官爲最難。其近也，行一善，民遄被其福；行一不善，民遄被其禍。其難也，拘於文法，迫於督責，而窘於公私之供給資用。故其賢者靳靳自守，齪齪不敢爲。或受成於吏，以奉文法免督責而已；其不賢者招權納賂，瘠民以肥妻孥，虚民以實囊橐，秩滿則去，視官署傳舍耳，而暇完美之，以爲方來計哉！斯邑之長貳能如此，可謂賢矣。繼至主邑簿者，蕭君又賢，邑之民庶其有瘳乎？

昔召伯之於南國也，所憩茇舍，民愛之而不忘，況朝夕治事之所哉？凡治事於斯者，其必徇今之文法，而以古之循良爲師，避上之督責，而以下之疾苦爲念。有所守，有所爲，無所制於吏，則民之不忘，將有甚於南國之棠也。諸君勉乎哉！馬君名某。蕭君名某。吴君名某。邑長名某。時大德二年歲在戊戌十有二月朔，具官程某記并書。

通真觀記

道家無爲，又曰無不爲。猶之水焉，無爲者，其止；無不爲者，其流也。昔之人由其説，以之佐天下，以之全身，以之致時，載之當年，頌之後世。予，郢人也。郢中父老爲言："長森有真牧先生者，持老氏之教，絶江而東，興瑞慶靖於九宫山。孚惠先生，其徒也，又興壽聖靖於潯陽，於今弥昌。"予聞而識之。既而馳驅王事，往往道出江淮間，見所善洞淵法師雷君又興通真靖於白沙之江滸，曰："此吾先師故祠也[11]。"蓋孚惠昔嘗治疫有功，民德而祠之，且百年而燬矣。本江海故地，泥沙斥鹵。君畚土輂石，峙板榦而基之。繇至元甲申，讫大德丁酉，積十四年，而殿堂門廡、室房庖庫、園田倉庾罔不畢備，與九宫、潯陽相高盛矣。守其教者，顧可諉曰道無爲而已哉！然而始基也，予過之，觀其煩而守之以一，勞而處之以安。成也，又過之，觀其處守無異焉。然則無爲無不爲之旨不在兹乎？嗚呼！學無小大，咸欲其傳也，久而益非其宗，至或自畔所受，下至百工之事亦或然者，余每竊喟焉。今若雷君，體無爲而用無不爲，真老氏之徒歟！噫！傳真牧、孚惠者，雷君也。傳雷君者誰乎？後無有竊喟者焉，斯傳矣。君名希復，號凝和冲妙崇正法師，爲通真第一代祖云。

高峰書院記

高峰者，勉齋黄先生晚年所以名齋也。宋嘉定癸酉，勉齋宰新淦。

六十年間，流風未泯也。咸淳癸酉，先叔父西渠公寔來，爲政一以勉齋爲法，致其尊慕，以示風厲。於是，捐俸錢三百緡，市曾氏宅一區，爲高峰書院。墍屋壁，建門廡，堂設勉齋像，朱子而上別有祠。歲十一月，合九鄉之士，行鄉飲酒禮，至者二百七十有五人。延致徽庵程先生若庸爲諸生講説，一時文物之盛、觀聽之新，遠近相傳，以爲希闊殊尤之舉。次年三月，刱燕居堂於西，以祀先聖。方將請賜額儲粟，以待四方之學者，而不幸以憂去。乃命邑士張元晋、鄒奎、董雲章相其成。陳茂謙、韓謙復相繼長之。公起復，佐沿江制閫，又守建昌。歸國朝，入覲，爲翰林侍讀學士。雖去新淦，而高峰未嘗不往來於懷也。有之臨江新淦者，必囑之護視。書院之刱也，鄧氏首助田若干畝。新淦爲州，部使者分界賓賢貢士在官之田，而歲入倍他日，然猶輸民田之賦於官。元貞丙申，楊震仲白之當路，轉聞於上，而始免輸。大德戊戌，臨川周栖梧奉行省命來爲長，修廢補敝，於勉齋祠側設侍讀公祠，又新内、外重門，增塑先師四國公像，更造祭器、燕器，百用以完。相與左右者，廖弘毅、楊景囦、嚴志仁、張應樞、楊洪、張戊孫。書來，謁記。予昔者盖嘗親見叔父刱始之勤，而慮善後者之難其人也。楊君、周君能若是，敢不書以爲來者勸。雖然，書院之設豈徒然哉？西渠，希勉齋者也；勉齋，希朱子者也；朱子，希夫子者也。由勉齋之學遡朱子之學，由朱子之道遡夫子之道。有能一日志於斯事者乎？不然，居於斯，游於斯，爲之師者官滿而去，爲之弟子者食已而出，今猶夫人也，後猶夫人也，是豈勉齋之所以學於朱子，而西渠公之所以望於後人者哉？大德四年八月朔日記。

崇陽縣社壇記

鄂屬邑七，崇陽爲望，乖崖公舊治，有異政焉。大德五年春，余來觀風，考其遺蹟，僅有存者，而社壝窳陋最甚。乃擇善地，示以禮經，俾之改築，越三月而成。其邑長來言曰："下官魯不知文。然鄉者宰邑江山，邑中修營，咸刻石記。今兹之役，尚不可無以寧神，而非公亦無以示遠意者。亦欲如江山刻石，不識可乎？”予曰：“可哉！”雖然，張公之政非一事一物之謂也，張公之政之異非求奇於撫字催科之外也。爲邑長於斯者，尚其思之。壇四，在美美亭前。東社、西稷，居前；東風伯、西雨師，居後。其制一本於晦庵朱子所定云。達魯花赤馬合馬、尹李謙、主簿高義、府尉孫玉翁日北至。具官程某記并書，承事郎、僉江南湖北道肅政廉訪司事郭貫篆額。

鄂州路新社壇記

入其都邑，視其民人、社稷，其政可知也。鄂爲荆部大邦，社稷之祀宜嚴以顯，而顧弗然。蓋自宋淳熙十年更築，新安朱子爲之記。記石故在，而地久入浮圖。郡吏相承綿蕝，望祭於是。歲比不登，民多流冗。大德四年春，總管安侯祐以妙柬來，首勤於民。民鄉治矣，則與部使者謀築新社。予爲之行視，得地於城東北隅，高明夷曠，面勢具宜，乃屬徒就事。越明年，成。其數度悉本朱子所記，且輦樹其石齋廬東，又請予記。予惟國家之所委寄者在是，民人之所生息者在是，可弗重歟？守者衆矣，侯獨能知之。聖人先勤民而後致力於神，侯又能承式之，可尚也已。謹書其事，以爲受民社者勸。侯有風裁，屢冠豸冠，故所爲類非俗吏所及云。具官程某記并書。

武昌路記

大德四年某月，鄂州守臣安祐言：“祐幸甚，欽承天子明命，守此民社。賴國家憲章修明之力，所守幸以無事。洪惟世祖皇帝肅將天威，寧一方夏，鄂率服，爲南國先。地居上游，荆、湘、廣、海之所走集。爰建外省而州仍舊名，殆非所以旌武功，重方鎮也，宜易州爲府。敢昧死請。”於是，州上外省，外省咨中書，中書集學士禮官議。咸曰：“鄂，武昌故境，先皇帝駐蹕之地也。克集大勳，寔本於此。請如守臣言，賜名曰武昌。”明年冬十月，中書以聞，制曰：“可。”即日改鄂州爲武昌路。邦人大夫士趍讙族語，共慶大賜，乃合樂於公堂以樂之，而謁於部使者程某曰：“願有記。”謹按：州本江夏郡之沙羡，孫權破敵樊口，因制美名曰武昌。隋以爲縣，而即沙羡爲鄂州。唐之中葉，鄂爲節鎮，假邑名以名軍，而郡通爲武昌矣。五方雜居，四面輻湊，江漢間一都會也。世祖皇帝受天景命，肇造區宇，四征弗庭，罔有不服。觀兵南夏，首幸於鄂，黄鵠山之陽有車轍馬迹焉。威靈所加，至今過者悸汗，不敢仰視。方是時，東望而天吴稽首，南指而祝融先驅，武功之所被盖遠矣。越十有五載，舉成算，授元臣，枕席過師，尅日獻凱於闕下。光岳分而復合，車書異而復同，烈烈巍巍，超軼今古。雖至仁無敵於天下，亦以伐功實始此州。執其樞紐而進退之，形格勢禁，大江以南若運之掌矣。孟子言天時、人和而不遺地利者，豈不以天人機括之所在，非聖哲亦莫能用之歟？故能臣妾覆載之内，宗廟饗之，子孫保之。於戲！之功之德，可謂武而且昌矣！皇帝躬仁聖，纂基圖，保大定功，無競維烈，革州爲府之請，概然俞之，先聖後聖，其揆一也。然則孫吴肇於前，李唐僑於後，盖駁乎無以議爲，亦孰知有開必先，兆見千載，揚休媲美，乃在此而不在彼乎？使臣雖魯，嘗以文墨受簡知。宣昭遺烈，誼弗得辭，謹再拜稽首，爲之記。抑上之俞、下之請，豈相與誇美爲快哉？誠欲使自今以始，無小無大，凡從事於此土者，體國家之勤勞，念皇業之不易，斷一樹、殺一獸猶必思其所以生而不敢縱，矧於受任保其赤子可安居自豫，而無祗懼惻隱之心乎？然則是尤不可以不記也。具官程某記。

重修南陽書院記

大德五年冬，重修南陽書院成。大成殿，楚梓堂，日新、養正、尚志、立本四齋，凡新屋百八十礎。從祀兩廡，武侯祠，鄉先賢祠，尊經閣，凡葺屋百八十八礎。木千有奇，瓦甓十四萬八千，工萬二千二百，而殿之役最大。南陽書院者，宋淳祐中，忠襄孟公所建也。時襄漢受兵，士之流徙者聚於鄂。公立學館六十間以處之，括田租地利以養之，聘賓師陳俎豆以教之，又肖祀先正諸葛武侯以表厲之，故名。某異時觀游其中，而知公盛心也。後四十年，以使事來，則藩拔級夷，僑祀夫子於講舍，爲之愀然。欽惟詔書表章斯文，冠軼百代，宫墻宗廟，休有烈光，而名具實隳若此，甚不稱聖天子崇儒興學，化民成俗之意也。且成於季世而荒茀於隆平，武侯、忠襄固不言，諸君獨不愧於心乎？乃俾亟圖之。議既協，有官守者輟奉以倡，鄉人邑子勸趍之，故不以屬吏煩民，而材良工堅，細大弗苟。經始於暮春之初，訖役於十一月之望。噫！事未始不可爲也。人秉此心，此屋豈使至此！今一倡而翕然悉心展力，復底於成，庶足以稱表章之盛矣。然思往者，扶携顛沛之人一旦有所芘賴，中流一柱〔12〕，盖不足喻。上既不鄙夷之，且期以古人之事；下亦相與求志達道，共守所學，以期無負。而今之悉心展力者，往往其子孫也。《詩》云："以似以續，續古之人。"盖似之，斯能續之。國家長育人材之意不在兹乎？嗟夫！君子之於學亦猶此屋矣。知恥則學無不成，滅私則事無不集。悉心展力者，孰無子孫？尚其教告之。嗚呼！昔者，南陽之人躬耕草廬而已。是役也，實賴鄉人前進士王應龍率之，儒學提舉武乙昌相之。餘執事者，山長史時敏書之碑陰，具官程某記。

又題名記

勉勵學校，使臣之職也。僕受命此來，思服厥事。而南陽近在治所，隊剥荒圮最甚，乃弗獲已而一新之。念創始之難、因循之害，伐石記其説矣。然是豈一手一足之力哉？協恭和衷，事以克集，不可忘也。用紀名氏、歲月於右。

靚淵堂記

監察御史完顔公按事海南，道過武昌，予始識之。承顔接辭，肅而寬，正而不亢，知爲愷悌人也，時爲大德四年之秋。既事而返，每見益親。又明年，奉使湖廣，欵語者弥月，前之所見益信不誣。一日，謂予曰：“吾昆弟四人蒙恩，皆綰章綬。吾獨膺選任，俾冠豸冠。吾心常自以爲非據，每爲之惕然懼，蹙然不寧，且概然曰：‘仕至此亦足矣，尚安所求而不知止哉？’吾心盖澹乎如止水之淵矣。盍爲我言之？”予曰：“噫！知足不辱，知止不殆。其言行於天下二千年於此。不知者不必問，知其説者亦莫能守也。嘗泛觀僨臣敗子禍其身以及其國家者，往往由此，盖十七八焉。且人心誠若水然，其不風而波，或流而不返，或鍾聚汙潦，或盂門瞿塘，態亦多變矣。今君以强艾之年，退然不以富貴自驕，而以爲戒。澄不清，撓不濁，誠止水之淵已乎？賈太傅有云：‘澹乎若深淵之靚。’其幾是耶？”君笑曰：“子善爲説辭。吾奚以當？然吾欲構一堂，以靚淵題之，何如？”予曰：“美哉！夫淵之爲德，泓澄渟涵，蓄而不洩。深故能靚，靚故能照。妍蚩自形，毫髪無隱。可鑒而不可玩，可親而不可犯。望之者凛乎不可測，而淵之爲淵自若也。豈非君之所以媲美者乎？《詩》云：‘不競不絿，不剛不柔。’君其有焉。堂成，請以是爲記。”君小字拜都，服勤中外，多歷年所。不務赫赫名，不爲容容計，而其所就則已加於人倍蓰矣，然人罕能知之。海南之事近，故尤著云。

【校勘記】

〔1〕咫尺，底本作“尺只”，據文淵閣本改。

〔2〕廿，文淵閣本作“二十”。

〔3〕晰，文淵閣本作“晣”。

〔4〕師氏忨日愒歲，文淵閣本作“師氏忨歲愒日”。

〔5〕構飛，文淵閣本作“爲”。

〔6〕祝，文淵閣本作“祀”。

〔7〕毆，底本誤作“歐”，據文淵閣本改。

〔8〕隸，文淵閣本作“肄”。

〔9〕得舊廨省西鞠場，文淵閣本無“西”字。

〔10〕浪浪，文淵閣本作“琅琅”。

〔11〕文淵閣本“師”字後有“之”字。

〔12〕柱，底本誤作“壺”，據文淵閣本改。

卷十二

記

岳州路三皇廟記

充宇宙而無垠者，氣而已，通則平，塞則病。聖人生於天地之間，得其氣之至完，上參贊而下曲成，天地萬物無不各得其平，功盖莫先焉。故下至百家有用之學，亦往往託之爲宗。豈不曰開物成務，非聖人莫能與於斯耶？三皇非獨有功於醫也，而言醫者必宗祀之，亦豈知聖人之於民，必先憂其或有以病之，而後至於憂民病？恭惟聖朝，功成治立，乃俾郡邑建學教醫。懿哉！古昔聖人憂民之心乎！巴丘，水國也，左江右湖，霧雨之所蒸薄，漲潦之所蕩汨。土瘠吏繁，民或内外交病。太守王君耀卿欽承上心，布宣中和之暇，構禮殿以崇明祀，闢講肆以懋醫徒，翼翼嚴嚴，華而不侈。工既告備，圖來徵文。某惟王君在民之心之切如此，則其爲政豈復有病民者哉？喜而爲之識。雖然，醫非苟道也。學非觀美也。三皇，聖人，而非土木也。今方有其書，藥有其物，而實實虚虚，誰之過歟？治民亦猶是也，有民人焉，有社稷焉，又授以治之之具焉，而曰不治，獨不愧於心乎？亦獨不懼於心乎？予既嘉王君之能憂民，又慮學醫者之費人也，於是索言之，復以告來者。

黄龍寺修造記

豫章、鄂岳之交有山焉，曰黄龍，綿地五百里。唐之季，沙門誨機事佛其上，迹用焯著。鄂别帥温遷約迎至唐年，刺史秦裴又迎致之郡[1]，以護國寺處之，遷約割田百三十頃奉之，裴又奏超慧號以錫之。教益昌，徒益集。衆本其所自，目護國曰下黄龍。六傳而當宋大中祥符五年，賜額延禧。又十三傳而當崇寧元年，郡以建萬壽禪寺。南渡，改報恩光孝，今郡中黄龍山也。大德七年秋，山之主僧德富來言曰："富所居山寺，古寺也，自隋已名護國，度長絜大，城中莫先焉，故爲祝聖人之會。富以元貞丙申來，首爲敗屋，請命於平章政事程公。公忻然主之，富又内嗇外嬴以益之。於是，經藏成，既而樓若鍾偕成。宣慰楊公又樂新之，以勸以率，凡尊者閣、經樓、拜亭、僧房、庖庫咸以次可成。其未即成者，富究心力，將俱成之，所以爲佛事也。願有述焉，其可？"予惟事佛所以事君，臣子之心也；學之斯能似之，佛弟子之事也。悟空而苦，由苦而空，至於無所蕲乎世而世蕲之，無意自厚而世厚之，而學成矣。故不烏巢肩、柏生肘不足以得其忍，不投崖、不截割不足以得其捨。其教曰衣壞色衣，匄食自給，不三宿桑下，此特聊指其所從，於道里之歧直初未喻也，而已鮮能之，不襲其迹故耳。世之崇塔廟而奉焉者曰："此恭敬心。"豐田廬而處之者曰："此慈悲心。"是慕其所學者之事，非學其所學者之事。若夫聚而長之者，則有不得已於斯焉，盖曰耳目嚴而後中乃存，体膚安而後業可定。此固常情之防，而長之者之慮也。然則是誠有不得已焉。然由其學而言之，則曰小乘耳，欲障耳。嗚呼！學佛之難如此夫？而非學佛之難也，學佛者之難也。今富介然單人，以其願力，上分矦封，旁啓單祴[2]，泛掇俯仰之資，蕲於世者切切矣，而非爲己也。其衣食自奉又如其教，卒能糞除黯昧毁折之餘，嵽嵲烜赫，盤盤閎閎，佛事熾然，於是乎在。而以愛君之心來者，亦有以發其莊敬於顧瞻之頃。其視尸居鼠息者，顧不大有逕庭矣乎？然則學其所學者，學師焉，學奚難者。今雖未潰於成，吾知其必大成也已。宫居既然，其徒又可知也已。乃書以遺之。雖然，此非師之成也。或曰："是非師成而誰成？"曰："欲知師之成，師知之。"程公名鵬飛，光山人，今爲榮禄大夫、平章政事、議湖廣等處行中書省事。楊公名漢英，播川人，今爲龍虎衛上將軍，侍衛親軍都指揮使，紹慶、珍州、南平等處沿邊宣慰使，行播州軍民宣撫使。德富號密印圓照大師。凡木石、幣粟、工徒、楹架之若干與用其財若力者之甲乙，富將別識。

武昌路學修造記

大德四年，某奉命觀風湖右，來武昌以使事。有旨，乃率其長吏課學校而整比之。其年冬，郡學禮殿與祠祀之廡、櫺星之門俱一更張，情文粗稱。又三年，講堂成，觀瞻粗完。於是，文學掾蔡君天麟求記。記者，所以詔今而傳後也。夫子之教，有本有末。其所以詔今而傳後者，初不在乎耳目之間。惟武昌，有苗之封畛，三代而荆舒，漢晋、隋唐之衰，於以宿兵設險。顯德改物者久之，然後彬彬者稍出，若文簡馮公，其傑然者也。學雖不止此，猶幸而若此，毋亦教之者固若此耶？今朝廷清明，聿興文治，所謂學，非曰扶木而編瓦，備物而象容，以飾此土也，有明人倫之訓焉。是則所謂本也。或者本之不知，知之不務，猥塗舊而爲新，文一而爲百，言言然曰："吾之於學也，亦盡心焉耳矣。"嗚呼，不其罔歟！蔡君則不然，童冠闐闐，辰入未出，相與講切聖賢之言甚力。曰教曰授，期副其名而未已。至於興作，盖出於不獲止，而非以爲功也。非以爲功而求記焉，盖欲後之掌教於斯者不當倚席而偃然尸居耳。是獨不可詔今而傳後乎？若夫非無師也而弗師，非無學也而弗學，是固任教事者之責矣，亦顧主領敦勸者何如？數年之間，安侯以西臺侍御史，牛侯以東廣宣慰使繼領郡符，皆能知爲政先務，故任斯責者得成其志。是又凡二千石所當知者。然則可弗記諸？

忠武侯祠亭記

楚有材，尚矣，至於丞相忠武侯，遂爲古今冠冕，南陽書院所以名，所以祀者。書院成六十年而敝，部使者廣平程某來新之，内外完好，祠亦補舊而加飾焉。行省都事冠氏楊君處恭又即祠前築臺爲屋，江夏尹滑臺趙君仁協謀并力，於是亟成，翼然華邃，其高山景行之意蓋惓惓也。夫孔明不可作矣。觀其崎嶇一隅，所就不酬所願，自太平之時之臣視之，曾何足芥其襟府[3]。而君輩神交意悟，有爲平原執鞭之想，有志事功之士固非流俗所能並哉！雖然，嘗試言之，使孔明生當建武中元，事固未易可知。使玄德顧不至三，其亦終於躬耕而已。蓋古之君子未嘗無志於天下，然亦不以所遇而制吾身之重輕。此孔明所以不可及已。既與南陽耆舊慨嘆之餘，因俾刻之石，使學者知所勉，且無忘楊君之美、趙君之勤。大德七年某月某日記。

重建乖崖祠記

愛其人以及其所經從，所游處，彌遠而親，久而益不忘。故覩河洛而思禹，見甘棠如見召伯焉。此一念之真也。乖崖張公有遺愛於崇陽，邑人祠之至今。嗚呼！可感也已。按公之終更而去也，民思之，生祠公於所建美美亭，春秋祭祀不絶。紹聖中，移置浄刹院。紹興，復於美美。隆興二年，邑令陶楙以北峰亭亦公遺蹟，乃徙焉，而命梵安浮屠主祠事。郡志云爾。今郡别駕白雲翁介其父老言曰："美美舊有公祠，前令新亭而祠廢。大德庚子，邑長改建社壝於亭前，因復立之，伐石徯祠。"夫一念之不忘，則窮天地，亘萬世而猶存，初不係辭之有無也。居而惟恐其久，去而猶忌其復來，彼亦人也，何以得此於人哉？有民社者可以鑒矣。仁，人心也。吾以此心，彼獨無是心乎？所謂一念之真也。有民社者又可以勉矣。此吾所以重有感於斯也，因書以遺白雲翁，使刻之。

通城縣社壇記

社稷，郡邑通祀也，而或廢不立，立或不式。予乘軺行春武昌境中，見其具且式者無幾耳，乃自郡始。既而咸以新，告通城與焉。予或記或否者，顧其吏民有請弗請也。越二年秋，郡治中以公事至其邑。其邑長以治中好學而文，請碑其事。治中謙以諉予。予謂治中曰："民人、社稷，王者受於天，以授於下，而分理者知一而不知二，或并忘而遂怠且虐之，可乎？夫民，神之主。神依人而行，祀固不可廢也。政亦不可慢也。'至治馨香，感於神明'之謂何？'民爲貴，社稷次之'之謂何？任其寄者皆不可莫之知也。且吾之所能言者，治中亦能之，盍不遂記諸？"治中曰："公之言，我之心也。請以爲記。"

停雲軒記

孰不知君臣、父子、夫婦、兄弟、朋友爲天下之大倫，而獨謂聖人人倫之至，豈不於斯五者咸盡其道，而無以復加故耶？晉宋崇尚清虛，此道不絶如縷，獨淵明皎然自潔於俗，天倫大義，惓惓不忘，後世知言之士無不資以爲名高。至於《停雲》一詩與《伐木》《風雨》諸篇相表裏，其厚於朋友之倫又如此。此所以爲淵明也。吾屬有文子方者，以停雲名軒。問之，則曰："少長，宦學四方，每一陟，望雲雖孤飛，而親亡已久，中心衋然。還坐一室，無與語其憂悲，則又惟朋友之念。此軒之所以名者，義若同而意則有異，意雖異而其本則同。蓋因雲而思親，因親以及友。此心常若室中有雲之孤飛矣。然則謂之停雲，亦可也。"嗟夫！木欲静而風不止，子欲養而親不留。予嘗深感於古人之事矣，今則又有感於子方之言也。想其居於是軒，聽於無聲，視於無形，而惟親是慕。不苟訾，不苟笑，而惟懼不爲親榮。有朋自遠方來，則侃侃焉，切切偲偲焉，而惟此之講求也。然則是軒者，其孝子之羹墻、益友之筌蹄乎？予往築室京師，因去親之久，而題之曰"遠齋"，以著予念。今室邇，而遠者竟遠矣！“停雲”之感，實同此心，乃書其説以贈焉。夫子不云乎：“孝始於事親，中於事君，終於立身。”子方，敏者也，立身、事君之事，其肯忽諸！

南湖書院記

教之之地不患其不多，教之之人不患其不衆，而惟道之不明、不行是憂者，何也？厥今百里之區、數十百家之聚，自非獷鄙荒殘，莫不有童烏之學焉。雖其所修者甚野，亦可以見此事之不可一日無矣。況夫設官分職，各司其局，非不備且專也，而徒有其文，可乎？南湖書院者，起於宋季，原於藩臣。屋數十楹以爲居，祀七賢以爲望，田數百畝以爲食。來者養而教之，意甚美也。歲久而敝，繼之以燬，田侵業荒，幾無南湖書院矣。大德五年春，予行春至其邑，乃俾經營之。越三年，其山長趙某來言曰：“書院敝矣，非公言莫能改新。今講肆、齋房、門廡與夫七賢祠咸以就緒。念締創之不易，傳守之無常，凡紀今勉後，非金石莫可，而無辭以刻。敢請。”予爲之言曰：“文武之道在人，非徒入而櫺星，而大成，而高堂，而修廡之謂學也。然實既陋，而文則又然，是無以稱清時右文之盛意。此其所以必葺也。若稽古書院，天下惟四而已，雖郡縣亦不敢咸建校官，而文士彬彬若此。今書院、郡縣學星分棋布，國家所以責望化民成俗者在是，可無勗哉？夫文武之道，布在方册，人患不求之。求之有餘，温故知新，亦在乎加之意而已。趙君年方壯，材方茂，學方進而不休。能修其文，必思其實。予豈獨以南湖之師望之，而亦豈獨爲南湖之學言之？君歸而刻之乎！異日過而視之，所見進於吾之所言，則南湖爲有人矣。”

南城縣重修學記

南城，漢豫章郡之大縣也。縣大，則其學當亦大。而獨否者，以縣建郡，不能兩大故也。非惟不能大，抑且陋焉者，以學廪之不大，而來者之相循故也。大德青龍之歲，教諭黎君過予，盤辟而進，若有所請。問之，則曰："先是，學宫奥渫狼藉，不可顧瞻。大德五年，恭可寔來，職思其居而力不支。郡判官段君立夫命郡校歸石粟七十五，佐其志。於是，扶補劃碶、覆墁築甃之工咸興。鄉役之四年，郡長華峰公督建學門，功未畢而公受代[4]。至是，就畢之。郡博士又佐以米石十有五，迺繚周垣，易殿瓦，立三賢祠。苟完矣，庶幾可以游目舉足，匄公一言碑之。"予曰："修學者，非扶木比瓦，塗塈而丹雘之之謂也。而居庠序者率以此爲功，陽享其名，陰享其實。衆又從而誇之曰：'是善於其職。'嘻！可笑哉！然不猶愈於坐享而坐視者？果若君言，君亦難矣乎？抑今之所謂修者在人目，古之所謂修者在人心，俱毋以碑爲也。"黎君曰："不然。僕政以學者不聞斯言是憂，願金石刻之。"予曰："未也。前之所謂大者，非吾學之所謂大也。天地囿於其中，而况於一棟宇之間乎？苟能知之，則富貴不能淫，貧賤不能移，威武不能屈。是之謂大丈夫。十室之邑，豈無其人？顧好學善教何如耳。君其毋謂郲小。"

龔氏舍田記

盱江城中有善男子，名曰龔有富，與妻陳氏妙静發阿耨多羅三藐三菩提心，詣大景德寺僧伽塔廟，合掌恭敬而白佛言，願買稻田，布施常住，供養十方三寶，結緣福德，使過去、見在悉得安穩快樂。作是念已，有富命終。妻子眷屬持田及券授比丘可仁已，稽首於白雪道人，請現宰官身而爲説法。道人爲説偈言："我聞天人師身，空無所有。莊嚴布金地，念彼長者恩。長者本無心，以有我佛故。我佛竟何在？不離長者心。三千與大千，何者非淨土？虚空一微塵，於中見三界。云何得如是？過眼塵亦無。人我與衆生，究竟不可得。而我心所作，一一俱見前。如耆闍崛山，又如河沙數。業風不能蕩，欲火不能燒。善男子女人，汝今當諦聽。汝等捨難捨，回向於所親。若生布施心，我相衆生相。我佛無所得，於我亦無求。是名福德多，過百千萬億。”道人説是偈已，舍田、受田僧俗眷屬皆大歡喜，信受奉行。大德八年暮春初記。

主一書院記

今之書院，三代之家塾也。粤自曹戚肇端，延及於今，日進不衰，豈非斯道之亨，吾黨之幸哉？往年，豫章揭君某客武昌，懷省檄，詣主一書院爲長，過予辭行。予問："主一何在？"曰："湘潭。""何爲而有也？"曰："自鍾氏。"又問，而未能知也。今年，自主一來予盱上，手一録目，請予文。予讀之，曰："鍾君如愚師顔，廣漢張宣公之弟子也。年十六，以書問仁，因留受業。弱冠，中進士科。刻意學而不仕。晚官嶺海，引年而歸。除南岳書院山長，監南岳廟。師顔没，其子割田畝五百，建講舍，祀宣公，奉師顔配。因師顔之號，而請名於官，曰主一書院。中更燬廢，田入豪家。元貞甲午，鍾氏捐已錢以贖之，益之以已田，合畝一千，復立主一書院。請於官，官從之。乃建燕居之堂，講肆一、齋廬二。某至之初年，鍾氏謀改作禮殿、兩廡、儀門、櫺星門、藏書閣、兩先生祠、官署、公庖，凡作屋若干間。以燕居之堂爲問仁之堂，講肆爲厚德之堂，凡改屋幾間。又增齋廬爲四，架溪橋而覆之以瓦。大凡爲屋幾百間，其材悉出鍾氏。鍾氏者，師顔三世孫夢鯉也，今爲彬州宜章縣教。"予曰："嗟夫！以彼其心，教一邑而止邪？"又讀之，曰："書院之復也，夫子以燕居之服坐於堂，而四公侑。今既殿矣，則從秩祀儒以户隸於主一者若干，官所定也。"予曰："止。河汾氏不云乎：'通於夫子，受罔極之恩。'使儒之隸於主一者若鍾氏之於主一焉，則一不爲少；不然，雖多亦奚以爲？"抑又言之，家塾而從燕居禮也，冕而殿焉，是乎？非耶？雖然，鍾氏亦勤矣。設其地，立其官，儲其財，備其友，俾專且裕焉。隳之而廢之，而有之，而愚之，今鍾氏非怵於威，利於羸也，而若此，可不謂勤且賢乎？然予知鍾氏之志不止此也。不止此而欲進於此焉，則是有在彼而不在此者矣。是雖鍾氏之志而亦鍾氏之事，而教之與學之者咸不可不求，以稱其事焉者。不然，崇居豐養，誨惰誨貪，誠不若相忘於寂寞之濱之愈也。君往而訊之，不疑吾言，則以爲記。

松臺記

欲爲山水之觀，則必之乎其萃，然後足以兩盡。西南之陬，天下之山之所出也，其萃必甚富，富而又必皆雄特秀偉，瑰詭不凡，而後能曼衍四出，以行乎天下。而天下之山有能得其祖宗之一體，亦足以自名。而世已取雄特秀偉、瑰詭不凡之美盡歸之，亦孰知猶有未觀者乎？劉君時中，瀘人也，而居於播。播固西南之近藩，亦山之萃也。其居曰松臺，吾不知有松幾章，臺高幾仞。然意其如化人之中天，又如上方之鬱羅蕭臺也。盖劉君慷概邁往，有國士之風，其非雄特秀偉、瑰詭不凡之地，則必弗居。吾固因其人而知其地也。劉君曰："吾臺未記，盍記諸？"夫地之勝以人不以文，至其久也，亦或以文不以地。譬之於臺，苟非託君，吾固不知；而君非與太原公俱，吾亦不知也。太原公雋厚而文，又有君貳其府，曰地、曰人，俱可以久，顧屑屑於金石之辭者，豈不以吾之説山，有可録者乎？劉君曰："然。"然則吾益因其人而知其地矣，可無述哉？

正中堂記

大德八年之夏，時暑早熾，余方坐白雪，歌《南風》，命此君爲歲寒之曲。顧有一士在門，視之，吾幼清之子士一也。相勞苦已，問幼清何如及其家務纖瑣，未竟，士一進一卷書，曰："文自先世家崇仁之西南，民稠俗淳，安居數百年矣。並先廬之陰而行不一里，有谷焉，廣可十畝。山冠水帶，密衛環趨，前曰清，後曰白，流之合而近者也。南華盖，北臨川，西北芙蓉峙之，遠而最者也，蒼翠不可悉數，明靄不可得摹，虚中而按衍，意若有俟乎人者。於是，吾父卜大母之兆，而屋其傍。越三年，兆徙而屋留。屋之東偏，山形如字之‘个’，因曰个山。負山構堂，於焉讀書。過庭請名，扁以“正中”。跪求其義，則訓之曰：“陽始於北，長於東，極於南；陰始於南，長於西，而極於北。元亨利貞，天之道；仁義中正，人之德。正者，體之定。貞者，陰之静，屬夫北者也。中者，用之應。亨者，陽之動，屬夫南者也。是堂之北，在天，則一辰常居而不易；在地，則一山屹鎮而不摇。吾之静而正者似之。是堂之南，在天，則衆星隱見而互更；在地，則衆水流注而不息。吾之動而中者似之。文敬受訓，不敢忘。唯質下學新，不足以探索賾隱，敢請一言於父師，以覺其所未覺，俾朝夕顧諟焉。”予既閲，因念幼清方客淮海，不得共此朝夕。今聞其義方之言，亦足以慰。然正中之義大矣，經卦六十有四，三百八十四爻，以正中言者無幾。今專之於一堂，名信美矣。又仰之天文，俯之地理，参以己之動静，義既備矣。抑東家之東即西家之西，庸詎知卜居是谷之外者，辨方正位，獨不與是堂等乎？然則吾有此南，人亦此南；吾有此北，人亦此北。其不同者，一動静之間耳。况吾方以爲似彼，而彼或者初未始似吾。是固宜聽於無聲，視於無形，若孝子之於其親，不敢斯須去心，而蘄以似之也。不然，堂曰正中耳。士一氣遒才穎，肯構之子，裕蠱之良名方獵獵以起。《書》不云乎：“往省括於度則釋。”是亦一正中之説也。士一試思之，歸而以告幼清[5]。

青田書院記

道不繫於地也，然由迹以知其事，沿事以見其人，使後之學者有所觀慕感發，則地亦若與焉者。此青田書院之所爲作也。謹按：陸氏居青田，至象山文安公時已十世，不異爨。先代復其賦，表其閭。文安公兄弟又以道德師表當世，而青田陸氏聞天下。中更寇燬，星分瓦解，陸氏先祠亦不能屋矣。至元二十三年，廣平程某以侍御史將旨江南，過金溪，顧瞻遺址，閔然興懷。鄉之耆舊咸請復復其家，且建三陸先生祠，遂以語郡。郡下之縣，縣無其人，文書苟具。大德五年，公諸孫如山慨然謀諸賢士大夫，且懷牒郡庭以爲請。衆咸義之，爲助其費。適縣令尹張居懌政最方茂，有志斯文，欣然自以爲功，乃即義居故址，剏屋數十間。春秋有祠，講肄有堂，廡門室房略備，扁曰“青田書院”，而請某爲記。某盖嘗冀其成，而今始克成，可喜也，抑可嘆也。《傳》曰：“堯舜之道，孝弟而已。”使家皆陸氏，人皆文安弟昆，治民者豈復勞其心哉？亦既不然，而於風厲示效之方又藐然曾不訾省，是不亦可嘆已乎？美哉！張令君能知所先務也。懿哉！賢士大夫能助其子孫繼志也。大哉！公之道德久而弥章也。公與徽國朱文公生同時，仕同朝，學同志。其不同者，立言有豐儉之間。是以今之知學之士知文公者甚衆，而知公者甚鮮。知不知，非道之所計，然以義居數千指若此，不幸遇患又若此，行道之人猶念之，況大賢之里居、政教之所急，而可藐焉略不訾省若此乎？此無他[6]，不知之過也。某雖未足以知公，抑嘗知學。公嘗有云：“就使吾不識字，要當爲天地間堂堂正正大丈夫。”今家之子孫與其里之秀民勞於作，樂於成，庶幾藏修游息於永久，其亦奚所見乎？是必有所慕矣。然慕其人不若師其心，居其居不若履其道。不然，名存實廢，室邇人遐，適足以來無窮之概嘆而已。然則父兄、師友，可弗念與？是役也，以七年二月建，十月成。明年三月記。

太一觀記

太一，尚矣。靈均歌之，茂陵祠之。曰：此天之貴神也。迹效不可得詳，而後之尊信有加焉，是誠可貴矣乎。不然，何其微而著，仆而起，莫能尼之也！太一，黄老言也。學黄老者類貴之，往往託爲名高。新城梅峰之祠，浮丘師弟子之祠也，而曰太一。昔者，炳靈中以火廢，道士饒元初復起之，覺庵道人朱明遠請記之。人之言曰：“物之成毀有時。”又曰：“有數。”時也，數也，皆有所制，而非人所能爲者也。

非人所能爲，而物之毀者又必人也，然後乃能起而成之。然則爲人者不亦又可貴已乎？是以列於三才，靈於萬物，而裁成輔相之功，天地猶將賴之。聖人惟慮人之不能踐其形而失其類也，是故指之仁義之塗，教之君臣、父子、夫婦、兄弟之懿，以綱紀幽明，垂裕無極。此聖人之道不可一日熄焉者。今其起此廢也，凡一土一木，能悉取具於身之膚革筋髮，初不蘄於人乎？則人之類誠可有無矣。然吾聞明遠之言曰，觀已無屋，王冲和者募財與材，而爲之屋。觀本無田，元初以所得於其父母與明遠之田而爲之田。然則非能不假人矣，人之類亦誠足賴而誠可貴矣。民，神之主也。不其然哉？不其然哉！而人必自棄其類者何？元初之爲黄冠師也，明遠與其室實資之。其興太一觀也，又經紀而佽助之。嗟夫！人之於神若此，吾不知神之於人何如也。幽者不可知，其可知者終又當何如也？明遠名通，安陸人。室陳。

本善堂記

昔者，聖人之制宫室，王、公卿、士大夫以至於庶人皆有正寢，以安其身。今之堂，古之寢也。寢而曰正，非獨辨方正位，蓋惟正可以久安耳。予友喬達之居京師，榜其堂曰本善。善，夫其命名之義也已。聖人之訓，修、齊、治、平，爰有次第，然皆本於此身，身必本於此心，心又本於此理。知其本則知所止，故曰："在止於至善。"又曰："知止而後有定，定而後能安。"然則達之之學粹矣。予與達之别多而聚少，驅馳四方，家如傳舍，欲如達之安其居，一日不可得。而達之數十年，馬迹不出國門。予嘗心羡而不知其何以能然，今然後知其居之得所止也。或曰："人有一善，必本於其父兄師友厚之至也。達之之意，庸非取於是乎？"予曰："是同一本也。蕴玉者必潤，滋蘭者必馨。吾未始見茨之生於梓也。且將仰事俯育於斯，繼繼承承，舍善奚本？懿哉乎，其名也！"達之聞而請予文以記。夫言者，行之枝葉也。君方務本，文非所先。雖然，予固友也。暇日升堂，是爲談本。

歷山書院記

歷山書院，歷山公所建也。山在古東郡鄄城，相傳舜嘗耕之，民因祀之，尚矣。公大父國初來居其下，有斬將搴旗之功。没於王事，慶鍾其子，是爲提刑公。提刑公少長戎行，克肖先正，嘗以郎中佐征南軍。衆議屠長沙，公獨爭之，强曰："殺降不義，且皆吾民也。"由是活且百萬人。終浙西提刑按察使。歷山公以名臣子奉宿衛，受世祖皇帝眷知，起家，持憲節，歷七道。入尹神皋，參宥府，勤於勸學，所至必先之。蒞官之餘，且淑於其鄉，而歷山書院以成。聚書割田，繼以廪粟。以曹人范秀爲之師，自子弟与其鄉鄰凡願學者皆集[7]。又慮食不足，率昆弟歲捐粟麥佐之。提刑公之封樹在焉，則爲書，与昆弟約，謹烝嘗，護松檟，相與爲忠信孝弟之歸。又與子姪約，凡勝衣者悉就學。暇日習射御，備顔行，曰："毋荒毋逸，毋爲不善，以忝所生也。"又曰："再舍而謁醫，若疾何？"復藏方書，聘定襄周文勝爲醫師，以待願學者與鄉之求匕劑者。於是，郡邑上其事，有司乃定名曰歷山書院，就俾范秀爲學官而督教事焉。廣平程某聞而嘆曰："斯古人之事也，有三難焉。非其時而爲其事，難也。崛然特爲於衆所不顧，又難也。矧資非有餘，而黽勉爲之。噫，難哉！其慮之周者，愛之厚也。愛之厚者，以君之所仁，親之所親也。推親親仁民之心以及是，忠孝之道備焉。且彼知舜之當祀，必知舜之當法故也。雞鳴而起，孳孳爲善，獨非舜之徒歟？顧善教善繼何如。"范秀聞而請曰："是固我公建學之志也。請以告而刻之。"某曰："諾哉。"若夫棟宇、簡編、畎畝之大凡，則碑陰在。公大父諱忽都思，姓伯岳吾氏，爲百夫長。其先以北方君長歸國[8]，世有戰功。提刑公諱和尚，治法征謀，聞望甚偉。歷山公名千奴，今爲嘉議大夫、參議中書省事，篤於學問，博通古今，有經濟之具，其家方大云。

安仁縣新公署記

大德十一年，扈從上都，暇日與安仁倪君仲賓語，因及吏治。予以爲束皂隸，簡追胥，布德化於獄訟，寓撫字於徵科，有一於此，亦足賢已。仲賓曰："敝邑大夫庶幾焉近民而不瀆，勤事而不僛。始至，以官署偪而弗飭，與僚史率巨室共圖之。材以善賈，工以優直。徙闢新址，爲聽事，爲吏舍，爲鼓樓，閱幾月而成，崇麗邃閎，不與前等。此雖於治無與，然民之過之者心目相檢，弗敢玩也。濟之以善政、善教，其庶幾乎。"予曰："然。嗟夫！望其車服而心革，念其所嘗芘而相戒勿犯。美矣！俗習之良，而彼亦何以得此於民哉？司牧者不得不思，乃揆其終，則亦父老之事也。"仲賓曰："唯。父老政願記署之成，請因以告而刻之。"邑大夫，常山趙某。主簿，東陽葉某。

萬里窻記

臨川鄒衆仁舉名其居室曰萬里窻，既請涿郡盧處道書其顔，又請予記。鄒盖名族，衆之祖嘗爲達官，諸父皆聞人。身爲名家子，材又美茂，有志當世，誠欲汎濛汜而上崑崙，以馳騁其長，故特寄所寄於朝夕之地云然也。夫體不盈匊而大無不包，處於深幽而遠無不至，物而不物，非神而神者，獨非吾心乎？故不出户而知，不窺牖而見，無向與今[9]，無出與處，而八荒恒在我闥也，奚獨萬里此窻爲？自其昏蝕相禪，町畦分而崖谷異，茀乎而詰屈冥昧，蕩乎而汩没湛浮，繼之風烈火馳，方寸悉燃，則雖一舉足猶躓。斯時也，窻於萬里何有？且子方有四方之役，蘧廬之蹔然、逆旅之苟然，窻與偕乎？抑委之也？予故曰，特寄所寄焉耳。然則又焉用記？雖然，嘗試爲言之。養心莫善於静。以子之懿謹，自將好學不倦，潛心以居，坐進此道[10]，靈者聚而明者發，旁薄於四方上下之宇，入出於往古來今之宙，深造絶詣，莫之能先。是則吾將無以贊子窻之功矣，豈直萬里哉！其請記也，實自楚來燕之歲，是爲至大元年。

禪智院記

黄州歐陽山禪智寺比丘道清以宋庚申渡江至吴城，闢地作室，肖其師，庋其書。其門曰禪智[11]，不忘本也，不二年而没。二弟子曰永昌、永材。當材主事時，里人金文福夫婦輟衣食，助締構，爲度弟子一人曰正璨[12]。越五年，爲至元二十三年，正璨繼材，因自悉，益治其室，使粗列於招提蘭若之間，而文福夫婦又悉其田畝百有奇，施之。於是，佛有殿，經有藏，僧有堂，而常住始有田，其人可飽食安居矣。今年冬，璨寓其事，來京師，請余記。佛事熾矣，余尚何贊？惟彼匹夫匹婦之治其生也甚勞，忘飢渴，犯寒暑，商較於微茫，追逐於汗漫，積銖累寸，然後免於飢寒之阨。復思庀蓄，以遺子孫也。相顧益老，一旦親舉而輸之他人，雖福利之説錮其中，抑豈治生之初志哉？若文福夫婦者，盖可念矣。則夫食飽而居安者，是宜思之不忘，而欲託於不朽也，乃爲之記。婦曰駱，無子云。至大元年月日記。

鹿泉先生賈公祠堂記

鄂江介要區。我世祖皇帝疆理南夏，嘗觀兵焉。已而廟遣元臣，鄂爲王土，乃妙柬忠良文雅鎮撫之[13]。地利人和，不二年，而江表大定。禹跡所至，其吏民父老感念父母再造之恩，不能忘也，鄂於是有大元興寺。又以爲未足昭伐功，鄂於是爲武昌路，而忠良文雅者鹿泉賈公亦既尸祝於校官。至大元年，統天繼聖欽文英武大章孝皇帝嗣大歷服，凡先正之臣克左右亂四方者，罔不褒顯。爰贈公推忠輔義功臣、銀青榮禄大夫、平章政事，追封定國公，謚文正。配李氏，定國夫人。鄂之士民共戴聖天子崇報之仁，而公之功庸如新，乃請於有司，願新公祠而記諸石。廣平程某適以使來，因以文請。程某曰："公之盛德偉材，天下誦之，匪獨鄂也。至其淵源終始，閟在史官，世容有未知者。盍遂記諸？"咸曰："幸甚。"公之大父河東襄獻公守謙。父蔡州觀察判官頤。

母曰孫夫人。公四歲能誦《孝經》。當定宗時，爲省從事，或夜餉黄金一鋌，拒卻之。上聞嘉嘆，月班銀，如金數。世祖皇帝踐祚，召寘宰司，寄以腹心喉舌。扈從北征，馬上時時進説《通鑑》。或言民富且畔，公進曰："盜由飢寒，不聞以富。"或曰："山東非富耶？"公曰："擅權太重耳[14]。且今獨見市民之奢，郊野固有殍者。"上深然之。金亡，貴家或爲隸，公悉奏免。上集百司，命公歷數其奉。至巳奉，上訝，欲增之。大臣謂禄秩不可紊。進公執政。公曰："宰屬猶非才。"固辭。上命太傅貞憲王伯顔南征，而以公行宣撫，商議中書省事，多資其畫策功。公獨辭賞不受。王師東下，留公於鄂。蒐兵峙粟，弛賦蠲征，養士興學。飢者食，疾者藥，赴愬者予平。禮接耆艾，詳諏利害而興除之。鄰境鄉慕，歸者載塗，百城從風而靡然。此緒餘耳。公之居宰司也，以國器契上心，佐興運，與太保劉公諸賢酌古今之宜，立一代之制，建學求賢，緩刑薄斂，循名責實，爲官擇人，中外各稱其職。中統、至元之初，號爲極盛，典章法度，萬世可遵。嗚呼，遠矣！蓋公嗜書如飴，未嘗一日廢。猷爲一出於經，以仁愛爲本。三年鄂，二年洪，善政不可毛舉。其最較著、人不能忘者，亦弗可弗述也。蘄、黄亂，公命將往。將曰："鄂必畔，請先鄂。"同列聳。公曰："吾留三年矣，此必無他。請以百口保之。"鄂遂免。寇平，議東兵，捕竄者。公曰："彼民何辜？"飛檄武寧，緘之。豫章飢，公適至，欲賑，衆不可，曰："必咨中書。"公曰："然則民魚矣。責償於我乎？"取計口，賑活數萬。拊循勞來，殷勤纖悉，一如居鄂時。民嘗受故國署，有司急之詾。公下令，俾自焚其署。獲都昌僭號者辭，延平民。公曰："囚覬少挺耳。"立誅之。秉心往往類是。順性理而志躬行[15]；事親孝，居處恭；辭章高潔，稱其人。詔使至，鄂士民章上公功。公取章歸，曰："我何功？"雲中嫗三子，一從軍，一戕兄，議原以養。公奏曰："殺兄，大惡也。恤母，宜免子從軍。"談者於今爲美。《傳》不云乎："凡斷五刑，必即天倫。"習司空城旦者尚知之。公子五人，亹亹皆負時材。伯牧濟寧，仲參廟論，高山仰止，蔚然如公之猶存。天道無親，恒與善人，兹非然哉！兹非然哉！公世居鹿泉，名居貞，字仲明。年六十，薨於豫章，墓於真定獲鹿北牛山。《召南》之事尚矣。述之者曰："教明於南國，化行乎江漢。"言之者詠漢淫液而不能已，愛之者至不忍犯其所茇焉。及求其設施言行之略，邈乎不可得聞。返而徵諸世家，不出六藝之文。蓋求之愈不可得，思之愈不能忘，徒三復其詩，想像概慕而已。故予於公之事竊有感焉而備載之，使後之來者有以得其詳，師其心，履其蹟，忠君而仁民。千載而下，觀者猶有所興起也，豈徒想像概慕云乎哉？此記之旨尚，不厭其煩云。

【校勘記】

〔1〕致之，文淵閣本作"至"。

〔2〕單，文淵閣本作"覃"。

〔3〕府，文淵閣本作"懷"。

〔4〕受，底本誤作"授"，據文淵閣本改。

〔5〕歸而以告幼清，底本誤作"幼清歸而以告"，據文淵閣本改。

〔6〕文淵閣本無"此"字。

〔7〕自，文淵閣本作"其"。其，文淵閣本無此字。

〔8〕底本"國"字後衍一"國"字，據文淵閣本删。

〔9〕今，文淵閣本作"背"。

〔10〕潛心以居，坐進此道：居坐，文淵閣本作"日"，二句爲一句。

〔11〕其，文淵閣本作"書"。然按文意，"書""其"二字當並存，"書"在"其"前。

〔12〕璨，底本誤作"壽"，據文淵閣本改。

〔13〕鎮，底本誤作"填"，據文淵閣本改。

〔14〕壇，底本誤作"擅"，據文淵閣本改。

〔15〕順，文淵閣本作"賾"。

卷十三

記

漢川縣學記

“九澤既陂”，“雲土夢作乂”，然後其地始有人。漢川，其域也。土夐水長，人之歸者以佃以漁耳。有能興俎豆之事，視之當如卿雲景星，固不易遇也。予嘗行春斯邑焉，顧謂邑教李國珍曰：“庠序不飭不典，如政教何？”乃示以宫墻之制，俾与邑吏謀新之。士寡而吏媮，莫尸其事。大德十一年，邑令鄭國惠君來。士誦前言，令慨然率邑教李孝純，相与徙舊廟爲講堂，而作新廟。至大元年秋，庀役。二年春，禮殿成，深四十二尺，廣加四尺，崇殺十尺。廡列四齋，中敞戟門。庖庫内備，繚以尺垣三千，立櫺星門以出。爲工萬餘，穀石六百，緡楮四萬有奇，皆取諸儒与富而賢者。然邑儒之籍户九耳，是誠不易矣。甫成，而予以使復來武昌。孝純、國珍率諸生來言曰：“今之庠，公之教也，令之功也，不可不識，敢告。”予語之曰：“邑於民最親，教於民最急。學校若無与而實功也，且璽書相望下勸，敢有弗欽！聲教與土同敷，訖於四海，其可自鄙？今爾令長、士民務所當先，宜矣，美矣！然立教之基、爲學之地又有在也。令長、士民盍亦分任其事乎？治化、學業之成視棟宇之成孰愈？歸而見賢令長，士民試以斯言告之，且識不忘焉[1]。”令名政，字舜卿。董役者，直學曹謂、知書張至道、林文瑛。

黄龍佛殿記

武昌黄龍大比丘密印圓照長老作禮於白雪道人曰："我佛如來有大福德、善知識，是名静山居士，常現宰官身於我佛如來道場，護持恭敬，能捨難捨，莊嚴種種，以爲供養，願報國恩。爾時，持地菩薩心生讚嘆，顯大神力，於寶坊中湧出白金，布施我佛如來常住。十方諸善男子、善女人聞是因緣，悉發皈依三寶正智，無有愛悋。是故，我今志心增廣莊嚴我佛如來寶殿如大梵天宫，於中供養現世無量壽佛寶座，祝願讚嘆。我今思惟，云何我報恩大招提，希有功德，悉得圓滿，佛事熾然。我今發回向心，一如居士所願，乃至居士及諸大善知識，乃至過去、現在、未來衆生，乘此功德因緣，悉得安隱快樂。佛法住世，亦復如是。世世生生，無有變壞諸苦。我今禮請，願留一言，亦復堅固如是。"道人曰："善哉！善哉！長老成就一切種種功德，甚深微妙。又不自貢高，懽喜回向，實爲稀有。我於經藏樓閣堂房已曾授記。今圓明寶殿欲就，我又復來。我應与佛有緣。我今亦發大回向心，資報國恩，一如居士，如長老。所願同心祝讚，無有退轉。我今爲汝説四句偈言：'我佛無所住，亦無所不住。無生滅增減，是名大道場。'"道人説是偈已，十方三寶四衆懽喜證明，如我所説，刻石奉行。時至大二年某月某日。

武昌路觀音閣記

人非水火不生活，及其爲患也，或使人不能生。沙羨爲郡，地窪風悍。居者不免水火患，水防矣，猶厄於火。至元二十七年，長民者以父老之言，構重屋於市中，祀白衣大士而禜焉。某頃嘗詢諏於斯，當其爲患，儆庀或無虚夕，而救至輒息。父老語予曰："此大士之力也。"至大二年秋，復以使事來，則屋加崇而又廣，望之崢嶸粲絢，勢如中天之臺。予留數月，融風罕作。父老又曰："此官之賜也。"問之，則曰：

“先屋敝矣。行省郎中上禀下承，力興是役。自上宰以降，若僚屬，若郡邑，若士民，咸欣贊其爲。今鬱攸之變益少，非賜而何？”遂請爲之記。予讀《春秋》，凡火，非人所致者皆書曰災。獨哀公二年五月，魯司鐸火，延及桓、僖二宫，則亦書曰災。寧非以守先君之廟祧，而備豫不嚴若此，欲直書之則非爲魯諱之義，故寧曲筆遷就之耶？傳者不知，乃矯聖言，誣天意。且宋、鄭嘗災矣，其有司或先事而備，或事過而防。觀其設施，纖悉具備，然後命禳於玄冥回禄，用馬於四鄘，祀盤庚，命四鄉敬享，大爲社祓禳於四方。然則禦災捍患之道，自有次第先後也歟？丞相答剌罕公之在沙羨也，别籍役徒千，專以待塗；徹縣鍾於高，候望所起。節鍾號召之，故甫起，救輒至。今禜祈之地又益嚴，則夫先後旬宣於斯者，咸致心民事若此，是誠不可不記也。雖然，甍棟之比如櫛，倘徒徼神倖，怙官賜，而積薪不徙，突决晏如，一旦變生所忽，則雖化身千百億，身各具手目千，猶恐倉卒，救有不逮。然則人所當盡者，固有在也，可不慎哉！父老其惟時教告之，遂俾刻爲記。省宰，故丞相也先不花。平章曰程鵬飛，曰忽剌术，曰貫只哥。右丞曰完閭。參政曰亦不剌金。郎中曰王柔，曰别都魯丁。員外郎曰怯列，曰苫思丁。都事魏弼、郭時可、張德榮、喬憲。而尸其事者，郎中卜達世禮也。

踈山白雲禪寺修造記

大雄氏之宫布天下，得地者什六七，得人者什二三。西江之西，之山之宫，仰爲大，踈次之。踈爲近，故予知踈爲多。昔踈之興也，蓋有記之者矣，故予獨記雲住師之能熾焉。自住之住是山也，於今八年矣。一年，而僧堂改觀。二年，而宫殿塗塈丹雘，莊嚴像設，供養之工畢舉。三年，作下院於撫州，又作於金溪縣。四年，鑿山爲園，蓺桑，蓺桐，蓺茶凡四千。五年，宰堵波，小大之屋皆完新，以其餘力復取化城洲地。六年，又鑿山種樧[2]，株餘二萬；役水舂磑而屋焘之。七年，架萬歲閣。八年，閣成，設飾咸具，刻畫肖像萬身，剏二庫以豐財。八年之間，無日不事，無事不有功。然後祝堯之廷、布金之地，始淵麗廓大，崇桀輝赫。居者、過者無不生歡喜贊嘆瞻仰尊敬心，曰："住真善住者。"住曰："未哉！明年，吾新香積矣。又明年，吾又新西堂矣。明年、明年無量，吾事亦無量。"於是山中之人皆驚且服，願記其事。夫佛之道非假宫室以爲殊勝也，非資田園以爲贍博也，然以人而學佛之學，則非人莫能爲者，毋亦宜先爲之乎？且佛固人也，彼爲刻躬闕性，無暇於此。今學焉者既未能學，其爲又不爲人之爲。則予於斯也，誠有不能名之者矣。今踈之熾也，得人之效也。記之而使繼之者繼之，其所謂無量無量者，非耶？住，番人也，器資尚書之冑也，楚山上人之法子也。大德六年，山寂，踈無人。踈衆枚卜十人於佛，住獨吉；再卜，住又吉，乃以上聞。錫之璽書，而爲踈主，遂自徑山來歸。歸而以潔身自誓於佛。然則佛固許之，且復訊之矣。住盖能於無所住而生其心者耶？然則踈之熾也，奚足爲住言哉？至大四年二月八日記。

承慶堂記

上即位之明年，改元皇慶。懋官延賞，澤流八荒。百官七品以上序榮先世，有勳勞於國而子孫官未至者錫異恩，若寶源庫提舉渾源孫君諧之祖、考是已。三月，制贈曾大父中奉大夫、武備院使、護軍，謚忠惠。大父資德大夫、中書右丞、上護軍，謚正憲。父正奉大夫、大司農、上護軍，謚文莊。爵皆神川郡公。其配皆郡夫人。諧既拜命，白於廟。集賢司直趙君克敬爲作隸書，名其堂曰承慶，以侈上賜。冬十有一月，介趙君，謁文於余。按，孫氏之先始以函人受知太祖，從軍征討，得名位。子繼孫承，皆能著勞績，致大官，爲時名臣。所至以保生靈，樹風節爲己任，故世稱勳臣之家，必目孫氏[3]。慶之源遠矣。夫人之於其世也，孰不欲光前而裕後，而天之於人也，善惡災祥之感曾不少爽。若李英公輩，依乘風雲，勒功帝籍，臨終惓惓焉戒其子弟爲門户計，不再世而家覆族夷。及觀其起家，乃從群盜。人之所以遺其後者，固自有本末哉。善惡之積，子孫之賢不肖隨之，形修者影長，聲大者響振。若孫氏者，其庶幾乎！積之者既善，而所以承之者亦不惡。初，諧提點利器庫，時喪制未行也。丁父艱，去官，泣血三年。服除，尚書省建，又不願仕。於是投閒者七年，乃拜今職。烏乎！人亦孰不欲富貴哉？其所存若此，得不謂之賢乎？孫氏自忠惠以來，把麾持節，聯圭疊組，赫然照人，而未始一日舍先業，又足以觀其所承者矣。孟子曰："函人惟恐傷人，矢人惟恐不傷人。故擇術不可不慎也。"推是心也以往，何所不用其厚。使孫氏之子孫常若忠惠、正憲、文莊之世，則斯堂也，其慶可既乎？勗哉，其承之！諧字和伯，其弟兄子姪皆孝友，克世其家云。

昇平橋記

臨筠之交，鵠山之陽，梁於灝江之上曰昇平橋。灝迅急，歲輒壞。至大元年春，里長者黃君應瑞相橋下流勢少殺，謀遷之。易族子田以立其址，買晏氏山以礱其石，更爲石橋。掘地丈餘，得故橋株十數、石佛像十有三，乃故橋所也，心獨喜。經始於是年四月二十有六日，落成於明年三月八日。修丈十，廣去其七，高如廣之數，上爲屋七楹。工凡六千五百，費緡萬五千有奇。又爲庵其涯，以祠石佛，廩道者守之。配鄒出簪珥，以相焉。橋成之日，行者歌，休者誦，烟峰流泉，獻狀增勝。皇慶二年，其諸孫允武來京師謁記，曰："此鄉民之志也。"且言君平生好義，嘗於上高之境爲二橋，曰新，曰大滸。又鑿新喻檀嶺道數里，作舍道傍，以便蒙山之役者，若此甚衆。余觀萬金之貲，世常有之。不拔一毛利天下，嘐嘐曰："我爲善！我爲善！"不過諂土偶，賓巫覡，求福田而已，他弗知也。黃其庶乎？昔有結茅度蟻，奪高第者，黃所濟多矣。黃固涪翁之苗裔也，盛德之門又浚以益之，其大也必矣。君年八十餘，耳目聰明，齒髮不衰。子若孫皆謹願篤學，未必非其報。烏乎！此亦鄉人之言也，君何心焉？書畀允武，歸刻於橋之上。君字國祥，人即其居號之曰曉山老人云。正月日記。

致樂堂記

周之族盛於番，咸淳進士名垕者，其族之賢者也。与廬陵劉會孟、廣信李明通同登丞相江文清公之門，有名。皇有江南，授同知廣州事，不赴。子應極，字南翁，又賢。弱冠失怙，事母孝謹，宦游四方，乃心罔不在膝下。大德丁未，待制翰林，事上於春宫，詔許迎養，且敕有司禮遣。明年，奉母至京師。又明年，侍皇子説書，月廩餼其家。遷集賢司直，於是，集賢大學士郭君名其堂曰致樂，來謁余記之。夫爲臣子之道，忠與孝而已耳。人有常言，忠孝不可兩全。余則曰：忠孝無二道也。今天子以孝理天下，推錫類之仁，使子事其君得兼養其親，上之賜大矣！而親之樂奚而致也？母豈不曰："吾之子所以致養於我者，上之賜也。可不盡忠乎！"忠以報於上者，母之所以樂也。食焉而怠其事，謂之養且不可，况可致其樂耶？忠之道何盡心焉耳矣？必事其君，能致其身；必事其親，能竭其力；必恭於兄，友於弟，信於朋友，居上而不驕，爲下而不悖，仰不愧，俯不怍，而後可以言忠。忠之道備，而後可以致其親之樂，樂則孝在其中矣。故孝者必忠，忠者必孝，忠孝之道非有二也。南翁勉乎哉！不然，《傳》有之："雖日用三牲之養，猶爲不孝也。"以子之賢且材如此，何所不底。吾猶云云爾者，此天子之望其臣，母之望其子，賢者之望其友之意也。南翁勉乎哉！皇慶二年二月日記。

遺音堂記

皇慶二年春正月八日，余過左司唐兀公之廬。環堵蕭然，有梅花一樹，鳴琴在床，左圖右書，余驚焉。促席与余言曰："古人之所以爲古人者何？絶人遠甚。遺言遺行具在，可效可師，而卒莫之由，何哉？豈今不古若耶？吾行古之道，亦古人已，而必曰古之人、古之人乎哉！”余益驚焉。他日，出遺音堂三大字示余，曰：“吾以此名左丞野雲廉公之堂，且爲書之。群賢見之歌詠，君其記諸。”余曰：“余何言哉？公前与余言而忘之耶？此遺音之説也。夫音者，出於虚，入於寂。鏘然而起，杳然而止。古之音寥寥不可聞已，可聞者非其遺言遺行乎？考其言，求其行，若有聞焉，若耳提面命焉，遺音從可知已。夫廉公，吾聞其人矣。以勳伐世家致位疑丞，政平恕，行公清，無貪娼，無刻苛。親賢而下士，方盛而已辭。歸而友木石，狎魚鳥，玩天地之盈虚，閲寒暑之往來，泊然若無与於世，得古人之高，吾敬之。公宦學朔南，謹敏博達。由御史歷吏部，佐省闥，受知天子。進則竭心陳力以贊其治，退則彈琴讀書以樂吾天，盖与廉公齊心而擬迹，易地則皆然者，庶幾能言古人之遺言，行古人之遺行矣。以遺音名廉公之堂，豈無意哉？非公不知名此名，非廉公不足稱此名也。音乎！音乎！”吾懼夫聽者不識二公之趣，而求古人於弦上也，故次第其語而詳道之。

應州覺興寺長明燈記

余寓居京城東北隅，与今知樞密院開府公隣，且有再世之好。一日，謂余曰：“先王積德累行，竭心本朝。天子聖仁，思念舊勳，曾、祖、考以下皆追封泰安王。曾祖妣而下皆追封王夫人。餘慶所鍾，忝處宥密，夙夜凛凛，無以報稱上恩，奉先而裕後。惟今世人求福慧利澤者，必於佛乘而致虔焉，心竊慕之。去年夏，承詔祝釐五臺山，還過應州，造覺興寺，向佛作禮，仰見長明燈炯炯静照，若有所感。因念曰：‘俾吾子孫世世克忠克孝，毋忝乃祖，聯輝繼燭，不當如是燈乎？’遂捐白金五十兩、楮幣五百緡於寺，以續是燈之明。子其爲我記之。雖布施之末不足以勤翰墨，庶幾賴子之文，昭吾之志於後耳。”予曰：“善哉！善哉！予於佛書未深究，然長明之理盖可知已。明者，燈也。所以長明者，人也。燈無不明，而不繼之以膏，則明熄矣；人無不善，而不繼之以德，則善熄矣。若公祖孫顯融四世，即是燈之明四世也；由四世以至於百世，繼之以德，即是燈之明百世也。善不可熄，當如此燈矣。推公之心，可以卜公之世焉。夫目非無見也，待光而明；心非無知也，因觸而感。公既因燈之感而明夫善，必又將有感公之善而續燈之明者〔4〕，是公之布施無窮，而福德不可量也。以是而報上，奉先裕後，可謂善矣。”公娶完顏氏〔5〕，甚賢。子小和尚、福安等，皆佳兒。吾又知其必能世守忠孝，承於父祖，益遠而弥光，如是燈之長明也。公名也先帖木兒，階開府儀同三司云。

永新州醫學祭田記

國家仁民愛物，無所不用其極。天下郡縣建醫學，置官吏，与儒學等。醫有功於民甚大，誠有國者所宜先。昔人方之相業，可見已。大德初，王東野爲吉安路永新州官醫提領。七年，遷本路副提領。至大四年，赴調京師，改臨江，未行。徽政院使羅司徒薦其名，興聖宫命爲太醫。歲年之間，三錫楮幣凡七千五百緡。皇慶二年夏，又命乘傳還江南，迎妻子。初爲永新時，手建廟學。歲三月三日、九月九日有事於三皇，唯取給醫家。至是，盡以所受上賜買田五十畝，入學，奉春秋之祀。還朝，謁余記。東野，永新人也。大父文信、父慶隆皆有善行。其祖母又賢，日夜課東野學不懈。而東野長好倉公之術，遂稱良醫。及被寵用，凡所錫賚，不以仁妻子，不以事緇黄，惓惓買田鄉校，以蠲誅求，可謂不負矣。嗟夫！永新之學者既無公上供給之勞，又當國家崇重之日，益勵所學，以擴其仁民愛物之心，此則東野之志而國家之望也。凡吏於兹學者，其亦勉之哉！延祐改元二月朔記。

虎林山大明慶寺重建佛殿記

佛鑒慧照淨戒大師居杭州虎林山大明慶寺之三年，寺災既復且完。

大德癸卯，復災，師大懼曰："豈余之道涼德薄致然與？抑物成毀有數，地隆替有時與？嘻，其甚矣！且昔者三吴之士輸仁馳義，曾不旋踵而重以懟之。予獨何心？"乃鬻私田之在越者率先，走白行宣政院使張閭公。公亦發帑倡之。於是，效材薦貨者復四面而至。歲丙午，正殿成。基隆於初，構加於時，俯仰陟降，改觀動色。寺僧子永莊嚴諸天梵相，端儼妙麗，如親示見。於虖！非師之强忍堅騖，疇底是耶？按：寺肇於唐，盛於宋景定，有佛慧大師者以律教焯於兹，遂爲國祠壇場。至我元而益大。歲時，百官虔集，祝聖人壽。師名嗣良，道行高峻，多游天台、鴈蕩間。居是寺凡再，棄去，再還。遭寺薦災，乃以興復爲己任，卒賴以振。唯佛法之大，固無待於傑棟廣宇，而非此無以致崇極，寄瞻仰。師曰："是役也，我執事之人亦惟勤哉，不可以不記。"因集賢侍讀學士趙君孟頫求文於余。謹書以記。延祐改元月日記。

太和州重修快閣記

廬陵有閣，最一郡之勝，在太和東南城上。邑令、太常博士沈遵名曰快閣。迨黄太史庭堅繼至，賦詩其上，而閣之名聞天下。蓋自豫章溯流五百餘里，江盤峽束，牽挽鬱隘，罷心怵目[6]，至是而山平川舒，曠浪褰開，躍然如龍蛇之伸、鵾鵬之息。跂而四顧，快可知已。邑爲州，官事繁，游覽廢，閣壞，爲廄爲驛，爲獄訟之庭，旋葺旋毁，豈復知有所謂快者哉？至大四年，邦侯聖陰徒、貳車楊學文議改作，而侯以監察御史召，留俸五百緡，屬寓公高安尹嚴用父成之。已而郎侯祐來，議克合，掄材徵工，撤而新之。爲屋三重，重十楹。前爲閣，後祠太史，中爲燕休之堂。三年而畢，弗亟弗徐。屋加於舊，而民弗與知。登斯閣也，天高水夐，陽開陰翕。禾黍滿野，舟行如飛。仙地之勝，若始闢焉。明年，高安之孫莊侍其諸兄威來京師，以圖請記，且道侯之政。予雖未登兹閣，竊爲之一快，告之曰："州曰太和，至治之稱也。閣曰快，自得之謂也。治欲其至，而民欲其自得，蓋相須也。民不自得，求其治之至，難已。山川雖勝，而暇登覽乎哉？”於虖！太和，邑也。而爲州守，尊而親於下民，下而敬乎上，上下各安其素，非自得之驗而至治之候乎？知此，則是閣之勝獨最於一郡乎哉！書以遺之，俾刻之石。董是役者，劉冲、蕭佐。延祐元年九月朔記。

古衛城崔府君廟里門記

衛之汲有古衛城在其境。廟於東北隅者，漢崔府君祠也。府君諱瑗，字子玉。順帝時，以茂才爲汲令。居七年，數言便宜，開稻田數百頃。民祀之至今。廟屢廢輒興，累朝皆有封號。至元中，封靈惠齊聖廣佑王。皇慶二年，居民吴德建里門以表之。子實益加藻麗焉，介以記請。嗟夫！王去今千數百年，民之思不泯，非爲令者之善鑒哉！延祐元年冬十有二月朔記。

婺源山萬壽靈順五菩薩廟記

五顯神莫知何所始，在徽之婺源，吴楚、閩越之間皆祀之，累朝封號甚尊顯。宋德祐元年，燬於寇。時里人汪元龍守鄉郡，弟元奎爲邑宰，復建之，施田若干畝奉時祀，曰景福莊。世祖既定天下，禮百神，奉香幣致祭。至大四年，再燬。元奎之子僉廣東肅政廉訪司事良臣、某路治中良垕首樹正殿，衆爭獻貨幣。門廡、樓觀、庖庫之屬皆成焉，壯麗宏大甲於郡。初，廟附智林寺，寺亦再燬再構，皆出汪氏。延祐元年，賜廟額曰萬壽靈順五菩薩之廟，寺曰萬壽之寺。明年，良臣請紀於石。唯神赫奕變化，著靈效響，海内所共聞。而廟有再興之功，汪氏爲大，不唯神在。國初，元龍兄弟保民之功尤多，仕皆至治中。伯朝列大夫，仲奉直大夫。良臣嘗爲監察御史，有能聲。是爲記。夏五月十五日廣平程某記。

廬山重建廣福觀記

廬山廣福觀，古匡先生祠也。宋南渡，燬於李成之亂。五十年，道士王大成始建正殿，其徒孫元道加堂庭、門廡、像設，而庳隘儉陋，苟備棲息而已。又百四十年，爲大德乙巳，冲和明素弘遠大師、提舉觀事陳啓宗，觀復大師、知觀事王德修，首飭越國孟忠襄公珙所構道藏而更覆之，撤兩廡及贊拜之庭而崇之，而殿益弗稱。始丁未，訖辛亥，裒仁歛義，殫慮畢力。斬木絶谷，伐石它山，又大新之。既成，高明洞深，邦邑改觀。陳君復捐歲給之田四十畝，茗園、果林百餘畝，益觀之稍。凝和冲妙崇正法師、教門高士揚州玄妙觀提點雷希復曰："是不可以不紀。"以請。按：匡先生名續，字子孝。事周老聃，得其道。廬於彭蠡之濱虎溪之上，相傳以爲仙去。人即其居而祠之。山之得名曰廬、曰匡，以此。晋惠遠法師東游至虎溪，顧而樂之。太守桓伊奪其地[7]，爲東林、西林寺，遷祠谷口。唐開元中，詔大其宫，遣使致祭，號曰"仙廟"。南唐主割都昌劉建營田，以奉祠事。宋治平中，賜額壽聖觀。後避高宗尊號，易以今名。匡先生初號大明公，建中靖國初，封四極靖明真君。凡水旱、疾疫無不禱，禱無不應，邦人賴之。唯神仙之説肇自中古，覽老聃氏之書，豈得已哉？秦漢之君不務遠德，廣爲祠宇壇場，以致神人，以求長生，惑矣。後世因之，又加侈之，非滋惑與？若匡先生，既善其身，又大福其民，歷二千餘歲猶祀之，宜矣。陳君、王君竭志興復，以彰神休，以祝上釐，雷君不蔽人之善，皆可書。遂爲之記。

杏山藥室記

醫家者流率以董仙杏林爲美談，亦有以爲稱號者。求其有董仙之心，盖亦寡矣。夫醫，功莫大於濟人，禍莫慘於欲利。持濟人之術而有欲利之心，然且不可。苟術之未精，利之是嗜，其禍可勝言哉！今夫庸醫以病嘗其術，故有峻其藥以急功，多其藥以幸中。能醫以病舞其術，故有左其藥以厚勞，迂其藥以盈取，以濟人之術而禍人，皆欲利者之所爲也。旴江陳庚，杏山醫三世矣。予觀其爲人質而不浮，聽其言簡而不眩，審其術信而有功，怵然有急人之容，泊然無苟利之心[8]，其庶乎有董仙之心者歟？年方弱冠時，鄉之儒先秋潭周君嘗以杏山表其室，於今二十年矣。醫二十年，而鄉人信而用之如一日[9]。留京師七年，出爲江西官醫提舉司都目，人信用之亦如一日。積三十年之間，名不少貶，而家不益饒者，得非心董仙之心然也？今年春，予苦末疾。杏山來京師，留遠齋者益久，且益嘉其爲人，故樂爲之記，且以勗其志云。延祐二年秋七月既望，廣平程某書於遠齋。

楊氏先塋記

邃古之初，不封不樹。中古，墓而不墳。成周之時，始以爵等爲丘封之度，與其樹數，設官掌之。漢律，列侯墳高四丈。自是以降，其制益明，天禄、辟邪之屬亦各有差等，所以辨貴賤，定民志也。聖天子以仁孝治天下，加惠臣鄰，無有幽顯，孝子慈孫之心咸翼然以奮。嗚呼！教孝勸忠之政不其美與？梁國楊文懿公之墓在大梁祥符縣魏陵鄉白楡村。先是，公之二子敬直、元直遵禮，經廣兆域，至於表羡道，識玄堂，猶有竢也。二子既受簡知，至大三年秋七月，詔推恩其祖禰。明年夏四月，又賜碑墓道，遣將作院使野訥傳旨，集賢大學士李謙爲之文。冬十有一月，又加贈錫謚。時敬直以轉運使官兩淮，元直以太醫院使侍禁中。皇慶元年夏六月，元直請歸，修治先人塚及樹所賜碑，不許。乞聽兄離職行事，乃許。敬直承恩，奉詔唯謹。明年春正月，元直復泣請於興聖宫，又不許；請至二十餘，終不許，曰："爾爲爾親，吾爲吾子孫也。且爾兄在，豈必爾。其命河南行省給費，爲爾成之。"元直曰："以公給私，不可。"固辭，從之。乃賜楮幣萬五千緡，仍督行省相其役。二月，復遣刑部郎中楊某賜河南丞相尚醞二壺，以申敕之。明年三月壬子，丞相身率僚佐，共建敕賜神道碑於墓右。寓公、鄉老及四方來觀者萬數，莫不咨嗟嘆息，曰："非盛德之後，能若是乎？"改作祠堂三楹，秦國公李孟爲榜曰致嚴。壙未有銘，集賢侍講學士趙孟頫銘之。墓前有表，參知政事賈鈞書之。墓南二丈有石門，刻御史中丞郝天挺之字曰楊氏先塋。塋前石人、獸如制。又南去二百五十尺，華表雙高，國子祭酒劉賡題其衡顔曰梁國公神道。有碣路左，書曰大司徒梁國公墳，則鄂國公史弼書也。中以畝計者十五，垣以甓外，以丈計者六百。繚以墻，樹榆柳柏松數萬，鬱鬱如屯雲，翼翼嚴嚴，遼遼極目。前臨官道，過者竦瞻，咸曰："此非教忠之原、發祥之兆乎？"盖是舉也，金工、石工、木工、土工凡六千有奇。其費，上賜之外，竭家之有猶不足也。冬，敬直、元直乃圖其成，請記於所知程某，曰："兄弟幸賴先訓，歷事累朝，被遇兩宫，隆恩異數，顯寵若此。非勒之金石，何以表君上，示子孫？且辱知於子餘三十年矣，其爲我記之。"某曰："余聞仲尼之言：'封，崇矣，有若堂者，有若防者，有若覆厦屋者[10]，有若斧者。合葬於防[11]，從若斧者焉。'此足以觀聖人慎終之一節也。君子不以天下儉其親，聖人亦從事之宜而已。故有其位，有其財與其時，君子莫不盡心焉。非以爲汰也，非以爲觀美也，所以勸也，所以事君、事親也。昔有身爲冢宰，乃家廟之不營，而祭於寢，司寇劾之者；有傷其生無以爲養，死無以爲禮，聖人非之者。適於宜而已。若楊氏兄弟之廉敏端惠、孝友敬篤，其事君也，外則於藩、於宣而致其理，内則夙夜在公而致其勤；其事親也，生事、葬祭咸致其誠，則於事君、事親之禮講之亦久矣。宜能位並九卿，澤及三世，軌物備制，遂其所俟。嗚呼！此忠臣孝子之事也。至於啓發人之善心，使之思教子，思立身，以及於事君、事親之本，其得於觀感羨慕者，又不知其幾何人也。《詩》云：'孝子不匱，永錫爾類。'其是之謂乎？是宜有記。嗟夫！楊氏之子子孫孫毋怠毋荒，丕念爾先，丕敬厥德，其克永世哉！"文懿公諱澤，字潤夫，凡再被贈恩：階曰榮禄大夫，官曰大司徒，勳曰柱國；梁國，其封；文懿，其謚也。其行已載所賜碑。敬直今爲大中大夫[12]、江西等處行中書省參知政事。元直，昭文館大學士、資德大夫、太醫院使、掌醫卿。延祐二年十月日記。

魯齋書院記

邠岐、豐鎬之間，周之故都也。三代之文莫尚於周，周之文莫盛於文、武、周公。江漢遠矣，其化猶存於小夫弱女，况千里之近者乎。無他，聖人之道與天地並立，日月並明，孰有外天地日月而能久其生者？吾意有能復興文、武、周公之教於其地，特易易焉耳。世祖皇帝經營四方，日不暇給，而聖人之道未始一日不在講求。觀兵隴山，首召河内許仲平先生衡入見。先生亦首謂聖人之道爲必可行，嘉言篤論，深契上心。時自陝以西，教道久廢，乃命先生提舉學事。於是，秦中庠序鼎興，搢紳逢掖川赴雲流，文事翕然以起。其所成就，皆足以出長入治。由是，聖人之道乍明。世祖皇帝踐阼，先生又以其道入佐皇明，施於天下，卒能同文軌而致隆平。由是，聖人之道復著。盖有是君，必有是臣。陰陽之消長，日月之晦明，聖賢之用舍，固各有其時也。今天子以天縱之質繼列聖之緒，嚮用經術，尊禮儒先，彬彬雍雍，著者益彰而且廣矣。先聖、後聖，顧不同條而共貫與？先是，雲中趙侯守長安，嘗議建書院如他郡先賢故事，不果。後以西臺侍御史復來，因請以先生從祀夫子，且申前議。乃有王氏欲斥居宅爲之，得前太子家令薛處敬贊其决，士民承風勸趍，前御史張崇、推官李益、匠府同知韓祐相與董成之。前爲夫子燕居之殿，以顏子、曾子、子思、孟子侑坐〔13〕。後爲講堂，左右列格物、致知、誠意、正心四齋。以張子厚先生昔講道於横渠，乃爲室東偏，合張、許二先生而祠之〔14〕。庫寢庖廐畢備，屋凡若干楹。事聞，有詔，賜名曰魯齋書院。仍諭陝西省給田，命官設禁，如他學院故事〔15〕。有司既奉詔，而祐等請紀以文。夫文者何也？以西伯、周公之聖而止曰文。今郡國校官往往而具，宫居而師事者亦無不同；及觀其效，則弥闊而遂疏者，何耶？無亦文非其文而然與？夫子不曰斯道，而曰斯文，學於此者亦可以深長思矣。若昔儒先自伊洛〔16〕、関輔以來，相望百年不絶，而續若朱子之立言，使聖人之道復明於簡籍，許先生之立事，使聖人之道得見於設施，皆所謂豪傑之士也。觀先生之於朱子，信其道，從其言，尊之爲父師，敬之如神明。嗚呼！殆所謂“雖無文王猶興”者與？終際昌時，出其所學，有以當聖人之志，建不朽之功，可謂開物成務之材矣。《詩》云“亹亹文王，令聞不已”，聖祖有焉。“樂只君子，邦家之基”，先生有焉。侯於先生有慕用之誠而不能忘，凡所以尊先生者，無不爲也。然非私也，所以爲道也，所以廣聖天子之教也，所以使學者知所宗也，所以志先生之志而學先生之學者也。一舉而衆美具焉，可無述哉？侯名世延，字子敬。今爲資善大夫、御史中丞。斥居宅者，王庭瑞，嘗爲怯連副總管，詔旌其閭以褒之。嗚呼！聖天子之欲化民成俗，可謂誠且篤矣。承學之士奚可以不自力乎？自今邠、雍之間，郁郁乎復如文、武、周公之世，吾猶有望。延祐二年十有一月朔記。

東庵書院記

書院昉近代，視郡縣之學，在昔爲尤重。非名足以厭時論，學足以任師道者，弗與是選，人才亦往往於是焉出。世漸靡，法漸踈，賢否並進，義利易處，其教始大壞。近年，書院之設日加多，其弊日加甚，何也？徒知假寵於有司，不知爲教之大。徒徇其名，不求其實然耳。翰林侍講學士渤海解君之構東庵書院，其立義獨不然。其言曰：“國朝以來，中州之學自許文正公旣没，師道之不立未有如今日者。予幸賴先生之遺訓，承文明之休運，身列儒臣之目，又薄有負郭之田，足以支緩急，可不求所以承先裕後[17]、化民成俗之萬一乎？吾將拂袖而歸，率鄉里子弟之俊秀者，擇師而教之，毋使吾邦仁義之風、詩書之澤一旦斬焉於聖人之世而已，又何用假寵以溷我哉？”而屬予記。按：解氏世以儒術起家，歷宋、金，多名進士。家藏書萬數千卷，而君於書無不讀。至元十三年，詔試天下士，君中首選，由是階以入仕，用廉勤以效於朝，用循良以治於外。凡天子擇任華要，君必與焉。由集賢、太常三入東觀，再署詞苑，名与學躋，德与位隆，盖歘歷三十有餘歲矣。其位也方駸駸而未已，而學也方勉勉如未至。年未耄老，而退然方求爲千載之計，不亦善乎？書院之建既不隸於有司，無勢以撓之。歲時假給從己出，無利以汩之，又必擇良師友而爲之教，則無厖茸冗穢之患矣。故教者用其明，學者保其聰。教者循循焉而不知其所化，學者充充焉而不知其所得。嗚呼！使天下之學他日不取法於此耶？書院在居第之東偏，中樹高堂，爲群書之府。翼以東、西序，爲師友講習之地。吭以重門，爲内外之别。中庭蔭以松柏，冬夏青青。自延祐元年之冬至二年之秋，其經始、落成之歲月也。屋凡若干楹。君名節亨，字安卿。東庵，亦其自號云。

溥濟廟記

延祐三年，詔封臨江路中聖洲洞庭行祠故焚修道師謝宗壽爲端惠靈濟真人，賜號曰溥濟之廟，從有司之請也。大川三百、支川三千，馮依爲變化禍福者，往往而有。考論其最，莫江湖若也。南方之湖，洞庭爲大；洞庭之神，君山爲大。則湘君、湘夫人之神，今余不得而知之矣。彭蠡之逼而有洞庭之祠者，川行之人無所不畏敬，則無所不崇事也[18]。且神既神矣，况又有異人者出，而以其所修習者震耀出没其間，人之視之如在其上、其左右，由是楊、謝之功用日著，而洞庭行祠曼衍四布矣。楊著於白沙江口，今爲九江。孚惠真人謝，楊之弟子也。著於昌邑山，則中聖之自也。予弱冠行乎四方，今老矣，泝船風波之上亦屢矣。嘗以爲福善禍淫，天之道也；行險而不失其正，人之道也。予雖守聖人之訓，聽造化之權，則聰明正直之謂神者，亦豈矯造化者足以爲之哉？然則彼之所修習者，予雖不能知。若其功用之所被，雖余亦有時而利賴之矣。况欲暘而暘，欲雨而雨，禦災捍患有出於風波之外者乎？是宜錫之贊書，躋之典祀，而恒爲民福也。雖然，川澤之氣，孰非能神。今以謝君之靈，又濟以有司之請，非遇聖天子勤恤民隱之至，抑烏能延恩致命，若是之侈哉？嗚呼！山川鬼神，其毋忘諸。

宜遠樓記

天之蒼蒼，其正色耶？其視下也，亦若是而已。惟山亦然。予得請南歸，宗人琦來送，因與閒語。琦曰："吾父以野處自名，早踈世事。近者，架樓於屋西，字以宜遠。"予曰："《記》有之：'君子居高明，遠眺望。'自非冲襟逸韻，中無柴棘，亦孰知高明、眺望之爲快哉？予不知君家公言論風旨何若？然即其處樓者遠，則自處於寬閑壙埌之野可知。惜予不得相与登臨，暢詠其間也。且宜遠者，非謂山乎？予寓於盱之上，南踰百里有筆峰焉[19]，不知其幾千仞。然自豫章南望，翠筆穎然於天末。其去之也，猶將四百里也。然上其鄰峰，則見諸峰並列，尊卑巧拙不能相過也，或返下視之者，及去之益遠則望之愈高，攬之益秀，而向之並列者皆風斯下矣。然則山之爲物，信乎遠而後宜邪[20]？"琦曰："公之言可因爲斯樓記？"予曰："可。"

【校勘記】

〔1〕識，底本誤作"謝"，據文淵閣本改。

〔2〕楙，文淵閣本作"柳"。

〔3〕目，文淵閣本作"曰"。

〔4〕有，文淵閣本無此字。

〔5〕颜，底本誤作"者"，據文淵閣本改。

〔6〕罷，文淵閣本作"驚"。

〔7〕底本"太守"前有"欺"字，據文淵閣本删。

〔8〕泊，底本誤作"洎"，據文淵閣本改。

〔9〕信而用之，底本誤作"用而信之"，據文淵閣本改。

〔10〕厦，文淵閣本作"夏"。

〔11〕葬，文淵閣本作“從”。

〔12〕大中，文淵閣本作“榮禄”。

〔13〕侑，文淵閣本作“侍”。

〔14〕祠，文淵閣本作“祀”。

〔15〕學，文淵閣本作“書”。

〔16〕若，文淵閣本作“古”。

〔17〕可，文淵閣本作“而”。

〔18〕崇，底本原作“宗”，今從文淵閣本。

〔19〕筆，底本誤作“軍”，據文淵閣本改。

〔20〕乎，文淵閣本作“外”。

卷十四

序　　引

王寅夫詩序

詩所以觀民風。凡五方、九州、十二野，如《禹貢》、《職方》、司馬遷《貨殖》、班固《地理》之所載，其風不一也，而一於詩見之。古者至於是邦也，必觀其詩。觀其詩，則是邦之土物、習俗可知已，故曰“詩可以觀”。當時所謂詩，蓋民間所作也。陳靈以後無《風》，則民間不復詩矣。民不復詩，而欲知四方之風者，其何觀？《風》再變而爲《騷》。《騷》固楚大夫之作而非民間詩也，然《九歌》可以觀楚俗之鬼，《天問》可以觀楚祀之淫。芳草嘉植、楚產之名於《山海經》《草木疏》者，觀之《騷》，十而七八也。則夫民間不復有詩之後，士大夫之詩雖欲不作，可乎哉？繼《風》《騷》而詩者，莫昌於子美《秦蜀》《紀行》等篇。山川風景，一一如畫，逮今猶可想見。他詩所詠亦無非一時事物之實，謂之詩史，信然。後之才氣、筆力可以追蹤子美，馳騁躪藉而不困憊，在宋惟子瞻一人。其平生游覽經行及海南諸詩，使讀之者真能知當時土風之爲何如。詩之可以觀，未有過於二公者也。今禮部王君寅夫酷嗜坡詩，噫！甚似而幾矣。去年冬，被命，繇京師渡江而南，履越之絶徼，走數千里，足之所經、目之所見，滂沛衍溢，而爲詩不能自禁也。天時地氣、民俗物宜，靡不曲盡，未數月而成帙。好事者將以刻之梓，閩人邵光大以予嘗與寅夫相倡和也，請爲之序引。予方觀風於閩，閩之土物習俗，惟懼夫知之有未悉得。寅夫詩則雖未適閩，亦可知其槩也。喜而爲之書。抑古者，“六詩”“九夏”，“豳雅”“豳頌”，凡詩皆掌於禮官之屬，民間詩無復可采也久矣。寅夫歸，以其所自作藏諸禮官之府，他日陳而觀之，其亦可以補閩風之闕。至元甲午立夏，廣平程某序。

上賜帖木兒參政海青詩序

聖天子嗣位之二年，詔以丞相東平公之子萬户公參福建等處行中書省政事，賜海東青二，勸忠也；七閩爲東平公賜履之地，錫命象賢，纘戎南服，報功也。欽惟世祖皇帝英明神武，混一六合，時則有若先正左右宅師。帝嘉乃績，開省江淮，賜海東青四，翰苑諸公播之歌頌，亦越參政公追配於前人，光以今所賜，合而圖之，侈上恩，昭世美，曠代之榮也。在昔諸侯宣力王室，彤弓盧矢，錫盾琱戈，以旌寵賚，未有以精剛鷙搏之禽比德而况功者。少皞氏以爽鳩名官，方斯劣焉。惟世祖皇帝嘉惠勳臣，惟大德天子祇遹先志，亦惟東平公一家父子之懿寔稱是賜[1]。天地貞觀，明良相逢，猗歟盛哉！小臣程某謹拜手稽首而作詩曰：

煌煌先正殿南邦，有子重來憩舊棠。鐵券丹書藏漢府，介圭赤舃啓韓疆。鷙禽軒翥歸圖畫，好爵騈蕃拜寵光。卻笑磻溪慳遇合，皤黄項槁始鷹揚。

楊彦寬御史心遠堂詩序

僕遭際天朝，得以末技出入清邃，去家數千里而遠。客京師，築室於北城之北，又遠焉，因名其齋曰“遠”。及來閩，望遠齋則遠益甚。監察御史黎丘楊君彦寬將旨詳讞，弭節之暇，名其所居之堂曰“心遠”，俾書扁，且徵鄙語。請問其義，君曰：“吾驅馳王事，燕雲之北、嶺海之南、閩粤之陬皆至焉，非遠乎？他日歸，偃息堂上，感念平生游歷，一一在目，將爲書識之，名曰“四遠志”，庶幾太史公《自敍》之意云爾。抑此其迹也。若夫周行而心閭閻，一室而心萬里，今人與居而神游千載之上，是則吾之所謂遠者。然而閭閻萬里，念之即到；聖賢千載，想之斯存。則又見其爲近，何也？”余矍然曰：“子不云乎：‘未之思也，夫何遠之有？’君言近旨遠，犂然有當於余心者。”遂叙其事，繫之以詩，諗於三山校官潘景大，與諸生共賦之：

端居對爐熏，宇宙腔子裏。皇皇求仁義，直面隔千里。名堂意云何？展轉生議擬。飛鴻碧天外，我夢方隱几。平生所周游，北戒達南紀。山川渺無際，歷歷在馬箠。作書志四遠，壁上挂雙履。客來勿與言，請自喻其旨。感君語超詣，我意亦復爾。班荆談未了，王事趍行李。坡陀路漫漫，霜霰寒靡靡。念君何當從，推枕夕九起。相期在千載，室遠人伊邇。

送黄濟川序

數十年來，士大夫以標致自高，以文雅相尚，無意乎事功之實。文儒輕介冑，高科厭州縣，清流耻錢穀，滔滔晋清談之風，頹靡壞爛，至於宋之季極矣。窮則變，敝則新，固然之理也。國朝合衆智群力，壹宇内，自筦庫達於宰輔，莫不以實才能立實事功，而清談無所用乎時[2]。若吾盱江黄君濟川以殷之士而用於周，其通才修能，有今之實，無昔之虚，所謂應時而特起者也。始爲盱江書院長，當路者奇之，俾攝郡文學。設施注措，異於腐儒，識者固知君之才非可以閒官散職拘也。未幾，剡上尹武岡新寧縣。新寧俗雜猺獠，寛縱羈縻猶不易治，況徵令之嚴乎？弛者不能以奉上，刻者不能以安下，往往而敗也。君至官之日，進其民，與之約：上命苟如是，必如是應；它一豪不汝動。民感其誠，唯唯而退。後竟如約，官民兩不相背，質事無不辦集。民無不歡悦者，視君如慈父母。信惠既於下而孚，公勤亦於上而著。觀風者入境，讚誦洋溢，願借留者雜沓至，遏之莫可。於是，聲實旁流，譽者交口，薦者交章。省臺以君政績爲邑課最，秩滿，咸謂君且踐華要。赴部，乃取龍興征官以歸。《六典》之經邦國，《大學》之平天下，於理財一事甚諄悉也。而士大夫顧不屑爲，直度其不能而不敢耳，詭曰清流，以掩其不才之羞。此清談之所以誤晋，尚忍言之哉！近制，錢穀官与司民社者一槩選而加優焉，勸人以事功之實如此也，而爲之者猶或不得已。其能洗濯自奮，概慷自試如君者幾何！夫宰千室之邑与百乘之家，一以治民，一以理財，聖門盖難其人。新寧之民非止千室之庶也，會府之財非止百乘之富也。君前於治民而可，則今於理財，吾知其可也。而君之才豈但於治民理財爲可哉？試於其小，固將試於其大。君行矣！吾又當有以贈君。

虛口談仁義，通儒固所羞。是間惟爾可，券外豈予求。出淤紅蓮淨，經寒翠竹修。勗哉須遠業，古有濟川舟。

盧踈齋江東稿引

踈翁意尚清拔，深造絶詣，犖犖不覊，故其匠旨輯辭，往往隔千載与古人相見。向者遣教余以其詩文一編，曰《江東稿》，挹其風味，如在踈齋時也。余擕以自隨，汎舟江漢，相与卧起。噫！孰使余欣然於風波之上者，非此稿也耶？詩不古久矣，自非情其情而味其味，則東籬南山，衆家物色，森戟凝香，尋常富貴，於陶、韋乎何取？踈翁於此殊不踈，今又弭節騷國，抑尚有起予者乎？稿還，因以訊之。

歲寒亭詩序

大德四年秋，余之官沙羡，既至，得老屋數楹於黄鵠山下以居。居數日，旁出而後望，則莽焉坡陁，糞壤榴翳之聚，雙栢出其中，如弟昆，如古丈夫，冠服並立，若有所待。余意升高可以見遠，而未暇也。

風霜益清，使事益有緒，退食之餘，試命僮奴剗拔蕪穢〔3〕，求一徑以上，則江湖湛然，雲烟在下，凡西南可覽者無不獻狀。自是，亭与心目謀矣。然既月而址始平，又月而茅竹僅集，烏喃鵲構未就，而天大雪。起視，則卉木無小大，方僵立受雪。獨雙栢意韻沈雄，蒼顔點白，相對增媚嫵。亭既成，栢亦諤諤有喜氣。余戲語坐客曰："黄鶴歸於此乎？欵當名欵鶴。"客延目久之，曰："無鶴，有栢耳。之二栢者待公已久，亭又成於雪中。《語》不云乎：'歲寒，然後知松栢之後凋。'歲寒何如？"余喟然曰："善。雖然，無此君，無以相之。"遂益種以竹，而題其顔曰歲寒。噫！雨露亦勤矣。其閲歷之久近，余不得而知之；有所待与否〔4〕，余亦不得而知之。獨念其蔚乎相扶於朝菌之墟，貫四時而不改。又幸斧斤之屢逃，得至於長以老，乃一邂逅於余〔5〕，是亦可念已。余既念之深，又念吾亭草創不數弓，材工弗良，覆又不以瓦，其能与爾相壽於無窮耶？噫！亭栢不可相無也。繕完封殖，後日，誰非歲寒亭長乎？是又不得而知之。系之以詩曰：

會心不在遠，數步江漢明。開荒豈不勞，我僕汗且赬。把酒酬天風，雙柏適有聲。峥嶸首陽姿，愧此盡瘁情。念爾亦苦心，紅紫聊合并。時拼一日費，買植數寸萌。芳菲信可翫，摇落亦足驚。不如翳把茅，隱几觀平生。徘徊能幾何？王事固有程。尚堅歲寒意，永与雙眼青。他時兩蒼龍，相見白玉京。吾詩亦贅耳，此君在前榮。

十二月十八日，廣平程某書。是日也，乃立春，積雪滿庭。

揭曼碩詩引

臨川以二謝故爲詩鄉。往或爲余言：東溪甘君者善鳴，豐城壤与撫接，多師甘君。予識其言久，今年坐暑黄鵠山，有示予詩一編，曰："豐城揭曼碩作也。"予聞爲豐城人，因憶前語，爲停篁。讀數解，清風與俱，喜曰："人言盖不妄。"夫一技一能雖甚鄙且賤，亦皆有所本，亦必疲精力涉歲月乃能精，而况古者列六經之文乎？未可以一技一能小之。然或專志於是而忘其身，或務以驕人至喪心自敗，則又一技一能之不若。揭君其慎之哉！非予喜，弗及此言。其戒之哉！或曰："揭，故廣昌徒也。"予又喜。

送陸如山歸青田創先祠序

青田陸氏，異時名聞江南，義居五世，而象山文安公出焉，名遂聞天下，家益蕃熾，幾五百房。又五世，而燬於鄰寇，火三日不滅。凡異時遥瞻仰指，敬嘆不容口者，一旦如雲收氣散，莫可追摹，獨石刻道義里與表堠故在。至元二十三年，予將旨東南，因喻有司以先賢之里宜加崇祀，然具文書而已。於是，子孫或徙或亡，其猶環居故址者，飢寒顛沛，不能皆賢，象山之基幾易姓矣。不謂飢寒顛沛之中，有如山父子者，猶能自奮於義，不肯委之無可奈何，且謀建祠堂以杜豪奪之想，建孔廟以嗣絃誦之音，力甚弱而事甚難，抑其志可尚已。重趼來鄂，求書其顔，於是進而告之曰："議論多而事功少，儒者之通患也。予蓋以南陽之屋知之。夫南陽子所見也，豈悠悠且且調筆墨所能成哉？今子以匹夫而欲謀百堵之室，片楮而欲集不貲之財，余深懼其議論多而事功少也。雖然，義，路也，惟君子能由是路。使子能修禮以親之，陳義以告之，皇皇然，恤恤然，其將無惻然而概然者乎？使又能勤篤如布福之長者，堅忍如發願之沙門，弗爲則已，弗成弗止。文安有靈，亦必曰：'予有後，弗棄基。'夫如是，斯謂之爲人子孫也已，謂之大賢之後也已。然則議論多而事功少，未可謂通患也。他日東歸，當酌酒新祠，且謝予言之過。"

雙峰先生文集序

書者，修齊治平之方也。聖作明述，昭昭具存，猶之於醫，定標本，察虚實，按而用之，無難焉；而猶云方多效少者，非方之罪也。理學至伊洛而大明，逮考亭而益精。學者家庋其書，歸而求之有餘矣。而拘者東章句，虛者掠聲稱，專門户以爲高，游辭説以爲達，若存亡愚智交病。雙峰饒先生最晚出，徒得從其高第弟子游〔6〕，乃獨泳澤窮源，抉根披枝，共泒而分流，異出而同歸，廓然煥然於此也。僕不肖，少獲事徽庵程先生，知雙峰之學爲詳。盖二先生之志同，其造詣亦同。今觀雙峰之於言，抑何其富也！大道之不明，非書之不多。若雙峰之書，政患其未多耳。其子轍抱以示予，凡若干卷，且求言以發。夫雙峰之書，顧待予而發哉？獨念前輩典刑漸落，後生聞見之外，誦詩讀書而不知其人，可乎？因爲序其梗槩。盖雙峰慕學甚早，力棄場屋，尋师取友，刻意斯文，故卒成一家之學如此。嗟夫！士誠不可不尚志也。後生可畏，詎不信然！好德之士有能刊而布之四方，則後之學者雖不幸而不遇親發藥焉，而得是書讀之，其亦庶乎不終病也已。

南陽智夫人劉氏貞節詩序

予既爲南陽智君仲謙書其旌表十二字，曰“貞節坊”，曰“節婦智夫人劉氏之家”，清苑郭君安道又爲求予言。夫人者，仲謙之母也，少而嫠居。仲謙甫髫齔，夫人杜門教以詩書。長而宦學有聞，家日以盛。今仲謙年踰强仕，而夫人壽康，安輿就禄，忻忻融融，無遠弗届。仲謙之孝四十年如一日，而夫人之愛猶髫齔時也。當路諸公敬而慕之，爲請於朝，乃命旌表其門。於是，中書報外省，下屬城，俾從事如律。夫夫夫婦婦，人道之常，故曰彝倫，又曰天倫，是以古之王者建國君民，教學爲先，誠以人得於天，而爲人者在是也。載籍備矣，《易》象論《家人》，獨首曰“利女貞”。爻義取於“正家”，有“嘻嘻失節”之戒。盖謂梱内者，一家興衰所係，而必修身以爲之本焉耳。故世有寧蹈水火而不肯踐二姓之庭者，其心豈異於人哉？夫人之夫蚤世，予不得而知之。然因夫人之節，疑其平生修身以道，相敬如賓，所以刑於家者有素，故没雖不盡其年，而存者政未艾也，則夫夫人之德固有所本而然歟？雖然，彼背義失身者，豈必待其人之身後哉？今也不以一死一生異其心，乃出於血氣未定之女子，可不謂貞乎？貞，正也。正位乎内之常道也，豈無他人而傳之與？否，是又在子之何如？嗟夫！使不幸而短折者得配如夫人，何必托孤於其友！幸而有子如仲謙，則立身揚名以顯父母生者怡愉於高堂，逝者亦無憾於九京矣。予盖爲之三嘆，因又爲詩一章以遺仲謙，請歌以爲太夫人壽：

三從義甚明，千載事殊少。南陽智夫人，此志獨能了。當其秉節初，遺孤一何藐。緬思身世事，前路極繚繞。煢煢高復下，竟得出深窈。清風梧竹間，鸞鵠正輕矯。扶迎上潘輿，日月光皎皎。斑衣北堂春，金章公府曉。皇心在美化，有命建華表。恩重子孫榮，門高嵩華小。獨慚吾筆弱，嫋嫋如風篠。升堂仍未卜，佳氣瞻縹緲。請壽太夫人，新詩當清醥。

送向省吾序

古郢向丈省之者，余季父内翰西渠公乙卯同貢進士也。襄陽歸國朝，君攝其郡文學掾，裒拾俎豆，整比書詩，三招諸生而三沐熏之，以事夫子於垝垣眢井之間[7]。居十七年，而殘者完，無者有，廢者舉。峴觳之下，若緇帷之林然。由是，諸公貴人閔其勤，敬其志，交口薦之。得新喻州博士，道經沙羡，不鄙左顧。噫！君故儒冠乎？僕毁齒時，識君名氏於牓帖。既壯，識君譽處於西南士大夫，而季父捐館舍二十有一年矣。及來荆部，訪問乙卯同升諸君，落落一二，意謂如君者進之則已結駟横金，既貴且富；退之亦不失乘下澤，稱循良，而今故儒冠乎？夫君不難於襄，顧難於新喻乎？今人幼而學之，壯而弗得行，則太息其誤耳，甚則裂而棄之耳，孰有能如君者乎？曾子以傳不習，日省其身。如君者，可謂能傳而能習之矣。使人人如君，固夫子所望於天下後世者。然則其忠於爲人，信於交友，盖不占有乎也。故因君之字，而敬易君之號曰省吾，且爲詩一章，以代縞帶。鄉先輩楚山王君率同文諸公詠歌，以壯其行，俾予爲序。夫新喻，文獻之鄉也，倫魁所寄。先生歸然爲今壽俊，其爲問訊焉。

嫋嫋風生楚户砧，幾年相望愧相尋。君家大耐留真譜，吾道多艱見盛心。定有諸生碑峴首，政須名士樹薌林。耆英幸甚倫魁在，鄉校胡寧金玉音。

送范晋教授江陵序

至元丁亥，余以侍御史奉詔求賢，馳驛至杭。衆言范君晞文之賢，余因薦於朝。時范君諸子偕父旦暮來游[8]，麟角鳳毛，雝雝詵詵，皆不失家法。余既入奏，范君由是連佐憲府。自爾契闊，不四三年而聞范君没，雝雝詵詵者未知何如也。大德壬寅孟夏之月，余方坐雨黄鵠山下，乃有二士踏門[9]。俾僮奴問焉，曰："杭范也。"延之而望之，長身顒昂，接武以進。予驚曰："藥莊固在乎？"曰："其仲子也。""年若何？""四十一矣。""斯爲誰？""仲子之子也，二十二矣。"嘻！予至杭時，范君未老，仲子弱冠，其孫甫勝衣。别半世，而未老者不復可見，可見者駸駸中歲，幼者亦挺然成人，余之齒髮盖可知已。人生真能幾何，窮達短長皆聽命於造物，而造物又不足恃，其可恃者政在我。而或者又捨而不爲，則雖生世千百載，亦復何有？今范君有子若孫如此，亦足覘其平生矣。盖范君起家儒業，博謇好修，好交四方名士，又能束諸子以詩禮，故身雖没而猶存。諸子皆爲郡博士，而見余於武昌者，江陵教授晋也。晋字誠之，綽有父風，故余初見而驚，以爲藥莊不死。夫死不死，不必計也，苟生者不能生其生，則死者誠死矣。荆州古稱多士，麗澤之利也[10]。慎擇而淡交，博聞而約取，尚友千載，問津聖賢，異時余再見之，豈止曰藥莊猶在哉？

送憲僉郭安道還部江西序

沙羨當江漢之匯，四顧平皋曼衍，積水空曠。山則借於江北，曰大別。招於湖外，曰八分。皆草木荒寒，來無因而去無繼。黄鵠雖朝夕近眼，然亦伯仲也。突兀穹隆，岌爲郡脊。城郭官府蟻附之，憲府獨坐其脅。予與清苑郭君安道間嘗相語，以爲山者，仁人之所樂，而或者以爲人物風俗之基也。今沙羨之山若此，君歲時將指以出，若鼎辰、沅澧、沔岳之山亦異於此乎？未幾，安道以奉使稱職，還部江西。夫江西固山水之聚。予，郢人也，適彼土雖有年，而官牒驅馳，席未煖輒去，登臨游觀之事甚鮮，然聞談山水清麗秀偉者咸曰西江。今安道乘軺褰帷，轍環所部，所謂清麗秀偉者當悉獻狀。予固欲因安道而覘人言之信否也。且彼自南州高士而下至於歐、曾、王、黄，書聲至今不絶，果清麗秀偉者基之乎？登臨游觀雖非使者事，亦惟山顛水涯，杖屨幽隱，乃得近民而悉其疾苦。江西往往皆山，安道不憚遐且險，而幸一至焉，庸非父老之所願望？羅列所見，參伍所聞，其亦有以教我哉？抑又聞之，山若增而高，水若闢而廣，信斯言也。是山川政有待於人。今顧以人物風俗責之，可乎？安道於此既已大稱厥職矣，以之於彼[11]，直易易焉耳。予固未暇爲山川賀，且將爲人物風俗賀也。麻源第三谷有書室焉，予又寄聲爲山靈賀。

送虞德常序

一畝之宫，必嚴祀典；一卷之書，必崇師道。夫子之道，可謂達矣。然道不能以自達，而達之在人。今國家郡邑凡幾千百所，逢掖凡幾千萬人。一旦拔而立於一州群士之上，匡坐而臨之，北面而事之，是可謂身之達，而未可謂道之達也。古者政教不分，今則各有攸職。言政者或不及教，言教者未始一日可無政也。政者，正也。身非一學之正乎？德常家有相譜，義方之訓素明，不患無以教，亦不患無以爲學之政。惟毋以易心處之，斯可矣。且吾聞龍陽昔有木奴頭千，其人爭相傳，以治生爲俗。以治生爲俗，則既庶且富，教之有其基矣，在吾所以達其道者何如耳。今學校之弊滋甚，予常言之，子常聞之，尚其懋戒之哉！

送朱芾序

書吏有朱芾者，從余湖右三年矣。承臺命，將舉而進之。察院袖巨軸，願序其顛，將以謁諸公贈行之詩。余謂："有詩而後有序。序先詩，非古也。子其求詩序，無難者。"乃再拜曰："芾之事公也，非若世之吏於官也，以其嘗從事於章甫逢掖之後也，辱教而誨之。今兹有行，蘄一言以終身，非以爲夸也。"余曰："嘻！子，吏也。誠有意於儒者之事歟？余何愛一言。"昔在西都，厭馬上而刀筆，刀筆厭而儒生。盡罷百家之言，獨与儒者共治，卒之多文少質，爲天下笑。不得已，求篤行孝謹如萬石君者，得其二子焉，尊顯之以風中外，雖齊魯質行諸儒亦自以爲不及也，而儒者自是絀矣。夫孝謹，天下之善行，儒者之常事，而未足以盡儒者也。儒者不及而他人及之，儒者有餘責矣。然而西都所用而可笑者，果儒者乎？嗟夫！世之非儒也舊矣，吏之不儒也久矣。吏不儒，吾無責於吏也；儒而吏，吏幸也。苟禄俸，累月日，隨群而入，逐隊而趨，儒乎儒乎，如斯而已乎？夫儒者之功用未易以一言盡，顧子方抱文書，事朱墨，子而能盡儒者乎？抑子既號爲儒矣，踰職分，行胸臆，作威福。常吏之所可虞者，吾不虞子矣。其佐而長，其共而職。至一所，遇一事，則必參以平日之所以學者，謀及乃心，曰：此公也，此私也。此理也，此法也。某利某害，某可某否。止者必止，行者必行。長未知則告之，告而未信則宛曲而道之，期於合吾之所以學者而後已。則雖未有以究夫大用之儒，其不有以稍別於尋常之吏哉？予將觀子矣，其毋爲篤行孝謹者所勝則幸甚。予，素餐之尤者也。念無以進子者，因子之求其言也，書此以贈。

送續好古赴監察御史序

大德六年冬，中除湖廣行省都事續君爲監察御史。聞之者咸曰："真御史也！"古有所謂真御史矣，或批逆鱗，或鋤大奸。衆不敢爲而獨爲之，故莫不犁然心服，而謂之曰真御史。今朝廷之命續君也，人初聞之，而君亦始受之。咸言然者何？廣平程某曰："然，是可以爲御史矣。"抑豈獨御史哉？世有德不足以居，才不足以行，而徒位民上，是皆非所宜得，與私取而陰據之者無異也。故臧文仲爲魯大夫，夫子猶謂之竊位。人心雖如其面，而是非則公。識與不識，如出一人焉，有非内交要譽而得之者。吾聞續君掾於臺，無異言；掾於省，無貶論；篋於宰屬，聽聽焉。盖其明足以照而不炫，清足以肅而不激。《記》有之："博聞强識而讓，敦善行而不怠。"續君其庶幾乎？凡百執事舉能其官，而况乎御史。御史於事當無所不通，故於事亦無所不言。言者，御史所得專也；行其言，非御史所得專也。噫！其不必行而不言，豈稱位者哉？續君字好古，吾知其自期於古之真御史矣，將鳴朝陽。予亦喜而不寐，於其行，書以識别。

送憲幕仇信卿赴臺掾序

孔子曰："仕而優則學。"予觀仇君信卿，其優而能學者歟？信卿出入風憲垂二十年，予承乏南臺時，已有誦其材者。厥既此來幕，得賢佐精神，意慮之所至，無不悃悃盡心焉。退食相從，則必以攻過爲請。予初不見信卿之過，而信卿必欲自知其過。夫喜聞過，仲由也；幸人之知己過，夫子也。然則信卿可不謂之優而能學者哉？臺聞其賢，選任爲掾，行有日，適予痁作而伏，即卧内求予規儆尤力。夫昏昏而使人昭昭，孟氏所笑。信卿志則美矣，而獨求予規則誤矣。昔者，衛武公九十入相，猶切切求人之箴己。故詩人歌之曰："如圭如璧，如金如錫。"圭璧之與金錫非不善也，亦必磨礲鎔範而後其器亦成，故又頌之曰：“如切如磋，如琢如磨。瑟兮僩兮，赫兮晅兮。”今信卿年方强仕，小心篤志，其造於衛武公之地不難。世之仕者計歲月以爭品級，早夜屈其指，朵其頤，薰然於其心，又何暇省己分内事？而信卿勤於公，篤於學如此，弗可及已。惜乎予方病，而無以答其善意也。且方資信卿以攻予失而居吾上者，顧奪之以去，又惜乎無以止其此行也。然則其可終無一言以贈之乎？曰：甘受和，白受采，君子以虚受人。

大德重刊元豐類稿序

南豐先生之故里，本邑也。異時，邑於旴，民猶以汲汲告進而郡焉。汲汲可知已，故長於斯者，循簿書期會之文而無害已謂之能，已足以獲乎下。今郡猶故也，簿書期會未之有改也，而能刊先生之文於校官，此其於民必有裕之者矣。不然，夫子適衛之言，獨非爲政之大方乎？先生之文，天下之文也，而其鄉校顧無之[12]。非無也，有於斗齋黄令君，而無於燬。今復有矣，欲余序其顛。夫文之有無不繫於板，板之有無不繫於序，而惟民之有無寔繫於守令。故予於文，不待贊而贊，爲州者之能裕民焉。爲州者誰乎？東平丁君德謙也。昔先生爲齊州。齊，劇郡也，頑悍凶盗之訟無虚日。至未幾，而郡中肅然。然則觀先生之文，當觀先生之實。此又讀《元豐類稿》所當知者。大德八年歲在甲辰夏五，廣平程某序。

段郁文詩序

始，余承乏臺端，郁文爲掾，朝夕從事於簿書，相識而未相知者蓋久。迨歸江右，聞憲府照磨段君名聲籍甚，既見，則吾郁文也。於是，始知其政。抵舍與舊友吴幼清夜語，因及當途學士大夫。幼清語余曰：“方今段郁文，其人也。”幼清，介士，少許可，言蓋不妄。余於是又知其學。恨余方里居，而郁文有公事，不得接膝劇譚，又恨余知之不蚤也。洎客武昌，聞湘部從事段君日與其長屬諤諤相可否，聲流東南，問之，又吾郁文也。噫！人有一異，已穎然自出於群，何郁文之多耶？今予謁告來西，郁文已謝病棄去，乃携詩二帙過我。高者不讓古人，下亦不與無病而學呻吟者同調。盖寫心之辭正而真，即物之作幽而絢也。余讀之數過，太息曰："余識郁文年數不爲不多，對面不爲不數，至於今而後，又知其工於詩。人果未易知乎？抑知人固未易也？"爲之悵然移晷，則又嘆曰："郁文非求人知者，固不以予爲過。然有文學、政事如郁文，而不爲人所知者，世豈少哉？若郁文之文學、政事，而如予之屢知、深知者，又豈少哉？郁文，其行乎！朝之公卿，士之孫陽也。郁文，其行乎！然則予之知不知，誠不足計耳。"姑識予嘅。

送曹仲堅主閩縣簿序

仲堅自建安郡博士調閩縣墨曹，將之官，予酌酒與别，相與言曰："政、教，一事也。以教爲政，上不怒而下不殘。不知道者返此，决裂疲曳，不能相勝，而上下之情睽，猶以加損於鞭撲爲仁，求詳於情僞爲智。嗟夫！循吏之風不其遠，而則陽名家軌轍，殫見洽聞，欲求吏治之宜，求之家譜足矣。然仲堅以文學掾而選爲邑官，是責之以教，爲政甚審。行矣，勉之！"仲堅曰："唯唯。然吾之身一而已，職又最下且繁。彼居吾上者若是衆也，又若是尊也。吾懼吾志之不得遂也。"予曰："不然。今下之事上也，謹而若不敢惰，勞而若不敢怨，仰瞻俯聽，遥立側趨，惟戒令期會之是從，猶懼或失之，若此者滔滔也。然語之政體而不能知，問之便宜而不能對者，亦滔滔也。是故上之人或以奴隸蓄之，狗馬使之，而猶且伸於衆人之上，以遂其志。今仲堅昂然雞群，一舉足之間，固有驚顧而改視者，初不必爲前之滔滔，又豈不先於後之滔滔者，而遂其志乎？"仲堅笑而不言。其不言也，謙而不敢居耶？抑未能信吾言也？因書於方，以爲異日一笑之具。

送王謙道遠游序

王謙道弱冠游四方，行不輟足，今老矣，而志不衰。一日，告予曰："曩者，足目所及，海之北、江淮之南而止耳。幸甚，遭時盛明，車書萬里，而身猶局局然守一隅，殆將抱恨没齒。明年，將問津度淮，由徐、兖，歷青、齊，放覽趙、魏之郊，闖首神皋[13]，一觀上國之光。天不厄我，又將出居庸，望遼東，西緣古塞，涉安西、北庭，東入陽關，下隴坂，訪秦漢之故迹。或首商於，或徑斜谷。首商於則沿漢沔，徑斜谷則下荆門。歸而把酒，骨肉族談，亦足以樂。此我之志也。而行無可聚之粮，居無可託之友，其將如何？我志殆已矣乎不可也，其將奈何？"予曰："以君才器充朗，且挾奇能，又將之以無心不忌，故所至若歸者四十年有餘矣。夫在物者雖無窮而終定也，在君者無虧而益進也，以益進而待終定，則無窮者乃在我，而何志之不可遂哉？且所欲遂者，觀覽之志耳，非有世好之競而齗齗之爭也。其相宅既工，其詩文又組織華妙，言論土苴[14]，亦足以悦可衆耳，不棘其喉，殆見所至，必有傾蓋留連，執袂繾綣，使不得以乍來而徑過。其未得亟遂所志者，或以此耳，它何庸慮？雖然，人固未知謙道之志也。君其升車，吾當推轂。"

送王敬甫都事歸省詩序

覩春暉而興吟，望孤雲而延想。人子之於其親也，聽於無聲，視於無形，曷嘗一日而忘之哉？王君敬甫，杞人也，而仕於燕。身雖燕，而夢無夕不杞也。蓋其父母家居，年皆七十，鶴髮相對，諒其心之於子，亦猶子之念父母也。然敬甫方以材敏闓通[15]，上下之所倚愛，雖欲一日其身於親側而無由[16]。然人之父母之愛其子也，將使之晨昏膝下，雍雍怡怡，爲鄉曲之人乎？抑將使之行其志，昌其身，以安其親與其家，以及天下後世乎？爲人父母者，其必知所擇矣。然則敬甫身雖燕而實杞也，庸何傷？大德十年清明，謁告歸杞，且省其親。春日遲遲，花柳迎路，樂矣哉，敬甫之心歟？上堂起居，内外交賀，樂矣哉，敬甫二親之心歟？世無善畫，孰能寫其形容？學士承旨静軒先生率同僚賦詩以餞之，而俾廣平程某序之。

解安卿父八十賀章後序

有養而貧，弗得弗仕，古之人恒言之，今之人亦恒言之。故令甲曰八十者，一子若孫侍，所以通人情，隆天經也。然嘗遡沿而觀之，身貴而親存十一，存而安榮十一，而父在者堇堇也。於是，彭涓之學旁聒曰：“尚弗信吾道耶？”噫！試數之，誠然矣。今渤海解君安卿都膴仕，而親年若鈞璜之叟，是可賀已。持吾中庵翁之序以歸，升堂再拜，乃稱彼兕觥。出諸袖中而讀之，又奚必春容要眇之金石也耶？既而爲吾前曰：“有廣平程某之説若此。”其然歟？倘以爲然，當寫之宫商〔17〕，歲歲爲老先生壽。

送楊彦寬謝事東歸序

黎丘楊彦寬，健吏也。父任入官，以巡檢獲盗，遷尉平原。又獲賊四十餘伍，凡百五十餘人，遷禹城主簿。政聲流聞，辟大都警巡判官。公廉自立，不苟不回。有執僞券奴良民者，有司信之，閲六七年不决。彦寬至而辨其僞，言於政事堂，遂得釋。上下翕然譽之，薦爲威州判官。會有旨，建行御史臺於雲南，選爲御史。益展其能，得隱盗金穀以萬計，匿户五百有奇，梁王旌以錦衣，遷江南行臺。某將指閩中〔18〕，彦寬來慮囚，相從甚樂。既别，常思之，繼聞以廉訪僉事行蜀部，表表愈偉，深稱厥官，安西王復有金衣之錫。今年，會於京師，則曰：“吾老矣，得謝東歸矣。”盖彦寬讀書通古今，天姿明介方雅。可以仕則仕，非苟禄以自營。可以止則止，亦非爲名高以自異。進退綽乎有餘裕，彦寬有焉。公卿大夫之子孫孰不世禄〔19〕，有能若彦寬之能其官者乎？居則曰："不吾知也。"如或知爾，則何以哉？若彦寛者，誠可謂搢紳之羽儀、學仕者之矩矱也已矣。彦寛生平周行四方，馬足所至幾百千萬里。嘗紀所歷山川風土爲書，藏於所居之堂[20]，而榜曰"心遠"。今者，冥鴻高舉，於是，心與身俱遠矣。雖欲從之，末由也已，烏得無言以抒吾思乎？别酒既酣，因述所知彦寛者如此。至其所以持身抗志，與世周旋者，余也又何足以知之。驪駒在門，毋庸歸之。聲猶寂寂也，誰能永歌，倡予和汝。

送蕭從周序

進身，非士之急務也，然幼學壯行之道浸以無實。韋布憂飢寒，膏粱顧家世，自有不得不急者矣。於不得不急之中，而乃有不屑屑焉者，若則平氏之子是已。則平，廬陵蕭氏之望也。早以英妙卓越見知諸達尊，東平徐公子方知之尤者也。故則平出爲時用垂二十年，不幸無禄，英妙卓越又集於其子。大德十年冬，識於京師。守之以粹温，表之以端謹。余知則平氏有不亡者存。凡識則平者咸曰："幸哉！有子如此，是誠可幸也已。"未幾，别余而南。問之，則曰："觀禮樂，必之魯；觀天下，必升岱宗。觀止矣，僕之事畢矣。""仕乎？"曰："俟有知己。此非僕所得急也。"余爲之喟然曰：子方與余僚好甚深。子方所知者，予皆知之。以子方知則平，而則平名聞於時。今予非不知子，而子猶棲遲於逆旅。子雖不屑屑焉，余獨不愧子方乎？雖然，余聞匠石之入山林也，自柤杙以至於拱把[21]，未始留視焉。何則？俟之也。今子歸，其亦勉之乎！人且有俟子者矣。"

謝伯琰親年八十詩引

中書謝掾伯琰，介特士也。余嘗識之，聞其敏而勤，貧而有守。其曹甚劇，行不暇正履，坐不得安席，轇轕終日，而治之沛然。獨以親年八十，不獲就養爲念，每思貽親懽而無繇。余心嘉之。古之述孝子之事者曰："思貽父母令名，必果。"以今所聞伯琰，其貽令名者歟？豈惟父母，雖州閭鄉黨莫不與焉。然則欲貽親驩，孰有加於此者？且中書，天下之則也。人秉是心，從事其間，顧不式哉？余既嘉所聞，又覩此卷，因欲堅其志，以安其悦親之心，且爲凡仕者勉，用書其端。

送毛淵巨源知沔陽府序

方城以南，雲夢之藪也。川澤阻奥，地曠而人稀。更散迭聚，往往非有恒心之民智力稍異，已足稱雄其間，而漢南之俗，非復百年之舊矣。彼之杞梓之材、羽毛齒革之用，凡地之所有、國之所資者，若未始不逮於古，實則莫之能偕也，况所謂楚材晋用者乎？家本郢也，高、曾之墳墓在焉，故不能不致意於彼。盖嘗感嘆而思曰："毋乃山川之改，而風氣之異耶？抑化之未宣，作之不興，生而無以成之也？邂逅彼之良守令，其試以是問而告之。"今年秋，自帝所還燕，故人毛君相勞苦，則知既受左符爲竟陵，行有日矣。殊爲君喜。君又嘗官漢南，彼之民情、吏治甚習。今往而設張，盖必有甚愜者。余又爲彼之父老喜也。况方地千里，有民有社，非若向之有所從而弗得專；又况君之敦惠開敏，老於從政。然則彼之良守，非君其誰？余於是爲之累喜，且自喜將得所問焉。然君之去彼土也二十年有餘矣，山川風氣之不改以異[22]，余雖欲問之君，而君必未之或知也。然則君其行乎！化之宣否，他日，余將問之來自竟陵者。

送喬達之守東平序

剖尺寸之符，分方千里之地，多者屬城數十，少或半之。朱轓皂盖，四馬加騑，前雙旌引[23]，千騎所至，長吏鞠躬，將迎於數百步外，老幼扶携夾道，相与攀肩闖首[24]，如望神明，皆以一見顔貌爲慰。當

是時，軒車高大，使君�坐其中，張髯直視，意氣拂雲。賞則賞，刑則刑，未知古大國諸侯与我何先也〔25〕，則二千石亦貴重矣。然自非久直承明，及朝廷高選，与郡國，殊最當遷，不得爲也。至未半歲，或璽書勞問，奏課高者至入爲三公，故爲之者大抵高材美器，足以承流宣化，父母斯民。西京以降，益分益削。至於近代，名雖郡，古一小縣耳；官曰守，一令長耳。授受之間皆有易心，而上下交病矣。今則不然，名城大邦通名曰路，所統城邑毋慮數十，牧守之任恒擬朝廷達官，蓋与古制合。吾故人喬君達之，由翰林學士出守東平。達之文采風流，高材美器，亦不在古良二千石下。而東平詩書郡，多秀民。其文者，師友之；野者，父母之，又從而勞來安集之。方今治體，惟古之循。吾見達之入而在槐棘之間，不難矣，不得不爲達之喜，且爲東平得良二千石賀也。或曰："達之在朝廷久，視官如家，游公卿間如親戚，典章文物閑習優甚，所向脗然而合耳。郡國專民社之責，一語一默，政之臧否，民之休戚繫焉。而郡又有所攝，率不得直遂。達之高明英邁，固無所擇，而或非所樂也。"曰："不然。大丈夫之仕也，豈爲己哉？達之必不其然。王成增户，而得賜爵；次公爲相，名減於治郡時。吾知達之不爲前之增，亦不爲後之減也。麾節在門，僕夫整駕，諸君得無言以贈之乎？"

宗鏡録詳節序

蓋聞學以離言，説爲宗心，以了空相爲鏡。然尋宗詣學，捨言無示學之方，而即鏡觀心，執相乃非心之體。是以五千四十八卷敷演未周，十方三世諸尊究竟何在？喻如分江浸月，一已爲多；縛缶度軍，萬猶云少。良由根塵有利鈍，悟解有淺深。翠竹黄花，元非議擬；赤髭白足，亦假因緣。是故靖庵剪裁古記，披裓須提正紐，伐木先削旁枝。信手拈來，皆是隨身之鼓笛；迴頭蹉過，別無逕路之津梁。莫憑逐客書空，且對癡兒説夢。偉哉龍象，幸甚人天。續彼篇章，述余讚嘆云爾。至大二年重九日，翰林學士、正奉大夫、知制誥、同修國史、商議中書省事程某撰并書。

【校勘記】

〔1〕稱，文淵閣本作“當”。

〔2〕乎，文淵閣本作“於”。

〔3〕拔，文淵閣本作“除”。

〔4〕与，底本誤作“以”，據文淵閣本改。

〔5〕邂逅，底本原作“解后”，今從文淵閣本。

〔6〕第，底本原作“弟”，今從文淵閣本。

〔7〕垝，底本誤作“詭”，據文淵閣本改。

〔8〕偕，文淵閣本作“侍”。

〔9〕蹐，文淵閣本作“踵”。

〔10〕利，文淵閣本作“藪”。

〔11〕以，文淵閣本作“移”。

〔12〕其，文淵閣本作“於”。

〔13〕闖，文淵閣本作“翹”。

〔14〕土，底本誤作“士”，據文淵閣本改。

〔15〕闓，文淵閣本作“博”。

〔16〕其，文淵閣本作“置”。

〔17〕寫，文淵閣本作“叶”。

〔18〕指，底本、文淵閣本皆同，疑爲“旨”之誤。

〔19〕世，文淵閣本作“仕”。

〔20〕藏，文淵閣本作“表”。

〔21〕租，底本誤作“狙”，據文淵閣本改。

〔22〕以異，文淵閣本作“與否”，較勝。

〔23〕前雙旌引，文淵閣本作“雙旌前引”。

〔24〕闖，文淵閣本作“翹”。

〔25〕大，文淵閣本作“六”。

卷十五

序　　引

贈歐陽南陽序

古之君子不出家而成教於國，若無所事乎游也。然以一鄉、一國爲未足，而必尚友天下之善，於是始有結駟過都，重趼不息者，而師友之淵源廣矣。洙泗及門三千，大抵異邦人也。然則士其可懷居也哉？聖人之教四，而文爲先。其論君子之於友也，亦必自文始。然則士其可以舍文也哉？陶唐氏，開聖治之初者也。夫子贊之，不過曰“有文章”。西伯、周公，大聖人也，謚皆不過曰“文”。道德禮樂，至周備矣，而言三代者，亦不過曰“周尚文”。然則士其可徒以辭章爲文乎哉？歐陽南陽生，臨江之俊士也，祖、父皆儒先生長者，義方素明。生又材質秀穎，志尚不群。其爲學也，力自奮拔刮磨，不肯蹈陳襲陋。觀其所爲詩賦諸篇，飄飄然殊有凌雲之高，御風之遠也。自以居幽守獨，從師取友之未弘，而父母之望未酬也。於是，四方之行，昉自今始，而首造於余。豈以余爲可與論文者歟？余聞之，欲窮山林川澤之觀者，必即其都會焉。夫京師固士大夫之鍾聚也，生其行乎！凡生之蓄於今者，乃余之發於昔者也。生其行哉！余固卜其於師友必有遇也。嗟夫！古學不講久矣。以生之材、之志，余尤望其於道終有得也。故余以古之士与夫古之所謂文者先言之，而冀生返觀之，庶乎立身養志之不苟也。京師遇吾故人乎，爲我謝焉，曰：“今歐陽生勝昔歐陽生。韓門不拒，幸甚。”

送雲伯讓序

不擇官而仕，爲捧檄而喜，昔人豈矯情哉？爲親也。人子之於親，幸而及養，則三釜亦足樂。不然，萬鍾於我何加焉？雲謙伯讓蚤年來江南，猶及見諸老。前謁余於金陵，被服儒雅，吾固異之。别二十餘年，復見於京師，見識議論益老成。又二年，復見之，則掾於宗正府。意其驊騮開路，一日千里。忽來訪余，曰："謙以歲月，遷餘杭總府知事，即之官。願得一言。"余訝其遠來久客，取之廉而去之遽也。則曰："小人有母韓夫人，平生睦族善婣，憐貧敬老，切切以教子爲事。重師友，厚賓客。凡所爲有益於其子者，無不爲也。新年八十一歲，七子、十三孫。謙幸成名，老母留江南。而西浙湖山演迤，風土清淑，宜於老者。侍膝下，奉色養，官事之暇，則板輿輕軒，花朝月夕，東游西衍，舉壽觴以怡慈顔，尚庶幾焉。"余曰："嘻！子知所本如此，豈惟便養，推之宦業，思過半矣。夫知事，八品官爾，其任與三品等。曰知事、知事，一府之事，有不知者乎？行一不義，罪一不辜，必反而思曰：吾親聞之，得無不可於意否？役一夫，斂一物，則必又曰：某家有老者乎？得無妨其養否？某家有幼者乎？得無傷其慈否？告而長，語而僚，必公私俱得而後已。悦乎親，仁乎下，獲乎上，宦業之昌，由愛親一念而推之耳。子盍行乎？吾何言耶？"天都，英俊之域。名公碩彦發言爲詩，聞子之風，必有大篇短章爭歌頌者。吾爲發其端，繫以五言六韻。

人孰不有母，及養能幾人？歸無慈顔喜，萬鍾空一身。雲子退急流，八袠念老親。低頭蓮幙日，適意綵衣春。平反多不疑，閒居賦安仁。忠孝重山岳，富貴輕埃塵。

高大有積慶堂詩序

南城高君大有，世以好賢樂善稱。趙閑閑嘗爲其祖簽省書"積慶堂"三大字，以表樹焉。今復新其構而揭之，以奉太夫人之養，可謂肯堂矣。《易》曰："積善之家，必有餘慶。"夫一善易能也，一慶易致也，積之爲難。古人固有如孫叔敖之瘞蛇，宋景文之度蟻，適然一念之興，遂致卿相。若執券而索償，余謂是説求之吾聖人之書，若有不相似者，終莫若舜之孳孳。夫惟孳孳於善，故無不善。又若蜀先主之戒其子曰："勿以惡小而爲之，勿以善小而不爲。"此乃近道，乃積慶之基也。若大有之承祖，敬親尚賢之意若此，吾知其慶之積也必矣。余聞高氏久，而未識大有也。吾知大有，以宗人仲和僉院之言。及觀李野齋所爲詩，益信。故書此，以爲他日升堂會慶之本。

紹運詳節序

史學自古爲難。孔子叙《書》，斷自唐、虞。司馬遷始以洽聞廣覽上及古初。自是以來，編年紀曆，日以繁浩。或出一家，自相謬戾；或參稽互見，多所異同。白首著述，求其統會，條分户析，終至缺疑，理固然耳。南臺御史謙齋君好古樂賢，端直不撓，有古賢士大夫之風。一日過余，出示其客張君致遠所編《紹運詳節》一卷，上下凡幾千年，一目可極，可謂節而詳者，其志於惠後學深矣。然天開地闢，帝王迭興，史氏傳疑，古今通患，其所不可深詰者多矣。余獨喜因御史之舊，獲知張君之學，又因張君之書，益見御史之賢，於是乎書。

黎景高詩序安南人

予嘗讀黎君景高《安南志》《郎官湖記》等作，未始不擊節驚嘆，去之耿耿不能忘於心。今復覽此編，其五七言詩森整豐暇，若不經意，而乃得於苦心。長短句穠麗婉至，字字欲与花月爭妍，而決非兒女口中語。善夫景高，如斵輪手，圓規而方矩靡不合乎度；如伶倫管，含宫而激商靡不應乎節。惟其學之審，積之厚，故其發也無不中。然予不獨愛其文，復敬其人也。介而不隘，通而不流，温温而春，澄澄而秋。至於懷恩感義，慷慨奮激，有古烈丈夫之風，觀其始終，彰憲侯一事可見已。故其爲文，建辭起義皆有感而作，非苟然者。嗚呼！誠有德君子哉！其由京師而歸江南也，乃叙以贈之。

贈彭斯立序

廬陵彭斯立工篆刻，一日，携所刻若古印章者謁遠齋，曰："是可以不朽。"予曰："是可以不朽乎？"曰："未也。吾刻古帖，可上擬《閣本淳化》，若《絳》，若《潭》，若《臨江》《武陵》，直下視之耳。吾又將取今名卿巨公雄文大章，盡刻之，配古以傳。願得公手書所爲文四五十篇，歸刻之。"予曰："子之技善矣哉！子之志異矣哉！古帖若《絳》，若《潭》，若《臨江》《武陵》，其初一《淳化》也。今雖並傳，懸絶若此，誠以摹刻善否然也。予嘗得而觀之，皆弔喪、問疾、簡記之辭，多不過十數字，少者數字。其如《洛神》《樂毅》《賀捷表》者，絶無而僅有耳，非所謂雄文大章，人亦無四五十篇者。又皆後世好事者收而藏之，朝廷搜求，遂入秘府。宋淳化始刻之，摹以示人間也，非其人志於傳而書且刻也。子今欲予書而刻之而傳之耶？夫傳者，必名善書。刻雖工，如文若書之未善何？若予之文，藏之金匱石室者不可浪出；應俗之作又皆散落，謾不記省，亦未必可傳，亦不能至四五十篇之多。且老懶，不喜書，將何以稱子求？况古以文章名家，或千數百篇，或三四篇，或一二篇，赫然天地間者，又不待手書刻而傳之，亦非可手書刻而傳之也。文之傳不傳，繫其文之善否；書之傳不傳，繫其書之善否，非帖比也。予誠無以稱子求也。苟有志焉，子行四方，有善書若文者，擇之可也，不必予也。予於斯文刻不刻，不敢計也；傳不傳，不敢知也。獨喜斯立技之善而志之異，叙其語以贈之。世必有賴子以不朽者。"

歷代帝王紀年纂要序

史莫信於《書》《春秋》，莫博於《史記》，後之稽古者舍此何以哉？然孔子斷自唐虞，政以世近而可信也。司馬遷乃上述黄帝以來，又遠詳其世次，先儒固嘗疑之矣。至於諸家編紀沿訛襲舛，此皆好博之過。後惟康節《經世書》以歷紀之，始明白可信。然好奇惑異者猶不能據依，著述紛然，莫之統壹。近平章白雲翁以政事餘暇，悉取諸家紀載而集正之，一以康節爲準，名曰《歷代帝王紀年纂要》，亦上及羲、農者，因備博覽而已。嗚呼！白雲知所去取哉！白雲信道篤學，博觀約取，於天下之務莫不盡然，不獨是書也。是書既經乙覽，復徵予序。夫康節所以可信者，以其信孔子也；白雲所以可信者，以其信康節也。然則可信者莫若孔子，信孔子者莫若康節。信白雲者，端在此編矣。

王氏孝節序

予學於臨汝書院時，信之貴溪月嵓先生爲之長。先生與予同宗，其學渾渾而弘，其行侃侃而和，其言恂恂而善誘。其子植甚賢，娶五年而歿。植之室餘干王氏又甚賢。宋咸淳壬申，年十九，歸於植。植死，終喪，誓不改嫁。事舅姑，生死無違禮。先生既歿，歲至元壬午，一夕，盜入室，姑疾在牀，王守不去。盜欲刃其姑，王扣頭號泣，乞以身代。盜兩釋之，姑以考終。烏乎！世莫親於父子兄弟。不幸孝友之道不明，臨小利害，即相視若秦越。以王氏匹婦守其身，事其親，死生患難不足動其心，卓卓如此，不亦難乎？予有以知先生之道雖不獲大焯於當世，其所以儀於家，訓於後者深矣！王氏年已六十，康强寡疾，勤儉有則。子孝婦順，如己事其舅姑。閭里族姻軌範之，邦人士歌誦之。予又有以知先生之世必由是而益昌，天道之不爽明矣。予自去先生，驅馳王事，出入中外幾四十年，幸無大過。每思臨汝親炙時，如一日。今復聞王氏孝節之盛，遂書其大者，以授先生之孫。同文天下，有以樹教化，移風俗，佐隆平之治者，於此必有取焉。王氏名静婉。皇慶元年九月，程某序。

温國司馬文正公墓碑老杏圖詩序

司馬文正公以純誠古學位宰輔，雖童兒婦女，知其爲端人。其薨也，敕命蘇文忠公爲文，表其墓，至尊親書其額曰“清忠粹德”之碑。未幾，仆於群憸之口。烏乎！邦國殄瘁，固基於紹聖哉？而斷碑之罅隨有杏生焉，盤屈盖偃，擁其龜趺，若非偶然者。金皇統間，夏邑王令及墓僧建祠修復，老杏迄今二百餘年矣而無恙。白雲翁家与之鄰，益用封植，繪而爲圖。皇慶之元，翁以平章政事預國論議，留京師，迺出是圖及修復之碑以視廣平程某序之，且將求當代名筆賦詠，以發揮之。某曰：“草木寧有知哉？生得其所而不剪伐於樵童牧豎，幸已。所以異之愛之，圖而傳之，乃秉彝好德之良心也。白雲有志於涑水公，而曰天人之際在是，亦何不可者？”遂爲詩曰：

吾聞精誠可以貫金石，誰謂草木真無情。君看穹龜涑水上，老杏布護数百齡。風枝雨葉擁幢盖，陰森若有神物凴。涑水先生三代士，青春行天和且平。問學深探古人賾，德化直与元氣并。蘇公雄文照四海，比較當世誰重輕！豐碑俯仰謾興廢，百仆不奪二老名。由來宋祚圮中葉，已在紹聖非崇寧。夏臺大夫獨好事[1]，異國肯與扶顛傾。古祠香火今幾載，大字深刻羅軒屏。何人卜居占此土？白雲老子今疑丞。摩挱往事起惆悵，表顯更爲圖丹青。乃知天地崇至誠，陳根斷石猶寵靈。此心豈有古今異，遺迹試向天人徵。

送普蘭溪平章北還詩序

古之有天下者，必由得賢以興。我朝自太祖受命至於世祖統一萬國，雲龍風虎之士隨方而至，莫不鞠躬盡瘁，以立顯功。若今江浙行省平章政事普蘭溪之祖克烈公，三世佐運翼聖，南征北伐，東誅西討，忘軀委命，以致其業，以有人民土田。至大初，先帝御極，今上在春宫，始申追贈之命。夫上公之爵、大國之胙，其祖父皆所宜有，而平章公既承其忠於前，復昭其孝於後，於是立廟以祀，伐石以載。煥然功臣之中，可不謂賢乎？嗟夫！使世臣大家於慎終追遠之道皆能若是，則天下之俗有不歸於厚者哉？其將歸，刻姚君端夫之文也，詩以送之。

皇元定海寓，群材集如雲。於時克烈氏，聯翩策殊勳。忘軀力從戎，佐運應天人。金戈一指揮，號令捷如神。金源絶其流，遼水飛埃塵。功成寧後賞，所志四海賓。茫茫大國開，皇上天地仁。再世三公上，乃孫復秉鈞。温温平章公，高行邁等倫。立廟展孝思，伐石表至恩。卓然世俗中，見此不世臣。請身從南來，素志一旦伸。今晨告我别，秋風集冠紳。會見穹碑成，突兀摩蒼旻。上以報先世，下以厚斯民。

代白雲山人送李耀州歸白兆山建長庚書院序

國家樹教育材之本，莫先於學校。而天下之學廩稍不足者，士既無所於養；廩稍之有餘者，秖益郡縣勾稽覬望之資。教官率以將迎爲勤，會計爲能，而怠於教事。非其人皆不賢，其勢然也。惟書院若庶幾焉，而居城邑，隸有司者，其弊政与前等。近世士君子之賢者往往因前修之迹，據江山之會，割田析壤，建爲書院，既不隸於有司，而教育之功乃得專焉。馮翊李君仲章爲德安府判官時，予方家白雲山中。君尋亦買田築室於城西三十里白兆山之麓而居之，乃李太白題桃花岩處，相傳太白嘗讀書於此。予既出山，君亦累遷耀州守。皇慶二年春，君赴調京師，南還，割田二頃，建河南書院，乃二程先生之父作尉之邑。予語君曰：“君居白兆山，非君家太白所游歷乎？獨不可建書院，爲教育之地哉？”君概然曰：“此吾志也。願歸割應城田四百畝，建長庚書院，聘名師，教鄉里子弟，以成公之命。”予既韙之，行有日，重爲告曰：“今天子仁聖，夙夜孜孜以樹教育材爲務。君力是舉，既無城邑之累，而有江山之勝，士又得所養。而不隸有司，教可專也，審矣，利莫大焉。德安文物之盛，必自君始。君之名与太白此山相無窮，不亦休哉！君勉成之。予歸白雲山，幸游息焉。”

用晦和尚語録序

佛法，非言不立，非人不傳，此《用晦和尚語録》所以述也。若因人以求法，則其人已滅；因言以求法，則法不可言，是《用晦和尚語録》未嘗述也。和尚十五出家，爲僧七十一載，遭遇佛法盛明，遍參東南諸大長老。九居壇場，爲人説法。撰得千言萬語，畢竟如何[2]，測之不見其涯，求之莫得其緒，似言非言，似述非述。若知和尚未言前便是元聳，既述後即師未常言，徒未嘗述。《用晦和尚語録》序竟。皇慶二年九月日叙。

龍虎山志序

翰林侍講學士臣明善奉敕志龍虎山，玄教嗣師臣全節屬臣某序之。臣伏讀終篇，山川之奇、人物之盛、前後宫宇之廢興、累朝恩數之隆尚聚此書矣。然天下山之大者曰岳，水之大者曰瀆、曰海；顧以兹山先，豈無意乎？意龍虎之得名，以張氏。張氏，老氏之學也，繇東漢迄今，綿千數百年而益振，朝廷且尊而信之。此志之所由作乎？嗟夫！治道貴清静。老氏之道也，原於軒黄，文景用之，其所成就可睹已。然流而爲神仙巫祝，豈本旨哉？若所載天師恒之對唐高宗曰：“能無爲，天下治。”乾曜之對宋仁宗曰：“苟能反古之樸，行以簡易，志慮清明，神氣完和矣，奚事冲舉？”政和中，訪高士王道堅以修煉延年之術。曰：“清静無爲，軒黄所以致治；多欲求仙，漢武所以罔功。修煉非天子事。”已而命之禳厄。奏曰：“修德可以迴天。禬禳之事，不敢誤國。”端平初，徵留用光入朝。答使者曰：“歸奏天子，治天下，《道德》五千言足矣。山林野人來將奚益？”若四人之言，誠祈天永命之貞符哉！庶幾善學老氏者，可謂豪傑之士矣。今天子撫盈成之運，正清静無爲之日。嗣師數陳老氏之本，上嘉納之。此志之獨先龍虎，宜也。臣故敢叙作志之意，以示後之學者。

歐陽南陽手稿序

臨江有奇士曰歐陽南陽，予識之三年矣。見輙對客操觚櫝，長歌大賦，踔厲風發，氣落落不可下。其爲言也，必欲與常人殊。嗚呼！何其能耶？夫杞梁之妻非善哭也，情之哀也；易水之夫非工歌也，義之感也。養由基之射，調弓而猿號；黄帝張咸池之樂於洞庭之野[3]，而游魚出聽。藝之精而音之至也，得之天而應於物也。世之號能言者不若是，不類談兵趙括歟？天非一時也，地非一邦也，人非一俗也，物非一態也。言不極，不足以盡其變，言其可易言哉？南陽之游京師也，諸公交薦之。其羽儀於天朝也，非遠矣。覽其集，心異之，遂爲之辭。

送白雲平章序

白雲公以四朝耆望、潜邸舊臣，皇慶初，參預大政。明年，遷平章政事。延祐改元，春三月，引年致政。平章李秦公以言，上曰：“知足哉，是翁！”特加光禄大夫，賜歸田里。朝之人祇聞德言，歡舞詠歌，顛瞑昭蘇，震炫黯黮，相顧而嘆天子能待臣以禮，白雲公能事君以義，秦公能成人之美如此。方公罷戎幭，屏居白雲山時，買田築室，鳴琴誦書，幾與世遺矣，庸詎知一旦桓圭赤舄，坐乎廟堂之上，黜陟百官，盛極若此者哉？自予識公武昌，幾十五載，外和而内直，好學而樂善，曾無毫髮易其素。其去常人，固萬萬矣。至於感老氏知足之言，服孔子在得之戒，從二疏當年之樂，飄然反其初服，於公特其職分，猶足以風勵天下，爲萬世美談。夫一出一處，一進一退，而國家之輕重繫焉，此古之所以貴夫賢士大夫也。然士大夫雖賢，非遇明天子，其遺恨千古者多矣。若公者，可不謂至幸矣乎？因率同志，作爲歌詩以颺之，且爲他日續二疏傳張本。

續孟仲蒙子序

《續孟》二卷、《仲蒙子》三卷，唐林公慎思所作，其書列於唐《藝文志》、宋《崇文總目》。夫以孟子才號亞聖，書次六經，自司馬遷、揚雄、韓愈之徒尊信篤好，以爲大有功於聖門；至司馬光、李覯輩乃著書譏毁，學者固自有次第哉。二書免於世俗之見，亦幸矣夫。然二書文深義密，諄切反覆，不悖於聖人之道，誠有補於世教也。公字虔中，福州長樂人。兄弟五，同讀書邑之稠巖山石室。公中咸通十年第，又中宏詞拔萃科。賜其鄉曰“芳桂”，里曰“大宏”。繇秘書省校書郎，至尚書水部郎中。黄巢犯長安，罵賊而死，蓋賢者也。其幾世孫崇萬來京師，求予序之。崇萬今爲浮屠氏云。延祐改元四月晦。

送李善甫知沁州序

許文正公承朱子之學，爲我朝儒宗。及其門者，人人皆自愛重，爲賢士，天下尤稱賢者曰平章不忽木公。至元中，予於平章坐，識其同舍生李君善甫，蓋已矯然於時。其爲學也，内而修身齊家，外而事君治民，一以文正爲歸，與君一合一離，一見一聞，上下餘三十年，未嘗少變其度，信學之有源也。至大四年，予被召過豫章，君時爲行省檢校[4]。握手相勞苦，俯仰今昔，概然興懷。予待罪翰林之三年，君亦赴調京師。日與還往，如初見時。已而宰臣之知君者交贊之，曰：“善甫，沁人也。游宦外久，得無思其鄉否？”即奏爲沁知州。行有日，來別予。曰：“君是行也，有民社之寄矣，况父母之邦乎？展其所學，正在今日。然予聞臺之知君者復不少，忍令不行其學於天下乎？其不久息於沁也必矣。予旦夕候君西門之外。”

嚴元德詩序

自劉會孟盡發古今詩人之秘，江西詩爲之一變，今三十年矣，而師昌谷、簡齋最盛，餘習時有存者。無他，李變眩，觀者莫敢議；陳清俊，覽者無不悦。此學者急於人知之弊也。變眩、清俊固非二子之本，亦非會孟教人之意也，因其所長，各有取焉耳。去年，識廬陵嚴氏二仲，曰元友、元正。其詩若文雅厚深密，非求一日之聞者。近復得其季元德所爲詩，亦往往可誦。以三子卓越之資，生會孟之鄉，加之父師之訓，又有歐陽公諸老遺風餘思，宜所底若此。然吾於元德猶有欲言者。會孟於古人之作，若生同時，居同鄉，學同道，仕同朝。其心情笑貌，依微俯仰，千態萬狀，言無不似，似無不極。其言曰：“吾之評詩，過於作者用意。”故會孟談詩，近世鮮能及之。夫學者必求之古。不求之古，而徒膠膠戛戛，取合於一時，其去古人也益遠矣，其不爲會孟所笑者亦寡矣。求古之道當何如？能如會孟之融會斯可矣，而猶必以養性情，正德行爲本。二仲歸，試以吾言告之。

忍恕堂詩序

京師有袁氏者，父母既喪，兄弟同財而居，嘗相推讓，葆其家和[5]，人以爲難。又懼夫情之或遷，義之弗盡，字其堂之顔曰忍恕[6]，朝夕監觀，以自發焉，且以示後子孫。予聞之，曰：“嗟夫！聖人之道，忠恕而已，雖天地由之。既恕矣，復何事於忍乎？豈學有淺深，恕必由忍而入乎？學恕而先之以忍，則用力必至，信道必篤，或遷之機、弗盡之微，無自而起矣。恕其庶幾乎？雖以是名堂，可也。使天下皆袁氏，唐虞之世何足過哉？”朝之大夫士皆爲文辭以稱道之，屬廣平程某爲之序。

李氏忠節序

夫爲人臣而有馬革之忠，爲人婦而有栢舟之節，非幸也，義也。於是而有祠廟之褒、門閭之旌、封爵之加，亦義也，非幸也。忠臣貞婦豈不欲長保君臣之樂、伉儷之情哉？不幸而蹈危蹀變，寧忘身而徇義，以爲不若是不足以爲人。此豈得已而爲之哉？中統三年，李璮之叛，濮陽李文秀以武衛親軍千户從諸王哈必赤征之，戰死濟上。其妻頓氏年始二十有九，終喪骨立，誓死不嫁。治家訓子，卓然有倫。子永既長，授宣武將軍、侍衛親軍總管。未幾，蚤世。撫其遺孤，以至成人，復襲武略將軍、侍衛親軍千户。於是，頓氏年八十二矣[7]，嫠居五十餘年，不易縞素，鄉里尊之。有司始上其事，請表其門於朝，而翰林修撰彭君允道屬予序之。嗚呼！治亂相仍，生死相因。夫喪子夭，母孫纍然，何其不幸矣乎？然視世之飽食高位而有曠職，安居美室而有過行，其不幸又何如也？故李氏之不幸，乃斯民萬世之幸也。摛文掞藻之士可無以永歌之乎[8]？

温州路達魯花赤伯帖木兒德政序

東南海濱諸郡，温最劇。大德十一年夏四月，伯帖木兒來守是邦，首興學校，勸農桑，使民知本。裂姦貪，震豪横，抑奔競之風，禁苛暴之征[9]，使民畏刑。建忠臣之祠，表孝子之墓，禮先賢之後，使民尚德。是歲大旱，遍走群望，引咎痛自責，闔境雨足，大有秋。明年，環温諸郡飢疫相仍，流民數千人來歸。爲之儲偫以食之，爲之廬舍以居之，爲之藥物以救其疾，爲之櫬轊以給其死。及其返也[10]，又爲之裹囊，而導之出疆。明年秋七月，吴越大蝗。蝗且入境，至境皆死，人以爲德化所致。民有高姓者售私鹽，或捕詣吏。吏受賕，反以捕者犯，連逮甚衆。漕使檄君詰之，具正其罪。濬平陽河渠五十五萬五千九百餘丈，歲溉田四千餘頃。郡庾庫久敝，爲委吏憂。徙之爽塏，繚以重垣以固之。又爲常平倉其旁，以備荒政。不期月之間，民順吏從，田野四闢，盜賊寢息，囹圄空虚，頌聲咸作。乃召郡博士及群士之賢者，修其圖志，求古今之遺迹、山川之勝槩，爲之臺榭游觀，樂民之樂，而政成矣。至大三年，受代去，民思之至今。惟君生長富貴，而孝友諄篤[11]。好賢下士，得於天性。又能本仁遷義，履公律廉，爲天子分憂者如此。予雖未之識，而翰林經歷張子仁、編修章德元縷縷爲予道之，且屬予序。二子皆賢者，其言有徵，因書，以爲守令之勸。

李雪庵詩序

古今詩僧，至齊己、無本之流，非不工，而超然特見，高出物表，徑与道合，未有若寒山子之詩、雲頂敷之頌。得其旨者，惟昭文館大學士雪庵大宗師乎？師以澹泊爲宗，虚空爲友。以堅苦之行爲頭陀之首，蓋數十年矣。適然遇會，濡毫伸紙，發而爲詩，有寒山、雲頂之高，無齊己、無本之靡。不假徽軫，宫商自諧。得之目前，深入理趣。謂不足以流芳聲於四海，振遺響於千禩，可乎？樵夫織婦邂逅一語[12]，猶萬世不可跂及，况衣道食德，遐觀曠覽若大宗師者耶？世欲知師之道，此固特其糠粃；然求其至，亦不外乎此也。詩云乎哉！詩云乎哉！平章政事張閭公、右丞曹公、參政李公得本於十二代宗師焦空庵，將刻諸梓，而俾予序之。延祐二年夏六月既望，廣平程某序。

李仲淵御史行齋謾稿序

自予識御史李君仲淵而後知天下真有以古文爲任者。邪説興而大道廢，議論勝而文氣卑，其來久矣。古人一章一句，該體用，具本末，備終始，猶有餘；後世累千萬言，欲究其理而不足。非文之至也耶？若《原道》《原人》《太極圖説》《通書》《西銘》等作，方可稱繼三代者。然必如是而爲文[13]，則天下之文廢矣，又豈通論哉？作述之体既殊，古今之尚亦異。學足紹先聖之道，言足垂將來之法而已，豈必模《三墳》，擬《大誥》而後爲古乎？此仲淵之所憂，而吾之所以知仲淵也。仲淵材峻而氣渾，學富而行實。其爲政簡而敬，和而平，以扶綱常、任教化爲本，至其不可奪，則卓然有古遺直之風。故其文精鑿沉鬱，不假議論而理自見，不托迂怪而格自奇。其本則六經，其辭則雜出西漢而下。其可任以古人者，仲淵其人乎？然文之盛，表世道之占也。我朝之盛，自古所未有，獨於文若未及者。豈倡之者未至，而學之者未力耶？今天子方以復古爲己任，於上弘其風，浚其流，懔焉而任於其下者，非我輩之責耶？而吾老矣，仲淵不可辭也。仲淵名原道，亳人。有集曰《行齋謾稿》，見示，屬予以序。不勝狐裘羔袖之愧！

章德元近稿序

予自衰疾以來，愈不喜爲文，雖談之亦自厭也。爲之愈力而愈遠，談之愈切而愈病。常欲一旦盡謝去前好，湔滌腸胃，收視斂息，以自愛也，而適然意會，輒復爲之而不知。蓋士君子釋此，無以達於情而接於物也。至於談則絶之久矣，如淫聲美色而遠之矣，安能日嘐嘐然与物相仇耶？近得東嘉章君德元，与予同史館，年相近也，道相似也，又敦信而豈弟，古君子人也。心甚好之，乃時与之談。向如淫聲美色而遠之者，如沐猴衣冠，執干而舞，非不俯仰中節；投之以果，則不覺攘臂而起矣。此非絶之不深，制之不嚴，爲知者然也。君之詩若文質厚而氣和，壹以理爲主，蒼然正色，貫松柏而後凋。不知世之知君者復幾人也，安知數十年後，無索君於茫洋之間，溟涬之外者耶？予之所謂欲謝去者，行見之矣，姑爲君一言。君名嘉，嘗著《東嘉郡志》二十卷，甚有法。

贈王太醫序

廬陵王君東野善爲方，繇郡官醫提領入爲興聖宫太醫。諸貴戚、近侍、公卿、大夫皆以老謹，爭相延致。君亦輙能以效自見。延祐二年春二月，予暴得末疾，幾不知人。君入診，曰："脉大浮盛。得之氣虚，而風乘之。宜服三生飲，間投以小續命湯。數日，疾可已。"嘉興徐元善復入診，一如君言。服之三日，手可舉，足可履。服之五日，手可至髮際，足可因人而行。服之七日，手可至顛，足可因杖而行。服之十日，手可舉物，足可去杖与人矣。惟舌本微彊，害於言。以問君，君曰："脾脉絡胃夾咽，上連舌本，散舌下。心之别脉，上繫舌本。此心脾受風，未除也。宜服解語丹。"服之十日，舌不彊，語不害。若君之醫，可謂良矣。而徐君不立異以爲功，亦可尚也。夫始余之疾，聞君之言而喜，及得徐君，益信。然當是時，君誠賢；徐君一立異，衆必茫然不知爲計矣，予有弗病矣乎！賴二君子皆良醫，其識同，其心又同，是天以賜予也。嗟夫！方今之受病有甚於予者衆矣，不知皆能得良醫如東野，同心如元善者治之否乎？彼囂囂然忌功而害能，專欲而擅利，危人之身，絶人之命而不顧。予甚懼君之不常遇徐君，以成其功也。其必審所以自處哉！他日，天子詔具上所驗[14]，幸并以愚言爲對。

送艾庭梧序

臨川艾氏多聞人，或以詩鳴，或以文高，或以明經顯。予少學臨川，多与之游。去年秋，有客候於予，謁入，曰臨川艾庭梧敬候先生。亟見之，則吾同舍生從子也。問其字，曰伯蒼。問其年，則予去臨川時猶未生也。問其所從學，則皆良友碩師。出其詩若文，及与之談經，則兼昔人諸長而有之。予甚驚，亦不意去臨川四十餘年，復有斯人也。問其所爲來，則曰："吾生四十年前，欲一望大河之外不可得。今幸遭盛明，極日月所出，車轍馬迹皆可至。奈何守一丘一壑，而自比於井中之蛙乎？吾將浮游乎齊魯、燕趙、韓魏、秦隴之郊，問古帝王之所都、聖賢之所起，其餘風遺俗猶有存者乎？其高人魁士猶有伏畎畝、偃林藪而未起者乎？吾將求之，以益吾所欲聞。此所以爲來。”曰：“子寧欲仕乎？”則大笑曰：“先生何量人之淺也？方今，明君在上，賢公卿滿朝，才士如林，職修政舉，文武備用，又何待三千里外一窮書生乎？吾不爲是也。”予大驚，然心猶疑之。居歲餘，數相從，察其志益堅，學益閎，文益雄，予始知其言之不欺，而志之可尚也，而信之猶未篤。夫京師者，天下游士之區，富貴利達之塗。以子之材而求諸，豈有長爲山林之臞。子乃舍衆人之所趍，就衆人之所迂，雖日日語人，人有弗疑者乎？今果去我而游，飄乎其不可留。嗟夫！予愧子矣！予不敢復量天下士矣！子其行乎！明年春歸，俟我於臨川之上。

胡彦承文稿序

予比從李御史仲淵，識胡君彦承。彦承嘗學於蕭徵君維斗。維斗与予善，予知之深，故喜彦承之善學也。今復從翰林直學士薛君公諒，得盡讀彦承所爲詩文六十篇，益知彦承之所以爲學也。夫文与學高下，學之進，文從之矣。以彦承爲丞相之孫、太守之子，生長富貴，出入禁闥，身取禄位，於他人宜如何？方且誅茅爲園，鑿嵓爲室，游目終華，洗耳河渭，顛瞑乎詩書之囿，沉酣乎仁義之藪，然後又求正於有道，尚友乎千載，其過人不亦遠乎？然非文不足以知彦承之所以爲學，非彦承不足以知學之所以爲善，又非維斗不足以致彦承於道也。則予之敬彦承也，徒止於文乎？彦承名居祐，京兆人。

送王克誠引

予讀張希孟之言，而益謂師友之不可不尚也。向予忝与中書末議，克誠寔掾東曹。雖不相語而間相面，知其游蕭夫子之門，於當世人物取与弗輕也。去之七八年，予既復來，來又不能自引以去，而聞克誠爲秦省幕長矣。希孟言以贈行，又屬予繼。夫克誠學問有源，行之方大，予其何贈乎？嗟夫！幼而學，壯而行，人孰不有是心？惟以己心酌人之心，毋以己學律人之學，則可以相天子，治天下，而況於一方之寄乎？克誠，行矣！予誠無以贈君，乃遥祝之曰："願以此學相天子，治天下。"

里氏慶源圖引

氏族之制，所以定親疏，别嫌疑，厚人倫也。古者，國有牒，家有譜，然猶有拜汾陽之墓者，矧二者并亡之歟？其西北諸公以名稱相呼，以部落爲屬，傳久而差，失真尤甚，此里氏慶源圖之所以作乎？里氏者，隆禧院使約著所自氏也。按，里氏，世高昌人。高昌宅河西之境，在唐爲伊州，其俗大抵与諸國類。又世蹂金革，雖豪王大族，能自系其所自出者無幾。惟里氏世仕其國爲大官，自大父賽吉思仗義歸朝，佐定中夏，爲山東大都督，其後列朝著寄方伯、垂紳曳紱、分符握節者餘六十人，亦既盛矣。而隆禧君大懼：世代日益遠，生齒日益衆，無命氏以相别，終亦茫唐杳眇[15]，不可知而已，何以奉先而傳後哉？乃以身事本朝者實自大父始，而大父之名從世俗書，有從土、從田之文。考若伯考之名皆有里字，而《春秋》有里氏，遂自氏曰里氏。又遡而求之，定其可知者，自丞相敦欲魯以下至於今九世，系以爲譜，號曰《里氏慶源圖》，而隆禧爲七世云。君好學廣問，於忠君孝親之道尤所篤慎。嗚呼！百世之下，觀此圖者亦足以見人之不可以無學也。尚敬念之哉！尚敬念之哉！

送高伯椿大年尹京山序

郢，余父母之邦也。先世墳廬疆畎相望，閭里雞犬相聞。今僑居數千里外，松楸之思、霜露之感，每當時序，未嘗不西傃而薰心也[16]。集賢待制趙公爲余言，高君大年將之官京山，余聞之喜。蓋君以修名廣業從事中朝，習知爲政之要。家又世儒，愷悌孝友，有本有原，且趙公之嘗僚也。趙公於人，賢賢賤不肖，而於君尤加厚。然則以斯人宰斯邑，所謂牛刀之用、枳棘之棲，君或有不屑焉耳。由邑人言之，抑又何幸之甚也？況今明天子在上，有若君輩分憂宣化於下，忠厚及於草木，正直孚於鬼神，由明達幽，罔不安賴，爲政之良蓋若此。然則由余私言之，幸不又甚於邑人乎？云胡不喜。夫郢，楚之故都，流風餘俗豈必猶存，雖存亦奚足爲明時道。抑若子文、叔敖，亦彼爲政之良者也。以今之時，以君之志，又豈列國陪臣之所敢望。雖然，余聞彼之不治也久矣。譬之農焉，物土之宜而布其利，驅蟲螟，拔莠稗。又若牧焉，去其敗群，視其後者而鞭之，其不殖而繁者，否也。以君學古入官，達於從政，顧獨不知此哉？而余乃諄諄然如八九十者，蓋閭里之厚望，芻蕘之常談。今逢明公下車[17]，代爲父老誦言之耳。《詩》不云乎："維桑与梓，必恭敬止。"況於封崇而雨露之者。故余於君之將行，夙駕於上東門以竢，且此藉手焉。

送郭元坦序

閩之陬，幅員凡幾千里，連山絡其精神，巨淵敞其眉目，固必有瑰特者生乎其間。然炎劉之世無聞焉。中唐而權輿，近代而坌溢。嘻，何其富也！蓋嘗思之，昔者遷其民於江淮，則彼之靈鍾美賦固已無所於寄，而飛潛植動又烏足以當之。永嘉以降，北之去而南入者紛揔揔也，則夫氣之蓄而厚者既有餘，時之陶而化者復日異，宜其出則穎然於軒冕之場，處則繩然於材藝之藪也。鄉余行春是陬，甲乙數者猶四三人焉，其典刑風裁足使余忘其爲旅，郭德基氏游最親。去之十年，乃有伯仲欒欒訪余於京師，則郭氏之二子。駭其衣冠，曰："喪父之喪也。""何以來？"曰："志母之志也。"爲之閔然而悲。伯曰元坦，既仕矣。余遂以仲薦。幸中書不廢余言，亦使仲仕。既而，伯超秩六品，衣朱衣，擁象笏，爲長史太傅府中，幹譽望，一府一州咸利賴之。至大二年春，銜命南禮名山川，因將便道拜家慶。余固奇其有以慰母於未涯[18]，報父於罔極也，又期以纘名德於前人[19]，光簡册於當世也，欲爲一書，以寫余意，以致其鄉黨之欣欣，以寄四三人之猶存者。未涉筆，元坦兄弟來别。適余亦有行役，乃不暇書。歸而見諸君子，若四如居士、夷白老人与小孤六平山諸君，爲我謝且問焉，曰："公等俱無恙否？自有閩以來，亦有荷布躡蹻入京師，不一二年，朱衣象笏以歸者否？異時士大夫之子或齒膠庠，或登天府，即臧獲亦与有德色。然則今兹之喜[20]，顧不大愈於異時，抑不過若異時否？抑視爲男子分内事，初不爲動，獨鄙如余者乃助之抃否？且余前言閩之言亦果不謬否？公等其有以語我來也。"山川悠遠，維其勞矣。伯仲尚無忘余所欲者哉！

王楚山詩序

杜紫微有云："千首詩輕萬户侯。"蓋隱居求志，尊所聞，行所知。無所蕲乎外，無所苟於身。抒性情之真，寫禮義之正，陶天地之和。其言論風旨之重孰加焉？尚何萬户侯之足道？然余意張公子未足當斯言也，余友楚山翁其幾之乎？翁与余同里，又同年生。辟世墻東若君公，每當風晨月夕，山嬉水娱，可嘯可詠，可歌可吁者，一寄此集也。觀者美之，如錦段玉案。嗟夫！誠有以自樂，他何重輕？然則以詩輕侯，又未足爲楚翁道也。余將還西江，因留其集，而書此以謝焉。

【校勘記】

〔1〕夫，文淵閣本作"人"。

〔2〕畢，原本作"異"，據文淵閣本改。

〔3〕野，原本作"墅"，據文淵閣本改。

〔4〕時，文淵閣本作"將"。

〔5〕葆，文淵閣本作“保”。

〔6〕顔，文淵閣本作“額”。

〔7〕矣，文淵閣本作“歲”。

〔8〕永，文淵閣本作“詠”。

〔9〕征，文淵閣本作“政”。

〔10〕也，文淵閣本作“船”。

〔11〕諄，文淵閣本作“肫”。

〔12〕邂逅，底本原作“解后”，今從文淵閣本。

〔13〕然，文淵閣本作“思”。

〔14〕具，文淵閣本作“其”。

〔15〕茫，文淵閣本作“荒”。眇，文淵閣本作“渺”。

〔16〕傃，文淵閣本作“仰”。

〔17〕今逢明公，底本原作“今遲明府”，據文淵閣本改。

〔18〕涯，文淵閣本作“没”。

〔19〕人，原本作“今”，據文淵閣本補。

〔20〕今，文淵閣本作“余”。

卷十六

碑　銘

興化路重修夫子廟碑

夫子廟起漢，歷唐迄宋，出闕里，遍郡縣。宇宙混合，時數清明，新天子即位，首詔天下，孔子之道垂憲萬世，有國家者所當崇奉。聲教四暨，弥尊弥光。莆田一方[1]，廟餘三百祀，東西陊剥將壓。教授曹忐曰："斯廟不治且壞，豈上之人宣明教化之意？責不任，孰諉？"乃請於廉訪分司。曰："宜請於守貳。"又曰："宜學廩給，無羸。"事經始，尤難泉布焉，須眡力營度。謂録事楊德懋能吏字學，博士黄夢舉嘗寮教護，屬功此兩人可。白府，檄之[2]。神宫丹堊，像服是宜。兩廊翼屋，一切改造。面閣背堂，嚴嚴翼翼。齋廬庫藏，悉有成規。元貞初元陬月九日戒事，某月某日告成。麗牲有碑，不可無刻。教授以莆屬郡，率前進士黄仲元、余明等馳書謁文。余謂，廟，夫子廟也。曷謂夫子？子者，嘉稱。夫之言扶，以知帥人者也。吾夫子，魯國東門一儒耳。帥三千異能之人於仁義禮樂之域，扶堯舜、禹湯、文武、周公之道於東洛二百餘載之後。當時，不獨回也，點也，參也，賜也，由也，求也，予也，須也，亢也，尊其師曰"夫子"，至於天王之太宰、儀邑之封人稱之。若不然，邢昺魯大夫之言陋，前人爵謚之題淺，是奚足爲夫子之榮、之尊？敬用唐大中修兖廟故事，大書曰："莆學重修夫子廟碑。"既又爲莆士曰：鄉老成人性与天道聞諸夫子，壯者苟不以四十見惡爲可懼，少者苟不以後生可畏而自勗，未得患得，既得患失，皆吾夫子所謂鄙夫。唐杜牧云，盧秀才未知古有人曰孔夫子者，味哉言乎！若弟子之服勞与鄉人之樂義者，教授自能書於碑陰。銘曰：

生民之盛，莫如夫子。道師萬世，廟嚴千祀。飛龍在天，宫墻新美。彼爾多士，編氓敢齒。下視蕝莯，肆安厥止。誰之功與，昊天罔極。矧是莆邦，詩書舊里。尚有典刑，仁風教雨。令聞令望，前修是企。勗哉成材，昌我文治。永銘此碑，壺山壽水。

南劍路總管府判官中都君墓誌銘

國之將興，必有豪傑者出，大而訏謨定命，建侯行師，功業表表在當世。其奔奏疏附之士，政爾卓然。曩，余將旨過洪都，武略中都君迎馬首，意氣軒舉不凡，日相好也。有論其世者：父，朝坤，當皇元開闢之初，起行伍，著名朔南西陲。中都年十五，勇亢其父。歲己未，鑾輿觀兵於鄂，執殳敵愾，戰輒有功。平叛於濟，拓地於襄，軍中稱健者，必曰中都。略長沙，拔桂林，大雪擣壘，盛暑登陴，人憚其勞，君奮弥厲。江南平，策功，遂拜宣命。余壯君之勇，嘉君之忠，而益信豪傑之生爲不數數也。洎來閩，見其子阿失都。拜且泣曰："先君不幸，以元貞乙未四月二日棄諸孤。越二月，始有延平之命。榮不逮生，賫志以歿。將以某月日葬於某所。惟先君受一日之知，倘哀而賜之銘，死且不朽。"余讀前史，知六合之表，《詩》《書》之外，有所謂豪傑者，非必皆知道之士；而頓挫感槩，抑異乎苟利禄富貴者之爲。若中都君者，又庸可少乎？君生於大名路濬州，歷官忠顯校尉、管軍總把。宣降金符，授武略將軍、提舉楊羅渡〔3〕、龍興路脱脱禾孫、提調十三路站赤、今福建行中書省榮禄公以汀州路總管府同知薦於朝，改授南劍路判官。子五人：忽都剌。也速解兒，進義校尉、管軍上百户。阿失都，福州路録事司達魯花赤。脱因。黑斯。銘曰：

桓桓戚揚，爲龍爲光。厥武方將，維卒不抗，維後人其昌！

濟南公世德碑

甚矣，天之愛斯民也！民之有主也，猶天之有日也，不可以二。故自古及今，天下合於一而民始定。不然，邊陲兩界，日殘於鋒鏑，天心之仁，豈忍斯民之若是哉？金人有中土，宋氏保江南，力不能以相并，天將命不世之主出而一之。我朝起自漠北，剪金茹宋，討服薄海内外諸國，凡天所覆、日所照，莫不臣屬而爲一家。於是，斯民得見一統太平之盛。此我朝之有大功德於天下，而天之所以愛斯民也。然當天下之未一也，彼天之所廢不可復支，令有不行，政有不及，而一方之民遑遑無依。於斯之時，不有間世之英可勝牧伯之任，保聚其衆，徐視天命之所歸，則斯民也不膏血於兵，即魚肉於寇，豈復有遺類哉！此濟南公之有大功德於一方，而亦天之所以愛斯民也。蓋自我師克燕，金人徙汴，山之東、河之北，盗之區、兵之衝也。其間，能捍敵芘民，自奮於時而興覇業者有四，歸朝之後，天下稱爲四諸侯。濟南公，其一也。公諱榮，字世耀，濟南歷城人。自其先世，已能力本以饒其家，施利以惠其鄉〔4〕，積善崇義〔5〕，人知其後必大。公体貌雄偉，技擊便習〔6〕，材略大過於人。蓋天之所生〔7〕，爲斯民計，故能於喪亂搶攘之際，全數十萬口之命，山棲野處，以待時之清。及我師之至，即以衆附。朝命授金紫光禄大夫、山東行尚書省兼兵馬都元帥、知濟南府事。常從征伐，以勇策勳，以仁止殺，遂至平定中原。修復濟南廢城，爲國雄藩，當東南一面之寄。事上有禮，恤下有恩，而民益有所倚賴。艾服官政之年，遽致其事。子孫再世襲爵，治法征謀皆卓然有立，無忝父祖。而公猶康强壽考，被遇三朝，封濟南公，賜銀印。子孫男女八十餘人。年八十有三乃終，非其有大功德於民而然与？夫愛民者，天之心也。厚施在民，天必報之。余觀張氏三世，入爲諸侯，奠一方；出佐天子，定天下。始而一方得脱於亂離，終而天下得免於戰爭，誰之賜也？是其施於民者厚，則其受報於天者宜何如？張氏子孫福禄名位殆方昌而未已也。公之子七：一曰邦傑，字智萬。年十有七，爲質子。三十有一，襲父爵。四十有四，先公卒。二曰邦直，行軍萬户。三曰邦彦，權濟南省事。四曰邦允，盤陽軍節使。五曰邦昌，奥魯總管。六曰邦孚，大都督府郎中。七曰邦憲，淮安路總管。公之孫三十有五。元子所生者四：伯曰宏，字可大。既襲祖父爵，中統元年，以南伐功，授濟南路大都督，統攝諸軍事。未幾，割山東五州隸濟南，改山東路，職如故。先是，察益都李壇有叛謀，密奏於朝凡三。三年，壇果叛據濟南城。与戰，敗之。壇誅，復治濟南。至元元年，遞遷天下諸侯，改授鎮國上將軍、真定路總管，兼府尹。九年，召除襄陽等處統軍使。十三年，歸符印於朝，致仕。十九年冬，卒，年五十有九〔8〕。仲曰守信。叔曰密。季曰宇。公之曾孫昇和兒，字子京，叔子也，而後大宗，今爲建昌郡侯之長官，宣武將軍。政尚慈惠，民所害除之，民所利興之，民所憂憂之，民所樂樂之，四年矣，廉勤如始至。余倦游而還，与侯相好也，敬侯爲豐功盛德之家。將刻石以彰世美，徵余文。侯之所以光祖宗者，以實不以文也；然孝子慈孫之心，其敢不將順乎？若夫三世行事之詳，有家傳在，姑述其大概，而繫之以詩。詩曰：

溟濛蒼玄，遘時迍邅。蠢蠢蝡蝡〔9〕，曷生曷全？歷山之陰，西齊之偏。季世糾紛，兵交盗挺。民其何依？天啓英賢。維濟南公，乘時翩翩。雄勇絶人，所向無前。數十萬衆，集於崖巔。阻險以守，俟命於天〔10〕。丙戌歸朝，降宅平原。樹栅開府，外周湧泉〔11〕。爰設教條，首務力田。乃勸孝弟，乃懲罪愆。祈緩科徭，以惠顛連。庚寅北覲，欽奉綸言。取汴有期，公願率先。賜酒賜衣，嘉爾忠虔。位冠群后，一日三宣。我師及河，公馬疾鞭。乘栰宵濟，奪彼舟船。我師遂南，虎视龍驤。乘勝轉戰，其鋒莫當。既破張盤，旋擣汴梁。越一年間，繼下睢陽。帥欲戮俘，帥欲烹降。公輒諫止，靡酷於戕。沛徐暨邳，連歲拓疆。兵務少間，乃修濟城。官廨民廬，期年具興，闠溢往來，詡詡笑聲。不圖斯今，復覩昇平。有司違行，額外徵兵。固請如額，部衆以寧。歲在戊戌，朝論銓衡。天下諸侯，治孰可稱？濟南第一，莫之與京。年踰五十，事謝全名。元子嗣爵，載頒虎符。分正者誰？出令維初。户徵白金，歲倍搉酤。力懇寢罷，瘡痍獲蘇。有民彼逋，棄其田廬。有民此居，償其賦租。謂例則然，孰諏孰圖。以災傷聞，玉音曰俞。融風煽妖，比屋成墟。亟哺之粟，膏萎澤枯。大會帝庭，侃侃陳謨。新符偉服，眷渥超踰。賦金至再，度難免除。三取之民，一代其輸。有命益地，以旌政殊。盜逼東界，領軍遄驅。竟發一鏃，斃其凶渠。中使目之，色動心愉。濟東地卑，霖潦所潴。餽餉孔艱，輦任嘆吁。運土堅杵，以便徒輿。百里濘淖，坦坦其趨。鹽法弊滋，自辦官需。母喪廬墓，骨立哀癯。享年不遐，紹業有孤。公之聞孫，惻惻仁愛。跣禱憂旱，殄虎除害。從師南來，先旆拔寨。招納降附，撫視彫瘵。益都亂起，義旅雲會。收募散亡，扼塞衝隘。七馬七槍，功實爲最。叛誅城復，鎮牧弗怠。南北既同，海宇清泰。克繩祖武，未老勇退。婉娩賢女，王府作配。沮折逆萌，聞者敬慨。淑明何多，家慶未艾。於顯今侯，涖我盱水。公子之孫，公孫之子。永言追好，昭示厥美。庶幾方來，知所由始。古云不朽，匪此繄彼。我侯勗哉，百世丕祉！

楊氏先塋碑

宣德楊侯守諒牧盱之四年，諗於廣平程某曰："楊，山北巨姓，世立勳名。曾祖考諱某，仕金，監治武川郡事。祖考諱實甫、考諱昉，俱隱德弗耀。守諒奉先人遺教，生三十有六年，被遇世祖皇帝，親擢授承事郎、資用庫副使。越四年，陞承直郎、資用庫使。又八年，陞奉議大夫、資用庫提點。又四年，賜名塞因乞答台，陞朝列大夫、利用少監。又四年，陞朝請大夫。今上皇帝嗣位，大德元年，授少中大夫、建昌路總管。今年六十有一矣。顧唯獲事兩朝，夙夜祗慄，幸未底曠敗。前後所受錫賚恩寵無与比，恒懼弗克報稱。非祖考之澤，其何以至於斯？而墓碑未豎，爲人子孫安乎？公能爲文，其俾之銘。匪直泉壤之光，亦其遺胤之所賴以庇覆也。"某初識侯於京師。一見知爲長者。逮侯來盱，寬簡鎮静，民安其政，幾於古循吏之風。時閒居，得与侯相從也。侯之言油然孝子慈孫之心，遂承命不辭，次其世而系之銘。曾祖妣完顏氏，子一人。祖妣李氏，子二人：長明，房州節使；次考也。妣某氏，子四人：伯季彬。叔天祐。季君澤。侯，仲也。娶張氏、牛氏。子一曰温，中尚監令史。二曰良，大府監内藏庫副使。三曰恭。四曰儉。五曰讓。六寶童。恭、讓俱蒙古譯史。銘曰：

幽冀之北，土寒氣勁。碩人攸出，沉實簡静。譬諸水木，有源有根。若稽前猷，視其後昆。維曾大父，小試未究。大父暨考，潛晦遺後。世德其崇，用啓今侯。帝眷優渥，莫或与儔。子孫繩繩，流慶未已。我銘此碑，昭所本始。

曾履祥墓誌銘

公建昌南城曾氏，諱穎瑞，字履祥。曾祖度，特奏進士。祖發，監文思院，贈中散大夫。父同，僉書定江軍判官。伯父三府君復，無子，父命之繼。曾爲氏遠矣。公之高、曾始自撫州房居南城[12]，詩書世守，學行爲鄉先生。至公伯父文莊公漸高科立朝，在正人端士之目，而門始大。僉判公清介無倚附，自六館諸生，晚得一官。諸子皆生長勤約，舍學無他，力公尤專苦。昆弟共學木榻上，一褚衾[13]，數年寒暑不易。性警悟，涉世早[14]，人情物理如鏡照，數計不差。諸兄侍郎公穎茂、左司公穎秀先貴顯，咸期以遠到。寶祐丁巳，以侍郎公郊恩補官，任峽州遠安簿尉、臨江軍清江丞，吏事修舉。倪倉使普、徐憲使明叔首薦之。義倉米虧，守夜出片紙，籍諸豪吏以償。公曰：“無罪狀而破人家，不可。請得先詰吏。”吏皆泣拜爭輸。新淦，岩邑也，賦積負，郡數委官料理，計窮，乃令首吏坐邑苛督，益負。守以諉公。未至縣十里許，吏迎拜曰：“使來，辦矣。”公曰：“汝郡都目來幾日矣。我來，乃爲此言耶？”吏又拜曰：“使，江西人。吏知使家法，使來，事必辦。”先是，受委者並緣侵漁，縣供給且不暇，故也。縣以例私獻緡錢三千，公曰：“此縣賦也。”歸之公帑。即正版籍，弛苛征，疏源剔蠹。繇是，新淦無逋賦。攝録參，有商舟遇盗，死者十三人。連逮盈獄，誣服者兩年。公閲欵，疑之。會有村民以他事下獄〔15〕，又有二囚以輕罪先在，密相謂："此人來，敗矣！"公廉訊，則殺人者，二囚也。盡釋寃係者，一州稱明。盖盗殲諸商時，村民附舟，泣告得免，盗疑其泄也。時楮幣日賤，朝命監司權衡其法，名曰稱提。憲司責富民以錢易楮，緩輒没入其貲。令峻甚，民重足立。憲檄公督其鄉，郡有喜怒，風旨焉。公故寛之，迺械繫换錢溢數者一人，行闤闠中，捃摭告訐之風頓息，民賴以安。且以估籍非平世法，請於憲，除之。黄公萬石守平江，公爲屬。未幾，黄移福建轉運使，以公任鹽事。吏与盗爲姦私，官課大侵謾。月執細民數十，决遣，應故事。公密詰犯者，得利害，興除之。縱囚，約勿再犯，私販爲絶。比去官，鹽積本、羨三十萬。從黄公制置沿江〔16〕，盗起溧陽。俘入，將盡殺之。公審閲，皆樵牧竪子，入白曰："是豈能爲亂者？大閫初建，宜以德意示民。"即破械縱之。贊畫期年〔17〕，江東以治。攷舉及格，班改宣教郎、知安慶府桐城縣事。未行，會黄公尹臨安。一日，謂公："賈平章問君，盍往見之？"公唯唯。他日，又曰："平章今日問君尤悉，且曰：'正欲大用履祥。'〔18〕具啓事，一見何如？"公徐曰："先生方不肯貶己以合時，豈求久於此者。某往見，何義？"卒不往。以臺章鐫秩，尋叙復。遇黄公制置江右，客以公爲首。公進言留屯臨川非計也，語稍厲。同列爭進者誚公，閫公亦不然公。公曰："事去矣。"謁告而歸。除帶行提轄文思院、主管江西制司機宜文字，辭。除制司參謀，辭。除江西提舉，又辭。自是，閉户不復出。乾旋坤轉，挾一能、占一藝者各自爭奮。公碩德重望，諸公貴人競欲推輓。武愍李公鎮江西，擬公知汀州事。左丞管公行中書省，擬公提舉福建儒學。公曰："余老矣，無能爲也已。"固辭。幸諸子卓然可傳，家事纖悉，一推付之。幅巾野服，浮湛里閈者二十五年如一日，間徜徉溪南水竹間。溪南有地曰中洲，先廬在焉。曰："此吾先人之隱處也。"摩挲松竹，曰："此吾先人之手植也。異時，當從先人祠於此。"烏乎！亦可悲已。初，侍郎公以"勁節"二字名其溪南便坐之室，鄉人稱之曰勁節先生。大德四年庚子正月十二日中夜卒，年七十有六。以其年六月十六日庚申，葬於南城縣太平鄉豐高里黄家塘之原。子男四：文种，前國子進士。穟，前補國學生。脩，前將仕郎。積。女五。婿：寧文彦，前從政郎、南康軍司理。吴初，前將仕郎。吴芑孫、陳異孫。一未行。孫男十五：漢、沂、浚、孟孫、淑孫、偉孫、宏孫、敬孫、戊孫、卯孫、辛孫、易孫、慧孫、丙孫、定孫。女十一。公嘗以文种爲兄穎達後，修爲從子穊後，盖僉判公、侍郎公之意也。公魁岸山立，軒邁朗豁。勇於善，而周旋世故，委曲綿密。仇於惡，而与人語，惟恐傷之。不汲汲於超驟，不屑屑於資計。故居郊外，後家城中，湫隘僅庇風雨。更涉憂患，人所不堪，其心休休然。坐一室，方廣不盈丈，扁曰寒篷。宗族姻戚、名公勝士酬接其中，杯酒殷勤，嬉娱言笑，未嘗不盡歡。常語子若孫，以少時艱難，曰："非力學不足以立身，非從善不足以爲人。"又曰："士以不辱身爲重，用舍命也。遇否，時也。"辭婉而正，志怡而安。烏乎，斯完矣夫！余倦游而還，幸前修典刑，猶及見公。方將結昏媾之好，操几杖相從，以庶幾萬一善人之歸，而遽隔古今邪？悲夫！諸孤緝公平生行事，來乞銘，不敢以荒落辭。銘曰：

歸去來兮，命与時兮，撫三徑以嬉乎而。歸去來兮，死猶生兮，樂夫天以寧乎而。晋處士兮，漢征西人所命兮，吾何与知？溪南十畝兮，有宅一區。上有修竹兮，下有蘭芝。吾魂氣無不之兮，千載猶思。毋毀我琴瑟兮，毋墜我書詩。噫嘻！維先人有之，維後人似之。

故建昌路儒學教授蔣君墓誌銘

至元二十有三年，余以集賢學士、行臺侍御史將旨江南，蒐羅遺逸，得二十四人焉。既復命，朝廷分其半，掌憲諸道，餘悉授任有差。時龍山蔣君松魁長才奥學，爲衆所推。余將以君入見，未行而君病，病而卒。余爲悼之深也。又十有五年，其猶子宗道叙君行事，來乞銘。余爲之喟然以嘆，曰："銘吾故人，而弗忍辭。"君世家嚴陵壽昌。曾大父敬之。大父震亨。父焱。母某氏。君早負文聲，學於太學者七年。甲戌，授初官，典教盱泮。以恩，轉修職郎。次年，又以江西制置黄公萬石之辟，授國史校勘、江西提舉司主管機宜文字。未赴，而盱城歸附天朝，君復掌教事。時余季父西渠公守盱，酬酢紛糾。君雍容風議，佽助爲多。余時初識君也，凡在泮七年，雖中更多故，而教育不廢[19]，有力於庠序爲多。至元辛巳，西渠公以郡事再入奏，因薦於朝。衆謂命下矣，而中格。最後，余起君於丘園，而君竟弗得生。命也夫！命也夫！君爲人磊落恢廣，軒然有古丈夫風。其孝友信義，天性然也。晚隔丘墓，不復能歸。每烝嘗之際，執爵望哭，悲不自勝。暇則過余先君所，或与盱之賢士大夫游，杯觴流行，爲詩自遣，詩如其人。余時官中朝，去家久且遠，聞君徜徉甚適，念不得旦暮膝下，時与君輩相從。及以使事來歸，意謂將得相與行吟河洛之間，少酬前志，而事乃爾。人生相知爲難；相知矣，患不相聚；聚或弗能久。此余所爲屢嘆也。君字仲方，生於乙未二月二十日巳時，卒之日實至元丙戌九月二十五日。娶葉氏。子男一人，宗德。女一人，適鄭相之。孫男四人：建孫、昌孫、福孫、元孫。女一人。君既歿，妻子追念其志，將以君歸葬，乃以某年某月某日，權窆於某所。銘曰：

誰之不如，彼豈有餘，此獨嗇也。誰之不容，挈其平生，而去之迫也。銘以訊之，尚能視此刻也。

忠烈廟碑

國家既一方夏，薄海内外，靡不乂寧。乃睠西南之疆，外引六詔，内接三苗，地險俗厖。播川郡寔據其會，爰畀太原楊侯節印，俾紹服先公之駿功。侯既稽首受事，入覲以謝。歸則布宣皇威，一以法令從事。環播川數千里，箐居卉服之民咸知職貢，讋行惴息，以大帥府爲命。於是，王化浹矣。上嘉其勞，推恩錫類，追謚侯大父爲崇德公，考爲惠敏公，所以慰答忠勤者甚厚。侯既膺寵典，彤弓大卣，以祀以戎，治法征謀，恪遵臣業，所以憂邊恤衆者甚備。間歲必一述職請命，示弗敢安。大德七年冬，道過武昌，因言於廉問使者廣平程某曰：“漢英不肖，猥承邊寄。凡所享有，莫匪祖考之休慶。而廟碑未刻，懼無以示子孫，敢叙次其事以見。倘矜而貺之辭，其自昭穆十六世而下，咸嘉賴之。”某既辭弗獲，則爲之嘆，曰：“爲人臣子，不當如是耶？”謹按：楊氏系本太原。唐乾符初，贈太師諱端者宦游會稽，後客長安。適南詔陷播州，大爲邊患。有旨募能安疆埸者。太師慨然自效，遂命爲將，以復播州。威暢恩融，夷夏畏服，因領其郡，是爲播川楊氏始祖。五季俶擾，衆推其子孫世守。五傳至昭而無子，鄰郡帥充廣寔太原舊族贈中書令業之孫，鄭州防禦使延朗之子，來与通譜，命其子貴遷爲昭嗣，且授以家藏翰林楊大年所草中書令及莫州刺史制誥二通。自是，太原之族復合，而守播者乃令公之後[20]。八傳而當宋嘉定六年，高祖忠烈公始考典禮，建家廟以祀五世，奉太師公爲始祖，百世不遷，餘則有夾室，以奉祧主。其明年，嘉禾生於庭戺，詩人歌之。咸淳四年，考惠敏公又請於朝，錫今廟號，刻家訓於石，榜崇孝於樓。至是，而播州之楊幾五百載，用夏變夷，益遠益大。傳至於侯，節義不替，勛庸益著，盖侯自幼已能好學秉禮，以文自修。尊禮老成，得其忠益。其承天寵，召民和也固宜。若夫致嚴於宗祏，崇飾於本原，思以微顯闡幽，垂裕永永，是又孝子慈孫之大節也。孔子作《春秋》，諸侯用夷禮則夷之。播爲中國郡縣，嘗以朝臣出守，不幸季世，殘於裔戎。而楊氏以晋士之望，攘除湔祓，復此天明，帶礪河山，綿綿延延，以至於今，獲遭聖神，大展忠力，視春秋杞、鄫之君自絶於禮而見擯於麟筆者，不其藐與！謹詩其事，以聲皇風，以迪家慶。詩曰：

於皇維元，立極繼天。電激風遒，以奠九埏。孰荒弗庭，稽首後先。越西南陬，魚魚顔顔。我有虎臣，端坐播川。折其機牙，汝力汝田。或觸於藩，我飫其羶。有向穴嗥，叱之寂然。虎臣維何？楊系太原。太師啓之，既十六傳。祖德宗功，爪引蟬聯。錫廟与名，亦既有年。於皇我朝，君聖臣賢。煦没崇生，恩厚無前。惟此虎臣，允武允文。殿此大邦，維國之珍。金甲琱戈，刻印以銀。謦欬一堂，千里聲震。屏翰旬宣，有飈不塵。介圭來王，臣職既陳。帝曰歸哉，勤恤我民。飲至勞還，俎豆侁侁。祫礿烝嘗，於此秋春。嗟惟楊侯，承家事君。靡或間言，式是臣鄰。何以似之？曰忠曰勤。何以永之？咨爾後人。

故將仕佐郎建昌路儒學教授吴君墓誌銘

異時，場屋之士居連甍，出連衖，以得失爲雄雌，失則悲，得則肆，古人之事一不槩於心，務於躬也。某少從徽庵先生於臨川，得延陵氏之仲季焉，則獨否，以是皆友之。三人無須臾不偕，偕而無適不樂。於文，盖嬉笑諧辯以成，未始棘棘然也。季長於余二年，業成且精，凡試輒可。識用弘朗，意悟飄灑，卓然萬夫之望。一舉進士，遂中其科，得瑞州新昌縣尉以歸。重慶在堂，内外歆豔。既而天下定於一。某入仕京師，季亦名聞大朝，擢建昌路儒學教授。後十年，余將旨南歸，時季已解去，而盱校良規斬斬，新田每每。問之，季氏力也。盍再仕乎？方藝木引泉，笑而不應。自是，余留昇揚，留長樂，留武昌，家居之日良寡，而延陵氏之仲季遠則書，近則面，凡余家慶弔之會無不與焉者。今自沙羨謁告歸，意當三人復聚如往時，可無不談，談無不盡。而季則已往矣，仲又益老且病，不良能行〔21〕，徒以書，使其子若猶子來速余銘季墓。嗟夫！生者不常見，死者遂不可見，情當奈何而忍文之。抑吾友兄也，其可辭？按：前太學進士余鑰狀略曰，吴本金陵，五季，徙弋陽，又徙金溪。六世祖濬，徙今地，曰吴塘。濬孫安世，又析於新田。曰景立，曰堯仁，曰士亨〔22〕，吴塘三世也。曰安世，曰以謙，曰鑑，新田三世也。君生七歲，自吴塘出繼於新田。新田無父而有祖母，乃奉之而依於吴塘。吴塘之父字嘉甫，有志不偶，力學以命其三子：伯，德鴻。仲，德溥。季，君也，名可孫，字聖可。甫十二，已辨科舉之學。少從仲兄游，郡中博士程君紹開每語人曰："二吴文行，遠器也。"平居恂恂，臨事毅然山立，盖自幼已爲長者所知。掌故胡桂芳，名士也，見之，曰：“長必有成。”以女女之。其師馮得一亦名士，愛而教之者十年，遂与同升。二公歿，君經紀其家，無所顧愛。去盱學而歸也，餘廩粟石千有奇，封識以竢代者。喜飲酒，然必相知者而后飲。飲至無算，然亦未嘗醉也。文辭字畫温雅如其人，至於薄世味，篤古道，其天性固然。生丁未四月丙戌，卒辛丑十月戊寅，葬癸卯十有一月庚午，是爲大德七年。信州貴溪縣西山，其阡也。子四：男曰泰卿、晋卿，女曰葵、曰燕。孫五[23]：男三，女二。人之生非必爵禄以爲達也，不辱以事親，以成身，以行志，雖一日可也，况中壽乎？且以聖可之材謂器裁，進而師尹君公奚忝，亦既得其塗矣。步未改而斂轡跋馬以歸，終以不出，是不亦異於人乎？夫異於人者，天必異之。或謂：“其子亦異於人甚。”余曰：“然。”銘曰：

少之時弟昆，壯且老兮孰存？彼美人兮粹温[24]，吾欲与言而不得与之言。烏乎！蘭林在高原。

何德載墓誌銘

吾友延陵幼清氏之於人也，吾不能知。然其所常誦者，樂安有二人焉，其一曰何氏太虚。吾承言而未之識，則將旨以出，迺俾吾兒禮致之。後四年，歸，始克識焉。氣勁而材穎，多能而善用。於是吾以獲友爲喜，而謂幼清不吾欺。或從而贊之曰：“此竹洲公子也。”太虚又出一帖，題曰竹洲，公字也。則又進一編，且請曰：“山之先考行事之狀也，敢匄公銘。”狀曰：“韓、何同系，昌黎伯既言之矣。福家於崇仁，詵徙於樂安。九世而生夢龍，娶於詹，生三子。時，其孟也。名天聲而字德載，季也。皆舉進士得官。而季尤夙悟，十二而孤。母兄束之於學，以遂有成，是爲竹洲先生。初尉曲江，干掫有聲，州部咸委以事，無不立决。州部長吏前後四輩，皆材而薦之。蚤緣伯氏，獲識文信公。及在兵間，因相上下，志与事異，幡然來歸，餐英枕石者二十有三年而後没。没之日，歲庚子十二月二十有五日，得年七十有二。事母孝，事兄恭。詩文、字畫咸爲識者所尚。急義樂施，無戚疏貴賤，交得其懽。晚歲，藝圃嚴溪之灣，畦菊數十種，聞葩蘤之奇者，必致之；不可致，必往觀之。混而不污，貧而能佚。自贊曰：‘子孫孫子，方寸足貽。’其自信盖甚篤。方試禮部也，柄國者面譽其文且期之甚；及射策於廷，則又怒其直而殿之。其自樹盖甚深。子政，大父父也。妣曰李。訦，大父也。妣曰劉，曰吕。公娶於唐，先二年卒。子七人：男曰山，曰鳳。女五。孫七人：三男、四女。葬之日，大德六年壬寅十二月庚申。地爲崇德坊之原，官爲儒林郎，職爲主管刑工部架閣文字、都督府幹辦公事。山永惟先人之用既不克究，而僅可見者又闇而弗章[25]，山之罪也，故敢以銘爲請。”吾嘗記幼清言，樂安何氏爲一家之齊魯。今視竹洲君行事之狀与其子之爲，豈非然哉？乃語之曰：“子姑就館，吾爲子銘。”銘曰：

進有以行也，不必崇；退有以安也，不必豐。然不然耶？尚以訊於幽宫。

監察御史蕭則平墓誌銘

大德七年八月十五日，南臺監察御史蕭君泰登則平以疾卒，年三十八。聞者皆愕且悼，或疑。時某客鄂，諏之自東來者。曰：“信矣。”嗟哉！頃，余在禁林，吏以諸道提舉學事姓名來，中有蕭某，年若干。余訝其少，或告曰：“公未識耳，材則老也。”洎來南臺，中丞徐子方道則平朝夕不離口。後數年，余從閩歸，則平方典江廣學事，學者咸井井有生氣，衆誇語余。既僉桂憲之明年，聞海南有制獄，乃行都元帥薛闍干賊殺不辜，爲則平所劾。鞫之如章，帥遂抵罪，以則平爲御史。七年春，南浮江漢以下，余留之酒，不可。余笑曰：“真御史也。”自始識及是不數見，每見氣益老，言論益深。豈意自是遂終不可見耶！廬陵劉將孫，須溪翁之長適也，其言信。狀其行事，視余，亹亹萬言，曰：“是宜銘。”且助其子以請曰：“則平之志也。”按：蕭氏世本長沙，徙籍安成。曾大父平林先生，負重名，仕爲江西安撫副使，官中大夫，爵廬陵縣男，名逢辰。大父安中，從仕郎、德安府觀察支使。父元永，中順大夫、瓊州安撫副使。母胡氏。則平早穎拔，諸公皆器之，弱冠試吏，丞永豐，已出敏手[26]，行中書省以名聞，授將仕郎、湖南道儒學副提舉，爲部使者賞識，即子方也。子方一代耆碩，言輒見聽，遂擢僉廣東按察司事。衆睨其所爲。會有獠賊來逼城，衆惶惑，無所措。獨奮曰："督捕盜賊，獨非憲部職耶？我請先之！"即上馬出。將吏驚馳以前，賊遂退走。因按所部潛与獠通，以人爲貨及他奸利事，守令以下抵罪者八十七人。又建議減韶州歲賦白金，得請，遂減半。條嶺南積弊二十事，身詣臺言之。會建肅政廉訪司，繼丁胡夫人憂。至元三十一年，今天子踐祚，思与天下更始，詔罷征南兵，釋交州纍臣。以則平爲兵部郎中，介禮部侍郎李衎往諭其國。時安南既以失藩臣禮，重得罪，聞有詔使，疑懼參半，吏民迎餽麕至。喻所以來意，悉慰卻之。君臣卜日，拜伏以聽，然後知上德意，感慕歡呼。而使者又廉敏開亮，不与前等，乃大喜過望。歸所盜邊地二百里，遣其臣奉表，貢獻謝罪，遺使者橐中裝甚厚。辭不受，益之再三，終不受。益大服。既報命，授連州知州，未拜。奔瓊州公喪，起，提舉江西等處儒學，所職辦治。行省遣慮郡囚。袁、瑞州各有訹愚民自誣殺人而代死者[27]，既具獄矣，悉發擿理出之。僉廣西廉訪司事。始至，陳便宜二十五。制獄既竟，出薛闍干所掠生口六百七十五人[28]、牛馬三千六百有奇，還之民。柳州白蓮道人謀畔，論死者二百。録之，釋不知情者百三十有七人。他所辨雪糾正不可勝數。凡黜貪謬吏二百一十，汰左右江攝員四十一。進階奉直大夫，拜南臺監察御史，首言十事。分按江浙行中書省，水旱民流，議捐倉實以賑。或曰："咨可而發，無後憂。"曰："民命急矣！毁家償之，不悔也。"方大有建白，病日侵。得告，即命舟自載，且治衾槥。或言豫凶事。曰："死，常事，非凶也。"書別子，詩別親友，戒左右毋妄受贈。襚既戒[29]，不復言，遂卒於舟。明日，歛於建康，某年某月某日，葬於某所。配楊氏，再彭氏，皆名家。子六人：男若干，女若干。

則平精悍謹密，不煩不苛。不爲事所詘，故發必中機。意悟飄灑，豈弟周旋，与人必誠。故鉅人長者咸愛之。至其孝於親，忠於國，不媕阿淟涊，天性固然，故自號方厓。其始爲御史也，激烈自奮。或謂："太剛必折。"曰："患不剛耳。折不折，天也。"或告當自愛。曰："身非吾有也。"觀則平此言，豈自爲身後計者，而獨志余銘。嗟哉！銘曰：

奕奕堂堂，厓穹石蒼，不可盖藏。咨爾山君，勿刓其方。

何子宏墓誌銘

公諱宏中，字子宏，撫州樂安人。樂安尚書，學聞四方。由進士起家，何氏爲著。子宏又以博學善教爲鄉先生，故其義方素修，私淑尤廣，及門者大抵成名，而子宏終老於鄉先生。至問其家，則懷章綬而歸拜者前後四人。安輿就養，益以廉勤爲訓，所至諄諄不舍，故仕學皆優。乙亥春，子宏年七十，諸子來集於家。宜章令霖、永州教授希之、道州判官堯、廣昌主簿夢牛皆服其命服，以次奉觴上壽。里中豔之，謂當若陳省華，且曰："樂以善及人，宜天報之若此。"其明年，遂以壽終。又明年，伯子亦卒。越四年，始克葬於邑東山口陂之高坑。又二十九年，爲大德八年甲辰，仲子始來求銘。盖仲与叔方相與隱居求志，服膺所聞，期有以顯其親者未已也[30]。曾大父思，容州法曹。大父庚。父湛。母詹氏。娶於董，有五男子。最季元善，出爲柳氏後。二女子，咸歸於劉。曰祐甫[31]，曰季説，壻也。孫男、女十八。曾孫男十一。盛哉！文學既盛，子孫又盛，所謂鄉先生家不皆若此，顧不宜銘。銘曰：

謂天人之間，其效闊疏者，吾亦未卜其何如也。及觀子宏氏之廬，抑若此矣。爲斯言者，其不幾誣哉？

張宗漢夫人葉氏墓誌銘

天師觀妙先生之適曰宗漢，幼從人，間事誦讀纂綴，爲舉子，未達，蚤世。其配，同郡葉氏女也。嫠居三十年，誨育幼孤，昏宦有立，人皆以爲難。廣微真人述之曰："吾世母也，諱惠柔，貴溪人。曾祖夢得，宋中奉大夫、貴溪縣男，嘗爲臨川太守[32]。祖億年，太學進士。父繼善，象州推官。夫人生十六年而歸於張，容德婉嫕，婦禮無違，甚得上下驩心，良人賴以畢志。及寡，中慈外厲，佐叔氏，以成其二子。与紹，今爲建德郡治中。与純，烏山縣尹。一女，嫁進士倪日强。於是，夫人志願既酬，端深以臨家政。子孫先意承顔，不使少有忤拂。母儀子道，爲遠近宗。州里以義節上聞，而夫人哭烏山，感病歿矣。訣語琅然，類了達者，時大德十年六月七日也。生平不輒出閫，長子屢駕倅車來迎就養，人以爲榮，而夫人輒不許。或贊之，終不許。念弟老，不得數面，爲築居焉。遇娣姒如同生者四十年。晚坐北堂，雍雍繩繩，合千指，無一誶語。男、女孫十六人，曰太初、祥初、瑞初、復初、臨孫、震孫，壻曰臨川徐和、金溪鄧章。四未行。"没之明年，太初將其父命，北上數千里至京師，請銘於廣平程某。遂以述來。昔觀妙之嗣曰簡齋。天師事寡撫孤，藹然天至。余逮識之，因謂此誠天人。盖神仙之説無則已，有則舍孝義之人，孰爲之？又聞人誦葉夫人事，知其家風昉振，内外咸有懿德，不待遐舉，斯出塵矣。今視其述不私，宜以銘。兆在某邑某鄉某里之高原[33]，葬以某年某月某日。銘曰：

邇也視其閭，遠也炳之簡書。猶室不安兮，奈何彼殊樂哉？義婦慈母之幽墟，千萬年其永居！

【校勘記】

〔1〕田，底本誤作"天"，據文淵閣本改。

〔2〕檄，底本誤作"撽"，據文淵閣本改。

〔3〕楊，文淵閣本作"揚"。

〔4〕施，文淵閣本作"散"。

〔5〕善，文淵閣本作"德"。

〔6〕習，文淵閣本作"捷"。

〔7〕所，文淵閣本作“篤”。
〔8〕五，底本誤作“八”，據文淵閣本改。
〔9〕蝙蝙，文淵閣本作“蠕蠕”。
〔10〕俟，文淵閣本作“竣”。
〔11〕泉，底本誤作“水”，據文淵閣本改。
〔12〕房，文淵閣本作“徙”。
〔13〕褚，底本誤作“楮”，據文淵閣本改。
〔14〕早，文淵閣本作“見”，屬下句。
〔15〕下，底本誤作“必”，據文淵閣本改。
〔16〕沿，文淵閣本作“松”。
〔17〕期，文淵閣本作“經”。
〔18〕大，底本誤作“人”，據文淵閣本改。
〔19〕而，文淵閣本無此字。
〔20〕令，文淵閣本無此字。
〔21〕良，文淵閣本作“復”。
〔22〕亨，文淵閣本作“享”。
〔23〕五，文淵閣本無此字。
〔24〕彼，文淵閣本作“授”。
〔25〕闇，文淵閣本作“閼”。
〔26〕已出，文淵閣本作“涖事”。手，文淵閣本作“决”。
〔27〕各，文淵閣本作“路”。
〔28〕六，文淵閣本作“八”。
〔29〕襚，底本誤作“隧”，據文淵閣本改。
〔30〕已，底本誤作“愸”，據文淵閣本改。
〔31〕甫，文淵閣本作“雨”。
〔32〕臨川，文淵閣本作“歸州”。
〔33〕高，文淵閣本作“看”。

國家社科基金重大項目《荊楚全書》編纂成果

荆楚文庫

程鉅夫集（下）

〔元〕程鉅夫　著

王齊洲　温慶新　點校

荆楚文庫編纂出版委員會
湖北人民出版社

卷十七

碑　銘

翰林侍講學士張公墓誌銘

大德七年五月癸巳，翰林侍講學士清河張公卒於京師。嗚呼！公固博洽通達之士也。至元二十三年，某以侍御史受詔，選士南方。未行，聞廷紳有言公賢者。既至杭，公爲博士。時猶未識公，而舊識識公者人人言公，与所聞同也；暨識而心察之，又同也，乃薦之。明年，報命。有旨問所薦有可相者乎，對曰："惟上所試，以觀其材耳。"由是，公晋居憲幙。嗚呼！今二十年矣，豈謂當執筆銘公之墓也！讀其述曰："張氏系出清河，支居崇德。曾大父汝昌，京學諭。大父一新，宋承務郎致仕，贈奉直大夫。父琥，宋朝議大夫、崇德縣開國男。母恭人葉氏。家世爲儒，至朝議公而門益大。公名伯淳，字師道，幼已卓然。九歲，舉童子科，又以父任，銓受迪功郎、淮陰縣尉，改揚州司户參軍，尋擢進士第，監臨安府都税院。凡事五府主，輒俾贊其幙議。最後者倚之尤專，易鎮，又挾与俱。公亦悉心佐治，功冠一府，民至今不忘。陞觀察推官，除太學録，然自此歸矣。至元二十三年，授杭州路儒學教授，除浙東道按察司知事。在官二年，五祈閒，不遂。二十八年，朝廷重振綱紀，擢爲福建廉訪司知事。歲餘，有頌美於上前者，遣使召問。明年，馹以入見[1]。若冗官，若風憲，若鹽筴、楮幣皆當時大議。清問及之，對悉當上心。由是大加賞識，命至政事堂，將大用之。而辭孔力，益簡注焉，遂爲翰林直學士。今上龍飛，詔命多出其手。進階奉訓大夫，仍先職，知制誥、同修國史。史成，既進，無覬幸心，即請急以歸。明年，進奉議大夫、慶元路總管府治中。一府推尊之，事必咨焉。行部使者過之，輒曰：“此有張治中在，可無庸留也。”省檄按疑獄衢、秀州，咸得其情。事已，因過家，与其伯氏相從嬉遨，不忍頃刻舍去。牓其室曰養蒙，若將終焉，然不獲遂。大德四年，即家拜翰林侍講學士。明年，造朝，扈從上都。還，請老，不許。又明年夏，病，終於官，得年六十有一。有司護匳歸里。夫人趙氏，前十三年卒，以公治命，合葬於崇德州石門鄉通賢里沈莊之原。秋七月己未窆。子男五：采，永嘉郡文學掾。復、本、還，皆蚤世。杲，尚幼。女四。孫男四：燦、焕、爚、焌。女一。”讀已，因爲之言曰：世儒於世，往往扞格不能相諧，惟師道也，天資高明，濟之敏裕，疏通豈弟，文事偉如，事親惇宗，尊賢信友，述之者尤亹亹不置。其涖官臨民，所歷有風采，或能道之。至其廉於利，澹於名，惟知之者知之耳。嗟夫！立賢無方，殷士膚敏。以師道之材，逢時遇合，何所不可爲？而僅爾，命也歟？抑將集於其子也？銘曰：

景星慶雲，醴泉芝草。天道地寶，可以永好，而不可恒保。嗚呼師道！

僉福建提刑按察司事曾公墓誌銘

曾本鄫也，國入於魯而爲曾。自郕公父子游聖門，而氏遂著。南豐先生出，而東南諸曾爲聞家。公上距先生七世，其先徙居撫州金溪。謙之，宋贈少保；貫道，宋贈少傅；鈺，宋舉進士，官至朝議大夫，贈少師：爲公曾祖、祖、父。母黄氏，臨川郡夫人。夫人三男子：鴻子，吏部左曹郎官。淵子，參知政事。伯仲皆進士甲科。冲子，字聖和，公也。少以父任補官，主潭州瀏陽縣簿。趙丞相葵宣撫江東西，辟佐吉州節制司。居三年，州守移温，又辟以自助。府罷，調臨江録事參軍。丁少師憂，服除，連應杭、昇二府辟，改官知仁和縣。歲中，提轄左藏封樁，奉使督運。未還，除司諸軍審計。遷太府主簿，兼刑部郎中。出守南安軍，積階承議郎。未幾，罷郡歸。至元二十四年，憲臣奉詔選士，公起家，授承直郎、僉福建提刑按察司事。二十七年，以老病匄閒，不許。明年，代至，乃歸。大德九年五月某日，以疾終，得年七十有八。公生而凝粹，端敏好學，諸先達咸愛之。少師嘗病甚。焚香祝天，願損己壽七年以益父，父病尋痛。後果止七年。蚤閑吏事，初仕，攝太和。太和，劇邑，即有能聲。府委以他務，無不力辦，裁决皆中機會。由是，一時名公卿辟舉交至。仁和富民爭財而毒殺女兄，粥獄求脱，擿其奸。市有劫盗，官論十九人以死，曰："此盗也。"獄具，而公至，閲其狀，曰："此非盗也。"將理出之。時盗發都城，官吏皆當坐，幸藉手以免，語共侵公。公恚曰："後獲真盗，吾一官不惜，若十九人命何？"力伸之，獄遂逭[2]。俄而果獲真盗，所剽具存，衆乃大愧，十九人遂雪。閩部遠且險，吏乘爲奸，民迫爲亂。公行部所至，先以牓檄警諭感切之。吏相顧聳戢，或棄而去。向之山藏澤嘯，欲出不敢者，得檄皆麇至，拜庭請罪。侍御史吴公曼慶來，見公所爲喜，非公分部，亦檄使行。有囚殺人當死，省貴人私出其罪，約公涖刑。公曰："如律則往涖。"通鄰妻而毆殺己妻，匄吏蔽以誤殺。廉得，讞正之。奉職往往類是。歸而益老，治地於南郭，命曰樂丘，題其門曰"生處樂，死便埋"。至是，諸子奉其柩，以某年月日窆焉。夫人氏先鄭後李。男子三：文樞、文機、文棅。女子三，長壻趙某。公性好周人之急，鄉鄰喪葬必親之，年飢必振之。詩酒縱横，卷舒自適。与人語，惟恐傷之。病革，猶衣冠對客，無憊容，爲詩云云。將瞑，笑而逝。先葬，文樞輯公行事如上，來匄銘。某既諾，則念往者將旨蒐羅，時公以故侯家居。或以公爲言者曰："生民休戚，惟湛浮閭里者知之，亦必能吏而後能知吏治得失。雖今、故殊時，然若斯人，昔者之敏明又將之清慎而勤力，其可。"余曰："然。"今視其行事，信然。然使未老且不病，當猶有可書。銘曰：

死者不可復生，斷者不可復續，斯古人訓以哀敬折獄也。然或不能審克，則利令智昏，播糠眯目，又烏能若此之堅決彊毅，脱民於無辜之戮哉？

故同知寧國路總管府事楊君墓誌銘

余自爲諸生時，見前太學楊君，必大所爲文。或有識之者，曰："此篤行君子也。"至元中，余待罪臺端，將命旁求於野，至浙東，閲官吏爵里[3]，有宣慰副使楊某，試問之，即太學楊君也。因録其名氏，薦之。自是，弗相聞。後二十年，或以隧識，介其子天合見余於京師，曰："父歿久矣，而墓石不文。敢藉以請。"請不已。噫！余知之，何辭費爲！君字伯起，世家臨海，傳《春秋》學。曾大父滌[4]，宋迪功郎。大父定，宋通直郎、江陰軍教授，贈承議郎。父元尚[5]，宋承議郎、知山陰縣事，贈朝奉郎。母林氏，封安人。君少孤，能自力於學，由鄉貢入上庠，試藝，輒冠群，遂釋褐。教授南劍，會長貳缺，因攝其州。以辦治聞，擢教京庠。丁林夫人憂，服除，爲户部掌故。升録國子，連進爲兩學博士。又丁家難，起知台州，積階朝散大夫，官兵部郎中。至元十三年，以州歸國，城邑賴以安全。就加本州安撫使，以病謝事。十九年，入朝，授中順大夫、浙東道宣慰副使。屬衢、婺有寇，行省命往治。軍至，則別淑慝以釋纍囚，獲免者餘數萬。二十六年，同知寧國路總管府事。居三年，再以病謝。三十一年八月十三日，卒於里第，得六十有八年。以其冬十月辛卯，窆於臨海縣興國鄉石鼓山之原，循先志也。初娶於鄭，封恭人。又娶於曹。五男子：天佑、天任、天合、天説、天協。一女子，壻陳處約。孫男、女九人。生平終始一廉，得禄輒施，故白首僅給。寬厚謙挹，襟度灑然。善譚論，爲文下筆立成。有集曰《中津》，亦曰《中齋》，人因曰中齋先生，其隧識云爾。以余舊所聞君之行事具諸人者多不著，然其清介敦朴，不爲赫赫以諧俗取寵，益信其爲篤行君子也，是宜銘。天合早孤，今甫世其禄，能勤尊顯，表發所親之志，是宜可嘉，不可辭。銘曰：

謂爲善必名揚乎？則比屋可封者奈何。不必揚乎？則守一節者亦或載而旌其家矣。君子曰：彼以其少，我以其多。盡我而已，遑恤其它。烏乎！是惟楊君之墓石，有泐勿磨。

楊漢卿墓誌銘

國子助教李君鳳言於廣平程某曰："僕幸甚，邂逅[6]，親承下風，愛重人物，頗習知公之夙心。有楊希震漢卿者，從母之夫也，本單父人，其考曰通，字伯達，嘗爲魏郡幕僚。僑居睢陽，又徙東明，實生漢卿。幼學於鄉先生王清之，超悟不群，師逸功倍。同輩有爭，輒爲排解。或群質於師，則爲之甲乙曲直，不詭不阿，師甚奇之。父亦曰：'異時，庶幾關西夫子乎？'因命之名。少長，無所不習，旁通譯書。燕南宣慰同里宋公廷秀愛其材，欲与俱至京師。辭以親老，戮力以奉甘旨。考八十，妣七十，咸以壽終。漢卿時亦半百，毁瘠過禮。既免喪，喟然曰：'仕或爲養也。今孤且老，尚復何爲？'因屏迹村野[7]，手抄《詩》《書》，秉耒耜以率子孫，家由之肥。漢卿天性直諒，重然諾，周急成美，有義俠風。鄉黨宗族有難平之事，不之郡邑而之漢卿。漢卿聲音鴻爽，身容偉如，面剖是非，可否無所避。千金之産，百年之仇，皆語下立决。退而相與，守其言不敢少變。亦有望廬而退，遽畏其知者。其配張氏，唐鄧鎮守總管之女，亦克相夫成家。三男子：曰謙。曰讓，試吏，有才。曰誠。四女子，一早卒。壻曰李某、王某、宋某，皆士族。孫男若干人。其家浸盛。去年春，漢卿屬微疾，不出户。一日，忽獨語曰：'吾止此耳。'聚其家人而告之曰：'生死，常理，王公猶不得免。我死，爾輩毋戚也。'指臧獲曰：'此輩助爾服勞，可均衣食，毋偏也。'具盥沐[8]、衣冠，翛然而卒[9]，時閏正月十四日也。後三十七日辛酉，窆於村之西南，且遵治命，遷祖、考、妣，會葬焉。今者，僕誠以爲漢卿材器若此，不幸不仕，不少槩見而死，心誠悲之。公倘不廢言，則幸而匄之銘，不幸猶幸也。”余曰：“諾。信如子言，古忼慨奇士也。然使出效一官，則繳繞拘閡，亦未必能行其言若是。”嗟夫！人生貴適志耳，豈必仕哉？銘曰：

孝於親，信於人，穎焉而揚英，淵焉而潛珍。儗之古先，誰之倫歟？

故紹興路儒學教授蔣君墓誌銘

固陵蔣君諱世傑，字俊民，自幼已負英稱。由進士入官，嘗參建昌軍事。去今五十年[10]，父老猶誦嘆不忘。至元中，余識之京師，相從夜語，典刑碩儒也。後又識其二子於江都，皆犖犖有父風。於是，余胥疏江湖之上二十年矣。今年秋，其子太常博士述君里系、官次，求銘，然後知君物故歲月。家本光州，父諱克勤，宰邑象山。愛其風土，因家於明。君生十四年而象山公没，大父母皆無恙。君已能孝長慈幼，翕然以和。學於舅氏。舅氏，名士也，深器之。宋開慶己未，中進士第，尉黄巖，遷泰州録事參軍。母喪，釋服，遷録建昌，清敏公勤，受舉於前後三太守。最後守念其拯飢盡瘁，欲再薦之，君力讓其同幙，由是益知名。遷安慶府司理參軍，沿江制帥素知其材德，羅致幕府，通署三司，事至立决，咸當其情。帥問，知君所署者，輒不復視，即奮筆畫諾，与總餉使者共薦君於朝。帥既去，君亦還郡。郡將倨甚，君与抗，不懾。改授宣教郎、知福州閩縣，遷提轄榷貨務，遂歸國朝。浮湛閭里者十二年，授無爲路儒學教授，始至即去。又七年，改教紹興，居四年而代。又四年，病卒於家，得六十有九年，是爲大德五年六月二十八日。先娶於趙，繼娶於洪，皆先卒。七年正月二十一日，与二配合祔於邑西梁家嶺之先兆。始，君之將葬其親於此也，雨。君蔬食露禱者逾月，逮事而霽，人皆異之。生平恂恂廉讓，惇厚平恕，不欺長幼貴賤，待之如一。心無宿怨，口無訾短。人有小善，惟恐延譽之後。里有疾，必調藥，手飲之，或遂周而振之。農譚草坐，無間然焉，讀書賦詩迄於没。有《梅心先生集》若干卷藏於家。四男子：汝弼[11]，有篤疾。汝霖，佐郡幕，後君五年没。汝礪，博士也，家方以之大。汝翼，亦登仕版。一女子，壻曰安陸府儒學教授林瑾[12]。孫男七。曾孫男、女五。銘曰：

懷哉蔣君，古之善人。彌積而長，不在其身。蔽芾甘棠，亦有遺民，懷哉蔣君！

故徽政院中議田君墓誌銘

至元中，裕宗皇帝監國，某幸以文墨待罪禁林，時時与諸老近耿光，承顧問。退坐詹事府廷，欵語移日，見司徒張公、平章王公以謙敏忠勤之姿表裏翊濟，履屐之間，無不勝任，一時宫府號爲得人，若田君輩是也。田君字吉卿，名永祚。先自延津徙藁城，至君始業書。推擇爲吏。宫府初設官屬，起家爲侍衛軍掾。成宗在邸，俾宰常州武進，兼總宫府財計，辭不就。升掾詹事，遷提舉備用庫使，撿覈鈎較，無纖芥私，遷人匠副總管[13]。大德初，隨府升副都總管，善於其職，皇太后累加賞嘆。進爲徽政院長史，賚以燕衣。六年，轉徽政院中議，積階自承事郎至朝列大夫。九年十一月二十九日，卒於官。十年十二月某日，葬於藁城縣某鄉某村之原。其孤以太常博士蔣君所爲狀來求銘。蔣君故与君聯事[14]，知君爲詳。剛特明敏，見義必爲。其居幙中，凡論一事，發言盈庭，人人自是。君徐起而評之，辭簡理盡，無不犂然心服，咸自謂莫及也。遇有不可，必力爭不屈，一府深賴之。每嘆俗日以薄，至自忘其桑梓，故於鄉黨弥加勤懇。因君而仕郡邑者數十人，來則館，去則賮。或与其子同升仁厚之言、篤實之行見於居官治家者如一，誠可謂賢哉丈夫也。而歲僅五十有四，不究其用，奈何？娶於陳、於李。子男四：遠，奉宸庫提點。寧，太常奉禮郎。亨，國子學生。貞，尚幼。女三。長壻曰趙庸中，相府譯史。二未行。遠嘗官武昌，甚異其材。今聞君大槩，人信有所本哉。銘曰：

大厦之構，大匠之掄。材無短長，用有詘伸。何以謂之，幕中之畫。何以誄之，尚世其德。

故昭勇大將軍欽察親軍都指揮使伯牙烏公墓碑

自昔聖哲開創之初，必有股肱心膂之臣翊佐鴻業，無有疏戚，悉肩一心。上之所以策厲激昂，亦非必兼金聯組。至論其終，所成乃皆卓然，非後能及。烏乎，盛哉！杭里，幕北舊國也。伯牙烏氏，國中右族也。太祖聖武皇帝初定四方，杭里内附，伯牙烏氏亦内徙[15]。有愛伯者來居濟陰，重厚沈鷙，以五十户從軍南征，力戰死事。子曰也速觧兒，世其官，即昭勇公也。世祖皇帝命丞相伯顔經略襄樊，公在行，功多。百丈山、鶴子灘最，賞銀鈔八十兩。長圍合，公被甲先登，賞銀鈔百兩。明年，破復州兵，殺其將，賞以百户。主帥言賞不酬勞，上錫金符，加千户，督五路招討。十六年，改授金虎符，管軍總管。江南平，録功，進階懷遠大將軍、管軍萬户，領江淮戰艦數百艘，東征日本。全軍還，有旨，特賜養老一百户，衣服、弓矢、鞍轡有加。二十二年，移鎮泰州。時籍漸丁爲兵，得萬人，以公爲欽察親軍指揮使統之。公於是以舊職讓其中弟，餘則分俸贍之。乃顔之役功多，賜金帶二[16]、明錦一[17]，以乃顔姑姊妻之。大德三年春二月，以疾卒於官[18]，墓在曹州濟陰之白塔原。正室二人：脱國，先卒。子曰教化的。曰黑厮，襲公符職。繼室阿失倫，子曰黑的，牧馬户同知。曰延壽。側室三人：忙古真，子曰拜顔，管領哈剌赤。曰靈保。次針姑，子曰完澤帖木兒，廣德萬户府達魯花赤。次失剌真，子曰哈剌章，尚幼。孫男曰忽都，曰法保。公没後九年，而當大德十一年，今天子龍飛。其冬，公子欽承恩旨，俾樹碑於公墓。公子乃以公事實，屬某文之於碑。惟公忠勇純誠，致身國事，推鋒無前。聖明在上，以庸詔禄，卒能佐興運，平四方，身佩信符，爲國大將。建邦之略、事君之誼，視古無間焉。聖上崇德報功，俾章不朽，誠萬世一時之偉遇。公子又咸英毅有立，或踐厥官，將必大世其業。獨惟文辭弗稱，無能發揚。而公子既洊以爲言[19]，敢弗自竭！申以銘詩曰：

稱戈會周，致梟助劉。有宗於斯，其朝如流。惟君之明，藏袴有待。惟臣之忠，夙夜匪懈。上信下孚，以勣以愉。兵包虎皮，遂長萬夫。遹觀古初，力与時奮。豈無其人，貴有令聞。嗟爾人子，孰不顯親。孝爲忠基，來視琱珉。琱珉孔崇，聖明與之。宰木維喬，子孫樹之。

純德郭先生墓碣

大德十年三月十有八日，長樂鄉先生郭君卒，年六十二。五月二十有七日，葬穫嶺之先塋。皇慶二年夏五月，子履拜余京師，乞文表墓。其友南雄教授陳立翁亦以書謁余曰："郭先生死，且葬、且祠於校官，而未有易其名稱者。此門生故友之闕也。皆請曰純德先生。"至元二十九年，余觀閩風，居君家。居日相從文史甚驩[20]，知之深，宜莫余若也。乃次第其行，爲之文。君諱隚，字德基。其先辟梁開平之難，繇期思抱汾陽廟器，從王審知入閩，至長樂芝山下，居焉。世明經，號書厨郭家。曾大父囦。大父己千。父正子，第進士，教授廉州，著《春秋傳論》一十卷[21]，是爲存齋先生。君生十一年而孤，母林力貧節用以教育之。君亦自奮厲，於書無不讀，尤深經術，弱冠已爲人師。宋咸淳中，補太學博士弟子員。國亡，居鄉講學。至元中，郡舉遺逸，授泉山書院山長，遷興化路教授。秩滿，丁母艱。服除，改吴江州教授。代還，邑長貳執弟子禮，相從問學。方議建精舍於六平山，是年冬，所居屋西偏所植梅忽槁死，君見之，微笑。明年春，再調興化，未行。屬清明，歷造鄰曲親舊，歸課僮僕覓葵栽，兩兩植庭下。至夕，無疾卒。聞者莫不悲啼太息，涕泣沾襟曰："天何奪吾德人遽甚！"君平生志慕高尚，所至多佳山水，游覽談讌無虚日，而職無不辦。又以學行文章爲人所宗，名聲籍甚。余去閩幾二十年，思其人，未嘗遺於心，亦不謂如是而止也，豈非天乎[22]？盖嘗論其談經明白統貫，不刻鑿以爲異。其詩若文和平沉深，不琢鏤以爲工？其爲人疏通忼慨，謹簡易直，不矯亢以爲高。其爲子、爲父孝以慈。其与人交弥久而孚益遠，而不可忘。謂之純德，不亦宜乎？娶李氏。二子：履，沉質魁岸，有材略，由太子太傅府長史遷奉議大夫、知靖州。鼎，好學有文，龍江書院山長。女嫁進士陳嵩，先二年没。有《易述》《四書述》《梅西集》各若干卷。立翁又曰："郭先生性愛梅，既葬，其子於墓所徧山皆植梅。隆冬花開，遥望如積雪，若見先生之精神標度焉。"余既題其墓曰純德先生之墓，故又表其阡曰梅阡云。銘曰：

奕奕郭氏，明經世閾。載生純德，允廸前聞。玉雪擢質[23]，星霞耀文。可法可尊，粹如春温。我思其人，梅花之原。嗚呼先生，尚篤後人。

張氏宗會亭碑

宗會有亭，東平張氏所以會其宗也。宗法之不講久矣，相遘於塗，未知其孰尊卑，執手相爾女，視財勢爲輕重，乃至相搏捽於市朝。有司顧獨曰："俗不古！俗不古！"烏乎，斯民也！三代所以直道而行也[24]。烏乎！不意猶有斯亭，又不意猶以斯而名斯亭。亭在博昌趙村，實張氏令子某所建。盖張氏世家東平，金之季年，徙大梁，又徙歸德，復遷於睢，艱關顛沛。子孫或還東平，或居博昌。居博昌者爲墓於斯，奉曾、祖、考、妣衣冠以葬，而遂葬其父母焉。博、鄆，鄰也，歲時子孫上塚不廢，由是，某意匠斯亭，以聚宗族。烏乎！人生兩儀中，政如萍之生水，不蕩於波，豈不終壽，駢足聚面，然而非所必也。於非所必之中而求盡吾情，司造物者獨不念之乎？雖然，由宗而言，有五世、百世之分。由張氏而言，則有鄆、博之别。於此而不失其宗，以會其同，則以念祖宗者而念昆弟，由昆弟以及子孫，雖百世可知也。《語》不云乎："慎終追遠，民德歸厚。"以若張氏所爲，厚之至也。予雅不樂虚文，覩張氏所爲，矧又有請，喜而誦之。嗟夫！人有此心，亭有無，非所計也。家有此亭，記有無，不必論也。然則吾多言哉。

冀國王忠穆公墓碑

聖天子既踐阼，惠澤充洽宇内，訢訢褒寵所加，罔間幽顯。先是，榮禄大夫、平章政事王忠穆公既葬之明年，朝議恤典。議甫定，先帝鼎成。公之嗣子桓帥衛兵扈翊聖天子龍飛，忠勤焯著，三宫咸嘉賚之，由廣威將軍、同僉徽政院事，進階資德大夫、徽政副使。有旨，復伸前議，贈公金紫光禄大夫、大司徒、上柱國、冀國公，謚曰忠穆。配李氏，贈冀國夫人。俾樹碑墓所。有司欽承惟謹。謹按：公本藁城名家。考諱善，金吾衛上將軍、右副都元帥，功在史牒。公諱慶端，字正甫。幼已卓然自異，考甚愛之。年十三，遭父母憂。既免喪，即喟然有遠志。初爲郡筦庫也，衆或乾没，公獨不污，亦不訐。爲水軍提領也，練士恒如臨敵。軍帥當遠餉和林，公請代行，訖事而返，敗齊寇於老鴰口。授金符，爲千夫長，督城大都，議固以甓。公請衣以葦，遂省不貲。上將賞，公辭曰[25]："職也，奚功？且有聯職顔進在。"遂併賞，進千户，别賜公白金三百兩旌之。平李璮，公与有功。王師南下助戍清口，宋人覘知虚實，急攻不解，守將戰死，城欲覆。公拔刀誓衆，樹柵以守。臂毒方劇，因割去之，裹瘡力戰，城卒以完。群盜四起，復擊走之。進武節將軍、官軍總管。領左右中衛兵扈從北征，還，遷右親軍副都指揮使，進侍衛軍都指揮使。時衛兵雜處，因建威武營以居之。經畫田廬，各有攸業。别命一軍曰神鋒，教以蹶張之技。堂曰整，暇時訓練也；局曰犀，利匠戈甲也。資食之倉以足儲，康濟之局以虞疾。浚渠通舟，列屋取僦，營之如營家。於是代卒至者如歸，諸衛悉來取法。是役也，衆始難之，既則利賴之。至元十九年，建詹事院，就兼詹事丞。時威武富儲峙，有司來貸數萬石粟。裕皇以問公，對曰："兵、民等耳，何間焉？"即日与之。上獎公爲宰相器。上嘗遣近侍夜出伺察，爲邏卒所執。告以其故，卒曰："軍中唯知王將軍令，他不知也。近侍以聞，上賞公皂貂裘。東征乃顔，特敕公以所部扈從。公時年六十餘矣，在軍中，与士卒同甘苦，晝則擐甲執兵，身与敵遌；夜則引車環列，卧不解衣，贊畫經略，小大仰成；暇則俾士卒爲軍市，縱其懋遷，故連年暴露而軍中富强。東寇既平，大駕北巡，命公以其軍先歸。公引義以請，復扈北上而還。桑哥專政，公略不附之。裕宗升遐，公獨以漢將膺宫朝心腹之寄，備殫忠欵。成宗即位，論翼戴功，拜金吾衛上將軍、中書右丞，行徽政副使，兼隆福宫左都威衛使，進階資德大夫。大德二年，加榮禄大夫、平章政事、僉書樞密院事，兼使如故。公年与位高，而勤力益不懈，加以謙下仁厚，濟物在心。至其自奉甚簡，得上賜，輒以治具賓禮臺閣名流，次及鄉黨親戚，餘則班諸昆弟宗族之貧者，曰："是皆祖宗之枝葉也。吾受祖宗餘澤，忍坐視而不恤哉！"長者爲畢昏姻，孤者爲具田宅，死者爲治喪葬。人或有所干援，外深拒之而陰爲之地，人徒賴其成而罔知所自。宋既亡，有内戚久拘京師。公既常周之，又請縱而歸之。其在軍也，請尚醫自隨，士卒有疾，視之如子。軍中相語曰："吾屬家居，父母猶不若是勤也。"物故，則必以櫝歸。北征還，偶遺其一，必獲之乃已。然紀律嚴明，不爲姑息。平居，瞑目匡坐一室，乃至竟日，不爲寒暑而變。剛毅廉潔，忠勇幹敏。謀而善斷，能而不矜。懿稟自然，中於大道。嗚呼！所謂天地之間氣者耶？世祖皇帝嘗賜公玉拄杖，人謂表其足倚杖也。初疾，裕聖皇后命高醫視之，輟饍与藥畀之，曰："活此老，所以活蒼生也。"嗚呼！知臣莫若君，豈非然哉！裕宗在東宫，衣帶金帛之錫相望。成宗念公宣力久，初即位，既遷公官，隨以厚賜。及謝事卧病，遣中使諭旨，謂公篤實，家無餘財，給湯藥費三萬緡，且曰："病起，當有異恩。"然竟不起。將終，力疾謂嗣子曰："以位、以年，吾無所憾。獨蒙國厚恩，不得效命邊方，以此爲恨耳。爾勉輸忠勤，毋忝爾祖，則吾目瞑矣。"公既薨，嗣子繼任宫朝，肖德趾美，上下交孚，遂再進爲榮禄大夫[26]、平章政事，兼使如故。三宫眷賜有加未艾，被遇与公生平略等。西平以來，於斯爲盛。公之行，樞密判官張浹述之詳。公之墓，翰林承旨閻復志之備。今公嗣子既服上恩，謂某於公生平惟舊，且適當筆，爰屬撰具其事於碑。某因伏自念，至元中，親奉世祖皇帝玉音，俾入翰林，与諸老伍，遂獲時時入覲東宫。退坐宫府，公輒張具促席，亹亹甚驩，今三十年矣。名迹棲遲，文字洪汨，豈足光昭明良之盛！然倘獲牽聯不朽，与有榮耀，用不敢辭，謹著其完名大節如右，而系之以詩曰：

大鴻力牧，邈已猶徵。國有藎臣，奕世其承。允矣王公，喬木之英。粤昔草昧，野有玄黄。元帥之旗，望如金湯。厥佑伊何？訊之鎮陽。義与仁俱，善積慶餘。萃於一躬，仡然萬夫。謀定功成，匪棘匪徐。羽林天軍，其屯如雲。亦有帝城，奕奕闓闓。視此無疆，繄誰之勛？翼亮三朝，不愆不恌。長樂未央，晨門夜刁。誰扈東征？大將嫖姚。先公後身，約己豐人。分禄無羸，燕及九親。貴貴賢賢，羈旅懷仁。君聖臣忠，賚富錫崇[27]。申章九原，柱國上公。媲德之良，追沐冀封。豐碑言言，有命自天。盛德之輝，彌山貫川。尚列鼎彝，旂常孔宣。當陽之初，公子實劬。股肱腹心，匪公曷如。傳業纘名，屢不一書。以有殊榮，以篤其慶。嗟萬子孫[28]，式顧寵靈。永弼皇家，淮清氏寧[29]。

楊隱君墓銘

周君宗禹以其外舅之述來，視之，弟爲兄述也。意鬱詞悲，不無望於立言之君子。而周君懇懇，洊以屬予。予惟其天倫之愛、甥舅之誼也，乃爲之銘曰：

南皐翁，楊浩然，家弋陽。父元龍，諸老游，惇義方。翁幼悟，師碩師，沛辭章。命數奇，進輒郤，卷而藏。家益肥，子裕蠱，樂彷徉。生丁酉，以未終，七十霜。娶於方，繼以黄，亦先亡。方三子，子應有，壻趙湘。壻宗禹，義与文，庶子雙。孫有三，男曰實，二女郎。州鈆山，峰芙蓉，閟幽光。刻銘詩，慰死生，其永藏。

集賢直學士同僉太醫院事歐陽君墓誌銘

至元中，四方既平，民物豐殖。天子思得俊乂，布中和之政，与天下息肩，凡一技一能，無不召見，陳所長。方是時，岩穴草野之下聞聲自喜，揚英舒翹，穎然如景風靈雨之被也。新定歐陽氏以醫聞，再命而後至。留京師十七年，没，而其子以狀來匄銘。余惟銘墓，非古也，亦必有茂懿焉。然余聞其郡之初勸駕也，以親喪爲解。後十五年，使者自京師奉璽書，偕二千石及門，乃起應詔。是其中之所存者深乎。其狀曰：歐陽氏，自圖南者遷新定，生宗禮，以醫起。子大節遂有聲。孫淇益著，曰："吾救人多矣，後必食其報。"是爲君高、曾、祖、考。君名懋，字勉翁。生有異質，於家學夙成。既至，召見，應對合旨。命坐，賜食，賜貂裘帽、錦衾褥、城東宅一區，食尚醫禄，加月饘，復其家，遣使傳致其孥[30]，再賜城南宅，計口廩膳。凡所顧問，對輒契合。所進方藥常御，又賜玉帶、名馬。太子北上和林，上愛之深，意欲君從，君概然請行。太子踐阼，是爲成宗。視君益厚[31]，意有不豫，見輒釋然。無時不召，好賜有加，歲時嘗從上上都。大德十年，獨以疾不能從。成宗益不豫，君病亦侵。十一年五月二日，遂殁，年六十有三。歷官成全郎、御藥局使，陞集賢直學士、奉訓大夫，加朝列大夫、太醫副使，又加太中大夫，以直學士同僉太醫院。子男印。孫男同祖、光祖。女曰淑。君將没，謂印曰："吾常以素餐爲懼，故不敢乘時爲爾干禄。爾其善自樹，以成身。"噫！信斯言也！所存誠深矣，其可銘。印奉喪南歸，將以某年某月某日葬，墓在某鄉某里之原。銘曰：

我聞魏徐，來自丹陽。道与時俱，冕服九章。曷若歐陽，若岐於黄。二聖在天，往哉毋忘。

太平路儒學教授徐君墓誌銘

往年，嘗述釣臺二徐之貞，時徐父晞顔無恙也。後二年，其子革以史官袁桷所爲家傳來[32]，曰：“吾父殁矣。公幸矜而又賜之一辭。”按：其先自太末來[33]，曾祖某，祖禧，父景榮。晞顔字子愚，居宋太學中，試輒高第。歸國朝，歷廣信、安吉二郡博士。秩滿，當遷，曰：“我願爲博士耳。”集賢薦爲湖南提舉，曰：“母老，不可遠也。”乃再得姑孰。所至以扶道樹化爲己任，修治先賢冢，請蠲諸儒力役。桑門氏將夷安定胡先生墓，力爭而復之。性仁厚俶儻，初遭父喪，適歲儉。悵然曰：“飯佛老徒，曷若飯餓者！”乃大振，得食者數萬人。兵餘，因以飢疫，棄俘遺殍狼藉。君募飢民，掩死扶生，身自臨視，可活者拯而活之。有女子氣僅屬，曰：“我儒家子也。”載以歸，稍長，治裝，妻儒家。事繼母盡孝。妻偶一語非所宜，即自罪，不内居幾月。母爲解，曰：“無之。”君乃叱妻庭謝[34]，然後已。母黨質田久，君對母折券，請歸之。在信州，母暫土思[35]，即棄官，奉以還。有友客死，爲治其喪，又嫁其孤。所爲率若此。娶於某氏，有九男子。觀，先卒。頤，爲族人後。艮、革、節、益、晋、萃、復。二女子，曰清，曰淳，皆能潔身以死。孫男、女二十三。曾孫男、女三。生以宋端平甲午二月二日，殁以大德丁未十月七日，葬以某年某月日，某鄉某里茆岡之原[36]，其兆也。有集十卷。將殁，命其子曰：“我無贏餘，而好周急。今方薦饑，我死，慎毋營佛老事，第爲我活里中人，足矣。”銘曰：

古之孝者皆以善事繼母致稱，蓋能盡道而格無情也。既孝矣，又推其仁以及物，且終始不二氏之惑[37]，若徐君者，始可言太學諸生哉！

臨淮縣尹蔣君墓銘

濠上蔣君會龍董淮左學校八年，士興於學，學無闕政。遷令臨淮，數月，棄官去。有子曰培，亦儒也，以文無害，爲行中書掾，積勞，當予秩，將或亦爲令。夫令果不可爲乎？有爲之者矣；可爲乎？何爲而不爲也？廉將軍既棄於趙，嘗一爲楚將，無功，曰：“我思用趙人。”蔣君，儒先生長者，常舉於鄉，与儒居蓋久。一旦有簿書期會之役，宜不勝而自免也。若培，則必能爲之矣。其去也，就養餘杭。大德乙巳秋，卒，因葬餘杭。越三年，培以壙記來告銘。蔣以國氏期思。故蔣也，先繇期思遷婺，其父秀昇又遷濠梁，而生君。君卒時，年七十一矣。娶於周，一子二女。再娶於劉。培有三子。今年實至大元年。墓在錢塘縣某鄉玉岑山。官由將仕郎、淮東道儒學副提舉，遷從仕郎、淮安路臨淮縣尹。銘曰：

稷嗣君，衣楚製，從沛公。齊魯間，羞稱之。其後公孫丞相初入關，友人戒之曰：毋曲學以阿世，盖猶懲稷嗣君也。觀蔣君不肯爲令，与不爲主簿者何若。語有之：孟公綽爲趙魏老則優，不可以爲藤薛大夫。信夫！

鄭真人碑

夫寒暑之所以不忒，天地之所以長存，是盖有其故矣。昔者，聖人修其可知者，而其不可知者固已周流其中，非必蘄於治世也，而世恒以之治。後有得其粃糠土苴，已足自附於聖人，以之爲身則身安，爲家則家理，爲國則國以小康，然教始多岐矣。猶龍氏之寶三，曰慈、儉、不爭。夫果慈、儉、不爭也，則在宥天下者庸詎不樂於此哉？今之所謂大道者，其守慈、儉、不爭之寶者与？大道之流，予不能探其源，其見於紀述者已十世。其十一世之祖曰鄭君，名進元，以宋咸淳三年五月十四日生於永嘉，家本儒也。幼值亂離，至於輝州，悟真大師党君器其穎異，留使之學，遂通孔、老二氏言，時年十三矣。明年，大道第七祖李真人祠岳，過輝，一見許爲道器，且謂党曰："吾二人皆弗及見，後一紀當至堂下也。"党亦不諭。既而李、党二師俱逝。至元庚寅，君從衛輝道録賈師來燕，抵天寶，居堂下，適十二年矣。第八祖岳真人異之，授以戒牒、道名，留之，不可。歲癸巳，再來，今齊王以紫衣旌有德，師與焉。又受明真大師神籙秘訣，及親書道訓四章，自是，術業益著，治病立驗。賈師逝，君喪之如所生，進嗣其職。第九祖趙真人於君弥屬意，而早逝。大德六年，第十祖某真人召之者三，至則以爲都提舉，付以祖師經、筆、琴、劍，爲詞一篇授之。師再辭不獲，乃爲詞以復，遂嗣焉。十祖逝，喪之如買師而加毁。益昌平之阡，爲地七十畝，樹而周垣之。碑第五祖太玄真人之功於龍山，又刱衆真堂於天寳，以祠傳教諸師。買園畝百餘於故都之東，種柳於宫陰古河之堧，歲用以裕。八年，有旨，命君設金籙大齋於天寳宫。既事，錫號曰演教大宗師明真慧照觀復真人。明年，又命君設大齋於玉虚宫。又明年，再命設於天寳。禮畢，進見，喜動晬容，賞延於衆，甚厚。然君退然若不勝，一日，召左右告語，若將留訓者。弟子咸以謂年方强，豈遽如許。十二月，命召普濟大師張君於秦中。明年四月，當朝上京。未至，疾作，謂侍者曰："歸期至矣。普濟當嗣。"遂以五月朔終於龍山。弟子奉封於五祖之兆之左，其勤者又封衣冠於初祖之兆之右，又封於輝，盖以君所自也。某地昔爲大元觀，今爲頤真宫。君性謙慈和易，留心經史，學者一見，終身不忘。善於獎勸，咸歸心焉。雅善生財，興構雖多而未嘗匄假。若術之靈著，又道之緒餘也。編修朱某述其事爲詳。其弟子以碑請於承旨清河公，而公以諉余。碑宜有銘，銘曰：

天地之母，萬物之宗。疇克尸之，天下爲公。圉焉洋洋，猶魚於水。獨擅而私，匪誇伊恑。慈儉之寳，衍五千言。蔽之以一，不爲物先。維觀復師，自緇林氏。寛柔以教，孰訾其異。可離非道，守焉始終[38]。養生送死，弥著其同。噫嘻髫年，横流寸梗。化爲琅玕，燁彼光景。道無成毁，時有屈伸。小往大來，寄之在人。崆峒藐然，鼎成弓墮。往或驂之，不右則左。雲乘風御，方羊帝鄉。無疆惟休，刻示茫茫。

郭德基阡表

長樂郭陞德基，閩中名士也，以乙巳九月二十九日生，丙午二月十八日卒。二子履、鼎以其年五月二十七日，葬之於穫嶺原先墓之次。

墓既銘且誌矣，履、鼎又不遠數千里，謁余於京師，謂故人之厚者，莫余若也，祈表其阡。郭氏，相傳其先由期思奉汾陽廟器，從王潮入閩粵，遂以長樂爲家。上世皆爲儒，里中號書厨家。正子者由進士入官，爲合浦郡文學掾以没，是爲存齋先生，德基之父也。至元二十九年，余觀閩風，始識德基。時以興化郡博士秩滿家食，暇日相從文史甚驩。疏通慷慨，与人交，弥久而孚。於書無所不見，爲詩文，下筆立就，雜漢唐間，遽難别。彼之士大夫曰："是未足見其長也。"蓋生十年而孤，育於母林。天資羸溢，弱冠，已爲人師，進而鼓篋聲喧太學中。教於莆田，廉訪使副張公尤知之，今又受知於公耳。其自莆田教吴江，游息談笑，職無不辦，松陵震澤，猶有歌酒處在焉，心不忘莆。再調博士，未往而終。於經又粹《易》與《四書》，皆有述。其雜著曰《梅西先生集》凡若干卷。二子亦競爽，家尚不替。一女，適進士陳嵩，先没。余既表其墓，則爲之辭曰：

天之畀於物也不全，蓋自古記之，而人爲甚。若斯人者，進而論思獻替，或揚激清濁，次之石渠東觀，其誰曰非其任耶？而卒乃爾。嗟夫！人生貴適志耳。誠不如盤礴老梅之西，豪歌而痛飲也。

【校勘記】

〔1〕駔，文淵閣本作"驛"。

〔2〕逭，底本誤作"挻"，據文淵閣本改。

〔3〕閱，文淵閣本作"問"。

〔4〕滌，文淵閣本作"滫"。

〔5〕尚，文淵閣本作"勣"。

〔6〕邂逅，底本原作"解后"，今從文淵閣本。

〔7〕野，文淵閣本作"墅"。

〔8〕沐，底本誤作"沭"，據文淵閣本改。

〔9〕倏，文淵閣本作"倐"。

〔10〕去，文淵閣本作"云"，屬上句。

〔11〕致，文淵閣本作“致”。

〔12〕瑾，文淵閣本作“理”。

〔13〕人，文淵閣本作“大”。

〔14〕君聯，文淵閣本作“若同”。

〔15〕亦，文淵閣本無此字。

〔16〕二，文淵閣本無此字。

〔17〕一，文淵閣本無此字。

〔18〕疾，文淵閣本作“病”。

〔19〕洊，文淵閣本作“屢”。

〔20〕居，文淵閣本作“君”。

〔21〕一十，文淵閣本作“十一”。

〔22〕天，文淵閣本作“命”。

〔23〕擢，文淵閣本作“擬”。

〔24〕文淵閣本“代”下有“之”字。

〔25〕辭，文淵閣本無此字。

〔26〕再，文淵閣本無此字。

〔27〕賚，文淵閣本作“贵”。錫，文淵閣本作“均”。

〔28〕嗟，文淵閣本作“億”。

〔29〕氏，文淵閣本作“以”。

〔30〕傳，文淵閣本作“專”。

〔31〕視，文淵閣本作“待”。

〔32〕革，文淵閣本作“苹”。

〔33〕末，文淵閣本作“原”。

〔34〕謝，文淵閣本作“拜”。

〔35〕母暫土思，文淵閣本作“母偶思歸”。

〔36〕某鄉某里茆岡之原，文淵閣本無下一“某”字。

〔37〕氏之惑，文淵閣本無此三字。

〔38〕守，文淵閣本作“於”。

卷十八

碑　銘

大元河東郡公伯德公神道碑銘

至大三年，制昭文館大學士、正奉大夫、太子府正察罕祖考某，可贈正議大夫、輕車都尉，追封河東郡侯。妣某氏，可追封河東郡太夫人。父伯德那[1]，可贈正奉大夫、護軍，追封河東郡公。母某氏，可追封河東郡太夫人。明年，察罕拜參知政事，即詣史官廣平程某而請曰："察罕，西方之人也。先君慕聖朝德化，萬里來歸，沐煦養生息之仁[2]，家於解，抱孫長息於解，没而埋骨於解。天子不以臣不肖，有列於朝，褒崇之恩上逮祖考，惠至渥也。惟是先君宰上之表未樹[3]，大懼失墜，無以顯休命，發幽潛。願先生哀而賜之銘。"謹按：國史院編修官辛良史所爲行狀，河東公諱伯德那，西域班勒紇人，世爲大家。本俗以族顯，無姓字，歷三世，輒不知名。國初，歲在庚辰，大兵西征，班勒紇平，於是公生十有三年矣。少失怙恃，好奇節，聚族而謀曰："天方授聖元神武無敵於天下，我國亦臣伏不敢後，盍往從之？"乃悉族來歸。時諸王旭烈引重兵鎮朔方，公美髯長大，勇冠軍，王奇之。戊戌南征，圍安豐。軍校伯要台者薄城，城上挺長鈎及之。懸以上，左右錯愕。公時在後隊[4]，望見，奮出大呼："助伯要台！"引却，人鈎俱墜，禽戮陣前。一軍皆驚，勝氣百倍。城陷，策功，賞獨厚。王由是知公，拔置帳下，名以拔都。初，河東、陝右民賦之隸王者，以重合刺總管之，附治解州。乃以公爲副，因家焉。辛亥春，長安僧讎誣玄都道士謀置毒於酒，將不利王。有司連逮數百人，死搒掠者往往而是。公時使王所和林，力狀其寃。王悟，命釋之。公晝夜兼馳，至長安諭教。諸道士謂公自天而下，相率焚香遮道，哭且號曰："我輩更生，將何以報？但願公多賢子孫。"秦民父老迄今誦之。癸丑，貢職。王嘉公識大體，且辯捷，可代重合剌總管。公叩頭曰："臣得給事左右，薦由重合剌。王縱憐之，義不可，謹辭。"王嗟異，從之，賜名馬、重錦、弓矢以旌之。至元庚午，告老而歸。居里中恂恂然，至於濟人利物之事則不敢讓。鄉人爭訟，不願詣官而詣公。公諭以理，咸心服而去。公不解中國書，言必中義，動必中法，天性也。切切以教子爲務，嘗戒之曰："我不幸，少年百罹，不得學。爾等安居暇食，宜勉讀聖人書，行中國禮。他日面墻，悔之無及。"至元十四年，忠宣公奥魯赤開省湖廣，聞察罕通經義，練軍務，辟置幕府。察罕以親老辭，公曰："吾素教汝讀書知禮義者，將以有爲也。食其禄，辦其事，是亦爲孝，不當以我爲念。諸弟足養也。"[5]於是察罕始出仕。歲晚，敕斷家事，弄孫自娱。日与里社過從，射燕優游，將終身焉。一日至迎祥觀，正襟瞑坐。衆以公假寐，久之，撼摇，已逝矣，時至元庚辰夏四月七日也，享年七十三。葬惠政鄉曲范村之原。夫人京兆李氏，父登進士第。金末遷河南，夫人方九歲，歸戎帥重合剌爲養女，静秀豐整。帥以同寅，歸公焉。後公八年卒。子男八人：長，察罕也。以忠宣薦起家，授四萬户知事，遷行省理問、行樞密院經歷、行省郎中。大德丁未，妙柬東宫官僚，召除僉詹事院。未幾，進昭文館大學士、太子府正。至大辛亥春，今天子即位，擢置中書。次博羅，早世。次博羅察兒，敦武校尉、百夫長。次博蘭台，湖廣行省宣使，卒。次博除，太倉令，卒。次只瓦台，將仕郎、華陰縣達魯花赤。次朵羅台，不仕，好琴書，有至性，州以純孝聞，旌其門。次乃蠻台，敦武校尉、邵陽縣達魯花赤[6]。孫曾男女六十七人。嗚呼，盛哉！嘗論皇元之興，天下之一初也，其人多敦厖顓蒙，忠信篤實，不爲言語文字，而躬行實踐，暗合道義，庶幾古人，故其福力亶厚，子孫蕃衍，有非後來尋常所能及者。觀河東公，詎不信然，銘也何辭。銘曰：

猗與皇元，開闢一初。人生而純，与古爲徒。惟河東公，泰山喬岳。不言躬行，与道暗合。辛勤來歸，義明君臣。維忠維孝，貽厥後人。爲解世家，作廟始祖。衮衣赤舄，時乃天祐？有之似之，魁偉沉深。遇合以時，富貴何心。我作銘詩，用詔來裔。毋迷厥初，永永千祀。

故登仕郎吴君墓誌銘

蘭林吴公之封，其友廣平程某識而銘之。二年，友竹君亦歿。孤垕子以狀來京師，曰："昔者，先人讀季父之銘而悲曰：'知我者鮑叔，小子識之。'今言猶在耳，而日月有期。敢又以請。"嗟夫！二惠弱一猶惻，而并亡之。因思少之時，与君兄弟游，顧歲月若与我無与。年大以來，漸如夢覺，今則已若隔生。信矣，三十年爲一世也。君家撫州金溪吴塘，盖數百年矣。深道居士濬与汪公藻、熊公彦詩輩交。其孫景立，饒州助教。曾孫堯仁。玄孫士亨，是爲秋山翁。君爲翁仲子，名德溥，字時可。季，蘭林也，出爲宗人後。偕君學於臨汝精舍，師徽庵程先生，而友三人相得甚懽，未始一日不群居並坐。既則僕有四方之事，自是契闊矣。君又晚得末疾，竟弗繼見以歿。君姿敏甚，於文如騰雲建水，聲欬獵獵然。部使者、郡守二千石而下咸期之深。季蚤策名，期君者益衆，君偃然不以爲意[7]。或以登仕告身强之出，而已晚矣。天兵南下，林無安棲。君外調内娱，仰事俯育如他日。翁老而弥剛，母劉病日進。君給百役，以奉公上。率百指以寧晨昏，不使疾聲暴色小得至膝下。又推其餘能，以芘閭里。或勸之仕，輒惻然曰："吾不忍頃刻離也。"繇是，二親逍遥壽終。墓十里外，朔望必一往拜，不廢以至終身。友愛天至。季出仕久，則躬往視之，爲留久之。篤於交游，無所顧惜。或聞風踵門，皆將迎勞徠，不使觖望去。嘗造官舟潯陽，役人困踣十七八，君亦良僊，然見必拯而活之。後十年，猶有拜而謝於道周者。娶於余。六子曰垕、辰、應、良、復、萊[8]。三壻曰余天麒、鄧慶老、余天一。孫十二人：男斗孫、婁孫、翼孫、宜孫。女八[9]。曾孫男、女各一。君事親孝，治家勤，持身恪，与物仁。義方之訓，亹亹餘澤，盖未慭也。生於丁酉九月，卒於乙巳八月。卜以大德十一年某月某日，葬於某鄉某里梧岡之原。烏乎！蚤暮相規，朋友之務也，而契闊若此徒[10]。昔歲志蘭，今兹銘竹，山陽鄰笛，盡焉此心。銘曰：

天之生材，厥惟艱哉！來者不可待，往者又烏能來。維此良朋，既窅然而深歸，吾誰与偕。

黄伯雲墓誌

君子無幸而有不幸，小人有幸而無不幸。無不幸者豈獨無患禍乎？非也。彼之所爲固有以召之，非偶然、忽然而遭之之謂也。君子之爲行也兢兢，是故善作祥降。若夫慮溢於情涯，事生於意表，吾亦末如之何。而以身殉道，亦又何不幸之有！且夫高門縣薄無不走者，固矣。至於專養其内者，亦庸詎知異日膏猛虎之口哉？余聞廬陵黄伯雲之事，喟然悲之。伯雲，儒先生，專門《毛詩》學，深於六義，著書盈篋，其所獨悟出毛、鄭遠甚。江丞相，搢紳大儒，獨推伯雲善學。至元中，吴會雖平，寇盜竊出。伯雲一日携所著，有所詣。賊妄意袖中之藏，斃以一矢，即之，書也。先是，丙子初，妻戴与其大女子不屈於兵以死，夫又復然。其長子定哀父母之若是也，不食肉者三十年，余尤悲之。余留京師，定輯其家世，瞿瞿然請曰："父將改封，願矜而榮之一言。"按，伯雲名從龍，世衣冠。曾大父萬頃。大父欽。父秀實。母劉，會孟之姑也。二子：伯雲長，仁厚孝友，貧而好振。定之弟曰通。其大女子之壻曰沈，次二壻皆曰歐陽。孫男五。今封地曰儒行鄉毛竹原，祔於祖也。死時年五十有三。余既悲其不幸，復爲推其然，以袪世惑，且慰其子之心，而使刻其石曰：

解衣佐剌濟曲逆，薏苡連車躓新息，銜袖文書大人惑。夫禍福之不常，疑似之易成，盖自昔記之矣。嗟夫！學以成身，豈顧累之哉！

俞景隆墓誌銘

臨川黄君述其同郡俞景隆之事，來曰："炎發之故人也葬，願匄銘。"余辭不獲。蓋余与黄君善，黄君之爲人也慤。語有之："不知其人，視其友。"又曰："達，視其所舉；富，視其所与。"而《孟子》録鄭人之言曰："尹公之他，端人也，其取友必端。"夫薰蕕之不同器，牛驥之不同皁，自古記之矣。是故喜中郎之似，則不計其誰何；見元賓所与，如見元賓。彼豈不知生死之道殊，親疏之勢異哉？誠愛切於心故也。然則黄君之請不得不力，而余之辭也又烏得而力哉？按：俞氏繇徽徙撫，將十世矣。景隆名應元，業儒，博敏，嘗從里中儒先生曾子良學，復肄業於白鹿洞，受知江丞相及雙峰饒先生，乃升居洞學講席久，然後歸。既不得志於場屋，則退而養志，重親之心甚豫也。親既考終，以禮送之，亦自營樂丘於新莊，而構堂於其前，命曰歸真。蒔花竹，貯烟霞，常游衍觴詠於其下。几列名書數十卷，永日危坐，焚香沃盥而讀之。屋益潤，子孫益長，植以繁。有子三人：仁英、仁傑、仁偉，英已卒。孫九，六男子[11]、三女子[12]。曾孫八，三男子、五女子。而身亦益老，盖七十又七歲矣[13]。以至大元年夏四月卒，將以某月日歸於歸真之兆。余既爲之次其事，已而嘆曰：鄉稱善人，斯亦足矣；正命而終，斯亦可矣。尚子平有云："但未知生之与死何如爾。"因語黄君曰："天地，一寓也；萬物，一假也；死生，一往復也。彼將奚以爲真乎？冰之爲水也，孰受之？氣之爲風也，孰与之歸歟？其將安歸？"黄君曰："惜歸者之既遠，質斯理之無從，尚刻以訊於幽宫。"是爲銘。

鄧德光墓誌銘

予往聞南武城氏有佳壻焉，曰鄧觀國德光，而未之識。及居京師，又有來言南城教諭鄧某文學行能者，余獨心志之。蒙恩過家，里中父老子弟無不詣余，武城氏昆弟在焉。余一一顧接，相勞苦如平生歡，獨不見所謂鄧某者。居久之，武城昆弟戚然相告曰："家有子壻，不幸蚤世。其先世之生，類皆一時俊乂，故其歿也，往往有賢卿大夫爲銘其墓石。今子壻將窆，而石未有文。敢介先君之故，請以爲明公累，若何？子壻家本番昜，今其居邑曰金溪，鄉曰雲林。五世祖需，宋承節郎、監復州沔陽鎮。需生曄，進武校尉、廣西經略司屬官。曄生槐，進武校尉，監吉州永和鎮。槐生顯子。顯子生瑛。以儒相傳。至子壻觀國，益好學有文，歷宜黄、星子、廬陵、南城四邑教諭。娶於周，有子曰辰。周没，又爲家子壻。其死也，年三十八。雖其平生行事不少表見，不應銘典，然明公辱以先君之孫之壻，而匄之一言。先君而有知也，其將何惠之敢忘！敢請。"余爲之閔默不能卻，盖余平生於士，苟有一善，則余心之願見之也，甚於士之願見於余。若觀國，余聞之甚習，徯之甚久，而終以不見。且其博謇好修，事親有禮，屢爲百里師而不困。以彼其材，亦獨何所不得其志哉？而顧僅爾，是誠可念已。余於武城又有世好，乃不遂卻而爲之銘。其墓在白馬鄉高橋之原，葬以某年月日。南武城者，故冬官侍郎曾文莊公之采邑也。其言稱先君，先君者，文莊公從子故常平使者勁節公也。來謁銘者，國子進士文种、將仕郎修。而觀國，修之子壻也。銘曰：

深衣之歛，若斧之封。兹非孔子之徒歟，雖不年何慊？

縣尹鄭君墓誌銘

至元中，余初入奉宿衛，携孥自隨。時子大年始晬，甚弱，乳藥兼哺，請醫与俱。醫以老爲解，因薦進其甥曰："此儒也而工方。与之俱，如吾行矣。”乃与之俱，即鄭純道也。贍敏通暢，書無不觀。處療甚精審，不特過秦中，過邯鄲，爲某醫、某醫也。方是時，涉寒温者五六千里，小大皆無恙，純道力也。既至，公卿間聞其善爲方，邀致無虚日。由是，交益廣，譽益起。上方勸能，因得試令，而其邑乃在巴蜀中。時純道親留江南，辭不願往，改録判南劍州。純道不以祟庳爲意，亟歸迎養。時閩地甫定，兵民紛揉，郡又當道，過客、使車晝夜至，事取趣辦。衆睨其爲，已而翕然推重，不意其爲乃爾也。既代，交薦之，得酃縣主簿兼尉。縣与郴、桂溪洞相犬牙，異時日罹寇暴。純道至，選役夫五百，蠲其庸，假以利器，使爲鄉導。立烽燧，謹關梁，廣耳目。寇動，無不預覺，輒馳擊掩襲，深入窮追。由是寇不敢動，民得安業。明年，鄰郡盜起，復深入掎角，收所掠邑民甚衆。郡上其功，不報。先是，邑爲寇燬，乃建邑庠，招諸生，釋奠肄業。以餘力起，敝廢皆完。循資，得景德鎮税課提領。人皆於此自潤，而純道官滿過余，余視其貧与昔等耳。時余忝召，純道亦調集京師，守銓者兩年，乃得岩邑。未幾，又聞所代者以瘴癘暴死，益不樂，然不可改也。至大二年冬，余始見其子華孫於里中，則知純道視事不數月，竟以瘴癘暴死於官。悲夫！純道長身豐下，氣貌壯偉，汎愛多可，無新故，咸樂之。然銓邑者，其故人也，固有幸不幸耶？華孫既以至大二年八月九日己未葬之於靈峰之原，而以表墓爲請。按，其先琮由信仕盱，遂爲盱人。曰慶、曰浚、曰文焕者，純道之曾祖、祖、父也。純道凡三娶，有五子，惟華孫、善孫爲之服，餘嗣他姓。女爲王氏婦。華孫醫甚工，今爲江西醫司都目，盖初妻黄氏出也。純道名公大，以淳祐己酉四月六日生，以至大戊申十月二十四日歿。銘曰：

嗟夫純道，与余同年月生，而有十日長耳，誠不意其欻往也。自今余至京師，無復有能知三十年之舊事，而相与縱談抵掌者矣。嗟夫！

勇遂侯碑

故金吾衛上將軍，和、濠二州招討使，賜謚勇遂侯王公諱喜，字悦道，宿州符離人也。至元十二年，王師東西大舉渡江。公鎮歷陽，奉所守上職方氏。天子嘉之，錫圭。入見，行至濮上而病，遂捐館舍。訃聞，軫悼，特加贈襚，賜謚，易名，又官其子，凡以顯答勤敏者，恩意殊等。東南列城聞之，莫不競勸，不期年而江表大定，由聖天子得經遠柔服之道也。公系出侍中朴。侍中爲周世宗股肱心膂之臣，世宗又五代有志恢張王略之主。君臣相得，幾若力牧、大鴻之於軒轅，張文成、諸葛忠武之於漢也。不幸功業方殷，命之不淑。然而周疆江淮，卒如侍中經畫之素。至於禮樂律歷之精賾，體國經野之縝微，悉利賴之。若夫混區宇之長謨，雖易世之後，猶有功焉。是可謂興王之良佐者矣。勇遂公親其後昆，承輝襲寵，爲時名臣[14]，於翰、於蕃，真隱若一敵國，江淮草木迨今猶知其名。又能察天運之始終，拯民生於阽墜，使國家靡有汗馬之勞，坐定千里。王功民庸俱茂焉，簡在帝心。欽遲延想，倘獲近天顔，奉大對，其契合建置，庸詎知不侍中之似也？惜哉！至大二年冬，某自禁林出使，因奉恩制，歸告先郢國孝肅公墓。公之子虎英適爲臨川太守，爲某道先世之詳，已而請曰："先人荷國寵靈，施及後嗣，水木源本，夙夜靡敢忽忘。惟是鄉者，虎英幼孤，不能有以揭榮焯懿。《詩》不云乎：'永錫爾類。'區區誠願，徼福於先。郢國孝肅公貺以文辭，刻之宰上[15]，則豈惟世世子孫永有視效，抑凡委質竭力者亦知所歆慕焉。此虎英之所深志而力祈者，惟公念之。"某上惟聖明加惠崇報之大典，下惟孝子慈孫之至情，宜不可以却。且某者，世祖皇帝之老臣也，嘗宿衛禁中。凡當時經遠柔服之規，蓋在耳目。今苟辭以不文而不少寫萬一，以章勇遂之功，而成太守之志，殆非所以對越在天之靈也，其何敢然？乃敬諾，則退而徵其事。公之先自苻離徙齊安，名皆弗傳。公娶高氏，有子三人：虎臣、虎炳、虎英。虎英幼而襲職，爲昭勇大將軍、和州招討使，繼守番易、武岡、南安，皆有績業。其守臨川，勤於政治，忠孝兩盡，尚庶幾焉。碑宜有詩，詩曰：

淮水之清，王氏之寧。冠冕蟬聯，世載忠貞。維周侍中，謨弼世宗。相得弥彰，魚鋻毛風。民幾太平，大命之嬰。閟其經綸，曰篤其慶。集勇遂侯，敦弓厹矛。以殿淮州，以作民休。朝宗百川，星邁於垣。言遠有光，曷殞中天？將印侯封，赫赫隆隆。以闡皇猷，以隧幽宫。幽宫岑岑，廣谷喬林。烟雲鬱冥，氣降澤深。孰終孰傳，以象以賢。四馬加騑，繼其蕃宣。爲國世臣，功名日新。報上之勤，爰以及親。豐碑桓桓，是斲是刊。子範臣規，畀爾永觀。

藁城王公墓誌銘

國家以神武不殺定四海，必有武備。故分軍旅，據要會，而兵民異掌，往往不相下，相怒相戕，民弗康。惟建昌之在行者，萬户王君忠信純誠，知止戈之義，人用大和，吏民以寧，老稚至今誦之。余初朝京師，及見其叔父冀國忠穆公慶端，事裕宗爲詹事，夙夜禁衛，勇力絶人，而平居禮讓若書生，知其家之能賢。至大四年，余被召，會萬户君遷雲南宣慰。元帥則出其先公行狀，求銘於余，余曰："世德也，是宜書。"公諱思敬，居真定之藁城，族大以蕃。父諱吉。其季曰善，爲金吾衛上將軍、左副都元帥，即忠穆之父，今平章政事之祖也。公嘗爲百夫長，嚴整盡職，已而去，不仕。時真定中山民苦於役錢征之急而無所於出，金吾悉力代民償之，又率其族，公爲之先輸其族之未輸者、民之貧無出者，至空其家不顧也。昆弟六人，公行在二，克友克恭，終始誠一。或欲異居，公喻以義，同室無間言。其居鄉，恤患周急。有忿爭者不之官而之公，公爲理解，皆悦服而去。州里化之，成美俗焉。以大德十一年十一月二十四日，無疾而逝，年八十有四，周月而葬先塋之側。妻趙氏，先公卒，有子曰元。繼葉氏，生子三：德、信、毅。德，宣慰元帥也。孫男九人。女若干人。曾孫男二人。銘曰：

維善國，有良臣。維世德，後益振。名不亡，澤逾新。我銘之，貽後人。

故登仕郎蔚州安定縣主簿馮君墓碣

蔚州安定主簿馮君卒之六年，其子禮与順德王寧爲樞府掾。寧与余善，介以請銘。寧潔白好修，取友必端。按，馮君行應銘，法宜書。君諱善主，字君協，右北平石城人，性至孝。父仁義死，遺言貸竇氏銀三十兩。往償之，竇謂已償。君不直竇氏言，持銀詣憲府請。母死，廬墓終喪。初學於張簡之，聞許文正公以經學教胄子，徒步至京師從之，公嘆其淳篤。公殁，千里赴弔於懷。欲廬其墓，諸生弗欲，懷人義之，遺布三百匹，曰："吾爲許先生來，因利之，弗忍爲也。"乃歸，服心喪三年，未嘗御酒肉。至元二十五年，始以耶律祭酒薦，得平灤路儒學正，教授冀州、遼陽。所至以君出許先生門，爭從之游。在冀州，州割田五頃入學，給祭祀，養生徒。在遼陽，部使者洪君大開義學，聘君爲之師。初，石城兵燬，夫子廟弗治。君度而新之，拜闕里，求孔、顔、孟十哲像，祀之廟。主興州宜興簿，政化大行。改蔚州安定，未行。以大德十一年九月晦，卒於家，年六十二。以某年月日，葬某鄉原。嗚呼！世固有學而爲士者矣，學而弗篤，篤而弗行，行焉又不得名。公卿大夫借聲助譽，卒窮悴困蹙，遂以士詬病。方是時，在許公之門者莫不震耀焯鑠。君乃嗇一簿領，匪命也夫！然以君之學，亦不可謂不行矣。娶某氏，生子四：長禮也。次禋，桓州學正。次祐，國子學録。祺，博士弟子員。女二：長嫁國子監掾張德。次適舅氏張璉子懷。孫男甡甡[16]。女四。銘曰：

其生也惇惇，其死也諄諄，其封也芚芚，歷千載兮永存。

婁道輿墓誌銘

始，余從族祖徽庵先生學臨汝書堂，聞婁氏獵獵起場屋，堂距城數里，未及跡其門，友其人。侍季父西渠公守盱江，適婁君德剛爲郡功曹，文學、政事爲一郡所推右，始与其弟兄游，且升堂拜其母。自是，過臨川，未嘗不造焉。至元之末，余使閩，以德剛之弟道輿薦，授廣州濂泉書院山長，以疾辭。大德四年，余移節湖北。明年，道輿寔來，復舉爲桂陽石林書院山長。會德剛之子志淳亦授南岳書院長，迺与偕行。及余謝歸，亦尋還，一再會。道輿失賢配，哭愛女，又喪其仲兄，高懷雅志已非疇昔。九年，余被召，留中。至大二年，董湖北選事，事已而還，則道輿亡矣。余弔焉，爲之慟。今天子即位，余待罪禁林，其弟起莘及其孤以書來，言曰："先兄且屬纊，有緒言曰：'知我莫若程公。我死，必得公銘乃葬。'葬有期，願公哀而賜之銘。"余惟相知餘四十年，生不幾見而遽歿，烏得無情乎？謹按龔孟夔所爲狀，婁之先有諱郝者，由嘉興徙居臨川。郝於嘉定間參知政事。忠簡公機爲從兄弟，樂善好學，藏書數千卷，號南坡居士。郝生忠州文學必中。必中生從政郎、知福州閩安鎮建，號艮堂。以學行爲三衢徐霖、廣信徐直方所器，爲忘年友。與同郡林賓大、段浚、趙崇懌、章貢、曾原一相友善，由是知名。有别業曰德厚莊，以奉祭祀、恤媰舊者，至今世守之。建生四男子：南艮、起南、文輔、起莘。南艮，德剛也，擢咸淳戊辰第。文輔，道輿也，与仲兄皆與鄉貢。君少篤學，資性過人。出則侍其父閩安公，周旋諸老間；入則見其母韓夫人，持家斬斬，如法家子弟，不敢越毫髮。而忠厚之意常行其中，故君之弟兄成於家庭之訓居多。伯氏早喪，二親繼歿。君扶孤撫幼，支顛翼弊，教養昏嫁，歲時薦享，秩然詩禮如平時。其長石林也，興廢補滯，各得士友之心。及還，宅中堂奉宗祧，處弟子姪東西偏，凡有未安者，各使得其所。不幸遂没，若君者可謂賢哉！娶李氏。男志溥。女安正，適饒德榮。李及安正皆先六年卒。君生以淳祐癸卯，卒以至大己酉七月十三日。將以某年月日，葬於臨川縣明賢鄉厚澤原。君初有讀書之室，環以竹，扁曰"竹坡"云。嗚呼！余過臨川，盖嘗登青雲之丘而永嘆焉，彼昔之渠渠煌煌者一無有也；而重樓複館、高花美木，巋然百年之舊，惟婁氏已。与其兄弟游，蒼顔皓髮，褒衣博帶，行若思，坐若遺，言呐呐不能出口，若与世甚不相類者，卒以保先人之業以不泯墜，忠厚之可長也，信不誣矣。若子姪皆純茂秀朗，足世其家，然則君亦跛男子之遺裔乎？何其世之多賢也？銘曰：

構爾基，樹爾滋，危爾持。積不施，吁其悲！

黄志尹墓誌銘

豐城黄志尹名所志，以學行文章爲後林李户部客。至元戊寅秋九月，俘於兵，粥於長安鄭子誠家。子誠，儒長者，与蕭維斗友，一見志尹，命諸子師事之。遂名長安中，家長安三十年餘。解后商人，故同里，附書問其家。子允子隨商至長安，則志尹死矣。鄭氏云："大德甲辰日南至，一夕大醉，卒。"允子哭啓封，負骨而歸，將以某年月日，葬蘇陂之原。書抵京師，屬其妻之舅氏揭傒斯乞銘於余。夫自昔士君子不幸遭喪亂，流落者多矣。幸而生還者幾人？幸而人不奴隸畜，又得尊禮者幾人？甚不幸而死，死而能歸其骨，志尹抑又幸已。烏乎！允子其遂昌乎？志尹得年五十九。祖嘉言。父元興。初娶蘇氏，有子一人，去家後兩月乃生，允子也。在長安，娶某氏，無子，先卒。孫男洪都丁[17]。孫女一。銘曰：

子生而父不知，父死而於子乎歸。余辭以銘之，幸而悲。

大慶壽寺大藏經碑

聖人之書皆不得已而有言者也。西方之聖人虚空爲本，寂滅爲宗，而積其書至五千四十八卷，其得已哉？蓋迷待法而悟，故不可以無法；法待言而立，故不可以無言。書者，言之寄也。於是後世尊其書，建大寶藏而藏之，名曰《大藏經》，俾學之者沿經以求法，悟法以成佛。然則由言語文字以至虚空寂滅，經之功不既大矣乎？國家崇信佛法[18]，建大佛寺，必置經藏，叢天下之工書者[19]，泥黄金繕寫，以示其嚴；

選天下之善鋟者，材美木傳刻，以致其廣。京師諸寺日飯僧，端坐群誦，撞鍾吹螺，晝夜不絶。歲又一再遣使乘馹[20]，奉香幣，徧天下亦如之。斯盡恒河沙界並受其福。於虖，至矣！東南海濱之國高句麗，古稱詩書禮義之邦，奉佛尤謹。皇元之有天下，聞風來附。世祖皇帝結之恩，待之禮，亦最優異。父子繼王，並列貳館。今王又以聰明忠孝爲皇帝、皇太后所親幸。大德乙巳，乃施經一藏入大慶壽寺，歸美以報於上。寺爲裕皇祝釐之所，於京城諸刹爲最古。皇慶元年夏六月，謂某爲文，以勒於石。《傳》曰："知之者不如好之者，好之者不如樂之者。"王之於佛法，知之者与？好而樂之者與？是日，天新雨，王延至其邸。始入，諸僧列坐，梵唄之聲，洋洋滿庭。復至一室，門闥静深，窻户無塵，花木芳潤。王親肅客户外，入就席。言論恂雅，禮意歡浹。一僧隅坐轉法華，每舉一佛名、一菩薩號，王必以手加額而致敬焉。王雖与客語，意未嘗不在經也。然則王於佛法誠好而樂之者矣，經豈徒施哉？嗟夫！是心也，以之爲國，則聖壽長，皇圖昌；以之爲家，則富子孫，國永存；以之爲身，則六根清淨，萬法統一，乃至無有言説，直入上乘正覺。寶是經者復能日以是經爲人演説，俾迷者悟，愚者覺，盡恒河沙界並受其福，是則王之所以布施，國家之所以崇信，聖人之所以立言之初心也。王名璋，好賢樂善，有德有文。逮事世祖，以皇甥爲世子，入宿衛，被賞識。成宗朝，選尚公主。大德末年，從今上平内難，立武宗有功，爲推忠揆義協謀佐運功臣、開府儀同三司、太子太師、上柱國、駙馬都尉、瀋王、征東行中書省右丞相、嗣高麗國王。今上即皇帝位，策勳，加太尉。寺住持西雲師名子安，法行高卓，累朝所器重。賜號佛光慈照明極淨慧大禪師，官榮禄大夫、大司空，領臨濟一宗事。惟王，賢王也；《藏經》，大施也，師又主其寺，不可無詩以頌其美而垂於後，乃作詩曰：

我聞佛法第一義，無有言語及文字。若非言語及文字，迷者何以見真諦？佛大慈悲大智慧，發大願力度萬世。如矇冥行得經術，如堕溝壑獲引臂。如渡大海舟檝利，皇元功德配天地。佛法尊信古無二，琳宫寶刹徧四裔。高麗嗣王帝戚懿，顧太慶壽大布施[21]。寶經八萬四千偈，天龍百萬常守衛。珊瑚璃琉碼碯貝，車渠摩尼及火齊。黄金白璧諸美異，遍地莊嚴等瑣細。佛光老禪念一切，受持此經永不墜。永與浩劫湔障累，聖壽無疆四海治。興聖怡愉億萬歲，施經功德不思議。

徐真人道行碑

道無爲也而無不爲。老氏之爲道，無爲自化，清静自正。其學可以修身，可以治國，遺書具存。爲神仙之説者宗焉，神而明之，与時偕行，卷舒闔闢，不失其正，非有道之士有至焉者，不也[22]。秦之亂，子房佐劉氏，蹶嬴蹙項，基四百年之漢，出於圯上之一編。文景之治，清寧静壹，庶幾三代，得於盖公之一言。亂則致其功，治則致其化，力行而不顯，功成而不居，道固然也。金之季，王重陽起咸陽，爲天下全真教祖。馬鈺、譚處端、劉處玄、丘處機、王處一、郝大通等爲之徒，隱顯變化，震撼於秦隴、燕齊、晋魏之間。人皆以爲仙，徵聘之使聯鞅結騎，尊敬寵信，貴賤罔間。所過，貪者廉，暴者慈，而不知其然。拔死命，奮敗軍，而不以爲能。迹其行事，幾於道矣。皇元龍興，列聖崇尚，其教益大。皇慶元年冬十有二月，朝元萬壽宫孫真人履道狀其師徐君之行，來徵文。謹按：師諱志根，梁之扶溝人。父某，仕金，至昭武將軍。師沉質魁偉，弱冠爲道士，學於王真人志謹。初，重陽入梁，主太寧坊。王氏嘗曰："吾後必宅是。"金亡，其地爲虚。後六十四年，志謹即之爲宫，廣袤七里，賜名朝元。工未竟，而志謹傳之姬志真，志真傳之李志居，志居傳之師。師躬畚鍤，率夫役，勤力而勞心，早作而夜休，克潰於成，壯麗甲四方。至元某年，制授本宗掌教真人。乙酉，賜號崇玄誠德洞陽真人。壬寅，優詔存撫。師益奮勵，以弘道濟物自任。遠近慕嚮，雲歸川赴。宫之役，夜自輦土石[23]，道得遺橐數百金，伺其主，乃摧埸盗也。懇致其半，師曰："女亡命利此，爲貧耳。我欲之，固全有，何半耶？速持去！速持去！邏卒不女貸！"盗愧謝而去。

師未嘗言，盗後傳其事。河朔歲飢，民爭襁負趨河南，無所於歸。師館穀唯恐後，被掠者購而歸之。明年，秋成，或歸或留，或願入爲道士，惟其欲。大德中，待選行省者歲久食盡，來謁。師悉不拒，日就食者數百人。一日當祝釐，群官咸在，師設齋，坐衆人堂下。相君驚曰："此何爲者？"師告之故，且曰："食此數月矣。"相大感動，即調遣在官之帑庾〔24〕，歲簡廉慎者掌之，聽其出内，無所問。甲辰六月十日夜，有星隕於寢所，無疾而逝，年九十一，室中唯冠巾杖屨。數日乃斂，顔色不少變，蠅蚋莫敢近。某年某月某日，葬城西北仙蛻園。烏乎！其有道者耶？即不爲老，顧不立事、立功，爲名公卿耶？余嘗讀老氏書而慕之，歷考古之所謂仙者，若狂，若俠，若疾。其出入如鬼神，前知如蓍龜，不知其何道。要其歸，則本忠孝，寶慈儉，皆不悖於老氏。世無其人久矣，豈知又有若重陽諸子者耶？上下數百年，亦豈盡無之耶？而卒埋没泯滅，又何也？重陽倡道，代有明哲，非遭遇聖明，尊道隆德，崇樹名教，其能宣光六合，垂訓萬世若此其盛耶？余故重孫，請述師之槩，俾後之學者覽觀焉。自重陽全真開化真君以來，各有錫號，具諸碑。師以郝爲祖，王爲父，姬、李爲兄。而今孫君之嗣掌教事也，先是，歸河東，師知其賢，累請不起，固請乃起。賜號泰定虚白文逸真人，道甚高。銘曰：

大蒙必明，大虧必盈。四海横流，大道以興。金鎔火冷，白日炳炳。飛龍在天，衆陽乃聘〔25〕。咸陽匹夫，老聃之徒。振衣終南，天下風驅。亦有七子，是承是似。墜不能壓，鴆不能死。天子既崇，所嚮聞風。城撤其關，戰弛其弓。与時上下，應物變化。德盛功隆，雲螭我駕。赫赫朝元，奕奕洞陽。匪柔匪剛，襮圓裹方。躬操畚鍤，不知其勤。恤窮振滯，不知其仁。榮非師有，年非師壽。太始之先，鴻濛之友。

葉隱君墓表

閩之葉盛於莆，世多聞人達官，近代丞相顒、尚書大有尤灼著者。後遷南劍尤溪之華山，族益蕃。至夢曉，買田築室於仕陽鎮，家焉，卒葬里之厚溪。三子，季曰三友，好善，有信義，爲鄉里稱。讀書明理，不爲章句之學。暇則彈琴賦詩，投壺雅歌以自娱。丙子正月十有九日，室人云亡，乃皇元大兵渡江之第三年也。又明年二月十有八日，君亦卒。時方劻勷，皆藁葬。至元庚辰，閩既内附，仲子元德入京師，獲事濟陽王，以慎重有材略見親幸。辛卯，署府户計總管。大德癸巳，長子宗榮亦授梅州長官。至大戊申，元德始謁告南還，省墳墓。十月二十有四日，遂啓殯，合葬於湖山，距家半舍而近。立祠墓下，復先世田三十畝奉烝嘗。亡何，宗榮死，元德以禮葬之先塋之旁之湯山。撫其孤嫠，經紀其家事畢，還京師。皇慶壬子夏六月，謁余於禁林。聽其言，觀其行，蓋孝友純慤人也。狀乞表其先人之墓。嗚呼！自古承平，子孫稍自樹，能不失其世者，亦可以爲賢矣。一旦臨患難，狼狽顛踣，公卿降而皁隸，爲負販，爲盗賊、姦宄，藐不知先世爲何。若元德者，遭變故，失怙恃，投身艱棘，居數千里外，歷三十餘年，自致貴富，依依追遠，卒復故初，有承平士大夫所難者。其先世之澤可見已，宜得吾文。按，三友字某，得年五十二。配張氏，有賢行，得年五十五。子二。孫男四，女一。銘曰：

方時之擾擾[26]，生不得禮其死，存不能保其亡，匪惟爾邦。餘三十年，去者復，死者葬，祭有田，孝友以光。曾幾人何，則惟爾臧，惟後之慶。

處士聶君墓誌銘

處士聶君諱復孫，字仁甫，居盱水，上世仕宋。曾祖諱有，朝請大夫、知江州軍州事，贈少師。祖諱子述，華文閣學士、宣奉大夫、衛郡開國公，贈少傅。父諱世清，承直郎、武岡軍判官。君生承平時，襲貴富，能諄諄謹篤，以賢子弟自好。宋亡，天下爲元，君獨以長厚爲鄉里所親善，人用不忍侵犯，克全其家。余去盱三十年而歸，蓋靡然異矣。君褒衣博帶，周旋揖遜，未嘗見其斯須之忽、造次之失。雖豪奴悍吏卒然遇之，莫不退然自喪，鞠然以慕，豈偶然耶？余常舉爲子弟勸。夫天下之俗与時遷移，强者挽之於前，疾者驅之於後，守而不易其所者寡矣。少年自信爲行，老而逆施者有矣。平居以學自媚〔27〕，出説紛華者有矣。盱之人稱信厚有古君子之風者，惟君与曾履祥。然履祥名穎瑞，亦世家，仕咸淳間，且光顯矣，竟以處士卒。君初以大父澤授登仕郎，未調而革命，遂終身焉。至大庚戌七月四日卒，得年七十二。初娶鍾，六年而没，無子。再娶趙，生三男：鈞、錡、公亮。一女，適張子言，先十五年没。孫男三：公旦、公晋、汝郎。女一，許嫁饒普。曾孫男申郎。君有弟曰涣孫，蚤世。其孤鋭方襁褓，君長育之，教訓而冠昏之。無子，又以公亮子之，故惟鈞、錡爲之服。以某年月日，葬南城縣太平鄉大義之原。書來京師，乞銘。余觀盱之盛族，聶氏之子孫彬彬然，必其先世之積也厚，繼而承之者賢耳。堯舜，萬乘之主，且大聖人也，子一不肖，國非其國，况士大夫之家乎？銘曰：

猗歟處士，戎承於衛。周規折矩，内仁外義。嗟時之人，毋忝厥世。處士是式，以畀後嗣。

【校勘記】

〔1〕父，底本誤作“公”。據文淵閣本改。

〔2〕沐，底本誤作“沭”。據文淵閣本改。

〔3〕宰，文淵閣本作“冢”。

〔4〕隊，底本誤作“墜”，據文淵閣本改。

〔5〕足，底本誤作“是”，據文淵閣本改。

〔6〕邵，底本誤作“少”，據文淵閣本改。

〔7〕以，文淵閣本無此字。

〔8〕萊，文淵閣本作“來”。

〔9〕文淵閣本“八”後有“人”字。

〔10〕徒，文淵閣本作“乎”。

〔11〕子，文淵閣本無此字。

〔12〕子，文淵閣本無此字。

〔13〕又，文淵閣本作“有”。

〔14〕名，底本誤作“力”，據文淵閣本改。

〔15〕宰，文淵閣本作“冢”。

〔16〕侁侁，文淵閣本作“詵詵”。

〔17〕洪都丁，文淵閣本作“呼都克丹”。

〔18〕信，文淵閣本無此字。

〔19〕叢，文淵閣本作“聚”。

〔20〕駰，文淵閣本作“驛”。

〔21〕顧，文淵閣本作“願”。

〔22〕文淵閣本“也”字前有“能”字。

〔23〕土，底本誤作“上”，據文淵閣本改。

〔24〕在，底本誤作“之”，據文淵閣本改。官，底本誤作“宫”，據文淵閣本改。

〔25〕聘，文淵閣本作“騁”。

〔26〕攘攘，底本誤作“壤壤”，據文淵閣本改。

〔27〕媚，文淵閣本作“勵”。

卷十九

碑　銘

趙國公田府君神道碑銘

世祖皇帝肇造九有，海内忠智藝能之士咸徵至京師，循名索實，寸善必録，人亦莫敢爲欺。至元南征，聞中山田公善《易》，召問宋平之期，對曰丙子，已而果然。上大悦，欲官之，公拜曰："臣言偶中。陛下幸官臣，臣福淺，必嗇臣壽。"固辭，賜束帛，官其子忠良，留侍中，累遷太常卿。大德末，群凶構邪，謀危社稷，太常力爭之，不屈。今上入平内難，迎立武宗，録功，拜大司徒。至大二年秋七月，有旨，錫公光禄大夫、大司徒、趙國公。公聞，遽謂二子曰："亟廣廳事。吾將死，吾不及拜命矣！"命下而薨，是月二十有五日也，年八十七，而廳事之工甫畢。賓親臨弔，得以成禮。某年某月某日，歸葬中山翟城鄉王吕杉東原先塋。又四年，大司徒以狀來請，曰："忠良与子列周行、接燕好三十有八年矣。知先世莫若子。幸奮子之筆，揭德墓門，以惠我子孫。"某不得讓。謹按：公諱閏，字閏之。其先平陽趙縣人。曾大父官裕州，因家焉。再世，以亂離居中山，遂爲中山人。大父諱嗣叔，字起宗。讀書務知大義，不爲章句儒。有至性，事親孝，嘗侍疾，衣不解帶者四十餘日。歲出金幣易粟，貸貧民。負不能償者，焚其券。河北亂，人爭來依。計口給食，人安如歸。盜賊四起，郡縣不能制，乃聚衆自保。聞天兵且至，縱令自便，曰："爾等宜自逃生，毋爲我慮。"衆感泣曰："去將安之？"遂与二子率衆二百餘人，間道詣睿宗行在所。賜金符、弓矢，拜千夫長，漢人降者隸焉，爲軍前鋒。申裕、獨樹、原良、鳳岡數戰皆有功，號敢死軍焉[1]。黄陂之役，金兵大合。率敢死數百，擣其中軍。金兵大亂，俄而復發。倉卒爲流矢所中，二子馳殺射者。創甚，猶戒子以忠孝，語絶而卒，年若干。父諱子成，字成之。勇悍多智略，事父母，守家法。少好兵書，善騎射。裕州盗日衆，兵禁尚嚴，乃置長竿，植利錐其上，長尺有半，又作袖矢之法。盗聚南山中，日索食閭井。即預給米，爲粥以食之。唯不敢入田氏門，坐五十步外，傳言往來。既月，欲去，來需金帛。故怒罵辱之，忿而退。料必復來，勞衆，設伏以待旦，果大至。袖矢斃其酋長，伏俱發，大敗之。奪其巢壘，輦金帛，悉送官，由是知名。辟聘交至，皆不就。隨父攻城破栅，常爲士卒先。説其帥田鎮海曰："俘多百工，有技藝。宜存之，備任使。"鎮海言之上，上以爲然，命閲實。未幾，饟不繼，將盡屠老弱及無技能者。復進言："今之兵爲民拯焚溺也，臨陣降者尚不可殺。已爲民而殺之，可乎？散之河北，使自食其力，足以結人心。"從之，活二千餘家，號種田户。上命兄子實爲總管，領之。子成佩父金符，爲人匠總管。詣弘州，久之，引疾，上所佩符，南還。聞河南蕩析，留中山。前河北種田者亦來相依，所居成聚。幸流轉生還，計將終焉，屏絶人事，日具酒肴，速親友，酣歌道舊爲樂。人欲延致，即欣然而往，或連旬不返，婆娑嬉游。年七十，終。無子，以子實之子爲之後。公也孝友篤實，力農務學，不樂仕進。嘗憩桑下，得遺橐，滿貯金也，守弗去。頃之，二人踉蹌來，揖公，曰："見吾金耶？"驗之信，悉還其主。請以半遺，公曰："我欲之，而待子耶？"曰："願報公德。"公曰："金，子之金，何德之報！"尤嗜醫卜之書，讀醫書三年，悟曰："醫不可爲也。夫人之血氣衰盛、陰陽薄戰，其道猶可知；若微陽伏於盛陰之下，微陰潛於極陽之中，毫釐不辨，生死懸絶，而可輕哉！"棄不學，研精於《易》及六壬之説。逮被徵而還，技益進，復潛心釋典。常教二子勤學，親師取友，以身率之。既而曰："占筮之學，《易》大難。壬雖未易[2]，可習而能。第用之，宜得其道耳。”至是，父子身被國恩，榮及先世。祖贈昭文館大學士、中奉大夫，謚忠毅。父贈資德大夫、尚書左丞，謚武康，并追封趙國公。夫人，信陽吴安撫之女。慈順儉勤，爲婦爲母，儀於族姻。先公卒，與祖妣曹氏、妣陳氏並追封趙國夫人。子男三：司徒居長。次忠亮，爲臨沂巡檢，卒。次澍，翰林國史院司直。孫男五：天澤，翰林侍講學士。從規，國子生，蚤世。從矩、從鈞、從義，皆力學。女九：六爲士人妻，餘未行。曾孫女二。某竊謂皇元建國，世祖混一之盛自古鮮及，非偶然也。以誠待物，故盡物之情。以寛御衆，故衆樂爲用。爵賞當功，不求備於人。故小大任職，而天下以勸。知公之志，而不强以禄[3]，卒享期頤之年，受大國之封。知司徒之賢，而留以遺後，果能立功社稷，顯名天下，君臣之道胥盡矣。烏乎！家世孝弟慈惠而未食其報，忠智才勇而未盡其用。源蓄本富，以有今日，天道果遠哉？《易》曰：“積善之家，必有餘慶。”又曰：“知進退存亡而不失其正。”田氏有焉。銘曰：

緜緜有嬀，陳後啓齊。條流布濩，漢綬唐珪。伊祁之墟，厥胤攸棲。揚英摛華，世載典彝。金運波流，去家裕州。群盜滿山，禁我戈矛。揭竿袖矢，馘醜斃酋。彷徨四顧，何地可休？率衆間關，來趨輦下。父子兄弟，驅馳戎馬。或攻而城，或戰而野。父中流矢，子殺射者。欲活爾俘，慷慨陳謨。殺降不祥，民何罪辜！於農於工，各總爾徒。工處於弘，河北農居。翩其南還，冥鴻拂天。顧瞻河南，莽無人烟。息駕中山，吾將老焉。酣歌暢詠，以樂餘年。惘惘光禄，克承克似。義圖孔傳，洞洽超詣。優優進退，灼灼興廢。聖恩孔嘉，臣分知止。有子侍中，弘毅恪恭。身爲國維，心与天通。職在奉常，蝨賊内訌。以斥群翳，捧日太空。趙邦恢恢，山明水暎。維忠与孝，世篤其慶。有高者阡，松茂柏盛。我作銘詩，過者起敬。

故綏寧令王君墓表

豐城王氏居槎溪上者，八世至綏寧。君諱義端，字元剛，受《易》於廬陵歐陽先生守道，与兄義山俱有名。義山字元高，擢宋淳祐壬戌第，官於朝。君以叔祖泉澤入仕，試進士，四与計偕，不第。以恩，監江陵白水鎮。辟汀州武平令[4]，攝吉州吉水令，佐江西提倉幕，遷武岡綏寧令，累階文林郎。天兵渡江，江上諸郡不守。德祐元年，文丞相起兵江西，熟知君智略，辟与幕議。君仰天嘆曰："天乎！事已至此，去將安歸！"涕泣而謝之。自是，終其身不出。其在吉也，富民葉殺人，賄吏，以縊聞。君當聚檢，致錢三百萬。拒之，抵葉死。豪商奪民地，事歷臺部，連歲不決，逮死者數人。下君治，得白，黔商而還民地。有趙鋹者，与弟有隙，嗾家僮七十餘人焚弟廩。憲怒，欲盡殺之。君詣府力爭，乃論如律。大兵且至，同辟地於贛者四十餘家，艤舟城下。夜半，叛卒内外起，黎明，操戈逼舟。衆惶恐。君奮入賊中，執其渠手，諭以禍福，率錢帛分勞之，衆賴以安。誘其渠詣憲府謝，密語憲曰："能斬即斬之，不能亟安反側。"憲慰而遣之。同里鄢氏女未嫁而侍婢病死，仇訐於吏。吏詰，以姦殺婢滅口，求賂。君白守，事以辨。周三者殺人委涂，而自爲證。言之令，周伏辜。其廉直好義類如此。晚歲杜門，窮經教子。郡守、部使者時從訪問，亹亹竟日，惟以忠孝爲言。人或勸君仕，曰："我不能死，可復仕乎？"論著有經疑十五篇、史論四十八篇、經邦讜論二十四卷、雜著若干卷。大德丙午九月一日卒，年八十七，自爲之誌。十二月丙辰，葬里之東穰嘉之原。曾大父某。大父某。父某。妣聶氏。娶趙，無子，先三十三年卒。子男三，胡出也。希文，蚤世。揆，今爲潮州路儒學教授。葵，吉安路黄茅鎮巡檢。女五。皇慶二年，余承乏禁林，揆來謁，泣且拜曰："先子力學守貞，不幸棄諸孤。葬已八載，而墓上之碑未立。先伯父与公季父侍讀公爲同年進士，揆又辱游公門。幸哀而賜之言。"余觀綏寧之才之學不如何人，其知己又皆賢公卿，而卒不得一第，蓋有不幸焉者矣。然嗜仁如膾炙，赴義如骨肉，以明哲而保其身，獨非幸也耶？即使君爲狀元，爲宰相，棲遲末路，爲士者恥之，其幸不幸又何如也？於乎！文信公亦知人哉！銘曰：

嗟嗟綏寧，才豈不足以決科，智豈不足以立功，而竟然耶？不賢而達，余孰少多。賢而不達，命也奈何。有德有年，有子承家。若綏寧者，我又何嗟。

甯求己夫人章氏墓誌銘

夫人諱福順，姓章氏，世家南城，遷綏里。父履坦，博學，豪宕好游，有聲蜀漢間。爲外祖包文肅公恢所知。鄉先生吴某居家教授，學者數百人，元塘先生甯君求己最後至。諸生盡傾，人人自謂出其下。章方擇壻，遂以女妻之。後果登宋景定壬戌進士第，仕，轉爲文林郎、某官。夫人幼失所恃，事祖母孝謹。祖母愛之，不忍違離，挽元塘贅其家。元塘之父某魁碩剛鯁，寡言笑，少許可，人得其一言，不啻重璧。夫人始歸，一日祀先，夙興，執冢婦禮，周旋肅給，如世族大家。驚曰："吾家其興乎？"家本寒儒，夫人蠶繅組紉以供養祭，節縮衣食以植田廬。尊上禮下，絶甘分少，以厚姻族。撫孤拯弱，給贍産蓐，以篤鄉黨。相其君子佐洪、昇、杭三大府，遠官嶺外，所至號稱能官。婦道之盡，人用模楷。元塘初爲洪理囚，飯必呈官請嘗。官不在庭，亦唱呼過庭下。夫人聞，則遣取親嘗。又日視庖，有餘食，命老奴飯囚之羸疾者。杭有慈幼局，收養棄孩，官出錢帛乳哺；願子之者給衣食三年。吏卒、乳母輩或殘之，而以己子代之，或以己子冒之。夫人密呼乳嫗廉得實以白，姦用禁止。其在横浦，衣冠辟地者來依。元塘延納於外，夫人供給於内。至者如歸，别去莫不涕泗，謂元塘如父，夫人如母。携家還里，道路猶榛梗。日語女婦輩曰："萬有不幸，吾与若赴水而已，毋辱人手。"卒幸全。夫人識量明恕，臨事周慎，動有禮法。每謂："某人今然，後當然。某事今爾，後必爾。"無不中。元塘居官廉介疾惡，少顧望。常從容諷諫，式協於中。子弟成人，出，必戒以小心謹恪，毋負知己，毋忝先人。元塘晚歲杜門謝世事，賓友過從，論新道舊，觴豆無虚日。亂世遺老優游閭巷十餘年[5]，而卒爲完人，内助有力焉。皇慶元年六月二日，以疾終，年八十五。子男二：立大，材器穎異，先二十二年卒。成大，博洽沉敏，嘗佐湖北憲，以夫人年老，棄歸。女二：長適同里吴逵，次適廬陵朱煒，幼嫁而夭。孫男二：世良，世元。女二[6]。曾孫四。將以某年月日，葬雅俗鄉新安里某原。其孤成大以書，介信豐令吴越所爲狀，抵京師請銘。余父子叔姪与元塘相知久，余於成大，又獨深聞夫人之行懿信且詳，銘非余，其誰宜？於虖！君子之得成其政，保其名；後嗣之得浚其學，達其志，豈非有賢婦、賢母哉？若夫人者，可謂賢矣。銘曰：

藹兮蔚，柔而一。於嗟千年，仰維則！

謝元禮墓誌銘

南城謝元禮先生以至大四年八月八日卒，年八十四，將以皇慶二年某月某日，葬太平鄉金塘之原。其友潮陽尹趙良塘等十人爲書[7]，介其子升孫所次行實，來京師，請銘其墓。嗟斯人之不作，感友道之猶存，勿銘得乎？君諱炎，元禮，其字也。幼孤，母孔適盧，冒盧姓。長通六經，長於《易》，前輩老生皆折節与之游，盧甚賢之。兄天錫死，一男二女皆幼稚。君憂曰："謝氏絶矣！"日夜號泣，乞歸謝，盧不許，踰年乃許。歸則撫遺孤，開門授徒，以給衣食嫁娶。母喪，哀毁致疾，終不御酒肉。疾殆，夢神人爲方，授之而愈。恤盧之後，尤極恩意。亡友傅氏子窮餓不能自存，輟食以飯之；不足，又營度儲偫以給之，傅日來取米如寄。數歲，傅死，乃已。平居，見子姪及親故之子行修學進，喜形於色，不則慼然以憂。雖屢空，未嘗干於人。太守趙時稼聞其賢，館之郡齋。或訟於郡，弗直，覬君一言，君終不言。有賣炭者過門，君售之，既償直，頃復還其餘。賣者怪焉，君曰："汝適言若干，今踰若干，以還汝。"不受，强必与之。其臨財若此。所遇雖極貪濁暴抗，莫忍欺君。學者相從，不遠千里，往往擢高科，登膴仕。君再賦於鄉而已。宋亡，郡有旰江書院，居西城之外，當兵衝。白於郡，遷之城中，身經理之。既成，郡檄君爲長，亦不就。晚病目，稍讀佛書。卒之日，方与升孫劇論《圓覺》《金剛經》，倏然而逝。有《觀易》若干卷，藏於家。曾祖鼎。祖榮。父起祖。妻左氏，先卒。子男二：長升孫，修慎好學〔8〕。次謙孫，蚤世。女嫁崔萬有。孫男二，皆生九年而夭。余嘗聞賣炭事，好爲人道之，輒掩口盧胡，以爲闊迂。嗟夫！世復有闊迂若謝元禮者乎？薄物細故而不欺若此，世之紛紛爲奪、爲盜者，聞君之風，亦可少愧矣。余識君踰四十年，乃今銘其墓於萬里外，南望概然。銘曰：

神明通，孝之隆。恤孤窮，義之從。窮約耿介，有李泰伯、吕灌園之遺風，嗚呼維公〔9〕！

大慈化禪寺大藏經碑

佛以慈濟爲善教人，以布施爲善果。施之善，莫大於經。經者，佛傳心設教之具也。而其爲書繁多，世鮮能備，亦莫能以是施。儀天興聖慈仁昭懿壽元皇太后命刻《大藏經》板於武昌，既成，輦至京師。印本流傳天下，名山巨刹則賜之。皇帝即位之三載，爲皇慶二年。夏四月，袁州南泉山大慈化禪寺住持普蓮宗主明照慧覺大師慈昱以是請，乃命有司具舟車，函載驛置，即其寺而賜焉。寺乃普庵寂感妙濟真覺昭貺大德惠慶禪師道場也。昱屬其徒嗣暠來京師，請某文，以志其事，以侈上賜。某竊惟佛有教以來，累朝崇尚之。至四海感化之普，未有盛於今日者。皇太后以佛慈濟爲任，刻經布施，俾天下之人聞經悟法，興善遠過，臻於休明，其功德弘遠矣！夫經精粗隱顯，無可罅漏，隨感而觸，無間賢愚。昔普庵一讀《華嚴合論》，汗流被體，直透上乘，遂基數百年香火，而其教漸被於四方。四方之人懷金負貨，衝衢溢陌，所祈必應，如食得飽。寺無釜庾之田，日飯數千之衆。功用明焯如此，可不敬哉！普庵本末具載諸碑。昱，其嫡嗣也，行卓量弘。寺再焚再建，益雄麗。環袁之境，陸之榛險者闢而夷，水之阻絶者梁而通，有以利衆，竭智畢力。師蓋守普庵之教者，而皇太后心佛之心果益修，教益彰，宜矣。經以某月某日至袁，官僚稚耋迓於境上，鐃鼓幢纛，雲合雷奮，動盪心目，如親普庵，如見諸佛，遂以是日宣旨，安奉於寺之大藏云。謹再拜而獻文曰：

佛之設教，弥亘千葉。出言爲經，經以寓法。法如朗日，高懸太空。向之者明，背之者蒙。赫赫我朝，崇佛尊經。宣其惠和，天下謐寧。惟皇太后，心与佛會。勒經布施，周被四海。南泉之盤，大禪所安。其居桓桓，登降照爛。朝集千車，暮攢萬鞅。惟禪是依，維佛是仰。琅函瓊笈，降自天宫。迷者倏見，聵者頓聰。萬衆驩呼，百靈鼓舞。戴以巨鼇，天龍爲護。凡誦是經，及聞經者。願如普庵，一語汗下。徧恒河沙，皆被佛力。成是功德，以報皇國。法輪團團，聖壽如天。奉我太后，弥億萬年。

魏郡伯申公神道碑

太常申卿之父卒之四十四年，天子推恩，贈中議大夫、上騎都尉，追封魏郡伯。母追封魏郡太君。明年，將伐石表墓，以文屬余。申，古姜姓之國，於周爲伯爵。其後以封爲氏。宋徽宗時，有諱天禄者居汴，善爲方，供奉掖庭，門懸金斗以識，號金斗申家。兵亂，徙秦州之社樹坪，是生良輔。良輔娶馮，生仲庚，字西叔，是爲中議公，皆世其業。中議公好仁樂義，智勇過人。年弱冠，天兵下河南，身馳戎馬陜虢申裕間。盧氏縣守將堯里君、總管馬君聞其賢，拔置戲下，舉族往依焉。宋游騎突至，獲堯里，殺於熊耳嶺。公率敢死數十人赴之，誓不得屍不返，果得屍以歸。事定，秦州舊業無復存者。顧申土而樂之，曰："吾申人也，今至此，非天欲復其始乎？"筮之吉，因家焉。訪媚族之在者，惟得姨母之夫於申，女之叔於穰，皆養之終身。歲具善藥，以備鄉之有疾而貧者。若窮途逆旅無所歸者，必躬自調護。又裹糧橐金，俾達其所止，無問邑里姓名。有富民夫婦暴疾垂絶，公以方匕起之，約酬兼金、良馬，不果酬。鄉人誚之，公一不問。常教其子曰："人与天、地爲三。天地以生生爲心，而人不能推而擴之，猶謂之人乎？昔人以醫比相，良有以也。敢不勗哉！"至元己巳六月十有八日卒，年六十七。遠近聞者如聞父兄之喪。夫人京兆宋氏，柔順端凝，不妄言笑，有爲婦爲母之道，後公八年卒，年七十一，合葬南陽縣東泓河之薛家原。子男六人：政，郡監酒。教，河渠使。敬，太常也。整，亦監酒。敦，蚤世。敏，提舉江陵醫籍。孫男八人：克莊、克柔、克實、克温、克强、克恭、克毅、克廉。嗟夫！世常謂善之不可爲，天道之不可信，誣矣哉！予觀天之於不善人常若厚，然而一朝之敗，如摧枯拉朽，如燎毛洪爐，何其易耶！於善人常若薄，然而傳世數十，弥遠而光，逾久而昌，又何篤耶！申氏由汴而申，四世矣。太常君始能結知世祖，出入供奉，未嘗不稱旨。每候上問[10]，進苦口之言，未嘗不嘉納，至有"身不滿七尺，而辯雄萬夫"之稱。被玉帶、白金之錫，服勤四朝，眷賚如一。歷御藥院使、秘書丞、秘書監，太常卿致仕，通顯矣。而考妣享茅土之榮，兄弟子姪有鄉里之譽。居申之吉，斯其徵乎？謂善之不可爲，謂天道之不可信，果誣矣哉！銘曰：

爲善之方，莫醫之良。天地之德，鬼神所臧。昔有金斗，式顯於梁。徙秦而申，四世弥昌。其系維申，始封維伯。家復於國，封復於爵。伊善之崇，其始其復。洋洋魏邦，勿替攸蓄。

莘縣楊氏先塋碑

左司都事楊君昇士，允孝友人也。皇慶二年秋，遷江西行省左右司郎中，喟然來謂余曰："昇之先自曾大父始居莘，曾未四世，散而之四方者有矣。吉凶之禮廢，緩急之義闕，親者益踈而踈者益遠。今苟無述焉，將何以考訓於後？按家牒，訪遺老，得曾大父之槩，附以系次之略，敢請以銘。"乃詳而叙之。楊之裔出漢太尉震，世居弘農之華陰。

至諱陶者，徙汴，事宋徽宗，爲易州儀曹，金拔燕，死焉。大定間，子登朝，贈朝請大夫。朝請生通奉大夫、永定軍節度使邦基，詩畫妙一時。嘗爲秘書監，有名。生奉直大夫、郊社令皓。奉直以上皆居燕，死皆葬燕城西南十里赤村之原。奉直生歸德監酒庭直，字端卿，是爲昇之曾大父。弱冠，以澤補承奉班祗候。一日内直，忽暴疾若癇，昇及家而瘳。居累年，自謂分薄，不復出。貞祐南遷，思名臣之後，强起監嵩州酒，復監歸德酒。金亂，隱居嵩山，習射獵。壬辰北渡，遂家於莘。以詩禮訓子孫，而性嚴重，善容儀，燕不惰，行不趨，衣食喪祭，動適豐儉，邑人化之。尤博涉典故，每談歷歷如畫。晚潛心養生之道，年近八十，猶能細書作行。春秋薦獻，齋明盛服，拜俯進退不少怠。以大定辛丑十月二十三日生於燕，某年戊午九月十四日卒於莘，葬縣西南三里西廉之原。娶賈氏，先卒。有子曰某，小字解愁。少落魄，好游俠。女蘭英，適汴梁張某。玉英，適河南都監史某。繼戴氏，先八年卒，年六十九。有子曰澧，字瑞之，沉毅慎介，少与父居嵩，孝養無違禮，號長者，年七十二卒。淵，字澄之，嘗任百夫長，卒於碭山。某，小字泰安，金亂，与長兄解愁皆失所在。女秀英，適潞州馮某。蕙英[11]，適易州王某。澧有兄曰滋，字榮之，他姬賈氏生也。孫男八人：滋，娶李氏，生子三：居仁，字子静，仕江淮間，爲漕運押綱官。居謙，字子益，歷考城等縣典史。居中，字子庸。澧娶張氏，生子二：居寬，字子裕，爲國朝名臣，累遷中奉大夫、參知政事。至元二十四年，以剛直忤權奸，死於位，年五十五。居簡，字子敬，年十八，試吏，從世祖南渡。積勞，凡九遷至奉訓大夫、知唐州，所至號能官。後以愬其兄冤，還所籍入，復官其二孫，爲人所稱。元貞初，卒於官，年五十七，贈太中大夫、大司農卿、上輕車都尉，追封弘農郡侯，謚正惠。配梁氏，追封弘農郡夫人。淵娶孫氏，生子三：居貞，字子正。居義，字子宜，慶元路定海縣主簿。居信，字子誠。曾孫男二十有一人。居仁子昆。居謙子昂、昺。居中子晏、昌、昜、炅。居寬子朂、景。朂爲集賢學士、奉直大夫，卒。居簡子昇，左司也。嘗歷監察御史、禮部郎中，有盛名。

曼，濮州觀城尉。居貞子昶。居義子暹：旻、晟、曇、晃、昱。居信子昇、杲、旦。女若干人。惟昺、景、昆逮事歸德君。玄孫男二人：元鈞，同知冠州事；元鐸，濟寧録事判官，皆景之子。今居仁之後家汶。居謙之後家太康。居中之後家息。淵之後皆家鎮江。餘在莘。凡叙歸德而下，書卒而不地者，皆在莘。書卒而不年、不名者，闕也。於虖！古今喪亂以來，强宗大姓崩離蕩析、淪胥澌盡者可勝計哉！有敬先敦後，懇懇焉若左司者乎？由太尉以至於今蓋千數百餘歲矣，猶赫然爲天下望族，其所蓄豈不深固哉！後之子孫苟推左司之意，則自莘而上，孰非追思永慕之地，而何疏間之患耶？傳曰："慎終追遠，民德歸厚矣。"楊氏其庶乎？銘曰：

維歸德，肇於莘。紹弘農，期永延。裕之忠，敬之恭。澤滂流，沛溶溶。繄左司，祖之思。悼厥支，逖以離。纂前聞，訊後昆。揭玄碣，耀景文。巋峩峩，莘之墟。千萬年，念厥初。

彭城郡獻穆侯劉府君神道碑銘

上初即位，定封贈之制，秩二品者恩及祖、父。於是，河南江北等處行中書省參知政事敏中之祖，贈嘉議大夫、禮部尚書，追封彭城郡侯，謚獻穆。配馮氏、趙氏，並追封彭城郡夫人。公諱鼎，字漢寶，姓劉氏，濟南章丘人。美鬚髯，有器度，語音如鍾，博聞强記。不事舉子業，臨機制變，才智捷出，時人方之管、樂云。公生有異質，方歲許，母欲立之地，弗下席焉。乃下，再試，復然，人亦奇之。年十五，父當之官，顧公曰："汝了家事否？"公對曰："第去，勿憂也。"及父代歸，貲産倍去時。鄉人爲之語曰："劉五郎可謂男兒十五奪父志矣！"金季喪亂，民多失業。公慨然曰："明昌初歲大旱，吾大父發廩以濟民。泰和間，自冬至春大雪，吾父日爲粥於門，以食過者。祖、父遺我以厚，吾可獨薄乎？且緩急，人之所常有也。坐而視之，仁者不爲。"乃推財發廩，賑乏食饑，遠近疏戚皆賴焉。已而寇盜四起，骨肉不相保。

有壯士五十人來從公，願爲守衛。問之，乃嘗所賙恤者。故終喪亂之世，家無一日之憂者，五十人力也。頃，有盜栅歷城南山中，爲民患，郡邑不能制。公獨從一二人，直登其栅，喻以福禍，賊懼，從公降。以功授忠顯校尉、歷城令。境有大澤，號遥墻濼。豪民李據其地爲姦，徵令不行。公一日往濼中，伏壯士道傍，以一老鼈者自隨，至其門。門者識公，趨入，公隨以入。李方祖跣卧堂上，使一女子扇，見公愕然。公徐曰："適以公事過此，故來相訪。"李喜，起迎勞。命酒，酒飲；設食，食盡，極歡而罷。握手以出，語且行。公屢顧，示將密語者，李麾左右去，復行至前。伏起，執之以歸，杖殺之。金之亡，諸侯分制各郡。濟南張侯聞公賢，召以自佐。及歸國朝，侯行省山東，公授廣武將軍、益都總判，兼安撫濟南、淄德軍民勸農使，行左右司郎中事。時庶務草創，翕張施置，一以倚公。泛應曲當，動爲成式。益都李全聽讒，分三道舉兵攻濟南。侯大怒，謀悉師拒之。公方久疾，曰："彼衆我寡，將若何？"扶憊入見侯，曰："侯毋怒。侯第入，老夫爲侯卻之。"公立遣四使，致書李全及其三帥。三帥得書，勒兵待命。全發書，撫掌大笑，曰："我固言之矣！此老在，何益？"趣罷兵，修好如故。壬辰正月二十九日，以疾卒，春秋五十一，葬邑東南五里綉江東南壖廣平之原先人兆次。先世葬邑之錦川，至公，始自大父而下，遷於今塋。大父諱照，有才學，以貲雄鄉里。不居賤得之貨，不徵難償之責，號爲長者。父諱珂，嘗喪兄，不御酒肉三年，終長清豐齊税監。公再娶，皆有賢德。馮夫人，年六十二卒。生女一，適馮。趙夫人，年七十三卒。生子四：長景石，歷濟南總府山東轉運經歷、濱州教授，贈正奉大夫、參知政事，追封彭城郡公，謚文靖。次晟，章丘令。次昱，次昺。女適韓。孫男七人，女五人。景石子曰敏中，今翰林學士承旨、榮禄大夫、知制誥、兼修國史。曰乙，早世。長女適魏，次適常。晟一女，適霍。昺之子曰大醜，曰某，皆早卒。曰敏政，曰某某。長女適韓，次適曹。曾孫男若干人，女若干人。蓋公死後三十餘年，天下統一至今，君子猶悼之曰："向以劉將軍雄才贍智，使得遇世祖以驅馳，卿相豈足道哉！惜也天不假之以年，命矣夫！”皇慶二年秋，翰林君追述祖德。疏上，恩屬銘其墓道，乃撰次而銘之。銘曰：

昔在金季，中原雲擾。諸侯擁衆，保其城堡。群盜滿山，野無青草。洸洸廣武，奮自儒門。或執或誘，盜潰以奔。遂佐濟南，歸我聖元。既有旌旄，亦贊省垣。飛書卻敵，如魯仲連。國有能臣，民有慈父。胡不慭遺，俾及世祖[12]？坐籌帷幄，折衝尊俎。管樂雖賢，猶愧於古。生不盡用，死有餘榮。千載盤盤，覩我彭城。

清州高氏先德之碑

清州守高從簡以集賢學士王君德淵所狀先德，介集賢大學士陳君顥，謀不朽於余。謹按：高氏，齊公子高之後。從簡五世祖居河間，有子五人：勝、用、誠、敬、恭。敬仕金，至泗州通判。恭，遼東縣尹。用娶張氏，生三男：慶、進、禄。金之亂，天兵略地河朔，携家往依信安張侯。侯營砦固守，父子常在行間。貞祐南播，舉家渡河，客陳、蔡間。金亡，北還，販粥於冀，居南宫，復遷静海，卒葬獨流村。慶尋徙東安，後家清州。慶字伯福，倜儻仁愛，好學樂施。在東安時，日浮舟往來，逐鹽監之利。嘗遇盜，亡其券。盜敗，獲券，召驗，辭以未嘗遇盜。人怪之，曰：“彼窮餓迫耳。我言，吏殺之矣。”在清州，歲飢，糴於大名，舟次宋家口。老稚數百遮拜，曰：“不食數日矣！幸全活！”散其半而去。娶蔡氏，生五男：通、信、仁、義、仲。一女。曰壽。仁字濟川。年十二，失怙。母教之學，日誦千言。長習律令，喟然嘆曰：“爲吏受賕，獲罪辱先；守廉奉公，衣食弗給。長蘆當燕、齊之交，天下之要區也，鹽監之利半中州之賦。豪商大賈車擊舟連，可廢著爲業。”乃從張運使徙居焉。中市而立，權天下之貨，四方販負日受指畫。操其要，因其勢，豫其時，審其地。人什常貧，我五常富，故言利者以高氏爲師。而好仁急義，有父之遺風焉。嘗早行，得遺物一囊，物色其主，還之。留其半爲謝，竟不受。友人姚仁甫私以鹽引五百寄之賣買，疾病，無子，曰："我死，寡妻願托命焉。"無一言及所寄。姚死，給其家三年，屬兄弟異財，乃悉以所寄歸之。又贖里中臧獲之良爲齊民者二家，嫁娶族子姪之貧者十餘。仲兄居兩舍外，死而孤寡無所養。割私産以厚之。籍在軍伍，命從簡於河西構屋數十間，僦以給其役，不以及諸昆弟。母疾，衣不解帶，母戒之就寢。曰："兒幼失父，不知侍養。常自誓，遇人患難必相扶持，而況母乎！"居喪，哀幾於毁。仲父、季父皆久疾且死，湯藥、葬送，咸竭其誠。歲丙寅，遷其母及二父喪，葬清州河東之上管村。踰四十年，高岸爲谷。大德丁酉，復舉三喪，洎親族未葬者一十七喪，營於長蘆之郭家砦，環植松栢千餘株。明年，放逋責三十五萬緡有奇。五月二十九日卒，年六十八。六月十有五日，葬於郭家砦之先塋，送者千餘人。娶褚氏。子男一，從簡也。以吏起家，由清鹽司判官，九轉而知清州，積階奉訓大夫。孫二：曰興宗，曰朝宗。夫自太公有勞於周，封於齊，富國畜民。桓公以霸，而子高之後世載史氏，豈非有積德耶？河間數世，遭值喪亂。用鹽監起，卒大於清州，亦以長者然耶？清州之先數有天幸。曾大父避地信安，孫通俘於兵，事定，復還。南渡，既登舟，追騎奄至。子慶弗及，投水就舟獲全。其祖、父所友多天下名士。伯福之友曰竇文正公默，濟川之友曰馬右丞紹、李少傅謙、夾谷尚書之奇、耶律祭酒有尚、高都水仲淵，其尤著者。銘曰：

營丘始封，富用魚鹽。九府既修，桓景具瞻。子傒之相，命氏以高。泒遠條敷，載籍弥昭。降及河間，蕩流懋遷。伯福操舟，濟川居廛。擅利天下，馳聲諸侯。濟衆遺恩，棄盗忘仇。人言貴富，禮義乃生。苟非其人，色變豆羹。國富保民，家富睦親。積流成淵，積行成仁。藹藹清州，碩膚以完。揭德先塋，千載攸觀。

揚州重建玄妙觀碑

至元中，詔賜天下天慶觀額曰玄妙，凡省臣、守臣、軍府、外署在其治者，歲時、朔望，咸集而祝釐焉，他觀莫得与比。故天下玄妙觀宏壯嚴飭，罔敢怠荒。惟揚州歲久弗治，薈蔚圮委，狐伏鼠竄，列像弗蔽，贊拜無所，風雨驟至，折撓相枕藉。大宗師過而見之，曰："是吾責也。"選道士領之，得馮道原，任以修復之效。未幾，馮死。時凝和冲妙崇正法師、教門高士九江雷希復剏通真觀於真州，曰："是可任。"即命以揚州道場攝觀事，董其役。至則料材用之實，十無二三焉。乃謁寓公巨家、賈市商舶，量錙最銖以聚之。不足，又割通真之贏以佐之。寓材於江，伐石於山，徵工役徒，畚糞壤，正表位，早作而夕息，悦使而勤省，悉新之。廣殿崇陛，重門修廊，會者在堂，燕者在室。庖廩庛庫，各安其次。鼓有嘉響，鍾無厲音。神示顧享，倪耋嗟嘆。烏乎，盛矣！惟天大建元德，啓大宗師，懋宣玄化，光翼四朝，流聲布烈，充軼内外。授賢任能，敷弼弘教。一起高士，赫然揚土，不亦賢乎？而昔者，老聃氏之去周也，徘徊關吏，豈有意嚴尸祝而雄棟宇哉？然自古聖主名臣功烈之及民者，咸秩而祀之，矧兹道德之隆乎？而余竊有感焉。一土木未足多也，非知人善任，則百年之廢猶故也，况其大者耶？是役也，經始於至大戊申之冬，落成於庚戌之夏。贊其事者〔13〕，葆和純素持正法師、揚州路道判上官与齡。皇慶元年夏，大宗師以聞。降璽書，護持雷希復本觀住持提點。明年秋，屬廣平程某爲刻辭。辭曰：

道以體求，鴻荒寂寥。道以用著，神人景昭。盤盤廣陵，淮海攸經。翼翼靈宫，既廢而興。惟大宗師，手攬玄樞〔14〕。握陰抱陽，贊我聖符。顧瞻海邦，雨潤風飛。有弗軌儀，爲教之疵。矧彼玄關，通都廣廛。顛而不扶，咎孰執焉？既獲其人，纘兹戎功。崴巍廓深，臣民具恭。匪授罔受，匪承罔成。惟師之明，惟雷之能。施於有政，壹是此心。曷績弗凝？曷土弗欽？真源綿綿，帝壽如天。刻此好辭，垂之萬年。

洞陽萬壽宫碑

聖天子承熙，洽尚清静。天下之崇老氏，號爲宫、爲觀者，廢而興，微而著，可數已。臨江新淦之東二十里，有地曰洞陽，有山曰皇人之山，相傳晋許旌陽所游憩。有觀曰洞陽之觀，不知始何代傳次，住持道士郭務玄居之。郭君秀朗邁越，好道術文章。大德六年，謁余武昌，東游龍虎山，見三十八代天師。天師奇之，授龍興玉隆萬壽宫講師。三年，改惠州道判。未幾，還臨江。至大四年，詔天師入朝。郭君白言："弟子所居洞陽，地复産薄，宋淳祐間幾廢，賴住持朱可道力振之。今幸遭聖代，非大有建樹，能終保無他乎？惟師留意。"即日更定觀額曰洞陽萬壽宫；取道經"天真皇人"之語，名其山曰天真福地，以告玄教嗣師。師曰："宜如天師命。"皇慶元年，上之集賢，以聞。特降璽書，授務玄宏道通真崇教法師、洞陽萬壽宫住持提點。是年秋八月，開宫布職，一如玉隆故事。官屬虔恭，稚耋讚嘆，咸韙上之賜，嘉君之勤。君又曰："是徒美其名耳。非壯其棟宇，無以稱上恩。非廣其田疇，無以接四方。而豐屋大厦，賢人達士聞而效財效壤者不謀而旁集，遂盡撤其屋而新之。其中曰金闕寥陽之殿，東曰開天之樓，西曰錦帷之閣。亢以重門，翼以修廊。會有堂，燕有室，寮次廣邃，庖廪宏固。榜其關曰都仙之府。凡爲屋若干礎，費若干緡。經始於某年某月，落成於某年某月。闢田若干畝，曰萬仙莊，居養並舉，報稱兼至。山峙然以大，水漾然以浚，人于于然而來矣。衆益喜君之志有成，曰不可以不識，乃謁文於予。予觀老氏書，其言理身治人之道詳矣，類非今所爲者。若旌陽，則世所謂列仙之流，然其功於人甚大，施之秩祀也固宜。郭君儒者，誠能去巫覡之末，求清静之本，俾天下皭然知老氏之爲道如此，則是宫也，將必以君故名天下，亘萬世，又奚止如今日之觀哉？重爲之辭曰：

迢迢洞陽，巍巍高山。上有玄雲，下有流泉。洋洋新宫，内明外暎。昔也何衰，今也何盛。郭當其世，初寔病之。其師爲言，天子命之。載經載營，亦既勤止。來游來憩，以養以食。我觀世間，孰不可爲。曷成匪公，曷敗匪私。道以人弘，地以人勝。我未克正，物孰克繇正？既新爾宫，爾田亦豐。繄古有言，擇善而從。晨鍾杳杳，夕鼓考考，以祝聖人之壽，莫若有道；呼役神物，訶厲譴慝，以徇世人之欲，莫若有德。維道維德，可以上佐天子，躋天下於仁壽之域。咨爾洞陽，罔有弗欽。此非予之言，乃老聃氏之心。

【校勘記】

〔1〕焉，底本誤作“馬”，據文淵閣本改。

〔2〕壬雖未易，文淵閣本作“士雖未學”。

〔3〕文淵閣本“强”字後有“之”字。

〔4〕汀，文淵閣本作“江”。

〔5〕世，底本誤作“思”，據文淵閣本改。

〔6〕二，文淵閣本作“三”。

〔7〕良，文淵閣本作“艮”。

〔8〕修慎，文淵閣本作“慎修”。

〔9〕維，底本誤作“乎”，據文淵閣本改。

〔10〕問，底本誤作“間”，據文淵閣本改。

〔11〕蕙，文淵閣本作“惠”。

〔12〕俾，文淵閣本作“仰”。

〔13〕事，文淵閣本作“言”。

〔14〕攬，底本誤作“襤”，據文淵閣本改。

卷二十

碑　銘

彭城郡劉文靖公神道碑銘

有元碩儒濟南劉公抱器懷寶，不及大施於天下以死。爰有冢嫡，誕襲厥慶，克浚其道，以學行爲天子大臣，從容進退，作世模準。皇慶元年，推恩二代。公贈正奉大夫、參知政事，追封彭城郡公，謚文靖。配魏氏，追封彭城郡夫人。明年，公之子与余同官，未幾，移疾去。示廉鐸行狀，請爲文，碑諸墓道，以肆上恩。謹按：公諱景石，字文瑞，章丘人。曾大父諱照，好學樂施。大父諱珂，以孝友聞，金長清縣豐齊税監。父諱鼎，有王佐才，國朝爲廣武將軍、益都總判，兼安撫濟南、淄德軍民勸農使，行左右司郎中事。今贈嘉議大夫、禮部尚書，追封彭城郡侯，謚獻穆。母馮氏，繼趙氏，並追封彭城郡夫人。公生而卓茂，十歲通五經，能詞章。尚書公与客語，公侍，有持火鎌過庭下者。客命賦詩，公應聲曰："金惟主斷割，兹鎌復何謂。出火濟窮途，本以剛爲貴。"一座大驚，由是知名。年十四，丁父艱，居喪哀毁。或勸從刀筆吏，可速達。公曰："學儒，先志也，可舍而他乎？"學益篤。後稍從仕，以廉直自立。淄、萊二州，新城、蒲臺[1]、長山三縣咸統於淄，吏治曠軼，公私交弊，行省檄公監治。期月之間，政化大行，上下悦服。歷濟南總府、山東轉運經歷，奉職不回。久之，自以剛潔不能低昂，以疾免歸。日与長山某參議[2]、清陽張郎中、益津高提學、大定郭處士、邢州智處士、中山王詳議爲忘年交，商校經義，評論古今，以夜繼日。或見其貧，厚相賂遺。雖故人，弗受也。嘗曰：“世味不可深，深則難返；私惠不可受，受則難報。”晚讀釋老書，曰：“此可以治心，不可以治世。可治心而治世者，舍聖人之道何以哉！”其子多疾，手書戒之曰：“曾子有言：‘吾日三省吾身。’汝亦當日三省汝身：飲食起居中節乎？視聽言動合禮乎？進德修業及時乎？毋以荒恣敗身，毋以自信敗德，毋以因循廢學。”至元更化，憲府交辟，不起。俄授濱學教授。曰：“上命也，不可辭。”到官再宿而去。濱人止之，不可，留詩爲别，末云：“駕言陟秦臺，放目豁憂煎。跂足望東海[3]，大聲叫魯連。蓬萊如可到，隨此謝世緣。涼風吹客衣，日暮生蒼烟。徘徊不能去，心思空茫然。”還濟南。二十三年五月二十日卒，殯歷城東之七里原。大德九年六月七日，葬章丘明秀鄉祖塋西南之新塋，魏夫人祔[4]。初，尚書公擇婦，曰：“莫若魏員外之女。魏君，正人，女必賢。”遂求昏。夫人貞静孝儉，範於中外。至元二十四年八月十三日卒，年六十七。子男二：長敏中，由河南江北等處行中書省參知政事，爲翰林學士承旨、榮禄大夫、知制誥、兼修國史。次早世。孫男四：燕孫、燕駒，皆下殤。從禮、從道，方力學。女二：長適承事郎、利用監提控兼照磨魏誼，次適士人常文孫。烏乎！日月不居，典刑彫謝。余与公之子上下三十年，概想公之風流，渺長往而不待。庸辭謬學，乃得備載記於無窮，不亦幸乎？惟公之志，誦其詩可知已；公之道，觀其嗣可見已。所以封名邦，錫美號，流耀金石，与國同其休，豈非天哉！銘曰：

孰生哲人，伊濟之南。有鏘其音，如玉如金。哲人維何？其碩伊劉。志与時仇，身与道周。桓桓劉公，人憂我樂。孔孟不遭，後世誰若？父昔王佐，子今國器。維公之樂，雖死弗貳。膴膴彭域，厥土千里。茫茫新封，如帶如礪。相古哲人，罔屈匪信。維哲且明，以覺後人。

福州西禪寺用晦暉和尚塔銘

達摩得法南海上，第六祖慧能居曹溪，禪宗常盛於東南。宋之季，若癡絶、無準、雪岩、霜林之属，軌物牖民，學者萬數。天子遣問，公卿致聘，氓俗士女虔禮拜跪，交絡門路，此必其道有足尊者。至元中，予廉問閩海，識西禪大師，圓智慈慧，魁大混含[5]。實而不野，通而不肆。端源呈舒，薈翳觙刊。高坐講演，疏達飽滿。拄拂所示，懸解妙悟。究其授受，蚤獲游從諸老間，予益信君子之學必有由來。師諱道暉，池姓，福州懷安桐口人。年十五出家，事侯官末山寺仁遠大師，受戒具。繇西禪出江西，遡浙江而歸。凡歷諸禪，一充維那。三掌書記，一主前板。自景定元年秀峰出世至西禪，九居壇場[6]，退處西庵。年八十四，無疾而逝，是爲某年十二月十有五日[7]。藏於西竺之西塔，曰怡怡之塔。在神光時，嘗買《大藏經》一藏。入寺，又置田園，相其弟晙師，建顯慶禪寺於西竺。皇慶二年秋，其徒端堯等走京師謁銘。惟師道浚而德淵，体空而化弘。悼前修之不作，懼正法之莫傳。予又嘗挹其風儀，接其聲聞，銘不可已已。銘曰：

佛法南建，其妙曰禪。達摩既東，曹溪六傳。學熾徒繇，道流德宣。与時汙隆，隨山爲川。曁於西禪，蚤事諸老。涉吴歴楚，霜披雪槁。居壇秉拂，用信厥道。其明昏昏，其晦皜皜。真源未息，末教横被。師顧而憂，人競而靡。西庵既謝，爲悲爲喜。其來非行，其去非止。福州荔枝，綿州附子。西竺之西，微言斯紀。

河東郡公伯德公夫人李氏墓碑

夫人，京兆李氏，金進士、試長安令諱君寶之女，皇贈正奉大夫、護軍、河東郡公諱伯德那之妻，榮禄大夫、平章政事、商議中書省事察罕之母。元光壬午十有二月四日生，至元戊子正月十有九日卒，某年某月某日葬，墓在德安孝感之白雲山。平章任湖廣理問日，買田宅於兹，因葬焉。至大庚戌某月，追封河東郡太夫人。皇慶癸丑九月，以狀匄文，刻諸墓。初，長安君娶蔡氏，生三女，夫人居其仲。始九歲，隨父官洛陽。天兵南伐，城陷家破。軍帥重合剌一見夫人[8]，驚曰：“此女丰度異常[9]，它日必貴。”問其姓，曰：“李氏。”而帥之妻，西夏主之後也，亦李氏，乃鞠如己子，而恩意加焉。重合剌者，諸王旭烈之愛將也。時河東公以班勒紇歸命，數從王攻戰有功，与重合剌同官於解。後以不肯代重合剌爲總管，重合剌賢之，以夫人歸焉，因家於解。夫人躬節儉，慎喪祭，和上下，正内外，不動聲色而教被婣族，不出閨閫而化行邑里。河東公亦未老而謝事，優游鄉井，終其天年，號爲善人長者。人謂有警戒相成之道焉。其子八人：長，平章也，博涉經史，才德過人，早爲忠宣公奧魯赤所知，拔置幕下。累遷爲湖廣行省理問，改行樞密院經歷。棄官，讀書白雲山。俄起爲武昌治中、河南行省郎中。入僉詹事院事，進昭文館大學士、太子府正，拜参知政事，尋以平章政事議中書事。廉慎廣厚，所至稱賢。次博羅，早世。次博羅察兒，敦武校尉、百夫長。次博蘭台，湖廣行省宣使，卒。次博除，太倉令，卒。次只兒瓦台，武略將軍[10]、寳慶路達魯花赤。次朵羅台，性至孝，樂志琴册，高尚不仕，朝廷爲旌其門。次乃蠻台，敦武校尉、邵陽縣達魯花赤。子、孫、曾、玄七十餘人，皆足世其家。烏乎！讓，其德之至乎？河東一讓，夫人以歸，遂基百世盛大之業。忠孝萃於一門，夫人固詩禮之胄胤耶？賢矣哉！銘曰：

讓爲德基，化由内始。河東秉義，公侯繼起。藹藹夫人，婉婉令儀。蘭閟其芬，玉韞其輝。維儉維勤，克慈克孝。家承内則，邑被陰教。維京兆父，厥懿攸鍾。維河東公，爰配以隆。葬雖邦異，封則同壤。白雲央央，焄蒿悽愴。是夫是婦，是母是子。刻此銘詩，百世之軌。

故國子助教李性學墓碑

至元二十三年，余以侍御史行御史臺事，被旨求賢江南。過揚州，會故人爲提刑按察使，曰：“郡庠有李性學先生，識之乎？”曰：“未也。”極道其問學文章。余固願見，使三往，不見。連騎詣之，終不見〔11〕。自是性學之名職職胸懷間，遂歷兩浙、江東西，得士二十三人，獻之天子。天子盡用之，布諸中外。愈恨不得李性學先生。還臺，性學適長明道書院，得与論議。窮日夜談經，博達精粹，超詣獨見，《易》《詩》數百家，可坐析立辨也。爲文閎密深厚，類永嘉葉適。又博通星官、曆翁、浮屠、道士百家之言。私獨念曰：“苟入侍，必与俱。”一日，忽持一卷書，詣臺言：“桑哥必誤國。”累數千言，衆大驚以聞。未幾，桑哥果敗。天子立徵性學，至則以爲國子助教。學者數百人，凡經指授，莫不充充然相慶以爲得師。公卿貴人皆折節，願与交，名動京師。已而竟以疾卒，無子弟親戚以治喪，無贏錢財以給喪。今江浙等處行中書省左丞吴君某与三數知己，以禮葬京城西南三十里盧溝橋之南吴君某園中。皇慶二年夏，吴君自江南還，憮然謂余曰：“嗟夫！性學不幸客死，今若干年矣。吾雖去京師，往來余懷也。吾懼死者日益遠，知者日益寡，不有識焉，盧溝之丘且夷矣。知性學，莫若君。君其爲文，吾將礱石刻諸墓，性學庶幾不朽矣。盧溝南北，使客之衝。千載之下，豈無賢者哀而酹之也？”烏乎！始終哉，吴君乎？夫吴君位丞弼，名天下，非待假託附麗以聞今顯後，而惓惓焉一窮士死生之際，亦可少愧天下輕薄之爲交者。且性學數千里外孤生，雖甚賢，不見斥於人，顧已幸，又何望得此於人哉？吴君可謂知友道矣，可謂義人矣。性學之賢，從可知已。性學名淦，建昌南城人，世爲詩書家。其人魁大，少飲酒，一食能盡肉數斤。善談論，達政治。不娶，不知有男女事。或端坐至旦，奇士也。平生著作頗富，聞河中知府田衍多得而藏之。惜已死，不及出而行於世。卒以某年某月某日，葬以某年月日，得年若干。銘曰：

於嗟乎，性學！知足以知聖賢，而學則閎矣。氣足以怵公卿，而言足徵矣。行足以信友朋，而没獲寧矣。而年不永，位不稱，丘首不克正，命也夫！命也夫！

羅垚墓誌銘

皇慶元年秋，盱江吴東之病於京師，廣平尉明安答兒慕其名，載与俱歸邯鄲，不數月，竟死。明年冬十有一月二十有七日，其友豫章羅垚亦暴死京師。二人，余知也，一歲之間俱喪焉，未有以抒余悲。延祐改元春三月，垚之父某來，歸其喪。長秋寺卿納忽答兒謂余銘，以慰其父心。初，垚來京師，其同舟者，寺卿之子也。因就垚受司馬氏《通鑑》，歸而言之父。至是，薦授長秋寺架閣庫管勾兼照磨，居官二十有六日而没[12]，時年二十八。曩余識東之於武昌，余見其學也若古人然，然其氣貌萎薾，言呐呐不能出口，知非遐齡之具也。及上即位之初，余被召，過豫章，垚以書謁余，又數見於此。余觀其骨勁而神潛，類致遠器者；寡言而專志，類善養氣者，不意其遽死也。其父之言曰："垚幼而知孝，年十二即卻酒肉，以祈親年。長而知學，叢書數千卷，日以從師取友，讀書績文爲事。常夜分不寐，或遂坐至旦。"又示余所纂記著述，誠用心勤矣。豈以勤心之過反促其齡耶？垚之於東之非徒友之，盖師之也，皆苦學早死。然垚有父，以歸其喪；東之之骨未知孰歸之也。悲夫！垚字奕高，娶嚴氏。有子曰謙，始八歲。女二，俱幼。以某年月日，葬某縣某鄉某原。銘曰：

幼而期壽其親兮，父則歸爾骨也。長而學致其君兮，禄未逮而没也。彼邯鄲之丘兮[13]，則孰爲之碣也？其不幸也耶？其幸也耶？

元都水監羅府君神道碑銘

維至元十有二年，世祖皇帝下江南，招納降附，總攬英傑。披腹心，揭恩信，靡不揚聲奮烈，移忠本朝，以成聖人立賢無方之美。國之得人，莫盛於斯。若都水監羅侯，其一也。侯諱璧，字仲玉。年十三而孤，事母俞以孝聞[14]。長而魁岸沈鷙，好學，善騎射。初習舉子業，既而嘆曰："大丈夫生世，當以奇策取勳名，安能卑卑作腐儒語耶！"聞蜀帥朱禩孫募士，即仗劍往從之。一見，大被器使，累功爲武翼大夫、利西路馬步軍副總管[15]。帥移鎮荆湖，辟与俱至江陵。天兵大入境，率所部忠鋭軍降。會太夫人訃至，歸葬。乃入覲，授宣武將軍、管軍千户，隸丞相阿术。招收淮軍，討歙寇有功，領本州安撫事。十五年，從張元帥廣南，賜金符，轉明威將軍、管軍總管，鎮金山。居四年，海盗屏跡。徙上海，督造海艘，再月而畢。明年，朝廷議轉江南之粟以實京師，下其事行省。侯獨以海道便，部漕舟，率先道海，自楊村入[16]，不數十日至京師。賜金虎符，進懷遠大將軍、管軍萬户，兼管海道運糧。二十四年，乃顔叛。給餉遼陽，浮海抵錦州小凌河廣寧府十寨務，加昭勇大將軍。又明年，督漕至直谷，既輸之倉，白潞河决，漂廬舍，突障塞，勢益張，官吏凛凛。侯爲方，樹栅築堤捍之，倉以完。錫宴中書堂，陞昭毅大將軍、同知淮西道宣慰司事。使貪暴，列城化之，民不堪。侯循行郡邑，籍其罪以示之。大恐，求自新。使亦衰止。於是，簡獄訟，均賦役，修政令，興學校，正造作之法，嚴漕運之防，政教大行。進便宜十二策，上皆嘉納。又請棄兩淮廢田以給貧民，令耕三年以上，量視其入，從之。歲得粟數十萬斛。拜鎮國上將軍、海北海南道宣慰使、都元帥。會征交趾，公私煩費，郡邑騷然，惟本道民以不擾。頃遭黎寇之地，所向焚蕩，民無所歸[17]。發廪賑之，然後上聞，活者萬計。蠻夷蜑蠻畏威慕義，有同齊民。董屯田，治鹽法，百弊悉去。大德三年，除饒州路總管兼府尹，未行，改廣東道宣慰使、都元帥，其治一如海南，而恩威過之。初，諸洞蠻二十餘萬負固，奪民田以食，租賦不入。乃誘致其酋，假以官秩，曉以福禍，令諭其黨，相率奉版籍以歸。北軍之戍者不能其水土，多瘴癘死。爲善藥，給諸郡以療之。有請增鹽額、置轉運司者，抑而屏之。民既悦服，建遠華樓以壯其觀。未幾，詣行省白事，因移疾，求解職，不許。請於朝，又不許。越父老聞之，爭赴臺省乞留，乃還。尋除都水監，換正奉大夫。通州多水患，鑿二渠以殺之。又浚阜通河而廣其堤，歲增漕六十餘萬斛而人不病。至大元年，治水邳徐間，訖功，求免益堅。復命与河南省何平章修兩淮屯田。二年秋，得疾，還至惟揚，曰："余殆將死矣，首丘之義而可忘乎？"趣歸鎮江，舍報恩道院，其故宅也。疾愈復劇，卻醫藥，戒家人："我且死。毋事浮屠。"子坤載刲股爲粥以進，弗納。以九月十日薨，年六十六。明年四月癸酉，葬丹徒縣長樂鄉太山之原，郡守以下送者，吏民數千人。延祐改元春三月，其孤以浙東海右道肅政廉訪副使臧夢解所爲狀來，請銘其墓道。烏乎！余知侯有年矣。以侯之才、之政已過人若此，至於知天命之有歸，寧屈己以行志；憫世俗之苟得[18]，寧違時以守貞。以世祖之爲君，而言必嘉奬；以順德之爲相，而事必咨詢。居松江，減其田之入，而上取以法。建義塾，教其鄉之士，而下勸於學。非賢且智，而能之乎？其克終也，宜哉。曾大父諱明。大父諱煜。父諱大義，宋承信郎、淮東將領。娶陳氏，繼李氏、湯氏。伯顔、忽都、林家奴[19]。子男一，坤載也。孫女一。銘曰：

炎景南謝，天戈於征。江流湯湯，羅侯在荆。惟侯桓桓，歸我神武。綰符抗旌，化極海浦。曷憂京師，轉粟於南。超凌鯨波，夷險一心。惟侯之才，孰曰不可。惟侯之德，孰慊於我。低徊卿監，亦既升朝。未究厥施，纓載南鄣。時惟至大，聯軒累盖。奚侯之明，急流勇退。不有歲寒，孰知柏松。翹翹勁草，表於疾風。宜一人是知，宜大臣是咨。胡不丞疑，胡不憖遺[20]？茫茫故鄉，太山之原。勒銘周阿，過者式焉。

自觀先生王君墓碣

唐之季，太原王該奉母黄避地江南，至廬陵，家焉。好善急義，世稱長者。王家，宋紹興中有盧溪先生庭珪，与胡忠簡公銓友，皆以剛直名。王益顯，繇該十五世，至迪功郎次魚。次魚生鄉貢進士譏。譏生如篪。如篪生宜孫、仍孫、幼孫。宜孫善爲文，好奇古。幼孫字季稚，是爲自觀先生。性篤孝，母劉疾苦痰，醫莫之治。一日，夢讀南陽活人書，或指甘桔湯良，覺，如夢，立愈。寶祐丙辰，赴闕上書，言國事餘萬言，不報。歸，教授於鄉。宋之亡，其友文丞相兵敗，執以歸。過廬陵，謁於驛舍，爲文祭之，期以必死，辭氣忼慨。左右嗚咽，莫能仰視。自是，日与賓客過從，守經執禮，浩然以終也。數詣府，陳救荒弭盜之術，民賴焉。有妖僧惑衆自利，日就禱，以千數。白於邑，屏之。其與鄉人處[21]，諄諄然且教且諫。有鬭者，輙自解曰："獨不愧王先生乎？"嘗宿友人胡斗南菜羹亭，食有羹，曰："古人食必祭。"即唱四句曰："惟神生也何神？逝也何處？飄然乘風，尚或余顧。"食已，危坐至旦，曰："予逝矣，予逝矣。"未幾，卒於家，年七十六。娶劉氏，勤儉孝慈，先三年卒。子男七：福、德、吉、長、觀、真、東。福、德、長蚤世。女適彭嘉龍。孫男二：留、禄。卒以大德二年正月十有一日，葬以二月三日，墓在邑之里田大山之原。有《〈中庸〉〈大學〉章句》二卷，《太極圖説》《擬答朱陸辨》《深衣圖辨》《經籍論》，《易通貫三爲一圖》，《家傳譜系》，《簡便》《經驗》二方各一卷，雜著若干卷。歐陽先生守道謂其學從陸氏，文自蘇氏云。烏乎！亦尚德博雅君子哉！延祐改元閏三月，其子真以狀來京師乞銘。真又賢，宜銘。銘曰：

死可生，生可亡。孝且忠，窮何傷。螺之山，下有江。江洋洋，王氏昌。

静山處士陳君墓誌銘

饒之安仁有隱君子曰陳恢叟。恢叟之父甚賢而貧，有曠地數十畝，以樹桑爲業，凡喪祭冠昏、衣食賓客之事皆仰焉。又計其贏，命其子從師問學。恢叟即感憤自奮，与湯東澗、吴道心諸老游，非聖人之書弗敢著於心，非君子之行弗敢服於躬。蚤作而夜思，期不負其親而已，學益明，行益高。於是近者曰："陳先生，吾師也。"遠者曰："陳先生，吾師也。”翕然慕而從之，有終恢叟之身弗改事者。諸門弟子間相与謀，欲請爲廣其業。遽止之曰：“毋累我，毋累我。”且爲歌詩以喻其意。与仲父起元俱號稱君子，其修身事親、治家居鄉之道，人取以爲則焉。大德二年九月十有九日，無疾而逝，年五十一。恢叟諱應洪，自號静山居士。曾大父文炳。大父彦雲。父麗，娶某氏，子男三：長曰垕，繇慶遠路龍溪書院山長，爲翰林國史院書佐。次淵。次日新，爲老氏學，賜號崇玄冲道明復真人。孫男三：熊、鷹、英。女一。延祐改元夏四月，垕來告曰：“不幸，先子棄諸孤且十有七年矣。惟是貧，弗能禮也，殯於里之楊園。將以某月日啓葬於鄉之古塘。惟垕之不肖，幸以筆札從公於太史氏。日新又以祠官事今上，獲從公游，且並辱公之知。非公之文，將何以慰先子於地下[22]，而垕死有餘痛，願公匄之銘。”予爲之題曰“静山處士陳君之墓”，而銘之曰：

古人云：渭川千畝竹可以比封君，江陵千樹橘可与千户侯等。然其人所以垂後著稱者，亦如是而已。陳氏徒賴區區數畝之桑，卒饜詩書之澤，至於今弗替而益大。世獨以長厚聞，豈非賢哉！

海北海南道宣慰使馬府君神道碑

海北海南道宣慰使馬君卒之二十三年，子壽祖赴調京師。既授撫州臨川縣尹，來言曰：“壽祖無肖，幸賴先人餘澤，曩在南城，獲知於公，今又有臨川之命。是天以壽祖卒教於公也。惟先公没且葬有年矣，諸孤寡弱，無以承先志，使先公之行不大暴於天下，夙夜是懼。惟公賜之銘，敢以狀請。”君諱成龍，成都廣都人，世爲大官。曾祖珏，某官。祖德顯，某官。父某，某官。君少有大志，涉獵經史，善騎射。至元十三年，師入宋，宋太皇太后詔内外悉罷兵内附。君以右武大夫、濠州團練使、利戎司金都統制，承宣使，奉常德府印綬、版籍，詣轅門降。夏，入覲。召見，賜金符，授昭勇大將軍、昭州安撫使。屬以兵徇下湖南，江西，廣東、西一十六郡，遷昭毅大將軍、招討使，尋拜輔國上將軍、海北海南道宣慰使。到部，惠安氓庶，招徠黎獠，置屯田以養軍，修庠序以勸學，政化大行。屬征交趾，公私煩費。君供給罔後，而民弗擾。又出新意，造大艦數十，號“海哨馬”。部至廉州，師賴以濟。三年，謝歸。治第潭之城南，教子孫，宴賓友，割田分金以賑乏，居善藥以拯疾，怡然以終。二十九年十有二月二十有八日，卒，年六十有六。夫人婁氏，宋總制泗州軍馬順之女，貞淑慈儉。至大四年春三月二十有一日，無疾而逝。冬十有一月二十有三日，合葬善化縣長沙鄉巽山之原。子男五：興祖，明威將軍、鎮巢副萬户，没王事。壽祖，承德郎、撫州路臨川縣尹兼勸農事。復祖，襲守萬户。承祖，光祖。女適忠翊校尉、潭州路湘潭州判官趙伯顔。孫男三：德孫、堅孫、福孫。女二。銘曰：

物盛則虧，時過則微。天命豈常，有德乃歸。惟宋之亡，仁哉太皇。毋俾我民，而病我疆。列郡承風，涕泣内附。市不易肆，野不易處。惟蜀馬氏，世禄於趙。承宣既來，亦以内詔。綰苻擁衆[23]，還迪於南。招降納叛，威愛允覃。載輯海邦，高牙大纛。政洽化流，胥暨時教。進不違天，退不待年。盤盤長沙，大第雲連。宋祚有終，馬氏罔墜。巽山之碑，過者墮淚。

程某夫人齊氏墓誌銘

新安處士程某之夫人齊氏年五十有八，以至元二十有六年五月八日卒。又明年十月某日，葬里之長原。又二十有三年，處士命其子復心請銘於某，同宗也。夫人諱静真，世爲鄱陽大姓。祖某。父某。母某氏。幼孤，無兄弟，鞠於從父。從父憐而愛之，析其産，半以嫁，半以立其父後。爲父後者弗承厥家[24]，家破，并奪夫人産以自益。夫人既歸程氏，或勸處士言之邑，夫人止之，曰：“從父所以立先人後者，顧以承宗祧也[25]。不幸而至於此，復以我故而罪之，將如宗祧何？”處士曰：“吾意政爾。”乃止。事後姑，盡其孝，相夫子，盡其順。治喪祭昏嫁，給賦役，延名師以教子，常易奩具以濟其乏。慈儉雍穆，儀於内外。臨終，猶戒其子善事其父，治喪勿用佛老。嗚呼，可謂賢矣！子男二：若水、復心，皆賢而文。復心上《四書圖説》，將与秩，以父老，引年，以本郡儒學教授致仕，時年六十。孫男二：暹、遜。女二：長適顧某。曾孫男若干人，女若干人。銘曰：

爲孝女，爲賢婦，爲慈母，而早死。使存也，始與夫子偕，八十有四；而死也，二十有六年。吁，其天乎！

邠州大開元寺喜和尚塔銘

皇慶二年秋八月十有八日，邠州大開元寺圓融洪辨大師右脇累足而化，光發屋外，年五十三，僧臘三十五。荼毗，舍利湧出，葬東岡。明年夏六月，其徒行秀爲狀，願銘塔石。師名法喜，王姓，邠之新平人。父選，母寧。七歲，隨親入佛廬，即樂而忘返。稍長，願從浮屠學。當州洪福寺講主性公法行高峻，遂從受戒具。十八，游大梁，事孝嚴温公。温公門徒千數，師出其右。居五歲，竟代温主講席。已而去，之五臺山。入關，道益著。所至升座講説，人見有異氣熊熊繞身，歸者日衆。又概然嘆曰："佛法非顯不傳[26]，非秘不尊。"詣京師，謁大金剛上師膽八。一見，授以秘乘。成宗即位，賜號圓融洪辨大師，主當州洪福寺。明年，改平江雙塔寺講主。一夕，夢異人告曰："寺將有劫難，師宜急去。"因北還，寺果没於海濤。被旨，居開元，而開元与雙塔皆頽圮久。師至，輒大其棟宇，廣其延納，自施《大藏經》一藏於開元，雙塔雖淪廢，而開元至今賴之。度弟子三十[27]，而行秀居首。嗣法五十，而可宗居最。惟師夙悟真乘，生應法運。顯秘並行而弗悖，功德兼隆而弗居。非混洽洪融，獨見特立者能若是哉！銘曰：

佛以時出，法由運興。惟兹喜公，兆自七齡。洪福發藻，孝嚴避鋒。杖錫五臺，振衣關中。白毫出頂，緇衣雲從。爰來京師，秘密是宗。三承景命，往主弘刹。昔無完墉，今若貝闕。神人啓夢，我道斯皇。林林學徒，惟師是望。云何長往，秋月麗天。師來無期，嗣法永延[28]。

吴君載墓誌銘

始予与金溪吴氏仲季事族祖徽庵先生於臨汝精舍，意相得，驩甚。至元丙子以來，余日有事於四方，率數歲乃一集，集率一二日去。余悲之，然猶冀其相見之未艾也。大德五年，聖可死，余銘之；九年，時可死，余銘之，余始痛其離闊之無窮期矣。今時可之嗣垕子又死焉，其仲弟應子亦又以銘累余。烏乎！以時可爲父而喪其冢嫡，以聖可爲季父而殞其猶子，以應子爲弟而哭其長兄，豈天故短其命，欲余銘耶？何銘之忍也？垕子字君載，其學有家傳，復從馮得一先生受《詩》，益邃於理。治内制外，執經行權，咸協於中。余數与語，芥利禄，泯臧否，遐瞰高蹈，泊然獨立，有隱君子之風，奈何嗇於天而不得中壽以死？余懼天下之爲善者自怠，爲惡者之日侵也。然死生，命也。君載之心固在此而不在彼也。余獨悲与君再世相知而遽爾也，則亦已矣焉耳。時可諱德溥，宋登仕郎。聖可諱可孫，宋進士及第，尉瑞之新昌，入國朝，爲建昌路儒學教授。諱堯仁、諱士亨者，君之曾大父、大父也。三世皆爲名儒。配曰葛氏，先卒。繼俞氏。子男二：斗孫、婁孫。女二：長適鄧承先，次適上官瑜。孫男二：增、坤。女四。以皇慶二年九月某日卒，年五十二。以明年某月日，葬延福鄉福林原。銘曰：

生不並世兮，余孰与之相從？相從而不我知兮，孰戚欣於厥中。十年而三銘其人兮，得不爲之哀恫。邈緬緬兮，前者不可作，而後者不可窮。

周仲芳墓誌銘

周氏出姬姓，有居撫之金溪者爲儒家，且五百年。藤州守衮七世孫曰桂芳，字仲芳，種學績文，好仁急義，蚤有名郡邑間。余家相距三舍而未之識。人謂仲芳曾大父監建寧府都作院冕，大父監江州湖口鎮公儀。父登仕郎耑子。三世皆非通顯。其騰踔驚奮，揚英飛烈，焜霍千載者，必在仲芳。已而仲芳持家亂離，息影太平，樹果植花，彈琴詠詩，消摇襄羊，以樂其志，以善其身，以裕其子孫而已。人又幸曰："夫有德者必壽。"仲芳常侍父疾五年，衣不解帶；保鄉民數千垂絶之命於阽危睚眦之間，可謂有德矣，竟以皇慶二年十有一月十八日、年六十一而卒。嗟乎！所謂天者誠不可知矣。然視世之顛瞑貴富，恣睢形勢，身死名滅者不既多乎？此固仲芳之志也。將以某年月日葬某鄉某原。其孤以狀，介其友，至京師乞銘。余聞仲芳之爲，亦可謂鄉里之賢者也，乃叙而銘之。仲芳娶余氏，先卒。男四：德厚，鎮江路官醫提領。德謙，爲從弟後。德懋，早世。檝，方力學。女一，適鷺洲書院山長鄧觀國。孫男、女若干人。銘曰：

爲學不顯其道，爲德不食其報，閟青山兮終老。青山峩峩，吁其奈何！

故同知處州路總管府事袁府君神道碑銘

世祖即位二十有七年，某被旨求賢江南。時四明袁君以永嘉之命居里以應詔，不起。後數年，与君之子桷同與史事，相知，狀君平生，請爲墓道碑文。烏乎！君諱洪，字季源。袁氏之先轂，宋嘉祐中爲開封進士。蘇文忠公守杭，爲通判，終處州守，贈光禄大夫。其宗慤亦舉進士，爲祥符丞，因家祥符。祥符生贈少保謂。少保生贈太保臯，靖康亂，從青州軍還四明。太保生贈太師、衛國公昇。嘗攝治大獄，連千餘人，悉焚其牘。太師生同知樞密院事、資政殿大學士、銀青光禄大夫、奉化郡開國公致仕、贈太師、越國公韶。越公幼學於族父正獻公燮，嘉泰中，与正獻公俱坐道學廢。後繼爲侍從，尹京十年。居政府，號稱能臣。生中散大夫、嚴州守似道，賢如其父。君，其仲子也。曾祖妣太恭人楊氏，贈齊國夫人。祖妣吉國太夫人陳氏，贈周國夫人。妣恭人王氏，贈令人。君七歲通《詩》《書》《春秋》，十七以澤監鎮江大軍倉。京尹馬樞密光祖辟爲佐，以敏達聞。禮部李尚書伯王、中書劉舍人震孫皆以治劇才薦。改佐兩浙轉運幕。轉運使胡太初阿僻，君數謝病去，不許。度宗聞其名，用爲太社令。宰相賈似道不樂四明人，君与同郡爲侍從、執政、守倅者六十餘人皆被廢。日相從講學，口不挂時事。賈後悔，起奉華州雲臺祠禄。咸淳九年，通判建康。明年冬，國事日蹙。大帥趙溍委以府事，出督江上兵。城中大駭，夜縱火剽掠，相率出郭去。君密捕斬首亂數人，乃安。諸將益桀驁，日以語侵君，且請較射。君出私帑具賞。與射，君先發，三矢三中，衆驚服。溍遁，諸將釋兵歸。又聞賈平章兵敗，保揚州。淮西總領費伯恭遁入海，乃微服詣行在所。授浙西安撫司主管機宜文字，改沿江制置司参議官〔29〕，不拜而歸。明年，天兵下臨安。至元十五年，入覲，召見，授朝列大夫、同知邵武路總管府事。二十年，改温州，並以疾辭。大德二年，改處州，命下而卒，二月十有八日也，年五十四，葬鄞縣桃源鄉慈溪之原。君早從王鏻先生學，戒以躬行，守而弗失。父事兄賓州浚，一物不私有。嚴州遺澤二以讓兄子。馬公嘗命徵責旁縣，不受。令潛説友爲轉運檄，督寧國絹十六萬匹。曰："此絹自嘉熙以來，名存實亡。莫若止取景定至今年逋，且昔者嘗以不能謝馬公矣。"潛恐蠲數夥，亟命他吏，卒如公言。初至建康，慮囚句容，治僞造楮幣者，縱連坐二百餘人。宋之亡，諸無賴往往以小睚眦構陷衣冠之士，陳参議允平者在陷中。帥府命招討王世强捕治。君儒服入白，且語帥曰："新附之民，人情未安，不絶告訐，羅織之禍非所以示綏懷也。"帥悟，釋允平。自是，叱去上變者。君還自建康，即去聲色，謝榮利，延師教子，盛饌樂賓客。人有不能喪葬、昏嫁者，出財以相之；有疾，爲藥以救之；有過，委曲覆護之。不及中壽而卒，識者惜之。唯君承七葉之盛，貫六籍之藴，際興亡之會，進不阿以苟容，退不矯以自潔，安時委運，以明哲終，豈不謂善人哉！予昔不能力薦之天子，今乃得宣遺美，託金石，故樂爲之辭。君娶史氏，宋太師、丞相、越忠定王浩之曾孫，資政殿學士、贈太傅、忠宣公弥堅之孫，直敷文閣、荆湖轉運副使賓之之女，有淑德。再娶楊氏，五世居太學，父曰應翔，太平州判官。子一，桷也，翰林待制、文林郎，兼國史院編修官，史夫人出[30]。女三：長適宋丞相史莊肅公嵩之之孫似伯，次適工部尚書余天任之孫昌期，次適資政殿大學士史岩之之孫益伯。孫男三：瑋，早世。瓘、珖，俱力學。女四：長適同知餘姚州事趙孟貫，餘在室。銘曰：

昔在宋世，有赫袁氏。宋禄有終，袁氏罔替。優優處州，濯濯厥聞。太守之子，樞密之孫。惟君之生，遭世多艱。任運而行，益光厥先。未承休惠，三辭郡貳。命雖不猶，義則弗匱。有子郁郁，有孫奕奕。有之似之，維民之則。

揭應强妻何氏墓誌銘

豐城處士揭君應强没之十二年，配孺人何氏卒。子倧美哭幾絶，語其諸弟史館編修傒斯曰："吾不德，禍及吾母。吾向者以汝獲識翰林程公。公，天下士也。辱銘吾母，吾死且瞑目。然今我不可以見，汝其爲死請。公仁人，必不我拒。若然，則汝亦与有榮耀焉。"傒斯以狀來請。孺人諱妙静，世爲豐城人。宋禮部延世之曾孫。性勤儉，好詩禮。景定甲子，歸於處士。遭罹多艱，不失婦道。處士既没，撫諸孫，盡其愛。晚好佛老氏，盖賢婦也。處士字子常，祖大成，父三畏，皆以德自好。叔父三京嘗爲貴州鬱林令，有聲。處士文行修明，爲鄉里所師。其居多竹，人稱之曰森玉先生。孺人以宋寳祐庚戌三月三日生，以延祐元年八月二十九日卒。子一，倧美，多材贍智，好吟詩。至大中，求祖之所自出，至於南海。帥府檄爲潮陽掾，已而棄歸，盖足世其家者。孫男三：壬午、生申、金璧。女三：洪智，早世。來崇，許適徐。引光[31]，爲從兄瓘之婿范清女。以明年某月日葬於某鄉某原。銘曰：

婦人之德不出乎閾，非其子之賢，曷以示無極？

許幾先墓碣

延祐二年春三月七日，天子始策進士，廷對者五十有六人。國子生盱江許晋孫與焉，授將仕郎、南城丞。迺輯大父處士君善行，來拜曰："晋孫不肖，幸塵末第。歸拜二親，而吾祖不及見矣。惟吾祖之墓未有所表著者，敢請。"君諱開，字幾先。其先汴人，宋南渡，始宅盱。曾大父晦之。大父昌，宋團練使。父通，宋進義校尉。君幼孤，刻志勇自立，身長七尺，能蹶張挽强。晚好《易》，明曆數，善相人，論禍福，如辨白黑。諸貴勢大人多禮致之，有名江湖間。至元中，詔徵江東謝枋得，過盱，相見傳舍中，与語一日夜，執手不忍别。居鄉，尤以孝友稱。年近九十，猶能日書細字數百，坐語至夜分乃寐。大德九年六月九日，無疾而卒，年八十有九。三日而歛，貌如生。延祐改元冬十有一月庚申，葬南城太平鄉金塘之原。配趙氏，與君同年生，先二年卒。子男二：炎明；時霖[32]，好老氏學。女一[33]，柔嘉，適徐。孫男三：晋孫、益孫、鼎孫。孫女二[34]：端、婉，皆適徐。銘曰：

天之蒼蒼，吾可歷乎？物之茫茫，吾可極乎？前之積，後之昌，非人之則乎？

【校勘記】

〔1〕蒲，原本作"驛"，據文淵閣本改。

〔2〕原本無"某"字，據文淵閣本增。

〔3〕跂，原本作"跛"，據文淵閣本改。

〔4〕祔，原本作"附"，據文淵閣本改。

〔5〕含，文淵閣本作"合"。

〔6〕九，文淵閣本作"十"。

〔7〕是爲某年十二月十有五日，文淵閣本無下一"十"字。

〔8〕帥，底本誤作"師"，據文淵閣本改。

〔9〕丰，底本誤作"手"，據文淵閣本改。

〔10〕武略將軍，文淵閣本作“封武略將軍”。

〔11〕見，文淵閣本作“遇”。

〔12〕二，文淵閣本作“三”。

〔13〕彼，底本誤作“披”，據文淵閣本改。

〔14〕俞，文淵閣本作“則”。

〔15〕利，文淵閣本作“制”。

〔16〕楊，底本誤作“揚”，據文淵閣本改。

〔17〕無，底本誤作“善”，據文淵閣本改。

〔18〕世，底本誤作“志”，據文淵閣本改。

〔19〕伯顔、忽都、林家奴：文淵閣本無，疑有衍訛。

〔20〕愁，底本誤作“愸”，據文淵閣本改。

〔21〕其，文淵閣本作“某”。

〔22〕地下，底本作“下地”，據文淵閣本改。

〔23〕縉，文淵閣本作“智”。

〔24〕承，文淵閣本作“成”。

〔25〕顧，文淵閣本作“願”。

〔26〕法，底本誤作“决”，據文淵閣本改。

〔27〕十，文淵閣本作“千”。

〔28〕嗣，文淵閣本作“同”。

〔29〕淞，文淵閣本作“松”。

〔30〕史，文淵閣本無此字。

〔31〕光，文淵閣本作“兒”。

〔32〕時，底本誤作“詩”，據文淵閣本改。

〔33〕“一”及下文“適徐”，底本無此三字。又，“女柔嘉”，原在“鼎孫”後，據文淵閣本改、補。

〔34〕二，底本無此字，據文淵閣本補。

卷二十一

碑　　銘

資德大夫湖廣等處行中書省右丞燕公神道碑銘

公諱公楠，字國材，姓燕氏。其先自幽薊徙青，徙曹，至宋禮部侍郎、龍圖閣學士、贈太尉肅居汴之考城。太尉生虞部郎中處厚。虞部之孫玫隨高宗南遷，居匡廬之下。其曾孫森以學行爲朱文公所知，有子曰夑，通判永州。永州生岳州榷茶分司堂，配雷氏，夢五色巨翼入幃，生公。十歲能屬文，居父喪，廬墓三年。再與計偕，不第。後以連帥辟，五遷至贛州通判。至元十三年，皇有江南，帥府板同知本州事[1]。明年，下廣南有功，授同知吉州路總管府事。二十二年夏，召至上都，奏對稱旨，賜名賽因囊加帶，命參大政，辭乞補外。僉江浙行中書省事，俄移江淮。置尚書省，復僉江淮行尚書省事。在江浙時，嘗請置兩淮屯田。二十五年，用前請，以爲行大司農，領八道勸農營田司。按行郡縣，興利舉弊。劾江西營田使沙不丁貪横，罷之。又明年，拜江淮行中書省參知政事。時桑哥新敗，蠹政未去，民不堪命。赴闕極陳，請更張，以固國本。上悦，會欲易政府大臣，以問公。公薦伯顔帖哥、不灰木、闍里、闊里吉思、史弼、徐琰、趙琪、陳天祥等十餘人。又問：“孰可爲首相？”對曰：“天下人望所屬，莫若安童。”問其次，曰：“伯顔可。”又問其次，曰：“完澤可。”明日，拜完澤爲丞相，以公及不灰木爲平章政事。公固辭，改江浙行省參知政事，賜弓刀及衛士十人。

三十年，復爲大司農，得乾没公、私田爲頃六萬九千八百六十二，歲出粟爲斛十五萬一千一百有奇，楮幣爲貫二千六百，帛爲匹千五百，麻絲爲斤二千七百。元貞元年，進河南行省右丞，首正鹽法。大德三年，遷湖廣。五年夏，徵入朝。明年正月四日，薨於京師傳舍，年六十二。敕中書致祭，有司具儀衛，遣官乘馹，護喪南歸。某月某日，祔葬江州德安縣烏石山先塋。延祐改元夏，子琦以萍鄉知州秩滿，赴調京師，以狀來請，曰："不幸先公棄諸孤十有三年矣，而神道之文未之有也。知先公莫若先生，敢請。"唯公以通材贍智，識時審變，簡知世祖，起自羇旅，致位疑丞。雖久寄藩維，無歲不召。而公於當世之務，奮然以爲己任，大者陛陳，小者驛聞，未嘗不稱善，可謂千載一時者矣。最公前後條上時政凡百數十事，在至元間，多言屯田、鹽法、賦役便宜，往往著爲律令；在元貞以後，皆立國之規、樹化之本，當時雖不盡用，今多踵而行之；若公沮桑哥欲罷廉訪司之謀，免崔中丞於譖，料劉深征西南夷必挑變取敗，深竟誅死，及語平章劉國傑必先積糧思、播、順元，然後進兵，不從，卒殘湖南北數十萬轉餉之民；倭人入市慶元，有司不能用公前後待之之道而利其貨寶，劫之以兵，反被殺略燒焚之禍；沅州唐運判豪横奪民田；武昌縣尹劉權殺主簿，誣繫其妻子，悉正其罪；淮東、西飢，奏賑粟三十五萬斛；湖南、北飢亦然，且先賑而後聞，然皆人所易能。至於世祖數欲置公左右，輙以疏遠辭，一薦完澤，天下享和平清静之樂餘十五年，此則人之所難也。公每謂余曰："可與慷慨論天下事，惟君与僕耳。"然余固陋退怯，無毫髪補益，而叨禄竊位遂四十年，今又銘公墓道，略不辭讓，雖曰知己，獨不愧於公乎？公娶某氏，子六：璋，某路總管府判官。某，龍興路新建縣尹。琦，新撫州路總管府判官。某，某，某。孫男、女若干人。有《五峰集》十五卷，藏於家。銘曰：

召公翼周，厥土惟燕。運邁代徂，氏族以綿。播播汴流[2]，太尉攸經。四世而南，匡廬載寧。人歌舜風，家秉周禮。百五十祀，而公以起。惟帝世祖，有此萬國。埶土爾疆，而遜爾德。惟公之來，允國之材。惟公之思，允國之基。帝曰弼余，惟女正直[3]。公曰臣愚，願守方伯。八貳南省[4]，再宅大農。人誦公賢，孰知公功？孰相孰卿，惟公明之。孰賦孰役，惟公平之。公胡不留，公胡遽歸？生守外藩，没寄京師。峩峩匡廬，下有彭蠡。彭蠡茫茫，公在蒿里。念公平生，無復晤語。匪惟公銘，思我世祖。

故河東山西道宣慰副使吴君墓碑

大同吴侯卒之明年，昭文館大學士雪庵大宗師來謂余曰："伐木廢闕，朋友道喪久矣。吾雖學隱枯禪，迹寄浮雲，而於綱常之懿弗敢墜也。故人吴侯尚德好義，奄於西土，今不幸死矣。吾痛之深，念所以報既往、貽方來者，未之有得也。庶幾墓石之有刻乎？敢介其孤以請。"余嘗讀集賢大學士郭君松年所撰《五福堂記》，述其鄉人號侯曰五福翁，而昭文爲扁其堂。及觀延安尹單師中所賦《飢烏謡》，翰林、集賢諸君所爲歌詩，美侯賑荒之事，知侯長者。重以昭文之信義誠足以激頽俗，振靡行，乃不讓而載之辭。按：侯名誠，字某，世爲湟夏大姓。父德融，善鍛，有巧思，憲宗時用爲諸路銀匠提舉。中統初，世祖召治器尚方，復其家。先是，歲丁巳，侯被旨，造征南弩於太原，起家爲太原路遠倉糧提舉，監支納。至元七年夏，大司徒阿你哥言於昭睿順聖皇后，會建鎮國仁王寺，授諸物庫提領，轉大都路諸物庫使。録建寺勞，陞同知大都人匠總管府事，遷奉訓大夫、西京路總管府治中，改泉府少卿，進朝列大夫、河東山西道宣慰副使。未幾，引年罷事，婆娑邑里。延祐元年八月八日己丑，卒，年八十六，越五日癸巳，葬大同縣孫賢堡西南原之先塋，送者踰萬人。謙抑和厚，不事表暴[5]。居鄉稱其孝友，在官號爲廉慎，而未嘗以爲能。尤善理財，家累千金，然一用以爲施与。每歲豐，儲粟數千斛，飢則不易價而散之。其窮民之無告者，輒以与之。昭文建大同寺佛殿，資之若干緡。臨終，猶以二萬五千緡分貧疾餓者。其餘釋、老之施不可勝紀，而未嘗以爲德。構堂宅西北隅以奉諸佛，莊嚴妙麗，藻鏤飛動，旁庋《華嚴》《法華》《報恩》《金光明》《心地觀》五大部經，朝夕朔望，諷誦膜拜，如空山老釋，而未嘗以爲善。懸車告老，日與高人達士或焚香瀹茗，或烹羊釃酒，談讌終日，而未嘗以爲達。年八十餘，聰明康强如五六十者[6]。歲時伏臘，斑衣翠袂奉觴上壽，充庭溢目，里閭之所嘆羡，四方之所誦説，而未嘗以爲爲善之報。嗚呼，豈非所謂長者耶！觀世之人，廪升斗之粟，懷數金之資，即慢言驁色，高視闊步，淫酗放蕩，如莫加於己者，視此可不少愧矣乎？予於侯誠有感矣。侯先娶孫氏，生子三：男曰仲傑，景運倉使。曰仲英。女嫁李深。再娶曹氏，生子四：男曰仲仁、仲義、仲禮，女嫁毛文舉。他姬子一：仲實。孫男十五人。仲傑之子四：短只八、白七、帖木兒、百奴。仲英之子一：善孫。仲仁之子一：奴兒。仲義之子三：三寶奴、僧家奴、慶孫。仲禮之子三：壽孫、添孫、祐孫。仲實之子三：定孫、買孫、喜孫。曾孫男一：重孫，短只八子也。侯同母弟三人：曰用，武略將軍、大寧路川州知州；曰貴；曰寶，忠翊校尉、鞏昌路便宜、總帥府同知隴州事。用有四子：男二：曰乞太不花、匣列不花；女二。貴有二子：曰仲智、仲信。孫男曰善住。女一。寶有一子：曰别乞帖木兒。孫男二：保僧，倉赤。余叙侯之子孫，遂及其弟者，所以廣孝悌，昭忠厚也，其亦侯之志與？銘曰：

唯天生物，浩浩無涯。或衰而盛，或盛而衰。孰謂無涯，其實易知。盛罔不厚，衰罔不虧。觀侯之身，其先可識。觀侯之後，唯侯之積。後方無窮，理亦不息。欲永弗替，莫若爲德。罔浚弗深，罔固弗殖。於千百世，監於兹石。

奉聖州法雲寺柔和尚塔銘

佛法之行，其來遠矣。至皇元而益盛，山林空寂之士一旦乘時際運，左右人主，傾動王侯，奔走天下，生被顯寵，没享榮名者不知其幾。弘教通理大師則不然，淵然其若虚，退然其若藏，蕭條静深，無所願乎其外。至於誘引慈濟，則孳孳棤棤，如抱漏甕沃焦釜。得其法者莫不飽滿慰喜，若涉萬里而還其家。師之道其不可及矣乎！故師之生也，七歲事永安寺廣行大師，能默誦《金剛》《楞嚴》諸經。二十悟《華嚴》奥旨。二十八受法廣嚴寺傳戒大師，乃去滋味，絶華好，日課《金光明經》一部。禮佛百拜，深惟静念，孤征獨詣，道益閎以肆。憲宗聞其名，號曰弘教通理大師，命主清凉大會於臺山。釋教都總統寳集壇主秀公慕其德，聘攝華嚴講席於京師。又傳菩薩三聚净戒於佛子山及蔚羅、黄樓諸刹。自是，日与所度弟子定慧、和純、順遇等七人，嗣法弟子扶宗弘教大師行育等二十餘人講演秘乘。敷析本統，昭揭天下，俾有知覺，皆造佛地，歷四十年弗懈益勤。爾後，若金河之英，樓臺之清，五華之聰，咸化之明，黄梅之剖，開宿、昱義、温朗、顯德之徒皆能追蹤先進，騰英海内，爲一時龍象，則師之不可及可知已。師嘗聞弘法寺《大藏經》板之闕，勒而補之，極校讎之善。憫永安寺之廢撤而新之，窮土木之麗。病德興、河南二橋之圮，更而甃之，盡柱石之固。且師之於身也，疏食飲水而飯僧萬餘，收聲滅視而問法千數，則師之不可及又可知已。嗚呼！其人不可作矣夫！師諱善柔，董姓，德興之永興人。父諱毓，母房氏，皆好善。師歷住持奉聖州水西、法雲二寺，以至元六年正月三日，化於法雲之北堂，壽七十有二，僧臘三十有八，塔在寺傍。後四十七年，定慧請載其行，因鎸之兹碑。銘曰：

人皆有有，不能無有。人皆無無，不能有無。我思柔公，其道惟一。所觸皆空，空罔不實。寒泉在沼，明月在天。寒泉照月，月照寒泉。又如明鏡，物來鑑之。妍者誰妍？媸者誰媸？惟師之道，亦復如是。惟師之志，普度一切。嗚呼柔公，廓落洪融。生非其始，死豈其終。其徒孔多，其道孔赫。師如可作，監此玄石。

廖隱君墓誌銘

臨江廖氏自五季之亂，有諱凝者仕周，爲連州刺史。馬氏據湖南，棄官隱衡山，復徙臨江新喻之黄原。其曾孫克順仕宋，爲殿中丞，贈虞部郎中。郎中生禮部侍郎、贈工部尚書鼎臣。尚書生大理寺丞詢。大理第四子曰謙，始居今邑之槐江。先是，一日至江上，樂其風土，折槐一枝，倒植其地，曰：“後三年，我當復至。槐若生，吾必家焉。”已而果生，遂徙居之，故號其里曰槐江。其九世孫諱應瑞，字祥國，是爲隱君。君始冠，産紫芝三莖於庭，其僮僕不之識也，掇而去之，輒復生。其父以爲祥，乃以命名。君長身，美鬚髯，善辭令，見者皆樂与交。少從胡觀道、丁守廉受戴氏《禮》，寒暑不釋卷。崇孝敬，敦信義，慮必周乎物，動必由乎禮。如其義，委之千金不愛焉。非其人，一言一笑不可得。歲積粟數萬斛，不以豐凶貳其價，不以出入易其量。事上遇下，必主於誠；訓敕子弟，必本於學。故蹀患難而不跲，處逸樂而不渝，孝養三十餘年無違志。人皆謂君得施其學於政，詎可量哉！君中歲以來，益放情丘壑，抗亭累榭，蒔花蓺竹，窅然冥然，若無與於世者。元貞三年正月二日，竟無疾而卒，年五十有五，葬里之銀城山。至大三年十月三日，改兆袁州宜春縣温湯之原。延祐二年二月，其子瓚來京師，介其里人歐陽應丙乞銘。君之曾大父諱嗣富。大父諱枏，事荆湖諸連帥，有聲。父伯雲，長沙趙葵鎮淮右，辟安陸尉。君之配鍾氏，繼張氏，皆有賢行。子男六：長璵，播州路平溪上塘長官；次璜，太平路萬成州判官；次琪，兩浙錢清場鹽司管勾；次瓚；次珙，播州儒學正；次震，爲族人後。女一，適周沿。孫男四：志宏、志一、道宏、鳳孫。女五。曾孫：男一，孟孫；女一。嗟夫！以君之才、之學，何施不可，而以隱淪終。然年不滿六十，及見諸子皆駸駸宦途，諸孫、曾皆向學，夫焉有所憾哉！銘曰：

孰不爲學兮學之豐，孰不爲德兮德之隆。不遠其施兮誰所窮？勗爾後兮休罔終。

諸路頭陀教門都提點誠公塔銘

頭陀爲學佛者衆行之本。自迦葉啓教，弥勒受託，得其道必離貪遠癡，少欲知足，守十二行，鍊磨三境，精進堅固，卓然出於世者。故曰：若有苦行人，我法即存；若無，我法即不存，然行愈堅而傳愈寡矣。迨於我朝，迺有廣化誠公，懷貞抱樸，髫齔慕道，不傷生，不茹葷。年十四，從清凉寺頭陀師翟公受五戒六齋之法，爲在家弟子。十六，父母命之娶，不娶；誘之以計，不變；詘之以威，又不變，從而逃之外家。父追及之，又逃之公林栖禪院，從提點麈公，剪髮出家；又追及之，終不變。十九，入京，祀七代宗師，受大戒，從遷曲河院。宗師没，始主麈公之常樂院。至元十四年，爲大都路禪録。二十四年，主九代宗師之清安寺。明年，得隙地都之靈椿里，構蘭若曰廣化，而師之行益固，道益高。十一代宗師授以《金字戒本》。大德元年夏，天子降璽書，賜號静照妙行大禪師、諸路頭陀教門都提點。師自授道至入滅四十九年，弊衣蔬食，受經誦戒，持諸部咒，仡仡朝夕，未嘗以寒暑廢於其教，可謂無愧矣。若乃神詭變眩，至人所不道。然史氏稱澄什之流多驚耳悸目之事，載而不廢，豈無取焉？若師平居，晝之所止，常介異氣入室，結如善財像；夜之所息，則有白光洞胸，經時不散。嘗有群雀集項，如立朽株。都人鄒氏女累年爲魑魅所憑，以念珠拂之，立止。十代宗師遣其徒李純輩四人之江南，踰年不返。師一日坐，見李至，因問其介及宗教事。有頃，李果至。又一日，見許善友者從保定來，言寂照師没，已而許果來。若此甚衆。嘗有盜入室，戒勿捕。或横逆相加，置弗挍。非其道圓滿清浄，真實無上者歟？大德九年秋九月十五日，手書《發菩提心論》《金字戒本》授弟子法雲，付以宗門事，曰："吾將逝矣。"越三日，召雲等侍，焚香易服，口誦如來者三，右脇累足而化，壽六十五。荼毗，得五色舍利三十有二。將封，平章政事、通政院使朵年，尚書右丞、同知太常禮儀院事答牙答思奉皇太子教，塔於清安寺旁。延祐二年夏四月，昭文館大學士雪庵大宗師介其徒法雲請銘。謹按，師姓楊氏，緡山人，諱志誠。初從七代宗師請名。問："何志？"曰："誠而已。"遂以命之。自號寂庵。父諱林，以勇材仕金，守居庸關。太祖南伐，以其衆降，命爲都元帥。母房氏。生子二，師爲長。師既爲浮屠氏，弟子五人：法雲、法聰、法麟、法性、法智。雲累被錫命，爲大都路頭陀教禪録，今住持清安云。銘曰：

我聞頭陀，衆行之首。或云杜多，華言抖擻。何以衣之？弊衲糞埽[7]。何以飫之？羹藜飯糗。塚間樹下，予户予牖。行之孔艱，學之弥少。於鑠静照，奮自童幼。超陵真覺，擺落塵垢。動如神行，止若木朽。瞻迦葉前，忽弥勒後。精進勇猛，具足成就。如何長往，如夜弗晝。師行罔加，師德罔究。非死非生，与天地久。

故平陽路提舉學校官陳先生墓碑

近代名臣之後有世秉純白，恪勤先訓，綿數百禩而弗墜者，惟河東陳氏乎？陳氏自宋太常少卿、累贈金紫光禄大夫、刑部尚書、太子太保諱希亮起巴蜀，以忠正剛直策大名嘉祐中；七世至平陽提學公，不少貶。方是時，中原袵兵且百餘歲，師道久廢。我元建國，覃懷許文正公衡進而師於上，保定劉徵君因退而師於下。名賢遺老並列周行，而公亦起爲河東儒師，學者始有所向方矣。公諱庾，字子京，其先眉之青神人，自太保居洛。太保之孫慈州士曹揮遷臨晉。士曹之孫少中大夫、國子監丞克基復徙猗頓。公官平陽，又家焉，遂爲河東人。曾祖諱灝，贈儒林郎。祖即克基。考諱仲謙，昭勇大將軍、三白規措使、驍騎尉、潁川郡伯。公少与趙定、劉繪[8]、張澄同學，號爲"四秀"。又与兄河東兩路宣慰司參議賡、弟東平勸農使賡齊名，號爲"三鳳"。隨親宦青州。崇慶壬申，四方兵起，携家還猗頓。河東破，乃西涉河，客華陰二載。河東平，出關居洛西十餘歲。貞祐丙子，兵大入，轉徙無常。興定庚辰，隱盧氏山中。元光、正大，再與貢，再試春官，不利。去，省親於陝。丁父艱，北移解梁；復有母之憂。服除，辟聘交至，乃應平陽高雄飛之招，署郡教授。日与高弟弟子寧源李兟之徒講習問辯，來學日衆。會中書令耶律鑄奏置經籍所平陽，命公校讎，領所事。世祖徵至六盤山，与語，大悦。中統初，以宣撫張德輝薦，授平陽路提舉學校官。進德義，樹教化，勉學戒惰，風俗爲之一變。明年，年六十八，卒。烏乎！惟公之學沉潛貫穿，先行後言。其事親也，旦暮必盛服，与兄弟、婦姒序拜堂下，問起居，受訓敕，然後退。居洛西日，每佳辰令節，具琴尊，約親友，奉昭勇公升籃輿，登女几山，歷白馬、烏喙諸峰，上龍門，臨八節灘，徘徊嵩少，訪裴司空、邵先生遺迹，然後歸。及遭亂離，父母繼没，猶執喪盡禮，至兵寇相戒，無犯其境。其与人交，必盡其道。陵川劉昂霄、太原元好問、河中李獻卿、洛陽李微、奉天楊奂、虞鄉麻革、濟南杜仁傑、曹南商挺諸賢咸相友善，而仁傑豪宕，滑稽善罵，獨与公莫逆。每謁，升堂拜母，或揖丘嫂，索酒与客飲，終始無違言〔9〕。吏部尚書賈損之嘗稱爲端雅君子。早居汴，翰林學士趙秉文、楊雲翼，參知政事楊慥，監察御史雷淵、劉祖謙爭相薦引，莫能屈。太原李汾者負材使氣，一日會相國寺，語侵公。公正色曰："漢有董、賈，唐有韓、柳，宋有歐、蘇，皆能上爲國家重，下爲儒林表。我輩幸遭盛明，不能以道義相尚，追蹤前輩，徒以文墨小技陵人，將安用之？"李沮而退，坐客大服。故其教人也，一本諸道德仁義。或問政。曰："以禮。"曰："何謂禮？"曰："臨事以敬，律身以義，用人惟賢，養民惟惠。體風俗而施教，察過失而立防。行之以寬柔簡易之道，輔之以中正裁制之宜，謹之以進退賞罰之節。故曰：有禮，政事得其施；無禮，政事失其施也。"或問政之大者。曰："政莫大於守法愛民，任廉去姦。"曰："刑可用乎？"曰："懇懇用刑，不如行恩；孳孳求姦，未若禮賢。且民不見德，惟刑是聞，公之政殆矣。"或問寡過。曰："行不歸義，皆過也。反求諸義，其庶乎？"問寡欲。曰："無過則欲自寡。"臨終，手書爲學之要凡九篇，以遺子孫。公嘗有馬，病腰，醫，小愈。或欲售之。公不肯，曰："安用誤人爲。"後鄉里見人儉薄，輒曰："君是不鬻馬陳先生耶？"嘗暮歸，得金釵玉璫道旁。求主名，三日不得，潛瘗其所。過樂安，誤碎逆旅主人器。償，不受。密緘白金卧所而去。及還，主人曰："是封銀償我者。"鄰里傳聞，聚觀嘆息。平居，見貧乏不能自存，孤婷不能昏嫁者[10]，必資給之。一日，語兄賡曰："吾聞財多害身。今喪亂若此，而吾廪有餘粟，藏有餘布。不散不止与爲他人守，孰若分諸鄰里鄉黨乎？"兄大喜，立散之。公之制行又如此。人皆謂有太保之風，信夫。烏乎！豈惟當世之師，百世之師也。其所著書有《經史要論》三十卷、《三代治本》五卷、《唐編年》二十卷、《澹軒文集》三十卷，方爲《春秋解》未成，會卒。娶王氏，某州節度副使揀之女[11]。再娶楊氏，盧氏令起之妹。子男二：元義，解鹽司判官；元忠，以學行聞。孫男二：造，早世；觀，今翰林修撰、同知制誥、兼國史院編修官，爲學有家法。女一，適麻懷祖。曾孫男二：仁壽、同祖。仁壽爲參議後。女一。公以中統二年秋八月六日卒，以至元二十有五年秋七月二十有五日，歸葬臨晋北原疑山先塋，以楊夫人祔。延祐二年春二月，觀以予相知翰林久，請文刻墓。銘曰：

陳基姚虞，爰啓於眉。太保振蹟，迺胤邦畿。擁旄秉鈞，世濟弗隳。聯輝竹帛，堅貞並持。藹藹平陽，古學是師。剛簡易直，孝友具宜。河水之東，洛水之西。餘風可想，遺教足稽。懷哉諸老，邈矣當時。五十五年，追載此碑。孝孫之思，邦人之貽。

故河東兩路宣慰司參議陳公墓碑

參議陳公諱賡，字子颺。退居之十年，至元十一年正月六日，卒，年八十五。後十有五年秋七月二十有五日，葬河中府疑山先塋，以夫人張氏祔。延祐二年夏，從孫翰林修撰觀請爲墓道文。謹次其槩如左。公之先，唐廣明中有諱瓊者，避黄巢亂，自京兆萬年，舉家入蜀，居眉青神。四傳至宋太常少卿、贈太子太保希亮。与從子太子中允庸，職方員外郎、知蜀州諭同登天聖五年進士第。邑令張逸表其閭曰"三俊"，世號三俊陳氏。太保遷洛，又四傳至与義，遂參大政，爲渡江名臣。太保長嫡曰京東轉運使忱。京東生慈州士曹揮，居臨晋。慈州生儒林郎灝。儒林生金國子監丞克基，居猗頓。監丞生耀州三白渠規措使、潁川郡伯仲謙。潁川之子五人，公爲長。與長弟平陽提舉庾、季弟東平勸農使膺齊名，太原元好問號爲“三鳳”，故又號“三鳳陳氏”。公風儀秀整，器量闓大[12]，言論必本於理，喜怒不形於色，時稱長者。公之仕在金，以父澤起家監藍田子午酒，改陝鹽場管勾。入國朝，用解梁儀總帥薦，爲帥府經歷，辟解鹽司判官。張德輝宣撫河東，張仲一建行省，皆署參議。又以行省言，授河東兩路宣慰司參議。金正大初，偕弟庾入汴，丞相高汝礪專恣不道，即伏闕上封事，乞斬以謝天下，不報。又爲書，責諫議大夫陳規不早諫。規入，極言，不聽。公長嘆而去。汝礪竟恚死。歷事四大幕，一攝宣撫事，皆能推誠盡禮以事其上，正身修德以化於下，故奸宄屏息，謗讟不興而政以行。方朝廷用兵西北，日不暇給，責平陽、太原各輸粟萬斛。公請出鹽券，募民入粟，民歡趨之。頃之，謝疾歸解，与沙門道優輩游。每夏五，入王官谷，歷白石、萬固，俯西岩，尋吕純陽故居，登五老峰，至秋乃還，歲以爲常，無少間[13]。金崇慶中，河南亂，奉二親竄華陰。還，買田洛西，治生産。日置酒速客，登山臨水，以樂其親，凡十餘年。正大中，避亂於陝。居潁川公喪，哀毁柴立。時寇盗四起，所向洶洶，乃奉母間行入盧氏山中。數与盗遇，盗輒指善道使去，竟免於難。弟膺之幼，張夫人實乳哺之。稍長，隨兄庾遷平陽。及從軍山東，有子元凱，未齔。公復載至解，教育之，遂爲名大夫。居家，戒子弟，必以孝弟忠信。遇鄉黨，無少長，必以和而不違於禮。或步至其家相勞苦，人人自以爲親己。人有所緩急，傾囊倒廪救之，不愛也。有所忿爭，不之邑而之公。一言感動，往往自謝去，或愧悔終身。壬辰之亂，有沈千户者捍公一門，後百計求之，不可得。每歲時，率弟姪設位而祭之。故公没之後，聞道公姓名者必以手加額，唏嘘不自勝[14]。公之學閎肆演迤，以力行爲本，不棘棘章句，不矜矜自道。其爲文雄健雅麗，務極其意。有《默軒集》二十卷、《塢西漫録》十二卷、《嵩隱談露》五卷、《弊帚集》十卷。尤工行草書，得筆外意。

公之游在洛西，則賈某損之、趙某慶之、麻某平甫、劉某光甫、薛繼先曼卿、辛願敬之、趙元宜之、和某獻之；在汴，則趙秉文周臣、楊慥叔玉、麻九疇知幾、雷淵希顔、李汾長源；北渡，則元好問裕之、李獻卿欽止、楊奂焕然、楊弘道叔能、趙著光甫之屬。此其尤賢者。烏乎！士之生也，德豈不足尚耶？才豈不足貴耶？學豈不足明？文豈不足工耶？賢而不達，自古已然。逢而不然，又烏足賢。若公之神可与元氣游，名可与天地終，又何乖逢之足計哉！公之夫人張氏，德足以配君子，先七年卒。二子，皆夭死。從孫述爲後，又死。今以觀之子仁壽奉公祀。三女：長適金參知政事、同華節度使李仲修之姪；次適王，次適馮，皆大姓。銘曰：

嗟嗟陳公，河岳之英。遭時多艱，歲靡遑寧。扶老携幼，日与憂并。洛西十年，乃東入京。京途悠悠，誰秉國程？昌言罔知，有弗速傾。薄言還歸，爰屬皇明。既佐戎幕，亦撫鰥嫚。眷言顧之，日月斯征。孔子戒得，老氏知足。皎然美人，在彼空谷。緬懷萬端，藏之一束。惟仁吾居，惟義吾轂。惟孝惟弟，吾帛吾粟。賢必大用，公獨吝之。衆人愠之，公獨信之。賢必有後，公獨靳之。衆人憤之，公獨順之。煢煢諸孫，於以胤之。春秋祭祀，永言慎之。

宜興守王君墓誌銘

大德之末歲凶，民流東南逾甚，死者無算。朝廷憂之，議懸賞勸分。余時幸陪末議，深贊其成，因竊念四方賢守宰豈獨無分憂者乎？後十年，始知宜興王使君之事〔15〕。使君名德亮，字仲明。大父義，自陳留避地范陽，家焉。父福，倜儻好義，以善役水爲碪，有名燕趙間，遂隸少府，俾提領涿州工匠，与其配胡氏俱以壽終。一男、一女。女爲揚州鹽場管勾李鈞妻。男，使君也。自幼知奮發力學，兼習象胥。弱冠，舉爲中書省斷事官令史。秩滿，授從仕郎、北京宣慰司都事，以材入爲中書掾。御史臺舉幹廉，陞承事郎，再爲北京宣慰司都事。乃顔之亂，与宣慰使亦而撒哈俱受選任，凡儲偫械器、城守斥候，細大悉以委之。晝夜盡瘁者十旬，無乏興，無敗事。亂既平，有旨，進一階，當路格，不下。君無觖望，詣銓，得江西行省左右司員外郎。終更，遷承務郎、遼陽行尚書省左右司員外郎。轉承直郎、常德路總管府判官，未上，改大都税課同提舉。期年，課羨四千定，遷承德郎、上都税課同提舉，不苛而集。陞奉訓大夫、遼陽行中書省左右司郎中。居三年，進奉議大夫、萬億寶源庫提舉。寶源受天下轉輸，衆謂劇而公甚優。以才宜撫字，進階奉政，出牧宜興。自以未更民事，勤心奉職，孜孜在民。值歲薦飢，公私盖藏咸竭，道殣相枕藉，至以妻子易一餐，餐訖赴水死。君憂形顔間，身親勸率，皆感其誠，於是得捐有濟無之粟萬石有奇以賑，損貴就賤之粟六千以糶。山谷羸困不能出者，粥活之。行視荒田，諭富者資飢者分耕之，宜興之菑遂瘳。猛獸食人，殺官軍十三，行旅殆絶。君齋戒，禱於山神，即獲二虎一豹。飛蝗大集，民大駭。君盡誠禜之，且設方略捕絶之，稼以有秋。以其暇，出私帑，市材傭工，一新州之治宇。民聞，歡趍之，堂室樓門翼然畢備。凡典州六十四，朔其所興除，不可計，大要以利民爲本。代至，而君已病矣。既亟，家人授簡，以家事請書，君抵之不答。天性和易，輕財好施。雖以文無害進[16]，然恒不樂。每勵其子以學問，曰："吏不可爲。爲儒而貧，抑又何惡？苟棄吾訓，非王氏子孫也。"既葬之秋，子弘以范陽鄭守謙之述來請志墓。弘之言曰："先人出入省户三十年，嘉言善行多矣。弘幼，不能知；所知者，宜興之略耳。"余惟古循吏遠矣，然有能一日勤其官，子其民，則語默造次皆足以及人。觀使君之於宜興，庶幾民之父母者歟？况加以用心五六年之久，是宜彼之思不能忘，此之情不能卻也。君凡四娶：曰葛氏。一女，嫁奉議大夫、冠州知州周郁。曰劉氏。一女，嫁某官孔特立。曰唐氏。一男，弘。曰張氏。一男，弼。一女，幼。君之壽六十有一，没以皇慶元年十月庚午，窆以延祐二年二月庚寅，墓在范陽縣禮讓鄉史家里。初建新阡，徙祖、考，序昭、穆而葬焉。銘曰：

有美王氏，由宋而燕。維肇其先，弗德孰延。蓄之爲淵，演之爲川。懿爾使君，厥施沛然。曷以其善，不以其年？教一經相，活千人封。德靡不報，聲隨景從。匪我期之，天畀則豐。尚力於訓，爰亢於宗。涿鹿之野，其固惟崇。

許州大洪濟寺益和尚塔銘

大雄氏一傳而迦葉，二十八傳而達摩，又五傳而弘忍，遂岐爲二。能傳而南，秀傳而北，由是講論興焉。毗盧之書爲卷五千四十有八，出於佛者什二三，演於緣覺聲聞者太半，其語言文字亦博矣。不了其義，不足以深其道。不深其道，不足以得其法。法學矣，成惟艱哉！是故了義非難，了心爲難。義了而心未了者有矣，未有心了而義不了者也。許田栖岩和尚，其宿根慧命者耶？其在母也，母夢適野而得金印。野有人曰：“亟以獻佛，毋留也！”即望見塔廟甚盛，因懷印以往，寤而和尚生。父母異之，甫齔，俾出依鎮陽天寧朏公。父母南歸，以幼復從焉。十五六，衣裓北征，學於燕中寶集寺，又學華嚴、圓頓於真定净公，又學唯識於大梁孝嚴温公。歲月逾滋，心義向了，遂即温講席而坐。每鳴鼓升堂，義鋒四起。和尚惟竪一指，迎其所至，霧解冰消，莫不卷舌低眉，以就聽位。於是，四衆輻湊，聞所未聞。和尚自以教弘，遂退修面壁，觀於明月山。大比丘衆全公輩謂：“今塵刹俱空，法無所住。燈昏夜永，孰測迷津？”乃共即山中，請復設席。和尚感受其言，出居許州大洪濟寺，思究唯識宗旨。母張竭資以給，購疏記三十餘部，凡一千三百餘卷。於是，歲講一周，聲益以揚，風益以遠，傾耳席下者恒數千百人，自河以南，願學者皆趨焉。其始至也，殘屋与僧各不四五。既而敝者新，無者有，莊嚴殊勝，如梵天宫。金地福田，出入衍益，居净侣指千，悉得温飽，皆和尚之功及其徒闓與燦之力也。和尚戒律精嚴，終身壞衣疏食，燃四指以煉心。講唯識四十餘年，凡三十餘周。河洛之間設席以待者惟恐不足以致，樵兒牧叟類皆信向之。大德中，詔住持大洪濟寺。汴之王公貴人皆崇以師友之禮，四方欲了佛義者皆以和尚爲歸，亦孰知和尚所了者不徒在此也。嘗預臨壇，一閱藏典，一飯僧，餘五十萬。度臘五十有五，賜號佛性圓明普照大師。以延祐二年四月十日示寂，歲七十有三。州別駕以下千餘人送之，塔於城南八里寺。篤於接引，自海量以下得法者一百二十人有奇，親授記度者餘二十人，名具碑陰。父成，姓劉氏，鄭州人也。某寺沙門法洪纂其事，來請余識。余惟聖人之教不貴言而貴行。今若栖岩師之劬躬守法，先行後言，於聖人之教亦若嘗有聞者，乃録其行而系之銘。銘曰：

道隱世厖，厥生孰存。因彼耀此，昭兹侗昏。有言不信，自卑其尊。粤古大覺，啓不二門。嘘吸群流，躍如西奔。孰游其深，惟汲之渾。我觀栖岩，緊古尊宿。印佛者心，式表前躅。三衣一食，無悖無辱。抽關剖鑰，顯示季俗。了義了緣，雙林有囑。性海此舟，嗚呼不復！

周應卓妻李氏墓誌銘

廬陵周應卓之妻李氏卒且葬，季子楨以狀走京師[17]，涕泣再拜言曰："楨之母死且葬，父命曰：'汝往在京師，獲識翰林程公。不幸汝母死，今葬矣，然不得如程公者銘之，猶無子也。'楨忍死受命以行，敢請。"《志》曰："李氏，邑士人李某之女也。幼聰慧，涉書史，服勤女事，得父母之愛，爲淑女。長歸周氏，謹甘旨，恭祭祀[18]，睦族姻，以相夫子，得舅姑之懽，爲賢婦。晚爲兒女昏嫁，不擇勢利。家庭訓誨，壹本忠厚。得鄉黨之敬，爲慈母。"合是懿行，斯可銘矣。生以淳祐辛亥十月十有六日，卒以皇慶壬子五月十有二日，葬以癸丑十一月十日。里之龍湖，其墓兆也。子男四：祐、敬、鼎、楨。敬出爲段氏後。女一，適李以學。孫男二：岐、原。岐本楨弟某，父命爲楨子。女五，皆幼。銘曰：

生可法，死可銘，是謂婦人之貞。

【校勘記】

〔1〕板，文淵閣本作“授”。

〔2〕播播汴流，文淵閣本作“維沂暨汴”。

〔3〕女，文淵閣本作“公”。

〔4〕八，文淵閣本作“入”。

〔5〕暴，底本誤作“儤”，據文淵閣本改。

〔6〕六十，底本誤作“十六”，據文淵閣本改。

〔7〕衲，文淵閣本作“袖”。

〔8〕繒，文淵閣本作“繪”。

〔9〕違，文淵閣本作“戲”。

〔10〕婷，文淵閣本作“孑”。

〔11〕揀，文淵閣本作“棟”。

〔12〕闉，文淵閣本作“閔”。

〔13〕無少間，底本作“公之行”，據文淵閣本改。

〔14〕唏，底本誤作“啼”，據文淵閣本改。

〔15〕使，底本誤作“史”，據文淵閣本改。下文“使君”皆同。

〔16〕無，文淵閣本作“爲”。

〔17〕季，文淵閣本作“李”。

〔18〕恭，底本誤作“慕”，據文淵閣本改。

卷二十二

碑　　銘

洛西書院碑

洛水出京兆讙舉山，東流至熊耳。禹導之，又東至今河南永寧之長淵，相傳即出書之地。地居洛邑之西，故又爲洛西。韓岳、烏喙、明月、金門諸峰列其前，嶕嶢、鹿跡、鳳翼諸峰擁其後。國初，賈尚書損之、辛徵君愿、元員外好問、楊轉運奐、陳參議賡兄弟、姚少傅樞諸儒皆講學其間。下邽庸齋薛先生玄繼至[1]，風教大行，弦誦之聲交於州里，孝友之行被乎芻牧。諸老既謝，薛公云没，學者倀倀，莫知攸歸。公之家嗣翰林直學士友諒思纘前志，式承遺則，割歲入之奇，倣書院之制，爰建義塾，用迪教事。乃經乃營，甫涉寒暑。上則先聖先師，堂陛有崇，象設有嚴；下則師承有養，講肄有序，學者彬彬，粲然復興。又購司馬氏獨樂園故址，創五賢堂，以祀伊洛諸儒，以廣教養之所。延祐元年春，國子監以聞，陟義塾爲洛西書院，五賢堂爲伊洛精舍。書院置山長一人領之。秋九月，以從集賢大學士陳顥之請，詔翰林學士承旨劉賡書其額以賜。於是山川澄鮮，日星浮動，紳珮翔舞，稚耋嗟嘆。若神龜之文始出，熊耳之源載滌，若諸儒先復在[2]，而親炙之。噫！上之化下，其易如此。然自三代以來，庠序學校之制不廢。後世又推其意，爲之書院精舍，教養之術備矣。而學者闊疏，聖人之道寖遠寖微，何哉？人情役於所利，風俗變乎所尚，有非聖人莫能制者。皇上踐阼，赫然發憤，誕修聖人之政，廣厲學官之路，將俾闕里之俗達於海表，矧河洛奥區乎？薛氏之舉，忠孝兼之矣。初，薛公以郡教授爲檢察使，督衛輝河南餉。遷轉運使，尋謝病，講學洛西。中統中，王文統用事，以平陽、太原宣撫使召，不起；以河南提舉學校官印綬即家授之，亦不拜。著《〈易〉〈中庸〉解》《皇極經世圖》《聖賢心學編》諸書以終。友諒居官幾五十年，所至興學崇教，以致其治，嘗請陞周程諸儒從祀孔子。既建書院精舍，又構禹廟長淵之上，以箕子配。薛氏之學可識已。書院之成，摭《洪範》語，名其堂曰“彝訓”，東西序四齋曰“好德”“遵道”“叙倫”“明義”，尊《洛書》所自出也。烏乎！是五者，聖人所以建皇極，参天地，立民命，學於斯者可徒以決科射策爲學哉？友諒既侈上賜，屬刻辭於詞臣某。謹作詩曰：

遵彼洛汭，瞻言禹迹。洋洋其淵，其沚湜湜。九源既滌，九法攸錫[3]。於皇時命，作我民極。惟極之建，哲王所務。惟建之艱，惟斁之懼。譬彼流水，必東其注。湮之汨之，洪流四騖。神禹不作，仲尼素王。轍環天下，我心憂傷。孟氏無言，予墨予楊。倬矣周程，爛兮景光。我皇聿興，天地與侔。時夏輅殷，樂虞冕周。有洛之西，群儒所游。翼翼薛公，其音孔休。人遠言存，誰纘誰嗣？詞林之老，天子之史。爰抗儒宫，於洛之里。教之食之，烝我髦士。大臣上言，天子命之。其名孔嘉，惟其稱之。彼愚彼頑，此砭訂之。永協於極，神其聽之。

故翰林待制權君墓誌銘

延祐二年九月十有九日甲子旦，方會飲玉堂之署，待制權君不至。酒再行，或馳報君已死，蓋未始聞其疾也。衆驚且悼，即罷酒赴弔，則屬纊未二十刻。咸哭盡哀，或留助喪事。丙寅，出殯郭東門外，又咸送。戊寅，子翰、子洙衰絰踵門，泣且拜曰：“不幸，先子棄諸孤，有遺言：‘我生六十有六年矣，知我者莫若程先生。我死，必得先生文以葬。’今將以壬午，忍死奉柩歸葬先塋，敢以狀請。惟是藐諸孤暴罹大故，荒惑迷亂，先子言行未之能詳。若夫大節，固公所知。惟公念焉。”余哀其辭，則敬諾。按：權氏，太原舊族。君諱秉忠，字伯庸。其先有諱平者宰潞之黎城，卒於官，葬縣北鳳皇山之陽。子孫因家焉。祖坦，仕金爲懷遠大將軍、隰州刺史、行黎城令。國亂，率其民栅山以守，猶聘名儒楊先生以訓諸子，日夜講誦不輟。亂定乃還，衆皆服之。考從道，深藏自好。再世皆葬縣北之永泰里。祖妣廉氏，妣劉氏，祔。君幼從真定李敬齋先生學，工文辭，不事産業。至元十三年，試諸郡儒生於真定，餘五百人，君中高等，例復其家。明年，山東東西道提刑按察使姜公彧察其行能，用爲掾。歷户、工二部，東京、遼陽二行省，畫治牘，夜讀書，未嘗有毫髮過。三十年，調承事郎、汴梁路封丘尹。大德四年，遷同知鈞州事。十年，轉承務郎、海陵尹，治常居最。海陵歲飢，出私粟以濟。流民坌集，授官舍以居。至大三年，就拜陜西諸道行御史臺監察御史，加承直郎。所至拯寃滯，詰貪墨，吏民畏而愛之。皇慶二年，以平章政事李秦公之薦，陞承德郎，授翰林待制，兼國史院編修官。循恪易良，人益尊其德。年勞應秩四品，而君不自言。余方薦爲直學士而没。烏乎！君生後余一歲耳，竟去我而死乎？其無与論德考行者矣。余嘗謂君性嗜酒，非養生之道，然雖多不亂。志癉惡，非處下之宜，然雖直不倨，庶幾古之君子已乎。君娶張氏，二子，翰与洙也。洙爲國子生。銘曰：

木嶄嶄兮厥草莽莽，四序相禪兮忽消而已長。人孔明兮君獨内朗，人忌直兮君獨惡枉。太行之陽兮黎之里，君生出游兮歸以死，余不知天之道兮或在其嗣。

河中郭氏新塋碑

汾陽王自朔方提兵入翦畔臣，其後以司空、中書令領河中尹，兼靈州大都督。由是，蒲爲朔方行營，蒲帥常兼朔方節度。既又分置邠寧一鎮，然朔方寓蒲如故。王本華州鄭人，蒲、華相距數舍而近，視蒲猶家，鎮蒲亦最久。王八子，諸孫六十餘。其居蒲者雖世次不可知，然地以人著，若今郭村、郭原、小郭村之類，及石幢所刻郭氏子孫名字，則其枝分派别於蒲者廣。昔唐有天下三百年〔4〕，其間名將相能以功名始終如王者有幾？吾意其子孫宜世世克昌而乍續乍絶者，蓋自上元以來，奸權迭用，治日恒少。雖其君之世位亦不能自保其必傳，况臣下乎？雖如王之忠誠大節，上通於天，猶且急需慢棄，幾不免於讒口，况後嗣乎？吾又意其子孫韜光自照，不溷於時，雖聲之不延，而實則茂矣。嗚呼！亦孰知吾猶及見於數百載之下乎。使道旁旅次邂逅逢迎，知爲汾陽之胤，猶將修容斂衽而与之言，况所識又其賢者乎？吾於是家先塋之述，蓋有感矣。其舊塋在今河中府城東三十里，曰新兆村。旁有古寺，寺有廢石幢，刻郭氏子孫名甚衆，父老謂爲郭氏墳寺。墳有古柏五，驗之，其兆盖已九世。近代多故，其不能來葬而菆於郭南者又三世矣。至中書右司員外郎思貞，始别買地於城東文學村，啓郭南菆塗，奉高、曾、祖考三世及考興元府君之柩於武昌而族葬焉。殤女祔高祖。是爲郭氏新塋。去舊十二里，地凡若干畝，背負崇岡，大阜環擁如屏。是爲古紫金之山。面則中條來對，自南而東，連延五老諸峰，高下逢迎，如有所衛。其西南則黄河、太華，百里而近。西北則馬首諸峰遥相顧挹，若聚首焉。盖葬師之不謀而地自吉，豈非天祐忠良之家也哉？右司之考曰復亨，字彦通，年六十有二。妣姬氏。繼徐氏，年六十有三。祖曰信，妣杜氏，年皆踰六十。高、曾二代名氏皆逸。彦通少知名，秦國公一見知爲公輔器，大加賞勗，嘗爲録事判官。群惡少年侮法售奸以爲常，彦通至，復然。彦通因以計痛繩絶之，政遂以成。權臣誣害宰司，没入其家。彦通爲之疏理，有旨蠲半。自興元赴調京師，爲銓曹所抑，彦通浩然便自闕下携三子，縱觀江淮湘沔間。没殯武昌，歸葬於延祐元年十二月二十三日。秦國公爲文以祭，亹亹不忘昔太白識汾陽於微時，而汾陽不忘，議者兩賢之。然則自元禮、林宗以來，二姓世有夙契也，異哉！右司既以翰林侍講學士清河元君明善之銘志其考墓，又徵文於廣平程某，謂將表石新阡，盖必嚴必慎，孝子慈孫之心也。然古人欲爲不朽，則必託之金石。而其所以不朽，往往出於金石之外，其不可恃也如此。然則修吾之所能知者而已，其不可知者固非吾之所能制也。汾陽遠矣，然喜聞而樂道其事者猶若宿昔，此豈非修吾所知之故哉？右司端潔靖深，加之好學敏劭，事業功名方獵獵以起，視汾陽蓋將瞠若乎其後。若乃先世松櫝之所存，山君川後當爲之守識呵禁，亦奚以刻畫文字爲然。余與右司相好，因欲以其家之所修者告其子孫也，乃不辭讓而仍之以詩，曰：

虢仲虢叔，王季之穆。文王之卿，上公之爵。事由世遷，受氏維郭。大河之東，地望攸屬。在漢有道，薦紳之尊。唐曰汾陽，千載恒存。允武允文，澤流諸孫。興元迤之，嗣德弥敦。瞻彼蒲東，新兆故刻。石雖可隕，名不可泐。亦有喬林，其樹維柏。九世而更，文學斯宅。山冠水綬，宛宛巍巍。高曾祖祢，或啓或歸。來於今阡，式安以嬉。清淑扶輿，祥址慶基。聿觀古源，爲陵爲谷。豈無能存？匪帛伊竹。咨爾山靈，視兹宰木。世萬子孫，不疑何卜。

趙儀可墓誌銘

進士科由隋迄宋凡七百年矣，得士固多，失人亦不少。得者非謂其善於所試也〔5〕，失者則獨以不能合於所試耳。夫君子不以言取人，彼七百年之間〔6〕，豈無明君良臣，而治效終爾者，抑有由也。今之科制則不然，而場屋廢久，曏者聞人老死且盡，其能與者亦鮮矣。余自弱冠聞江右諸儒先稱詞賦家，必及趙儀可。儀可家廬陵，廬陵師友睎他郡爲衆，儀可又以材力浮湛，激昂其間，故所就異而馳聲蚤。科廢，益衍其力於經史百家之言，爲文盈編，授徒恒滿席。聞科舉令下，猶攘臂盱衡，不自謂其老也。然終不自得以死，死時年七十有七矣。其先太末人〔7〕，曾祖慶善，祖鶚飛。父惠，有二子，曰文，儀可也；曰宗强。兄弟皆幼，負雋氣，相爲師友。儀可三貢於鄉，入太學爲諸生。國朝，爲東湖書院山長，選授南雄郡文學。宗强弱冠擢第，以宋韶州仁化主簿兼尉，客死延平，不知其瘞。後二十年，儀可躬往物色，得之以歸，爲同域異竁於母易氏之墓田[8]，期兄弟合葬焉。延祐元年冬十二月，葬宗强於右。明年正月七日，儀可亦卒。其子將葬之於左，遂來乞銘。夫銘必功烈德義焉，若儀可殆可銘乎？其配先胡，後丁，有九男子：重、厚、平、復、初、剛、直、潔、深，及五女子、十二孫、五曾孫。宗强死時年二十，實至元丙子十月二十三日。無子，以剛嗣。銘曰：

扶垂白以遠尋手足之骴，舍異室之轂而就同氣。玆非悌歟？銘其何愧！

故砲手軍總管克烈君碑銘

至大四年閏月二十有八日，宣武將軍、砲手軍總管克烈君以疾卒於河南鳴皋鎮之正寢，年五十五。八月某日，葬於鎮西北原。延祐三年春三月，嗣子慕顔鐵木以應奉翰林文字蒲道源所爲狀，因翰林直學士薛君友諒請銘。君諱勗實帶，蒙古人，晚易名士希，字及之。大父昔里吉思，父兀都，世爲砲手軍千户。自太宗以來，破金伐宋皆有功。始屯聞喜之西薛莊，後徙鳴皋，家焉。至元中，命君世官將衆，從丞相伯顔南征[9]。以渡江功，賜白金三百兩，授武義將軍，佩金符[10]。尋遷武德將軍，進本軍總管。天下既定，兵革偃息，乃即所屯建書院，立社，以教導民。凡書院殿堂門廡、齋序庖廩、庋書之閣，爲屋五十楹。請於有司，置山長一人，割田千畝以備祭養，事悉如制，名曰伊川書院。凡社壇壝之度、牲殺之數、升降薦獻之文，不侈不儉，以祈以報，事悉如制，名曰里社。正喪祭之禮，嚴長幼之節，皆身率之。禮讓漸興，風俗浸美矣。大德二年，以足疾匄閒。大肆於學，手不釋卷，与中書右丞陳君天祥，翰林學士承旨姚君燧、盧君摯，侍御史趙君簡諸老游，名聲籍甚。居十餘歲，公卿交薦，將起君翰林，會卒。君之南征也，所至破軍，殺將，降城邑。人爭取金帛婦女，君圖書而已。士之在俘者，輒贖而歸之。人既服其賢，及閒居，里有得巨黿於伊水之濱，曰："此濟源神周將軍也。"集巫覡，鳴笳鼓，迎而祠之，畜之池中，四方來祈禱者日以千數。君取而烹之，黿卒不能神，人益畏君正直。人有所訴，不之邑而之君，片言折之，莫不感服。有過，惟恐君知之。嗚呼！若君者，庶所謂古君子矣乎！夫人塔塔氏，忽都忽那顔之孫，蒙古百户三剌之女。子一，即慕顔鐵木，賢而有文，藏書萬餘卷，無不究覽。君之卒，築春露亭於墓側以致其時思，買田百畝以供其歲祀。今嗣爲千户，是將益昌其家。女一，脱略鐵尼，適蒙古副萬户闊闊都。孫男一[11]，女四。慕顔鐵木娶鄭國忠宣公奥魯赤之孫、蒙古侍衛親軍副都指揮使拜出之女，再娶張氏。君雖生貴族，長戎馬，而廉敏好學。有詩五百餘篇，曰《伊東拙稿》，藏於家，自號曰西齋云。銘曰：

惟天下之將治兮，四海承風；惟治之將隳兮，家用弗從。盖自古而然兮，豈在今而不同。相君子之賢知兮，起於朔方。被詩書以爲衣兮，襲仁義以爲裳。豈故俗之不足懷兮，而吾儕之足希。惟聖道之將明兮，夫亦不知其所爲。劒差差而耀鋩兮，雄千人於一夫。何功之弗懋兮？何謀之弗如？顧獨好此窮固兮，適遭時之謐寧。既正直而無私兮，又豈弟而廉清。齊富貴於浮雲兮，庶吾道之足憑。彼淫流之浩蕩兮，渺四顧而靡極。苟舍此以爲防兮，吾將安所兮休息？士有所養兮農有祈，前有所承兮後有基。嗟君子之不作兮，尚千載而監兹。

楚清先生墓表

延祐二年冬，臨川婁泰初書來京師，曰楚清先生以今年夏五月二日卒。烏虖！先生服仁履義，宜享百齡，乃七十又六而止耶？先生，臨川人。龔、莫，姻也。先生自莫來，後於龔。莫有二兄，曰若，曰雷復，在宋，皆以進士入官。先生亦再舉於鄉，廷對[12]，列名第六，授隆興府觀察推官、兩浙轉運司幹辦公事，遷臨安府觀察判官，改福建轉運司幹辦公事，積階儒林郎。洪、杭事殷，議幙轇轕。先生於文法如素習，决之沛然。所事守帥非一，皆驚服倚賴之，譽以大振。最後考亭朱浚尤親。權臣聞而欲一識之，先生不往，左授閩幙。歸而屏居山中，与名輩相從講學，求聖賢樂地，如是十許年，乃還，名聞四方。士大夫至臨川者必詣焉，得其點墨隻字爲喜。好善疾惡，然不形於言。後進有可教，無識不識，皆誘掖奬飾，不進不休。家非饒財，恒以周急爲務。自莫來時方幼，獨与母居。孽叔豪奪其貲，先疇大削。先生既貴，或得其券以告，謂可不勞而復。先生笑曰："昔誠鬻之，今可强取耶？"既而孽叔子不惠，蚤死。叔無後，或勸先生并其業。先生不可，曰："詎可使吾叔不祀！"卒取契家子繼之，爲之冠昏，舉叔之業畀之，俾共祭養。余聞先生大節盖如此。而先生未嘗自異，力學至老，不廢夜誦，如爲諸生時。性剛直，絶畦畛，爲文辭，伸紙寫心，造次皆本於理。有集五十卷，外集若干卷。友人唐浚述之曰："子雲有云：'楚兩龔之潔，其清矣乎！'臨川龔孟夔字龍友，世濟其清，人皆稱之曰楚清先生。其曾大父誠之，大父良英，父方，母汪。先生初名揚復，娶晁氏，昭德文元公之後，克盡婦道，先三十年卒。女一，嫁侯敬孫，亦俱卒。男曰自厚，有文聲，先二十年卒。婦鄧氏，有至行。孫男文潛，能世其學。孫女德巽、德静。壻張觀、朱夏。曾孫女二。先生既卒，文潛以其年六月丁酉，葬先生於臨川縣積善鄉西盈之原，寔汪夫人墓左，遂以述來徵銘。余嘗學於臨川，先生時在仕國。及先生隱閭巷，余間以歸客經從，每見益親，然終不得朝夕見。今方引年，意謂川觀岩居，將得從先生游，而乃不然。嗚呼，悲哉！銘曰：

前之清，膏蘭自滅。後之清，松菊惟悦。於此歸全，山榮水澈。後有千年，尚其來閲。

吴隱君墓誌銘

余在臨川時，有同舍生居金溪者，曰吴氏。兄弟三人，伯諱德鴻，字儀可；仲諱德溥，字時可；季諱可孫，字聖可，皆甚賢。其伯氏雖未識，而相知深。余自去臨川四十餘年，夢寐未嘗不与吴氏相接。大德五年，官武昌，季氏没。九年，赴召京師，仲氏没。今也，伯氏喪，余復留滯禁林。嗚呼！筮仕以來，家居者僅四五，或半歲、或一歲，無過再歲者，使日得与吴氏相追逐，其能幾何？況會不一二而别常八九者乎？況相知數十載而猶未識者乎？大德五年至今十六載耳，而喪其兄弟三人。生不能盡其情，死不能臨其穴，語之塗人猶悲，況所厚者乎？然仲氏、季氏之墓，余皆銘之；今復請銘其伯氏，亦可少慰也。夫吴氏家金溪吴塘里且十世矣，家故饒財，有贍恤之德，又多醇儒，篤孝友之行，故家政之修，咸稱吴氏，而五福之備，乃在儀可。聖可在宋得進士第，爲新昌尉。在國朝，爲建昌儒學教授，最先卒。時可僅補宋登仕郎，卒差後。而儀可明《毛氏詩》，工文辭，又從馮先生孝揚學，而試輒不偶。然能自樂，雖家事，壹不關於心。其始，二弟治之。二弟死，子治之。惟日事讀書，談名理，飲酒賦詩而已。足不至城府者四十年，無喜怒憂思，無疾痛苛癢，年八十一而終，豈不得於彼乃得於此耶？儀可性至孝。至元中，群盜大入，渾舍驚避。母劉方病末疾，君守不去，哀懇得免，人至今誦之。惟儀可於人有君子之目，於德備五福之報，斯亦難已，仕不仕不足計。獨与君相知數十歲，不一見而死，爲可悲耳。祖諱堯仁。父諱士亨。配饒氏，先卒。子男三：祥子、茂子、宏子。女一，適李人表。祥子及李氏女亦先卒。孫男二：文孫、程。孫女五：長適劉德集，次適余良琇，次適余一龍，餘幼。曾孫女一。卒以延祐二年十有一月辛亥，葬卜明年九月。某里之仙源，其塋也。銘曰：

《洪範》稱五福而不及貴，豈貴可致而福不可備？君獨得其所難，人猶不能得其所易。非天也耶？非天也耶？

濮州臨清縣主簿武先生墓表〔13〕

至元二十有二年秋七月，趙郡武威卿先生卒。冬十月，葬於平棘縣棘蒲鄉北邢原之先塋。配任氏，祔。君名震，攸緒之冑，世居太原崞陰，大父濟安始來平棘。父元，母趙，惟君一子。幼入小學，獨不敖惰。父母愛其勤而憂其勩，夕輒休之。則伺親寢酣，蒙牖篝燈，誦中程迺止。長就學於真定李迂軒先生。鄰有樞密判官白文舉，名士也，聞君夜誦獨苦，大加期異。太尉史忠武公禮致於第，俾爲諸孫師。至元七年，詔試儒生，中者復，遂中高第。十一年，又詔舉學官。衆以應詔，遂爲州學教授。樞密趙公微時，讀書學中，既貴，買田畝千五百爲祭養資。君悉索賦入，一新殿堂齋房，大集諸生，修教事，由是趙學興盛，爲河朔先。二十一年，調將仕佐郎、濮州臨清縣主簿。明年春，至邑，發其素修，一施於政，寬而肅，明而平，不苟不迂，不爲淺功近利，而民之歸愛萃矣。上下虛心屬目，冀見真儒之用。不幸，秋七月，以病卒於官。方革，賦詠自如，又爲子戢講《孝經》第十二章，章徹而逝。嗚呼！不亦好學知命君子哉！壽五十有七年，居官凡五朔。邑中吏民無不失聲太息，鄉之長者悲，幼者慕。學士大夫相顧而唏曰："自今無所考德問業者矣！"蓋其稟厚質醇，學奥而材達。沈默敦簡，喜愠幾亡。謙虛爲常，不以己長格物。不忮不競，与人周詳。朋從折簡求益者無虛日，答已則燬其簡。邃於經史，誨人亹亹無勌。其辨論如貫珠，如霞舉，如繭絲之繅，如風船順流，如抽關而擴武庫也。爲文輒棄其稿，門人裒集爲若干卷。理覈意精，若古人之言然。蓋其平生以勤自得，以之立身[14]，身立；以之事親，親驩；以之蒞民，民愛；而恒謙以自牧，故物不忌而名彰，又有古人之德者耶？卒後三十有二年，是爲延祐二祺，門人史灼述其行事，子戢以述來請表於幽阡。戢之言曰："先子幸而以學發身，不幸不得施之於世。衆咸傷之，而況其子！今兹之請，期慰往而導來。倘獲諾焉，雖不幸猶幸也。"余曰："諾。"太史公稱"燕趙多悲歌忼慨之士"，然則其於仁義道德之云，蓋斷斷也。然秦焚書而漢興，燕人韓嬰、趙人食子公輩皆以儒術專門，授徒數百。近代廢興相尋，趙、魏、齊、魯之郊無立草，而學士大夫往往有以自衛，卒存其存。子貢所謂"未墜於地"，不其然歟？雖然，若武先生者，亦未可數得也。配任氏，先卒。再娶於王。四子男：曰戡，終平江巡捕官；曰戢，今爲中書掾；女壻曰程世英，爲晋邸侍官；曰魏遵，爲士。戢爲宰屬，有清白聲，退食杜門，惟以奉母教子爲急先務，親將賴以顯。《傳》

有之："幸哉！有子如此，則謂之曰子。"姑自愛，吾爲子銘。銘曰：

曲沃武公，爰始舉晋。厥胙曷延，唐叔之胤。六裂三峙，迄爲家人。没没千載，奮焉蜺伸。亦粤安平，衆慶我戚。韜光襲靈，吸鍊泉石。終以表世，特立獨行。代有子孫，載其休聲。我觀威卿，愔愔大雅。以道殉身，不以用舍。矧覺後覺，聿若亨貞。我以吾義，彼以其名。緇帷之林，豈無尸祝。亦有桐鄉，在彼清澳。邢原既長，玄堂之方。嗟爾子孫，不匱不忘。

僉廣西提刑按察司事胡公墓碣

有元僉廣西海北道提刑按察司事胡公卒之十年，子修己等以容州判官陳偉狀來請銘。公名夢魁，字景明，澗泉朋友之所尚也。建昌新城人。幼已穎異，父師不煩。未冠，以明經貢於鄉。郡守面試以文，頃刻而成，守大驚賞。既長，復爲首薦，遂登進士第。調澧州户曹，改丹徒尉，累遷浙西制置司參議官。歸國朝，奉母還里，江西宣慰使檄攝本郡判官者二年。旅覲，得旨予秩。方俟命，適余將旨旁求[15]，遂薦於上，擢僉廣西憲事。嶺海吏治不律，公所至，發擿蕩滌之，聞驚見慴，同列亦爲悚。海南宣慰使最貪毒，皆不敢問。公條其宿惡，劾罷之，衆大驩快。居四年，所決黜甚衆。民爲建祠刻歌謡山谷間，譽流中臺。會更憲號，公亦久瘴癘地，倦且病而歸矣。自是，杜門卻掃，甫及掛冠即致其事。公之初釋褐也，包文肅公勉之曰："子少年入仕，所至叵量。然自大者，人小之；自卑者，人尊之。"公曰："謹受教。"故平生謙勤委曲[16]，与人語，唯恐傷之。性强記，自少至老，諸書恒在口。言論風旨恒如布衣時，服用稱是，不識者不知爲貴人。所守凝一，故蒞官行法不吐不茹，風績偉然，惜其用之不究也。予雖同里閈而南北驅馳，相從之日盖寡，然每一挹之，郁乎其容之温，粹乎其論之篤，粲然相與之情之文也。今不可作矣，悲夫！公生於陳，從母戴夫人愛而子之。胡、陳固同姓也。戴夫人嚴甚，内政斬斬，家雖豐，以古法束。公於學，衣不得兼帛，食不得兼肉，故早有成。公又守其訓終身，故自奉甚約。曾祖儼，祖孔昭，父泰定。公凡三合，姓吴氏、趙氏、樊氏。子十一人：男克己，先没；修己；正己，進義副尉、湖南道宣慰司照磨；成己；女壻張蜚英；吕元嘉；三十九代天師張嗣成；樊溥孫；承祀郎、郊祀署令程大本；曾宗垕；譚括。以大德十一年六月二十三日暴病卒，年七十四。以某年月日葬公於南城縣太平鄉唱歌嶺之原。所爲詩文曰《偶然集》。銘曰：

山木之芚，宰如之新。泉澗之裔淪曠然，而望如有人。烏乎！生者疇親！

故常州路儒學教授袁君墓誌銘

有潙之後至陳轅濤塗，別姓爲袁氏，盛於漢，演迤於晋宋、隋唐之間。宋祥符、慶曆中，有以世科雄文起豫章西山者，是爲豐城蒐湖袁氏之祖。豐城今爲富州云。至元十三年，余自盱入朝，道蒐湖，識袁君則成，廣面大耳，方瞳長爪，言論忼慨，奇偉人也。後十年，余以使事過豫章，會君於校官。及余廉問湖北，則知君嘗仕漢鄂，而分教浙西矣。自是，不復相聞。今上即位，召赴闕，始識其子中立，則言君已没矣。又五年，夏，余謁去，將南歸，中立乃以熊君朋來所爲狀請銘。君諱斗楠，則成，其字也。曾祖諱晟。祖諱植，宋迪功郎、梧州教授。考諱濟，宋承信郎、廣州監税。君幼從世父德慶太守漸學，弱冠，爲徐給事鹿卿所知，延置賓館。陳工部傑長君九歲耳，明於《易》，同學於郡之東湖書院，遂從受業焉。聞閩人劉升伯尤擅其學，又往從之，盡得其道。會德慶君調高要丞，携与俱。峒獠跳梁，丞當捕。君出奇計佐之，禽其酋。太守林億上功，補進義校尉、東南十三副將。聞母章氏喪而還，服除，復講《易》東湖。德慶君之子灝頗竟用其學取高第[17]，而君試輒不偶。繼丁父艱。曾參政淵子、雷尚書宜中交薦其才，未及用而天下爲元。至元十七年，江西始建儒學提舉司，首辟爲邑教諭，改撫州臨汝書院山長，遷興國大冶教諭。郡守史棣甚尊禮之，言於伯兄湖廣行省平章政事格，用爲鄂州儒學正。明年，攝漢陽府教授。明年，詔遣裴侍御留左司銓選廣海官，以爲静江路教授，固辭。明年，調壽昌南湖書院山長。元貞元年，陞常州路儒學教授，所至新黌舍，闢土田，嚴教養，士論悦服。君既邃於學，尤長於醫，著書立言，人以爲訓。大德八年冬十有一月甲子，以疾終於家，年七十八。娶萬氏，繼王氏，俱先卒。子男一人，中立也，萬氏出，以高材偉識克世其業。居京師二十餘年，名聲籍甚。初授澧州醫學教授，遷龍興，並不赴。孫男二：長曰必力台，年十八爲成宗宿衛士，今始調將仕郎、來陽州判官〔18〕；次曰元童。曾孫男二：曰那海，曰不花。君所著曰《自家意思》者三十卷、《傷寒纂要》百二十卷，藏於家。實以卒之某年，与萬氏合葬里之胡家墩。惟余与君生同郡而不相識，既識而君已老，不幾見而君遂没，能無情乎？余幸以衰疾得与君之子相周旋，猶見君也。嗟前修之淪謝，概後來之悠邈，乃爲之銘。銘曰：

藹洋洋，豐之旁。播之勤，耜又良。時靡常，道甚臧。位弗充，壽則長。嗟伊人，逝茫茫。前之嗇，後之慶。

王氏阡表

“將貽父母令名，必果。”又曰：“幸哉！有子如此。”余每誦之，未嘗不喟然也。夫修身慎行，恐辱其先，此固人所當勉者，庸知亦爲子孫地乎？人自非喪心失智，孰不欲其子孫之興？及考論其平生，則或馮時逞私，雖旦暮不計，何暇身後之慮哉！是故古之君子寧窮毋達，寧嗇毋豐，盖其志慮甚遠也。胙城王興祖之曾大父克温，金季嘗佐輝州，忠於國而惠於民，民至今誦之。余識興祖久，文雅粹温，知其漱六藝之芳潤，皭然逢掖中。今見世系，則知家本河朔華腴，世故亡其譜牒。其來胙城，斷自曾大母申氏始。高祖曰魏，金時進士，竇豐令。曾大父佐輝州，值兵、疫，民不聊生，迺出私財，爲粥爲藥，以拯餓病，生者甚衆。衆既懷惠，承以捍城，竟握節以死，時年四十有二。大父曰文立，念其父因事死兵，遂不仕，以明經教授鄉里。父澍，有儁材，弱冠，貫穿經史，於書無所不讀，而以聖賢爲歸。文無不習，而以明理爲主。不幸，二十有二年，得疾卒。没之時，抱興祖着膝前，告母某氏及妻某氏曰："人不患貧賤，患無賢子孫。此子異時庶幾乎？惟二母之望。"言終而没。興祖時雖幼，已知其意之悲，即自奮。稍長，捐其先疇爲資，遠求師友，力學成身，策名庠序，登天官，入粉省，蔚焉群士之英。二母華髮朱顔，坐受劬勞之報，志甚樂也。然則澍雖不幸，幸哉有子如此。而興祖猶以祖父居絢而操狹[19]，時左而願乖，爲子孫者位卑而名弗彰，志勤而道苦遠，無以貽親名是懼，而謀於余。余曰："充子之心，足以貽其先矣，而何位卑之足計！況一時之赫赫，千載之寂寂乎？子姑安之，其慎毋急[20]。"興祖有男若干人。其先墓在某所。銘曰：

善可爲乎？有貧且夭者矣。不可爲乎？有位高而金不少者矣。觀輝州之忠惠，其子孫之學問樹立，則可爲、不可爲瞭然矣。曰然弗彰，則亦既有此表矣。

艾君哲阡表

世之人於儒也，或聽聽焉者何？曰：謂其無所可用也。然則君君臣臣、父父子子，禮樂刑政以維之，養生送死以厚之。此二帝三王之道、周公孔子之教也。而能誦其言，道其事者誰耶？曰儒也。然則今之治天下，未始不守二帝三王、周公孔子之法，縱或小戾，亦非故倍之也。今而謂誦其言，道其事者爲無所可用耶？曰：惟誦之道之而鄙之也。嗟乎，儒乎！夫豈其然乎？臨川之艾，臨川之儒族也。曰庭梧者，亦儒也。其言曰："庭梧之曾大父棄疾，年九十而不衰，觀於天而知宋之將亡。大父居仁，有子思誠、思明。思明，庭梧之父也。族之人既皆儒，誠亦然。父獨否，勞以致養。衆訝其獨勞，祖曰：'我非不之恤也，顧人也皆儒，殆將不保。異時，衆賴其勞耳。'其後，宋果亡，豪奪蜂起，有家者大抵皆摧敗不支，而儒爲甚。父所存護者獨全。人始謂大父知言。父生平不事作業，獨好爲人排難解紛，拉强翼弱。其慷概赴義，有古俠者風。自州長吏以下，皆諉以事。嘗佐軍擒賊，有功不居，操心甚恪，故爲父老禱祭必應。有志不遂者歸之輒得，故咸尊嚮之。没，又甚悲思之。”今者，庭梧匄文表其竁，余既許諾，則謂之曰：“若祖所謂儒，特一時、一族者耳。且責功利於儒，或儒以功利爲事，是皆道之不幸，而世亦由以大不幸者。是故君子体仁而行義，苟用焉而体不具，謂之支離之民。子而爲儒，亦克慎諸。且子非儒，父將曷書？”庭梧謝，而畢其言曰：“艾本新定，今臨川者十三世。楊氏，母也。植、實、禮、穎，四弟也。植從黄冠師以夢也。大德十年十一月廿六〔21〕，父卒日也。其明年十月庚寅，窆也。某山某原，墓也。”余表而又誄之，備也。曰：

考終卜之身，逢吉卜之後人，山木芚芚。

【校勘記】

〔1〕繼，文淵閣本作“無”。

〔2〕在，底本誤作“若”，據文淵閣本改。

〔3〕法，文淵閣本作“疇”。

〔4〕昔，底本誤作“者”，據文淵閣本改。

〔5〕謂、其、於，文淵閣本無此三字。

〔6〕彼、之，文淵閣本無此二字。

〔7〕太末，文淵閣本作“大宋”。

〔8〕竁，文淵閣本作“穴”。

〔9〕命君世官將衆，從丞相伯顔南征，底本誤作“命君世官將從衆丞相伯顔南征”，據文淵閣本改。

〔10〕符，底本誤作“苻”，據文淵閣本改。

〔11〕一，文淵閣本作“二”。

〔12〕廷對，底本作“對廷”，據文淵閣本改。

〔13〕底本無“濮州臨清縣主簿”七字，據文淵閣本補。

〔14〕立，底本作“成”，據文淵閣本改。

〔15〕旨，底本誤作“指”，據文淵閣本改。

〔16〕勤，文淵閣本作“謹”。

〔17〕頗，文淵閣本作“頤”。

〔18〕來，文淵閣本作“耒”。

〔19〕絢，文淵閣本作“約”。

〔20〕急，文淵閣本作“怠”。

〔21〕廿，文淵閣本作“二十”。

卷二十三

銘

季蕃字説銘并序[1]

玉融，小孤山之子衍孫。歲甲申，加元服。山翁祝之曰："維爾衍，美有文。冠而字，曰季蕃。"後十有二年，廣平程某訪梅於小孤山之下，衍請其説，乃爲之銘，以廣其意。

大衍之用，一乾二坤。坤道資生，草木以蕃。美暢四支，其吉維元。匪直也文，德行本根。敬内義外，如車兩輪。孤山之子，石塘之孫。視我銘詩，勿替弥敦。

心齋銘并序

郭德基爲張游道求此心齋扁，余作心齋二字遺之，銘以申其義。

人惟一心，何彼何此？天飛淵淪，匪尺伊咫。此之名立，物我對峙。是非善惡，相挺而起。有齋翼翼，昭晰表裏。專名曰心，自我更始。心耶齋耶？心即齋已。回不違仁，知者夫子。如愚坐忘，孔莊異指。體認少差，毫釐千里。吾克吾己，吾復吾禮。歸晤吾齋，靈臺止水。

福州路學二銘并序

至元癸巳，余至三山，既謁夫子廟，即修學宫，剏大、小學，以來諸生。作亭後圃，爲游息地。落成之日，天新雨，以時雨名之。洎大德丁酉七月，乃大修廟學，越三月，告成。以其餘力築壇樹杏於亭之前，發篋中舊藏祖庭“杏壇”二大字張之，竹溪黨公筆也。浚池左右，取重兑之義，更時雨曰麗澤，而繫以銘。

杏　壇

謂有人邪，窅兮緇林；謂無人邪，洋洋乎金石之音。斯道何在？日用常行。厥臨孔昭，參前倚衡。夫子之德，昊天罔極。仰瞻堂壇，如有所立。

麗澤亭

彼滋者澤，刅兩而麗。宛其相漸，有友之義。此湮而枯，挹彼有餘。我潤而沃，溉爾不足。名川三百，支川三千。勉哉作聖，其淵其天。

趙履道履齋銘

蟻封其旋，車輪其曳。奚道奚徑，孰平孰陂？蛇虺之頭，虎狼之尾。危石薄冰，慎哉舉趾。

静虚齋銘并序

寂然不動者，天地之體也；感而遂通者，天地之用也。天以陰陽化生萬物，而人獨靈於其間者，以方寸之中備此理耳。故《記》曰：“人者，天地之心。”夫心之体，本静而虚。惟其静，故足以燭群動；惟其虚，故足以納萬有。倘克己之功不加，此心之体不具，則戰之以物欲，塞之以吝驕，而發揮形著於外者，始与天地判然而不相合矣。是以君子体乾坤之健顺，勉焉、日孳孳焉，至於体立用行，範圍參贊，則學問之極功也。詹君雲卿以“静虚”名其進修之室，盖其識趣精詣，志力强敏，坐進此道，不占有孚。廣平程某敬而銘之曰：

噫靈臺，萬化宗。如水止，如鏡空。鑑妍蚩，靡遁容。來無迎，去無從。一物無，萬理融。寂不動，感而通。此天德，惟聖功。賢希聖，將無同。

尊經閣銘并序

南陽書院既成，乃葺舊閣，謀藏書也。會憲使歷山公俾提舉學事者萃列郡校官板本書至，因庋之其上，以待學者。彙經、史、子、集爲八架，架有壁而加扃鐍焉。噫！匪囚之也，匪以爲觀美也，匪循故常而資誇柄也，亦曰讀之而已。里非無儒也，家非無書也，惟無常師、常産之憂，是以有此學也。於戲！官居而師友之，又爲之賦飲食以飲食之甚矣！古之人不幸而不獲生於斯世也，亦甚矣，今之人幸而猶得聞古之人之言也！可弗念歟？夫聖人之言如天，賢者之言如地，諸子百家如萬物。尊經，猶尊天也。銘曰：

厥初生民，有哲有愚。表之君師，身爲其樞。亦既降只，繄訓之敷。載陽載陰，闓慘闢舒。式如玉金，家國貞符。豈無衆言，或翼或扶。仰之弥高，欲近而疏。南陽之廬，里黨之學。殿堂室門，中仰崇閣。集厥大成，於此焉托。擇焉執焉，熟焉復焉。惟聖希聖，惟賢希賢。於以潤身，於以豐國。左右逢原，欲其自得。傳道解惑，亦思厥官。刻此銘詩，無廢後觀。

藏室銘并序

讀書名山，古人之事也。三島之藏室，老氏之藏也；三谷之藏室，程氏之書之藏也。藏之云乎，亦讀之云乎！銘曰：

前數千載在方策，如見其人；後數千載有方策，此心此身。孰不靈於物，乃謂席珍。孰匪秉彝，而曰覺斯民。吾愛吾廬，豈以專壑。讀書名山，尚友先覺。方丈瀛洲，玉室金堂。遠莫致之，吾有華岡。插架非藏，佔畢非讀。咨爾朋來，問津三谷。大德八年歲在甲辰暮春之初，華岡子書。

范陽許氏餘歡堂銘

讀書潤身，治生潤屋。歡信有餘，意無不足。人方劫劫，我則愉愉。心廣体胖，仁宅安居。不名一錢，朝衣東市。一一飄風，所謂長喟。那知許事，一杯陶然。欹枕前榮，浮雲在天。曷其銘詩，予攸好德。異日升堂，尚非生客。

逍遥遊銘有跋

光風霽月，魚躍鳶飛。熙熙皞皞，浴沂詠歸。彼逍遥遊，意得自我。是將無同，孰云不可。漆園非古，句曲非今。吾名此堂，寔名此心。歸去來兮，吾亦荷蓧。青山白雲，相望一笑。

茅山劉尊師驅役風雨，神鋒凛然，而襟韻甚高，意悟飄灑，留京盖久，非其好也。今將言旋。余深愛敬而莫能留，乃爲書“逍遥游”三大字，以況其爲人；又爲之銘，以篤永好。君歸而揭之榱題乎，則是余朝夕与君周旋也。

吴氏主静銘

仁義中正，以静爲主。主之伊何？天君内處。不貳不參，常居其所。以立人極，以保天予。水止之平，鑑空之睹。由中御外，厥用孰禦。生色睟然，見於其宇。季札之孫，請事斯語。勗哉進修，毋念爾祖。

毋不敬銘

德之聚，禮之輿。出与出，居与居。有克念，孔子徒。有弗念，視此書。

孝里銘

四端之宰，萬善之先。秉彛之懿，制行之全。有虞烝烝，標爾萬世。蔚其緇林，曾閔不匱。我行其野，聞周於蕲。使者式之，書閈之眉。入出昕昏，目在心守。孰亡蒼旻，孰不黔首。元聖之處，奚闕而稱。里仁爲美，所美非名。亦有高人，其居曰栗。黄中通理，取材落實。保兹之素，企彼之崇。通德遐矣，千年鄭公。希聖希賢，尚其永錫。銘於閭左，各共子職。

自牧堂銘

人心惟危，如馬不羈。出入無時，勝虚抵巇，不蹶則迷。地中有山，高而能卑，謙則象之。天地鬼神，咸貴於斯。君子法焉，以收其馳。如牧於坰，白駒之維。彼牧伊何？不圉不奚，匪我其誰？維天人師，訓亦如兹。驕慢自高[2]，非我法宜。以瓦鉢食，衣壞色衣。視退轉心，鞭策常施。与吾聖言，不期而期。惟此上人，白足赤髭。謙光定慧，我有世希。自牧之名，夫豈自欺。吾銘其堂，誦吾所知。欲徵吾言，徵諸聖辭。

蜀冉惟良省身齋銘

聖人之學，惟博惟約。既達夫博，乃守其約。其約伊何？忠信傳習。日以三省，其道乃立。忠謂盡己，信謂以實。傳之於師，習而勿失。匪忠而忠，匪信而信。雖信雖忠，於義已吝。傳必由聖，以戒頗僻。匪傳而傳，習之何益。是以曾子，卒傳孔道。由思及孟，萬世允蹈。省身冉氏，惟曾是企。拳拳服膺，是亦曾子。

肯堂銘

濟其美，復其始。構於此，施孫子。

褧齋銘并序

郭靖州履字元坦，沉敏端實，好學不昡，名其讀書之室曰“褧齋”。廣平程某爲之銘曰：

古之君子，學也爲己。不患莫知，患不知此。如彼衣錦，猶尚之褧。外雖闇然，内則甚炳。玉韞山輝，珠藏淵媚。苟有諸内，物豈能蔽。鼓鍾於宫，聲聞於外。謂人不聞，我則已聵。魚在於沼，亦匪克樂。謂人不見，我則已惑。莫見乎隱，莫顯乎微。翼翼其心，曖曖其輝。大禹不矜，庶士交正。顔子若虚，後世稱聖。敝緼非恥，懸鶉非窮。君子存誠，執乎中庸。郭氏元坦，惟簡惟淡。我銘褧齋，以作爾監。

虛室銘

即虛爲室，所苞則夥。謂室曰虛，其中有我。由虛生白，生之者誰？既云虛矣，誰其見之？粤有真人[3]，獨居其奥。曰希曰夷，相与徑造。視之不見，聽之不聞。我客戾止，玄玄迎門。

鈍齋銘

銛故恒割，久則必訛。驥於駑駘，其行實多。順流加颿，抵石敗波。疾走翾飛，終嬰禍羅。維此君子，焉知其他。保此鈍遲，以毓天和。百歲獨長，如援魯戈。美哉象賢，一唯一阿。匪直緒餘，其德同科。吾有拙璞，爾琢爾磋。久不潰成，錐則屢磨。銘以訊之，今者若何？

箴　　贊

友敬堂箴并序

長樂亦山陳公請余扁其所居之堂曰“友敬”，申友敬之義作爲家訓，以儆諸孫。古今言行有關於天典民彝者，盡在是矣，且求余言。余何言，作《友敬堂箴》。

兄弟之身。初則一体。瘽痾疾痛，孰彼孰己。兄弟其弟，匪曰恩斯。弟兄其兄，乃分之宜。是惟人倫，是惟天命。非自外來，惟友惟敬。分財取少，纖悉之惠。食果取小，直讓之細。然而性善，於此著形。一家和順，千世典刑。爲兄克友，弗敬非弟。干戈琴弡，何有於悌。爲弟克敬，弗友非兄。煮豆燃萁，靡念厥生。嗟嗟手足，友敬惟心。其和愔愔，其肅欽欽。反是不思，爲犢爲禽。爾堂曷名？敢告司箴。

李府判家伯顔忠武王畫像贊

烈烈桓桓，如河如山，功極名完。盛德之容，維恭維寬。幙府同心，戚欣燠寒。儼其當年，長劍高冠。追隨凌烟，尚永弗刊。

喬達之學士真贊集詩句

顒顒卬卬，寘彼周行[4]。俾民不迷，俾爾壽而臧。

喬達之内子真贊集詩句

如山如河，如鼓瑟琴。宜爾子孫，秩秩德音。

玄武贊

數尺之藤，萬縷之墨。玄雲勃興，靈物偪仄。天君跣立，臨下有赫。瞻之若夢，卷之無跡。兹其是耶？知白守黑。

貞義處士家傳贊

周司徒以六行教民，曰孝友睦婣任恤。吾觀李君，其幾之矣。不然，何惓惓於事若是？而子又克肖，益大之。是家也，其不謂之行義之家歟？

危槐坡真贊

待之不來，呼之不應。異哉槐坡，斯之謂命。

黄成性史學提要贊并序

史之爲書也博而雜，其爲學也煩而易遺。出没浩瀚而不可執也，必設羅落以張之；混澒闔闢而不可窮也，必立檢柙以制之。此史學提要所攸出，而始學者宜盡心焉。故爲之贊曰：

清升濁墜，厥既滋久。有物有事，膠葛紛糾。削牘殺青，水委海受。有窺其源，涉足濡首[5]。惟江夏氏，操綱結紐。婉而成章，弼彼天牖。如珠纍絲，如魚在罶。何千萬年，誦之在口。吾觀世學，使我心疚。昔拙而臧，今巧而莠。襟裾馬牛，爲世所醜。此有要言，毋廢而手。惟江夏氏，顔鑽墨守。心千古前，身萬古後。歌以颺之，葉其節奏。往茂藝林，勗哉不朽。

李秋谷平章畫像贊

天作之君，必擬之臣。猗歟秋谷，潛龍舊人。輔導羽翼，藹然師友。圖像青宫，德義是取。九居五位，轉坤旋乾。道同志合，匪人伊天。萬國具瞻，始會天意。玉質堂堂，儼廊廟器。身爲道寄，道以身弘。孰道孰身，穆穆迓衡。道不計功，而功孔炤[6]。千載如新，雲臺麟閣。

白雲平章畫像贊

温温其恭，廓廓其容。堂堂乎拔俗之標，槩槩乎學古之胸。宜夫致功則隆，致位則豐。身居廟堂之上，神游丘壑之中。匪青山与白雲，孰与吾心而可同。

王仲澤真贊二十四歲卒，博學有名

吁嗟乎仲澤，玉質而金聲，矢直而砥平，胡不能以久生？吁嗟乎仲澤，何饜於學，餒於福，豐於德，歉於位，富於名，嗇於壽？盖所然者，人也；所不然者，天也。吁嗟乎天，豈不在所承承哉！

陳氏三先生畫像贊

默軒賡子颺

猗嗟子颺，邁世之材。三鳳之首，多士之魁。學足以尊主芘民，氣足以摧奸斥回。作室者，方資以楩楠豫章；爲禮者，方賴以犧象雲雷。四佐大幕，曾未足少展其風之培，邈超遥乎羲皇之上，翱翔乎河洛之隈。千載之下，拜公像者，凛然猶有生氣哉！

澹軒庚子京賡之弟

猗嗟子京，古人之學。四俊稱首，後進先覺。方力養於洛西，卿相莫能易其樂；一振鐸於河東，禮義化行乎干槊。豪如杜善甫，望顔而氣下；驁如李長源，聞語而膽落。留金逆旅，安知墮器之誤；卻賈圄人，不忍病馬之鬻。百世之後聞其風者，不廉貪而敦薄耶？

肅齋元忠時佐庾之子

惟公弼父，嘉祐名臣。八傳至君，爲儒之醇。刊僞落華，冠義服仁。其止安安，其動循循。天爵既修，富貴浮雲。政成於家，化及邦人。訟者求直，不言而信。貸者告匱，折券予貧。不忍羸牛，食之終身。附郭蓺桑，盜者莫親。惟君之學，追古与鄰。素髮朱顔，廣袂長紳。五柳有言：無懷之民，葛天之民。

宋學士真贊

蒼然松栢之干霄，粹然瑾瑜之出璞。人稱尚德之君子，自言爲善之最樂。宜其身事四朝，位列九卿。登瀛洲，上玉堂，而恐終歸於黄閣也。

趙克敬真贊

岩松海檜，鱗皴磊隗〔7〕，与風雲會，文隱於内，樸見於外。不知者謂此其神傳，知之者以爲天繪。白雪老人獨曰：此鈍翁。鈍翁也，盖屢百世而猶在。

任東卿真贊

邈矣千載，懷哉此賢。先進之後，後進之先。春風池館，晴雪林園。相逢一笑，握手無言。

徐佐卿墨龍贊二首

駕鴻濛兮上寥廓，風雷相纏雲噴薄，駭而視之墨池涸。

收吾丹，養吾素。髯君來，衆勿怖。

説

適齋説

物各有所適，坎井之蛙、東海之鰲、數仞之鷃、九萬里之鵬，其處身之大小高下不齊，而其適一也。君子之於貧富貴賤也亦然。世之處貧賤者或怫然而熱中，或悦然而失志，焦然若不能以終日。一旦而富貴，則驕則盈，盖終其身而未嘗有一日之適。是曾二虫之不若也，誰謂人爲靈於物者哉？豫章胡先生誠叟名其居室便坐之所曰“適”。先生方布衣時，以明經史、通詩賦、進士業講授鄉里，其氣浩然，其容澤然，其議論軒昂震蕩，聞者竦立，無一毫憔悴不自得之態。既而位郡博士，同時行輩衮衮臺省矣。或以先生名聞，始授朝命，又屈爲海陵教官。先生不以居卑爲羞，處約爲怨，單車之任，其志氣猶布衣時，真能適者也。余謂適者無所往而不適；不適者無所往而適。富貴而適，可能也；貧賤而適，難能也。能其所難能，豈不能其所可能哉？先生今日之適如此，他日之適從可知也。夫古之當大事、立大功者類非悻悻小丈夫所能也。耕於野，築於岩，漁於水濱，若將終身。及其出而任天下之重，若固有之，不少動其心焉。所謂適，則無所往而不適者也。先生，適者也，當路多知之者。行臺治書侍御史李元讓工小篆，既爲作“適齋”二大字，而中丞徐子方詩以美之，屬而和者十數。余少從先生學，知之尤深，故爲著其説。至元二十九年夏五，學生程某敬書。

實齋説

草木之成爲實，何也？以其種是，則生是而不渝其初也。羽族之孚亦然，故孚亦爲實。人之所得於天者，其生之理也。實生之後而僞其人也，非其天也。盱之士陳櫟孟實以實名其讀書之齋。初，余未識，人皆稱其賢，謂其言也信，謂其行也果，純乎一實者也。及既識，則誠有如人所稱者焉。嗚呼！古今僞言僞行以欺世盗名者多矣，能讓千乘者或不能不愠見於簞食，盖能勉强於其蹔者，未必能掩覆於其久也。孟實与余相周旋於金陵、廣陵凡四載，今年歸自京。而孟實留吾家，考其行，如其言，而終始如一日也。則孟實之爲實也，不既實矣乎？爲之作《實齋説》。至元癸巳暢月上弦，廣平程某書。

王肯堂遂慵軒説

翰林侍講學士王君名構，字肯堂，自號曰安野矣。買宅於京師，又榜之曰“遂慵”。僕竊惑之。夫安野君以文學被眷遇，有列於朝，正黽勉從事，不敢告勞之時也。去年留京師，嘗爲賦詩曰：“安野標慵豈必慵”，所以諷也。而君意殊不樂，似以僕爲不喻其意者。僕之惑也滋甚，會出使閩海，已受命，不敢宿留，亟就道，故未暇爲君竟其説。夫人生而父命之，冠而友字之。名与字固未必有所取義，而亦有取義者。觀昔人所以名君、字君之義，豈不望君以作室之事歟？天下猶大厦也，垣墉塗塈非一日所能完，棟梁榱桷非一木所能任。臣之於君，猶子之於父。肯堂而後可以構，必乾乾，必蹇蹇，必夙夜匪懈，庶幾乎畫宫於堵而績於成也。君有列於朝而欲安於野乎？未可也。安於野猶未可，而可以遂慵乎哉？人固有身在朝廷而志山林者矣。大槩野者，君子之所不得已，而非其所安也。伊尹之耕野，未遇則然，終身所安不在是也。裨諶之適野，有謀則然，平時所安不在是也。晋公之緑野，安矣。君欲效之，不亦太早計耶？吾故曰：君有列於朝而欲安於野乎？未可也。安於野猶未可，而可以遂慵乎哉？僕之惑殆不可解，而君之意誠有所未喻也。客有喻君之意者曰：“慵，一也，而有二焉。有可慵者，有不可慵者。子於父之事、臣於君之事，不可慵者也。世之人、世之人，飲羽於市門之下，血刃於風波之上，終身役役，以至於疲薾行盡，如馳而莫之或止，此可慵者也。而慵於此者，幾何人哉？君之所慵在是爾。吁！人有其非而遂其非，遂之不善者也。君有所慵而遂其慵，遂之善者也，而子何訾焉？”僕於是釋然曰：“客言當矣。”爲人臣者公爾忘私，國爾忘家。夫一心於公事、國事，雖私事、家事有不暇顧，而况乎聲色勢利之所以奉身者，而暇勤勤乎哉？君之慵是也，僕之惑非也。君能慵於其所可慵，則必能不慵於其所不可慵。不慵於其所不可慵，則必能如韓子所言之匠氏，如柳子所言之梓人，以經營於斯世，而天下皆將在廣厦㡜幪之中矣。他日功成名遂而安於野，僕當勞君曰：“吾今而後知大矣哉，遂慵之功！”敢書此以寄。至元甲午四月八日，廣平程某書於三山憲司之綉綵堂。

文矩名字説

矩，所以爲方之器也。物非矩無以自致於方，矩非物亦莫著其爲方之用。盖矩者，梓人氏所謂角尺也，必上下均平，左右若一，然後舉此而加彼，推己以及人，是以君子有絜矩之道。然器非人不行，用之則隨所施而無不中度，弗用則亦自守其尺寸之常，此君子又有藏器之喻。孟軻氏以規矩方圓之至与聖人人倫之至並言，夫豈徒者？文掾名矩而字子方，材器兼人，如刃之新發、木之向榮，六翮既舉而風迫之也。求余説其名字之義，因書所聞以復之。抑又聞，方者，地也，非厚無以載。体之者，輿也，非輪亦無以行。有弗思，思則得之。

静山説

瀘川劉君求静山説於廣平程某。曰：艮之象爲山。山有不遷之体焉，故曰：“艮，止也。”爲學之道，知止而後有定，定而後能静。世以山爲仁者之所樂，因以仁者之静歸之而曰静山。夫山固静矣，不静惡能爲山？然山不徒静而已也。若曰山徒静而已，則觸石而出，膚寸而合，不崇朝而徧天下，与夫不舍晝夜，盈科而後進，放乎四海者，獨非出於山歟？盖静，其体也；動，其用也。言用不及体，無本；言体不及用，非道。劉君，体用之士也，默而識之吾言，初不必竟。

蕭文孫字説

文者，道之著也。天秉陽，垂日星；地秉陰，竅於山川。凡天地間形聲之異、品類之繁，孰非是道之著？而因其文而文之者，聖人也。君爲文武，臣爲周公。聖莫盛於周，故文亦莫盛於周，而又有夫子集其大成。故其言曰："吾從周。"又曰："天之未喪斯文也，匡人其如予何！"文乎文乎，豈翰墨之謂乎？爲士而舍周公、孔子，宜何師乎？吾故人蕭則平之長子文孫旣孤而字未立，爲之字曰從周，且叙其義以告焉，尚勉之乎！當使則平之友異日咸曰："則平已矣，幸哉有子如此！"

劉時中字説

古人致禮樂以治身心，惟恐須臾之或縱，以離於中和也。風氣既降，家自爲教，人自爲學，賢知過之而愚不肖者不及，不得已而慎獨之訓生。其防之於未萌者，盖甚微且密也。然君子之中庸，夫子之時猶言民鮮久矣，然則不亦難哉？劉君端淑老成，言動有則。觀其名時中而字仲謹，必能守慎獨之訓而自防於未萌者。中乎中乎，抑將何以驗其爲中乎？苟能於人所不知、己所獨知之地慎之慎之而又慎之，其必能知之矣。劉君傾盖平生，不日而又別，故爲之説，以識予念。

龍牙説

物之能神變無方者，莫龍若也。其蜕於江海之濱，盖欲遺其形迹之累，以遂其神爾。余嘗怪夫西方之學以遠離生死爲宗；至其梏於形迹，則返有甚於世俗之爲。觀其於摧牙朽骨猶眷眷不舍，又時出光氣舍利輩以眩愚盲，不亦可疑笑已乎？今或得殘片斷株於江海之濱，曰："此龍之遺也。"夫龍既已遺之矣，靈於彼者乃取之，知乎？不知乎？若通真雷尊師，真得猶龍之學者也。觀其赤手把茅於江干，不十五年而千柱之宫岌然以起，是可謂能神變無方者矣。又觀其爲規，必欲千載，則比夫龍之所遺，厥有重輕矣。太初公探龍之穴，不得珠而得牙，因以贈師，豈亦况其猶龍之謂？予謂師之猶龍非他學猶龍之學，荒唐無驗，不可究者之比也。喜而書以贈焉。

蔣沂字説

言俗化之善者必曰齊、魯，然觀一變至道之云，齊、魯固自有差等也。學者舍周、孔奚師？欲知周公、孔子之所存，舍魯何適？澹然公子名沂而字師魯，予知其非謂前希曾而後轢尹以騖夫聲也，亦非謂左曲阜右闕里而繫其迹也，盖曰周公、孔子，道之表也。沂泗汶洙，魯之望也。務學必窮其源，見道必於其本。此命名制字之旨歟？師魯志尚不群，材鋭而年甚茂，知道之方，縱靶極詣，當何所不至？然予聞周公之治魯也，尊尊而親親；孔子之於魯也，恂恂如不能言者。欲尋二聖人之所存，此獨非耶？師魯其慎所師哉！師魯，名父之子，且所從又往往皆名師，前之説固已飫聞而飽誦之矣。於其南也，并祝加餐。

宗人萬選字説

蘄春宗人子祥之長子曰萬選，字舜舉，家學有源，才業駿茂。教邑庠，録郡校，皆無煩言而有令譽。余自武昌東過雪堂，舜舉侍其父在焉，因請余爲其字説。夫選於衆而得咎繇，舜之知人也。而咎繇陳謨，亦曰："在知人。"人固未易知，知人亦未易？而性能自知者，然後能知人耳。唐、虞君臣皆有明德，氣合道同，萬世師仰，是以孔門心傳，亦以“明明德”爲學者先務。夫所謂明德，即帝堯“克明俊德”之德[8]。咎繇德明，惟明之德也。人有此德，顧吾所以明之之功何如耳。咎繇躬有明德，是以陳謨則謨明，弼刑則刑明。今子方職於學，則明德、新民是爲先務。異日，致君澤民於雍熙之世，何莫非明德之用者？然則修身待舉，吾安得不爲吾宗望哉！

王天錫字説

魯人誦其君曰：“天錫公純嘏。”嘏者，大而且遠之福也。純者，全而不雜之名也。天之予人者莫不善，亦莫不純。純嘏即純德之所致也。然不曰福而曰嘏，蓋慶有餘而後其福大且遠也。不徒曰嘏而必曰純者，蓋吾之所爲莫不善，故其所遇亦莫不善也。余友楚山王君以名其子曰天錫。牧庵姚公因而字之曰純甫。純甫又謁其説於余。純甫，名父之子，方左右就養，懽聲和氣，雍雍盎盎，其致嘏之道未可量。至於純一不雜，則學問之極功，性分之終事。是非他人所能与也，子必勉之。夫學問者何？亦曰：“去其糠粃吾性者而已。”德而至於純，非一日之積也，故又曰：“善不積不足以成名。”子必勉之。

頼巋字説

平章政事安南國王來朝，從行者頼安撫，名巋，謁余求其字与號。愚按字書，巋音三而訓各異，切區韋者曰山貌，切苦軌者曰山小而衆，切丘愧者曰獨貌。愚以其意推之，山則山矣，皆未盡其義也。《天下篇》曰：“巋然而有餘。”《靈光序》曰：“巋然獨存。”然則巋之訓如曰衆山中之獨高者，庶乎盡之。於是字之曰伯高。至若號之云者，古無有也。然而因其名之有字，而復字其字以示訓，抑何傷乎？於是號之曰謙齋。謙者，地中有山之象也。山高矣，而不自有其高，故《易》曰：“謙，君子有終，吉。”夫《易》之占，吉、凶、悔、吝四焉，吉一而已。而謙，“六爻”專之，高而不自高之功也。伯高伯高，吾爲子危之。卑而不可踰，吾知免夫。皇慶元年，鞠有黄華，雪樓道人。

趙克敬二子字說

集賢趙君克敬既名其二子曰適祖、述祖，涿郡盧處道字之曰承宗、紹宗。已而避宗廟之嫌也，東平王肯堂易之曰承忠、次忠。禮雖不諱嫌名，然臣子之道止於敬而已，雖諱嫌可也。克敬以余老友，其子承忠又同禁林，俾申其忠之義。釋者曰：“盡己之謂忠。”則忠之道，盡己焉耳。苟盡乎己，以之事父，以之事君，以之正夫婦，友兄弟，信朋友，凡修、齊、平、治之道無一不備。且父敬而子忠，所以承先訓後亦至矣。《傳》曰：“使民敬忠以勸，不在君之父子乎？”所謂“臨之以莊則敬，孝慈則忠”，亦盡己之謂也。盡己之道無他，學之古而已矣。勗哉，二忠！

商繼顯子孫名字說

善者必傳乎？曰：“君子之澤五世而斬矣。”善者必無報乎？曰：“積善之家，必有餘慶矣，顧其所積何如耳。”盖論其人，則當積之，至於終身；論其家，則當積之，以世世愈傳而積愈厚，是之謂善繼。彼所謂斬也，特以一世之善而言耳。余讀集賢周君正平所爲商君繼顯名字之説，而喜典刑之篤論也。復喜商君父子以善傳家也，又喜繼顯之善繼，内能顯其祖考，外不負鄉先生之深期也。嗟夫！使今之顯者人人同然，豈非名教之望、世俗之深幸哉！今繼顯子三、孫十四，繼者可謂衆矣。繼顯既各命之以名，媲之以字，訊余，俾申其義。繼顯之意盖曰：“吾爲人子孫，吾則若此；今爲吾子孫者，庶亦如吾乎？”嗚呼！人孰不欲有子孫，亦孰不欲餘慶。然使爲人子孫者皆能以其祖父之心爲心，豈復有不繼者哉？夫所謂君子者以進德修業爲本，而進德修業則貴於及時。今繼顯之名子皆以時而字以德，則義方之訓切矣。

木之用不待贊，彦之美不容稱，修而具之爲群材，舉而用之爲群彦。則繼顯之詒謀者又遠矣，爲之子孫者可不各思其義而勵其志乎？曰時敏，德修；時膺，德進；時中，德庸者，子也；棣，威；桓，武；彬，文；杞，柔；棟，隆；桂，實；楫，濟；栩，和；采，禮；槩，平；極，高；格，通；榦，直；棫，才者，孫也。今年，敏初以父任詣銓，余因識之。恂恂易良，世濟將自兹始。夫以繼顯材望之孚、事業之著，而其適長年逾五十猶未登仕版，是亦可見其不競不絿之教者。然則余辭其費乎？

祭文　祝文

祭余秋山廉使文

維至元二十有九年歲在壬辰春二月丙戌，故江西廉訪副使、奉議大夫秋山先生余公之柩至自長沙，次於盱江郭南門之外。後三日己丑，友生程某謹以潔牲柔毛、庶羞清酌告於公之柩前，曰：維公稟氣峭剛，賦形敦厖。重如泰山喬岳，肅如烈日秋霜。盖其得於天者㝠，故其發於文學、政事者類其爲人。此公之所以爲公，而吾之所以深敬愛也。嗚呼！今其死矣！始吾游學於撫，得公景定甲子所校程文讀之，一時預選皆名流，次年悉登上第。吾時尚少，於是始聞公名而未能詳也。國家平一土宇，公官於鄂。參政鹿泉賈公，北方宿學，涖政荆湖，於人少所許可，於公獨加器重。吾時留京，於是益聞公名而未及識也。歲丙戌，蒐賢來南，公適在盱，首以應詔，公亦勇往不辭。入覲清光，大稱上意。起家風憲，往貳湖南。於時，權要腹心，星布棋置，舉手摇足，且陷譴呵[9]。公如快刀健斧，不避盤錯，風采大振，爲諸道最。化弦更張，遷爲江右憲副。鄉邦顒顒，望公遄驅。日月幾何，凶訃遽至。知与不知，失聲嗟悼。嗚呼，惜哉！公之享年六十有四，有壻經紀家事，護柩來歸；有子雖尚童稚，日可冀其成立，公死無憾也。然公於不可爲之時，能爲人所不能爲之事。及今新政之始，乃公行志之秋也，徯公共昌正氣，以報主知，誰謂公竟溘然而逝。嗚呼，痛哉！吾官滿還家，甫終慈母喪事[10]，而公柩適至。想公音容，思与欵欵共談當世事而不可得矣！潔觴敬祭，以寄一哀。公之精爽能如平生，少鑒吾誠也乎？嗚呼哀哉！尚享！

重修南陽書院告成文四首

先　　聖

惟夫子爲郡邑之通祀，崇儒乃聖朝之鉅典。南陽敝甚，無以揭虔妥靈。度材鳩工，爰作新廟。仲春庀役，長至告成。謹以粢盛制幣，式陳明薦。奉兖國公顔子配。

武　　侯

三代而下，論王佐者，惟公一人。南陽祀之爲鄉先正，某鄉之願學者也。欽若明命，勉勵於斯。修敝補廢，職分當然。幸底於成，敢忘昭告。

鄉先賢

某垂髫時來游斯學，固已服膺公之盛心。將指此來[11]，則遺規隳廢已甚。竊效先覺，遂忘其難。經始於歲首，訖役於仲冬。殿閣堂房，門堦窔奥。庶幾苟完日長至，舍菜於先聖先師，告成也。噫嘻！微公基之，今孰構之？繼今以始，尚其相之。

司　土

惟神職司此土，亦有歲年。學之敝也，爲士子羞；學之修也，爲神人喜。徼福訖役，工徒無虞。且謝且祈，垂祐永永。

郢中先墓祝文

仰惟高曾，卜居古郢。再世經營，生計既定。林廬在原，宅兆於嶺。牛羊滿村，鄉田同井。中罹百憂，遂適他境。今六十年，遺蹤未冷。粵從徙居，朱紫交映。國恩固厚，亦緣家慶。惟宣慰叔，作藩南屏。郢實所部，因得歸省。既封既植，且闢且整。鄰曲之榮，子孫之幸。自茲以來，又十温凊。嗟惟末孫，早際明聖。兹焉來鄂，憲節是秉。謂邇松楸，可以瞻偵。欲去不能，拘於簿領。睠然長望，徒有耿耿。緘辭寫心，遥酹酒茗。仰惟高曾，英爽不暝。尚鑒卑誠[12]，式回幽聽。相我後人，以安以永。

又

某效官此土，庶邇先塋。水遠山長，尚隔千里。兹霜露之既降，概瞻省之末由。爰遣常儀，謹修時祀。仰冀靈明之格，少歆追遠之誠。餘慶所覃，式安且永。

偕庵祝文

仰惟二塋，相距一望。松楸連蔭，雨露分流。而合祀有堂，猶循舊設。近者幸成先志，改立偕庵。兹既畢工，敢嚴遷奉。伏望明靈共格，去故就新。相敬如賓，受烝嘗於永世；克昌厥後，瞻屺岵以長春。

乙巳春祀西高渠墓祝文

曩官於鄂，稍近先塋。今焉顧瞻，又隔湖漢。每遇歲時之改，不勝霜露之懷。敢飭彝儀，遥陳菲薦。伏願俯歆微悃，啓佑後人。家慶所覃，其寧惟永。

乙巳春祀武昌墓祝文

遠違松楸，已再閲歲。嚮風西望，寸心衋然。兹當雨露之新，庸致蘋蘩之薦。伏望俯歆微悃，安裕九原。佑此後人，益綿家慶。

己酉八月祀郢墓祝文

向官湖右，稍近松楸。暨列朝班，雖專遣祭，今已三載，草木蒼凉。况值凶徒，肆其侵伐，驚動泉壤，不孝罪深。兹來武昌，實奉朝命。因再削牘，直於有司。就寄純誠，虔具薄奠。霜露之感，倍萬尋常。仰惟尊靈，俯賜歆格。默垂幽贊，妥佑如初。

己酉十月祀武昌墓祝文

兹以使事，蹔留武昌。瞻望松楸，百里而近。霜露既降，中心惕然。專遣門人，代陳時祭。使事將畢，躬拜有期。仰惟尊靈，俯歆忱悃。益安益固，流慶綿綿。

書　啓

答黄草塘書

某再拜草塘黄君教授足下。往者，客居於洪，實与足下同州里，聞而不面之日久矣。儼然造予，喜慰参半。又辱携教，編摩二書，連緐數策，已窺足下之用心。幸甚！幸甚！世無實學真識，因陋襲弊，苟焉自安。至於上下數千百年之間，扶大經，尊大緒，立爲一書，暢所志而垂無窮，此古聖賢所爲也。不意於吾州里而獲足下，太息敬羡，不能已已。此其爲惠，盖亦大矣，而又侑之以駢文儷句。溢口虚美，殊非足下所宜施諸人者，而僕亦何敢安受之乎？且以足下精誠絶學，大雅不群，使之紬繹金匱，綜理木天，固當穎然出群士之表。顧猶抱其所言，下教於潛深伏隩者。豈非以相爲引重，朋友之責而不言，誰知其志？不得不姑爲此屑屑耶？夫薦進，名士大夫、當路貴人之事也。曩時，僕在官聯，有所識知，未嘗不嘘以微吹，如戴晋人之吷。今則謝病退處，非事所宜，故於足下，不過徒太息敬羡而已。方今文治熠興，無昧弗燭，倘足下之聲光益盛，亦何待衆多之口而後顯哉？劇思与足下談，体有少苦，厚意不可不報，故破此默默而以書，惟足下幸察。不具。某再拜。

答存心何希之自修書

某与執事相知非一日，獨以出處如参辰，不獲一展平生之好。乃若承風藝林，翫芳玄圃，其澡雪厭飫久矣。今者辱書，蒙稱謂甚厚，局縮愧悚，良不敢當也。往者，士大夫狃於流俗，既不以古人自期，又復不以待人，故其誇頌云云者，其心豈誠謂然哉？亦曰：人施於我而我悦；我以施於人，宜以悦也。言之無諂辭，受之無歉色，一彼一此，以是相先，豈非既不自期，又復不以待人乎！今執事過聽，曲愛而寵光之，雖去流俗萬萬，然溢美已甚，終不敢當也。伏惟先德醲粹，宜託之命世之筆，而顧以見諉，豈亦出於過聽，謂可遂不朽之計而然耶？此誠孝子慈孫之心也。古之不朽有三：立德，立功，立言。然德有厚薄，功有淺深，未必並行而俱遠也。而能使千載之下，聞而知之者猶若見而知之，是豈非立言君子之力哉？故夫子曰："言之無文，行之不遠。"今某誠自謂拙於言辭，不足以光昭先德，以塞孝慈之心。而又不可咈也，勉叙次來示，以復盛指。筆墨猥釀〔13〕，多慚見知。何時良逢，庶幾傾蓋？不一一。

答何端奇書

乃者与太虛談樂，聞足下名德之高、問學之懿，相距數舍，言譪無從，徒懸渴心耳。學之不講久矣，豈徒學者之罪，亦父兄師友之過也。夫子曰："君子以文會友，以友輔仁。"盖仁其表而文其景也。後之言文者或不然。不鄙惠書，猶及後生之學，甚盛！甚盛！請誦所聞与足下論之文者，何也？猶之卉木之葩華，氣之所鍾，鬱勃充盎，故其所發，輪囷紛鬱，不主一態，然皆出於有本有元，初不期然而然者。世俗因倣而爲之，雖形色肖象，無一不如人之見之者，亦未始不以爲如也。然即而求其神氣流行，潤澤充滿〔14〕，則又若漠然者，何耶〔15〕？其故可知已。今之爲文者類此，故未有無表之景也，亦未有不式其表而惟景之取也。盖聞古之測景者或於陽城，於滑臺，於交州，必有定所而後，以考寒暑之中。若持竿而行，仰而俯視，曰"是亦景也"，而可乎？今者幸甚，足下猶肯以文章風厲後生。然後生之病，無志者不論，有志者政在於持竿視景耳。倘足下併有以教之，滋益幸也。足下又不鄙，欲僕爲之發題。僕自顧素非能文，不過少壯以來，事役四方，聞見積久，故於兹事稍能明其寸尺。若欲使之操斤執引，與工師相倡和，及以其氏名爲所緝之重，則足下不免過聽誤計焉耳。狐裘羔袖，可乎？然意不可孤，抑亦朋友之責。勉承所指，或取或去，政在識者。紙短心長，書不能盡，頋幸無訝。

賀某學士新居啓

伏審分玉堂退食之閒，開甲第富有之美。南窻北牖，嘯傲羲皇上人；左圖右書，商略宇宙内事。風清日麗，心曠神怡。問揚雄之奇，方隨廈燕；助右軍之筆，竊效籠鵝。笑而受之，幸莫大矣。

賀張疇齋承旨續絃啓

伏審法喜重諧，吉涓載協。杜陵野老，政須燕玉之謀；山谷閒心，始笑湯婆之拙。允爲佳偶，永共歲寒。菲爾俗儀，聊申賀意。

【校勘記】

〔1〕季蕃字説銘，原文無題，此文題係按文意擬。

〔2〕自，底本誤作“頁”，據文淵閣本改。

〔3〕人，文淵閣本作“義”。

〔4〕寘彼，文淵閣本作“示我”。

〔5〕足，底本誤作“是”，據文淵閣本改。

〔6〕炤，文淵閣本作“灼”。

〔7〕隗，文淵閣本作“磈”。

〔8〕堯，文淵閣本後有“典”字，爲《尚書·堯典》意。

〔9〕呵，底本誤作“何”，據文淵閣本改。

〔10〕喪，底本誤作“襄”，據文淵閣本改。

〔11〕指，疑爲“旨”之誤。

〔12〕卑，文淵閣本作“畢”。

〔13〕釀，文淵閣本作“攘”。

〔14〕充滿，底本原缺此二字，據文淵閣本補。

〔15〕又若，底本原缺此二字，據文淵閣本補。

卷二十四

題　跋

題趙仲遠所藏韓幹三馬

仲遠出三馬圖，不著何人作，然畫肉不畫骨，奚官皆唐人，大類韓幹。幹以畫肉見稱。吁！畫馬可也，相馬以是，不失馬哉？仲遠慎諸。

跋魚山李氏社倉事後

官有常平，私有社倉，皆所以利民也。常平廢，不復舉；社倉之存者，亦無幾矣。今年春，余歸母喪於南城之南，主於魚山李氏，識魚山翁之子仁壽。獨能嗣其翁所立社倉規制，至於今不廢。吁，可謂難矣！仁壽老猶嗜學，其才足以用，而隱居求志，能不失其世守也，豈偶然哉？

跋虞子及家藏趙千里義鶻行圖

義鶻事，子美得之樵夫。傳至今，以子美詩故。使不遇子美，一時且泯没無聞，况可垂千年乎？然則未可薄待世之人，以爲不鶻若也。有如此鶻而名湮滅者，蓋亦多矣，悲夫！事固繫乎其所遇也。夷、齊，亘古今義人也，遇夫子而名始彰。雖然，夷、齊豈求名於後世哉？

虞子及家寳藏此卷，盖趙千里所畫。至元壬辰夏五，余如京師，子及遠餞，袖以見示，与鄧聞詩、吴幼清同觀於吴城山之寓舍。三復嘉禾葉侯跋語，簡而有味，無庸復贅辭，以子及之請也，聊署紙尾而歸之。時月離於畢，程某識。

跋魏鶴山帖

鶴山翁記州縣學十數，究學道之本原，藥學者之痼疾，《黔陽》其尤深切著明者也。小有才則溺益深，居近利則壞逾速，又《黔陽》一篇之警策。翁曾孫資深出示此卷，乃在渠陽時，与李肩吾賡韻。筆精墨妙，又復明揭二語以誨人，惟恐後生晚進讀文字，只作一場話說過也。前輩喫緊教人如此，三復降嘆。

跋静恭楊文安公庭傑遺事

昔余季父西渠翁繇淮南幕府歸省，嘗手文一篇，愛賞不置，曰此同僚見山楊公之作。時余尚少，未能省也。及余与蜀人唐静卿同直翰苑，言眉山楊氏經學文章之盛爲詳。盖静卿，楊所自出。獨余以生晚，不逮前輩風流爲恨，則思識其子孫焉。今年歸自京師，幼清來相勞苦。視其篋，有見山公之子焱翁所述文安公遺事[1]，与王文公遣妾事大類，然一出真實，無毫髮矯亢意，或又過之。《詩》曰："相在爾室，尚不愧於屋漏。"此君子慎獨之學也。楊氏之世宦，宜哉！見山距文安六世，位亦通顯矣，而無緡錢、鍾粟遺其子。其所以遺之者，盖有以也。焱翁字掞卿，初以父澤授法曹，復以進士貢禮部。今隱不仕，貧甚而守益堅。余未見世德如此而有不昌者也，掞卿俟之。至元癸巳陽月下弦，廣平程某識其末。

題姚抑齋送徐丞之崇仁序後

夫子曰："吾之於人也，誰毀誰譽？如有所譽者，其有所試矣。"浮光徐君繇省從事佐望邑，其行也，抑齋姚端夫有贈言焉。端夫正人，慎許可，而所以与徐君者甚厚，期徐君者甚深也，豈徒爲是褒美而已哉？君治邑未朞年，而賢士大夫多稱之。新一堂於公署之北，名之曰"相山"，以端夫贈言至而徵大字於余。相山直邑之南，高聳特起，自昔以祠欒巴。巴，漢良吏也，所至有功德於民，与杜喬、周舉諸君子並受朝命，爲使者，行部郡縣。君日坐是堂，對是山，追想古人之遺風而尚友之，以爲世良吏，則其名其堂，當与是山相爲不朽，余之字又何足爲輕重乎？而端夫所与、所期真爲不虛譽矣。夫樂道人之善，余与端夫同是心也，既爲書三大字，而復識端夫贈言之末如此。徐君勗哉！至元三十一年歲在甲午春分，遠齋程某書。

書鄒次陳所藏先世告身後

余少游臨川，覽郡志，慕宜黄鄒公之爲人。公諱極，登治平四年進士第，元祐初提點江西刑獄事，官滿匄祠，未幾，遽致仕[2]，時年猶未五十。日与方外異人逍遥烟霞泉石間，固急流勇退，仙風道骨中人也。然自昔賢人君子可大用而不及究者，其後常有人，而不知公之子孫爲何如。癸巳冬，入閩，獲与公之七世孫次陳偕。叩其家世，乃知公之後以名登於禮部、吏部者累累有之。且出公提刑告身及初任太和主簿告身示余，余於是重有感也。嗚呼！世之爲人子孫而不能保其先世所有者多矣，何獨告身也哉！次陳字周弼，少年掇世科，文學器識亦既光於前矣。而所藏先世告身又能至於今不失，以爲世世子孫傳家之寶，則公之後豈不爲常有人矣乎？涪翁嘗与往還，集中有曰"松滋令"者，公伯子云。至元三十一年暮春之初，遠齋程某識。

書王西溪中丞徐容齋參政贈邵炳炎手墨後

天下初一，閩士邵君炳炎詣闕上書，天子下其議。踰年，有命，貳會府，兼領一道學事。未期年，去官，再詣闕上書。有命，參議行省，爲上介使海外，不至而復。於是，君倦游矣，自北而南，走諸公間以歸，一時多贈言焉。及昇中丞，西溪王公書《歸去來辭》《歸盤谷序》以贈，及洪參政容齋徐公書《簡齋送張仲宗歸閩中詩》以贈[3]。烏乎！二公之心豈特以華君之歸而已哉？是誠有羨於君之歸也。昔之君子之出而仕也，役於人，以憂人之憂者也。伊尹、傅説辭耕築而起，若不得已。然未三聘，未旁求，二子將終身樂其所樂而已。則夫後之君子之既出而遄歸也，能不役於人，以憂人之憂，而得以自樂其樂，非天下之至樂歟？余是以知二公之誠有羨於君也。余備位南臺時，事二公爲長，故知二公爲深。王官將滿告歸，未及遂而逝。徐之心猶王之心也，至今縻於浙，欲歸而未可。豈特二公有羨於君而已哉？余亦誠有羨於君也。夫以君之得以如張、如李、如陶而歸也，余之未得以如君，而得見二公之所書也，不有似越流人之見其所知乎？如之何其不喜而贊也。雖然，張之歸閩，致其仕也。君之歸，陶之倦而還耳。其遂無心以出乎哉？余未去，將又爲君書昌黎《送石處士序》。“凡去就、出處何常？惟義之歸”，昌黎語也，余於君亦云。至元甲午四月晦，廣平程某書於閩海憲司之綉綵堂。

跋朱文公通鑑綱目稿

遂良出示《通鑑綱目稿》一幅，書建武二十六年、七年事，曰：“朱子之筆。”維昔道學諸儒於字畫蓋不數數然也，獨朱子少嘗學書，而其字畫奇偉卓絶，片紙流落，人之好之寶之也殊尤。雖然，朱子之爲人、綱目之爲書，其所以可好可寶者，夫豈以其字哉？覽者詳焉。至元甲午中秋，廣平程某識。

題興化路學修造疏後

按，莆廟學，宋咸平間方著作儀所建，迄今三百餘年，屋老可想矣。往時士大夫談所學，必曰自孔氏。然稽之誌載，儀刱始後，未聞有出一語及改作事。三百年如天覆燾之澤一畝之宫[4]，輒憚其難若此，而郡冷掾欲以區區之志，起廢於一旦，談何容易！余於是且壯其志而嘉其來請也，因捐鶴俸，復書其後，爲方今士大夫學孔氏者之勸云。元貞元年十一月二十三日，廣平程某書於三山綉綵堂[5]。

跋陳了翁海上家書

紹聖史官修《裕陵實録》，專以荆公《日録》爲據。忠肅陳公居諫省，首論其事，坐貶合浦。復著《尊堯集》，深闢誣妄，以明君臣之義，大抵以增加之罪歸於蔡卞。盖公之意，以爲荆公既没，宗其説以植私黨者，卞其首也。救時革弊，當以去卞爲先。此書在合浦時，寄其弟。謂詆誣譏玩之語皆小蔡僞增，非荆公親録；又謂詆譏輕慢至深至切，非臣子所忍言；又謂自分必死，無生還之理。至其末，超然洞究《内典》之旨，死生一致，寃親平等，益以见公平日存养之驗。卒之流移竄逐，顛頓道途無寧歲。蔡蘶之捃石慽之脅，瀕死者數，而浩然剛大之氣不少挫沮。觀此書，槩見矣。樓攻媿嘗跋公帖，謂："人之立於世，忘溝壑者不足以爲志士，忘喪元者不足以爲勇士。士大夫小不如意輒不自聊，讀之可以興起。"余於此書亦云。太平荆山師寶藏此卷，豈以其斷恚忍辱，脱離苦樂故耶？書後之題，果誠齋否？謂此書爲公絶筆，盖爲臨終訣别等語所眩。公謫合浦後，轉徙數州，宣和六年卒於山陽。盍訂之？元貞乙未正月晦書。

題譚公植提學西戎受貢圖

周官，山師、川師掌山林、川澤之名，使邦國致其珍異，明有尊也。蠻方鬼國之人鬅髻獰怪如此，而亦好是懿德，於以見君臣之誼不可廢也。畫筆良古，諸老姓字宛然。薌林故物垂二百年矣，流落可念。公植其慎護視之。元貞初元良月，廣平程某觀於三山綉綵堂。

題譚提學山水小軸

此幅不究其爲何人手蹟，而用筆精甚，毫芒杪忽瞭然可辨，殊非草草者。余意用工如此，可以言畫矣。而前輩評論固有取於迹簡而意淡者，何也？余雅不識畫，持以問之梅屋主人。元貞元年良月七日。

跋山谷草書徐禧送靈源上人二詩

涪翁書徐德占贈靈源二詩，豈亦喜其清新耶？德占永樂之舉，欲因熏腐之餘以立功名。此豈足以語方外之學者。想其捋須揚壺，喪身覆衆之狀已歷歷在源公目中矣。大德元年四月二十日，白雪道人觀。

跋東坡帖

蘇公坐謫時，有在都城見叔黨而障面者。及遷儋耳，鄭嘉會靖老乃能以海舶載書千餘卷爲借，亦可嘉已。公和淵明贈羊長史詩以謝之，有“好學真伯業，比肩比相如”之句。千載而下，知有靖老，士烏可不自附於青雲哉！此帖言所借書收掌如法。前輩借人書籍愛護如此，皆盛德事，吾黨所當服膺。

跋大慧帖

大慧坐張横浦，謫衡陽，僧中之豪傑也。前輩謂，使其冠章甫，衣逢掖，力量氣魄，當是晦庵、象山一輩人。今觀与其徒作别書如此，真蔡子應所謂“靈岩山下大脱空”者，合爪起敬。

跋商季顯所藏王鹿庵先生詩

至元丙子，余至京師，拜承旨鹿庵王公於玉堂之署。蒼然而古雅，凝然而敦厖，望之肅如也。既而獲近清光，蒙聖眷，寔維公奬進汲引之力。公長史館，余備員末屬，朝夕接緒言，故知公出處爲甚悉。初，山東反仄，公豫料其敗，棄妻子，脱身來歸。先皇帝嘉之，寵以殊禮。其告老也，上東門祖餞，榮於疏傅，兩宫錫賚特厚。賜田給，稍官其壻，於鄉郡以奉之。晚歲雍容里閈，天佚壽齒，寄情賦詠，蕭散閑適，盖風韻似香山而忠義剛介之氣則又過之。歲月荒寒，墓木已拱，每念游從之舊，未嘗不以之興懷。來閩四載，同寅東昌商公季顯一日示公居山東時古詩數首。東衽端誦，宛如侍几硯時也。惟公之趣与香山同，故其詩不期而同。惟商公之趣与公同，故所好亦不期而同。余雖不知詩，而知商公与公之所以同者又有出於詩之外也。泛濫烟雲，俛仰今古[6]，不知同余心者又何人哉？大德丁酉暢月既望，謹書。

跋梅花集

梅花之詠萌於六朝，達於唐，盛於宋。以吟爲事者謂無梅字爲俗，故有作者必曰梅，何其多也？然廣平一賦無傳，後來傑作膾炙人口者亦止一聯半韻耳，又何寡也？百十年來，賦者百數家[7]，和者又數十家，梅且遭矣。抑有疑焉：余留黄金臺邊二十年，意雪霜貿貿，非江左比。此花奇絶傲兀，當有大音賞[8]。而諸公間不惟無一字及梅花，且未睹。

豈北南風氣固爾殊哉？余歸自閩，得閩士謝君無疑《百詠》，讀之，於梅不可謂無意者。屬余多故，未暇細論。君年壯，方有四方之事。異時馳騁風雪中，孤標雅韻，挺然特出，《百詠》當有新什，余亦當爲君大書特書不一書，罔俾此花笑人寂寂[9]。

書何希之試策後

宋進士試訖甲戌。是年甲科，余首識第二人路君萬里，繼識第四人熊君朋來。蓋余家寓豫章，二君皆豫章人也。第一人王君龍澤仕國朝爲監察御史，始識之。第六人何君希之，臨川人。聞其兄弟四人相繼中進士第，晚歲隱居無求，翛然世外，自守如澹臺子羽之正，而宰邑者每禮於其廬，可謂賢已，而未及識。或以君所試策示余，余讀之竟，竟而嘆。何嘆也？“既往盡歸閒指點，未來須俟别枝梧”，邵子云。大德己亥十月之望，廣平程某書。

題山中白雲編

梁公大節，唐一人耳。太行片雲尚能感人至今。因想公之忠誠所以感當世者，此之充也。然慈母之線，每動念於游子，是獨何心？使其日在膝下，仰睇雲浮，千貌萬態，亦何足芥蒂。阿奴碌碌，誠可羡也。盱江山長嚴季安示余編詩，題曰《山中白雲》，余且有感矣。曩留京師，去雙親萬里，嘗取遠以名齋，以志遠游之過，迨今回首，徒重潸然。盱、汝一衣帶間，君且歸矣！山深酒熟，奉以爲壽。從板輿，賦閑居，試問天壤之内，孰易此樂？

題長沙譚生卷

臣子盡心力以爲其君父，本人心天理之常耳。自忠孝之名立，世道亦槩可知。宋之靖康，國之大不幸也，而譚君之祖得爲忠臣；長沙之俘，家之大不幸也，而譚君之身得爲孝子。余覽其銘詩，爲之廢卷三嘆。古人云：求忠臣，必於孝子之門。亦懿哉，譚氏之傳家也！

題趙方塘作劉子遠字説後

余与方塘翁同朝者餘十年，别之亦十年矣。來黄鶴，讀所爲《劉子遠字説》，如旦莫語時也，爲之悵然。且人生能幾十年，今乃屢十不一十耶？雖然，自其可久者而觀，則去之千萬里，後之千萬世，猶旦莫耳。苟營營於毁譽，沾沾於耳目，雖名喧勢震，自以爲遠矣，而非也。然則十年，夫何足嘆？向余築室京師，題曰遠齋，盖有志乎是。而今吾猶故，如文卿之善教、子遠之善學，庶其不負方塘翁之祝也。喜而書其後。

跋立齋字後

吏以刀筆，爲譚仁義者所賤久矣。法選吏於儒，旨哉。然冒以入者十九，於聖賢立身之説如梵夾然。余官中外垂三十年，閱金於沙，燁然而光，目爲之眩。持節湖右，吏有朱芾者，進止、氣貌，儒也，視其言，亦儒也。余方以吏事責之，弗暇及儒。一日，趨進請余書“立齋”字〔10〕，問之，則曰：“小室之扁，諸儒亦既銘序之矣。”因出諸袖間，則或奬，或承其言立也，章矣。噫！立未易言也，亦未易能也。以其所頌者爲規而不以爲喜，庶乎其可。

題楊從善卷後

大德四年秋，蒙恩使湖右。舟至吴城，有儒其体貌者頎然迎拜，曰：“湖右書吏楊從善。”与語，質温而業廣，意静而志勤，盖稱其体貌也。“有字乎？”曰：“希元。”於是携之偕行者半月。既至，凡抱文書以前者，余一一束以吏事，嚮之頎然者亦不見其儒矣。然每思盡江行未盡之語而未暇。一日，持卷軸來，祈一言。視之，大夫士歌頌其讀書之竹軒，余乃知所謂稱其体貌，蓋有本源，而竹与軒特筌蹄耳。又請余書大字曰“中庵”。儒以無過、不及爲中，法家者流輕重適平爲中，其義一也。子方緣吏業儒，倘於此勉焉，日孳孳焉，則余之所謂体貌特今之所見而已，又豈可量哉？子今遷屬湘南，行有日，余於竹有所不暇言。湘南，竹鄉也，有賢使君曰疏翁。簡書之暇，子其端拜於庭，請問竹之所以爲竹者。五年三月晦前一日，程某書於歲寒亭。

重題羅生卷後

後十有四年，余官湖右，而恭有之子將其父命來請曰：“僕老矣，弗能游矣。惟是辱公贈言，今篋之如新。敢介永德以見，其謁教焉。”〔11〕向余承乏南臺，齒髮壯，志氣鋭，下筆亹亹數百言不休，字畫亦勉自振飭。年運而往，舊蹟解後至前，幾不自識，若此卷者是也。於是，顧永德曰：“老者豈獨而父哉？詩，則我既言之矣。進而論其本，則喜怒哀樂之未發謂之中，發而皆中節謂之和，表裏二者。而性情之詩，其太倉稊米也。‘毫髮無遺恨，波瀾獨老成’，昔人評詩云爾。然則老而後成，是固一説也。子歸而求之。”

書趙公勗齋記後

至元二十六年，權奸秉政，民物騷然。僕以侍御史自行臺入奏，覬有所悟。權奸聞而大恚，請必殺之。賴天子聖明，屢請而屢不許。諸大賢亦憐其志，共加覆護〔12〕，幸免虎口。而勗齋趙公，當時大賢一人也，覆護尤力。蓋公以忠勤發身，以愷悌接物，勞於王事有年。權奸之時，亦多故矣。强者激，弱者遯，怯則附，而公安步徐言於其間，全正氣於惡候，偃巨防於横流，故彼不至極而隨敗，公之功爲多，而非獨於僕爲然也。然公不自爲功，衆亦鮮能知之。晋楚離居，萬里相望，辱寄巨軸於武昌，且命曰："其爲我益一辭。"視之，《勗齋記》也。夫公之所以名齋者，胡君之言信而有徵矣。僕之文不如胡公，又將何辭乎？雖然，僕盖有所感矣。是非之公固有歷千載而猶未定者，毋怪乎焚林抱木之徒也。然則不知而不愠者，信君子矣。惟勗其在我而已者，斯不亦又君子矣乎？僕於是而益知所勉矣。抑胡君之所言或者亦僕之所知；而僕之所知，胡君未之見焉，用告於讀斯記者。至於公之所命，僕盖無以復之也。

題象山先生遺墨後

朱、陸二公來往翰墨情与甚真，若此帖者甚多，余家亦寳數紙，恨不使妄有異同者一一見之。

題王氏遺墨後

學者僅知初寮公以文章獨步一時，不知其得所矜式；見其出入宣靖，不知其不肯詭隨。盖公及識東坡，知所慕用，字畫亦儼然令尹中郎復生，學者其可無見聞者？嘉叟從張魏公游，人品自不待論，翰墨猶犖犖有奇氣。逮至提刑公，世雖益近而家聲則益遠矣。今德植又能自絜於洙泗，材諝美茂，有絶塵之姿，家聲由是將益大。不遠千里，需余一言，是豈非繩祖武之盛心乎？惜吾無以助其見聞，而徒黔紙尾耳。雖然，德植今持庠序課最[13]，上考功，金門天開，穆穆布列，其見聞觀感豈江海之濱之比哉！固將有下堂執手以升者。當是時，德植勉旃，請伸此卷。

"淮水清，王氏寧。"枝葉美茂，他姓莫如也。山長君族有三槐，家有初寮，所宜世濟其美。今君名庭槐而字德植，濟美之志可謂决矣。然德植雙聲，不利於口，曷不遂曰濟美？坐客咸曰然。乃書以易之。

題淵明圖

當其時，或交臂而不之識，亦旣遠矣，乃共以筆墨追求之。聊代淵明一笑。

書五代死節傳後

大德五年，御史詹君奉使湖廣。余以官守間獲欵語，聞君談忠孝大節，慷慨激烈，至五代王鐵鎗事尤凛凛生風。及詢家世，知爲總制公之適子也。總制公宋末戰死，其忠勇与彦章同，其死之事又同，然則“惟其有之，是以似之”，似特爲君發也。暇日，因取《彦章傳》繕寫而歸之。筆墨非工，“高山仰止”之意不能自已焉耳。昔黄太史暗寫《孟博傳》，誤處不過三四。今余展卷尋行，然後落筆，而猶不能無誤。人之相去，何啻九牛毛哉！併志余愧。

跋郝仲明御史自敍

至元丙戌，余待罪南臺，始識今監察御史郝君仲明。見其於吏事明而有斷，心奇之而未暇与語也。旣而余言事忤時宰，羈留京師。時仲明在内臺，間得与語，而未知其學也。戊戌，余歸自閩，与吴幼清論《易》學，則曰：“江西廉司經歷郝君於此用工專而且精。”余駭曰：“吾仲明耶？余与之共事久，曾微一言及於《易》。仲明之深藏若虚固可喜，而余之闇於知人則甚矣。”自是往來於胸中，思一見而問焉。及來湖右，會仲明來監選事，乃始扣擊一二。於澹齋許君所得其《自敍》而讀之，疏其師授之源，發其心得之藴，固皆吾平昔之所未聞者，益恨余之闇於知人也。噫！《易》更聖三，有道四，説者非一家，得此者遺彼，未易言也。余起諸生，沉埋傳注，至研極，則往往口載而舌縮。仲明乃遍參諸方，深造道妙如此，盛哉！惜方縻於公事，未能難疑問答，盡發秘藏。姑書此以識余過，他日書成，當膝行順下風以請。

題禊帖

曩聞游五臺者人人言見文殊，問之，則或雜雲物，或現光相，或渺渺然山谷間。又問之，則曰："神人其可即哉！"澮齋示此帖，因識所聞。

題張君用贈行卷

名爲天子耳目之司，任無小大皆不可苟。臺總於上，憲列於下，監察御史絡脈於其間，皆所以達聰明目，繩愆糾繆，扶治本，清化源也。顧使庸悍詭墨之流得執簡牘，以吏於中焉。嘻，其非矣！余承乏臺端凡再考，去之十年耳。今之官往往曩之吏焉者，然則可弗重歟？穰人張君用，余來湖右所貢吏也。臺不以爲非，而俾吏察院。將行，手一卷以進。視之，則陳説禮法，是非蜂起。余卷而謂之曰："爾知禮与法乎？畔於此必麗於彼，合乎彼亦必合乎此，未始有同異也。今議迂闊者必曰儒，訴深刻者必曰吏。禮豈迂闊而法豈深刻哉！然持衡而視其兩端若一俯一仰焉，非平矣，甚則權墮而衡折。爾，余所知也，其亟行乎！慎爾所持，毋負所舉。"

書鄧中齋名謝氏三子説後

至元戊子，余官南臺時，中齋鄧公客於昇，傾盖劇談，互有所發[14]。别去十五年，聞其訃於武昌。又明年，謝君汝霖持其《名三子説》來，讀之，意覈而言愨，猶若對而語也[15]。當是時，汝霖齒髮彊壯，意悟飄灑，往來余二人之間。余亦志氣方鋭，不知老之將至。今汝霖諸子皆振振濟濟，頎然出於其父，歲月不問可知。然少者壯，壯者老，老者死，此天道人事之常，而於中齋所謂“攸好德，可勉自貽，哲命可知”者，當惕然以思耳。“太上立德，其次立功，其次立言”，此學者所願學焉者。謝氏三德倘能以中齋之訓自厲，則於立功、立言如木之有枝，泉之有流耳。然而石者，泉之母也，密則清；土者，木之基也，厚則茂。未有身不立而能是三者也，亦未有能是三者而身不立者也。三德其懋敬之。故持中齋舉其二而缺其三者[16]，猶有所待也。汝霖將何以復之乎？

題家人經傳衍義後

《家人》之卦辭曰：“父父子子、兄兄弟弟、夫夫婦婦而家道正，正家而天下定。”齊景公問政於孔子，孔子對曰：“君君臣臣、父父子子。”嗚呼！使君君臣臣、父父子子、兄兄弟弟、夫夫婦婦，豈有亂与亡哉！夫惟聖人耐以天下爲一家，故治天下之道備於《家人》。一卦非已備也，所以爲治道之備者始於此也。嗚呼！自天子以至於庶人皆父父子子、兄兄弟弟、夫夫婦婦，獨非聖人之治乎？予於是深有感於此書矣。有問治天下之道於德亮者，請執《衍義》以往。抑以風自火出之象推之：風以動化言，火以家宅言，盖曰：化天下必自一家始也。爐鞴之説固善，若曰火自風出乃可，德亮謂爲何如？

書桂林瑞芝圖後

天地好生，人亦孰不畏死而欲生？然生不可必求而有，或力求之者，學仙是也；死非所求，而終若求之者，囚辟是也。萬死一生之際而能使之必生，其惟良醫与仁慈之吏乎[17]？夫其使之必生也，非能益造化之數也，非敢亂章程之名也，盡吾心而体天地人之心以求之耳。故曰：求其生而弗得，則死者与我皆無憾。《真誥》曰：“人能遍服五芝，可絶粒輕舉。”《本草》曰：“凡芝皆延年起死。”彼學仙与醫者能言之，未必得之。今桂林傳舍之芝見於仁恕平反之後，是則所謂芝者誠生氣之祥、不死之劑乎？然仙与醫雖得之，未必效之，果而及之衆也。且仙者之求其生，未若醫者之求人之生也；醫之求人之生，又未若仁恕者求人之生之公之溥也。然則芝何足圖？如王君者，乃可圖耳。

題羅伯達卷

余讀諸公贈羅伯達文序，而知士之不可不求知於人也。伯達，譙人，自湘憲改吏湖右者二載。余雖知其老成歷練，介然有守，不激不隨，同儕有疑咸咨之，然亦不知其名父之子。所謂介然有守，不激不隨者，盖淵源有所自也。大德癸卯，被遷桂憲。余方惜其去，無以尼之。將發，手一卷，求贈言。余讀之，曰：“嗟夫！矯矯亢亢，惡圓喜方者果皆晚遇耶？卷中諸賢其許与不妄，彼既已知之矣，復何庸贅？獨以垂老無罪而入瘴癘地，又奪其儕之所審决者，是則可念耳。若曰必余言而後見知於人，則人之見知者亦淺矣。知不知，非余之所知。五嶺皆炎熱，宜人獨桂林。是則子所當知者。”

題姜尚志所述祖德卷後

爲人祖考之心，孰不欲其子孫之皆賢，以永其家者？覃之心思，守之行事，顯之教言，至於著之彝器，而祖考之術若幾窮矣，子孫亦嘗以其心而反事之乎？知此則知姜生尚志之心矣。欲其祖考之賢聞於人，顧肯甘於身之不賢而聞於人哉！雖然，春生秋殺，孰主張？是亦盡其道之當然者，故造物者以無心爲貴。今人言濟衆之事，必曰陰德。夫既曰陰德矣，何庸人知？宋莒公之蟻芥出於戲劇，而其所報盡於世俗之所羡慕而不可得意。彼亦一橋也，其用力甚易而猶若是。然則尚志亦安之哉，何庸人知？且《詩》不云乎：“毋念爾祖，聿修厥德。”尚志亦安之哉！

書傳道集

夫子曰：“予欲無言。”又曰：“吾無行而不与二三子者。”然則以言明道，非得已也。道至伊洛而大明，逮紫陽益無餘蘊。凡公所著与其門弟子之記録何啻數千百萬言，或不可數計。唐虞以來，於斯爲盛。今故家遺俗存十一於百千，公之族胤亦或淪落。其高弟、弟子、子孫徒藏其片言隻字以爲身榮，以爲家鎮。嗚呼，是亦可見道之升降矣！若止齋先生清規懿學，讀其宰石之志，凛然平生，猶足以立懦夫於百歲之後，其子孫又能世其學而不變。君子之澤豈必五世而斬哉？夫止齋所傳之道，堯舜之道也。堯舜之道，孝弟而已。萬君方以其學而及人，其必自兹始。

題唐名臣言行類編

人有古今不同時而合志。往聞斯語，今親見之。余觀中齋楊侯拳拳於唐之名臣，緝其行事以爲斯集，其慕用之意已深，夫豈以安邊境，立功名而自足哉？然逢時展用，孰無此心？今侯盛年敏志，况古人所就有不足爲，而又生當其時，亦何所欲而不遂？唐事特其土苴耳。雖然，房、杜爲唐臣稱首，而何以傳無可載之功？竢侯造朝言還，當相与一一評之。

跋唐括子舉遺安堂記後

躬貴富而幸爵秩，廣園田以遺其子孫者，欲其安於貴富也。處賤貧而以一經一業遺其子孫，使之安於賤貧者有幾？盖有之矣。其子孫能安其賤貧者又有幾？思德公之言，讀翰林之記，而後知世固未始無也。子舉家遼東，昔管幼安索居於彼者數十年，聘召者屢而卒不至，至使時君畫其衣冠容狀，問其起居辭令，以慰願見之心。若幼安者，真能安矣，抑誰遺之乎？吾不知德公子孫如何，今子舉好學自修，安於先訓。吾深有所感矣，喜而書其後。

題翟氏貞節

《柏舟》之詩起於父母不明其志，是故惓惓懇懇，永歌嗟嘆，覬於聞者閔而舍之也。使若翟氏泯然自由於志節之中，内外相安，無奪之者，則三百五篇無此篇，而二千八百餘年之後，不復知有衛世子共伯之妻矣。然則所遇亦有幸不幸哉？抑未知夫家爵里氏名，若貧賤而能然，謂之知義；富貴而能然，謂之秉禮。禮也，義也，古人先得我心之所同，然而其流行不匱於閭閻、閨閾，驗之尤信。

跋揭曼碩文稿

余識揭曼碩不四三年。初識，出其詩文，知於兹事必收汗馬之功。自時厥後，屢見屢期，若王良、造父之御，駸駸然益遠而益未止。何曼碩之敏且巧若此乎！柳子有言："吾之俯也，滋甚。"

題南翁編

五色不蘄眩而目自眩，五音不蘄感而心自感。至理之中有自然者存，不可以意求而力索也。猶之於文，三才之所生也，宇宙之所馮也，治忽之所徵也。而或者不察，置盂水而吹之[18]，曰："此亦天下之至文！'不亦惑乎？南翁深於斯道，其發也，如豐山之鍾；其成也，如匠慶之鐻。吾於是而知兹事未嘗忘，特猶儵之与忽，不可必其相遭耳，喜而識之於篇。抑文章一小技，於道未爲尊。少陵翁謙以自貶，而惰与不能者以藉口。吾欲因《南翁編》告之。

書張文振實記後

士有常言曰："宇宙内事即己分内事。"此言誠是也，然必志与才並，時与位偕，而後可行斯言。往余聞文振於朝行，既又識文振於閩粤，知其以宇宙内事爲己分内事者，然猶未深悉其平生。歸自湖右，聞父老談張史君之美者踵相接。今觀斯記，所謂"功崇惟志，業廣惟勤"者耶！他人觀之未必知之，知之未必信之；余則固已知之而益信之矣。題曰"實記"，允非欸言。雖然，志也，才也，時也，位也，制於己者二，而非己之所能制者亦二。今文振豐於三而少嗇其一，而非文振所能制也。豈非制之者猶有所待乎？不然，翼乎如鴻毛之遇順風，沛乎如巨魚之縱大壑矣，何事不立哉？夫制之者有所待以否，余雖不知，而事之有待於人者皆是也。然則制之者尚何待乎？

題熊氏生意稿

天地以生爲心，聖人以天地爲心。然天地之大，人猶有所憾；博施濟衆，堯舜其猶病諸。然則兼天地聖人之心以爲心者，其惟醫乎？醫之於人也，技若賤而甚貴，施若狹而甚博也。倶民也，而死生獨寄焉，非貴乎？身不必徧也，而其書公焉，非博乎？醫之道与聖通矣。臨川吴君幼清，吾所敬也，熊君又幼清所敬者焉。予取熊君之書讀之，其術周，其説博，信乎可敬也已，況服膺唐虞三代之言以文之，益可敬也已。不達則爲良醫，熊君之志達已乎？惜予不早与幼清從事於斯，以達其志也，因志吾志。

書何安子四書後

《四書》至朱子，注釋精矣。然朱子修改，易簀未已。天假之年，則今本猶未爲定本也。勉齋之説有朱子所未發者，雙峰之説又有勉齋所未及者，亦可見義理之無窮矣。後之讀者於先儒之旨曾未貫徹，而或有妄肆詆議者焉。一也庸，一也妄，其失惟均。鄉貢進士何定夫能於朱子之説有所發明，不阿隨又不詭異，可謂善學者矣，惜乎泯泯無聞於世也。其子捧其父書求序引，欲以傳於世。余嘉之，爲書其後，他日，當与黄、饒二先生之説並傳。定夫名安子，自號志軒。

書何太虚集易象後

聖人俯仰遠近，取象以畫《易》，蓋不可窮也。彖爻之辭、説卦之贊，因其所有言之耳。而後之注《易》者曾莫之及；間及者往往穿鑿傅會，不出乎自然。此朱子所病也，故曰："文辭象數，或肆或拘。"何君太虚以彖爻所取象類而析之，得之者固多矣。昔余在集賢，見台州一老儒日以錢布卦。觀其象，得之者多親切。吾友吴幼清亦言曾於古祠香爐中，取炭燼畫卦於案，觀之，此卦通，又滅之，畫他卦，豁然有悟。烏乎！安得三君日相聚，共竟斯事哉！

跋麓泉記後

盱余明可工小兒醫，求余書"麓泉"二字，扁其所居之室。吾友吴幼清爲講麓泉之義而記之，無餘藴矣。復求余言。今之術者曰醫也，星命也，地理也，談相也。星命、地理与夫談相者，口舌爲大耳，精不精未害也。惟醫不可以不精，而其計效目前，亦豈能如星命、地理与夫談相者之迂且誕乎哉！古者，醫師之職，歲會其成，十全爲上，十失三、失四，斯下矣。漢詔問太倉公方伎所長及所能治病者，有其書無有，皆安受學，受學幾何，幾嘗有所驗，何縣里人也，何病，醫、藥已其病之狀皆何如。誠以醫者，人命死生之所係，要非可以虛譽求也。幼清記麓泉之義，而不記其驗。吾家孫子三歲而病，謁諸醫，或曰驚，或曰風。明可一見，曰：“此傷暑也。”飲以一齊而愈。吾弟女子昉一歲而病瘍，既苦河魚三日，諸醫卻立。明可飲以三齊，精神如常時，他小兒賴明可而活者復多。計明可出入城市，其所療所全當不可僂數，惜未有記之者。自今以往，某病、某證，以某藥已，録而記之，他日詔問，執此以往，而不在余區區者之一言也。

跋韓生夢康樂字卷

通於神明，光於四海，無所不通，此孝子慈孫之能事也。蓋天地間，惟一氣耳。人生其間，得是氣之全，由是理之正，則遠而天地，近而父母，推之以及人之老、之幼，皆是氣之流行，而安有扞格而不能相通者？昔之人有能由是理，秉是心而貫於微顯者，不可遽數已。嘗試言之：齧指而心痛，微而顯者也；見饋而泣涕，顯之顯者也。觀於此，則韓氏子之夢寐誠可謂微而顯者矣。嗚呼，人於一髮膚之不若！人非至痛甚害於身，猶或視之恝然，况夫形骸之隔哉？余於是不能不深有感於斯文矣。抑由古以來，若韓生之爲子者，未可謂無人也。而或不表於世以終其身者，何邪？寧非有幸、不幸乎？然而非孝子之所務也。《傳》不云乎：“親吾親也。”雖然，孝子慈孫之心，是亦可念已。

題李雪庵臨諸家法帖後

具一隻眼，然後能識。又須具一隻手，然後能臨。今觀此卷，是能以一手眼化爲千手眼者。藺奢，藺奢！藺奢，華言好也。

【校勘記】

〔1〕安，底本誤作“定”，據文淵閣本改。

〔2〕遽，文淵閣本無此字。

〔3〕洪，文淵閣本無此字。

〔4〕“三百年”至“之宫”，疑爲“三百年，如覆天之燾之澤一畝之宫”之誤。

〔5〕“元貞”至“綉綵堂”，底本原無，據文淵閣本補。

〔6〕今古，文淵閣本作“古今”。

〔7〕賦者百數家，底本誤作“賦百者數家”，據文淵閣本改。

〔8〕音賞，文淵閣本作“賞音”。

〔9〕花，文淵閣本作“兄”。

〔10〕趨、立，文淵閣本無此二字。

〔11〕其，文淵閣本作“且”。

〔12〕共，文淵閣本作“并”。

〔13〕持，文淵閣本作“得”。

〔14〕有，底本誤作“亦”，據文淵閣本改。

〔15〕而，文淵閣本作“面”。

〔16〕持，文淵閣本作“待”。

〔17〕慈，文淵閣本作“恕”。

〔18〕水，底本誤作“之”，據文淵閣本改。

卷二十五

題　跋

書張鍊師詩後

大德九年冬，承乏禁林，有告以假館玉堂之東者。明年春，直學士李公繩之爲言月泉張鍊師之材，因示其詩，即假館者也，余讀而驚焉。既而師又以詩逮余，余因得詳其本末。噫嘻！使遇合於當年，操觚染翰，豈必在徐、宋下哉？夫文章乃宇宙間光霽之氣，詩又其鏗鏘而共喜者。若又出於不圖非望者之口，則其喜益宜，況又若師之波瀾老成乎？方今文治鼎隆，群材彙進。《語》有之："唐虞之際，於斯爲盛。"余初驚焉，將復愧之矣。詩凡若干篇。繩之學士、静軒承旨既爲之序，因書其後。徐充華，唐太宗時妃嬪，上書諫征高麗者。宋若昭，開元時尚宫夫人，有文學，上令教六宫。

跋金蕭輔國行狀宇文虚中誌銘，王鹿庵跋

志義幹略之臣，何代無之？顧不幸而當廢興之會，往往湮淪流沛。其能少槩見者，又未必聞於天下，信於後世。其間，獨幸不与氣運俱盡、且獲名流於今若輔國者，所謂存十一於千百。然則翰墨之功，其可少哉？王氏者，蕭之中外諸孫也。相与守此，尚有典刑。雖然，鹿庵翁不笑吾贅乎？

跋楊巽溪行狀

觀楊君西淮事，因憶宋莒公。其及物小、大遠不同，然彼則彰於人，而此則終身幾無知者。根深者發遲而巨，吾知人之報必厚於蟻之報也。“惻隱之心，仁之端”，學者類能誦之。若楊君者，誠古之所謂君子哉！

題安暹州同知黎承事安南志

迺者將指江漢，頗聞陳王戲下有文雅之士。今觀此《志》，殆非虛傳。漢交州七郡，歲舉孝廉，与中州齒。以黎君之材擢而用之，豈必後於他人？顧獨以筆墨自娱於山湖間。豈其職哉？然余徒能言之，尚庶幾見之。

題任令迎侍贈言卷

聞昔循吏迎侍在官，民有母子相訟者。吏乃如常日侍膳，曲盡事親之禮，而俾訟者自庭下觀之。訟者感悟，自相尅責，泣拜請罪。吏曰：“未也。”如是者歷日。訟者悔色見面，乃戒而遣之。由是，風化大行。今任令尹奉二親如山西，而求言於搢紳，意至美也。若徒詠嘆揚溢，非令尹求言之本心，用敢以所聞贈。令尹盖陽岡老人所知。是行也，將不爲令循吏乎？千聞不如一見，跂余望之。

題李氏家集

余少与吴君幼清學於臨汝，時人莫之知。適部使者堂山李公來，未始識面，忽獨知余二人於數百人中，待之者特異。余二人自亦不知其何以辱此也。後四十年，余寓灤陽，李東甫携其家集見示。中有賀公登第之詩，由是知東甫乃公族。見元賓所与如元賓，况公之諸孫且又能輯諸祖父群從之作，兼述平生，亹亹欵欵，惟懼久或失之。嗟夫！爲人後者不當若是耶？余又因知李氏代有可稱而絶識遠致，想不獨堂山公爲然也。

跋山谷帖

涪翁嘗云，作字貴指實掌虚，臂不着紙。今尋此卷筆勢，知其真蹟不疑。卞和之筍，豈有燕石子文之誚也！至大元年清明日觀。

跋魏國公碑陰

至大元年，平章軍國魏公欽承上命，加恩三世，樹碑宰上。公又摹勒前後加恩制旨凡七於石[1]。惟太上有立德，其次立功、立言，是之謂不朽。今魏公父子、祖孫世濟盛美，咸建勛績於皇家，台鼎公珪，峻赫相望。雖畢原邗應、文昭武穆無以尚之，於以見聖天子報功錫類之仁，而孝子慈孫之事備矣。宣昭令猷，宜永作則。《詩》不云乎："高山仰止，景行行止。"欲知公之世德，其必之魏觀之。

跋長江萬里圖

岷江發源於徼外，東女康、延川，東流入塞，爲里不知其幾。經越齟齬若三峽者，又不知其幾，然後至於灌口。然則自灌口至夷山之陽，特其下流耳，而所經越齟齬又若是。人徒見其經地接天時，不見其迴局逆折，日与石遲時也。噫，豈惟水哉！

題史侯修河詩卷

二千石，民之父母也。子有疾，父母庸有弗知？知之，庸有不動心者？故凡力之所得爲者，無不爲也。此之謂民之父母。漢以六事察舉郡國，而溝洫與其一焉。是固二千石所當盡心。吾觀序篇，而後知史侯真民之父母也。漢氏以來，河爲中國大患。至親屈萬乘臨塞，又國因之誅罰輔弼大臣。使郡國有如史侯，亦何攘攘至是哉？嗟夫！二千石真民之父母也。然利之而不爲興，害之而不爲除，謬政暴令以忸其私，是特狼羊耳。顧且曰："吾課當最。"嗟夫，觀此得無少愧矣乎？

跋雪齋墨蹟

余季父西渠公初以中二千石見雪齋先生，先生贈以詩，遂刻於石。余每一摩挲，感念疇昔於邑者久之。觀此帖後牧庵"抆淚"之語，則猶子之情蓋一也。雪齋名迹不下古人，字畫亦非後來所及，黄氏其永寶之。

書郝子明贈行詩卷

《傳》曰："當官而行，何彊之有？"余觀郝君子明，其所謂能官者歟？鄉君行部盱、撫，余適里居。君之爲政，余已見而知之。暨留京五年，談者誦君爲内縣之敏，至今未息。及今使經東淮，道塗之人言"郝僉事""郝僉事"者，余又聞而知之。見所見，聞所聞，將人人能言君之政矣，亦豈獨江淮間哉？雷尊師，方外士也，談君尤吃吃不離口。視余此卷，因書而歸之。

跋張仲端所藏蘇才翁詩

以名臣孫子而壻相門，材藝美茂又蓋一世，使不處朋黨之朝，猶爲憸人妒媢，况時方水火爭，復高自置的如此，其不關弓者幾希。惜哉！余偶客沙羡，仲端出以見示。意悟飄灑，如見平生，且知張氏自尚書公寶藏至今，世家風流，文獻於此可覘。子美知之，亦足以慰。然“千秋萬歲名，寂寞身後事”，憐才君子尚三嘆而有遺音。廣平程某觀。

跋王衡父誌銘

廣平程某贊曰：余觀黄叔度，史家幾無能名，其貴重盖若是。彼隨時之士何嘗不以聲名自詭，而或終不見稱，或返得訴焉者，何耶？王君之親山林，務道者也。而王君欲顯其親，甚於身。嗟夫！務道顧不顯哉？

書留犢畫卷

嘗有以留犢事聞於世祖皇帝，帝曰：“彼在官得子，亦肯留否？”大哉，聖言！世或未之聞也。史臣程某謹書。

跋東平張氏所藏諸賢墨蹟

右自遺山至王詳議尺牘凡十四家、二十七紙，皆張氏所藏也。觀尚書公所與，不問可知其賢。僕於卷中，獨恨不及奉公与遺山杖屨。若左山、鹿庵、復齋、弘道、子勉、秋澗諸賢，皆嘗從容左右，而鹿庵，上俾与游者也。嗚呼！前輩落筆見心，無有避飾，僕於此卷深有所感。毋謂尺牘，實足爲世道升降之驗。惟子勉有一紙，疑其家人小子所書，識者必能辨之。仲端能世其家，亦不多有。僕因興感，并志喜云。廣平程某。

跋墨竹葉卷

羅浮山竹，人傳仙翁嘗畫符於葉上[2]。至今此山竹葉當中有黄文一道，繆屈往復，如蝸書，如梵字。方外者流折爲遠信，且誇説而深神之。道人喜幻也，若湘江公安之竹則又出於思君去國，貞節相符，勁心同感者。今坡公題名乃在治平，不在熙寧、紹聖，而葉葉相傳，留墨不絶，何爲其然也？“子不語怪”，方將順西江之途，一訪視之。

跋雪擁藍關圖

當舉世波流之中，獨嶄然自立，皭然不涊，雖不識一字，亦足爲堂堂正正大丈夫。雪甚馬瘏，身可屈，節不可屈也。花葉幻詩，政与大顛書問一律，觀此卷者但當賞筆墨形似之工耳。

題晴川樂府

蘇詞如詩，秦詩如詞。此盖意習所遣，自不覺耳。要之，情吾情，味吾味，雖不必同人，亦不必彊人之同。然一往無留，如戴晋人之吷，則亦安在其爲寫中腸也哉？余於近世諸家，惟清真犂然當於心。晴川樂府殊有宗風。雨坐空山，試閱一解，便如輕衫駿騎，上下五陵，花發鶯啼，垂楊拂面時也。起敬！起敬！

跋徐長卿推官事蹟

徐君長卿潔廉方直，薦紳知名。嘗長盱幕，熟於民情治要。後之言善佐郡政者，必君爲首稱。今以推劾之官再莅此府，年加而知益明，氣老而節愈勁。一府有廉吏，千里無寃民。省闥、憲部咸器倚之[3]，凡難决易墨者悉以諉君。君操正剸煩，庭無留事，百城觀聽爲驚焉。

而余与君游從獨久，知君才美，無施不宜，豈此一節足以盡其所長哉？因覽此卷，爲書其後。安得十數元道州、百鮮于子駿！古人所嘆，余今亦云。

跋周氏慈雲庵記後

右番易周氏《慈雲庵記》一卷。丞相江文忠公，天下號爲能文。李明通亦江左名士，其記嚴且重若此，非良載賢孝，詎致此哉？其子應極事今上春宫，由集賢司直、翰林待制，復爲集賢待制，又能以其父所以事其母者事其母，可謂世濟其美者矣。周氏其益昌乎？程某跋。

跋宗人子沖家廣平譜

按，廣平程氏分南、北宗，蓋自東晋以來，相去千餘歲，相望數千里，今乃秩然若同居合席，概然有思遠念始之心。譜叙之功大哉！然書斷自唐虞，太史公乃上泝黄帝，可謂博矣。而叙舜爲帝顓頊六世孫，稱鯀爲帝顓頊之子，其信然邪？則吾宗上自周大司馬，下迄於今，流離喪亂，更歷變代，或微或著，可盡得譜而叙之邪？而求其古今盛大蕃衍之端，莫不繇積善累德而始。是卷也，亦篤近舉遠之意乎？凡我同姓，其毋忘譜牒之本。皇慶改元二月朔日，宗人某書。

跋安南國王陳平章詩集

右平章政事、安南國王集一卷，詩二百三十、樂府十，皆至元中歸朝後作。皇慶元年入覲間以視余，始獲讀之。夫本以忠孝仁智之道，博以詩書六藝之文，更以艱難險阻之變，襲以憂歡離合之情。其居既殊，所遇亦異。故其落筆如大將治軍旅，賢輔立朝廷，紀律嚴明，條令整肅，而不失春容閒暇之意，過人遠矣。昔越裳氏慕周德而朝，觀其辭令，已知爲詩禮之邦。安南，古越裳也，自漢唐以來，世多聞人。覽此，又疑非古所及已。嗚呼！其亦治世之音乎？秋九月望日，廣平程某謹書其後。

跋吴氏經德堂記

安仁吴坰伯厚示余陸文安公所爲乃祖《經德堂記》。余幼嘗讀其文，已謂發揮盛大，非疏蟲魚、釋草木者所可共語。今又觀當日諸老題詠，閎深暢達，益不可徒以文字求。烏乎！諸賢遠矣，師道不立，心學不明，聖人之書視爲迂闊，欲經德之不回，難已。伯厚年壯，力贍氣和，宜日夜孜孜切問而近思，求名堂之本以紹先哲，弗得弗措。若今伯厚已不失爲孝子慈孫，況又光於今日哉？世俗窮達，毫髮不足計也。吾悔已晚矣，伯厚勗之。

跋酸齋詩文

右詩文一卷，故勳臣楚國武定公之孫酸齋所作。皇慶二年二月，拜翰林侍讀學士，与余同僚，因出此稿。余讀至《送弟之永州序》[4]，懇欵教告。五七言詩、長短句情景淪至，迺嘆曰：妙年所詣已如此，況他日所觀哉？君初襲萬夫長，政教並行。居頃之，遜其弟，以學行見知於上，而有今命。余聽其言，審其文，蓋功名富貴有不足易其樂者，世德之流詎可涯哉？

書柯自牧自序救荒事蹟後

人言救荒無良法，余謂不然，顧所行如何耳。方大德之末，天下旱蝗飢疫薦臻，發粟之使相望於道，而吴越齊魯之郊骨肉相食，餓莩滿野，行數十里不聞人聲。此固天災，然皆如右三君所陳，亦可少庶幾矣。嗚呼！豈獨救荒爲然哉？王彦博、元復初有跋，皆自序救荒。

跋揭景哲訪祖詩卷

按，豐城揭氏出自盱之廣昌，紹興八年，分南豐爲廣昌縣，治揭坊。耆則未縣時，揭氏固已盛矣。而遷豐城者亦云，自五季之亂至今，兩族譜牒猶可考。然廣昌之族祖楚司揭氏，豐城之族祖漢安道侯，何也？余舊家郢，郢中亦有揭氏。其名炎發者嘗與鄉貢。大德中，余識其外孫許雲卿於武昌，觀其所藏外祖譜牒，亦祖司揭氏。郢故楚都，豈司揭氏之後爲信耶？抑世固有兩族耶？而豐城之族既出廣昌，不當所祖之異也，必歧於夾漈之説。此皆遠不可考，獨於景哲南海唱和詩卷，令人起悠然之思。

題菊隱堂卷

廣信孫君希文種菊象元觀之東偏，構堂曰“菊隱”，因其父所自號也。初，菊隱翁有子八人，最幼者曰逢吉、慶衍。慶衍，希文也。翁年踰七袠，二子尚少，乃命入龍虎山，事林性初爲道士。捐象山之麓舊宅一區、田若干頃、園地山林若干畝爲象元觀，以託二子。翁没二十餘年矣，而希文高懷雅致，浮游南北，視世如晴雲飛埃，獨依依然惟翁之思。升堂若聞其音聲，對菊若睹其儀形，歷歷焉如翁始居。嗚呼，孝矣哉！余聞學仙者以孝爲本。世無仙則已，有則非君而誰？何時登君之堂，撫君之菊，酌寒泉以酹翁也，且問陸子静讀書何所。

跋子大本書度人經後

右《度人經》一部，馮道恭求吾兒大本爲書之，刻本印施。夫道家之書，《老》《莊》不可及已。此經，其要本於大道，辭甚詭而義甚密。世俗日誦以求福田利益，未必皆悟所謂“度人”者。馮本盱江人，幼遭亂離，羈旅京師，獨好老氏之學，不娶，不茹葷酒，浮湛市井間，人鮮能知之，盖真志於老氏之流歟？刻既成，爲書其後。延祐元年三月某日。

跋姚雪齋贈周定甫詩後

右少師姚文獻公贈周君定甫先生詩一卷。定甫事世祖潛邸，中統建元，召爲中書詳定官。明年，置行省平陽，授左右司郎中。又明年，建十路宣慰司，遷北京平灤廣寧宣慰司參議。至元元年，詔以中書都事，從姚公董選西京、平陽、太原。時姚公爲左丞。六年，立提刑按察司，僉河南按察司事。姚公贈詩，盖此時也。十年，遷遼東副使。十三年，改江東宣慰副使。十八年，進湖南按察司[5]。居五年，改湖北，以翰林侍讀學士召，竟引年謝歸。定甫博學遠識，所至立名節。姚公与周旋久，故知之深。號一時賢公卿。順德忠獻王之平章湖廣行省也，用其子德貞爲掾。大德中，余廉問湖北，始識之，渾然才德君子也。延祐改元夏，忽持是卷來謁。嗚呼！翰墨猶新，典刑如昨，余与子亦俱老矣，能無慨乎！尚世守之哉！六月日跋。

跋李仲淵御史記楊耀卿塞河事後

余觀御史李君仲淵所記楊堅州盟津塞河事，得三美焉。夫河决之爲中國患久矣，至有勤天子臨塞之者。今朝廷能以才選堅州，堅州果能竭誠盡力，不三旬而底功，知人也。功既上，即拜陝西行省員外郎，明賞也。《書》稱彰善居癉惡之先，御史職近之。仲淵能紀其事甚核而文，不忘職也。一舉而三美具焉，善之善者也。高山大河，神姦之所家，赤蛇之事又何怪焉？世有工歌者，一發其音聲，以繼宣房之作，以鳴國家之盛，則又善也。

跋李仲淵作劉簡州墓誌銘後

右監察御史李仲淵所作《劉簡州墓誌銘》一首。觀所載簡州單騎入劉整軍，可謂勇而有謀者，惜未究厥用以死。仲淵筆力政欲以孤軍逐北，封侯萬里者，余却而避之矣。延祐元年秋孟，廣平程某跋。

跋孛术魯翀子翬編修叙瘍醫盍彦澤孝義後

右史館編修孛术魯翀子翬所叙瘍醫盍彦澤孝義詳矣。逢原待制復欲老朽着語於後，是狐裘而羔袖之也。辭不獲，乃詳其本末贅之。按：彦澤乃祖伯仲以醫事金，金滅，復從太宗、世祖征伐，著勞盖久。伯氏既家燕，仲氏居秦，相去數千里，皆一傳而微。兩家十二喪未入土，天道若有不可知者。及伯母李以醫入宫，彦澤因得以世業給事尚方。彦澤方日夜以畢葬爲憂，而適有藩王之召，受寵錫厚賚，西道長安，東還京師。兩家之喪不再歲而畢葬，始知天道决非偶然。此固彦澤孝心所致，亦祖宗所積者厚也。至於恤災捍患，扶老慈幼，事伯母如母，嫁娶、教育能竭力兩家，如彦澤者，抑又難矣。嗟夫！世之不幸如盍氏者衆矣，有甚幸如盍氏者曾幾何人？乃祖建之以忠，乃孫承之以孝，垂微而復爲世所稱，不亦甚可貴重哉？延祐改元八月二十二日書。

跋趙崇德應奉玉簪軒記

右翰林應奉恒山趙君崇德《玉簪軒記》一首。君得意之作不止此，而以此名軒，以此作記，則世所未有也。此花南北皆有之，幽淡高素，不在蘭蕙、水仙下，獨鮮稱於人，何哉？今不知君之遇玉簪乎？玉簪之遇君乎？不知世復有遇不遇若此者乎？余三讀，爲之躍然以喜，愀然以悲也，書以著予感[6]。年月日跋。

書贈準提師序後

夫動天地、感鬼神，莫大於誠，故曰：不誠無物。昔嘗有一村媪，每見人誦經，心甚慕焉。或戲以周氏《千文》爲經，授之，遂日夜誦念不止，不知其非經也。或告以爲非經，則怒。越歲餘，几案置粟豆皆自躍起，媪信益篤。京師薛氏婦久寡，傭賃爲食。一日，自言觀音夢授金剛準提呪，日夜持誦，可以已人之疾，可以衣食終身。既而果然，人皆異之，號曰準提師。嗚呼！彼以村媪心偶慕之，而人授之，其效尚如此，况此以一無依之寡妻[7]，一旦得所謂觀音夢授，又曰可以已人之疾，又曰可以衣食終身，宜何如其敬信之也，而有不誠者乎！莊周曰："用志不分，乃凝於神。"夫神凝則誠矣，經咒云乎哉！燕喜老人趙國公求余書準提事，因及村媪，以見所以動天地，感鬼神，在誠而不在經咒也，遂書所序之後。

跋東坡邵茂誠詩集引墨蹟

右王君仲益所藏蘇文忠公《邵茂誠詩集引》墨蹟一卷。觀蘇文忠所述，茂誠，盖賢者也。茂誠雖賢而身兼貧、病、不遇、短命、無子五窮，天下誰復哀之者？而茂誠亦不求哀於人者。蘇公以天下之士一識於孫莘老家，讀其文，叙其同年之好。後十五年，乃能哭其喪，序其文，哀其人。拳拳若此，茂誠亦卒托此以傳。嗚呼！此所以爲蘇公也歟？世之觀此帖而無所感發其心，豈人也哉？

跋知命堂記

孔子罕言命者，何也？若知之而不言乎？則固曰："吾無隱乎爾矣。""我叩其兩端而竭焉矣。"若以爲不知乎？則固曰："不知命，無以爲君子矣。""小人不知天命而不畏矣。"且仁義禮智，天之命也，而君子則曰有性；聲色安佚，人之性也，而君子則曰有命。然則修吾之所當爲，而順天之所爲，斯可以謂之知命者歟？讀斯記，而嘆美張君之能以此得名於諸公間也。因衍其旨而歸之。

書知止堂卷

《詩》云："緡蠻黄鳥，止於丘隅。"子曰："於止，知其所止。可以人而不如鳥乎？"此證知止之義，而深切著明者也。今堂以知止名，其可仕則仕，可止則止者乎？抑知止不殆者乎？若曰知止而後有定，則知之在心，所止在至善，是有學問思辨之功焉，而非歸休一堂以自安之謂也。然則吾見其進，未見其止。

題凉國敏慧公畫像

延祐三年春，詔臣某爲凉國敏慧公碑銘。翰林待制趙穆又示以公遺像，紫衣玉帶，端笏山立，猶若有所奉時也，爲之歛衽三肅。惟公位太師，封大國，其禮服在古則宜衮冕九章、貂冠赤舄。今聖天子稽古如堯，一用文治，於軍國之容，將必有所述作。然則安得復有如公者欽承其間，金玉王度乎？至公之可贊者，某亦既奉詔論撰，著之無窮矣，此不復贅。

題蒲傳正墨蹟

周公躬吐握以下士，漢相亦開東閣以延材。後世乃禁宰相私第見客，此任法不任人之弊也[8]。傳正一世高材，器宇英邁。觀其心畫，所謂但恨二王無臣法，得之文獻，風流政爾，似續伯長尚友之誼，侑以讜言，皆所謂使君於此不凡者耶？

書開封張氏世譜後

右《開封張氏世譜》及徐國公以下碑志一卷。按，張氏當五季之亂，徙自清河，傳至於今，十有四矣。方宋盛時，父子兄弟聯圭疊組，布列中外，或杖節鉞，或秉樞轄，或力諫以盡忠，或殺身以著節，仁謀義略，英聲偉績，焜耀載籍，何其盛耶！及宋祚南遷，金源氏起，中原爲兵革之場。世族故家磨滅幾盡，而張氏丘壠之藏、譜牒之載、金石之刻猶宛然巋然，不淪爲禾黍，化爲灰燼者，豈非先世積累之厚，子孫繼承之賢耶？觀於其孫仲仁可見矣。仲仁字子仁，急仁勇義，好賢下士，出於天性。歷天門書院山長，杭州教授，江浙副提舉，籍田署丞，詹事、翰林兩院經歷，上自公卿，下逮兒童、走卒，莫不稱其賢。嗚呼！以子仁之高材卓識如此，際休明之運如此，其有不興者乎？《傳》曰："公侯之子孫必復其始。"余於張氏卜之矣。

題程氏譜系

古人於譜系，甚不輕也。漢魏以前有專門學，至唐乃漸廢耳。吾姓布天下，或望安定，或望廣平，相習相仍，又何以知其必果哉？古學不講此，其一也。新安内翰、番昜丞相皆其桀者，廣平之宗於斯爲盛。而炳文又中奉之孫也，炳文亦思光此譜乎？宗人某書。

雜　　著

西岳降獵圖

玄雲蓊薈中，車一乘，南轅，駕牛三，策而輓者二人。前有二女子騎，後有輦舁，而可見者四人。女子騎而從者八。前馬及執器物者十一人，執仗導以北車之前〔9〕。儀衛繽紛而南者，其隊八。二人手弓箙矢而趍騎，二韔弓而持矛。三女子騎。一臂隼，驅犬於馬前。執琴，執器，臂隼者，男子五。少前，女子騎者十有四。其一以孺子載，其不騎而從者亦五。二騎最先啓行，並張弓挾矢而馳。绁犬、臂鷹隼而隨者各一。其次，一貴人騎。從者十有三，壺矢彈，麾竿杖，各有執也。鷹四、隼二、犬一。擾龍者一人。旗六，繼之。以蛇戲者一人。騎四，又繼之。首騎秉角以吹。怪獸如狻猊者二。從者如騎之數，而加其三。有介者，有矛者，有盖者，有雲中半隱半見者，不能了也。嗚呼！此豈屈子《騷經》《遠遊》之所賦者乎？及觀平齋洪公跋語，則曰《西岳降獵圖》也。嗚呼，異哉！評畫者率謂狗馬難，鬼神易，以其茫昧不可致詰故。此固茫昧不可致詰之事也，而所畫狗馬、鷹隼、器服、人物，一一皆世間所有，精緻絶倫，有目者類能辨之。非名家，其孰能馳騁筆意如此？嗚呼！屈子以所有而託之於所無，此畫以所無而實之以所有。無有、有無，一道也，世有誑而不信者乎？嗚呼！盲者固無以與乎詼詭之觀也。至元三十一年歲在甲午，暮春之初，遠齋程某書於三山憲司繡綵堂。

明生樓并序

天壽顯慶禪寺開山晦岩畯禪師架樓於東偏，問名於白雪道人。取“大明生於東”之義，濃墨大字，扁之曰“明生樓”。書已，合掌白佛，爲説偈言。

日一周天，宿於高舂。厥明曷始？自東曈曈。認東爲明，執縛不通。謂東匪明，非愚則蒙。東家之西，西家之東。眼入爲幻，与料想同。模日如盤，盤聲如鍾。聽鍾爲日，且瞽且聾。我晦非晦，八窻玲瓏。咸池若木，入我晦中。宛其見樓，在太虛空。

姜清叟畫格

“論畫以形似，見與兒童鄰”，固也。然畫而不似，何以畫爲？蓋能以意求之者鮮，而以形索之者多。然則形、意兼盡，傑出横生，畫者以意而形其形，觀者以形而意其意，善之善者也。姜清叟最善於此。其來也，予置之烟霞泉石間，半月海濱之琴，當浩乎沛然。其歸矣，書以送之。

書徐氏二女事

清、淳，釣臺徐氏二女也，性素孝愛。父師顔，字子愚，由太學諸生入官。至元丙子，家避兵於山。清爲游騎所得，即告其母曰：“我死矣。”以額扣石，血被面，不死。自投於水，拯之不受，竟死。翌日，兵又至。淳驚而縊，或救之蘇，又自投崖下以死。其父爲詞哀之，吾友揭此事以視予[10]。夫常人之所甚懼者，死也，故凡可以得不死者，何所不爲？今二女不懼死而懼於受辱，可謂異於常人矣。彼雖儒家，其於舍生取義，豈必素講哉？而皆毅然不可奪若此，素講者或返不若焉，可尚也已。雖然，不幸而當干戈之會[11]，閭閻溝壑，若二女者何限？蓋其所懼，誠有甘於死者然耳[12]。嗚呼！

趙方塘學士哀辭并序

天水趙晦叔襟韻高朗，豈弟正直。大德七年卒於官，得年六十有二，非夭；爲學士翰林，非賤；逢聖世，受知明主，非不達；國家賻恤三子，歸窆故山，非不幸。生榮死哀，邈焉寡儔。後三年，其僚友廣平程某來京師，顧念疇昔，傷其不可復見也，爲辭哀之。辭曰：

緊顥蒼之御氣兮，亦渾淪混澒而不可分。彼變化惝怳、儵忽以無倪兮，誠苟且因質而就文。處其中曰最靈兮，又何異乎廣野之上。朝氛粲焉斐焉可翫兮，執之已亡聽弗聞。三殤豈必可唁兮，彭鏗非足欣。惟情之攸屬兮，固不能已於嗷嗷之与云云。嗟江湖之留人孔力兮，羌不察余之離群。列星睒睗以鄉晨兮，夢又不覿夫斯君。起援斗柄之低印兮，期共酌而交醺。劃中道之棄余兮，扶宰木之參雲。昔者余壯而君强兮，水朝宗而並湊。楚瀨之与吴波兮，有不素期之邂逅。偉冠佩之魁磊兮[13]，顧獨衣製而短後。嘒孤管嚪嘐以寡調兮，配雲和而雜奏。迺針芥之相獲兮，契非夙而何驟？盖味草木之苦甘兮，初無算於年齒之長。以幼濯余河漢之秋泠兮，起余豐鍾之纖扣。觀余以文獻之故家兮，息余於笑言之廣囿。雖客食并日以不聊兮，沛多聞之爲富。署既同而朝並入兮，退亦接席而連霤。懿昆弟之情兮，通有無若昏媾。太微清都欝其特起兮，獻替陟降於左右。血奸宄於三寸兮，聞者縮領返顧而疾走。罄中誠之悃欵以剴劘兮，咸私慮其誰救。上方淵如泊如以納聽兮，君亦端笏儼立而垂綬。不欺爲臣之忠兮，正直神所佑。雖九死而猶生兮，况聖人之在宥。惟大節之靡虧惑兮，百行奚言之必又。烏乎已乎不可見兮，林宗碑之以伯喈之作兮，尚彷彿其形容。彼天雲之既霽兮，匪北南則西以東。水氣上兮，湧滃騰浡，相与仍集於太空。何逝者一仆不可作兮，猶鼓盤石之以迅風。思君平生之邁往兮，倘追不返之冥鴻。抑乘六氣之辯以上征兮，無所之而弗通。儼鑾坡之綦迹兮，謬余布武而厠群公。詡詡猶往日兮，念聆君話言之獨無從。甚修嫮而自植兮，季也尤彪外而弸中。保池鳳之一毛以永其家兮，庶幾妥晝夜於幽宫。病余不聞兮，既又不與送其終。君既隱焉用文之兮，微是蔑以抒余之深恫。君其知抑否兮，徒焄蒿悽愴之集余衷。烏乎已乎，死者既莫可測知兮，生者其哀曷窮！

徐母吴氏誄并序

弋陽徐覺民既葬其母二年，以誌銘徵輓歌，盖孝子之欲報其親，寧有紀極哉？雖然，輓則輓矣，即其誌而誄之，以答其心。誄曰：

延陵之淑，東海之節。盥笄升堂，交賀咸悦。如賓一紀，於禮無闕。嘻其所天，云何中折！有孤甇然，解卯而絰。燈青夜玄，松堅玉潔。幼學壯行，厚望寧缺。三釜匪豐，終報慈烈。豈無安輿，我有房闥。訓以在公，毋嗟久别。保兹天年，往即同穴。婦德母儀，世教未竭。於焉誄之，意妍辭拙。何以知之，宰上有碣。

魏國公先世述

爲人子孫，介介然以光揚祖宗爲心，孝之至也。人莫不有是心，抑有遂不遂焉者，顧其子孫所立何如耳。《訓》有之："毋念爾祖，聿修厥德。"蓋身立而後名揚，名揚而後幽者顯，微者著，光於當時，流於後世。况夫世禄不墜，代有聞人，其可自同欒郤、胥原，默而無述乎？此今平章公之意也。一日，示以先世事實，欲加櫽括，冀示無窮。僕讀之，曰："家世河西，高、曾以上仕於國，中位丞弼者七世。曾大父答加沙爲其國必吉。必吉者，猶宰相也。今贈效忠翊運保德功臣、開府儀同三司、太傅、柱國，追封魏國公，賜謚康懿。夫人梁氏，追封魏國夫人。實生昔李鈐部，是爲貞獻公。鈐部者，河西軍職也。太祖聖武皇帝西征時，貞獻公總兵塞上，知天命有歸，大統當一，遂首以所部歸國。公因扈駕徂征[14]，俾与阿答赤往招沙州。城中聞其來，盛賫牛酒出迎。貞獻公覺其詐，促阿答赤上馬，果伏兵四起，追之。阿答赤馬乏，公易以己馬，使先馳去。自乘乏馬，擊敗追兵而還。時阿答赤已先至，備以上聞。上問公曰：'汝易馬之意云何？汝獨無汝身耶？'公對曰：'阿答赤，舊臣也。臣乃初附，雖死何傷？'上嘉嘆久之。圍肅州，州將，昔李都水公伯氏也，欲以城内附，爲衆所害，戕及其家。城既破，上命屠之，惟都水親戚、奴婢等一百六户不殺。及命都水子孫世襲其州達魯花赤，命貞獻公爲怯薛丹博魯赤。定宗以親王西征阿速、欽察諸國，公領壯士先登，遂克阿速。上因賜公名拔都，以旌其勇。軍還，太宗皇帝命公与也迷折兒爲也可扎魯火赤。定宗即位，又命公与合答爲也可扎魯火赤。丁未年，又命与牙老瓦赤爲也可扎魯火赤，治事於燕京。又以大名隸御前，俾兼大名路達魯花赤。憲宗即位，頒虎符，往蒞大名路[15]。至燕，則行也可扎魯火赤事。世祖皇帝伐宋，公扈征。車至鄂州，感疾，上命輿歸大名就醫藥。竟薨，年六十二。官給驛傳，歸葬肅州先塋。今贈推忠佐命宣力功臣、開府儀同三司、太師、上柱國，追封魏國公，賜謚貞獻。夫人田氏，追封魏國夫人，与公合葬。實生愛魯，是爲毅敏公。中統元年，受宣命虎符，襲職。至元五年，上命從雲南王出鎮哈剌章，管領怯薛丹及必闍赤，再授虎符，充雲南諸路宣慰使、都元帥。攻取金齒、白衣緬、烏蒙、也可不薛等國，戰功爲多。又以伐宋，命公將雲南軍，自左右江經略撫字。以功升雲南行中書省參知政事，加中書右丞。至元二十四年，命公南征交趾。大小一十八戰，多所殺獲，与鎮南王合兵，追襲交趾世子興道。轉戰二十餘陣，功常冠軍。遂病瘴毒，還至中慶路而没，年五十七。世祖皇帝嗟愍，自資德大夫、雲南行中書省右丞，贈銀青榮禄大夫、平章政事，謚毅敏。公給驛馬五十，致其喪還葬大名。夫人王氏袝焉。今贈秉忠執德威遠功臣、開府儀同三司、太師、上柱國，追封魏國公，賜謚忠節。夫人王氏追封魏國夫人。三男、三女。男曰教化，今爲某官。曰也先帖木兒，今爲某官。曰骨都歹。三女曰西止，曰某，曰也先帖兒僕。”讀已，因思自古勝國之臣入仕中朝，有能繼勛趾美，不可謂代無其人。然往往乍續乍絶，若亡若存，或泯焉而終以汩没[16]，豈天道歟？抑人事之未盡善也？《書》云：“世禄之家，鮮克由禮。以蕩陵德，實悖天道。”然則彼之所以若是者，豈有他哉？今觀貞獻公家，譜系秩然，男女以班，雖下至於百世猶可考見，即此已足以昭其人事之善，又况乃出於百戰勳伐之家，非世守簡編者乎？誠所謂絶無寡有者，宜其珪珮蟬聯，益昌而大也。平章公被遇三朝，受列聖之眷，不以身名爲泰，而以克紹爲念，源浚淵深，端有未憖[17]。今者，欽服上恩，追榮三世，世胙魏邦，爲國幹輔。將又樹碑宰上，寓印埏中，永爲子孫不朽之訓。嗚呼！上之所以下下，下之所以尊尊而親親，信乎各盡其道矣。嗚呼，美哉！僕既爲之三太息，復爲書之於篇，而綴以言焉。至大元年五月日，廣平程某書。

舍　芸

莘野洪氏，種學穫藝[18]。不芸而芸，舍芸之義。孰有爾田，而舍爾芸。我芸惟心，亦孔之勤。弗耒弗耜，無冬無夏。一日不芸，已荒吾稼。惟無可芸，舍之爲得。勗哉莘乎，自彊不息。

古輦圖

右畫古輦一，荷者百人，扶者十人，輦脚八人，輦階十二人，執仗而前者一人，後者二人，奉席一人，蓋鹵簿圖中之一事耳。惟輦乃車屬，駕之以人，故字從二夫。起自夏后氏，歷代因之，至隋始不施輪而以人荷。唐制七等，有仙游，芳亭，大、小玉之號。出則先五輅以行。此卷未知何人，其雍梁之遺歟？東平王孫太常禮儀院使拜住公出以示余，因叙著如右。或曰："尊爲天子，蔑以加矣。其勢之重，惟天地侔之。如以其身言，則一車六馬足以載，而何紛紛爲？"余曰："不然。以天下之大，而一人以身任之，其視百夫荷一人孰重？"或者無以對，迺遂記之，以諗觀者。

欒之昂傳

欒君者，名之昂，字子英，世家盟津。金之亡，大父玉、父翔舉家往依東平嚴實。實下士好客，用玉爲勸農官，翔爲廣備庫使。徙居陽平，遂爲陽平人。之昂好讀書，善法律，性又至孝，廉直恭敏，得推擇爲吏，歷户、刑二曹掾。至元二十一年，出爲長沙丞。時大舉伐交趾倭，軍務刻急。惟之昂無所失期，幕府以爲能。一夕，夢有饋牛肉者，發器，骨肉離矣，覺而惡之。未幾，母張訃至。幕府聞之，下令，敢以喪謁告者坐之。詣府涕泣請，不許。數月，夢如初，竟棄官去。至武昌，復聞父之喪，而二親死，皆所夢之夕也。乃棄妻子，倍道趍陽平。妻子尋亦載二美木以歸。遂啓窆，易棺衾以葬，二親面如生。之昂廬墓三年，幾至毁滅。翰林侍講學士王構爲序其事而傳之。居四年，徵爲大農掾，後遷定陶尹，政化大行，民爲刻石頌德。用部使者薦，超授東平路推官，詳讞平允，獄無寃者。會詔遣使巡行天下，訪求民隱，察吏能否，所至多暴酷。使入境，吏民交稱欒推官之賢。始甚信愛之，隨以譖言羅織其罪，欲以己意盡易獄當。之昂抱牘力爭："某事當某罪，某事當某律。吾寧執法而死，不能矯法以生。"使大怒，必得己意乃已。之昂仰天嘆曰："天乎！天子任我以刑者，欲吾司平於民也。今若此，吾將焉用！"遂憤恚發病死，時年五十六。有子曰仁，曰智。

太史氏曰：欒仁者，翰林之從事也，頗能言其父事。及讀王承旨構爲侍講時，所序長沙事而哀其情，又讀李少傅謙爲學士時，爲定陶民所撰去思碑而傷其志。《語》曰："衆口鑠金，積毁銷骨。"今以衆人譽之而信之不足，以一人短之而聽之有餘，人獨何心！此忠臣良士所以扼腕長嘆，憤死而不顧也。余故并采王、李二君所載而爲之傳，以附忠孝之義焉。

【校勘記】

〔1〕旨，文淵閣本作"者"。

〔2〕符，底本誤作"苻"，據文淵閣本改。

〔3〕咸，底本誤作"或"，據文淵閣本改。

〔4〕送，文淵閣本作"洪"。

〔5〕司，底本誤作"區"，據文淵閣本改。

〔6〕著，文淵閣本作"識"。

〔7〕妻，文淵閣本作"妾"。

〔8〕任，底本誤作"在"，據文淵閣本改。

〔9〕北，疑爲"此"之誤。

〔10〕事，底本誤作“觀”，據文淵閣本改。

〔11〕而當，底本後衍“而當”二字，據文淵閣本删。

〔12〕甘，文淵閣本作“甚”。

〔13〕魁，底本誤作“魅”，據文淵閣本改。

〔14〕公，底本誤置於上句“歸”字後，據文淵閣本改。

〔15〕路，底本誤作“遇”，據文淵閣本改。

〔16〕没，底本誤作“振”，據文淵閣本改。

〔17〕慭，底本誤作“憖”，據文淵閣本改。

〔18〕學，底本誤作“李”，據文淵閣本改。

卷二十六

詩

次韻趙方塘并序

積雨爲沴，方塘待制出長篇訟風伯，憂愛之誠溢乎筆墨之外，不鄙賜教。顧某何足以知此耶？厚意不可虚辱，輒次韻，一資捧腹。

書生雙眉幾時開，憂憤填腹長殷雷。愆陽前日勢暴横，六合幾欲燃爲灰。天瓢一滴不可得，望望幾送日西隤。盂水青楊類兒戲，搜索旱鬼到禍胎。生物斬絶有足念，天意似爲斯人回。三日滂沱勢破竹，群情慰悦渴望梅。龍休雲歸能事畢，神功取斂何待催[1]。如何轉慣驕子態，來不受輓去難推。陽光一線時滲漏，陰騎千陣相排豗。禾頭生耳黍穗黑，終歲勤動良可哀。玉堂仙人訟風伯，謂不肆力掃滌來。嗟嗟風伯信可罪，前者致旱何雄哉。天下降兮澤上氣，爾乃飀飀鼓黄埃。厥令陰霾蔽天地，爾乃瑟縮不殘摧。安得皇天立梯磴，封詞直上訴九垓。蒼生到頭不蘇息，浸淫之虐猶燔煨。要知風兮亦何罪，群陰黨互爲妖災。斟酌元氣本在上，願天一正北斗魁。

又并序

洊拜長篇之貺，上下古今世變，寫一念仁愛之真，伏讀再四，發我深省。韻嚴步窘，自合閣筆，而老天劃然開霽。至誠感神矣！某敢不拜，謹載賡以謝。

煤炲滿空撥不開，老虬鞭風駕百雷。暘烏旬日受掩翳，團團一鏡埋寒灰。黄流亂注山岳暗，凜凜天地就傾頹。晨興劃然玉宇浄，火龍珠飛出蚌胎。賾哉神機速旋斡，豈伊人力能挽回。誰知仙筆驅造化，詩壇自着今歐梅。卬首奉辭叫閶闔，一章未報一章催。時乎震霆轟復止，意者有物尼其推。時乎癡雲聚復散，意者有物排其扊。安知天帝不下耳，聞之惻然爲興哀。亦曰斯民生已久，一脈肇自開闢來。九潦七旱亦勞止，五風十雨安在哉。好生自是天職分，忍使變滅隨烟埃。鯫生因此重有感，歷閲今古心爲摧。彼蒼仁愛靡不至，胡乃光霽靳九垓。欣欣熙熙能幾見，憂愁嘆恨半煎煨。是豈天兮不悔禍，抑亦人也自作災。安得君詩見諸事，毋負老天生傑魁。

題蓮葉舟圖

如此風波惡，舟中坐晏如。此時不經濟，借問讀何書。

送顔北城歸漳州

出山未了便還山，見見聞聞定不凡。此去人間呼處士，曾來天上换頭銜。簞瓢活計仍顔巷，霖雨蒼生自傅岩。我亦征塵袍袴滿，眼穿江上理歸帆。

送八番安撫司趙僉事

功名成邂逅，此事正多端。車取富民易，班封定遠難。蠻荒今甸服，吾子昔儒冠。我欲歌黄鵠，誰憐范叔寒。

送人赴浙東木綿提舉

曾歷金華三洞天，風流歷歷記山川。柏林白綻梅花小，柿實紅垂橘彈圓。訪古但聞羊化石，因君又喜木生綿。霜風渾似當時峭，愁絶雙溪八韻篇。

趙菊山挽詞九月四日卒

菊花今歲失重陽，應爲先生減妙香。市駿千金惟骨在，嗟麟一角与詩亡。無人去問病摩詰，有客來干死孟嘗。我將蒲輪猶昨日[2]，忍看丹旐遠還鄉。

送茶藥與唐静卿三首

珍重家人寄藥心，將來康濟自家身。自家性命么麽甚，送与蓬萊頂上人。

穀雨前期收雀舌，立冬三日到燕城。不關天上春風晚，要趁先生雪水烹。

冬來羈旅無家夜，雪下官人禁酒時。虧殺麁疏党太尉，銷金帳裏飲羔兒。

己丑送趙縣丞世賞入官之任父號肯堂

肯堂生此肯堂兒，五葉崇蘭第一枝。世賞法應爲邑長，縣丞廉不厭官卑。遥知浙水扶笻老，定説尊公衣綉時。是處甘棠有遺愛，郎君勉力繼前規。

己丑除夜留遠齋十絶

無尋子美千間處，且管相如四壁休。風雨震凌都過了，一年直爲遠齋留。

無奈星翁苦見尤，歲君己丑我何仇。殷勤欲且留君住，街鼓無端送土牛。

排行弟妹捧椒盤，應説癡兒未了官。昨日有人江外去，家書只寫道平安。

去歲金陵坊裏住，踈梅的皪兩三花。今年閏後花開早，定到墻陰萼緑華。

老大庭闈在盱水，漂零兒女落秦淮。感時懷抱思親甚，料得吾兒説遠齋。

何年呼得竈爲君，鼻是煙窻耳是鐺。深夜乞靈余不會，但令分我膠牙餳。

鍾馗曾是開元見，從此人間鬼日多。明是將無來作有，撑眉努目奈人何。

今年悟得修真訣，巷柳園桃一併無。卻笑塵緣終未斷，杜詩韓集當麻姑。

都無柏酒與椒盤，止有年華上鬢端。一盞油燈充蠟炬，夜深炯炯寸心丹。

十載班行沐異恩[3]，歸來未望屬車塵。沍陰明日東風動，萬歲聲中拜聖人。

題劉須溪徐容齋所贈暗都剌怯林御史名字説後

謹嚴書法須溪筆，説到容齋渾渾哉。名字而今俱典雅，只消功業上雲臺。

辛卯九月行臺解組西歸十四日泰州教授適齋胡先生送别真州是日乃先生初度

滿江風雨太多情，送了重陽送我行。祖帳遠來慚弟子，壽觴初度喜先生。功名千古文章印，師友平生父子盟。遮莫蓴鱸堪久戀，雞豚只合社吴城。

廿一日過建康送朱埜翁教授當塗

男兒自合致青雲，天上何須問故人。選部四年無力輓，除書萬里待身親。司文鄭校官寧冷，迎侍潘輿地卻鄰。去去新篇定驚我，采江月夜有詩神。

廿四日偕包鼎新吴岩翁登蛾眉亭

牛渚磯頭看落暉，亭荒檻折怕憑危。江山欲暮涵元氣，舟檝無風玩小兒。百怪可堪重出世，雙蛾安得蹔開眉。酒澆不到青山土，應笑新詩有許悲。

天門山

萬里瀰漫地，天門據要衝。乾坤大開闢，江漢此朝宗。往事空多壘，千年只二峰。舟人亦癡絶，遥認兩眉濃。

連日飽飫嘉魚示包吴二君及陳孟實寧志道

江行日日侶漁郎，風味中含翰墨香。巨口細鱗蘇赤壁，槎頭縮項孟襄陽。杯盤喜具雙魚美，詩賦慙無一字長。賴得此身逃吏責，素餐只是欠文章。

十月四日過兩孤山

兩山相望幾曾孤，應是高峰不可梯。千載何人廟雙姥，我評只合祀夷齊。

過湖口

瞬息風帆湖口縣，山川便自帶鄉情。孤峰蒼翠嬋娟老，二水青紅螮蝀明。江自西來尤可愛，波隨東下直能清。吴城見説明朝到，山下青青是祖塋。

風帆迅甚今夜徑宿楮溪渡有孤鼎新游匡廬清興詩以解之

清游有約到廬山，到得廬山風作難。三老狡謀捎楮渡，雙帆盡意度揚瀾。紫煙斜日空相照，白鹿他年許再看。世事心容輙相左，請君方寸与君安。

六日到吴城山

過家上塚一留連，風景依依故可憐。自嘆蒼顔如此樹，偶逢老父使之年[4]。趙灘緑是幾時長，廬阜青還萬古鮮。卻恐錢郎笑寒乞，只將詩句裹山川。

贈汪郎中

此老今年八十三，江濱獨擅漢衣冠。文書嘶袖龍蛇字，鬚髮如霜熊豹顔。耆舊於今足塵土，典刑留此重家山。醴牢略具高年禮，萬一神丹乞九還。

余解官歸省，舟過吴城山下，耆舊彫落，有概其嘆。忽老人厖眉皓髮，衣冠偉然，惠詩一卷。使之年[5]，曰："八十三矣。"復遺瓜三枚，不一語而去。余意其異人也。坐有潘俊卿，謂余曰："此廬潭老人汪郎中也。"屬余西泝，未暇細論，令人餽之羊、酒，將以此詩。至元二十八年龍集辛卯十月十日。

至洪王肯堂治書見示芙蓉詩次韻二首

春風歇桃李，秋雨深莓苔。蕭然公館間，得此奇種栽。九天清露零，一道紅雲開。勾牽緑衣隊，酣宴瑶池杯。穠粧月鑑懸，麗服霜刀裁。瑞蓮湧平地，妙色分五臺。塹陪飛仙游，偏稱幽人懷。終疑閬苑去，嘉會何時諧。此日眼雙明，臨風首低回[6]。長當歌楚騷，招得花神來。

幽居有佳人，頳顔暈紅玉。飽承仙掌露，晞沐蓳髮曲。一望西風塵，倚竹翠袖拂。閒臨清水照，静對遠山矗。向來涉江人，見謂江成陸。楚楚靈均裳，貯麗爲誰鬻？惟應妙手畫，掛壁薄夫肅。后皇植衆芳，艷艷列金屋。詎知漆室憂，不在春睡足。結言遺吾相，高舉郢書燭。

徐容齋參政王安野治書更倡迭和飲酒止酒各極其趣次韻二首

推蓬誦公詩，窺豹乍披霧。信知醉鄉後，一一克自樹。向來胸塊磊[7]，澆灌不停駐。至今傳衣記，燈燈續前炷。時因太和湯，繰出繭絲句。從教馬爲牛，而況作与馵。至人全於天，此是酒中趣。吾家伊川翁，言行極稽慮。當時半醺意，所得各有處。欲辨言已忘，公眠我姑去。

右飲酒爲安野公賦

渾家醉眠時，孤城黯酸霧。千年江左恨[8]，遺曲傳玉樹。從公淮海上，弔古馬遥駐。夜歸證前史，繞几黄雲炷。朅來高士州，止酒誦佳句。方此尋歸途，短褐困騏馵。諸公羅俎豆，排日得深趣。靦余乏剛制，肆口弛防慮。三復童羖章，放心有歸處。秫田亦何須，淵明故山去。

右止酒爲容齋公賦

題九方皋相馬圖後并序

至元辛卯秋，杭張師道寄余此卷。是歲十月，會安野侍御於洪，臨岐出此，以當贈策，就題廿字。

萬里出市駿，九京誰作歎。多因毛色似，誤殺眼明人。

家園見梅有懷疇昔同僚諸君子因成廿六韻奉寄徐容齋王肯堂俞正父趙元讓黄文瑞諸公[9]

往時姑射仙，夜墮江南村。江南富嘉植，梅花衆中尊。九地閟玄凝，先天占春暄。的皪冰雪姿，不受風塵昏。孤清愜幽意，賸馥醒吟魂。愛之玩不斁，冥契終無言。羅浮本幻境，前夢覺已諼。蹇蹄滯京華，倦翼棲淮垣。後先青雲士，表裏白玉温。我形自覺穢，交道久逾敦。貞節保松柏，芳心共蘭蓀。信知歲寒友，何異連枝昆。獨賢天所矜，家山問雞豚。歸來適仲冬，平旦窺荒園。依依故人面，竟日對傾罇。清池疏蘂影，淡月新梢痕。泠然絶埃壒，恍若游崑崙。忽憶如花人，高談霏露繁。眼中不可見，思纛風翩翻。頗慙標致似，遠近殊託根。洪鈞轉嚴令，青皇畀新恩。坐看佳實長，適口塞衆喧。遍遺實中生，仁意彌乾坤。平生識賞心，皎潔明朝暾。凌寒折一枝，殷勤寄王孫。又恐遠莫致，作詩當重論。

壽吴幼清母夫人十一月廿五日

清時富貴亦易得，吴子甘心卧草廬。慈母自能安菽水，高年忍使倚門閭。此時爲壽奉巵酒，豈必閒居要板輿。卻笑毛家兒子俗，區區喜色動除書。

送前玉隆副宫岳麓劉蒼雲

官已我方來問道，道成子卻去爲官。出山不爲功名在，有眼要知天地寬。定力千年衡岳峻，浮生一葦洞庭寒。玉函只在游帷近，何日歸舟覓剩丹。

余秋山憲使挽詞

薦稟因君重古靈，官銜何事上銘旌。西山大學曾經進，涑水深衣儼若生。江右澄清方有意，長沙卑濕竟無情。韓公賴得門人在，文集千年以序行。

試傅崇陽墨二首

三生筆硯有良緣，與子交游四十年。吾亦少恩忘子報，安排佳語傅陳玄。

商家良相命三篇，學字真開萬世先。洛誦於謳傳不泯[10]，客卿有藝更光前。

刻字熊生

精藝令人注意深，斯文百世得追尋。伏經口授終非古，周鼓體訛猶至今。子已萬言歸一默，誰知隻字抵千金。鉛刀可是傳心具，有畫無心畫是心。

三十六代天師挽詞二首

雞犬曾聞舐鼎餘，一朝形化豈神俱。千年漢日玉章在，萬里燕雲錫命殊。政此天仙司下土，遽之帝所宴清都。嗣師入侍金爐側，生死榮哀近代無。

龍虎山齊浩刼灰，胡然夜半失崔嵬。有言白鶴東歸者，何許青牛西度哉？騎氣一朝成獨往，吹笙千載尚同來。拍肩挹袂噫難再，遠托長風送一哀。

送留道士

樂得清閒了此生，青鞋布韤尚探尋。岩巒謾寄孤雲影，霄漢常懸野鶴心。幸破樊籠天廣大，豈無泉石地幽深[11]。他年心迹雙清了，更覓新詩爲子吟。

題趙仲遠伏生授書圖予舊有此圖，嘗題四十字，今爲仲遠書之

龍鍾九十餘，猶及漢三葉。哀哉窮獨叟，有女幸傳業。授數纔四七，錯歸已德色。遂令讀書人，終古猜梅賾。

送王子厚并序

王子厚以醫名家，六世矣。与余家聯姻婭，在郢同居里，去郢同寓里。别二十年，余將造朝，過吴城，爲仲父宣慰謀醫。鄉人合而言曰："有名醫在都邑。"亟命舟迎致，則吾子厚也。切脉如見，用藥如神，信乎名不虚得。臨别賦此。

高談稷契不謀身，作計岐黄自活人。六世名家孫肖祖，萬金良藥衆疑神。傳來白雪千年調，散作青雲五老春。若遇無形可憂處，未須驚走且逡巡。

次韻肯堂學士冬日紅梨花二首

黄菊卧階雨，六花舞天風。壁凍室生白，手僵肉作紅。秀句忽

墮前，光怪侵簾櫳。至人宴坐處，元氣含冲融。無情及枯株，嫣然爲修容。坐令玉華君，來從蘂珠宫。麗粧凝祥雲，明眸轉驚鴻。豈非散花手，試君情所鍾。老我嗜好淡，空詩亦雷同。秖願酌花時，毋忘比隣翁。

傾盖幾何年，黟黑俄半雪。寧有結願香，復此共朝闕。去年賦芙蓉，佳句動江浙。我時增意氣，未覺老衰歇。新詩出懷錦，酒酗劇眼纈。今晨豈玄冬，草木爭簡潔。東闌别種花，紅芳忽漏泄。天工變化手，誰能料時節。要是文字祥，因緣爲君結。開樽當嚼之，和露餐玉屑。典衣勿踟躕，無花嘆空折。

題肯堂學士遂慵軒

東皋記醉非真醉，安野標慵豈必慵。頗憶吾家伯淳語，閒來無事不從容。

樂山劉東厓學士爲唐承旨立號

不受東華一點塵，青青静閲幾番春。朋儕欲表公心事，只有西山象得真。

覃懷宋氏義門東厓作

清朝恩渥新旌表，玉署詩文互發揮。從此義門聲價大，兒孫莫遣古風微。

送趙月卿教授江州

六館才名三十年，冷官還取舊青氈。不辭越水遠千里，要看廬山障百川。栗里風流今在否，濂溪源委故淵然。乾坤生物無窮盡，解有鸞膠續斷絃。

送三山陳格山教授高郵

師儒不比他官職，太息難逢本色人。覆盎一城如斗大，皋比重席得儒真。宗門況味從來冷，近日詩書漸可珍。淮海秦郎天下士，試尋恐有再來身。

富州教授馮君茂叔蜀珍也將之官出涪翁所書隱求二字索賦

身隱何求更入思，山人解有出山期。君民位置耕莘日，禮樂規模陋巷時。遠志不爲安石小，北山一任德璋移。冷官未必埋藏得，定有龍光出劍池。

送月浦鄭貴道教授揚州

衆芳摇落士林嗟，喜見先生兩鬢華。問道曾爲諸老客，亢宗元是廣文家。典刑四柏亭前樹，聲譽蕃禧觀裏花。玉署即今重人物，冷官何得久天涯？

殤醫三茅蔣法師

輦路逢醫總上醫，到頭誰与問瘡痍？隱居昔住茅君洞，靈藥新傳蔣法師。術妙鵲鍼投血脈，衆疑獺髓補膚肌。藥錢不辨將詩準，詩病依然欠事治。

送陳笠峰并序

笠峰陳君教授紹興有聲，秩滿謁選，僅得舒州教授以歸，士論稱屈。笠峰怡然曰："是豈不可爲哉？"將行，養蒙送之以序，盡之矣。廣平程某故永歌之。

笠峰前在會稽時，教授堪爲教授師。絃誦幾曾一朝廢，宦情頓起百年衰。丈夫得志是行己，廉士居官不厭卑。去去舒州寧久滯，玉堂學士印心知。

輔正臣按察使挽詞

中原耆舊今餘幾，天奪征南有底忙[12]。閩嶠淚碑生叔子，孔堂尸祝死庚桑。公言從古出鄉校，輿誦傷心入些章。福善依然銖兩定，照人丹桂一枝芳。

送程萬里尹曲江

縣尹官卑亦名宰，曲江邑弊尚堪爲。溪頭香水有佛性，江上青山似舜時。韶石鳴琴應古澹，禪關得句定新奇。是中人物多名世，試問張余今有誰。

吴進學挽詞二首

已恨相知晚，如何忽棄予？十年只私第，一刻始公車。知爲人才計，遑思功令書。可驚生世短，揮涕重踟躕。

所謂温如玉，於今有此人。家庭三代意，襟度四時春。幾月文園病，何方圓澤身。欲求難再得，西望暗傷神。

送景星山長吴此民謁選

古今通顯途，十五戾契致。嗟余就衰懦，羡子方猛鋭。手提青冥靶，欲厲黄河水。明時急需材，諸老虚席俟。

寫真吴若水

畫手吴生妙，如今豈後身。知人古未易，下筆爾能親。顔貌隨年運，風流落世塵。若爲傳不朽，千載會如新。

送胡適齋先生教授瑞州

大冶平生鑄金手，干莫鼎彝隨質就。蕭騷霜髩海陵風，兩眼眵昏數科斗。陋邦文采貍豹變，潮永他年説韓柳。天官銓材定銖寸，還我耆儒善江右。高安道院士素淳，近來与化移易否？安定傳家教條在，培植嘉生待薪槱。莫言冷官只文字，錢穀簿書更紛糾。幾何出入漫不省，詭對未宜師户牖。韋編一束當韋佩，大耐規模當大受。此日沙頭一盃酒，先生東下僕南首。坐看安定門人多，四海同風軼嘉祐。

和王寅夫郎中元日立春二首

馬蹄塵裹度芳辰，帶得陽和到七閩。山翠倚天迎好客，風光滿地屬吟身。高情古柳仍青眼，時態夭桃自絳唇。從此不憂江海遠，春官袖有十分春。

聖德如天氣序調，立春元日兩相遭。陽和忽送千林喜，天闕遥瞻萬里高。詩酒風流憶諸老，簿書塵土愧吾曹。焚香覓句多閒雅，旅思絲棼得孟勞。

寅夫惠顧公宇適有倉庾氏之役不得晤語明日武仲經知事攜示寅夫登樓佳句用韻以謝不敏

皇皇使節下青冥，談詠登樓尚典刑。人物山川增壯觀，文章河岳炳英靈。浮雲過眼紛紛白，遠樹涵窓隱隱青。我亦登臨興不淺，此時應是避文星。

倉中兀坐憶寅夫雨夜佳篇用韻呈似

唱籌聲裏過新元，準擬崇墉大有年。午夜淋浪聽雨響〔13〕，炎方枯槁解民懸。老梅謝事留青子，稚麥乘時漲緑煙。佳句聯翩與春競，幾宵諷詠不能眠。

日與寅夫約登鼓山二月十一日竟獨往而不我告繼聞是日乃寅夫初度即事爲壽

朝天笏拄西山頤，忽此來窺南海奇。平生亦有觀山癖，已約同題石鼓詩。誰知青雀啣桃至，竟着先鞭了不知。東望蓬萊半明滅，想應獨受長生訣。天風海濤萬里寒，高人題扁知未漫。眼中定有驚人句，我今想像何能賦。佛成靈運誰後先，重期一指蓬山路。

題武仲經知事獅貓畫卷

金絲色軟坐常温，飽食深宫錦作墩。若使爰書無法吏，詩人應嘆鼠翻盆。

獅貓盖舊時禁中所養，好潔善饞而不捕鼠。吁！養貓所以捕鼠也。以捕鼠爲職則目不停伺，爪不停攫，庶幾無負所養者。是貓也，褥温而坐安，毛澤而體肥，養之者至矣，而澹乎若無營焉，所職何如哉！豈無崔祐甫乎？將執筆以議。

次踈堂中丞詩韻并序

潘景梁出示中丞踈堂公贈言，細讀之，有味哉，仁人之言也！紙末見及，深佩不遐遺之盛心。因風，敢次韻以謝。

漆園物外人，是非一槩齊。冥心兩忘辯，玩世鄰滑稽。淫辭懸崖險，一陷莫可躋。吾徒自潔白，粲粲毛与西。庶以厲頑薄，勿俾傷孩提。廓然公好惡，於斯見天倪。清談寖成風，可否幾謬迷。飢溺不關心，誰其拯顛隮。哀哉延頸民，萬目徒睽睽。有嚴踈堂公，澹約甘朝虀。贈言教戒備，居要磨有臍。潘侯持示余，温潤獲琬圭。維彼不比鍾，左右殊高低。徇激等一偏，詎可航且梯。蹇余惕瘝曠，凛若臨深溪。公言真菽粟，致遠終當齎。投身塹炎燠，每憶寒風凄。公能隨器使，儻似蹣跚奚。

次徐廉使贈潘僉事詩韻卻寄徐公

持節南閩遠帝庭，每懷東魯舊儀刑。讀書至老眼如月，憂世常多髩轉星。興到湖邊增漲緑，詩來物外見空青。於喁有唱不易和，小知間間愧大寧。

寅夫惠教遊鼓山四詩細讀如在屴崱杖屨間想像追和用堅重游之約

城市林泉隔幾關，半生幽興欠閩山。久聞屴崱高寒處，一望蓬萊縹緲間。有約同看紅日上，無端獨占白雲閑。錦囊收拾奇觀了，物色分留肯破慳。

足力猶堪敵瘦笻，擬乘寺頂最高峰。杯吞東海一勺水，鞭起南湫久卧龍。佛界須臾三萬劫，神仙杳靄幾千重。煩公更泚如椽筆[14]，摹寫雲天不盡容。

炎方春淺未如焚，花木迷人意欲醺。福地同游勝獨往，中天一覽破千聞。於今難擬高唐賦，何日重開衡岳雲。眼底流求彈丸耳，樓船曾見漢家軍。

去天萬里此相遭，攬轡無功敢告勞。賸貯冰霜消瘴癘，尚疑風雨隔清高。一年花事成佳蔭，二月春江息怒濤。細嚼公詩如橄欖，挽回塵俗入風騷。

禊前一日西齋小酌立道有詩次韻奉酬

誰解愔愔誦德音，樽前喜識舊纓簪。頗矜此客吾能有，一見交情如許深。久耐好看青荔色，旋栽未展緑蕉心。醉中狂語疑多謬，記録何堪託彦霖。

次韻寄謝建昌監郡

京國歸來歲告成，使君一再及前榮。每聞美譽中心喜，况見可人雙眼明。公事餘閒詩味永，要官雅澹俗流驚。遄驅頗覺從容少，千里緘辭續短行。

次韻寄謝盱守

學道生平慕廣成，過家將旨若爲榮。曾憂霜後堅冰漸，得遇雲間皎日明。人事變遷終有定，吾心寵辱本無驚。風流太守情何厚，飲至渠渠更贈行。

次韻寄謝盱江學院諸先輩

半生事業竟何成，冷笑猶然愧宋榮。日逐黄塵雙袂暗，夢回緑幙一燈明。交情欵欵知君厚，佳句翩翩使我驚。皓首相期崇令德，殷勤遠寄白絲行。

忽剌术御史還臺索詩二絶爲別

曾此觀風慣土風，老榕能識舊花驄。如何又踏秦淮月，不待炎州荔子紅。

耆碩堂堂集柏端，定應問俗及閩山。爲言部使無功狀，減卻吟詩一半閒。

寅夫示再登鼓山四詩僕雖不獲同游然來詩不可虚辱次韻奉謝且致歸班之餞

大壑厓邊覆小舟，摩挲舟腹得舒憂。山神何意迴吾駕，客子逢春負此游。靈運一時遺鴈蕩，少陵千古擅牛頭。且看平地亦不惡，暖日晴風麥隴秋。

勝處心知只耳聞，卻因君句得奇芬。海天昏黑龍行雨，樓閣青紅蜃吐雲。仙境烟霞從痼疾，詩家風月要平分。悠然佳興誰能敗，俗吏當前自糾紛。

眼前培塿足縈纏，去去瀛洲大洞天。一息南溟能幾月，再行東海定何年。江淮巨浪千堆雪，榆柳中原萬里烟。解視歸裝還不俗，有詩曾酌瘴鄉泉。

我亦修持不動尊，少曾一跡印空門。居然慧力照法界，即此深心報佛恩。有道臨民只清静，無塵到處儘囂喧。公餘更得新詩和，洗盡人間種種煩。

四月六日是爲遂良經歷初度乃避客於聖泉寺寅夫有詩因賦五言爲壽

此君真益友，爾吏得嚴師。松栢群稱壽，我蒿獨廢詩。聖泉尋淡味，佛界受清規。我亦代説法，修行在勿欺。

建寧醫工提領虞益之謁予三山出館閣諸公詩文欲得予語爲賦五言

絡從兩馬去，帶取五禽還。何意求榮達，微身備險艱。爲齊太倉令，入漢玉門關。會有憐君者，田園復故山。

次韻寅夫晚涼感事

初夏微風作嫩凉，傷春一夜鬢毛蒼。紅芳寂歷午陰緑，白晝須臾晚照黄。濺淚露葵空滴滴，鎖愁烟柳自行行。絶憐熠燿倉庚羽，曾帶千門麗日光。

生綃團扇十將以五十六字奉餞譚公植提學謁告蹔歸

君留南嶠兩經春，愧我兹游落後陳。今夏相期同食荔，先秋何事忽思蓴。團團明月隨歸路，處處清風認故人。休戀小山幽桂好，重來要及菊花新。

次韻韓明仲教諭

日力縻三尺，風聲繫百司。中年勞作吏，累月懶吟詩。衮衮只如此，悠悠何所之？可人佳句在，每誦輒移時。

羅山長用曾留畊僉事二詩韻見貽次韻奉答

半歲觀風熟越山，頗驚機事等黄閒。昏昏書牘煩填委，落落詩筒缺往還。郢曲高低渾欲忘，越人喜戚正相關。只應拙默差强巧，不厭天孫賦授慳。

此士堂堂早覺奇，品題合入外孫碑。都亭司馬羅居城外今容與，湖海元龍舊夢思。一世才名終有實，千年事業可無詩？古人羈旅猶堪忍，會見鳴機織素絲。

鼓山閩之望湧泉寺之勝有二美焉寅夫凡三游而僕未一至每游賦詩必四不鄙下教衹益吾愧次韻奉酬

不辭使節滯甌蠻，贏得期程飽看山。成佛誰教遜靈運，上人今復遇高閒。詩盟未冷宜尋載，禪鑰雖嚴許叩關。到底内觀更奇絶，只消面壁了區寰。

貯來胸次爾多春，詩境長隨眼界新。氣至再盈渾未竭，計成三顧不爲頻。雲間屢宿犬能識，海上熟觀鷗亦馴。豈是逃禪忘歸意，定應法喜賽如賓。

韓公嶺海杜夔州，轉覺篇章興味幽。試問何人聽白雪，放教此客卧朱樓。寅夫時寓朱府樓，借用對。〔15〕眼花自眩蘭苕翠，心地不驚稊稗秋。頗恨南音尚啁哳，期君邊幅制横流。

薰風景候雨冥冥，壬癸居然勝丙丁。五日尋常賜衣節，三人瀟灑望州亭。亦思奇觀供吟筆，苦泥清齋隱内屏。卻把來詩容易和，二分聲響八分聽。

次韻趙弘道僉事見寄

熙朝新渥及癃疲，臣子孤忠誓不移。千載清風留瘴海，一心皎日報明時。已嗟聯事相逢晚，要乞閑身更願遲。君獨行勞吾坐嘯，多慙民瘼未周知。

奉餞寅夫使歸

王君世儒雅，不厭州縣勞。一持秋霜簡，徑署春官曹。平生風月懷，筆勢江海濤。青冥使節下，跋履閩嶠高。兀鞍了古今，滿目餘詩騷。盤桓無諸城，歲月驚滔滔。寒梅昔飛花，暗柳今鳴蜩。繼明瞻日馭，歸覲馳星軺。慨余定交晚，傾蓋如久要。君行勿遲留，耆俊方盈朝。

行省賈掾母劉以貞節表門閭寅夫有詩因題其後

婦人謹三從，生死不二天。鄘風風已變，而有共姜賢。去古益以遼，卓行同貞堅。清朝厲薄俗，令子當俱傳〔16〕。柏舟二千年，吾作删後篇。

次韻張道判

有客游方外，從容問所如。口哦五字句，手授一編書。爲看東溟水，潛回西極車。盖公經濟略，應笑賈生踈。

次韻奉餞傅岩甫歸院

别後流聲落耳間，炎風何許駐旌干。種花往日洛陽句，食荔今朝海上山。舊事見前如泡影，新詩向老更波瀾。多君修得鑾坡福，倘有餘丹乞大還。

久晴方欲禱祈仲經知事出平遠亭途間遇雨之作次韻二首

海田將陸擬箋天，海水何知有旱年。帝念民貧欠蘇息，一時風雨散飛錢。海陵黃尋家先貧困，大風雨散飛錢至其家，後富至數千萬。

辨獄無寃可動天，真卿事業在他年。顔真卿爲監察御史，使河隴時，五原有寃獄，久不決，天且旱。真卿辨獄而雨，人呼“御史雨”。此時避暑山亭意，應笑岑公眼見錢。岑文本山亭避暑，有人叩門，云“上清童子元寶”，冠青圓角冠，衣淺青衣。問其冠服〔17〕，答曰：“僕外服圓而心方正，上清五銖服也。”言訖出門去，至墻下，忽不見。岑使人掘之〔18〕，一古墓中得一古文錢。

【校勘記】

〔1〕取，文淵閣本作“收”。

〔2〕將，文淵閣本作“奉”。

〔3〕沐，底本誤作“沭”，據文淵閣本改。

〔4〕〔5〕“使”字疑有誤。

〔6〕首，文淵閣本作“漫”。

〔7〕塊，底本誤作“嵬”，據文淵閣本改。

〔8〕千，文淵閣本作“十”。

〔9〕詩題，文淵閣本作“家園見梅有懷疇昔同僚諸君子因成廿六韻奉寄徐容齋王肯堂趙元讓暨正父文瑞諸公”。

〔10〕於，文淵閣本作“長”。

〔11〕深，底本誤作“虚”，據文淵閣本改。

〔12〕征，文淵閣本作“任”。

〔13〕浪，文淵閣本作“漓”。

〔14〕椽，底本誤作“掾”，據文淵閣本改。

〔15〕放，文淵閣本作“敢”。

〔16〕當，文淵閣本作“貴”。

〔17〕服，底本設作“帔”，據文淵閣本改。

〔18〕“人”後衍一“人”字，據文淵閣本删。

卷二十七卷

詩

徐君允諧以長篇將茘枝爲貺草草二絶奉謝風雨作秋西齋兀坐細讀來章念不可不報遂又次韻

茘支樓下綉衣譜，授記傳來卻到予。得見伊家玉樹種，絶勝展翫樂天圖。

何人日啖三百顆，輕卸霓裳見玉妃。自得君詩冰雪味，不知世上有甘肥。

我行炎方見子都，粟肌皻面身橛株。中藏至美不自露，風姿皎皎隱煨爐。土人謂此玉樹貴，兵間幸不供樵蘇。李生五品竟汝遺，太冲竊取夸全吴。不材散木神所扶，有果可食終剥膚。君不見深山毛群絢文彩，織毳寧免充氍毹。大枝小枝折泄餘，空留碧葉冬不枯。鹽蒸蜜漬意可遠，盛之寒露清冰壺。廟朝豈諳草野味，猥以櫻實當醍醐。蜀珍曾被真妃汙，此事頗近甯子愚。東閩猶是山澤臞，遼遼道里懸中區。倘經薦進亦爾耳，始信禍福相乘除。嶺南酸薄同黔驢，香山只作巴峽圖。莫嗤齊人識管晏，知己賴有東家諆。殊鄉殊嗜多受誣，朔南酪茗更相奴。詭名好化赤松子，甘液下注根豐腴。

漳境向治流逋四歸弘道有詩次韻志喜

按臨建邵總稱賢，又復深深入瘴烟。自古清名能化暴，及今赤子得安眠。如雲冠盖誰曾識，帶雨犂鋤爾自田。從此海瀕霑聖化，吾曹宜責樂餘年。

寄賀弘道僉事改除江西

聖明初服選掄新，易地觀風着此人。會見西江民吐氣，久聞南嶠政如神。只今寮寀情何極，惠我鄉邦事亦均。説与山中吴處士，清時錫汝保閒身。

畏獨惠中秋詩次韻邀月共發一粲

萬里陰晴此夜秋，天容竟日故幽幽。要教好月特然霽，斲遣癡雲凝不收。隱隱清光上東海，堂堂勝賞賽南樓。作詩合共閩人翫，早放髯劉出一頭。

夜深邀月不至悵然而睡再讀來詩次韻以謝

天上人間各自秋，姮娥不管下方幽。暗陳瓜果充籩實，冷聽梧桐觸井收。已至三更仍抹漆，空餘逸興欲登樓。夢中桂影成金粟，癡絶前身顧虎頭。

暇日偕行臺唐古歹御史登九仙山

蹔停驄馬共尋幽，倚杖鼇峰頂上頭。海浄潮平萬里眼，風光月霽一天秋。九仙定有重來約，三島寧無可去舟。古字苔深半明滅，新詩聊復記曾遊。

送弘道僉事之官江西

趙侯豐骨冰千層，入眼壁立清且熒。烏府當年小盛卻，崇臺獵獵寒飈生。清問顛崖辛苦急，我亦直指江南行。雲龍上下逐東野，讜論感激令人驚。别來不作揚州夢，獨想豸角摇風聲。浮雲聚散抑何定，王事靡盬無留停。去年驅車下閩嶠，驄馬卻在西南坰。關山明月長耿耿，遠欲見之悵未能。邇來傾倒連床夜，議論頗覺深逃形。書囊無底談未了，一札又促飛鴻冥。江山共恨留不住，私喜桑梓蔭餘清。萱近北堂春日榮，白雲望望雙眼明。我家有老且望八，倘許錫類遺君羹。霜風飄飄榕葉鳴，酒餞江頭須滿傾。願言努力鋤荆棘，浩歌天保答升平。

次劉雲卿御史同達達御史遊鼓山詩韻并序

岃崱峰距城二十里而近，欲一往未能也。去歲，禮部王君寅夫獨游，辱寄詩盛談雲夢之樂，僕亦想像高唐以對。今弘毅、雲卿二御史暇日登高覽勝，紀之於叙，寫之於詩，使人心曠神馳，恨不並轡横翔，排埃壒而出廖廓也，率爾用韻。

登臨有約墮鴻冥，拄笏看雲空復情。笑我北山文久勒，輸君南岳記先成。林深谷窈車聲轉，海闊天高筆興生。何日得將塵俗耳，倚欄同聽澗泉鳴。

再次韻呈弘毅御史

驄馬行行出杳冥，笑攜僚屬叙幽情。陰森竹樹芟夷去，軒豁江山指顧成。坐石傳杯懸瀑濺，倚崖扶杖亂雲生。何時共卧超凡閣，月滿空林翠浪鳴。

寄賀盱江張監郡初上

帝錫盱城保障哉，朱轓皂盖浼雄才。濟南書許人間見，博望槎從天上來。聞道門庭清似水，不愁田里冷於灰。同寅太守今劉寵，努力驅車共輓推。

送蘭与盱守劉東厓

結綬年時白玉京，只今江海若爲情。蕭蕭六轡馳荒徼，赫赫雙旌擁大城。桑梓何時容我住，蕙蘭微意況君清。黄金横帶渾餘事，千載相期不朽名。

郭梅西息齋

陰向秀萋測，陽從小雪看。千年啓龜蟄，六月養鵬摶。隱几天機熟，閑門人境寬[1]。悠悠八十返，静處得奇觀。

題趙仲遠所藏趙大年鵝鴨圖

鵝鴨池邊畫作闌，輸他梟鴈意幽閒。王孫下筆厭羈束，移在長汀短渚間。

題仲經知事家藏錢舜舉折枝

花鳥徐黄死不傳，筆端那得許清妍。錢郎狡獪老猶在，字畫翻騰作少年。

題採蓮舟杯

攀翻葉上露，釀作杯中酒。可能君不醉，負此摻摻手。

題仲經所藏馬圖

食之三品芻豆，飾以千金轡環。誰能解棄徽纆，縱渠汧渭中間。

題仲經家江貫道瀟湘八景圖八首

平沙落鴈

翩翩數行下，灘磧俯蒼波。此處稻粱好，人間矰繳多。

烟寺晚鍾

僧定鍾聲緩，依稀聽不真。渡頭風正急，喚醒未歸人。

洞庭秋月

萬頃玻瓈上，輝輝玉一環。望中青似粟，約莫是君山。

瀟湘夜雨

昏昏風浪裏，瑟瑟打篷聲。騷客千年恨，靈妃萬古情。

漁村夕照

落日寒潭静，西風黄葉鳴。鱸魚新出網，分我一杯羹。

山市晴嵐

旗亭新酒熟，下馬試從容。頗勝老兵對，夕陽三兩峰。

江天暮雪

六月三山底，城中似甑中。客來開短軸，亂雪舞江風。

遠浦帆歸

八景瀟湘妙，歸舟更色絲。招招煩小住，我賦式微詩。

題歸去來圖

春晴苦旱心如醉，暑雨妨農鬢欲班。眼底家山歸去好，吾生端的幾時閑。

送李副使赴行臺治書侍御史

暑風散霖霪，宇宙一清快。青驄金盤陀，夙駕趣行邁。先聲所震薄，已被江浙外。兩年七閩裏，赤手理彫瘵。高明副縝密，通綽主剛介。清時簡賢哲，美績先奏最。崇臺借君重，横榻政非泰。蹇餘忝嘗僚，朝夕得箴誨。瞠其塵坱中[2]，矯首飛霞佩。男兒附青雲，肯掇鼠壤嘬。浮榮一瞬息，醜好有千載。期君天下寶，玉雪善自愛。

魏知事求樂閒字謾与一絶

人人忙裏羡人閒，到得閒時樂最難。會着此心真樂處，山林朝市一般看。

九日宿璜坑

重陽天借登臨便，北上岡巒步步高。馳傳觀風忘路險，無功及物愧民勞。山深氣象涵千古，風静塵埃絶一毫。萸菊旅中無覓處，明年何許約游遨。

十日山行午炊冲頭

上山竹輿下山行，據鞍穩坐須路平。豈惟人力欲調適，馬有肺腑亦求生。閩山叢叢石壁立，一嶺未了一嶺迎。峰回路轉蹊徑小，上如登天下如傾。隙中梯齒度田畝，亦有流水濺濺鳴。老農終歲營一飽，大熟侖合論收成。我來行縣當九月，風高雲朗氣適清。平生心地一平直，見此巇險魂爲驚。僕痡馬瘏亦良苦，未必原隰周隱情。箋天夜半借霹靂，盡削磊磈除縱横。皇皇大道坦然共，四通八達朝瑶京。

十一日浯畬登舟十絶

天開圖畫作步障，連日山行已大奇。换得漁舟更奇絶，大年小景少游詩。

崎嶇複嶺到江津，倒卧舟中静閲人。山上行人昨日我，我思昨日始傷神。

瀨頭流水緑如油，急取春芽試一甌。揚子江心堪伯仲，茶經從此合重修。

頗厭山蹊百險艱，輕舠暫借一隅安。灘頭力盡不得上，行路人間是處難。

江清照見石粼粼，貌得游魚態度真。説与長年輕蕩漿，放他深處着潛鱗。

上頭石壁下驚湍，一似龍蟠一虎耽。幽獨莫教方士見，山靈怕喚小仙岩。石壁一帶類龍虎仙岩。

重陽落在萬山中，物色黄花杳不逢。天恐詩人要題目，江邊木末出芙蓉。

山容彷彿似盱江，亦有人家占夕陽。陸走舟行方未了，晨飡何日奉高堂。

桑田滄海兩茫茫，一道清流自久長。定有幽人在空谷，説仙説佛説文章。

説仙説佛説文章，自是山林不耐閒。試數聖賢名世者，話頭那有許多般。

又五言一首

斷岸刀裁出，清湍磬折流。山尖微見樹，石罅劣容舟。群鷺驚人起，雙鳧盡意浮。哦詩忘行色，征騎又江頭。

板桥午食

縣郭二十里，板橋三五家。西風熟禾黍，陸地富桑麻。去歲遭洪水，高林帶舊槎。他鄉豈不好，無柰此生涯。

十里頭

夾道驩迎盡古松，龍吟虎嘯滿天風。吟詩未就人攔馬，落向荒烟莽蒼中。

次郭珙留遠大卿韻二首

鏇彩韜光幾歲寒，深叢依舊炳班班。心如止水絶點滓，屋与閑雲分半間。蹤跡久疏客城府，篇章聊復主溪山。後生不識龍鍾老，少日聲名播九寰。

閲人多似粤中山，客有可人千一難。驚見貞元朝士在，敢同絳縣老人看。珠藏大澤秪自媚，木卧空山不受寒。朱墨沉埋無好語，和篇首首出衷肝。

次韻王蘭思

月露精神入筆端，泠然雅韻洗髦蠻。知章清味鑑湖水，弘景高標句曲山。炊黍功名隨舊夢，種蘭歲月自蒼顔。何時乞得身無事，分取閒雲一半間。

百蝶圖

政爾翩翩去，其如栩栩何？夢中千億化，未覺百身多。

張萱唐宫擣練圖

月杵輕揮快似飛，霜紈熨帖浄輝輝。詩人不識畫師意，微詠周南澣濯衣。

書月樓

長年南北事馳驅，閒卻西樓架上書。削迹市朝專静退，羡君事業付乘除。神光清夜照千古，素魄中秋朗太虚。我欲借眠還肯否，靈明回向此心初。

次韻張仲豪御史見寄

荔支熟後与君違，羅髻猩紅又及期。官冗不知爲客倦，詩豪猶足起吾衰。田園亹亹生歸興，江海悠悠感舊知。千里相思無以贈，明時行道復奚疑。

答王魯山

江海交游白髪新，眼明猶及識斯人。縉雲氏接三皇舊，凫繹山藏萬古春。舉世誰能客毛遂，高風今始見元賓。秋光未老黄花健，把酒相期萬里身。

答張仲豪御史

山川相望風煙隔，寒夜時時夢見君。焜燿綉衣浮紫氣，峥嵘椽筆倚青雲。月隨淮水明千里，春減江城凍幾分。老我三年閩粤國，無才何以稱斯文。

韓孔惠孝廉挽詞

杜門三十載，辟世抑何嚴。身隱一時屈，民彝萬古瞻。徵君宋康節，處士晋陶潜。題墓真無媿，三山韓孝廉。

寄題李總管效忠堂

共惟湯武師[3]，仗義行以仁。阿衡相鳴條，尚父翼盟津。霆聲纔一鼓，六合皆陽春。後來用武者，草菅視其民。功成荷圭爵，萬骨隨荒燐。懷哉平江南，時有臣如彬。焚香對士卒，誓不戮一人。至今青史上，厚德誰与鄰。天朝大一統，皇靈被無垠。桓桓伯顔公，秉鉞兵如神。舟揚有澄波，矢落無驚塵。策勳談笑間，視彬亦其倫。誰歟賛籌幄，李侯兩經綸。拔鍪起襄樊，一掃雲雷屯。論功冠戎幙，蚤合登要津。胡然二十載，尚爾朱兩輪。皦如一寸忠，寢飯常書紳。爲堂識不忘，巨扁高嶙峋。邇來又迂轡[4]，三載建水濱。清譽播海隅，最聲徹嚴宸。我聞忠之報，豈止在一身。斯堂貽子孫，千古長如新。高門矗霄漢，華屋如魚鱗。金珠醉夢中，歌舞紛前陳。誰持芹曝心，惓惓到君親。感兹名堂意，肝膽增輪囷。窮爲畎畝士，達作廊廟臣。功名倘來耳，命義當自珍。我語如可采，庶幾附堅珉。

次韻張仲豪御史

世塗九事八欺謾，安得春風處處懽。人傒銓衡孚物論，我知玉雪在臺端。心游肯綮屠牛易，眼著驪黄相馬難。紙尾不爲干木署，要留選格与人看。宋以蔡廓爲吏部尚書。廓謂傅亮曰："選事悉以見付，不然不能拜也。"亮以語録尚書徐羡之。羡之曰："黄散以下悉以相委。"廓曰："我不能爲徐干木署紙尾。"

爲曹仲堅題漁父圖

風烟浩渺浪拍天，百帆齊開争一先。輕舠蕩漾自來去，詩人曾賞古漁父。山圍别浦樹参差，水净沙明人迹稀。大罾小罟較得失，魴鱮暗作枯魚泣。直針爲鈎餌亦無，烟波不見真釣徒。林中茅屋是誰子，袖手無言方隱几。

李憲甫敦好堂

如許聲華重，情知計未然。臨池思靖節，愛石讓平泉。此事凌千古，斯文繫數椽。相逢敦友好，心誦大夫賢。

書郭將軍墓銘後

不用汾陽拜，將軍閱世深。虎頭當日相，馬革老年心。穎自囊間出，詩留槊外吟。能文欣有子，安得過山林。

送余率翁秩滿謁選并寄容齋承旨肯堂學士

江南四月梅子黄，衣袖已試荷風香。出門有客欲萬里，使我憶得西山蒼。西山何處雲半髮，夜深斗極回寒芒。磴泉自紅澗自碧，樓倚白雪歌滄浪。容齋遂慵兩相好，劍氣耿耿龍騰驤。我曾握手極千古，逢之滿腹生琳琅。曉天一笑江水長，暮鳴岸雨催牙檣〔5〕。

别余琅山教授

憶昔京華别，誰知碧澗來。一杯春事老，兩度冷官回。喜色迎椿樹，明時仗杞材。可能瓜熟巧，綵袖照蓬萊。

皮充齋挽詞

宦籍公侯貴，鄉評齒德尊。卷舒民寄命，生死客填門。美譽空遐想，遺文欠細論。傳家詩禮在，賸馥茂蘭孫。

送黄友章過南浦并寄蕭許二提舉

咫尺朱簾外，梅黄正釀酸。谷雲雙井濕，江月一天寒。懸榻留徐穉，開帆借子安。斯文有宗主，慎勿嘆儒冠。

上官秋旦挽詞二首

妙年植門户，壯志就功名。汲汲尊倫紀，諄諄似老成。文功同武事，茂實發英聲。太息天何遠，摧殘到紫荆。

黄金臺畔路，文彩憶鵷鸞。大雅淡無語，諸公争欲官。可憐蒼黛色，不及雪霜寒。賴有新詩在，江湖興未闌。

題趙雲趣梅圖

燭龍一步九徘徊，便恐昆明焮作灰。避熱雪樓無去處，天留半樹補之梅。

題傅雨岩所藏蕭臺二賢与雞山賡和墨跡

蕭臺二妙競當年，下筆曾期百世傳。不是傅家敦世好，只今誰与拾遺編。

題傅雨岩所藏劉龍洲与牧庵賡和墨跡

四海龍洲客，三生杜牧之。篇章唐大曆，人物宋淳熙。雅道還諸老，風流自一奇。雨岩寶遺墨，先友百年思。

黄有山挽詞

江右多文獻，夫君獨槩量。一官相始末，十載了存亡。夜月閩關黑，秋風盱樹黄。有兒終大事，百世此桐鄉。

曾寄窻千户挽詞

家有元豐稿，逢時又六韜。水鳶從霧潦，鞍馬尚風騷。王府奇斯士，皇恩選爾勞。中營妖石隕，新塚戢畬高。

次韻王楚山見寄二首

歲寒特立憶長松，陡覺龍蛇落眼中。學問青箱傳嫡派，詞華白雪尚鄉風。田園到底還元亮，城府曾先識德公。矯首詩筒頻餉我，草書元不碍匆匆。

江山信美重登樓，歲歲年年客裏留。遠景記成懷蜀里，孤雲望斷感邠州。白鷗江上天連水，黄鶴磯頭月滿洲。歷歷楚山青不老，幾時握手話曾游？

送黄隆吉司獄

兩辭有生死，司獄定初情。慎勿卑官職，徒然記姓名。如君自良吏，佐邑著能聲。章貢修何行？行看獄市平。

送嚴春山

不是春山無釣磯，要將喜色動慈闈。一官豈爲蘇洵冗，百里忻同季路歸。椒酒儘堪爲壽獻，梅簷趁得未花飛。斯文衡鑑明公在，千仞岡頭試振衣。

陳中方挽詞

秋風蟻戰萬人看，回首真成半夢間。博得風流歸泮水，枉將文物起賢關〔6〕。青衫纔着陵遷谷，紫紼重來日薄山。阡送南陽家咫尺，梅花寒絶淚潸潸。

鴈塔李君携草廬記來索詩戲題二絶

看了除書損道心，浮屠何事着虚名。華山處士多閑管，記得麻衣三字評。

君來唤醒少年狂，淡墨春風鴈幾行。塔頂夜寒星斗近，尚堪爲我説文昌。

曾勁節惠梅二首

任他桃李滿人間，千載心期托歲寒。儘有江頭佳實在，不妨身作老龍蟠。

癯仙歡舞送春來，醉我新篘白玉醅。索笑花前誰与共，一尊合爲主人開。

趙安宇惠梅二首

何必園林欲雪天，問渠交友已忘年。尊前一笑成珠玉，知是詩仙是酒仙。

誰遣飛虯下九天，人間小卻住千年。秖應標格孤山似，肯与移來配水仙。

曾勁節挽詞

愁絶寒篷對此君，尚疑月夜有歸魂。黄粱夢裏常平粟，晚節香中獨樂園。養志從來誇有子，問安誰復辨諸孫。千年馬鬣知何許，不盡春風淚一樽。

題靖夫弟畫屏折枝十二首

紫牡丹

豪貴説長安，争先紫牡丹。我無池館地，畫与子孫看。

梨　花

神清体綽約，雲淡月朦朧。道是玉環似，輸渠林下風。

雞　冠

瑶臺欹絳幘，秖欠一聲啼。獨立西風裏，由人唤木雞。

月　桂

本是薨蕒莢，翻爲月月紅。殷勤煩好手，移向玉除東。

碧　桃

紺髮緑毛冠，瓊裾縹碧衫。人間無處着[7]，除是補陀岩。

黄蜀葵

玉杯蒸栗色，那得許精神。稽首黄金相，天然妙色身。

櫻　桃

雨洗紅珠重，香浮乳酪寒。筠籃風味在，消得赤瑛盤。

來　禽

翡翠圓成彈，臙脂与點腮。園丁休盡採，怕有衆禽來。

梨　子

滿面黄金粟，盈科白玉漿。可能燒二顆，口腹累君王。

石　榴

朱房含玉醴，玳殼錯金鈿。不枉煩苻節，崎嶇十八年。

木　瓜

珍重宣城貢，瓊瑶直得詩。霜餘風韻在，細字寫臙脂。

枇　杷

翠葆擎珠琲，金丸貯蔗漿。雪中記高樹，花發傲群芳。

跋段立夫詩卷并序

予初識段君立夫於南臺，持憲嶺南，甚有聲。予使閩嶠，不相聞五六載矣。問之，則曰寓武昌也。自閩還盱，君適來佐盱郡。以一道清澄之才，行千里牧養之政，一府之視聽爲之新。予寓於是而官於是者，得見如斯人焉，如之何不喜。暇時輙相從，意謂可以忘老也。

而予又被命，有湖右之役。君舉酒爲别，且出示武昌一時名人送行詩卷，學士姚公端夫叙實居其首。予行匆匆，不能悉已。然君之不讋不戚，不待端夫言而後知之也。方今聖君賢相在上，用人必當其才。如君英英，豈久沉郡僚底哉？將欲爲盱民借君一年，恐不可得。繫二詩於卷末，以識别後之思云。

君從武昌來，我又武昌去。南樓秋月高，永夜望盱母。

君如霜後鶻，縶此轅下駒。借留亦我意，匪朝有除書。

壽萬媪九十八歲記顔〔8〕

康强九十八歲壽，四子一女俱耋耆。身見曾玄共五世，一門二十四男兒。阿誰積此善者慶，萬母鄭姓家青綏。此誠稀有合旌異，有未省録徵吾詩。

送白敬父赴江西理問

斯人官此孰能知，江漢天成一段奇。南國樹能思召伯，西風塵豈爲元規。相看未穩渾疑夢，一笑無何又别離。好泝澄江吾所飲，思君還讀寓齋詩。

題張知事所藏王黄華墨竹姚雪齋詩卷二首

黄華不見見琅玕，蒼雪紛紛六月寒。盡日摇毫描不就，若爲持与墨君看。

軒髯猶記雪齋老，筆法詩情兩入微。莫怪再三開卷軸，近來耆舊眼中稀。

送蕭深可尹叙浦就呈分司郭西埜僉事

荒服今州縣，提封古子男。瀘溪遺愛在，叙浦去程諳。尚續台衡八，何妨令尹三。林宗方問俗，氣象故渾涵。

題雪寺歸僧圖

石頭元路滑，更着雪皚皚。不敢辭辛苦，諸方應供來。

奉餞學舟老先生之武陵

疾風吹雲雲不裂，南紀酣酣三日雪。辰陽冷掾故不冷，破帽棕鞵來作別。先生自是我輩人，錦袍丹紱曾青春。黄金築臺不肯上，水晶宫中一角麟。一朝忽着儒冠起，泛宅浮家五千里。繫船花岸茹蒸霞，爲展皋比説詩禮。仲尼未始三年淹，我亦嗚榔下湘水。蕭雲曹志上所知，銓量當遣教五溪。先生行止無不可，瓜期况爾來遲遲。問君此行何所之？武陵思我還當歸。是間少長致足樂，采花食實薪桃枝。落日天低洞庭野，木葉蕭蕭風上下。留君小住君掉頭，前有十漿先饋者。蒼蒼烟水解迷人，莫倚川原物色新。漢家會有蒲輪使，珍重修程穩致身。

燕五峰右丞用安總管雪詩韻見貽次韻二首

開門鷺羽舞僊僊，時序峥嵘又一年。萬象好看俱幻處，兩儀渾似未分先。插空粉筆誰供畫，散路銀盃不直錢。狐兔只今難遁跡，長弓俊鶻快三田。

五老峰頭不老仙，詩來喜雪兆明年。閒吟公自如忠獻，懶讀吾方似孝先。杯酒賸思澆磊磈，街泥猶惜濺連錢。斯時雅稱官居冷，帽擬僧伽衣稻田。

燕五峰詩附

比見諸名勝所賡安侯雪詩病中偶成兩章録呈一笑

疑是瓊樓上界仙，散花布地又年年。玉龍松老猶擎重，翠羽梅寒敢占先？甲胄戍邊思挾纊，貂裘换酒不論錢。舊家風味都休説，預喜豐年賦大田。

銀潢剪水出天仙，此瑞今無二十年。南紀歡騰三白後，北枝春遜六花先。此時沙漠應如席，曩日京都屢賜錢。臣子願豐無補報，負丞祗恐愧藍田。

再用韻敬謝佳句之辱

凡花頃刻未爲仙，天上瓊花占大年。鑱斸黄精憐我老，詩成白戰覺君先。吟窻祗想銀河瀑，凍屋空驚玉蝶錢。稽首君恩同一飽，明年我亦賦歸田。

高寒驄馬自神仙，擎柱鼇玉風標見盛年。梁苑賦成驚歲晏，郢樓曲好占春先。爐灰我愧懶殘芋，茶沸君高陸羽錢。忽憶西江携手去，漁簑江上看瓊田。

次韻奉酬趙儀吉并柬問嘉會陳孟實

雪灑溪藤卷復開，雙魚能爲故人來。一官水國家千里，三谷山房夢幾回。安得清游繼韓孟，喜聞白戰起歐梅。歲寒亭下春初折，試嚼君詩嚥一杯。

又題歲寒亭

吾廬不暇理，日復理斯亭[9]。風雨從渠破，雲山送我青。蒼龍千歲質，黄鶴九霄翎。相與成三友，今年聚德星。

題廖克讓所藏喜酸圖啄木畫卷二首

甕天從蚋集，駢首欲何爲？倘使真知味，應無浪皺眉。

山禽啄木響，野客抱琴看。我有芳春調，無人爲一彈。

送禮部侍郎喬元朗使安南

一士賢於萬甲兵，文星兩兩使星明。林箐北户迎霜雪，江漢西風送旆旌。道路只今如咫尺，男兒從此見生平。經行賸着奚囊貯，更恐驩州有貢英。唐賢相安公，輔日南貢士也。

寄閻子静唐静卿二翰長

故人天上近何如，白玉堂中足寶書。燭徹宫蓮三鼓後，露溥仙掌九秋初。江湖政共丹心老，魚鴈全如緑鬓踈。西北闌干天咫尺，欲乘黄鶴卻躊躇。

因羅冲夫行寄臧魯山二首

夢裏西江潑眼青，隔林遥見綉衣明。覺來得句無人寄，恰有新秋鴈一聲。

兩鬢清秋半席風，歸裝無物有詩窮。南樓那似西山好，十二珠簾捲雨中。

確齋侍御見寄方鏡新篇奉和二首

老我平生坐惡圓，又因秦鏡得新篇。一方明月恰如此，幾載磨磚竟炯然。不必蟲魚銘表裏，定無麞鼠鑑媸妍。憑君穩着高臺上，爲助清光照大千。

掛壁從教鬼魅驚，誤隨書劍又江城。神光内照初無用，仙藥重磨漫有情。此日容顔誰老大，向來肝膽自分明。蕭蕭萬象秋經眼，安得同看更細傾。

與郭西埜并序

家有小犀帶一，相傳寶晋齋故物，得之有自，宜不妄也。敬歸之西埜主人，共服玩之萬一，雖元章或未足媲盛美。而是物遷徙去來，每不失所托，政可爲此帶賀。乃詩以送之。

書畫船中物，文犀獨未銷。通天從過眼，辟惡且圍腰。尤物今何幸，伊人故自超。願君勤結束，早晚立清朝。

次韻寄謝譚梅屋四首

盡日馳驅尚自强，得詩題案復題墻。梅花正繞深深屋，不記麄官薛許昌。

寒溪對月影成三，千里相思北斗南。石臼窊尊無限意，譚君殊憶共君譚。

平生吾亦愛吾廬，松桂成行蔽芾初。料得山中人笑我，豈無熊掌去求魚。

洞簫聽遍韻能和，小爲諸君更倚歌。須信新詩如白髮，一番離别一番多。

次韻寄謝郭梅心三首

劭　農

摩壘誰如此敵强，平生屈賈爲君忙。已尊詩律今功父，更識交情古子桒。

甘棠池上

羊角峰前水墨池，歲寒心事幾南枝。可憐獨見荼蘼面，又值春酲未解時〔10〕。

社　日

詩課無聊謾日供，不如初震醒群聾。武昌樊口春寒夜，夢嚼梅邊雪片鬆。

耒陽譚子實出少陵祠古今題詠求詩就題其後

金粟無人酹夕陽，耒江行客奠椒漿。風騷何与乾坤事，山水長涵姓字香。蘭畹大夫空浦溆，錦官丞相有祠堂。遥知一一忠魂在，來往乘雲共帝鄉。

用從周學士韻奉題竹岡二首

淡墨重看帶路塵，去年今日正行春。不知誰有千竿玉，我欲林中着此身。

江湖滿眼嘆殊鄉，寒碧沉沉華子岡。輸与咸寧吴令尹，此君長伴兩相忘。

餞詹御史

相知不在早，所貴得此心。馳驅三十年，見此玉樹林。蒼蒼古顔色，蔽芾喬木陰。豈無雪與霜，獨覺春意深。懸知棟梁具，不受寒暑侵。高枝有逸響，聊以驚凡禽。誰云節目多，正直神所欽。清風爲我彈，明月爲我斟。非酒味已長，無絃浩知音。我欲罄一歡，回首千雲岑。願共千歲期，昂霄政駸駸。

寄尚參政

黄鶴山前舊使星，十年今在泰階明。西江紫氣南樓夜，長凭闌干到五更。

江天暮景圖

昏鴉零亂掩荆扉，烟樹微茫水四圍。我願卜鄰還要否，門前恰有釣魚磯。

題段郁文所藏錢舜舉畫二首

梨　花

一枝寒食雨，落紙不沾濡。他日成秋實，還能寄我無？

白　菊

黄中雖正色，潔白見芳心。折得無人把，何如晚逕深。

【校勘記】

〔1〕閑，文淵閣本作“閉”。

〔2〕坱，文淵閣本作“埃”。

〔3〕共，文淵閣本作“恭”。

〔4〕迁，文淵閣本作“遷”。

〔5〕暮，文淵閣本作“燕”。

〔6〕枉，文淵閣本作“任”。

〔7〕無，文淵閣本作“何”。

〔8〕記顔，文淵閣本無此二字。

〔9〕日，文淵閣本作“且”。

〔10〕醒，底本誤作“酲”，據文淵閣本改。

卷二十八

詩

次韻廣西王景韓憲僉見寄

江漢飄零一夢初，少年心事了無餘。雙鳧乘鴈妨賢路，五柳孤松憶弊廬。黄鶴樓前塵隔扇，碧蓮峰下雨隨車。新詩乍見如公面，有使頻將慰索居。

次韻郭西埜見寄二首

我本山中一倦民，出山猶幸挹真醇。何妨共結雞豚社，鬪取樽前見在身。

自別君來肺欲塵，清泉那得取諸鄰。夜來夢与山靈語，華子岡頭見異人。

次韻盧踈齋就以贈別二首

百川晝夜流，萬折不能止。群山勢崩奔，終古乃在此。人生費推輓，三嘆中夜起。瀟湘有佳人，朗月鑑秋水。思之不可見，曠若隔千祀。相逢在歲晏，使我寢食美。又言當遠別，東去數千里。何由小躊躇，招招彼舟子。

芥石琥珀針，不言自相得。留君我無辭，送君我無力。願君加飧飯，努力崇明德。江空餘深寒，出入慎扶翼。梅花照清穎，夢寐耿玉色。矯首東南雲，金門幸回憶。

寄王寬夫侍御

墨池曾別右軍來，回首何時笑口開？昨夜東風吹好夢，故人今上鳳凰臺。

寄趙子敬治書二首

父老猶能記福星，煌煌今在太微庭。五年江漢烟生土，惟有甘棠一樹青。

南北參辰十五年，狂奴狂態故依然。何時握手平生事，夜夜南樓月滿天。

寄潘景梁都事二首

渺渺美人天一方，思如江漢不勝長。東風喚起三山夢，月滿庭花幾樹香。

憔悴江湖見在身，十年前事只清塵。鳳凰臺上闌干曲，應念天涯有故人。

觀空軒

焚蘭登上方，倚策得幽觀。塵心一昭曠，風篠正凌亂。道人欲觀空，花臺對香案。融融雨初潤，靡靡春將半。未詳姚与魏，縠葉珊瑚榦。豈無豪貴惜，亦有子孫看。風光本何有，可愛不可玩。殷勤道人心，邀我揭柔翰。故知非佛事，聊用標讚嘆。無根優鉢曇，過眼河沙算。書成小窺簷，紛紛現霄漢。

舜舉畫棠梨練雀

霜暈棠梨臉，風梳練雀翎。含毫心欲醉，開卷眼還醒。

送孟子周御史

翰林逼華盖，學士如堵墻。我昔從東來，白鷗入鵷行。又如彼棲苴，稊米於太倉。無補舜裳衣，幸識堯文章。孟氏古作者，周鄒漢平昌。當時梧竹間，鸞鵠今高翔。瞻前忽在後，復若揚粃糠。相知始相識，此樂殊未央。非無酒与肴，三嗅不肯嘗。英韶發孤奏，二柏失老蒼。何以傲歲寒，篋笥留耿光。何以慰別懷，願保濟遠航。

送劉欽天御史[1]

乘驄萬里行，光華動南極。江漢及早春，草木皆喜色。欽夫吾所欽，握手如舊識。詩書与禮樂，談笑出珪璧[2]。寒亭列山尊，我欲勞遠客。再四招不來，威鳳方覽德。使我心惡而，無以見雙栢。忽辭黄鶴磯，遄返烏衣宅。瞻言在中河，杳杳浪花白。天空雲水闊，欲送無羽翼。輕舟行順流，頗以戒潮汐。努力重明時，壽身壽家國。

周耐軒總管挽詞

總角誇神秀，懸車見達尊。雙旌傳宦學，千里賴生存。馬鬣山扉夜，厖眉緦帳昏。歲寒留屐齒，凄斷不堪論。

鄧中齋挽詞

中齋吾所敬，一别幾飛螢。栗里藏名字，歐鄉有典刑。龍蛇那起起，鴻鴈已冥冥。淚眼河汾述，猶占處士星。

送劉仲誠歸潯陽

不見匡山久，高人得飽看。遺民廿入社，中允竟辭官。南極光芒逼，東風紫翠寒。君歸煩問訊，五老近平安。

寄郭西埜憲僉二首

風净看花陌上塵，遥知露冕正行春。麻姑定向方平語，三十年來第一人。

投林心似後棲鴉，黄鶴留連老歲華，千里家山棠蔭好，春風何日岸烏紗。

送尹生歸江西

江漢秋深鴈過稀，悠悠歸思夢先知。輸君去住無多事，顧我留行待幾時。野岸曉光千棹急，平湖寒影數峰欹。拍肩試向洪厓説，倘有黄花覓一枝。

家山飛雲圖

吴雲楚客兩羈孤，我亦先人有敝廬。風雪江湖歸路遠，不知誰爲寫成圖。

次韻程文卿并柬憲府諸公

歲晚江湖一舸歸，故人水驛寄新詩。風霜客鬢非前日，冰雪梅花似舊時。閩嶠十年常在望，西山千里重相思。喜逢官府清平日，林下從今生有涯。

寄陳止善綉使

王春煦萬宇，八使來宣昭。使君古德星，所至聞虞韶。憶經沙羡陌，弭節睠久要。相望江北南，鄙吝一日消。漢江鴨頭緑，奉以磊塊澆。驪駒曲未終，渺然但清飈。匡山綵雲起，綉衣已當霄。迢迢江閩際，往往山岳摇。豈意桑梓間，猶得親華鑣。衡門劣容車，聊以永今朝。至今謦欬留，使我神思超。瞻言既匪易，既見終成遥。遥知按行處，氣壓滄海潮。繙經有晋石，水底字未銷。山靈知素約，寤寐苦見招。使君幸踐之，毋謂方乘軺。

次韻王山仲見貽

清退庵中老，風流昔所親。江雲猶薄暮，宰木早先春。文采傳家舊，詩章發興新。朝宗秋水在，去去自知津。

次韻王子炎見貽

每逢佳句百憂寬，頗覺鷗盟尚未寒。傳語烏衣兩公子，頻抄新作寄人看。

西湖小景

一片無情水，笙歌日日春。至今圖畫裏，輸与眼明人。

送南豐曾敬齋學正歸省

芹藻香中識歲華，滿懷霜橘苦思家。來時賸載螺江酒，要及枝南第一花。

畫　牛

觳觫春來苦，群兒未必知。良工如有意，好寫駕犂時。

張山泉自愚莊來往仙岩

曾宿喬林絶壑邊，月明終夜聽山泉。宮商斷續初無譜，欲問張君借五絃。

甲辰秋三谷山房落成次人韻二首

隨牒年年東復西，歸來結屋傍叢祠。詩書何地不千載，山水於人有宿期。傳後莫忘初葉祖，落成恰是菊花時。君看石上晋人字，一一琳琅金薤垂。

書是先人屋壁藏，牙籤重理鎮山房。一爐香火見尊祖，百世兒孫尚肯堂。着在名山期衆共，向來遺愛豈民忘。詩成難盡意中事，石磴蒼蒼澗水長。

送益清陳君

齒宿如何意更新，黄花清露共精神。絶憐康樂經行地，還遇淵明輩行人〔3〕。樓對夕紅誰拄笏，澗涵秋碧蹔垂綸。區區太史占星聚，不見高陽有後陳。

次韻趙卿月見寄

林泉遺世味，幕府念平生。尺玉偏勞寄，雙魚不忍烹。有山隨李廣，無酒飲公榮。戲問朱簾客，應知暮雨情。

用前韻送閻伯雍

期子銷殘臘，寒江水又生。宦途謀北運，客味厭南烹。早就金門獻，先看玉樹榮。家公應問我，泉石正關情。

題畫屏折枝十二首

牡　丹

天香銷卯酒，國色艷朝暾。無地堪池館，留看到子孫。

雞　冠

旌節餘空樹，金錢失舊妍。蕭蕭風雨夕，獨立聳貂蟬。

梨花

清香發妙質，皓齒暎明眸[4]。惆悵東闌俗，移來白雪樓。

長春

生意春長在，人間自四時。紅衿暎肉色，消得簡齋詩。

黄葵

金椀傾初日，檀心颭曉風。殷勤挹黄露，擬進建章宫。

碧桃

平地碧雲起，明瑺冠翠蕤。種時和玉露，折處宴瑶池。

來禽

婀娜骨仍瘦，匀圓韻有餘。折來配青李，如對右軍書。

梨子

玉屑金莖露，蒙之緗色裘。霜刀爲發蔀，内熱得真游。

枇杷

磊落黄金彈，梢頭萬顆饒。詩人如識面，未必賦椒聊。

木瓜

糁糁金沙面，宣城出貢餘。倘令和鼎食，豈必愧瓊琚。

櫻桃

百顆輸先獻，圓疑火齊甘。赤瑛盤裏好，味不改筠籃。

石　榴

珠囊碼磠裹，玉醴水晶房。三嗾華池潤，仙家辟穀方。

送章明叔

相看未足又相違，鴻鵠東風接翅飛。兩槳吴船人易遠，一篙春水鱖初肥。驚心幾度經年别，握手何時萬里歸。早向斯文收汗馬，華岡南岸有漁磯。

寄陸義齋憲使

關山不礙暗香來，枝北枝南樹樹開。花外有人持漢節，尋詩應上越王臺。

寄姚牧庵參政二首

黄鶴山頭楚觀鍾，唤醒陳夢欠從容。歸來坐聽春林雨，還憶簾前翠萬重。

牛斗之間氣更明，三台星裹見文星。滕王閣上新碑刻，處處人家有素屏。

陳氏山居書院前剏橋名道山

共説山居好，烟霞幾許深。架中書有種，橋下水無心。酒聚陳遵客，花留蔣詡吟。宿春應可到，吾亦慣登臨。

補之畫梅

開卷見橫枝，逃禪不可期。忽思霜月夜，獨坐小窻時。

陳小庭求詩戲贈

羊角峰前擬峴臺，竹林深處小庭開。遥知日日吟詩苦，損卻空堦幾寸苔。

李生北行

白玉堂容四海，黄金臺貯千年。好去江南年少，薰風一路朝天。

麓石圖

雲根無數壓溪灣，萬里攜來只等閒。我有澗邊蒼玉筍，如何空寄夢魂間。

送霍可與晋卿理問

素履詩書在，明時獄訟稀。鶯花梁苑酒，金紫老萊衣。外省分天綍，南河近帝畿。平反須作意，回首是黄扉。

劉敬之尚書挽詞

儒效通今古，尚書獨邁倫。風沙臣節苦，禮樂國容新。地隔龍泉夜，庭留玉樹春。曲終無限思，併憶舊平津。

白無咎素軒

下基厚地上高天，飢即加餐困即眠。幾度詩成還閣筆，恐將文字涴天全。

少陵春遊圖

杜陵野客正尋詩，花柳前頭思欲迷。一樣東風驢背穩，曲江何似浣花溪[5]。

喬達之畫江山秋晚圖三首

遮日西來正暮秋，買魚沽酒醉船頭。如今見畫渾疑夢，知是南湖第幾洲。

千山木落鴈飛初，樵屋漁梁路有無。京國貴人真巨力，盡移生計入新圖。

別來事事可名家，獨我空添兩鬢華。天際有山歸未得，遠峰休着淡雲遮。

寄題終南遇仙宮宮在甘泉之下渼陂之上

甘泉祠祀渼陂游，盛事曾傳古雍州。故國風雲逢聖世，化人宮殿倚高秋。神仙可學妨吾懶，詩句難成愧客留。聞道終南多捷徑，定應容易到崑丘。

李氏奉親圖

高唐李家宜入史，世世順孫并孝子。今人創見古尋常，養志承顔政如此。春風秋月花滿川，小車長耳相後先。生綃二尺粉墨具，中有至樂無由宣。坐中親賓歌拍手，宇宙之間一尊酒。黄犬東門竟不歸，青牛西去知存否。何如我翁八十强，紅顔雪鬢雙電光。醉歸不怕驢自穩，有兒左右扶車箱。長聞貞觀開元際，老大昇平飽嬉戲。丹青不見見殘編，好護新圖示來世。

鳳林李以翁教授父主簿公行實

埸屋知何事，丘園有宿儒。一官聊慰藉，萬竹自蕭疎。玉樹春回後，黄花酒熟初。典刑今益少，五字當生芻。

文明門外劉氏野春園二首

杜曲桑麻韋曲花，青山遥共酒旗斜。閒時也欲尋詩去，長夏門前第幾家？

東風如海晝難真，沁水平泉遠近鄰。卻是野亭春最好，題詩題字有閒人。

石上三生圖

圓澤峡，猿精也。其歌可見，然古今皆無人及之。

巫峡三聲斷，王城一夢回。坐横牛背穩，不道故人來。

雪騎圖

都城五月已炎歊，咫尺西山迹謾遥。何處只今如此雪，煩君小住我聯鑣。

張子惠院判孝顯堂

日出北堂諼草緑，冷艷生香蔭華屋。荆花七樹樹樹高，一一種時如種玉。主人今住天中央，曉從西府朝明光。歸來一曲塤篪合，共羨張家孝顯堂。

寄題吴氏晚香堂

櫪山有高人，樵歸得秋菊。種之清溪岸，繞此白雲屋。華滋無早晏，所貴受命獨。朝來濃露下，芬芳出岩谷。未知叢上金，何似庭際玉。更欣萱草長，色入眉鬢緑。松桂相与榮，梨棗况已熟。東籬一尊酒，千載有餘馥。願保黄中姿，餐英寄遐躅。

冰雪相看堂

每過高堂意颯然，卻疑身近廣寒邊，雲霄直上無多路，冰雪相看别一天。勁竹喬松心有託，方壺員嶠畫難傳。六街紅透炎官傘，借我風櫺一榻眠。

次韻王寅夫尚書述懷

皇家盛制作，後進殊未諳。眷言廊齋老，有如車指南。高者秩天秩，下以商周參。共惟建官百[6]，挽矣錫命三[7]。君懷秋雨霽，空碧何恬恬。

北南三十年，取世亦已廉。近聞鉅鹿下，一騑駕兩驂。復言江漢民，船尾紛相銜。競迎新使君，使君裝已嚴。皆喜遇好官，清介侔張堪。誰知跂望久，各抱空歸慙。華國賴典刑，潤下資流謙。五字賢長城，何幸獲或擔。傳之寄千載，雅頌俱縢緘。願言隆鼎彝，無窮在迂談。

解安卿惠紅藥嘉種

風翻花藥春當堦，平生謝朓縈吟懷。我還於京三百日，空庭枉費東風來。人言秋半宜求種，公籞私園勞僕從。集賢解君解我心，對面珍叢肯移送。狂香浩態根裏藏，露珠葉葉凝恩光。主人帝城東畔住，一花一木都向陽。知憐我屋偏城北，雪早霜多禁不得。行行遶徧屋西東，旋爲佳人覓佳宅。手提井華不敢澆，造次恐傷黃玉苗。天公念花仍念我，夜深暗雨鳴蕭蕭。復疑猛灑兼繁滴，拂曉來看三太息。初逢無以效殷勤，佇待紅燈照瑶席。

胡紫山挽詞三首

一尊淮海話相逢，抵掌揚眉四海空。落日遠山依舊紫，眼前回首但霜風。

召節曾趨供奉班，許教孤鶴綴鵷鸞。鵷鸞不肯尋常出，孤鶴無端自往還。

太息何人似此公，未輸天下頌中庸。何時絮酒平生足，蒿里三章一夢通。

贈燕協律

洞庭之野有遺音，木葉蕭蕭自滿林。欲向此中尋節奏，天空人遠夜雲深。

蒙節婦

江上山頭望夫石，當年顔貌誰曾識。行人疑是復疑非，長使往來緣絶壁。何如秦中雷寡妻，少擕雙稚留空閨。征夫不返頭雪白，旌表在門囊有詩。

牟陵陽八十

陵陽先生八十時，白鬢紅頰身深衣。東風瓜熟有伏臘〔8〕，磻溪鈎直無是非〔9〕。門前載酒欲問字，亭角倚杖方尋詩。少微政爾光不夜，高士若匪先生誰。

題祁提點秋山圖

仙人縮地古今同，何處移來水外峰？我与白鷗曾有約，可憐相見畫圖中。

贈接花孟老

看朱成碧酒闌珊，更訪街西白牡丹。今日看花人白髮，接花容易接春難。

題高彦敬烟嵐圖

西南多連峰，東北多大野。大野少人耕，連峰有人寫。寫之給卧游，誰爲識真者？獨有房山公，癖山如癖馬。向宦浙河干，收拾不盈把。雲烟何慘澹，水木亦蕭灑。匪徒妙丹青，秀句蔚騷雅。胸中殊磊磈，筆底聊復且。君看諸可翫，何者獨非假。削平藝稻粱，庶以飽天下。

樺陽谷十詠

樺陽谷

天上官班地上行，樺陽泉石託幽貞。自從再踏蒼龍尾，每望西南眼倍明。

養浩堂

不向高堂日繫鮮，歸休何以度流年？紛紛移体兼移氣，獨對青山養浩然。

向日亭

寬閒何地不容光，况是親扶日轂長。未信城南天尺五，每家亭樹對朝陽。

招隱亭

不見朱欄十二干，繞簷叢桂想團團。但招雲月休招隱，雲儘無心月耐看。

貯月溪

水底空明透幾重，溪光全似水精宮。可應只貯涼蟾在，無限魚蝦亦見容。

静芳池

風裳水佩錦迴環，南蕩西湖六月間。卻是主人心更苦，滿衣秋露曉凭闌。

代竹園

遠近蒼雲接水雲，沁園花許鴈來分。當時淇奥青青草，千載人言是此君。

比德泉

泉將比德德無涯，相暎相輝玉絶瑕。一尺自渾千丈潔，丁寧流處莫淘沙。

鬪槲軒

槐棘春風日夜新，檻前山木老能神。兩賢豈是真相厄，大樹將軍此後身。

肆射平[10]

觀德仍觀絶藝希，蝨懸秋髮射侯微。從今谷口榛中石，夜夜須防獵射歸。

孝猿圖[11]

三生石上性長存，死別如何不斷魂。開卷故人還滿眼，此情今更不堪論。

劉單州棄官赴兄台州之喪

一手有急一手赴，左不良行右須駐。人心取舍有重輕，所以劉侯如脱兔。好官尚有兄則無，死今不死孤不孤。久思古人今始見，我欲書之寄董狐。

王氏嘉遯齋

東山太傅寧無意，少室遺公自得名。雨露四簷天尺五，未應嘉遯了平生。

送洪子蘭奉使歸高麗

青禁虛心待上賓，鋒車就遣過庭人。龍城遼東廣寧府日近歸裝暖，玉署花寒别夢新。洗馬陳情曾有表，乘軺拜慶古無倫。天東嘉楠知多少[12]，喬梓如今最得春[13]。

寄題韓雲卿漁莊

太行之陽有盤谷，别有漁莊在東麓。基雲匠月三十年，突兀眼前成此屋。汲中明府昌黎公，平生往哲將無同。愛山未辦茅一把，且種五柳摇高風。只今盤盤知幾礎，堂構殷勤遵雅素。玉龍擎重楝梁新，不數王家老槐樹。門前洹水行漁舠，沙平浦遠無驚濤。天開圖畫屏周遭，秋風蘋蓼春風桃。褰芳拾翠輟所操，月明舉網登銀刀。侑以大白湘溪毛，醉看太行首獨搔。長歌欸乃清而豪，聲飛於天鶴九臯。唤歸羽儀萬仙曹，天闕虎豹不敢嗥。太清雲翳無纖毫，此時此屋更突兀，午橋花竹中天高。

送程君儁學正歸潯陽

五老催歸客，天寒道路長。殘冬涉易水，幾日到潯陽。學見吾宗盛，身隨聖道昌。未應嗟晚達，松菊近柴桑。

郝氏世德詩

啓漢優三略，興周冠九人。王功今古在，侯服歲時新。奮建名相亞，皋夔德有鄰。向來忠孝傳，彌覺眼前真。

申屠大用挽詞

故人爲别幾秋風，竟爾難尋一笑同。表表自能尊素學，行行都憶避青驄。殊亭雪捲詩初换，甓社珠移事已空。老我只今看宿草，短章那更後諸公。

榮歸亭

昌邑淮陰欠此亭，綉衣高暎鐵衣明。至今無限遺榮在，玉樹欣欣遶砌生。

王秋澗先生挽詞二首

六藝流名舊，諸生屬意深。雄文探虎穴，妙墨過雞林。不朽絲綸重，無端齒髮侵。故應持斧日，早有挂冠心。

解瑟清王度，馳環聚老臣。江關聲氣合，輦路笑言親。去住猶如夢，存亡已隔塵。獨餘秋澗水，顧影一傷神。

華　隱

御風來往不留塵，水墨何由染此身。我亦平生一丘壑，幾時閑似畫中人。

漁翁圖

漁翁牽纑漁婦紡，膝上兒看掉車響。溪南溪北趁冬晴，水急船多欠新網。祝兒休啼手正忙，網成得魚如汝長。

枯　木

野樹無心緑，寒鴉作意飛。向來回首處，疑是復疑非。

危　橋

危橋那可試，獨步更堪驚。不見當時畫，空懸異日情。

樗　亭

倖免斧斤厄，常驚歲月新。少年欺擁腫，老子愛輪囷。

奉賀國王太傅丞相受封

龍飛天子答勳勞，疊組重珪極衮褒。周室同心惟吕伋，漢家異姓有張敖。天垣斗極星辰貴，烟閣雲臺地位高。千載國傳彝範舊，好毗湯舜選伊皋。

宣和畫馬

夜半房星下九關，渥洼龍種入天閑。宣和得此渾無用，神駿爭雄粉墨間。

五王避暑圖

淮南恩少難爲弟，有庳天回始念兄。得似開元全盛日，一樓華蕚友於情。

壽劉樗庵八十

名父佳兒世所希，此身端合享期頤。掛冠神武聊存我，序齒耆英復讓誰？師吕不論千載上，相周猶待十年遲。新來盛事人能説，文獻公家好本支。

寄劉中庵参政二首

不得劉公一紙書，酒情詩思近何如？太初岩下凉多少，亦有工夫燕坐無？

河南父老望車音，早有清風慰所臨。他日劇談三太息，政應聊復試初心。

中庵詞附

人至，承以二絶句見貺，清簡幽深，情意都盡。披閲諷詠，如接芝宇，感慰可勝言哉！輙有小詞，録奉一笑，且以寄企嚮之意云。劉敏中上。

短夢驚回，北窻一陣芭蕉雨。雨聲還住。斜日明高樹。起望行雲，送雨前山去。山如霧。斷虹猶怒。直入山深處。

送李景山侍郎使安南

北户之東旭日升，容光必照破群冥。防風後至心何在，陸賈重來語可聽。化洽不聞冬吠雪，氣先遥想夜占星。交州九郡皆王略，他日殷勤話所經。

贈杭州開元宫王眉叟法師

星宫浮游随所躔，上極玄始下九烟。出没無迹合自然，誰能居之惟列仙。虎林之宫曰開元，飛光躡景与時迁。我持絳節曾東騫，仙人種杏邀我前。翱翔接羽游木天，雲庭坐詠太一篇。赤明日月如千年，方平羽駕初來還。黄姑去舍空瓊田，超然而止開玄玄。金堂玉室千萬間，玄中正炁迴靈淵。洞真神章太帝頒，九劫無始環中環。溪分素河月流灣，至虚生白心甚閒。又乘剛風九豹關，我欲從之不能攀。青瑶爲簡緑玉編，託之胎禽寄飛軒。黄庭之師爲我言，東行何時相後先。

李渙母八十詩三首

乳下孤兒已了官，眼前銀鹿共盤桓。欲知八十年間事，雪皎霜寒在鬢端。

高門大扁里閭驚，孝子慈孫女婦貞。别有河東李渙母，不曾旌表衆知名。

截髪供賓手斷機，從來烈女有佳兒。劉家中表熊家學，文采風流定可知。

送完顔總管赴平陽

汾水西南古晋州，雙旌五馬漢諸侯。庭無坐吏官班重，地有遺民帝化留。荆樹春風誇列土，甘棠清蔭羡高秋。征騑莫嘆長安遠，回首朝陽是薊丘。

送何仲韞平章赴汴省

梁楚冰川太半開，懸知鈞軸載春來。清都露雨流中土[14]，左界星辰接上臺。别意漫言書數寄，去思終見詔頻催。安輿翼翼鳴珂引，夾路人争拜老萊。

題盧君用所藏手卷二首

己未御書小景

流落殘春筆，名蹤定可知。君王方旰食，猶爲一題詩。

盧學士詩卷

渺渺蒲江遠，年年桂樹秋。空餘詩卷在，天地与長留。

寄壽張天師母周七十

雙鶴飛來墮碧牋，上清金母慶希年。惠風和暢先三日，南極逍遥自一天。星逐馬蹄催遠使，露分仙掌趁初筵。從今歲月吾能測，青子蟠桃色正鮮。

送岳州馮道録

夜半黄金化石頭，洞中人嚮玉京遊。丹砂欲度三千士，月斧先修十二樓。位託星辰須北拱，道行江漢與東流。相逢紫極崔先叟，爲問秋聲好在不。

題扇面

葫蘆纏蔓急，菜葉鬪花妍。爲問將雛鳳，丹成爾亦仙。

踈山雲老半間三首

常住元無所住，非空畢竟俱空。長老半間何在，問他明月清風。

三界十方周遍，千門萬户尋常。唤取雲歸管業，老僧自有禪房。

萬嶺松杉密密，兩關雲氣深深。會見重來矮佛，樹生肘上成林。

賡牧庵与李仲元詩

世祖攬天下，盈庭盡瑰奇。聯翩萬國士，慷慨皆已知。嚴嚴許文正，扶道應昌期。李君此時俱，好學何常師。騈肩謁萬乘，天光焕倫彝。相顧各少壯，自許涅不緇。别來能幾何，歲月忽吾欺。出入三十載，嗟君位猶卑。但聞德日充，足慰心所馳。今上繼聖明，左右豈一夔。君方贊南省，厚禄我何裨。還歸養痾瘵，暫与軒冕辭。忽覽故人書，恍覿君子儀。常恐前修業，易爲後世嗤。君獨保厥初，進退各有爲。君如岩上松，昭質終不虧。我如道旁馬，筋力今已疲。許公不可招，諸老誰憖遺？琅琅姚君篇，傾倒無所疑。豈獨君所知，而亦我所私。因風繼斯作，聊用豁余思。

李仲元所藏畫卷

高人意在飛鴻外，使者空餘立馬心。可是涼州最知己，從今薤谷更須深。

寄壽吴閑閑二親

東閣真人擁紫鸞，來從帝所奉親歡。番君舊里開新國，吴猛天仙拜地官。萬里罡風参玉佩，百壺宫露輟金盤。華堂未覺秋香晚，冰雪相看正耐看。

山水圖

挺挺短長烟樹，嵬嵬遠近雲岑。爲待濟川舟楫，江邊立到如今。

趙克敬耘庵

甕竇蓬樞慣田里，雨笠風簑親耒耜。汗肩龜手剪蓬蒿，甌窶汙邪年高秭。不應牛角挂書策，誤引鶴書招禄仕。筆耕紙耨不堪煮，飢啼寒號長滿耳。君侯奕葉卿相家，小卻鑾坡弄文史。民庸吏績來奏最，步玉登金不違咫。便當華屋開朱門，車馬駢喧誇世美。胡爲宴坐立名字，踰我里兮折我杞。大篇短章來群公，説古論今精義理。老儂了不辦許事，擬買烏犍歸教子。

遯　軒

錦韉金絡玉花驄，血汗黄塵赤日中。何似茂林修竹裏，陶家一枕北窻風。

畫　竹

生來有節照雲端，蒼雪崚嶒傲歲寒。欲問平安無便鴈，眼明一段碧琅玕。

臨右軍帖

漏痕釵腳悮無神，空向墨池尋右軍。欲輟平生草玄手，爲書一幅弔藤文。

李庭訓御史挽詞

天爲斯文地，胡然奪此翁？士林嗟博洽，言路惜公忠。儒術今方貴，書生命自窮。箕裘有傳業，積厚報須豐。

趙閑閑畫松自題詩

詞華推哲匠，才大古云難。如許明堂具，偏宜畫裏看。

答陳玉峰覓紙帳

城南有詩老，贈我意綿綿。住久家猶客，更長坐不眠。來尋白紙帳，去敵紫茸氊。我愧蘇司業，賡酬欠酒錢。

寧山耆艾圖詩二首

桑陰柳影團圞坐，瓦鉢甕甌陸續傳。名字不須排甲乙，相忘相与作忘年。

洛下耆英吾不見，香山九老昔曾摹。可憐白首明光殿，卻羡五陵年少圖。

題山水便面

烟水冥迷山遠近，高山臨水更清寒。畫樓迴倚風前構，商舶遥從海嶠還。雲起亂峰生巧思，鳥飛殘照入遐觀。生綃盈尺無窮意，誰識經營慘淡間。

吏部郎中韓希賢父九十叔八十六

及壯抽身下九天，歸來兄弟伏生年。古今人爲功名老，福壽天於孝義偏。松柏相看忘歲晚，芝蘭競秀喜階前。二踈翻被黄金惱，得似韓家二叟賢。

七真山洞雲觀

七真之山白雲裏，絳闕神宫半空起。祁君有志於君成，更賜雄材自天子。東臨滄海西崑崙，森森翠節排天門。三更日射芙蓉色，六月石挂冰霜痕。山頭髣髴清虚府，洞底陰岑太行路。青苔能識六龍車，明月長懸萬年樹。峰盤澗復氣絪緼，瑶草金芝日日新。君王自有長生藥，端拱無爲萬國春。

安山朱琰

聞説朱家擅二難，安山山下大河干。骨無疏戚還蒿里，地有膏腴築杏壇。種德何曾期厚報，服田猶恐抱空餐。力能掩骼仍興學，誰信爲農卻了官。

洞明祁真人像

箬笠簑衣七尺翁，掀髯猶似舊相逢。只今無路隨青竹，自昔疑君是赤松。明月在天元不老，精金藏火豈能鎔。七真岩谷長春境，唯有浮雲盡日封。

舜舉梨花折枝

粉面丹心淺絳襦，清明時候古城隅。一枝獨背春風老，盡日巡簷撚白鬚。

舜舉黄蜀葵

淡黄衫子道家粧，露白風清殿衆芳。只有向陽心尚在，紛紛紅紫任低昂。

送王景開長官

楊柳陰陰燕子春，東風萬里動游塵。還將碧澗紅泉夢，又送青原白鷺人。子壯有才須遠器，吾衰無計乞閒身。南歸若見沙鷗伴，莫道遲迴忘卜隣。

厓　　雲

道人家住祝融尊，漭漭蒼蒼不可分。何日相從青壁下。焚香把酒看氤氳。

【校勘記】

〔1〕天，文淵閣本作“夫”。

〔2〕璧，底本誤作“壁”，據文淵閣本改。

〔3〕輩行，文淵閣本作“行輩”。

〔4〕暵，文淵閣本作“映”。

〔5〕何，文淵閣本作“怎”。

〔6〕共，文淵閣本作“恭”。

〔7〕挽矣，文淵閣本作“佇之”。

〔8〕東風，文淵閣本作“青門”。

〔9〕鉤，文淵閣本作“釣”。

〔10〕平，文淵閣本作“砰”。

〔11〕孝猿，文淵閣本作“三生”。

〔12〕楠，文淵閣本作“樹”。

〔13〕喬，底本誤作“橋”，據文淵閣本改。

〔14〕露雨，文淵閣本作“雨露”。

卷二十九

詩

薩德弥實謙齋御史瑞竹

江南御史彈琴處，插竹爲援竹自成。不見稚叢緣節上，渾疑鄰筍過墻生。清陰已比甘棠愛，直氣先占衣綉榮。迴首荆臺舊亭下，高枝應有鳳凰鳴。

龍眠二馬二首

蕭蕭駿尾傍塵埃，曾際風雲萬里開。卻憶少年河畔路，鳴鞭落日驟騎回。

迴顧飛龍玉轡頭，還思閒卧逐犂牛。何時放与江南好，草軟沙平得自由。

張鎮君哲清節堂

張君少也孤，鞠育賴母慈。母也貞且潔，堅苦力自持。教兒讀詩書，不見兒貴時。兒豈不欲養，養已無所施。娟娟寒梅花，皎皎叢菊枝。芳時苦冰霜，未春已離披。天地何不仁，古今同一悲。巍巍清節堂，行坐常見之。何以報阿母，勿負母所期[1]。聊爲清節吟，庶補南陔詩。

吴道人息庵

厭盡人間尚愛詩，結茅投老已嫌遲。翛然鳥倦雲歸後，正是風清月白時。斫桂欲將枝并折，畫江漸与扇相遺。死灰槁木蒲團上，又到身中子午期。

楊唐州挽詞子士允

天道由來遠，楊家重可憐。阿兄忠見嫉，乃弟善無年。往事成孤憤，修名竟兩全。唐州千載意，有子幸能傳。

蘇李相别圖

漠漠陰風吹草低，蕭蕭漢節對群羝。少卿心事元無異，家共長安萬里西。

淵明高卧圖

手撫高松石更奇，披襟脱屣醉眠時。壺中酒盡琴無軫，説着羲皇捻不知。

鄄城陳景新賑粟辭賞

伏波躬耕輕萬斛，卜式還聞辭爵禄。潁川太守復何人，往往挾持求大欲。陳君好義不言功，猶落玉堂揮翰中。見説鄄城諸邑子，近來相尚起廉風。

衛州王景先省郎祖母八十

萱草花開宿雨乾，北堂稱壽玉杯寬。幾千蜀道陳情易，八十京華就養難。忠厚已從今日見，艱虞莫忘昔年看。阿婆心事諸孫福，河朔聲名庶不刊。

周南翁悠然軒

開軒臨四野，野草細於毛。白鳥湖中起，青山雲外高。援琴忘舊譜，洗盞對新醪。落日闌干角，詩成漸逼陶。

寄題郎官湖太白祠亭黎僉事崱景高所修

昔持黄華節，觀風漢陽城。城南十頃湖，空有郎官名。太白不肯顧，高祠風雨傾。亟召郡博士，爲我時經營。我復棄官去，無由觀厥成。再以王事臻，夙夜有期程。豈無濟勝具，對面慙高情。安南古交州，黎子真豪英。好事竭肝膽，摛文嚴且明。連年湖上住，日愛湖水清。殘碑出沈翳，繚垣制縱横。象設儼邃穆，飛簷欝崢嶸。蒲荷取次發，竹樹皆光晶。素月濯古華，澄波送新聲。黄鶴怨崔顥，鸚鵡愁祢衡。欻若張李來，復與岑輔并。仍歌五字詩，酌以白玉觥。由來磊落士，况值天下平。萬古爲一時，四海爲一泓。神交溟涬外，氣合如弟兄。遂使郎官湖，燀燀流芳榮[2]。我歸玉堂署，君亦來上京。示我新記文，忽疑夢乍驚。題詩謝謫仙，心与孤鴻征。

徐廉訪母

大梁進士邢家女，嫁得徐郎在羈旅。姑章但識寄來衣，阿婦未聞堂上語。姑章不待阿婦歸，升堂空有淚沾衣。可憐積善生男子，不見婦歸兒貴時。諸姑歸閤新無夫，迎歸事之如舅姑。有男我娶女我嫁，阿姑自言今世無。頃聞父死惟老母，輦致平陽奉朝暮。邢家子姪各有歸，誰識良人心更古。良人已没諸孤長，富貴聯翩照鄉黨。門庭日廣車馬多，但恨姑章隔泉壤。

寄鄭信卿參政

闕下相看未忍分，過門誰料不逢君。竟參華省江南去，定有新聲天上聞。夜静每勞瞻紫氣，春深幾欲和停雲。豫章臺下南歸路，何日論心到夕曛。

題陳天賜載之詩後

亹亹辭家日，悠悠上國心。關河題欲徧，雲海夢初深。卷裏英雄迹，人間正始音。成連舟已遠，空對伯牙琴。

書韓氏八十詩卷宋筠作序

八袠更齊年，兒孫孝且賢。衣冠驚乍見，今古幾能全。德是耆期本，家宜福禄綿。國初人物在，獨對宋公篇。

王仲庸八十李受益隸書養志以扁其堂

大興王氏世忠厚，乃祖向來醫國手。活人千萬不論功，富貴浮雲亦何有。隱君八十字仲庸，同筐孟光壽且同[3]。妻賢子孝萬事足，有善可樂酒可中。皇慶天子初嗣位，賜帛高年興孝治。此時二老拜恩榮，新構華堂名養志。李侯八法元蒼蒼，奮筆爲挽千鈞强。三牲五鼎亦易得，楣間欲見三鳳凰。薄俗悠悠不堪數，君家盛德天所与。聖朝望治猶渴飢，敢信今人不如古。羨君有子真賢孝，澤滿鄉閭犯無校。祝君壽命金石堅，永与聖朝扶世道。

賀亨復都事榮親堂

勸忠褒德感恩私，風木無情喜又悲。五等已分茅土貴，百年莫忘蓼莪詩。但令報主存先訓，更覺榮親永孝思。遥想茫茫濟陽路，棠梨千樹擁穹碑。

上賜潘司農龍眠拂菻婦女圖

拂菻迢迢四萬里，拂菻美人瑩秋水。五代王商畫作圖，龍眠後出尤精緻。手持玉鐘玉爲顔，前身應住補陀山。長眉翠髮四羅列，白氎覆頂黄金環。女伴駢肩擁孤樹，背把閒花調兒女。一兒在膝嬌欲飛，石榴可憐故不與。凉州舞徹來西風，琵琶檀板移商宫。娱尊奉長各有意，風俗雖異君臣同。百年承平四海一，此圖還從秘府出。司農潘卿拜賜歸，點染猶須玉堂筆。天門蕩蕩萬國臣，駉騎横行西海濱[4]。聞道海中西女種，女生長嫁拂菻人。

題濟南安氏章服卷

笏滿床頭酒滿鐘，家能孝友國能忠。一門又見安員外，八葉寧論漢侍中。腤種葵花傾曉日，深培荆樹貯春風。江州陳氏三千口，七百餘年爨養同。

趙一德季潤忠孝詩

南昌趙氏子，早歲遭艱虞。骨肉不相保，萬里爲國俘。釋縛燕趙間，遂爲鄭家奴。蕩蕩天宇闊，亹亹日月徂。轉瞬四十年，朝夕勞且劬。主翁豈無恩，不得齊民俱。主翁父子没，悉力持且扶。有客南昌來，解后談厥初。問知家中事，五内猶摧刳。父兄死未葬，有母八十餘。再拜主母前，涕泗下漣如。委曲陳其情，願母哀其愚。主母爲之悲，暫許奉康娱。星言整去裝，策馬登長途。山川日以異，旬朔奄相踰。日暮不留行，忽已臻其廬。升堂拜慈母，再世得相於。慟哭父兄前，鄰里皆欷歔。生者幸少慰，死者歸黄壚。主恩不可忘，母養不可虚。黽勉与母辭，復返鄭氏居。主母驚且喜，左右咸歡呼。趙子令至前，授以咫尺書。汝孝通神明，汝義薄天衢。永爲故鄉民，汝去勿躊躇[5]。趙子再拜謝，灑血滿襟裾。主恩一未報，何用早歸歟？主翁積忠勞，封謚焉可無？穹碑表墓畢，逝將還故墟。主翁有遺嗣，無罪倏見誅。奮身伏王庭，誓死訴寃誣。白日迴其光，天道劃昭蘇。豈獨全鄭門，高風動皇都。滔滔天下者，迴首成榛蕪。安知磊落人，淪此氓隸徒。飛檄下九天，大字旌其閭。郁郁文獻邦，盛事暎梅徐。母壽涉千齡，聞有駟馬車。吾聞善必報，此理天不渝。我作忠孝詩，永激頑懦夫。

送傅道士

新拜天書領故山，飄飄歸鶴振高翰。九霄風露秋標格，萬里雲霞玉佩環。舌齒存亡真大訓，精神清净勝還丹。由來孝敬神仙事，莫遣山林有厚顔。

趙際可天馬圖

天馬出西極，神龍不能追。目爲紫電光，歕作風雷飛。天馬不常有，畫中或見之。見之夢寐不可得，得之不用終何爲？穆王無復瑶池宴，漢武秦皇不相見。何當真馬生渥洼，來与天子駕鼓車。

趙母八十

梓潼八十趙氏母，内外之孫廿又五。生長兵凶老太平，盛德冲和天所与。臺中濯濯兒更賢，捧觴百拜阿母前。願將忠孝報天子。桃花海上春如烟。

和陶詩

秋風吹庭樹，密葉潜銷落。玄燕寧久翔，白鴈紛南泊。清晨得尊酒，冥然還獨酌。年運倏徂謝，春秋焉能託。依依仰先哲，緬邈空述作。江漢日東流，寒花繞叢薄。開卷撫休運，振衣望丘壑。

葛老竹軒

開軒忘寵禄，種竹作幽人。霧罷清陰合，霜侵粉節匀。虚中堪体道，直上似持身。應有同心者，移家与卜隣。

早行圖

萬山迴合路紆縈，獨策羸驂欵欵行。卻憶麻源三谷裏，畫橋携酒聽溪聲。

寄喬達之

東魯相逢兩見秋，忽傳南牧古筠州。向來不負甘棠訟，此去真分黄屋憂。政裂多門從古患，民罹百病自今瘳。中朝人物如君幾，縱樂江南得久留。

豐城熊蒙泉挽詞

故國三吴暮，橋門六館秋。文章歸自誌，賓客拜荒丘。但覺風流遠，誰將歲月遒。青山延慶里，落日不勝愁。

壽李秋谷

薇省星辰近，鑾坡日月遲。上公開瑞旦，舊學蔚明時。玉琯微陽動，宫壺喜氣隨。已應蕭應昴[6]，復説傅騎箕。琥珀蒼松液，珊瑚碧樹枝。茂生豪傑士，來作太平基。憶昔公初起，方時事已隳。艱虞身保障，謀議國蓍龜。赤手除蛟虎，丹心見藿葵。一朝周典禮，萬世漢官儀。宗廟重鍾簴，乾坤再柱維。泰階寒耿耿，遐壤日熙熙。大小陳綱紀，神姦鑄鼎彝。桂枝增秀發，蔓草極芟夷。鄉校惟聞頌，朝廷總得宜。端由天子聖，亦在哲人推。昭代才何盛，斯文柄獨持。立言成準範，析理貫書詩。餘事歸青史，新篇藹素期。朝趨雙闕内，夕夢北山陲。顧問常前席，論思每執規。力援寒畯溺，已視庶民飢。姓字喧童稚，仁恩被等衰。功高門似水，心静爵空縻。報主期堯舜，爲臣志吕伊。山河分陜地，勳業太常旗。早達謙盈理，居多寵禄辭。戰兢存夙夜，贔屭負安危。即此觀天道，宜能永福綏。直爲天下祝，不是老夫私。

次韻秋谷西郊書事

車馬城西何處村，青山緑酒鴈紛紛。天開勝日晴如洗，地轉微陽氣欲醺。應倚長松詢白髮，還臨絶澗望紅雲。高賢自古閒難得，夾道爭瞻李相君。

贈李肖岩

海内畫手如雲起，寫真近説中山李。一入都門天下聞，半紙無由及田里。群公列卿日闐咽，過眼得皮仍得髓。含毫泚墨笑且談，忽見威儀在屏几。精神遒遒出眉目，炯若寒蟾暎秋水[7]。自言貌盡千萬人，不獨形殊心更異。邪正惟存瞭眊間，英雄多在風塵裏。我聞其人未曾識，姓名籍籍常在耳。皇慶元年秋九月，退食詞林方徙倚。黄花遶屋白日寒，風罷天高鴈如蟻。忽從集賢趙司直，剥啄叩門到階戺。掃堂展席開清尊，相對蒼然感衰齒。京華出入四十載，顧影周行若疣贅。只堪杖屨老林丘，何用形容汙縑紙。解包拂硯起盤礴，落筆童奴亦驚喜。平生傳寫盈筐篋，豈有踈髯白如洗。懸之素壁日相看，從此歲寒吾与爾。黄金百鎰未能報，贈君肖岩兩奇字。君王思治方旰食，夙夜求賢每虚己。願君莫問江南北，遍歷幽遐閲多士。魚鹽版築鼓刀徒，今人豈無古人比。莫待九重勞夢寐，便合圖歸獻天子。

緝熙殿御題紫薇花扇面壽郝中丞十一月廿五日

江南千里花茫茫，紫薇静對中書堂。畫工會得無窮意，一枝宛轉留芬芳。緝熙殿裏日月長，對畫落筆蛟龍翔[8]。花前未覺風流遠，扇底猶含雨露香。烏府先生黄閣老，高敞新齋坐霜昊[9]。聊持此畫託千年，從今永伴中書考。

壽白雲山人

白雲山人起西域，陽春爲心玉爲德。初從南士做元戎[10]，萬里聲名已輝赫。頃得雄藩展驥足，武昌城裏初相識。黄鶴秋風庾亮樓，大江落日曹公壁。此時最好安太守，旦暮過從豁胸臆。君爲郎署向河南，我欲江西老一庵。再承天詔還京闕，君已中書坐贊參。萬國山河歸美化，千年治亂入高談。紫薇紅藥天光轉，翠竹蒼松客夢酣。聖明天子今軒昊，敬老尊賢古來少。皇恩忽先一陽回，大政仍資共探討。天教初度臨長至，我識仁人多壽考。安得移家与卜鄰，歲晚風流成二老。

禹柏圖

我昔觀風江漢域，大别寺中觀古柏。皮空骨立二十尺[11]，扣之鏗然若金石。雙龍盤拏爪角怒，白晝欻忽風雷黑。小枝旁出勢蜿蜒，復似游龍顧深澤。蒼蒼數葉森北向，貞心不受螻蟻蝕。我時見此獨驚怪，僧言相傳禹所植。别來夢寐常髣髴，恨不圖之堂上壁。安南國王住漢陽，府中好事黎侯崱。皇慶元年同入覲，忽持墨本來相覓。開緘蕭蕭朔風起，半幅生絹萬鈞力。恰如大禹疏鑿時，天斧雷碫鬼神役。自言得之寺僧手，寺僧得之故侯宅。舊本模糊鎖暗塵，上有東坡手題墨。臨摹欲遺天下知，國王命我來索詩。此柏會有摧朽日，此卷豈有消磨時！我聞此語坐太息，神禹至今幾興衰。人間老樹亦無數，此樹應以人而奇。門前馬鳴君欲歸，黄河東去浮雲西。歸語山僧謹護持，莫令此柏淩空飛。

次韻吴閑閑梅花

故園爛熳看花處，愛月畏風愁夜雨。漱芳亭上一相逢，忽似江南花下語。薄裁瓊靨嬌難狎，細剪冰鬚繁可數。卻憐主人閑更閑，病眼摩抄吟欲舞。亦擬南城覓數株，安得萬錢買連土。

題蘇黄遺墨并序

伯杭郎中示余所藏蘇黄二帖，惓惓忠孝，如見其心。兩翁遺墨流落天下者多矣，君獨寶此，可尚已夫。爲之詩曰：

兩翁心事幾人同，二帖惓惓孝与忠。惟有太平賢御史，時將舒卷挹高風。

送羅元發教授應昌

携書別帝京，王國得儒生。路出開平遠，雲連絶漠横。鳳瑶飄夕吹，龍海夾寒城。善教無南北，因成萬里名。

送高君尹尉氏

聞君別親故，宰邑出王畿。青天大梁道，落日黄河西。尉氏古稱劇，長材無不宜。民心如蹄涔，微撓即濁之。但使各生遂，豈在信嚴威。撫字考寧下，廉信謹所持。勿謂百里小，可爲天下師。宿麥日夜深，農務將及時。君行不可遲，君會不可期。努力樹嘉政，足慰平生知。

九歌圖

瀟湘南下洞庭深，無力能援楚國沉。縱使九歌堪入畫，何人寫得放臣心。

題雪景圖五首

竹所每徑造，雪溪俄夜游。人生適意耳，何去復何留？

家近長安市，居然静勝喧。爲言賢令尹，不爲雪關門。

布被冷於冰，紙窻明似月。推枕理殘書，未肯甘汩没。

天地玉清境，郊原瑶樹林。無邊詩興在，只向灞橋尋。

介矣閔仲叔，高哉井大春[12]。夫君見何晚，大雪不干人。

舜舉梅竹折枝

吴興畫手早相知，粉墨凄凉歲月移。惟有寒梅并翠竹，京華相對獨題詩。

黄華老人墨迹

讀罷黄華水調歌，漁簑鶴氅奈情何。溪邊梅樹湖邊石，怪底新年入夢多。

送王義父還黄陂重建河南書院

少年疋馬游淮浦，雙鳳亭前憶同譜。黄陂老尉有佳兒，伊洛洸湟接東魯。黄州精舍久寂寥，河南故號無今古。江漢奔渾想源委，宇宙褰開見規矩。惟有中書白雲老，幾度扁舟爲凝竚。思賢撫迹意無極，忼慨伊誰闢榛莽。郡人好事王義父，手擲千金如糞土。去年赴調來京師，解后乃与中書語。願公早歸白雲下，看我崢嶸抗新宇。我有良田二百畝，永与諸生共勤苦。京師聞者皆歎息，磊落新篇慰羈旅。期君努力成此志，坐爲江山發矇瞽。文光夜插翼軫寒，聖道春融天地溥。待君業就當識之，盛事千年照淮楚。

謝西溪

君住西溪第幾灣，青原白鷺思漫漫。灘聲夜應書聲起，樹色朝連野色寒。昔在蓬山歸是夢，今沿湘水去爲官。過家誰共臨流賦，試拂沙頭舊釣竿。

成倏然孝感詩

世祖舊臣成太史，笑人拘忌説陰陽。但憐墓草臨衢路，敢許棺花結祲祥。千疊香山新改兆，一枝玉樹已傳芳。由來孝是昌隆本，狐首青烏信渺茫。

寄商季顯廉使

商侯守官四十年，清如冰壺直於絃。平生知己惟霜竹，卷藏淇奥懷渭川。七閩同寮許相寄，日月悠悠今幾歲。每過聊城不遇君，想見珍縌鎖寒翠。玉堂望望北歸鴻，何日霜枝在眼中。不是人間無處得，卷舒長揖故人風。近聞歸自西江側，况復家居臨大驛。也知愛竹仍愛詩，若得吾詩當兩易。

雪樓探梅圖

竹樹參差老不才，四山壁立雪皚皚。凌寒何許龍鍾老，獨對梅花待酒來。

玉荷杯壽内

曾預方平會，金盤捧玉杯。蓬萊幾清淺，又見碧蓮開。

天山胡氏春暉堂

春暉堂前蘭葉齊，春暉堂後萱草肥。阿兒日晏王府歸，上堂稱觴舞僛僛。兒能讀書母所教，兒能爲善母所導。兒孫滿眼才且賢，母恩深厚何以報。天融地和日載陽，願母壽年天地長。

利翥彦祥樗亭四詠

柏　龍

庭前老柏苔蘚澀，拔地盤拏奮鬚鬣。變化愁隨霹靂飛，摩抄若有風雷入。主人獨抱歲寒心，苦節貞姿日月深。門外黄塵三十丈，何時乘此去爲霖。

松　石

地底流脂成琥珀，地上枯枝并爲石。皴皮剥落棟梁材，瘦骨崚嶒風雨色。根離葉盡碧枝空，此心不轉与誰同。前身不是赤松子，安知獨非黄石公。

太湖石

震澤波濤日夜翻，澤中老石久都穿。何人掇取樗亭看，白玉圍腰下九天。

春日菊

開遍幽花不待秋，不當重九更風流。唯應細嚼枝頭蘂，爛熳青春醉不休。

真樂亭

關右山水邦，竇氏烟霞人。讀書不求官，爲樂得其真。孤亭抗林表，嘉樹藹氤氳。野色雨餘遠，天香風定聞。見月爲素秋，逢花即芳春。詩成寄遠客，酒熟分比鄰。閒雲時獨留，馴禽日相親。一与物情遣，安知賤与貧。

送李宗明

賈公門下客，李氏舊名家。萬里辭京去，孤舟背郭賒。吳山新店雨，楚樹故林花。定有懷賢者，逢君久嘆嗟。

子昂爲閑閑畫竹石作別

仙舟發御河，別楮灑蒼波。雙樹尊前出，叢篁石上多。月明行亂影，風静倚柔柯。還似看棋處，尋雲入薜蘿。

孤　　雲

渺渺從何起，亭亭只自飛。朝隨風鶴去，暮逐雨龍歸。幾度超滄海，多應點翠微。何時能借我，裁作羽人衣。

壽也先帖木兒知院四月初三日

開國元勳後，明公食肉飛。山河雄帶礪，社稷寄樞機。禁直星辰近，天光日月依。因君弧矢旦，梅實記初肥。

白鶴歌并序

右丞李君明之性至孝，弱冠時，父有罪當刑，君請代之。曁赴刑所，世祖皇帝密旨緩刑，遣近侍候之。君欣然就死，略無不滿意。馳報，詔並釋之。母病盲，君日舐其目，目乃復明。已而爲昭睿順聖皇后所知，擢爲大護國仁王寺總管。寺之役方興，高深大小之宜，君實度之；梓匠工役之勤，君實董之。簿書之期會、錢穀之出納一無私焉，迄致重門複殿金碧交輝，巍巍煌煌，爲京師諸寶坊冠冕。一日，群鶴翔舞所居簷間，人皆以爲孝感所致。翰林王鹿庵、李韋軒、商左山諸大老賦詩美之，繼作者無慮百家，凡數大軸。皇慶二年夏，余被旨撰碑文，至寺，与雪庵宗師偕來徜徉觀覽，緑陰鬱然。師指庭中喬松鉅栢曰："此李君手植也。今年幾八袠，官且一品，子貴孫茂，而君方聰明康强，日婆娑嬉游於是間，其人必有大過人者。"言未既，君携所藏瑞鶴詩卷出示，且索余詩。余既美君孝行之盛，又悲卷中諸老無復平昔，乃作《白鶴》之歌，以著余感云。

白鶴來，羽毰毸。舞且鳴，久徘徊。白鶴非鶩雞，何由致庭階？主人孝行深可哀，父當刑，子代之。天子哀其情，父子得並生。母方盲，子舐之。天地哀其誠，母目得復明。主人孝行世所驚，白鶴雖禽鳥，豈無性与情！白鶴去，還復顧。青天遥遥高且遠，但願主人世世還相似，白鶴長來庭下住。

劉處士挽詞

處士真終始，文康若父兄。各求千載志，豈爲一時名。花下琴尊在，階前竹樹榮。精魂渺何許，日暮玉河聲。

題何澄畫村田樂

番番白叟，宛宛黃童。飽食而嬉，樂与歲同。
白叟番番，黃童宛宛。今日何長，舊日何短。
明君在上，良臣在下。今汝樂只，誰識憂者。

右三章，章四句。

楊士允郎中將赴江西省幕出示勉庵記因題其後兼以贈行

高齋對時雨，竹樹藹青青。手披勉庵文，忽念君子行。君子今何行，江右撫列城。君子當世彦，累世飄華纓。忠貞所服襲，孝友日光明。自從列中朝，海内仰清聲。云何有遠適，天意在黎氓。顧惟大江南，去國數日程。貢賦天下九，舟車日無停。有民此有財，暴本必傷生。井法廢已久，貧富始相形。貧以食其力，富以蓄其贏。貧多富恒少，相養乃相成。俗吏守一隅，上下蕩無經。民心國之本，可正不可傾。願君執其綱，一視使其平。矧今用文治，禮讓漸可興。勉哉君子政，素學此足徵。

題楊士允志雅堂

楊君志大雅，百行繩祖武。庋書充棟梁，列器雜今古。退食即披玩，朋來共容与。書以味其道，器以觀其度。藏之貽子孫，用之奉明主。

題米元暉忘機圖

扁舟輕不渡，斷岸斜初轉。白鳥波上閒，青山意中遠。已知江湖樂，還驚歲年晚。海翁那有機，相忘自應遺。

菊圃王朋益挽詞

忠讜人皆忌，剛廉性獨存。初還淮土節，又作魏城藩。勇退中年志，全歸聖主恩。悠然堂下菊，白露滿空園。

封氏節婦

中山節婦人所無，年二十六身孀居。朝躬蠶繅夜辟纑，上事尊章下惸孤。自食苦淡奉甘腴，力持門户勤且劬。只今春秋七十餘，一生皎潔冰霜如。堂前陰陰槐柳榆，堂後藹藹萱花初。兒衣斑斑白玉壺，方瞳素髮紅氍毹。阿婆高節摩天衢，阿孫聲名滿皇都。阿婆壽命金石俱，阿孫世世高門閭，中山節婦人所無。

題楊紫陽跋盧諮議詩卷

二老已青山，斯文尚世間。傳家欣有後，開卷若承顔。治亂何堪説，乘除只等閒。秖應存世德，珠去自能還。

南　　窻

緑樹陰陰鳥自啼，薰風寂寂日長時。客來欲問南窻意，庭下蕭然半局棋。

送司徒沙羅巴法師歸秦州

秦州法師沙羅巴，前身恐是鳩摩羅。讀書誦經踰五車，洞視孔釋爲一家。帝聞其人徵自遐，辯勇精進世莫加。視人言言若空花，我自翼善刊淫侉。雄文大章爛如霞，又如黄河發崑阿。世方浩浩觀流波，五護尊經鬱嘉蝱。受詔翻譯無留瑕，辭深義奥極研摩。功力已被恒河沙，經成翩然妙蓮華。大官寵錫真浮苴，舍我竟去不可遮。青天蕩蕩日月賒，何時能來煮春茶。

韲　庵

甕裹青黄碧緑，卷中幼婦受辛。欲爲冰壺作傳，酒醒雪夜何人。

薛氏佚老園

客至自雒陽，爲説永寧城。城南十畝園，風物有餘清。園中有高堂，佚老以爲名。紅紫昂復低，時至自敷榮。迴溪蔭弱柳，長渠泛落英。好風來無期，幽鳥相和鳴。況有賓与客，美酒長共傾。借問主者誰，關輔舊諸生。爲官伊洛中，於焉委餘齡。斯人骨已朽，但有名与聲。玆園雖未荒，令我懷典刑。幸從公子游，同列在王庭。題詩繼茂躅，永言播芳馨。

陳氏宗敬堂

堂前衆花發，堂上春酒香。上有百歲翁，語笑何琅琅。下有四世孫，醉後相扶將。翩翩舞且歌，五綵曳朝陽。祝翁金石壽，勸翁白玉觴。朝吟屋東麻，暮賦池西楊。富貴豈不榮，孰若壽且康。園有果与蔬，田有稻与粱。甘腴豈不美，稼穡不可忘。古來賢達人，敬仲誰敢當。卜齊事已遠，遺胤尚高唐。

筆歌贈張進中

宣城諸葛無消息，京師張氏雄江北。張氏之筆如秋鷹，神王骨勁隨從縱横。又如囊錐乍脱穎，毛生歷階楚王驚。朝廷年年寫佛經，千人萬人集佛庭。張氏施筆知幾萬，實藏赫奕騰金英。張氏施筆真施筆，有口未嘗言福德。至尊得之猶愛惜，衆人區區豈常得！張氏初年學劉遠，劉遠之名翻有靦。始知一技足名世，况乃窮年究墳典。我行偶出鍾樓南，馬前長揖求停驂。坐我土床勸我酒，不得公句終身慚。學書豈但記名字，用筆貴能知筆意。莫愁世無王右軍，且合相我太史氏。

送武當張真人赴召祈雨南歸

聖主憂凶歲，真人下碧岑。雲辭武當黑，雨入薊門深。獨抱回天力，常存濟物心。兩宮宣賜罷，歸鶴杳沉沉。

張儀之餘慶堂

炎宋南遷日，群公從六龍。德門張氏最，戚畹主恩重。國敗家仍破，身全慶尚鍾。高堂帝城裏，千載亢名宗。

集賢直學士文學山挽詞

身是忠臣後，心懸聖主朝。瀛洲纔接武，炎海遠乘軺。敢謂都門别，俄成楚些招。青原在何許，南望颯風飈。

曹承旨擲雙陸得畫犬一卷索賦

四海爲家天地開，諸侯方物集燕臺。豈惟雉自越裳至，亦有獒從西域來。依依母子舐且乳，或寢或行緣復顧。區區禽獸猶如此，況乃君臣并父子。夜户不閉，不可忘犬。四方無虞，不可忘戰。黄金千鎰璧十雙，不如曹公一擲得老罷。畫師畫此豈無意，安得猛士守四方。

林縣尉救火

懷寧林少府，爲政近來無。大火中宵起，驚民四面呼。炎烟和月黑，猛勢挾風驅。即恐全城燬，那能大屋塗。朝衣當烈焰，頓首望天衢。臣職多遺闕，斯人何罪辜！誠深如見帝，言訖欲忘軀。倏若銀河决，仍將碧海輸。參差餘萬室，歡舞立千夫。火本無情者，君真有德歟！存心皆惻隱，何物不沾濡。天地元無間，豚魚尚可孚。吾詩非溢美，庶作後人摹。

長江歸櫂圖

靄靄天始晴，蒼蒼景將晚。江波日東流，游子何時返。

張弘道挽詞

辭家隨叔父，結髮學飛仙。短死非關命，長生不在年。壽寧增母算，心已悟真筌。何意人間事，猶勤聖主憐。

姚文獻公汾晋水王山和尚二詩墨跡[13]

汾晋祠前水自流，王山老衲亦荒丘。數行殘墨姚公帖，霜日閒看雪滿頭。

題樊川别墅

嚴家賣藥長安市，種德流芳已三世。孝思獨在神禾原，更築樊川植蘭桂。亭臺高下春風香，神禾鬱鬱正相望。白雲時負闌干起，翠柏應參雲漢長。終南山色年年好，富貴榮華似秋草。但能歲活千萬人，對酒看花可終老。

秋江釣月

荷簑非避世，持竿不求賞。夙抱江海心，寧爲利名鞅。天明紫烟裏，日暮清波上。四顧無人知，孤舟自來往。

畫　兔

君王罷游獵，重德不重射。狡兔秋田中，食粟得閒暇。

雲雷詩

四十年前春夢裏，魚龍晝起陸成池。雲收雷罷須臾事，正是青天白日時。

題許仲仁墨跡

殘雪詞林退食時，小窻開卷鬢如絲。音傳正始誰同調，氣逼元和稍自持。文字不隨前輩盡，風流卻許後人知。霜清日冷梅花瘦，獨對爐熏看欲癡。

壽李右丞八十

八袠康强似壯年，平生忠孝得於天。居鄰金地心如佛，坐對雲山興欲仙。瑞鶴時聞賓客賦，綵衣争羨子孫賢。功成名遂身先退，久視長生自有傳。

張母貞節

歌罷栢舟心欲無，此生寧用表鄉閭。雲中白髮張君母，絶勝人間偉丈夫。

題歸來圖

山多兮險幽，龍騰兮虎游。山人去兮乘雲，忽歸來兮躡浮。縣厓兮木欄，蔭蒼松兮望流泉。流泉兮在下，白團團兮誰宇。岩扉兮石户，去不見跡兮來無所。餐露芳兮月腴，將子無去兮吾与同居。

黛石山壽張宗師

蓬萊山上白雲根，鑿得嶙峋黛色鮮。不受神人梁碧海，曾供媧氏補青天。懸厓日暖生靈液，深谷春回響細泉。看到後天終不老，長盛香案玉皇前。

江皋雪霽圖

茫茫積雪霾四野，一葉扁舟順流下。不知前村雪幾深，早有携琴探梅者。小橋初日暎青林，隔岸樓臺聳玉岑。對此窅然思郢曲，朔風滿面獨長吟。

王東泉八十二首

懸車三十載，閉户自長吟。鳥語日移席，花香春滿林。龜蒙五畝宅，箕潁四朝心。獨往吾雖愧，當時憤更深。

先生今八十，千歲以爲期。花竹年年好，溪山處處宜。東阡復南陌，美酒与新詩。放浪樊籠外，世人那得知。

送喻道士歸漢中白雲觀

秦公有揖客，身着羽人衣。玉井一爲别，白雲長自飛。還從京國見，又向漢中歸。迴語故人道，吾生已息機。

汪忠卿御史梅庵

家住新安生虎林，綉衣風節老梅心。客來若問封侯事，笑指庵前月色深。

胡景清得母

三十餘年失母慈，關山阻絶塞鴻悲。一朝相見灤河上，卻話初逢離亂時。

題元裕之贈劉濟川詩後二首濟川，齊王豫之孫

赫赫齊王化古墳，還從文字識王孫。王孫不向齊中老，目斷并州何處村。

元子文章學老坡，百年人物擅關河。風流併逐浮雲散，况我看詩鬢已皤。

王梅叟溪山對月圖

明月照飛瀑，倒瀉清溪曲。溪上一株松，亭中人似玉。

題盧仲實歸養詩卷

昔君滁州佐戎幕，棄官歸養何其樂。今君調官向京國，心雖欲養寧復得。一别滁州已十年，阿翁三載隔重泉。平生爲養可無恨，但恨無由再相見。東風吹花楊柳新。金河水暖波鱗鱗。京華之樂春復春，少年馬上知何人。

雪中行吟七賢圖

長庚自是謫仙人，子美逢時稷卨臣。風雪茫茫五君子，凍吟猶得望清塵。

送吴思可守汀州

同袍趙濟寧，夙昔説君名。京國初相識，閩山忽遠行。分憂天子寄，平政庶民情。但使心如水，能令瘴癘清。

葛推官平反

大梁秋官仁且明，刑者復續死者生。昔無一兒慰目前，瓊枝玉樹今森然。力田種苗苗或荒，君家種德子滿堂，子孫世世不可忘。

用韻賦解安卿雙頭牡丹并序

瑞雲紅牡丹兩花并蒂，詩人以爲解氏子孫競爽之祥是矣。而詩中比之麗人、亡是公也，輒用韻反騷。

並蒂開花自一奇，人鍾和氣物何私？文華軾轍趨京日，風韻機雲入洛時。定与子孫呈上瑞，肯同兒女逞多姿。闌干穩護紅雲著，實在枝頭驗我詩。

送扎法經歷赴山西幕

我昔居南臺，与君日相從。回首三十年，謂君已飛翀。及兹復相見，微名不償功。雖蒙聖主知，進退何從容。好爵誰不縻，君視如飄風。寧爲正直窮，不爲壬巧通。欻起佐西幕，激烈孝與忠。別我升車行，念我雙鬢蓬。君行展高材，一罄平生胸。我志在丘壑，睠焉息微躬。冥冥朝陽鳳，夏雨生梧桐。寂寂澗底松，蒼然歲寒中。勗哉君子心，庶用存始終。

【校勘記】

〔1〕負，底本誤作“責”，據文淵閣本改。

〔2〕燀燀，文淵閣本作“煒煒”。

〔3〕筐，文淵閣本作“牢”。

〔4〕馹，文淵閣本作“驛”。

〔5〕勿，底本誤作“初”，據文淵閣本改。

〔6〕應，文淵閣本作“傳”。

〔7〕暵，文淵閣本作“映”。

〔8〕對晝，文淵閣本作“御筆”。筆，文淵閣本作“處”。

〔9〕敞，底本誤作“擎”，據文淵閣本改。

〔10〕士，文渊阁本作“土”。做，文渊阁本作“佐”。

〔11〕十，文渊阁本作“千”。

〔12〕春，文渊阁本作“椿”。

〔13〕王，文渊阁本作“玉”。正文第二句王字同。

卷三十

詩

題劉將軍墨跡

芝山山前湖水春，行人尚説劉將軍。將軍百戰能百勝，高興獨与烟霞親。平生横槊三千首，流落知爲幾人有。殘篇忽向嗣侯看，燕山落日天風寒。

送薛玄卿

裁雲以爲裳，製霧以爲衣。朝辭赤墀下，日暮歌采薇。世味淡如水，高情誰可希。還持江南夢，送子山中歸。

白雲山八詠

白雲隱岫

靄靄天際雲，還自青山起。昨夜爲雨歸，今日青山裏。

緑野方春〔1〕

平原藹初緑，時鳥變芳聲。還同世外客，閒看齊民耕。

古塔標峰

浮圖上空翠，遥望是層峰。落日照峰頂，化爲千丈龍。

憨泉灌圃

流泉清且甘，誰遣姓爲憨？揖揖抱瓮者，泉頭仍結庵。

楚山秋霽

坐對連峰曉，悠悠楚國秋。山中深幾許，時約白雲游。

石人晚照

何人化爲石，朝朝還暮暮。只見亂山晴，不知石人處。

棠店霜晴

霜彫棠梨樹，爛爛如春花。日照樹間屋，晃然成絳霞。

菟村夜雪

楚國但荒榛，子文無故宅。年年村中獵，雪上於菟跡。

送白雲平章歸故山

賜姓出朝班，今朝始是閒。恩隆光禄貴，名配白雲山。進退君臣際，聲名宇宙間。岩花千萬樹，日夜待公還。

蕭山圖

迴首江西最上游，山隨人姓尚爲蕭。客行天下三十載，家住溪南第幾橋。日冷雲松朝漠漠，月明風谷夜迢迢。夢回枕上聽春雨，記着東園長藥苗。

送榮上人歸洛陽白馬寺

榮公游上國，又向洛陽歸。白馬開新寺，緇塵濯舊衣。吟詩江月冷，振錫野雲飛。此去千餘里，無令消息稀。

鄧教授致仕還江東

積學今成老，遺榮不待年。歸心彭蠡外，客思薊門前。孤棹隨飛鳥，長河合暮蟬。知機誠可尚，忽别獨愴然。

送慧心和尚

或坐或行無不可，一來一往本難期。滿輪明月天如水，正是孤舟到岸時。

四駿圖

四馬同一槽，同槽已蹄齧。豈不愛神駿，所貴還在德。

題李宗師所藏李仲賓李雪庵趙子昂墨竹

李侯游戲竹三昧，葉葉枝枝分向背。卻憶王猷徑造時，一點清風驚百代。雪庵筆力老且堅，神藏氣密如枯禪。繁霜彫林雪積野，虚堂宴坐方寂然。最後數竿更森竦，高節猶含老龍種。一枝欲費百金求，松雪道人世所重。羨君一朝得三絶，五月對之若冰雪。我但從君覓竹栽，滿植中庭貯秋月。

謫仙捉月圖

牛渚磯前白錦袍，蛾眉亭外月初高。江波滿眼如平地，醉倒長舟一世豪。

祖生得母

二十八年南北阻，三千里外死生疑。一朝見母唐州地，昨日官軍破賊時。

貢士鄒國祥挽詞

開闢乾坤後，浮沉吴楚間。著書成白首，把酒看青山。空憶鄉書薦，惟求聖代閒。京華聞永已，南望一長潸。

長沙李主簿棄官隱居東湖孺子祠側築齋曰仰高寄題

一尉高安政已佳，桂陽拂袖更長沙。簿書期會諸君足，泉石山林兩鬢華。賴有蘇卿餘舊圃，况依徐孺作鄰家。仰高堂上琴書罷，自灌畦蔬種好花。

題宋復古古木寒泉

老樹倚寒泉，空山鎖翠烟。麻源三谷裏，白雪小樓前。地僻無人到，神交有畫傳。題詩自惆悵，何日問歸船。

李叔行成都寓居萬竹亭

岷江之西雪嶺東，蠶茨溪頭萬竹中。孤亭已去世人遠，高節惟應君子同。兄弟一家皆玉立，子孫千古更清風。四松寂寞浣花里，卻笑崎嶇子美翁。

李仲賓風竹橫披

平生着處惟栽竹，爲愛干雲度雪姿。何似卷中三五箇，閒來舒卷看參差。

次韻解安卿石假山

夜騰光怪晝生輝，數尺嵌岩舊見稀。欲獻楚王憂刖足，怕逢織女誤支機。斜當明月偏宜照，近逼紅塵不敢飛。中慶堂中蓬島客，相看不覺戀柴扉。

畫　馬

耳峻蹄高目有隅，肉鬉磊魂立奚奴。承平誰用千金買，空使閒人畫作圖。

畫　牛

東華塵裏度年年，每見春風憶故園。曾是江南新雨過，閒看稚子引烏犍。

釣臺圖

先生只合桐江老，幸有生涯釣与農。偶被羊裘勾引去，客星早已不相容。

桃江圖

大仰山前宿雨餘，桃枝江口正樵漁。何人乞得身無事，賸買雲山小結廬。

山水圖

誰能如此住，相對兩忘情。屋上青山色，窻前流水聲。

墨　竹

舊篠斜依石，新梢怒出林。平生讀書處，手種盡成陰。

睡鳧圖

紅蓼不禁霜，雙鳧夢正長。世人那得似，江海永相忘。

滕王閣圖

幾度滕王閣，凭闌看晚晴。西山与南浦，相送復相迎。

蕭御史取稧帖圖

稧帖屋梁上，世人那得知。不關蕭翼黠，自是老僧癡。

笓子墨跡

北去南來鬢已皤，櫛風沐雨閱人多。謾誇編竹能除垢，奈此蕭蕭短髮何？

答海不花孝行詩

治定功成萬化開，遐方驚見産奇材。養生送死如東魯，致樂遺榮類老萊。禮豈專爲中土制，孝元根自本心來。比堂日永萱花好，安得千金佐壽杯？

吴君載挽詞

竹罷繁霜徑，蘭摧白露庭。不堪垂老日，頻作故人銘。生世無如壽[2]，傳家謾一經。最憐歸故里，何處望儀刑？

濠梁劉孝子詩

濠梁孝子劉將軍，名在乾坤旌在門。少年攻戰策殊勳，衽席干戈獨好文。父死寢苫仍枕土，母疾減年兼剔股。阿母孀居五十年，阿兒孝行俱千古。西園種李生李枝，東園種桃桃滿蹊。將軍之孝天所知，世世子孫還似之。

韓滉牧牛圖

農爲天下本，萬世此心同。晴日開圖畫，方知宰相功。

李氏八十詩

憶昔申公八十餘，故人曾爲辦安車。太平天子思文治，會向山中訪禮書。

題龍眠二圖

孔訪萇弘

聖人何常師，小技亦有道。至今圖畫中，若聽文王操。

曹楊讀碑

以彼禍賊深，遇此智識淺。道旁十六字，方爾較近遠。

夏可軒挽詞

身分棲雲壑，名誰動玉墀。神仙付兒子，詩禮自吾師。瀛館徒云貴，山翁元不知。清風蓬島在，何用紼謳爲。

范氏貞節

海内傳貞節，誰如范母賢？八旬壽者相，五十寡居年。門有名王表，家多勝士篇。里閭增嘆羡，詩禮見曾玄。

王氏節婦

鄆城王氏孝且慈，年未三十身嫠居[3]。上有姑章下二雛，仰事俯育何勤劬。二雛已長姑章没，四十餘年心玉雪。二雛食禄母亦亡，天地茫茫眼垂血。大兒棄官守墳墓，小兒奉檄還當去。一家孝友誰能似，王氏世世還如此。

題劉武敏公整子墀學臣字説後

衣冠儀羽立丹宸，百辟師師學藎臣。獨羨世家家訓在，清風千載鎮如新。

王生大字筆

王生袖有筆如椽，早自通州道者傳。笑我蒼蒼頭已白，不關太極寫雲烟。

壽李右丞八十一歲

富貴康强八十餘，當階上馬不須扶。已知忠孝千年壽，况復升平一事無。案上楞伽閒每讀，杯中醽醁醉仍呼。雲山滿眼春如海，争羡朱顔照白鬚。

安氏積善堂

大同有安氏，積善人皆聞。食比黔敖敬，粟無秦晋分。遺金且不愛，負券常對焚。止酒猶好客，居肆仍尚文。雲霞暎高誼，蘭桂延清芬。天道苟可憑，有報寧非君？農人力菑畝，繼之還在勤。

雲中四老圖

白髮雲中老，衣冠有古風。婆娑松竹裏，莫是採芝翁。

樂廷玉西村

南土信雲美，西村還是家。侵尋新歲月[4]，夢寐舊桑麻。汶泗青山遠，荆吴白日斜。政成聊自樂，繞屋種名花。

畫　兔

足撲速，眼迷離，嬌兒宛頸雌雄隨。安知擣藥明月裏，夜夜天寒月如水。

李澤節義詩

母知栢舟誓，兒知麥舟惠。節義萃一家，慈孝非二致。天書爛爛照里門，李氏之德難具論。母壽八千爲秋春，兒身富貴及子孫，老夫作頌天應聞。

劉氏濟美堂

燕山有德門，孝義子傳孫。家誦同居樂，人懷必報恩。酒香花氣合，琴静樹陰繁。濟美堂中客，無忘劉氏言。

春江小景

翠柳紅桃春滿天，鴛鴦㶉鶒亂平川。東風閱遍閒花草，惟有人無再少年。

訪友松竹居圖

流水青山净似苔，竹松多處有樓臺。只愁寒夜來相訪，雪擁重門喚不開。

周文矩畫高僧試筆圖

南康遺墨紹興題，京國傳看白髮時。一片古屏秋似水，山僧把筆未曾知。

白鶴圖

昂昂十八鶴，云是宣和寫。長鳴月滿皋，四顧天垂野。相從上寥廓，三嘆非仙者。

周介夫稽中堂

紛綸接構勞，反覆梏亡患。伊人炯獨立，高堂啓清晏。四壁惟詩書，前榮或賓饌。時從退食際，發此喟然嘆。前瞻慮已遠，卻顧懼猶緩。暗室儼有臨，春冰凛將泮。冥求天下本，欻見古人面。清風日正高，明月夜方半。持之應萬物，至理何由畔。

題趙子昂畫羅司徒家雙頭牡丹並蒂芍藥

並蒂連枝花亂開，冲和元自主人培。集賢學士春風筆，更寫天香入卷來。

葉處士挽詞

君在山中住，青山深復深。泉聲傍户細，樹色過墻陰。接竹惟澆藥，看松亦抱琴。如今無復見，空有夜猿吟。

送戴道士住天台

君承恩命住天台，萬壑千峰繞絳臺。門外霞川浮溟涬，杯中雲海接蓬萊。時同野鶴看桃去，或領山猿採藥迴。三十年前吾亦到，舊題應入白雲堆。

題召秀才孟陽處士詩卷

孟陽處士入京師，身着山中舊補衣。坐對王侯常極論，行逢水石忽如歸。韓康賣藥逃名姓，陶令休官覺是非。何似行藏隨所遇，無心處處可忘機。

題趙敬甫先德詩

君不見趙侍御，大父昔宰元城日，惠政旁洽四海聞。身死百姓負土葬，至今猶號縣家墳。又不見趙侍御，祖母袁氏遭亂離。獨抱前母之子棄己兒，孤兒哀哀草間啼。冦盜滿眼若不知，兩兒俱全天与之。豈知孤兒孫，絶類更離群。出入耳目股肱地，吸爲凛秋嘘爲春。一朝天子賜恩寵，白日赫赫懸高旻。上公大國及祖父，漏泉之澤無涯津。乃知爲善必有報，當時未必求報如今人。嗟哉侍御何以報，永以忠孝書諸紳。

朱陵别館圖

悠悠清川動，藹藹朱陵曉。宿霧猶空濛，行雲方縹緲。谷深嘯陰虎，峰高礙晴鳥。應有仙人來，巢居謝塵擾。

何澄馬

畫馬非真馬，猶擅千金價。南山猛虎多，安得馳之射？

宋學士所藏五馬圖

朝飲幽并，暮秣吴龍。膺鳳脊紫，方臚承平。得此寧無用，可惜人間只畫圖。

李仲賓爲劉明遠畫竹

李公畫竹真天成，踈枝密榦皆有情。偶然縱筆作長幅，颯颯坐覺聞風聲。古松偃蹇連蒼栢，怪石崔嵬如積鐵。李公心事劉子知，歲晚相期飽霜雪。

王氏貞節

李家孀婦王家女，翠柏爲心未云苦。故廬蕩盡起新廬，子爲賢官女有夫。一生孝敬無与比，德被親婣照閭里。紛紛薄俗安可論，幾人玉雪懷終始？

重送戴道士并序

余既作霞川詩，送戴君提點，其所稱述，翰林從事邵生爲余言如此。後數日，太常博士虞伯生來言，君所適者越也，非天台。所謂霞川乃在桃源，盖用以自號者。請更賦。

被命將居越，扁舟指會稽。海雲迎棹起，江月照人低。有道蟠龍虎，無生混鶩雞。霞川隨處是，何必武陵溪。

一　　初

一從何處起，初自幾時名？昨夜山中夢，梅花雪乍晴。

南陽太守射虎圖

一箭何妨一害除，使星歸進兩玄珠。欲知太守忠勤事，請看南陽射虎圖。

題晋寧申氏家慶圖

申家盛德暎當時，家慶圖中始見之。盡出槖金援滯獄，潜輸囊米濟鄰飢。已驚賢婦能齊壽，復見名郎有七兒。最是舍旁羈旅者，感恩猶自説流離。右軍帖："吾有七兒一女，皆同生。"

題吴閑閑擬剡圖

和風翼輕舟，平碕蔭嘉樹。依依流芳在，渺渺層波去。未知圖畫情，稍叶滄浪趣。真人与道息，宇宙隨所寓。季真亦已遠，陳迹寧足慕。環樞本無方，矧有濟勝具。何許川上亭，政在會心處。

劉恩州挽詞

籍籍甘陵守，依依白下民。甘棠初蔽日，宰樹已經春。昆寵家留譜，龔黄代有人。須知清白吏，名德久逾新。

李伯時馬

龍眠畫馬真是馬，一疋猶當萬金價。參差粉墨見龍媒，渴飲長江柳陰下。我今老病無所求，但願早賜歸林丘。肩輿飽飯百不憂，閒看稚子騎犂牛。

折枝桃榴圖二首

長眉添粉重，媚臉醉春暄。百囀東風裏，如何獨不言。

西國移根早，瑶池染露新。青禽舊相識，來送鳳城春。

謝安對奕圖

晋代衣冠不可尋，空餘畫史筆間心。東山絲竹西州淚，卻是羊曇恨最深。

郭熙小景

一路秋光百里溪，行人行急趁前期。船頭别有鳴琴客，仰面青天信所之。

雪晴圖

沙際風迴雪乍晴，偶然雙鴈下青冥。山禽共嚮木居士，不見靈芝一朵生。

夏珪山水

隱者多依泉石間，結廬相對共幽閒。誰知泉石更多事，日夜鬬聲來撼山。

趙大年小景

疋馬衝寒踏落花，杏園深處曲江涯。何如相對風軒坐，喚得漁船傍酒家。

賜歸後讀趙閑閑遂初園八詠

得閑已羡閑閑早，得去何妨去去遲。偶讀先生遂初賦，於今不愧八篇詩。

韓滉田家移居圖

韓公豈獨丹青妙，出入周旋足令猷。坐擁荆吴兵百萬，不忘田舍有漂流。

饒陽葛文元嘗題詩真定趙定國臨碧亭西壁上重來則穿壁之竹覆之矣爲賦一絶

臨碧亭中題壁處，重來花鳥總無言。惟餘亭下青青竹，透壁穿墉護墨痕。

樂　　府

漢宫春　壽劉中齋尚書

記得年時，向爛柯山上，問訊山君。神仙當日機格[5]，付与何人。猿驚鶴怨，道烟雲、久暗楸紋。秖有箇，留侯好在，玉梁千尺峥嶸。　　老子當筵，國手，曾看書貯墅，决策推枰。而今長垂衫袖，卷卻機心。後先翻覆，一從他、局面虧成。旁觀者，不求他訣，只從乞与長生。

喜遷鶯　壽大人四月七日

天南天北。記歲歲今朝，白雲凝目。遥想群仙，擗麟行脯[6]，鶴馭丹霞三谷。此日癡兒，多幸引領，諸孫盈屋。齊綵服，對緑陰青子[7]，緩斟醽醁。　　和睦保吾門，一家詩禮，箇是生籙。官不在高，名何必大，無用滿堂金玉。但願太平，無事日用，莫非天禄。從今去，看壽如磐石，鬢鬚長緑。

酹江月　寄壽京山宣慰叔

歲時荆楚，渺淮海、相望竹林清逸。掛了豸冠歸去也，側耳中郎消息。見説旌旗，行春江上，也報歸來月。嬋娟千里，如今猶共天北。　　應是南國甘棠，緑陰新長，未放春風歇。料得清香凝燕寢，兵衛森然畫戟。回首塵蹤，轉蓬未了，又欲馳京陌。浩歌金縷，殷勤遥寄銅狄。

木蘭花慢　壽忠齋三月廿七日

春光明媚日，萬紅紫、鬬芳菲。算幾許韶華，脂銷粉褪，蝶懶蜂稀。誰如半山解道，道緑陰、幽草勝花時。天与誕生元老，壽延長占佳期。　　功名富貴轉頭非。滋味總曾知。且鑾坡鳳掖，文章議論，玉珮瓊琚。癡兒那知許事，須安排名字作去聲[8]公師。豈識遼東歸鶴，只今壽國元龜。

臨江仙　壽崔中丞四月十日

永日緑陰庭院静，最憐紫燕翩翩。舊巢已墮不堪黏。主翁情愛重，親手捲朱簾。　　恰則五龍同浴佛，崧高又報生賢。殷勤深意倩誰傳，呢喃如對語，富貴出長年。

又有序　四月廿五日

予生之辰先養蒙學士旬日，亦既拜《臨江仙》曲之賜。謹次韻爲養蒙壽，且贺新除。

卷起黄庭聽壽曲，蒙齋可賀綿綿。安排機會實關天。生辰今日是，新命此時傳。　宣室曾聞前席語，偉哉龍象初筵。斜飛取勢玉堂仙，太平遲公等，大拜定今年。

養蒙詞附

《臨江仙》曲仰爲座主雪樓相公先生壽

前幕下士張伯淳頓首再拜

白雪樓頭清晝永，新來喜事連綿。朱明緑暗麥秋天。綉衣何日去，丹荔已香傳。　前夜團團明月好，清光留照華筵。錦囊隨處地行仙，庭椿闕望眼，同慶八千年。

青玉案　壽趙方塘學士五月五日

昌陽初薦長生醑。又好日、逢重五。緑鬢神仙家玉署。每年今日，綵鸞齊駕，排日歡初度。　今年天上恩榮異。道壽也、還他富。細葛香羅難比數，醺醺醉了，卿卿一笑，巧結同心縷。

沁園春并序

五峰大卿寄示所和綉江參議《沁園春》詞，一以退爲高，一以進爲忠，二者皆是也。區區愧未之能焉。倚歌而和，情見乎辭。

十載京華，騎馬聽雞，自憐闊踈。看春風葵麥，敷舒如此，故園桃李，憔悴知歟。要乞閒身，聊追故步，雪艇烟簑一釣夫。君恩重，卻許令便養，欲去躊躇。　竹西準擬寧居。詠不到、娉娉嫋嫋餘。又橋邊巷口，燕尋舊壘，天東海角，月上新衢。尸素有慚，澄清無補，豈不懷歸畏簡書。堪時用，得卿如卿法，吾自吾廬。

金縷歌　壽大人

新月溶青荔，望天邊、壽星一點，白雲千里。又是吾翁初度日，兩見童顔十四。多絳縣、老人一歲。想得姑仙麟脯宴，進蟠桃、滿引霞杯醉。群玉樹，可人意。　　癡兒未了公家事。喜此中、堂名綉綵，晨昏如侍。着箇斑衣渾欲舞，卻把壽巵遥跪。祝翁壽、三山一似。已潔清香凝寢處，奉安車、弭節徐徐至。就禄養，看孫戲。

沁園春　次韻王寅夫樓居妙曲兼致惜别意〔9〕

天上仙人，只愛楼居，真成故常。自五雲深處，乘風冉冉，三神山畔，弭節陽陽。醉裏乾坤，閒中歲月，興到謝家春草塘。凭高望，看塵間萬事，翻覆蒼黄。　　好留此意要荒。想坡老、風流肯獨當。况日邊紅杏，空迷蝶夢，眼前緑樹，嬌囀鶯簧。明媚時光，温柔地氣，倘可棲遲老是鄉。花神訴，怨春歸閬苑，自有天香。

清平樂　以茗芽椶扇壽長樂尉弟四月三日

潮來潮往。百里遥相望。喜見卯君初揆度，好寄海南拄杖。　　蕭然四壁坡翁，要求黄木無從。受用一般苦味，奉揚千載清風。

品令　壽譚公植提學九月十日

黄花的皪。更着意、粧秋色。三神山外，九仙峰頂，輝騰奎壁。聚遠楼高，人在青雲千尺。　　輕車芳䡄。度窈窕、穿丹碧。翠橙香沁，玉醪春艷，笑摩銅狄。數點梅花，已報調羹消息。

滿庭芳　壽曾勁節

天地爲爐，崐岡欲燼，此君興味何長。深林蒼雪，特地作清涼。甲刃摐摐陣裹，翠旌纛，佩玉鳴璫。須知道，生來有節，晚歲更昂藏。　詩人閒品藻，似衛公九十，淇水徜徉。任風花高下，蝶亂蜂狂。有客長途苦暍，貪美蔭、欲買陂塘。推門去，何妨枕藉，三萬六千場。

青玉案　壽趙定宇

梅花盃酒年年早。有箇詩人未老。恰則蛾眉新月巧。人間春信，水邊仙影，共約今宵到。　少年回首都休道。算只有、紅泉快幽抱。贏得池塘閒夢草。堂開二樂，客添一笑，長似梅花好。

金縷歌　壽胡澗泉憲僉二月七日

八桂歸來後。又十年、泉紅澗碧，蟠桃春曉。老子精神真滿腹，合借福星當道。怎長寄、東皋舒嘯。是則顛厓人渴想，奈一川、風月多情好。攀琪樹，拾瑶草。　耆英洛社尊胡杲。問何當、椶鞋桐帽，率先九老。歲月天長留石磴，此約他時須早。定分我、香山歌笑。未論桑田滄海事，比諸公、他日猶年少。政恐有、鋒車到。

摸魚兒　壽燕五峰右丞

記江梅、向來輕別。相逢今又平楚。東風小試南枝暖，早已千林烟雨。春幾許。向五老、仙家移下瓊瑶樹。溪橋驛路。更月曉堤沙，霜清野水，踈影自容與。　平生事，幾度含章殿宇。隔花么鳳能語。苔枝夭矯蒼龍瘦，誰把冰鬚細數。千萬縷。簇一點、芳心待与和羹去。移宫换羽。且度曲傳觴，主人花下，今日慶初度。

五峰詞附

繡使雪樓先生歌［摸魚］詞，華余初度，次韻敬謝。盛心荒唐，愧甚。

又浮生、平年六十。登樓悵望荆楚。出山寸草成何事，閒卻竹烟松雨。空自許。早摇落、江潭一似琅琊樹。蒼蒼天路。謾伏櫪心長，銜圖翅短，歲晏欲誰与。　梅花賦，飛墮高寒玉宇[10]。剛腸還寧馨語。英雄操与君侯耳，過眼群兒誰數。霜鬢縷。秪夢聽、枝頭翡翠催歸去。清觴飛羽。且細酌旴泉，酣歌郢雪，風致美無度。

水龍吟　次韻謝五峰

不知今夕何年，飛來五老峰頭月。清輝無限，殷勤回照，歲寒蒼雪。寫入宫商，鋪成紈素，盡情誇説。倚胡床老矣，若爲消得，除卻是、杯中物。　自笑半生長客。正沉思、故林幽樾。兒童驚走，龍鸞雜遝，兩山排闥。風雨蕭蕭，冰霜耿耿，相看高節。問此君、學和龍吟，水底幾時成闋。

漁家傲　次韻謝郭西埜僉事

出世自憐居佛後。眼前萬境真何有。曲調最新情卻舊。重湖右。林宗一笑同携手。　西埜有雲初出岫。浮空肯學纖絺縐。須信此中無雨久。君識否。老夫只羡無官守。

摸魚兒　次韻盧踈齋憲使題歲寒亭

問踈齋、湘中朱鳳，何如江上鸚鵡。波寒木落人千里，客裏与誰同住。茅屋趣。吾自愛吾亭，更愛參天樹。勞君爲賦。渺雪雁南飛，雲濤東下，歲晏欲何處。　　踈齋老，意氣經文緯武。平生握手相許。江南江北尋芳路，共看碧雲來去。黃鵠舉。記我度秦淮，君正臨清句。宣城水名。歌聲緩与。怕徑竹能醒，庭花起舞，驚散夜來雨。

踈齋詞附[11]

樂府［摸魚子］奉題雪樓先生鄂憲公館歲寒亭詩卷

爲君歌、歲寒亭子，無煩洲畔鸚鵡。江山勝槩風霜地，要近魯東家住。丘壑趣。應素愛昂霄，老柏孤松樹。登高作賦。想白雪陽春，碧雲日暮，别有倚樓處。　　金閨彦，尚憶西清接武。年來喬木如許。團茅時復羲皇上，我醉欲眠卿去。歌欲舉。還自悟君亭，琢就瓊瑶句。踈齋試与。倩倚竹佳人，湘絃赴節，凉滿北窗雨。

大德辛丑五月廿又二日[12]，書於長沙肅政公宇之澄清堂。涿郡盧摯頓首再拜。

感皇恩　次韻姚牧庵題歲寒亭

翠節下天來，通明誰侍。地有高齋要名士。相逢恨晚，老矣酒兵詩帥。歲寒同一笑，千年事。　　黃鶴羈情，暮雲離思。半掬心香火初熾。梅花滿樹，又是一年冬至。政相思恰有，江南使。

牧庵詞附

捧讀雪樓憲使《歲寒亭記》，擊節之餘，扳踈齋例，亦賦樂章。姚燧再拜。

尋丈歲寒亭，何多環侍。烟節雲旓萬青士。旄頭鐵甲，更兩蒼官爲帥。落成天雨雪，皆奇事。　　不獨玄冬，偏生幽思。六月清風失炎熾。三年轉燭，君去豈無人至。惟應無坐嘯，文章使。

臨江仙　以鴛鴦梅一盆壽程静山平章

千歲蒼虬成玉樹，江南江北孤芳。平生何處最聞香。五更江上路，幾度月中霜。　　休笑梅兄今老大，年年青子雙雙。風流消得唤鴛鴦。和羹真箇也，莫忘水雲鄉。

清平樂　壽王楚山

楚山清曉。借問春多少。松菊深深香縹緲。萱朵蘭芽交照。　　丹霞洞口紅泉。從來慣醉飛仙。不是稱觴獨後，後天長似先天。

臨江仙　餞拜都御史

海北天南千萬里，綉衣霄漢乘驄。飛來黄鶴喜相逢。清霜鸚鵡月，寒食牡丹風。　　仙闕曉班催玉筍，馬蹄還上春空。江頭官柳得春濃。不如江漢水，萬折与俱東。

點絳唇　送王藎臣

緑鬢青雲，王郎故是乘驄侣。阿龍風度。想在烏衣住。　　帶得春來，又共春歸去。江頭路。美人何處。官柳吹風絮。

又　送王世英

執法星邊，從前合着双星佐。近來添箇。轉覺光明大。　到得長干，想見鶯花過。情無那。王郎知麽。唤起思歸我。

摸魚兒　次韻謝張古愚

漢江東、舊家文獻，風流意氣相許。金臺早集荆山鳳，聲振一庭鵷鷺。春幾處。須信道、甘棠樹樹含清露，平湖古步。妙一曲鈞天，魚龍出聽，未數應鍾吕。　吾衰矣，鬢點吴霜幾縷。劉郎忘卻前度。千年黄鶴歸來晚，山色謾留眉翠。東北注。羨衮衮、雲濤去接西江水。仙塵異趣。但極目朝陽，清光萬里，阿閣送高翥。

鷓鴣天　壽郝仲明御史

庚暑初消酷吏更。秋風新動仕途清。生辰長占中元是，今歲欣逢二美并。　冠獬豸，掌銓衡。鏡般明了水般平。手中一卷山翁啓，人道延生北斗經。

蝶戀花　壽千奴監司十二月朔

黄鶴山前梅半吐。歲歲年年，誰是冰霜侣。自有使君來共住。黄昏不怕風吹雨。　見説和羹天已許。帶得春來，又怕將春去。記取澄清堂上語。八千眉壽從今數。

南鄉子　壽程静山

報道杏梢紅。又報新添老令公。好箇平章風月手，成功。畫戟金釵各幾重。　　七十未爲翁。彭祖當時丱角童。家慶圖中須着我，吾宗。歲歲年年壽酒濃。

浣溪沙　題湘水行吟

風雪交加凍不醒。抱琴誰共訪湘靈。數峰全似故鄉青。　　流水落花何處路，緑陰幽草可憐生。行人小待我同行。

滿江紅　送陳正善綉使將指江閩

楚甸春濃，早重染、甘棠舊緑。天又念、海深江闊，達聰明目。漢使只今應遣十，周官自古須廉六。羡綉衣、遥暎衮衣明，人如玉。　　論别恨，猶未足。還怕見，征車速。待相隨十里，試騎黄鵠。無奈江山分去住，漫教風雪欺松竹。問使君、如肯酌紅泉，尋三谷。

掃花游　寄贈西埜赴臺都事

别離况味，嘆自古難禁，最關情處。暮簾捲雨。念征衣乍拂，故人良苦。見説麻姑，也怕方平節斧。正凝竚。又報道待回，天上官府。　　誰与傳尺素。想玉簡頻催，綵雲難駐。中臺獨步。便迤迤金門，近連沙路。野鶴江樓，爲囑仙翁記取〔13〕。耿無語。倚山亭、黯然平楚。

摸魚兒　次韻謝張古愚

又山亭、一番春老，歸遲黄鶴何許。殷勤天上乘槎客，還記渚鷗沙鷺。憔悴處。奈青鏡、難藏一一都呈露。空庭細步。念一笑三年，相思千里，他日看嵇吕。　　西門柳，烟雨千條萬縷。人誇張緒風度。誰知聳壑昂霄意，春樹漫摇柔翠。杯滿注。願回壽、松喬一曲清如水。壺中得趣。問日麗扶桑，風來閶闔，應許共遐翥。

浪淘沙　次踈齋韻題楊生卷

城上望宸樓。夢裏神游。山無重數水悠悠。惟有江西楊處士，來往扁舟。　　金鳳落何洲。君試回頭。呢喃檣燕替誰留。誰道明年如斗大，借問沙鷗。

點絳唇　壽王楚山

幾日春寒，楚鄉山色偏濃秀。雪前雲後。相對青如舊。　　洞府沉沉，聞道花開又。烘晴晝。蟠桃結就。共慶千年壽。

木蘭花慢　壽胡澗泉

耆英圖畫裏，笙鶴擁、地行仙。是曾識舊家，南宫禮樂，餅餤春筵[14]。梅南早迎騶轡[15]，凛霜威、風裁肅蠻烟[16]。笑引霓旌絳節，歸尋碧澗紅泉。　　軒然過卻古稀年。㝠户濕壺天。甚小車花外，醉呼麟脯，滿泛金船。蒲輪晝榮相錦，福蒼生、此筆健如椽。辦了調元勳業，丹霞小住千年。

浪淘沙　壽譚梅屋

瀟灑水雲鄉。樂事難忘。鳳書無奈又相將。遶屋江梅猶未白，簡上飛霜。　　小住政何妨。院院秋香。今朝何處按伊涼。一曲一盃千萬意，地久天長。

海棠春　壽胡澗泉

年年二月風光好。佛出世、有誰知道。無量壽如來，昨夜先來報。　　澗邊玉樹，泉邊瑶草。千歲和春未老。莫羡澗泉間，有鳳啣書到。

六幺令　壽聰山

海鶴松間襟韻，梅花雪後精神。皇家蓍蔡老元臣。彝常千載事，品物四時春。　　人道聰山毓秀，秀如嵩岳生申。壽身壽國壽斯文。三階明紫極，一氣轉洪鈞。

臨江仙　壽晋軒

久矣君家無此客，年年天際遥瞻。文星明似半規蟾。槐廳風細細，蓮燭夜懨懨。　　尚記當年飛鶴譜，重隨賀燕呢喃。逢迎一笑捲踈簾[17]。花開春未減，日永酒頻添。

蝶戀花　壽陳北山

月掛新年弓未彀。璧水溶溶，已覺春光透。國子先生松竹友。一尊請爲斯文壽。　　况是雪中萱樹茂。華萼相輝，天長地久。何處東風吹雅奏。孔堂絲竹千花晝。

又　戲踈齋怡雲詞後

長憶山中雲共住。出處無心，只恨雲無語。今日能歌還解舞。不堪持寄山中侣。　　誰道解愁愁更聚。自有卿卿，慣畫雙眉嫵。問取慳風并澁雨。相逢認得怡雲否。

菩薩蠻　次韻郭安道探梅

孤根自是春憐惜，一苞生意何曾息。南北本同枝，先開先得詩。　風來元不約，冷暖憑斟酌。花落又花開，年年去復來。

千秋歲　壽劉中庵

報梅開處。又報君初度。冰雪種，瓊瑶樹。重逢仍嫵媚，方發非遲暮。春滿面，廣平消得平生賦。　觀裏桃應妬。無耐風霜冱。香不斷，清如許。從教吹笛裂，自有和羹具。花會否，明年相見沙堤路。

天仙子　壽杜左丞

一自壽星臨杜曲，歲歲小春春意熟。泰階相向更分明，調玉燭。扶鈞軸。　突兀眼前惟此屋。折得歲寒枝上玉。擬祝翠尊還覺俗。何如綉綵在庭前，看未足。杯方續。周魯後前光汗竹。

太常引　壽高麗王

沁園歲歲菊留芳。待此日、慶真王。金鼎燮和元。造壽域、同開八荒。　帶河山礪，一傳千歲，地久與天長。晴日上扶桑。便先照、璚階玉觴。

鵲橋仙　次中庵韻題解安卿盆梅

南枝春盛，斜斜整整，猶帶孤山光景。相逢索笑耐尊空，向老瓦、盆中自省。　風霜人老，關河路永，賴得生成慣冷。憑誰移傍太初岩，待雪月、交光對影。中庵有奇石，號太初岩。

臨江仙　壽尹留守

六月灤陽天似水，月弓初上新絃。一篇來壽我同年。帝京賢牧守，人世妙神仙。　年甲偶同人卻别，我今早已華巔。羡君福禄正如川。印章金磊磊，階樹玉娟娟。

清平樂

西埜使君自遼左寄詩詞至灤陽，猥承見及，次韻代訊，且謝不忘。

新來酒户。想勝看花處。帶得春行平壤路。同笑同歌同住。　灤陽卻近山家。芒鞋夜夜丹霞。流水落花歸思，蒼烟白石生涯。

太常引　壽李丞相

閒消一半鳳城春[18]。杏桃小、帕嚴辰。獨有柏屏蒼。翠便似、南華大椿。　露濃天近，玉魚金印，恩共歲時新。多少太平民。願真箇、朝堂秉鈞。

碧桃春　壽廣微天師

琵琶峰上曉雲光。遥聞薇露香。雲中王母九霞觴。碧桃今日嘗。　開大國，佩重章。舊家張子房。青山虎踞復龍驤。梅花江路長。

沁園春　壽李秋谷平章十一月朔

河漢無雲，淡月踈星，玉宇初澄。漸金仙掌上，露華高潔，西風陣裏，霜氣崚嶒。浪蕊浮花，狂茨怪蔓，此日紛紛一掃平。誰歟似，有天公錫號，秋谷山人。　　須知與物爲春。向揫斂、中間寓至仁。是紱麟盛旦，黄鐘應候，一陽方動，萬彙俱萌。億兆蒼生，鈞陶繫命，壽國端如壽此身。梅花遠，倩新詞描寫，來侑芳尊。

玉樓春　次韻王彦博右丞詠梅

梁園賦客情無奈。嚼到梅花和蠟愛。偏憐初日透宫黄，怕染春風成野黛。　　游蜂怪底隨飛盖。揀得繁枝償酒債。玉堂開卷已春殘，紅紫紛紛都異態。

清平樂　壽李秋谷

葱葱瑞色。岑蔚亭前客。一點梅花藏太極。總是春風消息。　　去年今日西山。哦詩賭酒忘還。到底黄扉紫閣，不如未老清閑。

天仙子　壽白雲平章

玉漏遲遲高閣報。枝上梅花春又透。紅雲宫闕白雲山，人盡道。如君少。江北江南行處好。　　試聽陽春歌楚調。調鼎勳名都做了。人生七十古來稀，仁且壽，誰能到。有酒滿斟南極老。

右文集三十卷，謄寫始於至正癸卯之春，書市余通父筆也。前十卷刻而復燬，後二十卷寫而未刻。洪武辛未春，以印本、寫本併刻於朱氏之肆。甲戌冬，郡邑奉禮部陶字二百二十九號勘合坐取是集，以補書府之闕籍。越明年春，梓成，遂備楮先印送官，於是續行四方。始終相其事者，嘉禾唐彦清也。曾孫潛請於邑庠，訓導李叔鈞、吴嗣宗與同志之士校讎畢，遂記其後云。洪武二十八年上巳日謹識。

【校勘记】

〔1〕方，文淵閣本作“芳”。

〔2〕如，文淵閣本作“中”。

〔3〕嫠，文淵閣本作“孀”。

〔4〕侵，底本誤作“駸”，據文淵閣本改。

〔5〕格，文淵閣本作“杼”。

〔6〕行，文淵閣本作“作”。

〔7〕青，文淵閣本作“紅”。

〔8〕去聲，底本誤作“軲”。據文淵閣本改。

〔9〕次韻，文淵閣本作“和”。

〔10〕宇，底本誤作“字”，據文淵閣本改。

〔11〕齋，文淵閣本作“亭”。

〔12〕又，文淵閣本無此字。

〔13〕“爲囑仙翁記取”以下二句，底本誤作“爲囑仙翁記耿取無語”，據文淵閣本改。

〔14〕餅，底本誤作“綾”，據文淵閣本改。

〔15〕梅，文淵閣本作“海”。

〔16〕肅，文淵閣本作“度”。

〔17〕簾，底本誤作“簷”，據文淵閣本改。

〔18〕閒，文淵閣本作“雪”。

附　　録

元故翰林學士承旨光禄大夫知制誥兼修國史雪樓先生程公行狀

公諱文海，字鉅夫，避武宗皇帝御名，以字行。程氏之先自周成康之際，伯符始國於程，子孫因以爲姓。宣王中興，有賢佐曰伯休父。春秋時，保晋趙氏之孤曰嬰。西晋有循吏曰元譚，由廣平太守移節新安，因家焉。宋熙、豐中，有曰巽者，於公爲七世祖。巽生緒，緒生仁勝，皆以經學教授鄉里，遠近咸尊師之。後自歙縣遷於休寧。高祖宥興嘗客漢上，樂其風土，遂居郢之京山。曾祖子明又避兵於鄂，卒葬焉。皇贈集賢侍讀學士、中奉大夫、護軍，追封楚郡公，謚安僖。妣姚氏，先卒，葬於郢，追封楚郡夫人。祖德秀自鄂東上彭蠡，寓洪之吴城山，以功擢宣義郎，參淮西、壽春二帥府事。皇贈資善大夫、中書左丞、上護軍，追封楚郡公，謚簡懿。妣李氏，追封楚郡夫人。考翔卿，至元十三年授朝列大夫、管軍總管，累贈光禄大夫、大司徒、柱國，改封楚國公，謚孝肅。妣李氏，累追封楚國夫人。公生淳祐己酉四月戊午，在襁褓中即岐嶷異常兒，目光如炬。識者知其爲大器也。幼入小學，日誦數百言，必斂衽端坐，以求訓詁旨意。長從族祖徽安先生若庸學，与今集賢直學士吴公澂爲同門。徽庵乃饒雙峰先生門人也。歲乙亥，季父飛卿攝建昌守，公侍孝肅公，奉楚郡李夫人就養。未幾，天兵南下，建昌内附。明年，至元十三年也，隨季父入覲，遂留宿衛，授宣武將軍、管軍千户。十五年十一月九日，世祖皇帝召見香殿而諭之曰："卿在江南，知賈似道何如人？" 公對曰："當其爲邊臣，是一似道也；及爲相，又一似道也。" 上説，命給紙扎，書其辭。遂就上前銀盆磨墨，書二十餘幅以進。旨問："今居何官？"以千户對。上曰："卿儒者，授非所宜。"特命改直翰林，從諸老游。因諭近臣曰："朕觀此人相貌應貴。及聽其言，誠聰明有識人也。"又諭公曰："自今國家政事得失，朝臣孰邪孰正，卿爲朕悉言毋隱。"公頓首謝曰："臣以疏遠儒生蒙被聖天子知遇，出入禁闥，敢不竭駑鈍以報！"明年，授應奉翰林文字、朝列大夫。又明年，進修撰。又明年，升中順大夫、秘書少監，尋升集賢直學士、中議大夫，兼秘書少監。條陳五事：一曰取會江南仕籍，二曰通南北之選，三曰置考功曆，四曰置貪贓籍，五曰給江南官吏俸禄。皆采而行之。二十年，加翰林集賢直學士，同領會同館事。二十三年，改集賢直學士，進階少中大夫。入見，首乞興建國學。又上疏曰："臣聞治天下必用天下之才，故曰旁招俊乂，故曰立賢無方。若限以方，所徵以技藝，雖曰用人，猶無人也。國家既已混一南北，南北人才視同一體。若有所偏主，有所遐棄，此群臣之過計，非陛下至公之心也。臣屢聞明詔，一則曰求賢，二則曰求賢，而能以賢才致之陛下者幾人？夫所謂賢才者，大而可以用於時，細而可以驗於事。而凡出使者止以卜相、符藥、工技爲賢才。此何謂也？且使遠方有識之士得以淺窺朝廷。臣竊恥之。臣雖愚陋，不足以備賢才之數，然世無賢才則已，有則臣必識之。江南百餘州之廣袤，數百年之涵養，豈無一二表表當世，不負陛下任使者？臣奉命以往，庶幾遇之。如得其人，則望先試以一職，使之自卑而高，自難而易。小有益則小進之，大有功則大用之。磨以歲月，賢否自見。且陛下如用若人，不但愚臣得舉所知而已。它時出使者皆知陛下德意，將見異人輩出，得賢之盛，視古無愧。惟陛下留意焉。"未幾，復上疏曰："臣竊惟國家自平江南以來，内而省、院與監，外而行省、行院、宣慰司、路府、州縣並皆參用南人，惟御史台、按察司獨不參用。臣不知其說也。夫南北人情風俗不同，若欲諳悉各處利害，須是參用各處之人。况江南歸附已十餘年，而偏遠險惡之處，盜賊時時竊發。雖由官吏貪殘所激，亦緣臺憲按問失職致然。每年按察司官名爲巡按，其實未嘗遍歷，止於安静之地遷延翺翔，聞有小警，即行退避。至於偏遠之處，曠數年未嘗一到。其間，小民被官吏苛虐，無所告愬，激而爲盜，官吏返欲有所虜掠。興兵之際，良民被害，何可勝言！竊惟朝廷於江南設立行臺、按察司，正欲察訪利病。果得其人，何致如此？欲望特降睿旨，御史行臺自中丞以下，各道按察司自察使以下並合公選。南方耆德倚望之人與北方官員講論區畫，庶幾諳悉江南事體，周知遠人情僞。内臺中丞至監察御史等官亦合參用南官，以備採訪。不勝生民之幸。惟陛下裁之。”事下中書集議，大臣咸請如公所言。遂以本官特拜嘉議大夫、侍御史，行御史臺事，仍詔搜賢江南。初，詔令皆用國字，至是，上特命以漢字書之。上素聞趙孟藡、葉李名，臨發，密諭必致二人。公至行臺，宣上德意，禮趙、葉二公赴闕。同時薦者若趙孟頫、萬一鶚、余恁、張伯淳、凌時中、胡夢魁、曾冲子、孔洙、包鑄、何夢桂、曾晞顔、楊應奎、范晞文、方逢振、楊伯大等二十餘人。上皆擢居清要之職。明年春，復命於上陳民間利病數事，悉聽納焉。進集賢學士，仍職南臺。時相桑哥顓政，中外岌岌。二十六年，公乘傳入朝，奏疏曰：“臣聞天子之職莫大於擇相，宰相之職莫大於進賢。苟不知以進賢爲急，而惟以殖貨爲心，非爲上爲德，爲下爲民之意也。昔漢文帝以决獄、錢穀問丞相陳平，對曰：‘陛下問决獄，責廷尉；問錢穀，責治粟内史。宰相上佐天子理陰陽，下遂萬物之宜；外鎮撫四夷，内親附百姓。’觀其所言，可謂知宰相之職矣。今尚書省惟以鉤考錢穀，剥害生民爲務。所委任者率皆貪饕徼利之徒。四方盜賊竊發，良以此也。臣竊以爲，清尚書之政，損行省之權，罷言利之官，行恤民之典，於國爲便。”相怒，羈留京師不遣，凡六請加害。賴上察其忠誠，不允，相謀益沮。明年春，有旨，還公行臺。無何，相敗，世咸服公之敢言。凡在行臺六年，知無不言，言無不用，至今士民猶能稱道。廿九年，召公與胡秪遹、王惲、雷膺、陳天祥等十老赴闕，賜對便殿，勞問甚悉。三十年，授正議大夫、福建閩海道肅政廉訪使。悉召諸吏，諭之曰：“治人之道，由自治始。若等能不並緣爲姦，貪污將自戢矣。有違吾言，必懲無恕。”皆凜凜不敢欺。每持牘至前，必望其顔色温厲，以爲進退，上下爲之肅然。至於正風俗，恤民隱，表廉勤，察貪殘，尤加之意，然不肯以微罪廢人終身。人咸服其公平，感其忠厚，相率改過爲善者甚眾。大德四年，遷江南湖北道肅政廉訪使。適湖廣平章有縱其家奴爲民害者，即命有司逮捕械之，榜其惡於市，三日乃決遣。民大説。餘如治閩海時，而嚴過之。公所至，尤以興學校，明教化爲己任。其在閩海、湖北，諸州縣廟學、社稷之久廢及不如制者，咸一新之。南院書院，公幼嘗游處其中，歲久，圮陋尤甚，即捐楮幣增修，以爲之倡。後值歲侵，復以禄入賑之於民。八年，召爲翰林學士、知制誥、同修國史。明年，加商議中書省事。有旨集議恒暘、暴風、星芒之變。公上言五事，曰敬天，曰尊祖，曰清心，曰持體，曰更化，皆切中當時之病。十一年，授山南江北道肅政廉訪使。武宗即位，素知公名，留居舊職，加正奉大夫。凡朝廷大謀謨、大政事，必以咨公。公悉心極言，上多從公議。每議事歸，家人占其顏色欣戚，以知時政利病。至大二年，被旨詣湖廣行省，銓廣海選，事畢，移疾還。明年，復授山南江北道肅政廉訪使。又明年，仁宗即位，召老臣十六人赴闕，公與焉。夏，授浙東海右道肅政廉訪使，尋留爲翰林學士承旨、資善大夫、知制誥、兼修國史。時六月，大旱，上命廷臣講求致災之由、弭災之道。衆皆循習故常，各疏數事以進。公獨舉成湯桑林六事自責爲對，每至一事，必曰："不識今有是乎？有，即致災之由；有而能改，即弭災之道。"言極懇切，大忤時宰意。翌日，上命中使持上尊勞之，曰："昨中書集議，惟卿所言甚當。後復遇事，其極言無隱。"皇慶元年，進榮禄大夫。上議行貢舉之法，公即建白："朱文公《貢舉私議》爲可損益而行。"且曰："當今設科，宜優蒙古、色目人，以勸其趣學。然取士必以經學、行義爲本，唐宋詞章之弊不可襲也。"上是其言，即命公草詔行之。延祐二年，得末疾，乞歸田，不許。上時遣近臣撫問，勞之曰："卿世祖舊臣，素篤忠貞。宜强飯，善自攝調，以副朕倚注之心。"敕官其子大本爲郊祀署令，以説安之。疾尋愈。三年春，疾復作，平章李公孟亦爲之請，得旨南還。特加光禄大夫，賜上尊儷錦。詔廷臣祖道文明門外，子大本乘馹護侍挋家。仍敕所在有司常加存問。五年七月十八日，薨於正寢，年七十。明年正月庚申，葬南城縣可封鄉繞堆大磐山之陽。娶徐氏，先卒，追封楚國夫人。繼俞氏，婉淑明敏，持家肅睦。公驅馳四方，内助之力居多。封楚國夫人。同年三月十五日先卒。子男五人：大年，承德郎、撫州路金谿縣尹，兼勸農事；大光；大本，承事郎、郊祀署令；大來、大觀，國子生。女四人：長早卒，次適國子生聶公晋，次適饒林，幼在室。孫男六人：世昌、世臣、世延、世忠、世京、世良。女三人。公生有異質，儀狀魁偉，神采峻毅，語音如鍾，望而知其爲大人君子也。即而親之則温然如春，淵乎其有容，莫能際其涯也。天性孝友，父母愛之，宗族親之，朋友信之，遐邇慕之，靡有間言。意度豁達，喜周人之急，捐帑發廩無吝色。嘗曰："士生天地間，當以濟人利物爲事，奈何瑣瑣以自厚一身爲哉？"每接後學之士，必諄諄教誨。或才藝有所自見，嘆賞奬進，以底於成。由公所薦引而爲當世名臣者，往往有之。所爲文章雄渾典雅，混一以來，文歸於厚者，實自公發之。累朝實録、詔制、典册，紀之金石、垂之竹帛者，多公所定撰。至於名山勝地、遐荒遠裔，穹碑鉅筆，亦必屬之公焉。四方之士請文乞言，日踵於門。公隨與之，無拒無難。世祖時，特賜地一區於安貞門諸勳臣之北，俾居之。至大中，又特贈謚父母，官其子大年同知南豐州事。仁廟每呼爲程雪樓而不名，嘗命圖其像，敕儒臣贊之。其他錫賚，時異儕輩。賜歸之後，猶命朝臣撰世德之碑以休顯之。公素樂山水。盱江城西十五里有勝地曰麻源第三谷，晋謝康樂詩所謂華子岡者也。公規畫爲堂宇，藏書數千卷，良辰暇日輒携賓客游詠其間。或幅巾杖屨，與樵夫野叟相問答。郢有白雪樓，公取以名所寓之室。及築室京師，又名所居之齋曰"遠"，故學者稱之曰雪樓先生，又曰遠齋先生云。公平生潜心聖賢之學，博聞强識，誠一端莊，融會貫通，窮極藴奥，而復躬踐力行，始終不怠。故其措諸事業，發爲文章，非它人之所可及也。當國家方隆之運，南北混一之初，舊臣故老、高人名士充滿於朝而能挺立傑出，受知於上，獻納左右，謀聽計從，敭歷中外逾四十年。臨大事，决大議，凛然不可奪，風采足以傾動四方，言論足以垂示百世，累朝眷遇弗替益隆，碩德重望爲國元老，始終進退無一玷疵，其古之所謂大臣者矣！天下之人仰之如青天白日，愛之如和風甘雨，生榮死哀，其庶幾焉。傒斯不才，獲出門下，受知最深。繼又托肺腑之親嗣。論思之職，用敢譔次公之行實，告於太史氏，以備采擇焉。應奉翰林文字、登仕佐郎、同知制誥、兼國史院編修官門生揭傒斯謹狀。

大元敕賜故翰林學士承旨光禄大夫知制誥兼修國史贈光禄大夫大司徒柱國追封楚國公謚文憲程公神道碑銘

中奉大夫、參議中書省事兼經筵官臣危素奉敕撰文，集賢待制、朝列大夫臣趙雍奉敕書丹，中奉大夫同知太常禮儀院事臣周伯琦奉敕篆額。

延祐五年七月丙子，翰林學士承旨、光禄大夫、知制誥、兼修國史程公薨於建昌里第。泰定二年，贈光禄大夫、大司徒、柱國，追封楚國公，謚文憲。至正十九年四月甲子，丞相太平以公事世祖皇帝盡臣道，宜賜神道。於是，有旨命臣素撰文，臣雍書丹，臣伯琦篆額。臣素謹按故翰林侍講學士臣傒斯所具行狀，及聞諸故老言而序次之。公諱文海，避武宗皇帝御名，以字行，曰鉅夫，姓程氏。其先，周成康之際，始國於程，子孫因以爲姓。宣王中興，有賢佐曰伯休父。春秋時，有趙氏忠臣曰嬰。西晋循吏曰元譚，爲廣平太守，持節新安，因家焉。其後自歙遷休寧。至公高祖宥興，徙居郢之京山。曾祖子明，又避兵武昌，卒葬其境。皇贈集賢侍讀學士、中奉大夫、護軍，追封楚郡公，謚安僖。妣姚氏，追封楚郡夫人。祖德秀，自武昌東上彭蠡，寓龍興吴城山，宋擢宣義郎，參淮西、壽春二帥府事，皇贈資善大夫、中書左丞、上護軍，追封楚郡公，謚簡懿。妣李氏，追封楚郡夫人。父翔卿，朝列大夫、管軍總管，累贈光禄大夫、大司徒、柱國，追封楚國公，謚孝肅。母李氏，累追封楚國夫人。公生宋淳祐九年四月十七日。生而目光如炬，識者異之。宗老若庸爲撫州臨汝書院山長，公與翰林學士吴澄從之講學。德祐元年，季父飛卿以軍器監知建昌軍事，公侍孝肅公，奉大母李夫人就養。未數日，我師至城下，建昌内附。至元十三年，從季父朝於開平，遂留宿衛，授以宣武將軍、管軍千户。十五年十一月九日，召見香殿。世祖問："宋何以亡？"對曰："孟子有言：'三代之得失天下也，以仁、不仁。’宋非不仁，權臣賈似道誤之也。”問：“似道何如人？”對曰：“當其爲邊臣，是一似道也；及爲相，又一似道也。”天顔甚説，命給紙扎，書其辭。即御前以銀盆漬墨，書廿餘幅以進，深稱上旨。問：“今何官？”且諭近臣曰：“斯人相貌應貴。聽其言，聰明有識人也。”諭公曰：“國政得失、朝臣邪正，卿爲朕悉言之。”公頓首謝曰：“臣疏遠儒生，蒙被知遇，敢不竭駑鈍以報！”明年，授應奉翰林文字、朝列大夫。又明年，進修撰。又明年，升中順大夫、秘書少監，尋遷集賢直學士、中議大夫、兼秘書少監。條陳五事：一曰取會江南仕籍。二曰通南北之選。三曰置考功曆。四曰置貪贓籍。五曰給江南官吏俸禄。皆采行之。二十年，加翰林集賢直學士、同領會同館事。廿三年，改集賢直學士，進階少中大夫。入見，首請興建國學。又上疏曰：“臣聞治天下必用天下之才，故曰‘旁招俊乂’，又曰‘立賢無方’。若限以方，所徵以技藝，雖曰用人，猶無人也。國家既已混一南北，南北人才視同一体。若有所偏主，有所遐棄，此群臣之過計，非陛下至公之心也。明詔屢下，一則曰求賢，二則曰求賢。而能以賢才致之陛下者幾人？出使者止以卜相、符藥、工技爲賢才。此何謂也？且使有識之士得以淺窺朝廷。臣竊恥之。”未幾，復上疏曰：“國家自平江南，内外百司皆參用南人，惟御史臺、按察司獨不忝用。臣不知其説也。南北人情風俗不同，若欲諳悉各處利害，須參用各處之人。况江南歸附已十餘年，而偏遠險惡之處，盗賊時時竊發。雖由官吏貪殘所激，亦由臺憲按問失職致然。按察司官名爲巡察，其實未嘗偏歷，止於安静之地遷延翱翔。至於偏遠之處，曠數年未嘗一到。小民被官吏苛虐，無所控訴，激而爲盗，官吏反欲並緣虜掠。民之被害，何可勝言！行臺、按察司之設，正欲察訪利病。中丞、察使以下並宜公選。南方耆德清望之人與北方官員講論區畫，庶幾諳悉江南事體，周知遠人情僞。内臺中丞至監察御史亦宜參用南官，以備采訪。”事下中書集議，集賢大學士阿魯温撒里等請如程文海所言。遂拜嘉議大夫、侍御史，行御史臺事，仍詔搜賢江南。初，詔令皆用國字，至是特命以漢字書之。世祖素聞趙孟藡、葉李名，密諭必致此二人。又薦趙孟頫、萬一鶚、余恁、張伯淳、凌時中、胡夢魁、包鑄、曾冲子、孔洙等廿餘人。皆立登清要之職。還都，宮門已閉，叩閽莫見。世祖聞之喜甚，不覺起立，曰："程秀才來矣！"陳民間利病五事。超授集賢學士，仍居行臺。時宰相桑哥顓政，中外岌岌。二十六年，公復入朝，奏疏曰："天子之職莫大於擇相，宰相之職莫大於進賢。苟不以進賢爲急，而以殖貨爲心，非爲上爲德，爲下爲民之意也。漢文帝以决獄、錢穀問丞相陳平，對曰：'决獄，責廷尉；錢穀，責治粟内史。宰相上佐天子理陰陽，下遂萬物之宜；外鎮撫四夷，内親附百姓。'今尚書省惟以鉤考錢穀、剥害生民爲務。所委任者率皆貪饕徼利之徒。四方盜賊竊發，良以此也。臣竊以爲，清尚書之政，損行省之權，罷言利之官，行恤民之典，於國爲便。"桑哥怒，羈留京師不遣，凡六請加害。世祖察其忠誠，不允。已而桑哥敗，世咸服公之敢言。公還行臺。廿九年，召公與胡祇遹、姚燧、王惲、雷膺、陳天祥、楊恭懿、高凝、陳儼、趙居信十人赴闕賜對。三十年，授正議大夫、福建閩海道肅政廉訪使。悉召諸吏，諭之曰："治人之道，由自治始。若等能不並緣爲姦，則貪污將自戢矣。有違吾言，必懲無恕。"上下爲之肅然。刺舉屬吏，尤加之意，不以微罪棄人。於是，相率改過爲善。大德四年，遷江南湖北道。首治行省平章家奴爲民害者，民大説。歲侵，以周歲廩禄賑之。八年，召爲翰林學士、知制誥、同修國史。明年，加商議中書省事。集議恒暘、暴風之變。公承詔，上言五事，其目曰：敬天，尊祖，清心，持体，更化，皆切中時病。十一年，授山南江北道肅政廉訪使。復留爲學士，加正奉大夫。至大二年，銓選湖廣行省。明年，復持節山南。又明年，仁宗即位，召公與李謙、尚文等十有六人赴闕，賜對便殿。移浙東海右道，尋拜翰林學士承旨、資善大夫、知制誥、兼修國史。皇慶二年，大旱，以桑林六事自責應詔。忤宰相意。翌日，敕中使持上尊勞之，曰："中書集議，惟卿言甚當。後臨事，其極言無隱。"議行貢舉法，公請以朱文公《貢舉私議》損益行之，經學當祖程、朱傳注文詞，宜革宋、金宿弊。此詔實公所草。進階榮禄大夫。

屢乞歸田，不許。延祐二年，得末疾。敕近臣撫問勞之，曰：“卿先朝舊臣，素稱忠直。宜强飯，善自攝調，以副朕心。”官其子大本郊祀署令，以便養。請去益堅。明年，得旨南還。加光禄大夫，賜上尊儷錦。敕朝臣祖道文明門外，行省有司常加存問。年七十薨。薨之明年正月庚申，葬南城縣可封鄉繞堆大磐山之陽。娶徐氏，先卒，追封楚國夫人。繼俞氏，封楚國夫人，先公四月卒。子男五人：大年，承德郎、撫州路金谿縣尹、兼勸農事，卒，贈奉直大夫、江西等處儒學提舉、飛騎尉、建昌縣男；大光，卒；大本，奉直大夫、秘書監著作郎，卒；大來、大觀，將仕佐郎、建昌路南源務税課使司提領。女四人：長早卒，次適國子生聶公晋，次適饒林，幼適江某。孫男十三人：世昌，奉直大夫、揚州路崇明州知州、兼勸農事。世臣，進義副尉、武岡路武岡縣主簿。世延，國子生。世忠。世京，應奉翰林文字、承務郎、同知制誥、兼國史院編修官。世良、世師、世郢、世德、世宏、世禄、世哲、世濟。女若干人。曾孫男十九人：嗣光、嗣英、嗣禄、嗣乂、嗣原，國子生；嗣遠、嗣淳、嗣真、嗣德、嗣晋、嗣珹、嗣肅、嗣陽、嗣良、嗣畏、嗣傒、嗣賢、嗣應。女若干人。玄孫位育，琮、璘、瑄。公博聞强識，靡不研究。居家庭以孝聞，待宗族、親戚、朋友曲盡禮意。救人急難，捐帑發廪無吝色。嘗曰：“士生天地間，當以濟人利物爲心，奈何瑣瑣以自厚一身爲哉？”及臨大事，決大議，凛然不可奪。世祖賜地一區於安貞門，俾居之。公題其室曰“遠齋”，取《易》所謂“遠多譽”之旨。至元中，立尚書省，以公爲參知政事，又命爲御史中丞，皆固辭不就。至大中，特贈謚父母，畀大年官。仁宗每呼程雪樓而不名，蓋郢有白雪樓，公嘗取以自號，示不忘其本云。敕待詔畫其像，儒臣製贊，錫賚無虚歲。賜歸之後，猶命詞臣譔世德之碑。其遭遇亦云盛矣。公在朝，以平易正大之學振文風，作士氣，詞章議論爲海内所宗尚者四十年。累朝實録、詔制典册、紀功銘德之碑多出公定譔，有文集四十五卷。尤善大字。每接後學才藝之士，嘆賞獎進，或爲之築館授室，有終身留客門下不去者。所薦士後多爲名臣。建昌城西十有五里曰麻源第三谷，晋謝靈運遺跡在焉。公作山房藏書，閒則携賓客燕游其間，或幅巾藜杖，獨行田野，與樵夫野叟相問答。縣小吏馳馬，值公城門，怒詬公。守城卒擒吏送公府，公命釋之。人服公之容德云。臣素鄉備官史館，論著公事。今乃顯被明命，非直發公之潛德，亦使天下後世知我聖祖得人之盛。烏乎，懿哉！謹拜手稽首而爲之銘。銘曰：

混一之盛，若稽至元。大帝御極，俊乂飛騫。諤諤程公，蚤起南服。宿衛禁廷，眷遇弥篤。有煒令譽，館閣迴翔。敷陳時政，用戒包桑。皇有萬方，莫匪臣妾。立賢無方，庶政斯協。臺府穹窋，冠於江東。往貳執法，亟蘇瘝痌。共驩在朝，星馳入奏。指佞觸衺，讒言洊搆。克知灼見，維帝聖明。綉衣持斧，憲度肅清。召還詞林，爲國蓍蔡。桑林之事，引古進戒。從容奉身，歸老丘園。百辟祖餞，錫賚便蕃。碧澗紅泉，公所游衍。魚鳥相忘，放懷高遠。偘偘正色，功在四朝。贈謚之典，式勸臣僚。可封之鄉，大磐之墓。子孫來瞻，春雨霜露。樹碑神道，制命廷臣。金石不朽，永昭皇仁。

晋錫堂記

大德八年十一月，廣平公除翰林學士。九年五月，命下促行。行有日，乃八月甲申，治子舍於中和堂之西偏，將俾中子、少子行昏禮於其間。晨，鳩工未逾時，再命下，使及門，命云：“仍翰林學士、議中書事，馳馹赴闕。”正從馬四疋。於是，郡邑之長属、閭里之耄倪、遠近内外之友親咸集，舉手賀曰：“公之位朝著、被寵光，其素也。今以儒臣預政，前所未有。是不爲公一家賀，爲天下賀！”越十日，新堂成。於是，侈上之賜，以爲斯堂榮，而名之曰“晋錫”。吴澂曰：“晋卦，正體之象二：上離，下坤。坤順之臣進而近離明之君也。互體之象二：中坎，中艮。中、少二男蕃育於君臣際會之時也。公方繕營私室，爲其子承家孚親計，而天恩適以是日至，夫豈偶然之故哉？盖天之祐忠賢非止於其身，於其子孫綿綿延延，百世未艾者，其符如此。公之晋與齊桓之觀否、魏畢萬之屯比，實同其吉。請以齊、魏之占，贊公之名，可乎？堂之前曰朝暉閣，離之大明初出也；后曰衍慶楼，坤之厚德無疆也，合之亦爲晋。”公曰：“子其善頌者與！”書以爲記。

是月廿五日，臨川吴澂記。門生翰林侍講學士、中奉大夫、知制誥、同修國史趙孟頫書。

楚國程文憲公小像贊

延祐三年，文憲公得請還盱江。仁廟遣公之子郊祀署令大本乘傳侍公抵舍，復還京師。大本受命，既至盱，請留侍。公曰：“有上命，不可。”趣之行。公先置李肖巖所畫小像於坐右，以授之，曰：“吾父子荷國厚恩，爾當速行。夙夜謹慎，以圖報效。在京師時，覩此像，猶侍吾側，毋以吾老病爲念也。”大本字叔達，仕至大署，有文聲。它日，子世京赴調，屬玄序其事而爲之贊：

洪惟世皇，初得南士，貴於南琛。於時程公，奮起盱南。進不隱賢，退不貳心。或抗論憲府，或代言禁林。器量足以荷重任，精采足以熠孔壬。浩浩乎龍驤，遇風而掛十丈之席；炅炅乎鵜膏，迎日而澤百鍊之金。聲和氣應，則鳳翽其羽；父倡子和，則鶴鳴在陰。既受知於納約，早求志於投簪。覽圖畫而增慨，孰能嗣乎遺音？

至正六年正月人日，翰林學士承旨、榮禄大夫、知制誥、兼修國史後學廬陵歐陽玄拜書。

有壬昔來京師，雪樓先生楚國程文憲公在翰林，嘗一再見之。奔走四方，不得日侍筆硯，而知先生與議貢舉之有力也。至正丙戌十一月，諸孫世京奉小像示有壬，俾贊其左。不敢復以蕪陋辭也。贊曰：

楚郢故墟，有樓嵚嵓。世半知不，修阻孰探。由公著称，嘉名遂洽乎朔南。公幼爲學，演迆泓涵。曾未施抒，勝國已戡。楚材晋用，公獨挺乎梗楠。持憲中外，人革鄙貪。掌帝之制，音叶韶咸。和不循物，剛不來讒。引年勇退，秋風片帆。塵空萬事之擾擾，雲護一室之潭潭。松陰入座，爐薰自參。宛清揚其如在耳，肅肅乎名談。昔貢舉之始行，一廷議之二三。天荒盡薙其蕆茀，鵠袍倏變而朱藍。顧區區之不才，至襲公之冰銜。雖拜圖懷人，欲景行於萬一，而度德量力，祇足以爲終身之慚也。

翰林學士承旨、榮禄大夫、知制誥、兼修國史、知經筵事後學安陽許有壬頓首書。

故楚國文憲程公以宏才碩學被遇世祖，歷事四朝，爲時名臣。延祐紀元之初，溍舉進士，至京師，因拜公於安貞里第。後二十有三年，溍起自休致，入直詞林，則公捐館已久。幸從公之孫世京獲覩公遺像。撫時運之推遷，概前修之莫作。贊以一辭，非敢美盛德之形容，聊志歲月云爾。贊曰：

褐衣幅巾，瀟灑出塵。仰羡夫消摇於丘壑，緬想其際會於風雲。覬一言之寤意，罄密論之敷陳。灼灼乎龜蓍之可覆，洋洋乎魚水之相親。激揚奮厲，以紀綱乎憲度；鋪張潤色，以黼黻乎人文。雖不以進退百官爲職，未始一日忘吐握之勤。凡楚才之晋用，皆藥籠之儲珍。咸懷誠而秉忠，共尊主而庇民。奚必坐乎廟堂之上，然後大展其經綸？嗟儀形之已遠，儼風采之如新。古稱賢達者有後，是將在其來昆。

翰林直學士、中順大夫、知制誥、同修國史、兼經筵官後學金華黄溍述。

大德、至大中，好文方在田里，聞先生之名，慕先生之德，顧不得執箕膺揲，俯仰還辟於几席之間之爲歉也。至治初，始來京師，而先生已厭世。高山景行，不勝仰止。載瞻遺像，起敬起慕。謹百拜而爲之贊：

風霜冬凝，儼乎執法之容也；旭日春融，温乎君子之恭也；摛瑑雕籠，蔚乎文章之宗也。幅巾踈笻，槁梧長松，人見其裕然出處之中；天低雲同，雪境塵空，而不知其皭然之心胸。盱山崇崇，盱水淙淙。邈乎高風，有岐而曲，小子實訌。悦音容之如在，亦足以發吾之顓蒙也。

至正七年冬十二月廿四日，後學李好文頓首書。

維公遭聖明之君，處隆平之世，文章足以發磊落之心胸，議論足以吐崢嶸之意氣。踐鼇禁之密班，陟烏臺之峻地。方荷寵而承榮，遽引年而求退。相羊乎山水之間，放曠乎形骸之外。優哉攸哉，聊以卒歲。噫！其殆宇宙之奇逢、人物之盛際，而出乎其類、拔乎其萃者耶？

榮禄大夫、中書左丞、同知經筵事後學成遵述。

仰先生之儀采，粹然有君子之德容。覩先生之衣冠，藹然有三代之遺風。是蓋當國家草昧之際，天必生碩德之賢，爲之經營而彌縫。不然，幾何其能混一九有，而建不拔之業於無窮？顧荆州爲予父母之邦，實自古豪傑所産之地，而先生適崛然生乎其中。其所以鍾山川之英靈，全扶輿之淑氣，是非稀世之逢與？宜乎其一時聖賢之相與，蔚乎若雲龍風虎之相從也。惟不肖瞻之與先生也，世之相後百有餘禩，地之相去百有餘里。前雖不得接奉顔采，一聆謦欬之益；後乃得與其孫世京，忝斯文契之美。噫！雖不幸，猶幸也。悲夫，已矣！

至正壬寅六月既望，户部尚書荆門晚生李士瞻再拜書。

題雪樓小像

海内文章伯，江西安樂窩。久交無似我，勇退不如他。榻冷松陰合，樓高雪意多。何時真會面，風月共婆娑。

上黨李孟題。

昔工部夢太白，其詩曰："落月滿屋梁，猶疑照顔色。"前修謂此爲謫仙寫真。今楚公小影，秋谷老題云："榻冷松陰合，樓高雪意多。"釋者亦謂詩爲程公寫真。盖常人家安有此景？所謂摩詰"詩中有畫"也。

後學潼川徐驥跋。

伯密相過，出示乃祖雪樓先生遺像，先君墨蹟在焉。撫卷悽愴，謹再拜用韻，以識於後。

先君久託好，爲公設行窩。立朝道旣合，歲寒心靡他。雙劍龍光没，九京春草多。文采仰遺宅，松柏長婆娑。

李獻。

木蘭花慢詞餞雪樓承旨南歸

集賢修撰張起嚴奉敕撰

聖恩天廣大，容此老，老江南。甚玉雪無瑕，楼臺有地，超出塵凡。此行錦袍玉帶，向紫微垣裏寄官銜。聞道鄉閭童稚，安排竹馬青衫。　聲名要與二踈，參千古，入清談。看雲擁千官，沙堤一道，駐馬停驂。都門兩行楊柳，比尋常，翠色碧於藍。不爲東風吹發，猶能挽住征帆。

至正丙午日長至，諸孫集賢修撰、奉議大夫世京重編

題雪樓先生詩文卷後

楚國程文憲公早年以功臣子入見，即受世祖皇帝知遇，歷踐文學、風憲清要之職，時游廟堂，裨贊國論，起家東南者未能或之先也。故宋之將亡，士習卑陋，以時文相尚。病其陳腐，則以奇險相高。江西尤甚，識者病之。初，内附時，公之在朝，以平易正大振文風，作士氣，變險怪爲青天白日之舒徐，易腐爛爲名山大川之浩蕩。今代古文之盛，實自公倡之。既去世，而使吾黨小子得以淺學末技濫奏於空乏之餘，殆不勝其愧也。歸來山中，猶未得盡見其家集。公孫世臣來尉崇仁也，乃得公持節武昌時行部近縣，親書五十日所爲詩八十九首。伏而讀之，至於再三，不忍去手。見其冲澹悠遠，平易近民，古人作者之風，其可及哉！而公之爲政不大聲色以爲厲，而嚴重崇高，隱然泰山巖巖之勢，又豈硜硜悻悻者之所爲哉？相望纔三四十年，而風聲氣習邈乎遼絶，敦厚之風猶可繼耶？敬書其後而歸之。

時至正改元龍集辛巳日南至，前奎章閣侍書學士、翰林侍講學士、通奉大夫、知制誥、同修國史後學雍虞集謹書。

右楚國文憲公雪樓程先生《玉堂類稿》十卷。公中子秘書著作大本之所編輯，而先君文安公之所校正也。公之學閎博而其氣渾厚，故其文雅健嚴密。大德、延祐間，公居代言之任，而帝制多出於公。當時，王公大臣欲銘述其先世功德，咸請於上，亦往往以命公。所輯十卷，蓋作於是時也。至正十八年，公之孫應奉翰林文字世京携之至閩，繼而行省參政河間公刻之於梓，蓋欲公其文於天下後世，亦盛哉其用心也！汯得伏讀而因識其後云。

廿三年癸卯莫春之初，朝散大夫、僉江西湖東道肅政廉訪司事後學豫章揭汯敬書。

祭程雪樓承旨文

維大元延祐五年歲在戊午八月辛丑朔，榮禄大夫、江西等處行中書省平章政事達剌罕等敢昭告於故翰林學士承旨、光禄大夫、知制誥、兼修國史雪樓先生程公之靈。惟公歷事四朝，於今四十年矣。文章、德業，國史載之，天下誦之，恩悉三世，澤被後昆。官一品而壽七旬，生榮死哀，夫復何憾！欽惟聖朝，念勳圖舊，甞錫綸言，待以優典。達剌罕等職忝承宣，概天不憖遺，是用遣掾史宋克恭等肅陳宇下，式奠多儀。神之洋洋，庶其鑒在。烏乎哀哉，尚饗！

儒學提舉貢奎撰。

奉懷雪樓先生

天下開科詔，斯文第一流。登樓思故老，有雪照中州。臺閣風猷在，朝廷禮數優。題名冠閩憲，深愧繼前修。

福建廉訪使沛中韓準

追題歲寒亭詩卷爲文憲公孫伯崇集賢賦

盱江雪有樓，鄂渚山有雪。兩栢誰所植，鬱鬱自怡悦。公來闢榛荒，歲寒表其節。手種青琅玕，恥與紅紫列。玉堂唱和之，丹鳳鳴昭晰。豈止文章重，臺閣皆人傑。九日携卷至，扶病再披閲。嘅想構斯亭，揆予初度月。風紀匪無人，雅掾幾完潔。長江走蛟鼉，澄清在賢哲。

韓準題。

影刻洪武本程雪樓集跋

陽湖涉園陶氏以傳播舊槧爲當代豔稱，曩又得善化王氏所藏洪武乙亥刻《程雪樓集》三十卷。念五百年來更無第二刻也，益遴選高手，影寫精刊，屬鈺覆勘一過。案各家書目大都以傳鈔本著録洪武原刊，至爲可貴。皕宋樓載有景元本，其實揭文安編成之，四十五卷，當時僅有寫本，語見彭從吉序。皕宋標明三十卷，仍是傳鈔明本耳。歲之二月，鍵門辟亂，得悉心校讀，知洪武原本剞劂誠精，譌奪尚夥，籤出待改。旋見文津閣傳印本，十證八九。閣本係兩淮馬裕家藏，采入四庫，不言爲鈔、爲刻。既全删元明人序及附録、年譜、本傳、目録、後跋，於卷三又缺文四篇，卷四缺十九篇，卷五缺一篇，卷六缺一篇，卷二十五缺三篇，共二十八篇。卷二十六缺詩七首，卷二十七缺九首，共十六首。因何失録，提要未經舉出。惟洪武本空缺之字，閣本大都不缺，如卷二之三葉"睠念"八字，卷三之八葉"翊運"四字等，總全書，得百餘字，皆文理正碻，决非逡人竄補。又卷八之七葉"心而贊格君"五字之誤倒，卷二十七之八葉"清譽播海"下之脱"隅"字，閣本皆不倒、不脱。頗疑洪武刻成後，有後來修正之本，閣本或從修正本出也。至閣本誤字，以洪武本校之，多不勝舉。其尤甚者，洪武本卷十之十六葉"即目"二字，与下文"官倒金銀"之"倒"字，必係元代官文書通用語。閣本誤"目"爲"日"，誤"倒"爲"庫"。卷十七之十六葉、卷二十二之六葉，"太末"地名兩見，閣本均誤作"大宋"。疑似之間，有關要旨。此外，兩本同誤，如"瓦礫"誤"鑠"，"面壁"誤"璧"，"李壇"誤"壇"，"井大春"誤"椿"之類。兩本皆誤，如洪武本卷七之十一葉"乜怯"誤"也法"，閣本則誤"也怯"。同卷之十五葉，"其道乃"下一字作"信"。"信"字不可解，與上文"靡"字不韻。閣本作"夷"。"夷"字亦不當。讀下文"僞既靡遁，真亦克保"二語，知"信"字、"夷"字皆"僞"字之誤之類。或彼或此，有是有非。一再掔尋，有不應承性襲繆者。老輩校勘之學略分兩例。一在存古，如覆雕經典古本，稍涉異同，則别撰札記，以備考證；一在求是，如唐宋以下著述，根據舊本，既灼知其脱誤之處，獲有佐證，亦不敢依樣壺盧，爲全書復留瘡痏。吾鄉顧澗薲先生以存古曉學者，知校吕衡州等集，則嘗參用各家，折衷一是，蓋爲將來留一善本計。擇善而從，誼固應爾。既卒業，爲述其槩要者如此。涉園老於此事，知必印可吾言也。

歲在丙寅穀雨節，長洲霜根學人章鈺寓天津北郊求是里寫記。